을 유 세 계 문 학 전 집 · 6 4

제인 에어

제인 에어

JANE EYRE

샬럿 브론테 지음 · 조애리 옮김

❀ 을유문화사

옮긴이 **조애리**

서울대학교 영어영문학과를 졸업하고 동 대학원에서 석사 및 박사 학위를 받았다. 박사 학위 논문은 『샬럿 브론테 연구: 여성론적 접근』이다. 지금은 카이스트 인문사회학부 교수이다. 저서로는 『19세기 영미소설과 젠더』, 『성, 역사, 소설』, 『역사 속의 영미소설』 등이 있고, 역서로는 『빌레트』, 『민들레 와인』, 『설득』, 『밝은 모퉁이집』, 『왕자와 거지』 등이 있다.

을유세계문학전집 64
제인 에어

발행일 · 2013년 6월 25일 초판 1쇄 | 2023년 11월 15일 초판 13쇄
지은이 · 샬럿 브론테 | 옮긴이 · 조애리
펴낸이 · 정무영, 정상준 | 펴낸곳 · (주)을유문화사
창립일 · 1945년 12월 1일 | 주소 · 서울시 마포구 서교동 469-48
전화 · 02-733-8153 | FAX · 02-732-9154 | 홈페이지 · www.eulyoo.co.kr
ISBN 978-89-324-0396-0 04840 978-89-324-0330-4(세트)

차례

제1장

그날은 산책을 할 수 없었다. 실은 아침에 이미 한 시간 동안 헐벗은 관목 숲을 헤매었다. 하지만 점심을 먹은 뒤에는(리드 부인은 손님이 없을 때는 식사를 일찍 했다) 진한 먹구름과 함께 차가운 겨울바람이 몰아치고 비가 마구 들이치는 바람에 더 이상 밖에 나갈 수 없었다.

나는 그게 즐거웠다. 긴 산책이 늘 싫었고, 특히 쌀쌀한 오후에는 더 그랬다. 음울한 황혼 녘이면 손발이 꽁꽁 얼고, 보모인 베시의 잔소리에 서글퍼지고, 일라이저나 존이나 조지애나 리드에게 열등감을 느껴, 굴욕적인 기분으로 집에 돌아오는 길은 끔찍했다.

지금 말한 일라이저와 존과 조지애나는 거실에서 자기네 엄마 옆에 옹기종기 모여 있었다. 그 아이들의 엄마는 난롯가의 소파에 누워 있었는데 사랑하는 아이들에게(그때는 싸우지도 울지도 않았다) 둘러싸여 아주 행복해 보였다. 그녀는 나를 거기 끼워 주지 않았다. 그녀는 "멀리 떨어져 있는 건 안됐지만, 네가 좀 더 싹싹하고 어린아이다워지기 위해, 좀 더 매력적이고 발랄한 태도를 지니기 위해 열심히 노력한다는 것을 베시에게서 듣거나, 내가 직접 와야만 행복하고 만족한 어린이들만 누릴 수 있는 특권에 끼워 줄 수 있다. 말하자면 뭔가 더 명랑하고, 더 솔직하고, 더 자연스러워지도록 노력해라"라고 했다.

"베시가 저에 대해 어떻게 말했는데요?" 내가 물었다.

"제인, 나는 비아냥거리거나 캐묻는 사람을 좋아하지 않는단다. 게다가 정말로 어린아이가 어른에게 그런 식으로 말하면 안 돼. 저쪽에 가 앉아. 그리고 내 마음에 들게 말할 수 있을 때까지, 입다물고 있거라."

나는 거실 바로 옆에 있는 아침 식당으로 조용히 들어갔다. 그 식당에는 책꽂이가 있었다. 그림이 많은 책을 한 권 뽑아 들고 나는 창턱에 올라가 터키 사람처럼 가부좌를 틀고 앉았다. 창턱은 빨간색 모직 커튼으로 전혀 안 보이게 가려져 있어 이중으로 격리되어 안전했다.

오른쪽은 여러 겹의 빨간 커튼 때문에 아무것도 안 보이고, 왼쪽에는 투명한 유리창이 있었다. 그 유리창 때문에 쓸쓸한 11월의 날로부터 보호받기는 했지만 완전히 차단되지는 않았다. 책장을 넘기면서 가끔씩 겨울 오후 풍경을 관찰했다. 멀리 안개와 구름이 창백한 장막처럼 보였고, 가까운 데서는 이미 비에 젖은 잔디밭과 폭풍우가 쓸고 간 덤불 위로 끊임없이 비가 마구 퍼부었다. 곧 으르렁대는 폭풍우가 오랫동안 몰아칠 것 같았다. 나는 다시 책을 보았다. 베윅이 쓴 『영국 조류사』였다. 거기 쓰인 글에는 별로 신경을 쓰지 않았지만, 머리말 몇 쪽은 아이인 나도 그냥 지나칠 수 없는 부분이 있었다. 바다 새의 보금자리, 새들만 사는 외로운 암석과 곶, 노르웨이 해안 등을 다룬 부분이 그랬다. 노르웨이 해안에는 남쪽 끝의 린데스네스 곶이나 네이즈 곶에서부터 노스케이프까지 작은 섬들이 늘어서 있다고 했다.

그곳에서는 북해가 크게 소용돌이치며
저 멀리 북쪽 끝에 있는 헐벗은 우울한 섬
주위를 으르렁대며 돈다. 그리고 대서양의 파도는
폭풍 치는 헤브리데스 섬으로 밀려든다.

나는 또한 라플란드, 시베리아, 스피츠베르겐, 노바 젬블라, 아이슬란드, 그린란드의 황량한 해변 이야기를 그냥 넘겨 버릴 수가 없었다. '북극 지대의 넓은 벌판과 그 쓸쓸하고 황량한 땅들, 눈과 서리가 쌓여 있는 곳, 수 세기에 걸쳐 겨울 동안 형성된 단단한 빙하가 층층이 쌓여 알프스 산맥만큼이나 높게 북극을 둘러싸고 있어 추위가 몇 배나 더 응축된 극한 상태다'라는 부분도 인상적이었다. 나는 나름대로 순백의 지역을 이렇게 이해했다. 어린아이들의 두뇌를 스치는 반쯤 이해된 개념이 늘 그렇듯이 모호하기는 했지만, 이상하게 인상적이었다. 이 머리말에 쓰인 글들은 이어서 등장한 그림들과 연관되었다. 파도가 부딪쳐 흩어지는 바다에 홀로 선 바위, 아무도 없는 해안에 매어 있는 난파선, 막 가라앉는 난파선을 구름 사이로 유령처럼 차갑게 바라보는 달의 의미를 설명해 주는 것이었다.

아주 쓸쓸해 보이는 교회 묘지를 보고, 그 묘지의 묘비, 문, 나무 두 그루, 허물어진 담장 사이로 보이는 낮은 지평선, 저녁임을 보여 주는 갓 떠오른 초승달에 대해 내가 정확히 어떤 느낌을 가졌는지는 잘 모르겠다. 잔잔한 바다 위에 떠 있는 배 두 척을 나는 유령선이라고 믿었다. 악마가 보따리를 든 도둑 뒤를 쫓아가는 그림이 나올 때는 너무 겁나서 책장을 빨리 넘겼다. 멀찌감치 떨어진 바위에 앉아 교수대 주변의 군중을 내려다보는 검은 뿔을 가진 악마 그림도 빨리 지나쳤다.

그림마다 이야기가 담겨 있었다. 아직 완전히 발달하지 않은 이해력과 불완전한 감정을 지닌 나에게는 그 이야기들이 종종 신비하면서도 여전히 아주 재미있었다. 베시가 기분 좋은 날 겨울 저녁에 해 주곤 하던 이야기만큼 재미있었다. 베시는 다리미대를 아이방 난롯가에 가져와서는 나더러 그 옆에 앉아도 된다고 했다. 그리고 리드 부인의 레이스 주름이나 자신의 수면 모자 가장자리를 다리면서, 옛날 동화나 민요에 나오는 사람 이야기나 모험 이야기로 우리를 사로잡았다. 또는(내가 나중에 알게 되었지만)『패멀라』나『모어랜드의 헨리 백작』에 나오는 이야기를 해 주기도 했다.

책을 보면서도 누가 방해할까 봐 두려웠는데, 그 일이 너무 빨리 닥쳤다. 아침 식당의 문이 열렸다.

"이봐! 이 멍청아!" 큰 소리로 나를 부르는 존 리드의 목소리가 들렸다. 그러더니 멈추었다. 그 방에 아무도 없는 것처럼 보였기 때문이다.

"얘는 도대체 어디 있는 거야!" 그가 계속 말했다. "리지! 조지!(누이들을 불렀다) 조앤이 여기 없네. 비 오는데 밖에 나갔다고 엄마한테 말해, 나쁜 계집애!"

'커튼을 치길 잘했구나'라고 나는 생각했다. 숨어 있는 곳을 그가 찾지 못하기를 열심히 기도했다. 존 리드는 나를 찾아내지 못할 거야. 머리가 좋지도 않고 잘 보지도 못하니까. 하지만 일라이저가 문으로 머리를 들이밀고 얼른 말했다.

"창턱에 있어. 분명해, 잭."

그 말에 나는 곧 커튼 밖으로 나왔다. 잭이 나를 끌어낼까 봐 겁났다.

"뭘 원하는 거야?" 나는 머뭇거리며 어색하게 물었다.

"'주인님, 뭘 원하세요?'라고 말해 봐. 이리 와 봐." 그가 대답했다. 그러고는 안락의자에 앉더니 손짓으로 자기 앞으로 다가와서 서라고 했다.

존 리드는 열네 살 된 남학생이고, 나는 그보다 네 살 어린 열 살밖에 안 되었다. 그는 나이에 비해 키도 크고 덩치도 컸지만 피부는 거무스름하고 그다지 건강해 보이지 않았다. 넓적한 얼굴에 뒤룩뒤룩 살이 찌고 팔다리는 굵고 손발도 컸다. 그는 식사 때마다 허겁지겁 많이 먹고 성질을 자주 부리고 눈은 충혈되고 흐릿하고 볼살은 처져 있었다. 정상적으로는 지금 학교를 다녀야 하는데도 그의 엄마가 '병약하다는 이유로' 한두 달 집에서 쉬어야 한다고 데려왔다. 그의 선생인 마일스 씨는 집에서 케이크와 달콤한 과자만 덜 보내도 건강해질 것이라고 말했다. 하지만 어머니 마음은 그런 가혹한 의견을 외면하고 존이 너무 열심히 공부하고 향수에 시달려 혈색이 안 좋다는 고상한 생각 쪽으로 기울어졌다.

존은 어머니나 누이들에게 그다지 애정이 없고 나를 싫어했다. 늘 나를 협박하고 벌을 주었다. 일주일에 두세 번 또는 하루에 한두 번 정도가 아니라 끊임없이 그랬다. 나의 온 신경이 그를 두려워해, 그가 다가오면 겁나서 온몸이 부들부들 떨리고 어쩔 줄 모르곤 했다. 그가 협박하고 괴롭혀도 하소연할 데가 없기 때문이었다. 누구도 젊은 주인의 비위를 거슬려 가며 내 편을 들려고 하지 않았고 리드 부인은 이 문제에 대해서는 장님이자 귀머거리였다. 물론 그녀가 보지 않는 데서 존이 더 그러기는 했지만 가끔은 그녀가 보는 앞에서 나를 때리고 욕을 해도 보아도 못 본 척, 들어도 못 들은 척했다.

평소에 늘 그렇듯이 나는 존이 하라는 대로 그의 의자로 다가갔다. 그는 3분에 걸쳐 혀를 길게 내밀었다. 혀가 뽑히지 않는 한 최대한 앞으로 내밀었다. 곧 그가 나를 때리리라는 것을 알았다.

그런 그가 참 못생겼다는 생각이 들었다. 그가 내 얼굴에서 그 생각을 읽었는지도 모르겠다. 왜냐하면 곧 아무 말 없이 갑자기 나를 세게 때렸기 때문이다. 나는 비틀거리다가 균형을 잡고 한두 걸음 뒤로 물러났다.

"이건 아까 엄마에게 말대꾸하고, 커튼 뒤에 몰래 숨고, 2분 동안 나를 쳐다본 표정 때문이야, 이 쥐새끼야!"

이제는 존 리드의 욕에 익숙해 그 말에 대답할 생각도 안 했다. 어떻게 하면 욕한 뒤에 닥칠 주먹을 견딜 것인가에만 신경을 썼다.

"커튼 뒤에서 뭘 하고 있었어?" 그가 물었다.

"책 읽었어."

"책을 보여 줘 봐."

나는 창으로 가서 책을 가져왔다.

"넌 책을 볼 자격이 없어. 엄마 말대로 넌 더부살이에다 돈도 없어. 너네 아버지가 돈 한 푼 안 남겼대. 너는 구걸을 해야 해. 여기서 우리 같은 신사의 자식들과 함께 살고, 우리 엄마 돈으로 우리와 같은 음식을 먹고, 우리와 같은 옷을 입으면 안 돼. 이제 내 책 꽂이를 뒤지면 어떻게 되는지 가르쳐 주지. 그건 내 책이야. 이 집에 있는 건 모두 내 거야. 아니, 몇 년 뒤면 다 내 게 될 거야. 저리가, 거울과 창문에서 비켜나. 문 옆에 서 봐."

나는 그렇게 했다. 처음에는 그의 의도를 몰랐으나 그가 책을 들고 던지려 하자, 본능적으로 놀라 소리를 지르며 한쪽으로 피했다. 하지만 조금 늦었다. 그는 책을 던졌고 나는 맞았다. 그리고 쓰러지며 문에 머리를 부딪혀 눈에 상처가 났다. 상처에서 피가 나면서 너무 아팠다. 공포는 최고조에 이른 뒤 사라졌고, 이어서 다른 감정이 생겨났다.

"이 사악하고 잔인한 놈아!" 내가 말했다. "넌 살인자 같아, 넌 노예 감독 같아, 넌 로마 황제 같아!"

나는 골드스미스의 『로마의 역사』를 읽고 나서 네로와 칼리굴라 등에 대해 내 나름의 의견을 갖고 있었다. 마음속으로 존이 이런 인물들과 유사하다고 생각했지만, 큰 소리로 말할 생각은 전혀 없었다.

"뭐! 뭐!" 그가 외쳤다. "감히 내게 그런 말을 해? 얘가 하는 말 들었어, 일라이저, 조지애나? 엄마에게 알려야 되지 않겠어? 하지만 우선……."

그는 나를 향해 돌진했다. 그가 내 머리와 어깨를 잡는 게 느껴졌고 나도 필사적으로 싸웠다. 그에게서 독재자와 살인자를 보았다. 피가 머리에서 목을 타고 한두 방울씩 흘러내리는 느낌이 들었고 온몸이 욱신욱신 쑤셨다. 그 순간에는 이런 감각이 공포를 압도했다. 나는 미쳐 날뛰며 그를 밀쳤다. 내가 손으로 어떻게 했는지 모르겠으나 그는 내게 "쥐새끼! 쥐새끼!"라고 하면서 고함을 질렀다. 그의 옆에는 그를 도와주는 사람들이 있었다. 일라이저와 조지애나가 리드 부인을 향해 달려갔다. 리드 부인은 2층에 있었다. 곧 그녀가 나타났고, 베시와 하녀 애벗이 부인 뒤를 따라왔다. 우리는 서로에게서 떨어졌다. 나는 이런 말을 들었다.

"저런! 저런! 어쩜 저렇게 화를 내며 존 주인님께 달려들지!"

"이렇게 화내는 건 처음 봤어!"

그러자 리드 부인이 끼어들어 말했다.

"그 아이를 붉은 방으로 데려가서 가둬."

곧 네 개의 손이 나를 잡더니 번쩍 들고 2층으로 갔다.

제2장

끌려가는 내내 나는 반항했다. 이런 일은 처음이었다. 이런 상황이 벌어지자 베시와 애벗 양은 나를 더 안 좋게 보았다. 사실 나는 약간 넋이 나간 상태였다. 아니, 오히려 프랑스 사람들 표현대로 제정신이 아니었다. 한 순간의 반항으로 이상한 벌을 받게 되었음을 깨닫자, 반항하는 노예처럼 필사적으로 갈 데까지 가 보자는 생각이 들었다.

"팔을 잡아요, 애벗 양. 미친 고양이 같군."

"부끄러운 줄 알아! 부끄러운 줄 알라고!" 여주인의 하녀가 외쳤다. "아주 충격적인 일이구나, 에어. 은인의 아들인 어린 신사를 때리다니! 어린 주인을."

"주인! 걔가 어떻게 내 주인이야? 내가 하녀야?"

"아니지. 넌 하녀만도 못하지. 놀고먹잖아. 거기 앉아서 네 잘못을 반성해."

이때는 이미 리드 부인이 말한 방으로 나를 데려다 놓은 다음이었다. 그들은 나를 밀어 등받이 없는 낮은 의자에 앉혔다. 나는 용수철처럼 벌떡 일어나고 싶었으나 곧 그들이 두 손으로 나를 제지했다.

"가만히 있지 않으면 꽁꽁 묶을 거야." 베시가 말했다.

"애벗 양, 양말대님을 빌려 주세요. 내 건 금방 끊어질 거예요."

애벗 양은 건장한 다리에서 대님을 풀었다. 이렇게 나를 묶을 준비를 하는 모습을 보자 지금보다 더 굴욕감을 느끼게 되리라는 생각이 들었다. 그러자 흥분이 약간 가라앉았다.

"풀지 마!" 내가 소리쳤다. "가만히 있을게."

가만히 있을 거라는 것을 보장하기 위해 나는 손으로 의자를 꼭 잡았다.

"꼼짝 말고 있어." 베시가 말했다. 내가 정말로 진정된 것을 확인하자 나를 묶지 않았다. 그러고 나서 그녀와 애벗 양은 내가 제정신인 것을 믿을 수 없다는 듯이 팔짱을 끼고 음울하게 의심의 눈초리로 내 얼굴을 보았다.

"애가 전에는 안 그랬는데." 베시가 애벗 양 쪽으로 몸을 돌리며 말했다.

"하지만 늘 그런 면이 있었어요." 애벗 양의 대답이었다. "마님께 저 애를 어떻게 생각하시는지 여쭤 보았는데, 마님도 같은 생각이셨어요. 쟤는 조그만 게 음흉해요. 저 나이에 저렇게 많은 걸 숨기는 애는 처음 보았어요."

베시는 대답하지 않았다. 하지만 곧 내게 말했다. "에어, 리드 부인의 말을 잘 들어야 해. 그분이 널 먹여 주고 입혀 주시잖아. 그분이 버리면 넌 구빈원에 가야 해."

이런 말에 대해서는 더 이상 할 말이 없었다. 처음 듣는 소리가 아니었다. 생애 최초의 기억에도 이런 암시가 있었다. 이렇게 더부살이를 비난하는 말은 희미한 노랫가락처럼 늘 내 귓가에 맴돌았다. 더부살이라는 말이 아주 고통스럽고 치명적인 말이었지만 무슨 뜻인지 완전히 이해하지는 못했다. 애벗 양이 끼어들었다.

"마님 덕분에 그분 자식들과 함께 자라지만, 그렇다고 네가 리드 양이나 리드 주인님과 같은 처지라고 생각하면 안 돼. 그들은 엄청난 돈을 상속받겠지만 너는 무일푼이 될 거야. 네 분수에 맞게 겸손한 태도로 그분들 비위를 맞춰야 해."

"널 위해서 이런 말 해 주는 거야." 베시가 거친 목소리로 말했다. "넌 명랑하고 쓸모 있는 아이가 되어야 해. 그러면 아마 계속 이 집에서 살 수 있겠지. 하지만 화를 내고 무례하게 굴면, 틀림없이 마님께서 멀리 쫓아낼 거야."

"게다가 하느님이 벌을 주실 거야. 성질을 부리면 천벌을 받아 죽을 텐데, 그럼 어디로 가겠니? 베시, 그만 갑시다. 어쨌든 난 저 아이가 싫어요. 혼자 있으면서 기도나 해, 에어. 참회하지 않으면, 악마가 굴뚝으로 내려와서 멀리 데려갈 거야." 애벗 양이 말했다.

그들은 문을 닫고 나가더니 아예 잠가 버렸다.

이 붉은 방에서는 잠자는 일이 거의 없었다. 아니, 게이츠헤드 저택에 한꺼번에 많은 손님이 몰려와 이 집의 모든 방을 사용해야 할 때를 제외하고는 절대로 이 방을 사용하는 법이 없다고 해야 옳을 것이다. 그러나 이 방은 이 집에서 제일 크고 웅장했다. 방한가운데에 침대가 신전처럼 있었는데, 장엄한 마호가니 다리 위에 짙은 붉은 능직 커튼이 늘어져 있었다. 언제나 덧문이 내려져 있는 커다란 두 개의 창문은 비슷한 천의 커튼 주름과 꽃장식으로 반쯤 가려져 있었다. 카펫도 붉은색이었다. 침대 끝에 있는 테이블은 선홍색 테이블보로 덮여 있었다. 엷은 황갈색 벽에는 사이사이 분홍색이 섞여 있었다. 옷장, 화장대, 의자 등은 검은 광택을 내는 오래된 마호가니였다. 이런 주변의 짙은 색을 배경으로 층층이 쌓아 올린 매트리스와 베개는 눈처럼 하얀 마르세유 침대 덮개로 덮인 채 높이 솟아올라 하얗게 빛났다. 침대 머리맡에는 발판이 앞에 달린, 침대 못지않게 엄청나게 큰 안락의자가 있었다. 그 의자에도 쿠션이 여러 개 쌓여 있었다. 나는 그 의자가 창백한 왕좌 같다고 생각했다.

난로를 피우는 일이 거의 없어 방은 추웠다. 또한 아이들 방이나 부엌에서 뚝 떨어져 있어 조용했다. 드나드는 사람이 거의 없어 경건하기까지 했다. 토요일이면 하녀가 혼자 와서 거울과 가구에 일주일 동안 쌓인 먼지를 떨어냈다. 그리고 리드 부인은 아주 가끔씩 이 방에 와서 은밀하게 옷장 서랍 중 하나를 확인하곤 했다. 그 서랍 안에는 다양한 서류, 보석 상자, 죽은 남편의 작은 초상화가 들어 있었다. 이 마지막 말에 붉은 방의 비밀, 왜 이렇게 웅장한 방이 쓸쓸하게 버려져 있는지 설명해 줄 마법이 있었다.

리드 외삼촌은 9년 전에 돌아가셨다. 이 방에서 임종했고 여기에서 유해가 공개되었다. 그 후 장의사 사람들이 관을 가져갔다. 그날 이후 이 방이 쓸쓸하고 신성하게 여겨져 사람들이 자주 드나들지 않았다.

베시와 애벗 양이 꼼짝 말고 앉아 있으라고 한 의자는 대리석 벽난로 옆에 있는 낮은 의자였다. 눈앞에는 침대가 높이 솟아 있고, 오른쪽에는 높은 검은 옷장이 있고, 왼쪽에는 커튼을 친 창이 있었다. 번쩍이는 가구에 비친 일그러진 검은 그림자 때문에 가구는 여러 가지 색으로 번쩍거렸다. 가구와 창문 사이에 있는 커다란 거울에 침대의 장엄한 모습과 방 전체가 공허하게 비쳤다. 그들이 문을 잠갔는지는 확실치 않았다. 움직일 용기가 나자 나는 일어나 문으로 가서 확인했다. 그런데 슬프게도 문이 잠겨 있었다. 돌아올 때 거울 앞을 지나야 했다. 거울에 매료되어 나도 모르게 거울 속을 들여다보았다. 이 환상적인 빈 공간 속에서는 모든 게 현실보다 더 차갑고 어두워 보였다. 거울 속에서 이상하게 생긴 작은 아이가 나를 바라보고 있었다. 얼굴은 새하얗게 질려 있고 팔은 어둠에 가려 일부만 보였다. 모든 것이 고요한데 겁에 질린 그 아이의 빛나는 눈동자만 움직이고 있어 정말 유령이라도 나타난 것 같았다. 내 생각에는 그 아이가 저녁에 들려준 베시의 이야기에 등장하는, 요정과 도깨비가 반씩 섞인 꼬마 유령처럼 보였다. 베시의 이야기 속에서는 해 질 무렵 이런 유령들이 고사리가 우거진 외딴 황야의 골짜기에서 나와 길을 가는 여행자 앞에 나타나곤 했다. 나는 등받이가 없는 의자로 돌아갔다.

바로 그 순간 나는 미신에 사로잡혔다. 하지만 완전히 사로잡히지는 않았다. 아직 내 피는 뜨거웠다. 아직도 반항하는 노예의 기분이었다. 분노가 이글대고 기운이 넘쳤다. 음울한 현재로 피하기 전에 빠르게 몰려드는 과거 회상을 막아야 했다.

혼란스러운 내 마음속에서 존 리드의 난폭한 압제, 그 누이들의 거만한 무관심, 그의 어머니의 증오, 하인들의 편애가 뿌연 우물 속의 검은 침전물처럼 나타났다. 왜 나는 늘 고통받고, 늘 겁먹고, 늘 비난받고, 늘 벌을 서야 할까? 왜 나는 결코 명랑한 아이가 되지 못할까? 왜 다른 사람에게 호감을 사려고 노력하는데도 아무 소용 없을까? 일라이저는 이기적이며 고집불통인데도 사람들이 그녀를 존중한다. 조지애나는 성질이 못된 데다 아주 심통쟁이에 남을 헐뜯고 무례하게 구는데도 모두 그녀를 귀여워한다. 그녀를 보면 모두 발그레한 볼이나 금발의 곱슬머리와 예쁜 얼굴에 호감을 보이면서 그녀의 잘못을 모두 용서해 준다. 존은 비둘기의 목을 비틀고, 작은 공작새를 죽이고, 개를 양 떼 가운데 풀어 놓고, 온실에서 포도를 따고, 가장 귀한 식물의 꽃봉오리를 따도 누구 한 사람 그를 말리거나 벌주지 않는다. 그는 어머니를 '망구'라고 부르기도 했다. 때로는 어머니 피부가 자기하고 비슷한데도 피부가 검다고 시비를 걸고, 어머니가 뭘 하라고 해도 퉁명스럽게 말을 안 들었다. 그리고 종종 어머니의 비단옷을 찢거나 흠을 냈다. 그래도 그는 여전히 '엄마의 귀염둥이'였다. 나는 감히 잘못을 저지를 엄두도 못 냈다. 나는 의무라는 의무는 다 하려고 발버둥 쳐도, 모두 나를 아침부터 오후까지, 오후에서 밤까지 하루 종일 버릇없고, 지겹고, 뚱하고, 눈치 보는 아이라고 했다.

아직도 머리가 지끈거리고, 존이 때려서 넘어지는 바람에 생긴 상처에서 피가 났다. 이렇게 멋대로 나를 때린 존을 아무도 비난하지 않았다. 그런데 그가 더 때리려고 해서 피하려고 맞섰는데 모두들 나를 비난했다.

고통의 자극으로 일시적이나마 조숙해진 나의 이성은 "부당해! 부당해!"라고 외쳤다. 그리고 결단력도 고양되어 이 참기 어려운 압박을 모면하려면 도망치든지, 그럴 수 없으면 먹지도 마시지도 말고 굶어 죽는 묘안을 써 보라고 나를 선동했다.

쓸쓸한 오후, 내 영혼은 얼마나 놀랐던가! 내 두뇌는 얼마나 들끓었고 내 마음은 반항심으로 얼마나 불탔던가! 하지만 내 정신은 어둠과 극심한 무지 속에서 얼마나 투쟁했던가! 나는 끊임없이 머릿속에 떠오르는 질문, '왜 나는 이렇게 고통을 받아야 하는가?'에 대한 대답이 떠오르지 않았다. 시간이 흘러서라기보다는 거리를 두고 바라보니 이제야 그 일이 명확하게 이해된다.

게이츠헤드 저택에서 나는 불협화음이었다. 나는 누구와도 같지 않았다. 리드 외숙모나 외숙모의 자식들, 심복 하인들과 전혀 맞지 않았다. 그들은 나를 사랑하지 않았지만, 사실 나도 그들을 별로 사랑하지 않았다. 누구와도 통하지 않는 아이, 성격이나 재능이나 취미가 이질적인 아이, 전혀 이롭지도 않고 즐거움도 못 주는 무용지물, 그들의 대우에 분노하고 그들의 의견을 무시할 성실은 해로운 나를 다정하게 대해 줄 의무는 그들에게 없었다. 내가 명랑하고 영리하고 까불고 말 잘 듣고 예쁘고 잘 뛰어노는 아이였다면, 친구 하나 없는 더부살이였어도, 리드 부인은 좀 더 편안하게 내 존재를 견뎠을 것이다. 사촌들도 좀 더 다정한 친구처럼 대해 주었을 것이고, 하인들도 나를 아이들 방의 희생양으로 만들지 않았을 것이다.

붉은 방에서 빛이 사라지기 시작했다. 4시가 지나고 구름 낀 오후가 쓸쓸한 황혼으로 바뀌었다. 아직도 계단 창문에 비가 들이치는 소리가 계속 들렸고, 게이츠헤드 저택 뒤편 숲에서는 바람이 으르렁댔다. 나는 차츰 돌처럼 차가워졌다. 그러자 용기도 꺾였다. 사그라지는 분노의 불씨에 평소 느끼던 굴욕감, 자신에 대한 의심, 쓸쓸한 우울감이라는 찬물이 끼얹어졌다. 모두 내가 사악하다고 하는데, 정말 사악한지도 모르겠다. 나는 조금 전까지 굶어 죽을 생각을 하지 않았던가? 그건 분명 죄다. 하지만 죽을 준비는 되어 있는가? 게이츠헤드 교회의 성단소 밑 지하실이 매장되기에 좋은 곳인가? 그 지하실에 리드 외삼촌이 묻혀 있다고 들었다. 외삼촌 생각이 나자 점점 더 무서워졌다. 외삼촌이 기억나지는 않았지만, 어머니의 오빠인 그가 임종할 때 리드 부인에게 나를 자식처럼 길러 달라고 부탁했다는 것은 알고 있었다. 리드 부인은 아마도 이 약속을 지켰다고 생각할 것이다. 자기 본성이 허락하는 한 그 약속을 지켰다고 감히 말할 수도 있다. 하지만 어떻게 자기가 낳은 자식도 아니고 자기 피붙이도 아닌 침입자를 남편이 죽은 뒤까지 좋아할 수 있겠는가? 억지로 한 약속에 얽매어 정도 안 가는 이상한 아이를 돌보고, 엄마 역할을 하고, 게다가 맞는 게 하나도 없는 이방인에 의해 자기 가족이 계속 침범당하는 것에 아주 짜증 났을 게 틀림없다.

이상한 생각이 들었다. 리드 외삼촌이 살아 계셨다면 내게 친절했으리라는 것은 의심해 본 적이 없었다. 그에 대해서는 일말의 의심도 없었다. 그런데 지금 하얀 침대와 그림자에 덮인 벽을 보고 앉아 이따금 하얗게 빛나는 거울을 바라보고 있으니, 죽은 사람의 마지막 소원을 들어주지 않으면 그 사람이 무덤에서 괴로워하다 다시 이승으로 돌아와 나쁜 사람을 벌주고 억압받는 사람을 위해 복수한다는 말이 기억났다. 여동생의 딸이 학대받는 게 괴로워 리드 외삼촌의 영혼이 무덤이나 교회 지하실, 아니면 미지의 죽은 자의 세계를 떠나 이 방으로 와서 바로 내 앞에 나타날지도 모른다는 생각이 들었다. 너무 슬퍼하면 그 소리를 듣고 유령이 위로하러 오거나, 후광에 휩싸인 얼굴이 어둠 속에서 내게 이상한 동정의 눈길을 보낼지도 모른다는 생각이 들자 너무 무서워서 눈물을 닦고 울음을 멈추었다. 이론적으로는 이런 생각이 위로가 될 것 같지만, 실제로 이런 일이 벌어질지 모른다고 생각하니 무서웠다. 젖 먹던 힘까지 다해 이런 생각을 억누르고 마음을 단단히 먹으려고 했다. 눈으로 흘러내린 머리카락을 젖힌 뒤 고개를 들고 대담하게 어두운 방을 둘러보았다. 그 순간 벽에 희미하게 빛나는 불빛이 보였다. 블라인드 틈새로 비치는 달빛인가 했다. 아니었다. 달빛은 꼼짝 않지만 이 불빛은 흔들렸다. 내가 보는 동안 그 빛이 천장으로 올라갔다가 내 머리 위에서 흔들렸다. 이제 생각하니 아마도 누군가가 등을 들고 잔디밭을 지나갈 때 새어 들어온 빛이었던 것 같다. 하지만 그 당시 두려움에 사로잡힐 마음의 준비가 되어 있던 나는 빨리 움직이는 빛이 저승사자의 등장을 예고하는 것이라고 생각했다. 가슴이 마구 뛰고 머리에서는 열이 났다. 귀가 먹먹할 정도로 큰 소리가 났는데, 날개가 스치는 소리처럼 들렸다. 뭔가 옆에 있는 것 같았다. 답답하고 숨이 막혔다. 더 이상 참을 수가 없었다. 나는 문으로 달려가 필사적으로 자물쇠를 흔들었다. 바깥 복도에서 뛰어오는 발소리가 들렸다. 열쇠가 돌아가더니 베시와 애벗 양이 들어왔다.

"에어, 어디 아프니?" 베시가 물었다.

"얼마나 무섭게 소리를 질러 대는지! 기절할 뻔했어!" 애벗 양이 외쳤다.

"나가게 해 줘! 내 방으로 갈래!" 내가 소리쳤다.

"왜 그러니? 다쳤어? 뭘 본 거니?" 베시가 다시 물었다.

"오! 빛을 봤어. 유령이 나타난 것 같아." 내가 베시의 손을 꼭 붙잡았는데 그녀도 손을 빼내지 않았다.

"일부러 비명을 지른 거야? 얼마나 고함을 질러 대던지! 정말 많이 아파서 그랬으면 용서해 줄 텐데, 우리를 이리로 부르려고 그런 거야. 못된 꾀를 쓴 거야." 애벗 양이 역정을 내며 말했다

"이게 다 무슨 짓이야?" 단호한 목소리가 들렸다. 모자를 펄럭이고 시끄럽게 가운을 끌며 복도를 따라 리드 외숙모가 다가왔다. "애벗 양 그리고 베시, 내가 꺼내 주라고 할 때까지 그 아이를 방에 가둬 놓으라고 했잖아요?"

"제인이 비명을 크게 질렀어요." 베시가 변명했다.

"베시를 놓아주렴." 이 대답만이 돌아왔다. "베시의 손을 놓으렴, 애야. 이런 방법으로는 절대 이 방에서 나올 수 없어. 나는 그런 교묘한 꾀를 싫어하고 애들이 그러는 건 특히 더 싫단다. 그런 꾀는 통하지 않는다는 걸 보여 주어야 할 의무가 내게는 있어. 한 시간 더 방에 있어야 해. 내 말을 따르고 조용히 있어야 이 방에서 나오게 해 줄 거야."

"오, 외숙모! 저를 불쌍히 여겨 주세요! 용서해 주세요! 참을 수가 없어요. 다른 벌을 주세요! 이대로 두고 가시면 전 죽을 거예

요……."

"가만 좀 있어. 이렇게 발악하다니, 아주 불쾌하구나." 그리고 그
녀는 분명 그렇게 느꼈다. 그녀에게는 내가 조숙한 배우로 보였던
것이다. 정말로 사악한 분노와 비열한 정신을 지닌 데다 위험한 속
임수까지 쓰는 이중적인 아이로 말이다.

베시와 애벗 양이 물러나자 리드 외숙모는 더 이상 아무 말도
하지 않았다. 내가 미친 듯이 괴로워하며 마구 울자, 그녀는 짜증
을 내며 갑자기 나를 밀더니 가두어 버렸다. 그녀가 가운을 끌며
멀리 사라지는 소리가 들렸다. 그녀가 사라지자 나는 곧 발작을
일으켰다. 내가 기절해서 정신을 잃는 것으로 그 소동은 끝났다.

제3장

다음으로 내가 기억하는 것은 무서운 악몽을 꾼 느낌으로 깨어난 것이다. 눈앞에 두꺼운 검은 줄 사이로 붉은빛이 끔찍하게 번쩍였다. 목소리가 공허하게 울려 퍼졌다. 바람 소리인지 물소리인지 모를 소리와 섞여서 들리는 것 같았다. 뭔지 모를 상태에서 흥분하고 극도의 공포심에 사로잡혀 잘 보이지도 잘 들리지도 않았다. 곧 누군가가 내 몸에 손을 대는 걸 알았다. 그는 지금까지 그 누구보다 다정하게 나를 부축해서 앉혔다. 나는 베개인지 팔인지에 머리를 기대고 편안하게 누웠다.

5분쯤 지나자 혼란의 구름이 사라졌다. 내가 침대에 누워 있고, 그 붉은빛은 내 방에 비치는 빛임을 깨달았다. 밤이었고 테이블 위에서 촛불이 타고 있었다. 베시가 대야를 든 채 침대 발치에 서 있었다. 어떤 신사분이 의자에 앉아 머리맡에서 나를 내려다보고 있었다.

이 방에 낯선 사람이 있다는 것, 게이츠헤드 저택 사람도 아니고 리드 부인의 친척도 아닌 사람이 있다는 사실에, 이루 말할 수 없이 안심되었다. 베시에게서 얼굴을 돌려(사실 애벗 양보다는 베시가 있는 게 훨씬 나았지만), 그 신사 얼굴을 자세히 살폈다. 아는 사람이었다. 하인들이 아플 때면 리드 부인이 부르는 약사 로이드 씨였다. 부인은 자신이 아프거나 자기 자녀가 아프면 의사를 불렀다.

"자, 내가 누구지?" 그가 물었다.

나는 그에게 손을 내밀면서 그의 이름을 말했다. 그가 웃으며 내 손을 잡고 말했다. "내일이면 더 나아질 게다." 그는 밤새 푹 자도록 신경 써 달라고 베시에게 일렀다. 그러고는 몇 가지 더 지시하고 내일 다시 왕진을 오겠다고 말한 뒤 떠났다. 나는 너무나 슬펐다. 그가 머리맡의 의자에 앉아 있을 때는 친한 친구에게 보호받는 느낌이었는데, 그가 문을 닫고 나가자 방이 온통 캄캄해지고 가슴이 철렁 내려앉았다. 이루 말할 수 없는 슬픔에 마음이 무거웠다.

"잠들 것 같니?" 베시가 오히려 다정하게 물었다.

나는 감히 대답하지 못했다. 그녀가 다시 무뚝뚝해질까 봐 걱정되었기 때문이다. "자려고 애써 볼게요."

"뭘 마시고 싶거나 먹을 수 있겠니?"

"괜찮아, 베시."

"그럼 12시가 넘었으니 나도 잘게. 필요하면 밤에라도 나를 불러."

이건 정말 놀라울 만큼 공손한 말이었다! 이 말에 용기가 나서 그녀에게 물었다.

"베시, 뭐가 문제야? 내가 아픈 거야?"

"붉은 방에서 너무 울어서 아픈 것 같아. 금방 나을 거야."

베시는 옆의 하녀 방으로 가 버렸다. 그녀의 말이 들렸다.

"세라, 와서 아이 방에서 함께 자자. 아무래도 오늘 밤 저 불쌍한 애와 단둘이는 못 있겠어. 쟤가 죽을지도 몰라. 그렇게 발작을 일으킨 것도 이상하고, 뭘 보았는지 모르겠어. 주인마님이 너무 심했지."

세라와 베시가 함께 돌아왔다. 그들은 반시간쯤 소곤거리더니 잠이 들었다. 띄엄띄엄 그들의 대화가 들렸는데, 그것만 들어도 무슨 얘기인지 충분히 짐작할 수 있었다. "뭔가 저 아이 옆을 지나갔대. 새하얀 옷을 입고 있었다더군. 그리고 사라졌대." "그 사람 뒤로 커다란 검은 개가 따라왔대." "방문을 세 번 크게 두드렸대." "교회 묘지의 그의 무덤 위로 빛이 번쩍했대."

마침내 두 사람은 잠들었다. 벽난롯불도 촛불도 꺼졌다. 잠이 확 달아나서 밤새도록 두려움에 떨며 보냈다. 어린아이만이 느낄 수 있는 그런 두려움이었다.

붉은 방 사건이 일어난 뒤로는 더 이상 몸이 심하게 아프지 않았다. 하지만 정신적인 충격이 너무나 커서 오늘날까지도 그 영향이 남아 있다. 그래요, 리드 부인. 당신 때문에 끔찍한 정신적 고통을 겪었어요. 하지만 당신을 용서해야겠죠. 당신은 당신이 무슨 일을 했는지도 모르니까요.* 내 마음을 갈기갈기 찢어 놓았지만 본인은 내 나쁜 성격을 고치겠다는 생각뿐이었겠죠.

다음 날 정오쯤 일어나 옷을 입고 숄을 두르고 그 아이 방 벽난로 옆에 앉아 있었다. 몸이 약해져 기진맥진했다. 그러나 마음의 병이 더 컸다. 말할 수 없이 비참한 기분이었다. 너무 비참해서 계속 조용히 눈물만 흘렸다. 뺨에서 눈물을 훔쳐도 다시 눈물이 흘렀다. 그러나 리드 집안 사람이 아무도 없으니 행복해야 한다고 생각했다. 그 집 아이들과 엄마는 모두 마차를 타고 외출 중이었다. 베시는 장난감을 치우고 애벗 양도 다른 방에서 바느질을 하고 있었다. 베시가 장난감을 치우고 장롱 서랍을 정리하면서 평소와 달리 가끔 내게 다정하게 말을 건넸다. 끊임없는 질책과 달갑지 않은 체벌을 받는 생활에 익숙해져 있었기 때문에, 이런 상태가 마치 천국 같아야 했지만, 사실 그때 신경이 너무 지쳐 있어서 마음을 달래 줄 평온한 분위기도, 나를 유쾌하게 흥분시킬 만한 즐거운 일도 없었다.

베시는 부엌으로 내려가 밝은 색 도자기 접시에 타르트를 담아서 가져왔다. 접시에 그려진 메꽃과 장미 봉오리 화환 속에 둥지를 튼 극락조를 보고 감탄해 마지않은 적이 있었다. 전에 그 접시를 손에 들고 자세히 보게 해 달라고 여러 번 사정했지만 그런 특권은 늘 거절당했다. 그런데 이제는 접시를 보라고 다정하게 권유하기까지 했다. 이제는 아무 소용 없는 호의였다! 여러 번 원했으나 오랫동안 거절당한 다른 대부분의 호의와 마찬가지로 그것은 이미 때늦은 호의였다! 타르트를 먹을 수가 없었다. 새의 깃털, 꽃의 색깔이 이상하게 바래 보였다. 접시고, 타르트고 한쪽으로 밀어내 버렸다. 베시는 책을 읽겠느냐고 물었다. **책**이라는 말에 잠시 흥분했다. 나는 서재에서 『걸리버 여행기』를 가져다 달라고 부탁했다. 몇 번이나 즐겁게 탐독한 책이었다. 나는 이 책에 쓰인 게 사실이라고 여겨져 동화책보다 훨씬 더 재미있었다. 디기탈리스 잎과 열매 속에서, 버섯 아래에서, 낡은 벽 귀퉁이를 뒤덮은 아이비 아래에서 동화 속 요정을 찾았으나 실패한 뒤 마침내 요정들이 모두 왕국을 떠나 더 우거지고 거친 숲이 있는 인적이 드문 어떤 야만의 나라로 가 버렸다는 사실을 받아들여야 했다. 반면 『걸리버 여행기』에 나오는 거인국과 소인국은 분명히 지구 상에 있다고 확신했다. 긴 여행을 하면 언젠가 내 눈으로 소인국의 작은 들판과 집, 나무, 소인, 작은 소, 양, 새 등을 볼 수 있고, 거인국의 숲처럼 높은 옥수수밭과 힘센 경비용 개, 괴물 같은 고양이, 탑처럼 키 큰 남녀를 볼 수 있으리라 확신했다. 하지만 소중한 책을 손에 들고 책장을 넘기면서 늘 매력적이던 것을 다시 찾아내려고 했으나, 이제는 모든 게 시시하고 따분했다. 거인들은 수척한 도깨비였고 소인들은 끔찍하고 심술궂은 난쟁이에 불과했다. 걸리버는 두렵고 위험한 곳을 헤매는 쓸쓸한 방랑자였다. 더 이상 읽을 수 없어서 책을 덮은 다음 테이블 위, 입도 대지 않은 타르트 옆에 두었다.

베시는 이제 방 먼지를 털고 청소를 끝내고 손을 씻고 비단과 새틴 조각이 가득 찬 작은 서랍장을 열었다. 그녀는 노래를 부르며 조지애나의 인형이 쓸 새 보닛을 만들었다. 그녀가 부른 노래는 다음과 같았다.

우리가 집시로 떠돌던,
오래전에.*

전에도 종종 들었던 노래였다. 그 노래를 들으면 언제나 즐겁고 신났다. 베시의 목소리는 달콤했다. 적어도 내게는 그렇게 들렸다. 그러나 여전히 달콤한 목소리인데, 지금은 멜로디가 말할 수 없이 슬프게 들렸다. 그녀는 바느질에 몰두해 이따금 아주 낮은 소리로 질질 끌며 후렴을 반복했다. '오래전에'는 가장 슬픈 장송곡의 운율 같았다. 그녀는 다른 민요를 불렀는데, 이번에는 정말 슬픈 곡이었다.

발이 아프고 다리도 지쳤네
길은 멀고 산은 험난하네
불쌍한 고아가 가는 길에
곧 황혼이 깔리고 달도 뜨지 않아 쓸쓸하리

왜 사람들은 나 혼자 그렇게 멀리 보내나

회색돌이 쌓여 있고 황야가 펼쳐진 곳으로.
인간은 매몰차고 친절한 천사만이
불쌍한 고아의 발길을 지켜보네.

하지만 멀리 밤바람이 부드럽게 불고 있네
구름 한 점 없는 하늘에 별들이 초롱초롱 부드럽게 빛나네
자비로운 신께서 불쌍한 고아에게
위안과 희망을 보여 주시네.

내 비록 부서진 다리 위를 지나더라도
혹은 거짓 불빛에 속아 늪지대를 헤매더라도
내 아버지께선 불쌍한 고아를
안아 주시고 약속과 축복 주시리.

집이나 친척이 없어도
나는 강건하기 때문에
천국이 집이고 꼭 거기서 쉴 수 있으리라
신은 고아의 친구라네.

"자, 제인, 울지 마." 노래를 마치고 베시가 말했다. 내 볼에다 대고 "타지 마"라고 하는 게 나았을 것이다. 하지만 나를 짓누르는 이 병적인 고통을 그녀가 어떻게 짐작이나 할 수 있겠는가? 아침에 로이드 씨가 다시 왔다.

"와, 벌써 일어났구나!" 방에 들어서며 그가 말했다. "아이는 좀 어떻소?"

베시는 아주 좋다고 대답했다.

"그렇다면 더 생기가 돌아야 하는데. 제인, 이리 오렴. 이름이 제인 맞지?"

"네, 선생님. 제인 에어예요."

"제인, 울고 있었구나. 왜 그런지 말해 보겠니? 어디가 아프니?"

"아니에요, 선생님."

"오! 아가씨들과 함께 마차 타고 외출하지 못해서 우는 걸 거예요." 베시가 끼어들었다.

"절대 그럴 리 없지! 그렇게 심통 부릴 만큼 어리진 않은걸!"

나 또한 그렇게 생각했다. 잘못된 비난에 자존심이 상해, 나는 곧 대답했다. "그런 일로 운 적은 단 한 번도 없어요. 마차 타고 나가는 것도 싫어요. 너무 불행해서 운 거예요."

"오, 무슨 소리니?" 베시가 물었다.

그 착한 약사는 약간 당황한 것처럼 보였다. 나는 그의 앞에 서 있었다. 그는 계속 나를 가만히 바라보았다. 그는 회색빛 작은 눈을 가지고 있었다. 빛나지는 않았으나, 이제 와서 생각하니 영리해 보이는 눈이었다. 엄격하지만 착해 보이는 얼굴이었다. 느긋하게 나를 뜯어보더니, 그가 말했다.

"어제는 왜 아팠니?"

"넘어졌어요." 또 베시가 끼어들었다.

"넘어졌다고! 저런, 또 애기처럼 굴었군! 저 나이에 잘 걷지도 못한단 말이야? 분명히 여덟 살이나 아홉 살은 된 것 같은데."

"맞아서 쓰러진 거예요." 다시 자존심이 상한 내가 퉁명스럽게 불쑥 내뱉었다. 로이드 씨는 코담배를 피우고 있었다. "하지만 그래서 아팠던 건 아니에요." 내가 덧붙였다.

그가 코담배를 조끼 주머니에 넣는 사이, 식사 시간을 알리는 하인들의 소리가 들렸다. "당신을 부르네요." 그가 말했다. "내려가세요. 돌아올 때까지 내가 제인 양을 타이를게요."

베시는 그냥 있고 싶어 했지만 가야 했다. 게이츠헤드에서는 식사 시간을 엄수해야 했다.

"넘어져서 아픈 게 아니라고? 그럼 왜 그랬니?" 베시가 가 버리자 로이드 씨가 계속 물었다.

"어두울 때 유령이 나타나는 방에 갇혀 있었어요."

나는 로이드 씨가 웃으며 동시에 찡그리는 것을 보았다. "유령이라고! 결국 애기구나! 유령이 무섭니?"

"리드 외삼촌의 유령은 무서워요. 그 방에서 돌아가셨고 거기에 누워 계셨어요. 베시나 다른 사람들도 가능하면 밤에는 그 방에 안 들어가려고 해요. 촛불도 없는 방에 나를 혼자 가두다니, 잔인해요. 너무 잔인해서 평생 못 잊을 거예요."

"말도 안 돼! 그래서 그렇게 불행했던 거니? 지금은 대낮인데도 무섭니?"

"아니요, 하지만 곧 밤이 오잖아요. 그러면 전 다시 불행해져요. 다른 일들 때문에 아주 불행해요."

"다른 일들 때문이라니? 내게 말해 보겠니?"

이 질문에 완벽하게 대답할 수 있었으면 얼마나 좋았을까! 제대로 답하기가 얼마나 어려웠던가! 아이들은 느낄 수는 있지만 자신의 감정을 제대로 분석할 수가 없다. 그리고 부분적으로 분석을 해 내도, 그 과정을 제대로 표현할 수가 없다. 하지만 나의 슬픔을 다른 사람에게 알려서 슬픔을 덜 수 있는 처음이자 유일한 기회를 잃고 싶지 않았다. 나는 어쩔 줄 몰라 잠시 망설이다가 만족스럽지는 않지만 가능한 한 진실하게 대답하려고 노력했다.

"우선, 제겐 아버지나 어머니, 남동생이나 여동생이 없어요."

"친절한 외숙모와 사촌들이 있잖니."

나는 잠시 멈추었다. 그러고 나서 서투르게 말했다.

"하지만 존 리드가 나를 때려서 쓰러뜨렸어요. 그리고 외숙모는 나를 붉은 방에 가두었어요."

로이드 씨는 두 번째로 그의 코담뱃갑을 꺼냈다.

"게이츠헤드 저택이 아주 멋진 집이라고 생각하지 않니? 이런 좋은 집에 사는 게 고맙지 않니?" 그가 물었다.

"이건 제집이 아닌걸요, 선생님. 애벗 양 말로는 제가 하인보다도 못하대요."

"저런! 이런 멋진 집을 떠나고 싶다는 어리석은 생각을 하는 건 아니지?"

"갈 곳이 있다면 기꺼이 떠나고 싶어요. 하지만 어른이 될 때까지는 게이츠헤드에서 나갈 수 없어요."

"어쩌면 그럴 수도 있을 거야. 누가 아니? 리드 부인 말고 다른 친척은 없니?"

"없어요, 선생님."

"아버지 쪽 친척은 없니?"

"모르겠어요. 한번 리드 외숙모에게 물어보았는데, 에어란 성을 가진 신분이 낮은 가난한 친척이 있겠지만, 그에 대해서는 전혀 모른대요."

"그런 친척이 있으면 그 가난한 친척집으로 가고 싶니?"

나는 곰곰이 생각해 보았다. 가난은 어른들에게도 암울해 보이지만, 아이들에게는 더욱 암울해 보인다. 아이들은 근면하게 일하는 점잖은 가난에 대해 잘 모르기 마련이다. 아이들에게 가난이란 누더기와 부족한 음식, 불기 없는 벽난로와 거친 태도, 타락한 악과 연관된 것이다. 내게 가난은 타락과 동의어였다.

"아니요, 가난한 사람들과 같이 살고 싶지는 않아요." 내 대답이었다.

"그 사람들이 친절하게 대해 주어도 함께 살고 싶지 않니?"

나는 고개를 저었다. 어떻게 가난한 사람들이 친절할 수 있을지 전혀 떠오르지 않았다. 그들처럼 말하는 법을 배우고, 그들의 태도를 취하고, 교육을 받지 못하는 게 싫었다. 자라서 게이츠헤드 마을의 초가집 문에서 본 적 있는 가난한 여자처럼 아이를 돌보거나 아기 옷을 빠는 그런 여자가 되기는 싫었다. 나는 신분을 희생해 가며 자유를 택할 만큼 영웅적이지 않았다.

"하지만 친척들이 정말 그렇게 가난하니? 노동자니?"

"모르겠어요. 리드 외숙모 말로는 친척이 있어도 분명 거지일 거래요. 구걸하러 다니긴 싫어요."

"학교에 가고 싶니?"

나는 다시 곰곰이 생각해 보았다. 나는 학교가 어떤 곳인지 잘 몰랐다. 베시가 가끔 해 준 말에 따르면, 학교는 젊은 숙녀들이 등에는 교정판을 대고 손과 목은 틀에 넣고 있는 곳, 아주 점잖고 말을 잘 들어야 하는 곳이었다. 존 리드는 학교를 싫어했고 선생님 욕을 했다. 하지만 존 리드의 취향이 내 기준이 될 수는 없었다. 학교 규율에 대한 베시의 설명(그녀가 게이츠헤드에 오기 전에 살았던 집안의 젊은 숙녀들에게서 들은 말)이 다소 오싹하긴 했지만, 교양을 갖춘 젊은 숙녀들 이야기를 자세히 듣고 있노라면 그럼에도 불구하고 매력적으로 느껴졌다. 이 숙녀들은 아름다운 풍경과 꽃을 그릴 수 있다고 베시가 자랑스럽게 말했다. 아름다운 노래를 부르고 연주할 수 있으며 지갑을 짜고 프랑스어를 번역할 수도 있다고 했다. 그 말을 듣다 보면 마지막에는 그런 사람이 되고 싶은 마음이 생겼다. 게다가 학교에 가면 모든 일이 완전히 변할 것이다. 그것은 긴 여행, 게이츠헤드와의 완전한 이별, 새로운 인생의 시작을 의미했다.

"정말 학교에 가고 싶어요." 나는 생각 끝에 결론적으로 말했다.

"자, 자! 무슨 일이 일어날지 모르잖니?" 로이드 씨가 일어서면서 말했다. "이 아이에게는 기분 전환이 필요해." 그는 혼잣말로 덧붙였다. "신경 쇠약이야."

그리고 베시가 돌아왔다. 그 순간 자갈길로 마차가 들어오는 소리가 들렸다.

"주인마님이신가요?" 로이드 씨가 물었다. "가기 전에 마님과 말씀을 나누고 싶소."

베시는 그에게 아침 식당으로 가자면서 앞장섰다. 그 뒤 일어난 일로 짐작건대, 그가 리드 부인에게 나를 학교로 보내는 것이 낫겠다고 권했고, 부인은 기꺼이 받아들인 게 틀림없다. 내가 잠자리에 들자 잠이 들었다고 생각한 애벗 양이 한 말에 따르면 이랬다. "주인마님은, 말하자면 사람들 눈치나 보고 몰래 음모나 꾸미는 저런 피곤하고 나쁜 아이를 제거하게 되어 기쁘시대!" 내 생각에 애벗 양은 나를 일종의 어린 가이 포크스*쯤으로 보는 것 같았다.

바로 그때 애벗 양이 베시에게 하는 말을 듣고 나는 아버지가 가난한 목사였고, 친구들이 격이 떨어지는 결혼이라고 말리는데도 어머니가 아버지와 결혼한 사실을 알았다. 할아버지인 리드 씨는 어머니가 말을 안 듣자 너무 화나서 무일푼으로 쫓아낸 후 절교했던 것이다. 어머니와 아버지가 결혼한 지 한 달 뒤, 큰 공업 도시의 목사였던 아버지는 교구 빈민들을 방문하던 중 그곳에 퍼진 티푸스에 걸렸다. 그리고 어머니에게 전염되어 한 달 만에 두 분 다 죽었다는 이야기였다.

이야기를 듣고 나서 베시가 한숨을 쉬며 말했다. "제인 양이 정말 불쌍해요, 애벗."

"그래요." 애벗 양이 대답했다. "애가 상냥하고 예쁘면 딱한 처지를 동정할 텐데. 저렇게 작은 두꺼비 같은 아이를 누가 좋아하겠어요."

"아주 귀여움받을 만한 아이는 분명히 아니죠." 베시가 동의했다. "같은 처지라도 어쨌든 조지애나처럼 예뻤으면 더 동정을 샀을 텐데."

"그래요, 조지애나가 귀여워 죽겠어요!" 애벗 양이 열을 내며 큰 소리로 말했다. "조그만 게 정말 예뻐요! 긴 곱슬머리랑 파란 눈이랑 고운 피부 하며, 꼭 그림같이 예뻐요! 베시, 저녁으로 토끼요리를 먹고 싶네요."

"나도요. 구운 양파도 곁들여 먹어요. 자, 내려갑시다." 그들은 내려갔다.

제4장

　로이드 씨와 대화를 나누고 애벗 양과 베시가 주고받는 말을 듣고 나자 희망도 생겨나고 회복해야지 하는 마음도 생겨났다. 곧 변화가 일어날 것 같았다. 나는 조용히 변화를 바라고 기다렸다. 그러나 그 변화는 더디게 진행되었다. 며칠, 아니 몇 주가 지나자 건강이 평소대로 회복되었다. 하지만 내가 계속 생각하던 문제에 대해서는 아무 말도 들리지 않았다. 리드 부인은 가끔 엄격하게 바라보기는 했으나 내게 말을 걸지 않았다. 내가 아픈 뒤로 나와 자기 자식을 더 분명하게 갈라놓았다. 사촌들은 늘 거실에 있는데 나에게는 내내 아이 방에만 있으라고 했다. 별로 나 혼자 식사하라고 했으며, 잠도 혼자 작은 방에서 자라고 했다. 학교에 보내 주겠다는 암시도 전혀 없었다. 그래도 그녀가 곧 나를 학교에 보낼 거라는 확신이 들었다. 나를 바라보는 그녀의 시선 속에는 그 어느 때보다 뿌리 깊은 극복할 수 없는 증오가 담겨 있었다.

　일라이저와 조지애나는 가능한 한 내게 말을 걸지 않았다. 어머니 지시를 따르는 게 분명했다. 존은 나를 볼 때마다 혀로 뺨을 불룩하게 했고 한번은 응징하려고 했다. 그러나 내가 즉각 전처럼 펄펄 화를 내며 반격하자, 그만두는 게 낫겠다 싶었던지 욕을 하고는 내가 자신의 코를 쳤다며 도망쳐 버렸다. 사실 내가 아주 세게 주먹을 휘둘러 그의 튀어나온 코에 일격을 가하기는 했다. 내 주먹이나 표정 때문에 그가 주춤하자 이 유리한 고지를 더 이용해야겠다는 마음이 강해졌다. 그러나 그는 이미 자기 어머니에게 달려간 뒤였다. 혀 짧은 소리로 '저 나쁜 제인 에어'가 미친 고양이처럼 자기에게 달려든 이야기를 하는 소리가 들렸다. 오히려 어머니가 매몰차게 아들의 말을 끊었다.

"존, 걔 이야기는 하지 말라고 했잖아. 걔 근처에도 가지 말라고 했지. 그런 애는 신경 쓸 가치도 없어. 너나 네 누나나 그 아이와 어울리지 말랬잖아."

그때 난간에 기대어 있던 나는 갑자기 고함을 질렀다. 생각지도 못하게 튀어나온 말이었다.

"그 아이들이 나하고 어울리기에 적합하지 않죠."

리드 부인은 건장한 편이었다. 그러나 이런 이상하고도 대담한 선언을 듣자 날렵하게 계단으로 뛰어 올라왔다. 나를 밀쳐 침대 발치에 앉혀 놓고 그 자리에서 일어나거나 한 마디라도 더 하면 어떻게 될지 두고 보라고 단호한 목소리로 협박했다.

"리드 삼촌이 살아 계셨으면 뭐라고 하셨을까요?" 거의 나도 모르게 나온 말이었다. '거의 나도 모르게'라고 했는데, 전혀 내 의지와 관계없이 혀가 말을 한 것 같아서였다. 내게서 무언가가 제멋대로 튀어나왔다.

"뭐라고?" 리드 부인이 숨을 죽였다. 평소에는 차갑고 침착하던 그녀의 회색 눈이 공포에 질려 곤혹스러운 표정을 띠었다. 그녀는 내 팔에서 손을 떼더니 아이인지 악마인지 모르겠다는 듯이 빤히 바라보았다. 이제 어쩔 수가 없었다.

"리드 삼촌이 천국에 계세요. 당신이 뭘 하고, 뭘 생각하는지 다

보실 거예요. 엄마, 아빠도 다 보실 거예요. 당신이 어떻게 나를 하루 종일 가두고, 어떻게 내가 죽길 바랐는지 다 아실 거예요."

리드 부인은 정신을 가다듬었다. 그녀는 나를 마구 흔들고 양쪽 뺨을 갈기더니 아무 말도 없이 떠났다. 그 뒤 한 시간 동안이나 베시가 설교를 했다. 그녀는 내가 어떤 집 아이보다도 사악하고 타락한 아이임이 증명되었다고 설교했다. 그녀 말이 반쯤은 맞다고 믿는다. 정말 내 마음속에는 악한 감정만 들끓고 있었기 때문이다.

11월과 12월, 그리고 1월도 반쯤 지났다. 게이츠헤드의 크리스마스와 새해는 평소처럼 축제에 들떠 있었다. 선물을 교환하고 이브닝 파티를 열었다. 물론 나는 즐거운 행사에서 완전히 배제되었다. 매일 일라이저와 조지애나가 예쁜 옷을 차려입는 모습이나 얇은 모슬린 프록코트에 주황색 허리띠를 하고 곱슬머리를 정성 들여 매만진 뒤 거실로 내려가는 모습을 보는 것이나, 그 뒤 아래층에서 연주되는 피아노나 하프 소리, 집사와 하인이 오가는 소리, 음료수를 건넬 때 유리잔과 식기가 부딪치는 소리, 거실 문을 여닫을 때 띄엄띄엄 이어지는 대화를 듣는 정도가 내게는 즐거운 일이었다. 이런 일에 싫증 나면 층계를 떠나 아무도 없어 조용한 아이 방으로 돌아갔다. 거기 있으면 조금 슬프기는 하지만 불행하지는 않았다. 솔직히 말하면, 조금도 사람들과 어울리고 싶지 않았다. 사람들과 어울려 봐야 나를 주목하는 사람은 아무도 없었다. 베시가 내 옆에 친절하게 있어 주기만 바랐다. 신사 숙녀가 가득 찬 방에서 리드 부인의 무지막지한 눈길을 받으며 저녁 시간을 보내느니 베시와 함께 조용히 저녁을 지내는 게 더 즐거울 것 같았다. 그러나 베시는 어린 아가씨들에게 옷을 입혀 준 뒤에는 곧 식당과 가정부의 방이 있는 시끄러운 장소로 물러나곤 했다. 나는 무릎에 인형을 놓고 혼자 앉아 침침한 방에서 아무것도 나오지 않는다는 것을 확인하기 위해 주위를 둘러보았다. 난롯불이 흐려지면 가능한 한 빨리 옷 매듭을 확 당겨 옷을 벗은 뒤 어둠과 추위를 피해 침대 안으로 들어갔다. 침대에는 늘 인형을 가져갔다. 인간은 무언가를 사랑해야 한다. 그런데 사랑할 만한 가치 있는 대상을 찾지 못한 나는 빛바랜 조각 인형, 작은 허수아비처럼 초라한 인형을 사랑하는 데서 즐거움을 찾았다. 이제 와서 보니 당혹스럽게도 어리석을 만큼 진지하게 이 작은 인형이 반쯤은 살아 있고 감정이 있다고 생각하며 사랑했다는 기억이 난다. 그 당시 인형을 품고 자지 않으면 잠이 오지 않았다. 그리고 그 인형이 안전하고 따뜻하게 침대에 누우면, 인형도 나만큼 행복하리라는 생각이 들고 나도 좀 더 행복해졌다.

손님들이 떠나고 베시가 층계를 올라오는 소리가 나는지 기다리는 동안에는 시간이 아주 길게 느껴졌다. 베시는 가끔 중간에 골무나 가위를 찾으러 오거나 무언가 저녁거리를 가져다주곤 했다. 보통 빵이나 치즈 케이크를 가져와 내가 먹는 동안 베시는 침대에 앉아 있곤 했다. 내가 다 먹고 나면 이불을 덮어 준 뒤 뽀뽀를 두 번 하고 "잘 자, 제인 양"이라고 말했다. 이처럼 온화할 때면 베시가 이 세상에서 가장 훌륭하고, 예쁘고, 친절한 사람 같았다. 그녀가 늘 이렇게 유쾌하고 사랑스러웠으면 했다. 평소처럼 나를 떠밀거나 꾸짖거나 무리한 일을 시키지 말기를 아주 열렬히 소망했다. 지금 생각해 보아도 베시는 재능이 아주 많은 하녀인 게 틀림없다. 그녀는 매사를 영리하게 잘 처리했고 이야기를 아주 재미있게 잘 했다. 적어도 그녀가 옛날이야기를 해 줄 때 받은 인상으로 판단하면 그랬다. 그녀의 얼굴과 몸매가 내가 기억하는 대로라면, 그녀는 예쁘기도 했다. 그녀는 머리와 눈이 검고, 이목구비가 아주 또렷하고, 피부가 맑고 고운 날씬한 아가씨로 기억된다. 하지만 그녀는 변덕스럽고, 성격이 급했으며, 원칙이나 정의 따위에는 관심이 없었다. 그래도 게이츠헤드 저택에서는 그녀가 제일 좋았다.

1월 15일 오전 9시경이었다. 베시는 아침 식사를 하러 내려갔다. 사촌들은 아직 자기네 엄마에게 불려 가지 않았다. 일라이저는 보닛을 쓰고 따뜻한 정원용 코트를 입은 다음 닭 모이를 주러 갔다. 그건 그 아이가 좋아하는 일이었다. 일라이저는 가정부에게 달걀을 팔아 돈을 저축하는 것을 이 일 못지않게 좋아했다. 그녀는 장사에 소질이 있었으며 저축을 잘했다. 닭과 달걀 외에도 구근과 꽃씨, 떨어진 과일까지 아주 비싸게 정원사에게 팔았다. 정원사는 이 아가씨의 정원에서 나온 물건 중 팔고 싶어 하는 것이 있으면 뭐든지 사 주라는 리드 부인의 명령을 받았다. 일라이저는 머리카락을 팔아 큰돈을 벌 수 있었다면, 머리카락도 팔았을 것이다. 처음에는 그렇게 모은 돈을 헝겊 조각이나 낡은 두루마리 종이에 싸서 외딴 구석에 숨겼다. 그러다가 숨긴 돈 중 일부를 하녀들이 찾아내자 그녀는 소중한 보물을 언젠가 잃을지도 모른다는 두려움에 휩싸였다. 어머니가 50~60퍼센트 고리 이자를 주겠다고 하자 어머니에게 맡기는 데 동의했다. 그녀는 4분기마다 이자를 꼬박꼬박 받았고, 작은 공책에 그 거래 내역을 정확하게 기록했다.

조지애나는 높은 의자에 앉아 거울을 보며 머리를 매만지고 있었다. 다락방 서랍장에 쌓여 있던 조화와 퇴색한 깃털을 찾아내 그것들을 곱슬머리에 꽂았다. 나는 침대 정리를 했다. 베시가 자기가 돌아올 때까지 꼭 정리해 놓아야 한다고 명령을 내렸기 때문이다(이제 베시는 나를 종종 하녀 조수처럼 부렸다. 내게 방 정리나 의자 먼지 터는 일 등을 시켰다). 침대보를 평평하게 펴고 잠옷을 접어 놓은 뒤, 그림책과 인형 집 가구가 흩어져 있는 창턱으로 정리하러 갔다. 그런데 갑작스럽게 조지애나가 자기 장난감을 만지지 말라고 명령하는 바람에(작은 책상, 거울, 우아한 컵과 접시는 조지애나 것이었다) 나는 하던 일을 멈추었다. 달리 할 일이 없어서 성에꽃이 가득 긴 유리창에 입김을 호호 불기 시작했다. 이렇게 유리창의 일부를 깨끗하게 한 다음, 그 유리창을 통해 마당을 내려다보았다. 밖은 고요하고 된서리를 맞아 마당에는 모든 것이 굳어 있었다.

이 창문에서는 문지기의 집과 마찻길이 보였다. 유리창을 가린 은빛 성에꽃을 많이 녹여 밖을 내다볼 정도가 되었을 때, 대문이 열리더니 마차가 들어오는 게 보였다. 마차가 올라오는 모습을 무심히 바라보았다. 종종 게이츠헤드에 마차가 오기는 했지만 내 관심을 끌 만한 손님은 전혀 오지 않았다. 마차가 집 앞에 멈추자, 큰 소리로 현관 벨이 울렸고 손님이 들어왔다. 이 모든 것이 나와는 무관한 일이어서 멍청하게 바라보다가 곧 굶주린 작은 붉은가슴울새에게 마음이 끌렸다. 새는 창 근처 벽에 딱 붙어 있는 잎이 다 떨어진 벚나무 가지에 날아와 지저귀고 있었다. 내가 아침에 먹고 남긴 빵과 우유가 식탁 위에 있었다. 빵 조각을 부순 뒤, 창턱에 내놓으려고 창문을 당기는데 베시가 뛰어서 계단을 올라와 아이 방으로 들어왔다.

"제인, 앞치마 벗어. 거기서 뭐 하는 거야? 오늘 아침에 세수는 했니?" 나는 대답을 하지 않고 다시 창을 당겼다. 새에게 그 빵을 꼭 먹이고 싶었다. 마침내 창문이 열렸다. 나는 빵 부스러기를 벽돌 창턱에 조금, 벚나무 가지에 조금 뿌렸다. 그러고 나서 창문을 닫으며 대답했다.

"아니, 베시. 이제 막 먼지 터는 일을 끝냈어."

"칠칠치 못한 말썽쟁이 같으니라고! 방금 뭐 하고 있었니? 얼굴이 아주 빨갛구나. 장난하는 것 같던데, 창문은 왜 열었어?"

대답할 필요가 없었다. 마음이 급한 베시는 내 설명을 들을 여유가 없어 보였다. 그녀는 마구잡이로 나를 세면대로 끌고 가서 다행히도 순식간에 비누칠을 하고 얼굴을 씻긴 뒤, 거친 수건으로 내 손과 얼굴을 닦아 주었다. 그러고는 거친 머리빗으로 대충 머리를 빗긴 뒤 내 앞치마를 벗기고 급히 계단 꼭대기로 데려가서 아침 식당에서 누가 나를 보려고 하니 바로 내려가라고 명령했다.

누가 나를 보자고 했는지, 거기 리드 부인이 있는지 물어보려고 했지만 베시는 이미 사라지고 아이 방의 문은 닫혀 버렸다. 나는 천천히 계단을 내려갔다. 리드 부인은 거의 세 달 동안 나를 부른 적이 없었다. 나는 아주 오랫동안 아이 방에만 갇혀 있었다. 아침 식당이나 거실은 이제 내게 무서운 곳으로 변해 감히 그곳을 침범할 엄두가 나지 않았다.

나는 텅 빈 홀에 혼자 서 있었다. 바로 앞에 아침 식당 문이 있었다. 나는 겁이 나 문을 열다 말고 멈칫했다. 그 순간 나는 부당하게 벌을 받고 비참해진 작은 겁쟁이가 되어 있었다. 아이 방으로 돌아가는 것도, 응접실을 향해 나아가는 것도 겁났다. 10분이나 망설이며 안절부절못하고 서 있었다. 아침 식당 벨이 시끄럽게 울리자 나는 결심했다. 들어가자.

'누가 보자는 걸까?' 두 손으로 빡빡한 문고리를 잡고 돌리면서 속으로 물었다. 1~2초 동안 나는 가만히 서 있었다. '리드 외숙모 옆에 누가 있는 거지? 남자야, 여자야?' 나는 무릎을 많이 굽히고 인사한 뒤 위를 올려다보았다. 검은 기둥이 있었다. 최소한 처음에는 그렇게 보였다. 양탄자 위로 우뚝 솟아 있는 가느다란 기둥에 검은 옷을 입혀 놓은 형상이 있었다. 맨 위의 험악한 얼굴은 기둥 꼭대기 정 가운데 조각 가면을 올려놓은 것처럼 보였다.

리드 부인은 평소처럼 난로 옆에 앉아 있었다. 다가오라는 그녀의 손짓에 따라 나는 지시대로 다가갔다. 그녀는 그 엄숙한 낯선 손님에게 "이 아이가 당신 학교에 지원한 그 여자아이예요"라고 나를 소개했다.

그 사람은 남자였다. 그는 내가 서 있는 쪽을 향해 서서히 고개를 돌렸다. 짙은 눈썹에 회색 눈을 한 그 남자는 눈을 빛내면서 무언가 캐내려는 듯이 나를 살피더니, 처음으로 엄숙하게 입을 열었다. "몸집이 작네요. 몇 살인가요?"

"열 살입니다."

"그렇게 나이가 많아요?" 그가 못 믿겠다는 듯이 말했다. 그리고 몇 분간 더 꼼꼼히 나를 살폈다. 그러더니 그가 말했다.

"애야, 이름은?"

"제인 에어예요, 선생님."

대답하면서 나는 그를 올려다보았다. 그는 키가 큰 신사로 보였다. 하지만 그때는 내 키가 아주 작았다. 그는 이목구비가 큼직큼직했다. 몸매도 얼굴과 마찬가지로 거칠고 딱딱했다.

"자, 제인 에어, 그런데 넌 착한 아이니?"

이 말에 '네'라고 대답할 수가 없었다. 이 작은 세계에서 사람들의 의견은 그와 반대였다. 나는 아무 말도 하지 않았다. 리드 부인이 대신 고개를 절레절레 흔들며 덧붙였다. "브로클허스트 씨, 그 문제는 말씀을 안 하시는 게 더 나을 거예요."

"그런 말을 듣다니 유감이군요! 이 아이와 얘기를 좀 해 봐야겠어요." 그리고 서 있던 수직 자세에서 몸을 굽히더니 리드 부인 맞은편에 놓인 안락의자에 앉았다. "이리 오렴." 그가 말했다.

나는 양탄자를 가로질러 갔다. 그는 바로 자기 앞에 서라고 했다. 나와 거의 같은 높이에 그의 얼굴이 있었다. 그 얼굴은 얼마나 이상한지! 코는 또 얼마나 큰지! 입도 얼마나 이상한지! 그리고 넓적한 이가 얼마나 튀어나왔는지!

"나쁜 아이를 보는 것처럼 슬픈 일은 없단다." 그가 시작했다. "특히 못된 여자아이를 보면 더 슬프지. 사악한 사람들이 죽으면 어디로 가는지 아니?"

"지옥에 가죠." 나는 즉시 정통적인 대답을 했다.

"그럼 지옥은 뭐지? 말해 볼래?"

"불구덩이예요."

"그럼 그 불구덩이에 빠져서 영원히 타고 싶니?"

"아니요, 선생님."

"그걸 피하려면 어떻게 해야 하니?"

나는 잠시 곰곰이 생각했다. 내 대답은 그가 싫어할 만한 대답이었다. "늘 건강해 죽지 않아야 해요."

"어떻게 늘 건강할 수 있겠니? 너보다 어린 애들도 매일 죽는단다. 어젠가 그저께도 다섯 살 난 아이를 묻었지. 정말 착한 아이였는데. 그 아이의 영혼은 이제 천국에 갔을 거야. 네가 하늘나라로 불려 갈 때 그 아이처럼 천국에 가지 못할까 봐 걱정되는구나."

나는 그의 의심을 없애 줄 처지가 아니어서, 양탄자 위에 있는 그의 커다란 두 발만 바라보았다. 그리고 이곳에서 멀리 떠나면 얼마나 좋을까 하는 생각이 들어 한숨이 나왔다.

"그 한숨이 마음에서 우러나온 것이었으면 좋겠구나. 그리고 훌륭한 은인에게 그동안 불편을 끼친 걸 후회하는 의미라면 더 좋겠구나."

'은인, 은인.' 나는 속으로 되뇌었다. '모두들 리드 부인을 은인이라고 하는데, 그렇다면 은인은 불쾌한 사람이군.'

"아침저녁으로 기도를 하니?" 그 심문자가 계속 물었다.

"네, 선생님."

"성경도 읽니?"

"가끔요."

"즐겁게? 성경 좋아하니?"

"요한의 묵시록과 다니엘, 창세기와 사무엘은 좋아요. 출애굽기는 조금 좋아하고, 열왕기와 역대기, 그리고 욥기와 요나에는 좋아하는 부분이 가끔 있어요."

"그럼 시편은? 시편도 좋아했으면 좋겠는데?"

"싫어요, 선생님."

"싫다고? 오, 충격적이구나! 내겐 너보다 어린 아들이 있는데, 그 아이는 시편 6편을 암송한단다. 만일 그 애한테 '생강 과자를 먹을래, 시편의 시를 배울래?' 하고 물으면, 이렇게 대답하지. '오! 시편의 시요! 천사들이 시편을 노래하죠. 저는 이 세상에서 사는 작은 천사가 되고 싶어요.' 그러고 나면, 경건한 아이에게 주는 상으로 생강 과자를 두 개 받지."

"시편은 재미없어요." 내가 말했다.

"그게 바로 네 마음이 사악하다는 증거란다. 사악한 마음을 변화시키려면 하느님께 기도를 해야 한단다. 깨끗한 새 마음을 주시라고 말이야. 돌로 된 네 심장을 가져가고 제대로 된 심장을 주십사 기도해야 한단다."

어떤 식으로 내 마음을 바꿀 수 있느냐고 물으려는 순간, 리드 부인이 끼어들어 내게 앉으라고 했다. 그녀가 이야기를 이어 갔다.

"브로클허스트 씨, 3주일 전에 보낸 편지에서 암시했듯이 이 꼬마는 제가 원하는 성격과 성품을 갖고 있지 않아요. 이 아이를 로우드 학교에서 받아 주신다면, 교장 선생님과 선생님들께 엄격하게 이 아이를 지켜보라고 해 주세요. 무엇보다도 가장 나쁜 결함인 속임수 쓰는 것을 잘 지켜보라고 해 주면 고맙겠어요. 제인, 브로클허스트 씨를 속일 생각일랑 말라고 너 듣는 데서 이야기하는 거야."

내가 리드 부인을 두려워하는 것도 싫어하는 것도 당연한 일이었다. 그녀는 원래 내게 잔인한 상처를 주는 성격이었다. 그녀 앞에서는 단 한 번도 행복한 적이 없었다. 내가 아무리 하라는 대로 주의를 기울여서 해내도, 아무리 열심히 비위를 맞추려고 해도, 아까 그녀가 한 그런 말로 응답하며 나를 싫어한다는 표시를 했다. 그녀가 낯선 사람 앞에서 나를 비난하자 가슴이 찢어지는 것 같았다. 어렴풋이 리드 부인이 벌써 새로 시작하는 내 인생의 새 단계에서 희망을 없애려 한다는 것을 깨달았다. 뭐라고 표현할 길은 없지만, 내 앞길에 혐오와 몰인정의 씨를 뿌리고 있었다. 브로클허스트 씨의 눈앞에서 내가 교활하고 사악한 아이로 변하는 모습을 나는 지켜보았다. 그러나 이런 상처를 치유하기 위해 내가 무엇을 할 수 있겠는가?

나는 울지 않으려고 애쓰면서 '아무것도 할 수 없어'라고 생각하고 무력한 괴로움의 증거인 눈물을 황급히 닦아 냈다.

"정말이지 아이가 속임수를 쓰는 것은 지독한 결함이지요." 브로클허스트 씨가 말했다. "속임수란 거짓말과 유사하죠. 거짓말쟁이들은 유황불이 타오르는 연못에 빠지게 되겠죠. 리드 부인, 하지만 이 아이를 잘 지켜보겠습니다. 제가 템플 선생과 다른 선생들에게 말씀드리죠."

"이 아이의 장래에 적합한 교육을 시켜 주시기 바라요." 나의 은인은 말을 이었다. "유용하고 겸손한 아이로 교육시켜 주세요. 허락만 하신다면 방학 때도 로우드 학교에 머물렀으면 좋겠어요."

"정말 현명한 결정이십니다, 부인." 브로클허스트 씨가 대답했다. "겸손은 기독교인의 은총이죠. 그리고 특히 로우드 학생들에게는 꼭 필요한 것이죠. 그래서 학생들이 겸손을 계발할 수 있도록 특히 신경 쓰고 있죠. 어떻게 하면 세속적인 자만심을 가장 잘 억제할지 연구해 왔는데, 반갑게도 요전 날 제가 성공했다는 증거를 찾았습니다. 제 둘째 딸인 오거스타가 제 엄마와 함께 학교를 방문한 뒤 돌아오는 길에 이렇게 외쳤어요. '오, 사랑하는 아빠! 로우드 여학생들은 너무 조용하고 너무 못생겼어요. 머리를 귀 뒤로 넘기고, 긴 앞치마를 입고, 작은 삼베 주머니가 달린 프록코트를 입고 있어요. 그 애들은 거의 모두 가난한 집 아이들 같아요!' 그리고 그 애가 또다시 말했습니다. '그 아이들이 내 옷과 엄마 옷을 보는데, 마치 비단옷이라고는 한 번도 본 적 없는 애들 같았어요.'"

"제 마음에 쏙 드는군요." 리드 부인이 대답했다. "영국 방방곡곡을 뒤져 봐도 이 학교만큼 제인 에어에게 꼭 들어맞는 학교 체계는 없을 거예요. 모든 면에서 언행일치를 지키라고 가르치시는 군요."

"부인, 언행일치야말로 기독교인의 가장 중요한 의무죠. 로우드에서는 모든 면에서 이 원칙을 지키고 있습니다. 검소한 식사, 단순한 복장, 소박한 기숙사, 활동적이며 어려움을 이기는 습관, 이런 것이 로우드나 로우드 학생들에게는 일상적인 질서입니다."

"지당하신 말씀입니다, 선생님. 그럼 이 아이를 로우드 학생으로 받아 주시고, 거기서 이 아이의 처지와 장래에 맞는 교육을 시켜 주실 거라 믿어도 되겠죠?"

"네, 그러셔도 됩니다. 선택받은 학생들이 다니는 학교에 가는 거죠. 이 아이도 로우드 학생으로 뽑힌 이루 말할 수 없는 특권에 감사할 겁니다."

"그럼 가능한 한 빨리 이 아이를 보내겠어요, 브로클허스트 씨.

너무 성가셔서 이 의무에서 빨리 벗어나고 싶어요."

"네, 그러십시오, 부인. 그럼 안녕히 계십시오. 일주일이나 있어야 제가 브로클허스트 홀로 돌아갈 겁니다. 좋은 친구인 부주교가 더 빨리 가면 안 된다고 붙잡아서요. 템플 선생한테는 새 학생이 올 거라고 미리 알려 놓겠습니다. 그래야 이 아이를 받아들이는 데 차질이 없을 테니까요. 안녕히 계십시오."

"안녕히 가세요, 브로클허스트 씨. 사모님과 장녀, 오거스타, 브라우턴 브로클허스트 도련님과 시어도어에게도 안부 전해 주세요."

"그럴게요, 부인. 애야, 여기 『어린이 지도서』가 있다. 이 책을 읽고 기도하렴. '속임수와 거짓말에 중독된 나쁜 아이 마사 G○○○가 갑작스레 맞이한 끔찍한 죽음에 관한 설명'이라는 부분을 특히 유념해서 읽으렴."

이 말을 하면서 브로클허스트 씨는 표지를 실로 꿰맨 얇은 소책자를 내 손에 쥐여 주었다. 마차를 부르는 벨을 울린 뒤 그는 떠났다.

리드 부인과 나만 남았다. 몇 분간 침묵이 흘렀다. 부인은 바느질을 하고 있었고 나는 그녀를 바라보았다. 당시 리드 부인의 나이는 서른여섯이나 일곱 살 정도 되었다. 어깨가 떡 벌어진 건장한 체격의 여인으로 키가 크지는 않았지만 팔 다리가 튼튼했고, 살은 쪘지만 비만은 아니었다. 얼굴은 좀 큰 편이었다. 아래턱이 발달해서 튼튼해 보이는 사각턱이었다. 좁은 이마에 커다란 주걱턱을 갖고 있었다. 코와 입은 제대로 균형이 잡혀 있었다. 연한 속눈썹 아래 무자비한 눈이 빛났다. 검고 칙칙한 피부에 머리카락은 거의 황갈색이었다. 아주 건강한 체질이라 병이 가까이 오지 못했다. 그녀는 정확하고 영리한 관리자이기도 했다. 가족과 소작인을 완전히 휘어잡았다. 가끔씩이라도 그녀의 권위를 무시하고 비웃는 사람은 자식밖에 없었다. 그녀는 옷을 잘 차려입고 멋진 옷차림이 돋보이도록 자세를 꼿꼿이 유지했다.

그녀가 앉은 안락의자에서 몇 야드 떨어진 낮은 의자에 앉아, 나는 그녀의 모습을 살폈다. 리드 부인의 이목구비를 하나하나 꼼꼼히 뜯어보았다. 내 손에는 갑자기 죽은 거짓말쟁이 이야기가 나온 소책자가 들려 있었다. 나 자신에게 알맞은 경고로서 그 이야기를 잘 보라는 지적을 받고 난 뒤였다. 이제 막 일어난 일, 리드 부인이 나에 대해 브로클허스트 씨에게 한 말, 그들이 나눈 대화의 취지, 이 모든 것이 방금 일어난 일처럼 생생하게 느껴져 가슴이 찢어질 것 같았다. 내게는 그 말 한 마디 한 마디가 그 말을 들은 순간처럼 똑똑히 들렸다. 내 안에서 분노가 부글부글 끓어올랐다.

리드 부인은 바느질을 하다가 나를 쳐다보았다. 그녀의 시선은 내게 고정되었고 동시에 날렵하게 움직이던 손가락도 멈추었다.

"방에서 나가. 아이 방으로 가렴." 이것이 그녀가 내린 명령이었다. 나의 표정이나 다른 뭔가가 그녀의 기분에 거슬린 게 틀림없었다. 몹시 짜증 나는 걸 참으며 말했기 때문이다. 나는 일어나서 문을 향해 걸어가다 다시 돌아와 방을 가로질러 창가로 걸어간 다음 그녀에게 바싹 다가갔다.

뭔가를 **말해야만** 했다. 심하게 짓밟혔기 때문에 반격을 **해야 했다.** 하지만 어떻게 하지? 적에게 복수할 힘이 내게 있을까? 나는 있는 힘을 다 모아 퉁명하게 쏘아붙였다.

"전 속임수를 쓰지 않아요. 내가 속임수를 쓴다면 **당신을** 사랑한다고 말했을 거예요. 하지만 당신을 사랑하지 않는다고 대놓고 말했어요. 존 리드를 빼면, 이 세상에서 당신이 제일 싫어요. 그리고 거짓말쟁이에 관한 이 책은 당신 딸 조지애나에게나 주어야 해요.

거짓말을 하는 건 내가 아니라 그 애니까요."

리드 부인은 꼼짝도 않고 바느질감 위에 가만히 손을 올려놓은 채 차가운 눈길로 계속 싸늘하게 나를 노려보았다.

"할 말이 더 있니?" 흔히 아이에게 하는 말투가 아니었다. 오히려 어른에게 싸움을 거는 식으로 물었다.

그녀의 눈길과 목소리에 내 마음속에 있던 반감이 모두 끓어올랐다. 나는 참을 수 없이 흥분한 상태로 머리에서 발끝까지 떨면서 계속 말했다.

"당신이 내 친척이 아니라서 기뻐요. 앞으로 평생 절대로 당신을 외숙모라고 부르지 않겠어요. 어른이 되어도 당신을 보러 오지 않을 거예요. 누가 당신이 어떠냐고, 당신이 나를 어떻게 대했냐고 물으면, 당신 생각만 해도 몸서리가 쳐진다고, 나를 잔인하게 대하고 비참하게 만들었다고 할 거예요."

"어떻게 감히 그런 말을 하니, 제인 에어?"

"어떻게 감히 그러냐고요, 리드 부인? **사실**이니까요. 저는 아무 감정도 없다고 생각하시죠? 사랑이나 친절을 베풀지 않아도 잘 지낼 거라 생각하시죠? 하지만 저는 그렇게 살 수 없어요. 당신은 인정머리가 전혀 없어요. 당신이 나를 어떻게 붉은 방에 가두었는지, 얼마나 거칠고 난폭하게 그 방에 밀어 넣었는지, 어떻게 내가 죽을 때까지 거기에 가두어 두었는지 말할 거예요. 내가 괴로워하며 고통으로 숨이 막혀 '살려 주세요! 리드 외숙모님, 살려 주세요!'라고 외치는데도 계속 어떤 식으로 나를 가두어 놓았는지 말할 거예요. 그리고 사악한 당신 아들이 나를 때렸는데, 아무 이유 없이 나를 때렸는데 나에게 벌을 준 것도 말할 거예요. 누구든 물어보기만 하면 바로 이렇게 대답할 거예요. 사람들은 당신이 선량한 부인이라고 생각하겠죠. 하지만 당신은 사악하고 냉혹해요. **당**

신은 거짓말쟁이예요!"

대답이 채 끝나기도 전에, 내 영혼은 부풀어 올라 기뻐서 날뛰기 시작했다. 나는 아주 이상한 자유와 승리감을 느꼈다. 눈에 보이지 않던 끈에서 풀려나고 바라지 않던 희망을 쟁취한 느낌이었다. 아무 이유 없이 이런 감정을 느낀 것은 아니었다. 리드 부인이 겁을 먹은 것 같았다. 무릎에서 바느질감이 흘러내렸다. 손을 부들부들 떨면서 마치 울음이라도 터트릴 것처럼 얼굴이 일그러졌다.

"제인, 네가 오해한 거야. 뭐가 문제니? 왜 그렇게 심하게 떠는 거니? 물 좀 마실래?"

"아니에요, 리드 부인."

"뭐 다른 걸 원하니, 제인? 정말 네 친구가 되고 싶어."

"그렇지 않아요. 당신은 브로클허스트 씨에게 내가 성격이 못된 데다 속임수를 쓴다고 하셨잖아요. 로우드에 있는 사람들에게 당신이 어떤 사람이고 무슨 짓을 했는지 다 알릴 거예요."

"제인, 넌 이런 일을 이해하지 못해. 아이들의 잘못은 바로잡아야 해."

"저는 속임수를 쓰는 잘못을 한 적이 없어요!" 나는 거칠게 고성을 질렀다.

"하지만 제인, 넌 화를 잘 내잖아. 그 점은 너도 인정해야지. 자, 이제, 예쁜 아이야, 아이 방으로 돌아가 좀 누워 있으렴."

"전 당신의 예쁜 아이가 아니에요. 누워 있을 수가 없어요. 얼른 학교에 보내 주세요, 리드 부인. 전 여기서 살고 싶지 않아요."

"정말 얼른 학교로 보내야지." 리드 부인이 **나지막이** 중얼거렸다. 그러고는 갑자기 바느질감을 챙겨 그 방을 떠나 버렸다.

나는 그 방에 혼자 남았다. 전쟁터에서 승리를 거둔 승리자였다. 그것은 가장 힘겨운 싸움이었고 처음으로 승리를 거둔 싸움이

기도 했다. 나는 한동안 브로클허스트 씨가 서 있던 양탄자 위에서 있었다. 그리고 승리자의 고독을 즐겼다. 우선 혼자 미소 지었다. 그러나 맥박이 빨라진 만큼이나 빨리 이 강렬한 기쁨이 가라앉았다. 나 같은 어린아이가 어른과 싸울 수는 없다. 내가 그랬던 것처럼 마음껏 분노를 분출하고 나면, 이어서 아이는 고통스러운 후회와 오싹한 반응을 맛보기 마련이다. 활활 불타 모든 것을 덥석 삼켜 버린 불난 황야의 언덕이 당시 내 마음을 잘 상징해 주었다. 그것은 불이 꺼진 뒤 시커멓게 다 타 들어간 상태까지 적절하게 표현해 주는 상징이었다. 반시간가량 조용히 생각해 보니 내가 얼마나 미친 짓을 했는지, 이렇게 증오하고 증오의 대상이 되는 처지가 얼마나 쓸쓸한지 깨달았다.

처음으로 복수하고 난 뒤의 감정이 어떤지 맛보았다. 그것을 처음 삼켰을 때는 따뜻하고 향긋하지만, 마신 다음에는 쇠 맛이 나고 건강에 해로운 향기로운 포도주 같았다. 독약을 마신 기분이었다. 지금이라도 기꺼이 리드 부인을 찾아가 사과하고 싶은 심정이었다. 그러나 그렇게 하면 그녀에게 이중의 멸시를 당할 것이고, 그 뒤 타고난 내 충동이 다시 요동치리라는 것을 일부는 본능적으로, 일부는 경험으로 알았다.

나는 사납게 대드는 것 말고 더 나은 능력을 발휘하고 싶었다. 음울한 분노처럼 사악한 감정이 아니라 착한 감정에서 나오는 양분을 얻고 싶었다. 나는 『아라비안나이트』를 집어 들었다. 앉아서 그 책을 읽어 보려고 애썼다. 그러나 도무지 무슨 내용인지 머리에 들어오지 않았다. 늘 재미있던 그 책과 나 사이에서 생각이 빙빙 맴돌았다. 아침 식당의 유리문을 열고 나갔다. 관목 숲은 고요했다. 햇살이 비치거나 바람 한 점 불지 않았고 땅은 온통 서리로 덮여 있었다. 머리와 팔을 프록코트 자락으로 가리고 인적이 드문 농장 쪽으로 산책을 하려고 나섰다. 그러나 조용한 나무, 떨어지는 솔방울, 메마른 가을의 유물인 스치는 바람에 휩쓸려 쌓였다가 굳어 버린 황갈색 낙엽을 보아도 전혀 즐겁지 않았다. 대문에 기대어 텅 빈 들판을 바라보았다. 풀을 뜯는 양 떼는 보이지 않고 풀잎이 바싹 잘린 자리에는 서리가 하얗게 내려앉아 있었다. 아주 흐린 날이었다. 침침한 하늘, '곧 눈이 내릴 것 같은' 하늘이 온통 천지를 뒤덮고 있었다. 하늘에서 커다란 눈송이가 이따금 날렸는데, 단단한 길이나 하얀 목초지에 내려도 그 눈송이는 녹지 않았다. 나는 불쌍하게 혼자 '뭘 하지? 뭘 하지?'를 몇 번이나 되뇌며 서 있었다.

그런데 갑자기 나를 부르는 낭랑한 목소리가 들렸다. "제인! 어디 있니? 점심 먹자!"

베시였다. 친숙한 목소리였다. 그러나 나는 꼼짝도 하지 않았다. 그녀가 가벼운 발걸음으로 경쾌하게 그 길을 따라 내려와 내게 다가왔다.

"요 나쁜 것!" 그녀가 말했다. "부르는데 왜 안 오는 거야?"

평소처럼 약간 화를 내긴 했지만, 베시의 등장은 유쾌했다. 실은 리드 부인과 싸워 이긴 뒤라 하녀 따위가 잠시 화내는 것은 아무렇지도 않았다. 그녀의 젊고 발랄한 기분을 흠뻑 느껴 보고 싶었다. 나는 두 팔로 베시를 안고 "베시! 야단치지 마세요!"라고 했다.

평소답지 않게 솔직하고 대담한 행동이었다. 이런 행동에 그녀는 약간 기분 좋아했다.

"넌 정말 이상한 아이야, 제인." 제시가 나를 내려다보며 말했다. "꼬마가 혼자서 헤매다니. 그리고 학교에 갈 거지?"

나는 고개를 끄덕였다.

"불쌍한 베시를 떠나게 되어 유감이지?"

"베시가 뭐 나를 좋아하기나 했나요? 늘 잔소리만 했잖아요."

"네가 이상하고, 겁을 잘 먹고, 부끄러움을 타서 그렇지. 좀 더 대담해져야 해."

"뭐! 더 얻어맞으려고요?"

"말도 안 돼! 하지만 네가 구박받고 있는 건 분명해. 지난주에 우리 엄마가 나를 만나러 왔는데, 자기 자식은 너 같은 처지가 안 되었으면 좋겠다고 말씀하셨어. 이제 들어가자. 네게 새로운 소식이 있어."

"좋은 소식은 없는 것 같은데요, 베시."

"얘야! 무슨 뜻이야? 정말 슬프게 나를 바라보네! 하지만 주인마님과 아가씨들과 존은 차를 마시러 외출했어. 너를 위해 케이크를 구워 달라고 요리사에게 부탁할게. 그러고 나서, 함께 네 장롱을 정리하자. 곧 짐을 싸야 하니까. 주인마님은 네가 내일이나 모레쯤 게이츠헤드를 떠나게 하려고 하셔. 가져갈 장난감을 챙겨."

"베시, 내가 갈 때까지 절대로 야단치지 말아요."

"음, 그럴게. 하지만 너도 착하게 굴고 나를 무서워하지 마. 내가 좀 심한 말을 하더라도 깜짝 놀라지 마. 네가 놀라면 너무 짜증 나."

"베시, 당신은 잘 아는 사람이니까 다시는 무서워하지 않을게요. 곧 또 무서운 사람들을 만날 테니까요."

"그 사람들을 무서워하면, 그 사람들도 널 싫어할 거야."

"베시, 당신처럼요?"

"나는 널 싫어하지 않아, 제인. 다른 애들보다 네가 더 좋은걸."

"좋아한다는 걸 보여 주진 않잖아요."

"요 모진 꼬마 같으니! 색다르게 이야기를 하네. 어떻게 그렇게 대담하고 용감해진 거니?"

"곧 멀리 떠날 테고, 게다가……." 나는 리드 부인과 사이에 일어난 일을 이야기하려다 아무 말도 안 하는 게 낫겠다는 생각이 들었다.

"날 떠나는 게 좋니?"

"전혀 그렇지 않아요, 베시. 지금 당장은 정말이지 약간 유감인 걸요."

"지금 당장이라고! 약간이라고! 이 작은 아가씨가 정말 냉정한데. 지금 뽀뽀해 달라고 하면 해 주지 않을 것 같네. **안 해 주겠다고** 하겠지?"

"뽀뽀해 줄게 이리 오세요. 고개를 숙여 봐요." 베시가 몸을 구부렸다. 우리는 서로 껴안았다. 오후 내내 평화로웠고 우리 둘은 사이좋게 지냈다. 그리고 저녁에는 베시가 재미있는 이야기를 몇 가지 해 주었고, 달콤한 노래도 몇 곡 불러 주었다. 내 인생에도 햇빛 드는 날이 있었다.

제5장

1월 19일 아침, 시계가 5시를 치자마자 베시가 촛불을 들고 작은 방으로 들어왔다. 그때 나는 이미 일어나서 옷을 대충 입고 있었다. 베시가 오기 30분 전쯤 일어나 세수하고 이제 막 지는 반달의 달빛을 받으며 옷을 입었다. 침대 옆 좁은 창문으로 달빛이 흘러들어 왔다. 나는 그날 아침 6시에 문지기 집 옆을 지나가는 역마차를 타고 게이츠헤드를 떠날 예정이었다. 베시만 일어나 있었다. 그녀는 방의 난로를 피운 뒤 아침 식사를 준비했다. 여행 생각으로 들떠 있는데 밥 먹을 아이는 거의 없다. 당시 나도 밥을 먹을 수 없었다. 베시는 준비해 온 데운 우유와 빵을 조금이라도 먹으라고 재촉했으나 부질없었다. 그녀는 비스킷 몇 개를 종이에 싸서 내 가방에 넣어 주었다. 그러고 나서 내가 외투를 입고 보닛 쓰는 것을 도와주었다. 베시는 숄을 두른 뒤 나와 함께 아이 방을 나섰다. 리드 부인의 침실을 지나갈 때, "들어가서 주인마님께 안녕히 계시라고 인사하지 않겠니?"라고 물었다.

"아니에요. 어젯밤 베시가 저녁 먹으러 내려갔을 때 리드 부인이 내 침대로 와서 아침에 자기나 사촌들을 깨울 필요 없다고 했어요. 자신이 늘 가장 좋은 친구였다는 걸 기억하라고 했어요. 다른 사람에게도 그렇게 말하고 고마운 줄 알아야 한다고 했어요."

"그래서 뭐라고 했니, 제인?"

"아무 말도 안 했어요. 이불을 뒤집어쓰고 벽 쪽으로 돌아누운 채 있었죠."

"그럼 안 돼, 제인."

"잘한 거예요, 베시. 주인마님은 내게 친구였던 적이 없어요. 그 여자는 늘 나의 적이었어요."

"오, 제인! 그런 말 하지 마!"

"잘 있어요! 게이츠헤드." 나는 홀을 지나 현관으로 나오면서 큰 소리로 말했다.

밖은 달이 져서 아주 컴컴했다. 베시가 랜턴을 들고 왔다. 그 불빛은 막 녹은 눈으로 축축한 계단과 자갈길을 비추었다. 온몸이 떨리는 쌀쌀한 겨울 아침이었다. 길을 서둘러 내려가는데, 이가 덜덜 떨렸다. 문지기 집에서 불빛이 새어 나왔다. 우리가 도착했을 때, 문지기 아내는 난롯불을 지피고 있었다. 노끈으로 묶어 놓은 내 트렁크는 문에 세워져 있었다. 어젯밤에 갖다 놓은 것이었다. 6시 몇 분 전이었다. 시계가 6시를 치자 곧 멀리서 마차 바퀴 소리가 들렸다. 마차가 다가오고 있었다. 문으로 가니 어둠을 뚫고 빠르게 다가오는 마차 불빛이 보였다.

"이 아이 혼자 가나요?" 문지기의 아내가 물었다.

"그래요."

"얼마나 먼 곳인데요?"

"50마일요."

"정말 멀군요. 그렇게 멀리로 아이를 혼자 보내다니, 리드 부인은 걱정도 안 되나 봐요."

바로 문 앞에 손님을 가득 태운 사두마차가 멈추어 섰다. 마부와 조수가 큰 소리로 서두르라고 재촉했다. 내 트렁크가 마차 위로 올려졌다. 나는 베시의 목에 뽀뽀를 하고 그녀 품에서 떨어져 나왔다.

"이 아이를 좀 잘 보살펴 주세요." 그녀가 나를 번쩍 들어 마차에 태우면서 마부에게 당부했다.

"아, 예!" 그는 이렇게 대답했다. 쾅 하고 문이 닫히고 "출발!" 하는 소리가 들렸다. 그리고 우리는 계속 달렸다. 나는 이렇게 베시와 게이츠헤드와 이별했다. 이렇게 나는 먼 미지의 세계로, 당시 생각으로는 먼 신비의 땅으로 실려 갔다.

그 여행에 관해서는 기억나는 게 별로 없다. 그날은 한없이 길어 보였다. 수백 마일을 여행하는 것 같았다. 여러 마을을 지난 다음 아주 큰 마을에서 역마차가 섰다. 나를 여관 안으로 데려갔다. 조수는 내가 저녁을 먹었으면 했지만, 입맛이 없다고 하자 나를 큰 방에 두고 갔다. 그 방 양 끝에 벽난로가 있었다. 천장에는 샹들리에가 달려 있고, 벽을 따라 높은 곳에 있는 붉은 진열대 안에 악기가 진열되어 있었다. 이상한 기분이 들어 오랫동안 서성였다. 누군가 다가와 유괴해 갈까 봐 겁났다. 난롯가에서 들은 베시의 이야기에서는 유괴범의 활약이 자주 등장해, 나는 그 당시 유괴범이 있다고 믿었다. 마침내 조수가 돌아와 다시 나를 마차에 태웠다. 나의 보호자는 자기 자리에 앉더니 호루라기를 불었고 우리는 L○○○ '자갈길'을 지나 먼 곳으로 달려 나갔다.

오후에는 비가 오고 안개도 좀 끼었다. 날이 저물어 어둑어둑해지자 정말 게이츠헤드를 떠나 멀리 왔다는 느낌이 들었다. 더 이상 마을을 지나지 않았고 시골 풍경이 변해 수평선 위로 회색빛 산이 높이 솟아 있는 게 보였다. 황혼이 점점 짙어지는데, 마차는 숲이 우거진 어둑한 계곡으로 내려갔다. 밤이 되어 앞은 보이지 않고 한참 뒤에 나무 사이로 거친 바람이 몰아치는 소리가 들렸다.

그 소리를 자장가 삼아, 마침내 잠이 들었다. 얼마 자지 않았는데 갑자기 멈추는 소리에 깨었다. 역마차 문이 열렸고, 하녀 같은 여자가 서 있었다. 마차의 불빛에 그녀의 얼굴과 옷이 보였다.

"여기 제인 에어라는 어린 여자애가 있나요?" 그녀가 물었다. 내가 "네." 하고 대답했다. 그러자 누군가가 나를 들어서 마차 밖으로 내보냈다. 트렁크를 건네준 뒤, 곧 역마차는 멀리 사라졌다.

마차에 오래 앉아 있어서 온몸이 뻣뻣하고 시끄럽게 덜컹대는 역마차 소리 때문에 정신이 나간 상태였다. 정신을 차려 주위를 둘러보았다. 어두운 데다 비바람까지 몰아쳤다. 그럼에도 불구하고 앞에 벽이 있고, 벽 가운데 문 하나가 열려 있는 것이 어렴풋이 보였다. 그 문으로 새 안내자와 함께 들어갔다. 그녀는 문을 닫고 자물쇠를 채웠다. 이제 건물이 한 채, 아니 여러 채 보였다. 먼 쪽에 늘어서 있는 건물에는 유리창이 많았고 그중 몇몇 유리창에는 불이 켜져 환했다. 우리는 물이 튀는 넓은 자갈길을 따라 위로 올라간 다음 문 안으로 들어갔다. 그러고 나서 긴 복도를 따라 걸어간 뒤 그 하녀가 나를 불이 지펴져 있는 방으로 데리고 갔다.

나는 서서 불을 쬐며 손을 녹였다. 그러고 나서 주변을 둘러보았다. 촛불은 없었지만 희미한 난로 불빛이 이따금 벽지를 바른 벽, 양탄자, 커튼, 번쩍이는 마호가니 가구를 비춰 주었다. 이 방은 게이츠헤드에 있는 거실처럼 크고 웅장한 응접실은 아니었지만 충분히 편안했다. 벽에 걸린 그림이 무슨 그림인지 알아내려고 하는데 문이 열렸다. 누군가 촛불을 들고 들어왔고, 또 한 사람이 그 뒤를 바싹 따랐다.

앞 사람은 검은 머리, 검은 눈에 키가 큰 숙녀였다. 이마가 넓고 창백했다. 숄로 몸을 일부 감싸고 있었는데 자세가 꼿꼿하고 신중한 표정이었다.

"이렇게 어린 아이를 혼자 보냈네." 촛불을 테이블 위에 놓으면서 그녀가 말했다. 그녀는 1~2분 정도 주의 깊게 나를 바라보더니 내 어깨에 손을 얹으면서 이렇게 덧붙였다. "얼른 재우는 게 낫겠어요. 아이가 피곤해 보이네요. 피곤하니?"

"약간요, 선생님."

"그럼 틀림없이 배도 고프겠구나. 밀러 선생, 자기 전에 저녁을 좀 주세요. 애야, 부모님을 떠나서 학교에 오는 건 처음이지?"

나는 부모가 없다고 설명했다. 그녀는 부모님이 돌아가신 지 얼마나 되느냐고 물었다. 내 나이와 이름을 묻고 읽기, 쓰기, 바느질을 할 줄 아는지 물었다. 그러고 나서 검지로 부드럽게 내 뺨을 어루만지면서 "네가 착한 아이면 좋겠구나"라고 말한 뒤 밀러 선생님과 함께 가라고 했다.

방금 떠난 숙녀는 스물아홉 살쯤 되어 보였다. 그리고 나와 함께 간 숙녀는 그보다 몇 살 어려 보였다. 먼저 말한 숙녀는 목소리나 표정, 분위기가 매우 인상적이었다. 그녀에 비해 밀러 선생님은 훨씬 더 평범했다. 조심스러워하는 표정이었고 얼굴은 불그스레했다. 늘 할 일이 많아 바쁜 사람처럼 허둥지둥 걸었다. 그녀는 정말 선생님처럼 보였지만 나중에 알고 보니 보조 선생님이었다. 그녀가 이끄는 대로 나는 커다랗고 불규칙적인 건물의 여러 방을 지나고, 여러 복도를 이리저리 지났다. 우리가 지나온 방과 복도 모두 다소 쓸쓸하고 조용했는데, 마침내 여러 사람이 와글와글거리는 곳에 이르렀다. 그리고 곧 커다란 전나무 탁자가 있는 넓고 긴 방에 들어갔다. 탁자는 방 양쪽 끝에 두 개씩 있었고, 탁자마다 초가 두 자루 타고 있었다. 그리고 의자에는 아홉 내지 열 살에서 스무 살에 이르는 모든 연령대의 여학생이 있었다. 실제로는 80명이 넘지 않았는데 흐린 촛불에 비쳐 수없이 많아 보였다. 그들은 똑같이 이상한 갈색 모직 옷을 입고 긴 삼베 앞치마를 두르고 있었다. 공부 시간이었고 내일 배울 것을 외우는 중이었다. 내가 들은 와글와글 소리는 계속 중얼대는 소리가 합해진 결과였다.

밀러 선생님은 내게 문 근처에 있는 의자에 앉으라고 했다. 그러고 나서 긴 방의 맨 앞으로 걸어가 큰 소리로 말했다.

"반장, 교과서를 모아서 치우도록 해!"

키 큰 네 명의 여학생이 각기 다른 탁자에서 일어나 돌아다니며 책을 모아 치웠다. 밀러 선생님은 다시 명령했다.

"반장, 식사 쟁반을 가져와!"

키 큰 여학생들은 나갔다가 곧 돌아왔다. 각자 쟁반을 하나씩 들고 있었고, 쟁반에는 여러 명의 식사 같은 것이 담겨 있었다. 쟁반 중앙에 물주전자와 컵이 있었다. 각자에게 자기 몫의 식사가 건네졌고, 물을 마시고 싶은 사람은 물을 마셨다. 컵은 공용이었다. 내 차례가 왔을 때, 목이 말라서 물을 마셨으나 음식에는 손도 대지 않았다. 피곤해서 도저히 먹을 수가 없었다. 하지만 저녁 식사로 얇은 귀리 케이크가 나온 건 알았다.

식사가 끝나고 밀러 선생님이 기도문을 읽자, 두 명씩 열을 지어 2층으로 올라갔다. 이때는 너무 피곤해 침실이 어떤 식으로 생겼는지 거의 눈에 들어오지 않았다. 침실도 교실처럼 길다는 사실만 알았다. 오늘 밤에는 밀러 선생님과 함께 자도록 되어 있었다. 그녀는 내가 옷 벗는 것을 도와주었다. 자리에 누우니 일렬로 길게 늘어선 침대가 보였다. 침대마다 두 명씩 잽싸게 들어갔다. 10분 뒤 하나밖에 없는 등이 꺼졌고, 침묵과 완벽한 어둠 속에서 나는 곯아떨어졌다.

밤은 빨리 지나갔다. 너무 피곤해서 꿈도 꾸지 않았다. 자다가

딱 한 번 깼는데, 그때 세차게 윙윙대는 돌풍 소리와 억수같이 퍼붓는 빗소리를 들었다. 그리고 밀러 선생님이 내 옆자리에 누워 있는 것을 알았다. 다시 눈을 떴을 때는 종소리가 크게 울리고 여학생들이 일어나 옷을 입고 있었다. 아직 날은 밝지 않았고 방에 양초만 한두 자루 타고 있었다. 나는 마지못해 일어났다. 몹시 춥고 떨려서 겨우 옷을 입고 대야가 비자 세수를 했다. 방 가운데 있는 세면대 위에 여섯 명당 하나씩 대야가 있었기 때문에 금방 빈 대야가 생기지는 않았다. 다시 종이 울렸다. 모두 두 명씩 줄을 서서 계단을 내려가 춥고 희미한 불빛의 교실로 들어갔다. 여기서 밀러 선생님이 기도문을 읽은 뒤 외쳤다.

"각 반 순서대로 착석!"

이어서 몇 분간 시끌벅적했다. 그동안 밀러 선생님은 "정숙!", "질서!"라고 반복했다. 소란이 가라앉자, 그들 모두가 네 개의 책상에 있는 네 개의 의자 앞에 반원을 이루며 섰다. 모두 손에 책을 들고 있었다. 빈 의자 앞 책상에는 책상마다 성경책처럼 보이는 큰 책이 놓여 있었다. 이어서 몇 초간 조용했으나 곧 여러 사람이 나지막이 웅성거리는 소리가 났다. 밀러 선생님이 교실을 오가면서 조용히 하라고 하자 곧 잠잠해졌다.

멀리서 종소리가 났다. 곧 숙녀 세 명이 교실로 들어왔다. 각자 책상으로 가서 자기 자리에 앉았다. 밀러 선생님은 네 번째 의자에 앉았다. 문에 가장 가까운 의자였고 그 주위로 가장 어린 학생들이 몰려들었다. 나는 저학년 쪽으로 불려 가 그 책상 끝에 앉았다.

일과가 시작되었다. 그날의 기도문을 따라 했고 성경의 한 구절을 암송한 뒤 어떤 장은 성경을 한 시간이나 계속 읽었다. 이 일이 끝날 무렵에는 이미 날이 훤히 밝아 있었다. 지치지도 않고 종이 네 번째 울렸다. 무언가 곧 먹을 수 있으리라는 기대에 얼마나 기뺐는지! 전날 거의 먹지 못해 속이 비어 구역질이 날 지경이었다.

식당은 넓고 천장이 낮고 어두웠다. 기다란 식탁 두 개 위에 놓인 뜨거운 음식이 담긴 큰 그릇에서 김이 모락모락 났다. 하지만 역겨운 냄새도 나 당황했다. 그 음식을 먹어야 하는 사람들 모두 그 냄새에 불만스러워하는 표정이었다. 맨 앞줄에서 1반의 키 큰 여학생들이 소곤댔다.

"역겨워! 죽이 또 탔네!"

"정숙!" 외치는 소리가 들렸다. 밀러 선생님의 목소리가 아니라, 상급반 선생님이 외치는 소리였다. 그 선생님은 피부가 검고 자그마한 몸매에 옷은 맵시 있게 차려입었으나 다소 우울해 보였다. 그 선생님은 맨 앞 식탁에 앉았고 조금 더 통통한 부인이 그 옆에 앉았다. 전날 밤에 본 선생님을 찾았으나 보이지 않았다. 밀러 선생님은 내가 앉은 식탁의 맨 끝자리에 앉았다. 그리고 이상하게 생긴 외국인처럼 나이 든 숙녀(나중에 알고 보니 프랑스어 선생님이었다)가 다른 식탁의 맨 끝에 앉았다. 오랫동안 감사 기도를 드린 뒤 찬송가를 불렀다. 그리고 나서 하녀가 선생님들이 마실 차를 들고 들어왔다.

배가 몹시 고파 거의 까무러칠 지경이어서 나는 맛을 생각할 겨를도 없이 내 몫의 죽을 한두 숟가락 떴다. 하지만 처음의 배고픈 상태에서 벗어나자, 구역질 나는 쓰레기를 마구 먹었음을 깨달았다. 탄 죽은 거의 썩은 감자만큼이나 별로였다. 배가 몹시 고팠지만 구역질이 났다. 천천히 숟가락질을 했다. 여학생들은 음식을 입에 물고 삼키려고 애썼지만 대부분 곧 포기했다. 아침 식사 시간이 끝났지만 아무도 아침 식사를 하지 않았다. 먹지도 않은 식사에 대해 감사 기도를 드리고 두 번째로 찬송가를 부른 뒤, 모두 식당을 나가 교실로 향했다. 나는 맨 나중에 나가는 학생들 틈에 끼였다. 식탁을 지나다 보니 선생님 중 한 분이 죽 그릇을 당겨 맛을 보고 있었다. 그 선생님은 다른 선생님들을 바라보았다. 그들 모두 불쾌한 표정을 지었다. 선생님 중 한 사람, 건장한 선생님이 속삭였다.

"이런 구역질 나는 것을 주다니! 정말 부끄러운 일이야!"

15분 뒤 수업이 시작되었다. 그 15분 동안 대단히 시끄러웠다. 그 시간만큼은 큰 소리로 더 자유롭게 이야기하는 게 허용되는 듯했다. 여학생들은 이 특권을 마음껏 누렸다. 모두 아침 식사 이야기를 했고 이구동성으로 거침없이 식사를 비난했다. 불쌍한 학생들! 이게 그들에게는 유일한 위안이었다. 그때 교실에는 밀러 선생님밖에 없었다. 일군의 키 큰 학생들이 그녀 주위에 서서 심각하고 우울하게 손짓을 하며 이야기했다. 몇몇 학생이 브로클허스트 씨의 이름을 입에 올리는 소리가 들렸다. 그 말을 듣고 밀러 선생님은 안 된다고 고개를 저었으나, 모두 특별히 분노를 자제하려들지 않았다. 밀러 선생님도 함께 분노하고 있는 게 틀림없었다.

교실의 시계가 9시를 쳤다. 밀러 선생님은 자신을 둘러싼 학생들을 떠나 교실 중앙에 서서 크게 외쳤다.

"정숙! 자리에 앉으세요!"

규율이 잡혔다. 5분 뒤 혼란스럽던 학생들은 질서를 되찾았고 여러 언어가 난무하던 바벨탑의 소란이 다소 가라앉았다. 상급반 선생님들은 다시 정확하게 자기 자리에 앉았다. 그러나 모두 뭔가 기다리는 것처럼 보였다. 교실 양쪽에 놓은 긴 의자 위에 80명의 여학생이 꼼짝도 않고 꼿꼿이 앉아 있었다. 그 학생들은 이상한 집단으로 보였다. 모두 머리를 빗어 단정하게 양 갈래로 땋았고 머리카락 한 올 흘러내리지 않았다. 목까지 올라오는 좁은 터커를 목에 건 갈색 옷을 입고 삼베 주머니(스코틀랜드 고원지대 사람들이 사용하는 지갑 비슷하게 생긴 것)를 앞에 매달고 있었다. 책가방으로 쓰는 모양이었다. 또한 모두가 모직 스타킹과 놋쇠 버클로 채우는 촌스러운 구두를 신고 있었다. 이런 옷을 입은 학생 중 스무 명만 빼고 모두 성숙한 여학생, 아니 오히려 젊은 여성이었다. 그 옷은 그들에게 전혀 어울리지 않았고 아무리 예쁜 학생이 입어도 이상해 보였다.

나는 여전히 학생들을 바라보았고, 틈틈이 선생님들도 보았다. 선생님들은 다 마음에 들지 않았다. 건장한 선생님은 약간 저속해 보이고, 피부색이 검은 선생님은 약간 사나워 보이고, 외국인은 엄격하고 기이해 보였다. 보랏빛 안색의 불쌍한 밀러 선생님은 풍파에 시달린 데다 과로로 지쳐 보였다. 내가 이 사람 저 사람 얼굴을 보고 있는데 전 학급이 동시에 일어났다. 모두 하나의 용수철처럼 움직이는 것 같았다.

뭐지? 명령을 들은 적이 없어서, 나는 당황했다. 정신을 차리기도 전에 전 학급이 다시 앉았다. 모두가 한 곳을 바라보고 있어 나도 같은 방향을 보았다. 어젯밤 나를 맞이해 준 사람이 긴 교실의 맨 끝 난로 곁에 서 있었다. 양쪽 끝에 벽난로가 있었기 때문이다. 그녀는 두 줄씩 앉은 여학생들을 조용하고도 엄숙하게 둘러보았다. 밀러 선생님이 다가가서 그녀에게 무언가 묻고 그녀의 대답을 듣고 자기 자리로 돌아가서 큰 소리로 말했다.

"상급반 반장, 지구본을 가져와!"

반장이 지시대로 지구본을 가져오는 동안, 밀러 선생님이 말을 걸던 그 숙녀는 천천히 교실 안쪽으로 걸어갔다. 내게 존경을 담당하는 큰 기관*이 있는 것 같다. 눈으로 그녀의 발걸음을 따라가면서 느꼈던 경외심을 아직도 간직하고 있다. 환한 대낮에 본 그녀는 키가 크고, 예쁘고, 몸매가 좋았다. 갈색 눈은 인자하게 빛나고,

긴 속눈썹은 그림처럼 아름다웠다. 이 눈매 덕분에 넓은 앞이마가 더욱 뽀얗게 보였다. 당시 유행대로 진한 갈색 머리를 양쪽 관자놀이에 동그랗게 말아 붙였는데, 그 당시에는 길게 곱슬머리를 늘어뜨리거나 생머리를 묶지 않았다. 옷 역시 당시 유행하던 스페인풍의 옷을 입고 있었는데, 검은 벨벳 테를 두른 보라색 옷이었다. 허리에는 금시계(당시에는 지금처럼 금시계가 흔하지 않았다)가 빛나고 있었다. 그녀의 모습을 완벽하게 그리기 위해 섬세한 이목구비, 창백하긴 하지만 맑은 안색, 당당한 태도와 자세를 지녔다는 사실을 더하면, 독자는 말로 표현할 수 있는 범위 안에서는 최대한 명확하게 템플 선생님, 즉 마리아 템플의 외모를 상상할 수 있을 것이다. 나중에 교회로 가져가 달라고 부탁한 기도서에 적힌 이름을 보고 이 이름을 알게 되었다.

로우드의 교장(숙녀가 교장이었으므로)이 책상 위에 놓인 두 개의 지구본 앞에 상급반 학생들을 불러 앉힌 다음 지리 수업이 시작되었다. 다른 선생님이 하급반 학생들을 불러 한 시간 동안 역사와 문법 등을 외우게 하고 이어 작문과 산수를 가르쳤다. 그리고 템플 선생님이 상급반 학생 중 몇몇에게 음악을 가르쳤다. 수업 시간이 끝날 때마다 시계가 쳤고, 마침내 12시를 치자 교장이 일어났다.

"학생들에게 할 말이 있어요." 수업이 끝나 이미 떠들썩한 분위기였다. 그녀가 계속 말했다. "아침에 식사가 먹을 수 없을 정도로 부실했죠? 배가 고플 거예요. 점심으로 여러분 모두에게 치즈 바른 빵을 주라고 했어요."

선생님들은 약간 놀라서 그녀를 보았다.

"제가 책임질게요." 그녀는 선생님들에게 설명조로 말한 다음 교실을 떠났다.

곧 치즈 바른 빵을 나누어 주었고, 학생들은 모두 너무 좋아 활기가 넘쳤다. 그런 다음 "정원으로!" 명령이 떨어졌다. 모두가 색깔 있는 캘리코 끈이 달리 조잡한 밀짚모자를 쓰고 거친 회색 모직 망토를 입었다. 나도 그들과 비슷한 차림새로 행렬을 따라 밖으로 나갔다.

정원은 넓고 높은 담에 둘러싸여 밖에서는 아무도 안을 들여다볼 수 없었다. 한쪽에는 지붕이 있는 베란다가 있고 수십 개의 작은 화단 사이로 넓은 보도가 있었다. 이 화단은 학생들이 가꾸도록 되어 있고 화단마다 주인이 있었다. 꽃이 활짝 피었을 때는 분명 예뻤겠지만, 1월 말인 지금은 겨울이라 모두 시들고 썩어 갈색을 띠고 있었다. 나는 서서 떨다가 주위를 둘러보았다. 야외 운동을 하기에는 추운 날이었다. 딱히 비가 오는 것은 아니었지만 날씨는 흐리고 안개가 노랗게 끼어 있었다. 그 전날 억수같이 비가 내려 아직도 발 딛는 곳마다 질척거렸다. 비교적 튼튼한 여학생들은 이리저리 뛰어다니고 활발하게 게임을 했으나, 창백하고 마른 대다수의 여학생은 추위를 피해 베란다에 옹기종기 모여 있었다. 떨리는 몸에 짙은 안개가 스며들자, 학생들 사이에서 마른기침 소리가 났다.

나는 아직 아무에게도 말을 걸지 않았고 그래서인지 아무도 나를 주목하지 않는 것 같았다. 나는 쓸쓸하게 서 있었다. 그러나 이미 그런 고립감에 익숙해져 있어서, 혼자 있어도 그다지 우울하지 않았다. 나는 베란다 기둥에 기대어, 회색 망토를 꼭 여미고 살을 에는 추위와 나를 괴롭히는, 충족되지 않은 배고픔을 잊으려고 애쓰면서 주위를 바라보며 생각에 잠겼다. 생각한 내용은 애매하고 단편적이어서 기록할 가치가 없다. 그때까지 내가 어디 있는지도 잘 몰랐다. 게이츠헤드와 과거는 아주 멀리 흘러가 버렸다. 현재는 모호하며 이상했고 미래는 전혀 예측할 수 없었다. 나는 수도원 같은 정원을 둘러보고 나서 학교 건물을 쳐다보았다. 아주 큰 건물로, 절반은 낡은 회색이고 나머지 절반은 새 건물이었다. 교실과 기숙사가 있는 새 건물에는 격자창이 달려 있어서 환해 보였다. 건물은 교회 같기도 했다. 문 위 석판에는 이렇게 쓰여 있었다.

'로우드 학원의 건물은 서기 ○○○○년에 이 군의 브로클허스트 저택의 나오미 브로클허스트에 의해 재건축되었다.' '그대의 빛을 사람들 앞에 비추라. 그리하여 그들이 너의 선행을 보고 하늘에 계신 아버지께 영광을 돌리게 하라.'(마태오의 복음서 5장 16절)

나는 이 말을 읽고 또 읽었으나, 그 뜻을 완전히 이해할 수 없어 설명이 필요하다고 느꼈다. '학원'이 무슨 뜻인지 곰곰이 생각한 다음 첫 문장과 성경 구절 사이의 관계를 이해하려고 했다. 그때 등 뒤에서 기침 소리가 들려 고개를 돌렸다. 한 여학생이 근처 돌 벤치에 앉아 있었다. 그녀는 책에 고개를 박고 열심히 읽는 것처럼 보였다. 내가 서 있는 곳에서 그 책의 제목이 보였다. 『라셀라스』 였는데 신기한 제목이라 끌렸다. 책장을 넘기다 그녀가 우연히 얼굴을 들었다. 나는 곧 그녀에게 말을 걸었다.

"책이 재미있니?" 나는 이미 그녀에게 그 책을 언젠가 빌려 달라고 할 작정이었다.

"내겐 재미있어." 1~2초 정도 있다 그녀가 대답했다. 잠시 그녀는 나를 훑어보았다.

"무슨 내용이니?" 나는 계속 물었다. 모르는 사람에게 말을 거는 이런 배짱이 어디서 나왔는지 모르겠다. 이런 행동은 평소 내 성격이나 습관과는 정반대였다. 하지만 독서하는 그녀 모습이 어딘가 공감의 끈을 건드린 것 같았다. 나 또한 시시하고 유치한 책이긴 하지만, 책 읽는 것을 좋아했기 때문이다. 아직 심각하고 중요한 책은 이해하거나 소화할 수 없었다.

"봐도 돼." 책을 보여 주며 그 여학생이 대답했다.

나는 책을 보았다. 잠깐 훑어본 뒤 책의 내용이 제목처럼 흥미롭지 않은 걸 확실히 알았다. 경박한 내 취향에 『라셀라스』는 지루해 보였다. 요정이나 수호신은 없었다. 빡빡하게 인쇄된 책에 다채롭고 재미있는 이야기는 없는 것 같았다. 그녀에게 책을 돌려주었다. 그녀는 책을 조용히 받고는 말없이 좀 전처럼 열심히 읽는 분위기로 돌아갔다. 나는 다시 용기를 내어 그녀를 방해했다.

"문 위의 석판에 쓰인 말이 무슨 뜻이야? 로우드 학원은 뭐야?"

"네가 살러 온 이 집 이름이야."

"그러면 왜 학원이라고 하니? 어쨌든 다른 학교와는 다른 거야?"

"이곳은 자선 학교이기도 해. 너나 나, 그리고 나머지 학생들도 자선 학교 학생이야. 너도 고아지? 어머니나 아버지 중 한 분이 돌아가시지 않았니?"

"두 분 다 일찍 돌아가셔서 기억이 안 나."

"음, 여기 여학생들은 부모 중 한 분이 없거나 두 분이 다 없단다. 이곳은 고아를 교육하는 학원이야."

"돈은 안 내는 거야? 돈을 안 받고 교육시켜 주는 거야?"

"우리나 친척이 일 년에 15파운드씩 내."

"그런데 왜 우리를 자선 학교 학생이라고 불러?"

"15파운드로는 교육비와 기숙사비가 모자라거든. 부족한 비용은 기부로 충당하는 거야."

"누가 기부를 하는데?"

"이 주변이나 런던에 사는 자비로운 신사 숙녀분들이지."

"나오미 브로클허스트는 누구니?"

"석판에 기록되어 있듯이, 신축 건물을 지으신 분이야. 그분 아들이 이곳의 모든 일을 감독하고 지시하지."

"왜?"

"그분이 이 기관의 회계 담당 겸 경영자니까."

"그러면 이 건물이 그 시계를 찬 키 큰 숙녀의 학교가 아니야?
치즈 바른 빵을 주라고 했던 숙녀 말이야."

"템플 선생님 거냐고? 오, 아니야! 그럼 정말 좋을 텐데. 그녀는
브로클허스트 씨에게 모든 일을 보고해야 해. 우리의 음식과 의복
모두 브로클허스트 씨가 사 주는 거야."

"그는 여기 사니?"

"아니, 2마일 떨어진 대저택에 살아."

"착한 사람이니?"

"목사이고 선행을 많이 한다고들 해."

"키가 큰 숙녀 이름이 템플 선생님이라고 했니?"

"응."

"그럼 다른 선생님들 이름은?"

"볼이 빨간 선생님은 스미스 선생님이야. 그 선생님은 바느질과
재단을 가르치셔. 우리는 우리 옷, 프록코트, 외투를 모두 직접 만
들어. 키가 작고 검은 머리의 선생님은 스캐처드 선생님이야. 역사
와 문법을 가르치셔. 노란 밴드로 허리에 손수건을 매달고 있는 선
생님은 피에로 선생님이고, 프랑스 리슬 출신으로 프랑스어를 가
르치셔."

"선생님들이 좋니?"

"응, 좋아."

"키가 작고 검은 머리의 선생님과 그 부인도? 너처럼 이름을 발
음하지 못하겠네."

"스캐처드 선생님은 성격이 급해. 성질을 건드리지 않도록 주의

해야 해. 피에로 선생님도 나쁜 사람은 아니야."

"하지만 템플 선생님이 제일 좋지. 그렇지 않니?"

"템플 선생님은 아주 착하고 똑똑하셔. 다른 선생님들보다 훨씬 낫지. 다른 선생님들보다 지식도 훨씬 많으셔."

"넌 여기에 얼마나 오래 있었니?"

"2년."

"너도 고아니?"

"어머니가 돌아가셨어."

"여기서 행복해?"

"질문이 너무 많구나. 질문에 충분히 대답했으니 이제 책 좀 읽을래."

그러나 그 순간 저녁 식사 종소리가 울렸다. 모두 다시 건물로 들어갔다. 그때 식당에 가득 찬 냄새가 아침 식사 때보다 더 식욕을 돋운다고 할 수는 없었다. 저녁 식사는 두 개의 어마어마하게 큰 양철 그릇에 담겨 나왔다. 김이 펄펄 나는 그 그릇에서 썩은 비계 냄새가 났다. 그 쓰레기국은 시원찮은 감자와 상해서 이상한 냄새가 나는 고깃덩어리를 섞어서 요리한 것이었다. 이 준비된 음식을 한 접시씩 듬뿍 떠서 학생들에게 주었다. 나는 먹을 수 있는 한 먹은 다음 속으로 매일 이런 식사를 하는 걸까 생각했다.

저녁 식사 후 우리는 곧장 교실로 물러났다. 다시 수업이 시작되었고 5시까지 계속되었다.

오후에 주목할 만한 사건이 벌어졌다. 베란다에서 얘기했던 여학생이 스캐처드 선생님에게 야단을 맞고 역사 수업에서 쫓겨나 교실 한가운데 서 있게 되었다. 내가 보기에는 아주 수치스러운 벌이었다. 특히 열세 살이 넘어 보이는 그렇게 큰 여학생에게는 더 그렇게 느껴질 것 같았다. 아주 난처해 하고 창피해 할 거라는 내 예상과 달리, 그녀는 울지도 얼굴을 붉히지도 않았다. 그녀는 모든 사람의 시선을 한 몸에 받는데도 침울하지만 침착해 보였다. '어떻게 저처럼 조용하고 꿋꿋하게 벌을 견딜 수 있지? 나라면, 땅이 두 쪽 나서 나를 삼켜 달라고 기도할 거야.' 그녀는 자신 앞이나 주위는 무시하고 현재 받는 벌이나 현재 상황 너머에 있는 뭔가를 생각하는 것처럼 보였다. 백일몽이라는 말을 들은 적이 있는데, 그녀는 지금 백일몽을 꾸고 있는 건가? 그녀는 시선을 마루에 두고 있지만 마루를 보고 있지 않은 게 분명했다. 그녀는 내면으로 눈길을 돌려 자신의 마음속을 들여다보는 것 같았다. 기억할 수 있는 뭔가를 바라보는 거지, 실제로 눈앞에 펼쳐진 광경을 보지 않는 게 분명했다. 그녀가 어떤 여학생인지 궁금했다.

오후 5시가 되자 곧 커피 한 잔과 갈색 빵 반 조각이 나와 식사를 했다. 나는 게걸스럽게 빵을 먹고 커피를 맛있게 마셨다. 하지만 같은 양만큼 더 먹고 싶었다. 여전히 배가 고팠다. 30분 정도 쉰 뒤 다시 공부를 했다. 그러고 나서 물 한 잔과 귀리 케이크 한 조각을 먹고 기도한 뒤 잠자리에 들었다. 로우드에서 첫날은 이렇게 지나갔다.

제6장

다음 날도 그 전날처럼 시작되었다. 희미한 불빛을 받으며 일어나 옷을 입었다. 하지만 그날 아침에는 세수를 하는 의식을 생략할 수밖에 없었다. 주전자의 물이 얼어 있었던 것이다. 전날 밤부터 날씨가 추워지더니 밤새도록 살을 에는 북동풍이 윙윙 침실 창문 틈새로 들어왔다. 우리는 추위에 오들오들 떨었고 주전자의 물은 꽁꽁 얼어 버렸다.

기도를 하고 성경을 읽는 데 한 시간 반이나 걸렸다. 기도가 끝나기도 전에 추워서 얼어 죽을 지경이었다. 마침내 아침 식사 시간이 되었다. 그날 아침에는 죽이 타지 않고 먹을 만했는데 대신 양이 너무 적었다. 죽이 너무 조금이었다! 먹은 만큼만 더 주면 얼마나 좋았을까.

그날, 나는 4반으로 들어갔다. 내게도 정규 과제와 할 일이 주어졌다. 지금까지는 로우드에서 구경꾼이었으나 이제는 학교의 일원이 되었다. 처음에는 암기를 해 본 적이 없어서 수업이 길고 어려워 보였다. 그리고 이 과제를 하다, 저 과제를 하다 자꾸 과제가 바뀌어 혼란스러웠다. 그래서 오후 3시쯤 되어 스미스 선생님이 내게 모슬린 2야드와 바늘과 반짇고리 등을 주면서 한적한 교실 구석으로 가서 감침질을 하라고 했을 때 정말 기뻤다. 그 시간에는 다른 학생들도 대부분 바느질을 했다. 하지만 한 반의 여학생들은 여전히 스캐처드 선생님의 의자를 둘러싸고 서서 읽기 수업을 했다. 모두가 조용했기 때문에 학생들이 수업 주제를 읽는 소리와 스캐처드 선생님의 목소리가 잘 들렸다. 학생들은 모두 얌전하게 읽었고 선생님은 읽으라고 시키기도 하고 잘못 읽었다고 꾸짖기도 했다. 영국사 시간이었다. 읽는 학생 중에는 베란다에서 사귄 친구도 있었다. 수업을 시작할 때는 1등 자리에 있던 그녀가 발음을 잘 못하거나 잘못 끊어 읽어서인지 갑자기 꼴찌 자리로 보내졌다. 그 보잘것없는 자리에 있는데도 스캐처드 선생님은 계속 그녀를 지목했다. 그녀에게 계속 이런 말을 해 댔다.

"번스(그녀의 이름처럼 보였다. 여기서는 남자 학교처럼 여학생들을 성으로 불렀다), 번스, 구두 옆을 짚고 비스듬히 서 있구나. 당장 발가락을 똑바로 하고 서." "번스, 불쾌하게 턱 내밀고 있구나. 턱 좀 집어넣어." "번스, 고개를 똑바로 하라고 몇 번이나 말했잖아. 내 앞에서 그런 자세로 있어서는 안 돼."

그 수업에서는 한 장을 두 번씩 읽은 다음 책을 덮고 시험을 보았다. 그 수업은 찰스 1세의 통치 기간에 대한 것이었는데 스캐처드 선생님이 선박당 톤 세와 파운드당 수수료에 대한 잡다한 질문을 했고 대부분의 학생이 대답을 하지 못하는 것 같았다. 하지만 번스 차례가 되자 그녀는 곧잘 대답했다. 그녀의 기억력은 수업 전부를 기억하는 것처럼 보였고 모든 질문에 정답을 말했다. 나는 스캐처드 선생님이 그녀에게 잘했다고 칭찬할 줄 알았는데 선생님은 칭찬 대신 버럭 소리를 질렀다.

"이런, 더럽고 불쾌한 애 같으니! 오늘 아침에 손을 전혀 안 씻었구나!"

번스는 아무 대답도 하지 못했다. 왜 그녀가 아무 말도 안 하는지 궁금했다.

'그녀는 왜 오늘 아침에 물이 얼어서 세수도 할 수 없었고 손도 씻을 수 없었다고 말하지 않았을까?'

스미스 선생님이 나더러 실타래를 들어 달라고 했기 때문에 더 이상 그녀를 볼 수 없었다. 실을 감으면서 스미스 선생님은 드문드문 말을 걸었다. 전에 학교에 다닌 적이 있는지, 마름질과 바느질, 뜨개질을 할 수 있는지 등을 실을 다 감을 때까지 물었다. 그래서 스캐처드 선생님의 행동을 계속 관찰할 수 없었다. 내 자리로 돌아왔을 때 그 선생님이 번스에게 뭔가 명령을 내리고 있었는데 그 내용은 들리지 않았다. 하지만 번스는 곧 교실을 떠나 책을 둔 작은 내실로 가더니 한쪽 끝을 묶은 나뭇가지 한 다발을 들고 돌아왔다. 그녀는 공손하게 무릎을 굽혀 인사하고 스캐처드 선생님께 이 불길한 도구를 내밀었다. 그러고는 선생님이 아무 말도 안 했는데 조용히 앞치마를 풀었다. 선생님은 곧 나무 한 단 모두를 휘두르며 그녀의 목을 열두 번이나 때렸다. 번스는 눈물 한 방울 흘리지 않았다. 나는 바느질을 멈추었다. 이 광경에 화가 났지만 아무것도 할 수 없어 손이 부들부들 떨렸다. 하지만 생각에 잠긴 그녀의 얼굴은 평상시와 똑같았다.

"독한 것 같으니!" 스캐처드 선생님이 소리쳤다. "아무리 해도 그 칠칠맞은 행동을 고칠 길이 없구나. 회초리를 치워라."

번스는 명령을 따랐다. 그녀가 서가에서 나올 때 자세히 살펴보니, 그녀는 막 주머니에 손수건을 넣고 있었는데 여윈 뺨에는 눈물 자국이 있었다.

저녁 휴식 시간이 로우드의 하루 중 가장 즐거운 시간이었다. 5시면 빵과 커피를 먹는데, 그러면 허기가 완전히 가시는 건 아니지만 다시 기운이 났다. 하루 종일 받았던 구속이 좀 느슨해졌다. 교실은 아침보다 더 따뜻했다. 아직은 촛불을 켜기 전이라 촛불 대용으로 난롯불을 약간 더 활활 타게 할 수 있었다.

스캐처드 선생님이 번스를 매질하는 것을 본 그날 저녁, 나는 보통 때처럼 친구 없이 혼자서 책상 사이를, 그리고 모여서 웃고 떠드는 학생들 사이를 왔다 갔다 했다. 하지만 외롭지는 않았다. 창문을 지날 때면 이따금씩 블라인드를 올려다봤다. 눈이 펑펑 내리고 유리창 아래쪽에는 이미 눈이 쌓이고 있었다. 귀를 창문에 갖다 대니 실내의 즐거운 소동과 달리 창밖에서는 신음하는 듯한 바람 소리가 쓸쓸하게 들렸다.

만일 내가 좋은 집과 친절한 부모를 떠난 지 얼마 안 된 상태였다면 몹시 향수를 느낄 만한 시간이었다. 바람 소리를 듣고 어쩌면 마음이 슬퍼졌을 것이고 이 어두운 혼돈을 보고 마음의 평화가 깨졌을 것이다! 그런데 사실은 이상하게 흥분되었다. 열에 들뜬 데다 무모한 기분이 들어 나는 바람이 더 거칠게 으르렁대고 밖의 희미한 어둠이 아주 깜깜해지기를 바랐다. 그 혼돈이 대소동으로 커졌으면 했다.

나는 의자를 뛰어넘기도 하고 책상 아래로 기어가기도 하면서 간신히 난롯가에 도달했다. 거기 높은 난로 울타리 옆에 번스가 무언가에 몰두한 채 조용히 있었다. 그녀는 희미한 난로 불빛 아래서 책을 보느라고 주위에 전혀 신경 쓰지 않았다.

"아직도 『라셀라스』를 읽니?" 그녀 뒤로 다가가서 내가 물었다.

"그래, 이제 막 다 읽었어." 그녀가 말했다.

그리고 5분쯤 지난 뒤 그녀가 책을 덮었다. 나는 그래서 좋았다. '이제 어쩌면 말을 걸 수 있겠네'라고 생각했다. 나는 그녀 옆으로 가 바닥에 앉았다.

"번스는 성이고 이름은 뭐니?"

"헬렌."

"멀리 떨어진 곳에서 왔니?"

"북쪽 먼 곳, 스코틀랜드 국경 부근에서 왔어."

"나중에 돌아갈 거니?"

"그럼 좋겠어. 하지만 누구도 미래를 확실히 알 수 없잖아."

"틀림없이 로우드를 떠나고 싶지?"

"아니! 왜 내가 떠나야 해? 교육을 받으러 로우드에 온 건데, 그 목적을 이룰 때까지는 떠나면 안 되지."

"하지만 그 선생님, 스캐처드 선생님은 네게 너무 잔인하잖아?"

"잔인하다고? 전혀 그렇지 않아! 엄격한 분이라서 내 결점이 싫은 것뿐이야."

"하지만 내가 너라면 그녀를 미워할 거야. 그녀에게 반항할 거야. 그 회초리 단으로 나를 치면, 손에서 그걸 뺏어서 다 부러뜨려 버릴 거야."

"아마 너라도 그렇게는 안 할 거야. 그러면 브로클허스트 씨가 이 학교에서 널 쫓아낼 거고, 그렇게 되면 가족들이 매우 슬퍼할 거야. 성급한 행동으로 주위 모든 사람에게 해를 끼치느니 나만 고통을 견디면 되니까 참는 게 훨씬 나아."

"하지만 그래도 매를 맞거나 사람들이 가득 찬 방 한가운데 서 있으면 모멸감을 느낄 것 같아. 그리고 넌 훌륭한 학생이잖아. 나는 훨씬 어린데도 견디지 못할 것 같아."

"하지만 피할 수 없으면 따르는 게 네 의무야. 인내가 운명인데 견딜 수 없다는 말을 하는 것은 나약하고 어리석은 짓이야."

그녀의 말을 듣고 놀라지 않을 수 없었다. 인내해야 한다는 그녀의 원칙을 이해할 수 없었고 벌준 사람에 대해 참겠다는 것은 더더욱 이해하거나 공감할 수 없었다. 여전히 헬렌 번스는 보이지 않는 빛에 비추어 상황을 생각한다는 느낌이 들었다. 어쩌면 그녀가 옳고 내가 틀렸는지도 모른다는 의심이 들었다. 그 문제를 깊이 생각하지 않으려고 했다. 그 문제는 펠릭스*처럼, 나중에 더 적당한 때가 오면 생각해 보기로 미루어 두었다.

"헬렌, 결점이 있다는데, 네게 무슨 결점이 있니? 너는 아주 착해 보이는데."

"겉모습만 보지 말고 내 말을 듣고 판단해. 스캐처드 선생님의 말대로 나는 칠칠치 못해. 물건을 제대로 정리하지 못할뿐더러, 정리 상태를 제대로 유지하지도 못해. 주의력이 부족해 규칙도 잊어버리곤 해. 수업 시간에 다른 책을 읽기도 하고 요령이 없어. 그리고 때로는 너처럼 체계적인 규칙을 **따르지** 못하겠다고 말하기도 해. 이 모든 게 스캐처드 선생님을 화나게 만드는 거지. 그분은 원래 단정하고, 정확하고, 깐깐하시거든."

"그리고 심술쟁이에다 잔인하지." 내가 이렇게 덧붙였다. 하지만 헬렌은 내가 덧붙인 말을 받아들이지 않았다. 그녀는 아무 말도 하지 않았다.

"템플 선생님도 스캐처드 선생님처럼 네게 심하게 구니?"

템플 선생님의 이름을 듣자 헬렌의 진지한 얼굴에 부드러운 미소가 번졌다.

"템플 선생님은 정말 착하셔. 너무 마음이 고우셔서 어떤 학생에게도, 최악의 학생에게도 심하게 대하지 않으셔. 내가 실수를 저지르면 점잖게 타이르셔. 그리고 내가 조금이라도 칭찬받을 만한 일을 하면, 칭찬을 잘 해 주셔. 템플 선생님이 그렇게 부드럽게, 그렇게 합리적으로 말씀해 주시는데도 나는 결함을 못 고치고 있어. 이것이 내가 아주 나쁜 아이라는 걸 증명하는 확실한 증거야. 그리고 선생님의 칭찬을 소중하게 생각하면서도, 미리 조심하면 칭찬을 들을 텐데 그러지 못해."

"이상하네. 조심하는 것은 아주 쉬운데." 내가 말했다.

"**네겐** 틀림없이 그렇겠지. 오늘 오전 수업 시간에 널 보았는데 아주 집중해서 잘 듣던데. 밀러 선생님께서 설명하고 질문하는 동안 전혀 딴생각하지 않는 것 같더라. 그런데 나는 끊임없이 주의가 산만해져. 스캐처드 선생님의 말을 잘 듣고 내용을 다 열심히 기억해야 하는데, 종종 선생님의 목소리가 들리지 않고 일종의 꿈꾸는 상태에 빠져 버리곤 해. 어떨 때는 내가 노섬벌랜드에 있다는 생각이 들어. 주위에서 들리는 소리가 우리 집 근처 딥든에서 흘러가는 작은 개울물 소리처럼 들려. 그러다 내가 대답할 차례가 오면 그제야 깨어나. 환상 속의 개울물 소리를 듣느라고 무엇을 읽었는지 전혀 모르니 당연히 대답을 못 하지."

"하지만 오늘 오후에는 대답을 잘하던데."

"그건 우연히 오늘 읽은 주제에 내가 관심을 많이 갖고 있어서 그래. 오늘 오후에는 딥든을 꿈꾸지 않고, 대신 찰스 1세처럼 선하고 옳은 일을 하고 싶어 하는 사람이 왜 그렇게 현명하지 못하고 부당한 일을 했을까 궁금했어. 그리고 그렇게 인품이 훌륭하고 양심적인 분이 왕의 특권을 지키는 것밖에 볼 수 없다니 정말 안됐다는 생각이 들었어. 그가 좀 더 멀리 내다보고, 소위 시대정신이 어떤 방향으로 흘러가는지 볼 수 있었으면 좋았을 텐데! 그래도 찰스 1세가 좋아. 그를 존경하고, 동정해! 그렇게 죽임을 당하다니, 너무 불쌍해! 맞아, 그의 적들은 최악이었어. 그렇게 피를 흘리게 할 권리가 없는 자들인데 피를 보게 했어. 그런 사람들이 어떻게 감히 그를 죽이다니!"

이때쯤 헬렌은 혼잣말을 하고 있었다. 그녀는 내가 잘 이해하지 못한다는 것, 즉 지금 말하는 주제에 대해 내가 문외한인 것을 잊고 있었다. 나는 내 수준에 맞는 이야기로 화제를 돌렸다.

"그럼 템플 선생님이 가르칠 때도 딴생각을 해?"

"물론 안 그러지. 확실히 그 시간에는 그런 적이 드물어. 템플 선생님은 보통 내가 생각해 보지 못한 새로운 이야기를 해 주시거든. 특히 선생님이 알아듣기 쉽게 가르쳐 주시고 바로 내가 알고 싶어 하던 지식이거든."

"음, 그러면 템플 선생님을 대할 때는 착하게 행동하니?"

"응, 수동적으로 착하게 굴지. 전혀 노력 없이 마음 내키는 대로 하는 거야. 그런 선량함은 아무 가치가 없어."

"아니야, 아주 가치 있는 일이야. 착한 사람에게는 너도 착하게 행동하잖아. 그렇게만 되면 좋겠어. 잔인하고 부당한 사람들에게도 늘 친절하고 공손하게 대한다면 사악한 사람들이 제멋대로 굴 거야. 그런 사람들은 무서워하지도 않고 따라서 변하지도 않고 점점 더 사악해질 거야. 이유 없이 맞으면 상대방을 더 세게 패 줘야해. 난 그래야 한다고 생각해. 아주 강하게 맞서서 다시는 우리를 때리지 못하게 해야 해."

"너도 크면 생각이 바뀔 거야. 아직은 네가 배우지 않은 작은 꼬마라서 그래."

"하지만 난 이렇게 생각해, 헬렌. 내가 최선을 다해 맞추려고 하는데도 나를 싫어하는 사람들이 있으면 나도 그들을 싫어해야 해. 부당한 벌을 주는 사람들에게는 저항해야 해. 그건 나를 사랑하는 사람을 내가 사랑하고 내가 벌을 받을 만하다고 느낄 때 벌을 받는 것과 마찬가지로 자연스러운 일이야."

"이교도나 이방인은 그런 교리를 믿지만, 기독교 국가나 문명국가에서는 그렇지 않아."

"어째서 그래? 난 이해가 안 가."

"증오를 가장 잘 극복할 수 있는 것은 폭력이 아니고, 상처를 가장 확실하게 치료할 수 있는 것은 복수가 아니야."

"그럼 뭐지?"

"신약을 읽고 예수님이 무슨 말씀을 하시고 어떻게 행동하셨는지 잘 지켜봐. 예수님의 말씀을 규율로 삼고 예수님의 행동을 본받도록 해."

"예수님이 뭐라고 말씀하셨는데?"

"원수를 사랑하라.* 너를 저주한 자를 축복하라. 너를 증오하고 박해하는 자에게 선행을 베풀라고 했지."

"그러면 난 리드 부인을 사랑해야겠네. 그건 못 해. 그 부인 아들인 존도 축복해야겠네. 그것도 불가능해."

내 말에 헬렌은 왜 그런지 설명해 보라고 했고, 나는 내 나름의 방식대로 고통과 분노가 가득 찬 이야기를 쏟아 냈다. 몹시 비통하고 심술이 나서 숨기거나 누그러뜨리지 않고 내 느낌을 흥분 상태에서 마구 떠들어 댔다.

헬렌은 끝까지 참으며 내 이야기를 들었다. 나는 그녀가 뭔가를 말하리라고 예상했으나 그녀는 아무 말도 하지 않았다.

"자, 이래도 리드 외숙모가 인정머리 없는 나쁜 여자가 아니라는 말이야?"

"그분이 네게 쌀쌀맞게 군 것은 확실해. 스캐처드 선생님이 내 성격을 싫어하듯이 네 외숙모도 네 성격이 싫은 거야. 하지만 외숙모가 네게 한 말을 정말 자세히도 기억하는구나! 그녀가 한 부당한 일을 정말 마음속 깊이 새겼구나! 난 어떤 부당한 대접을 받아도 그렇게 깊이 새겨 기억하지 않는단다. 외숙모의 심한 언사나 거기서 네가 느낀 분노를 모두 잊으려고 노력하면 더 행복해지지 않겠니? 인생은 너무 짧아서 적대감을 키우거나 부당한 대접을 기억하는 데 쓸 만큼 여유 있지 않아. 우리는 모두 결함을 지니고 태어나기 때문에 그럴 수밖에 없단다. 하지만 곧 육체가 썩어서 사라지면 그런 결함도 사라지는 시간이 올 거야. 그때는 이 성가신 육체라는 틀과 함께 죄나 타락도 떨어져 나가고 영혼의 불꽃만 남을 거야. 창조주께서 피조물에게 불어넣었던 것만큼 보이지 않는 순수한 사상과 생명의 원칙만 남을 거야. 그리고 그것이 원래 떠났던 곳으로 돌아갈 거야. 아마도 인간보다 더 고귀한 존재에게 넘겨질 거야. 어쩌면 창백한 인간을 떠나 영광의 계단을 거쳐 천사를 빛나게 해 줄지도 몰라! 인간이 악마로 타락하는 일은 결코 일어나지 않겠지? 그래, 그건 믿을 수가 없어. 내 믿음은 달라. 누구도 내게 가르쳐 준 적이 없고 나 자신도 입 밖에 낸 적은 거의 없지만. 나는 그런 믿음이 있어서 기쁘고, 그래서 그 믿음을 저버린 적이 없어. 그 믿음에 따르면, 모두 희망이 있으니까. 영원은 안식이고, 공포나 심연이 아니라 강력한 집이 되지. 더욱이 이 믿음에 따르면, 죄인과 죄를 구분할 수 있어. 그래서 정말 진심으로 죄는 증오하면서도 죄인을 용서할 수 있어. 이런 믿음 덕분에 복수심으로 괴로워하지 않고, 타락을 보아도 심하게 역겨워하지 않고, 부당한 일을 보아도 지나치게 압도당하지 않아. 나는 최후의 심판 날이 오기를 기다리면서 평온하게 살고 있어."

그녀는 늘 고개를 숙이고 있지만, 이 말을 끝낼 즈음에는 더 깊이 고개를 숙였다. 그녀의 표정으로 미루어 나와 그만 이야기하고 사색에 잠기고 싶어 한다는 것을 알았다. 하지만 그녀가 명상에 잠길 시간이 오래 허용되지는 않았다. 곧 몸집이 크고 거친 여학생 반장이 나타나 강한 컴벌랜드 사투리로 소리쳤다.

"헬렌 번스, 당장 가서 서랍 정리하고 바느질감을 잘 정돈해. 안 그러면 스캐처드 선생님께 와서 보시라고 할 거야!"

　몽상에서 깨어나자 헬렌은 한숨을 쉬며 일어나 아무 말 없이 곧 반장이 하라는 대로 따랐다.

제7장

로우드에서 보낸 새 학기는 한 시대가 흐른 것만큼이나 길게 느껴졌다. 물론 황금시대는 아니었다. 새로운 규칙과 익숙지 않은 일에 적응하느라 힘들고 지겨운 투쟁의 연속이었다. 육체적으로도 쉬운 일은 아니었지만 그보다 혹시 제대로 적응하지 못할까 봐 더 고통스러웠다.

1월과 2월, 그리고 3월까지도 눈이 많이 왔고, 눈이 녹은 다음에도 거의 다닐 수 없을 지경으로 길이 질척거려 교회 갈 때 말고는 교정 담 밖으로 나갈 수가 없었다. 그러나 이런 제한 속에서도 우리는 매일 한 시간씩 야외에 있어야 했다. 우리 옷으로는 심한 추위를 막기에 역부족이었다. 우리는 장화도 없었다. 신발 사이로 눈이 스며들어 와서 녹았다. 장갑도 안 낀 손 역시 발처럼 마비되고 온통 동상에 걸렸다. 저녁마다 발이 따뜻해지면 동상에 걸린 발이 간지러워 죽을 지경이었고 아침이면 퉁퉁 붓고 뻣뻣해진 맨발에 신을 신느라 힘들었던 일이 지금도 생생하다. 그러고 나면 먹을 게 없어서 힘들었다. 우리는 성장기여서 식욕이 왕성했지만 우리 음식은 허약한 환자가 먹기에도 부족했다. 이렇게 먹을 것 부족하자, 어린 학생들이 압박과 괴롭힘을 당했다. 즉 기회가 있을 때마다 굶주린 더 나이 많은 여학생들이 어린 학생들을 달래거나 협박해서 식사를 빼앗아 먹었다. 나도 차 시간에 나누어 주는 그 소중한 갈색 빵을 달라고 조르는 여학생 두 명과 나누어 먹어야 했다. 세 번째 여학생에게는 내 커피의 3분의 1을 주고, 몰래 눈물을 흘리면서 그 나머지를 마셨다. 참을 수 없이 배가 고파 죽을 지경이었다.

그런 겨울철 일요일은 음울했다. 브로클브리지 교회에 가기 위해서는 2마일을 걸어야 했다. 그곳은 우리 학교 후원자가 운영하는 교회였다. 추운 상태로 출발해 교회에 도착하면 너무나 추웠다. 아침 예배를 보노라면 온몸이 거의 마비되다시피 했다. 예배 사이에는 찬 고기와 빵이 나왔다. 식사하러 돌아가기에는 학교가 너무 멀어서 식사를 주었는데, 그 양이 학교에서 주는 보통 식사처럼 형편없이 부족했다.

오후 예배가 끝나면 바람이 몰아치는 언덕길을 따라 돌아왔다. 눈 덮인 봉우리를 지나 휘몰아치는 북풍에 거의 살갗이 떨어져 나갈 것 같았다.

축 늘어져 한 줄로 걷는 우리 옆에서 템플 선생님이 사뿐사뿐 빠르게 걷던 모습이 지금도 떠오른다. 템플 선생님은 차가운 바람에 펄럭이는 격자무늬 외투를 꼭 여미고 우리에게 기운을 내 행진하라고, 그녀의 표현을 따르면 '용감한 군인'처럼 행진하라고 말하며 몸소 모범을 보였다. 불쌍한 다른 선생님들은 대체로 자신들도 기운이 없어서 다른 사람을 격려할 엄두를 못 냈다.

마침내 학교로 돌아왔다. 그러나 어린 학생들의 경우에는 이것도 허용되지 않았다. 교실의 난로는 모두 덩치 큰 여학생들 차지였다. 더 어린 학생들은 그들 뒤에 몇 명씩 모여 웅크리고 앉아서 난롯불을 쬐지 못한 손을 앞치마로 감쌌다.

차 시간에는 빵이 두 배로 나와 약간 위안이 되었다. 빵 반쪽이 아니라 하나를 통째로 주는 데다 맛있는 버터가 얇게 발라져 있었다. 이때가 일주일에 한 번 열리는 잔치로, 우리 모두 일요일을 기다렸다. 나는 대체로 이 풍족한 음식의 반은 남겼다 나중에 먹으려고 했다. 그러나 남긴 음식은 항상 내 차지가 안 됐다.

일요일 저녁에는 교리문답과 마태오의 복음서 5장, 6장, 7장을 암송하며 보냈다. 그리고 밀러 선생님이 읽는 긴 설교문을 들어야 했다. 밀러 선생님은 너무 피곤해서 참지 못하고 하품을 하곤 했다. 이런 낭송 막간에 종종 대여섯 명의 여학생이 유디코*의 역할을 하곤 했다. 이 여학생들은 너무 졸려서 3층 다락은 아니지만 네 번째 열에서 반쯤 죽은 상태로 쓰러지면 일으켜 세워지곤 했다. 해결책은 그들을 교실 한가운데 밀어 넣고 설교가 끝날 때까지 거기 서 있게 하는 것이었다. 때로는 제대로 서 있지 못하고 풀썩 주저앉기도 했는데, 그러면 반장이 높은 의자로 받치곤 했다.

나는 아직 브로클허스트 씨의 방문에 대해 말하지 않았다. 내가 도착한 그 달, 그는 대부분 집에 있지 않았다. 아마 친구인 부주교 집에 더 오래 머물러 있었던 것 같다. 그가 없어서 안심이었다. 왜 그가 오는 것이 두려운지는 말할 필요가 없을 것이다. 그러나 마침내 그가 왔다.

어느 날 오후(로우드에 온 지 3주일째 되는 날이었다), 손에 석판을 들고 복잡한 나눗셈을 하느라 쩔쩔매다가 별생각 없이 창문 밖을 보았는데 누군가가 지나갔다. 거의 본능적으로 그 여윈 사람이 누구인지 알았다. 2분 뒤 선생님을 포함해 학교에 있는 모든 사람이 **한꺼번에** 일어났다. 누구를 그렇게 맞이하는지 확인하기 위해 눈을 들 필요도 없었다. 그 검은 기둥은 성큼성큼 교실을 가로질러 바로 템플 선생님 옆에 섰다. 게이츠헤드의 양탄자 위에서 기분 나쁘게 인상 쓰던 그 검은 기둥이었다. 곁눈질로 이 기둥을 보았다. 맞았다. 내 생각대로 외투 단추를 목 끝까지 채운 브로클허스트 씨였다. 그는 더 커지고 더 여위고 더 엄격해 보였다.

이 사람의 등장에 당황한 것은 내 나름대로 이유가 있었다. 리드 부인이 내 성격에 대해 거짓 악담을 한 것도, 브로클허스트 씨가 사악한 나의 본성에 대해 템플 선생님이나 다른 선생님들에게 알리겠다고 약속한 것도 아주 뚜렷이 기억하고 있었다. 그가 이 약속을 지킬까 봐 내내 두려움에 떨고 있었다. 매일 '오기로 되어 있는 사람'이 오는지 경계하고 있었다. 나의 과거 생활과 대화에 대해 그가 알리는 순간, 나는 영원히 나쁜 아이로 낙인찍힐 판이었다. 그런데 지금 그가 여기에 온 것이다. 그는 템플 선생님 옆에 서서 그녀의 귀에다 대고 조용히 말했다. 내가 한 나쁜 짓을 이르고 있는 게 분명했다. 나는 불안해 어쩔 줄 모르며 곁눈질로 템플 선생님의 눈을 보았다. 그녀가 곧 내게 혐오와 경멸의 시선을 보내리라 예상했다. 교실의 맨 앞자리에 앉아 있어서 그의 말이 대부분 들렸다. 그 내용을 듣고 당장 걱정은 덜었다.

"템플 선생, 실은 로턴에서 산 것만으로도 충분할 거요. 무명 속옷을 꿰매는 데 적합한 실이라는 생각이 들었소. 그 실에 맞는 바늘도 골랐소. 그 바늘 값 명세서 쓰는 것을 잊었는데 다음 주중에 명세서를 보내 주겠다고 스미스 선생께 전하시오. 그리고 절대로 바늘을 학생 한 명당 한 번에 한 개 이상 주면 안 된다고 하시오. 한 개 이상 갖게 되면 조심하지 않고 바늘을 잃어버릴 거요. 그리고 아, 선생! 모직 스타킹에 더 주의를 기울였으면 하오! 지난번에 여기 왔을 때 채소밭에 나가 빨랫줄에 걸려 있는 옷들을 조사해 보았소. 상태가 나빠 수선해야 하는 검은 스타킹이 많았소. 양말 구멍 크기로 보건대 분명히 제때 수선하지 않은 게 분명하오."

그는 말을 멈추었다.

"지시하신 대로 하도록 하겠습니다." 템플 선생님이 말했다.

"그리고 선생!" 그가 계속 말했다. "세탁부가 어떤 학생들은 일주일에 깃을 두 개나 사용한다고 하던데, 그건 낭비요. 한 개만 쓰는 게 규정이오."

"제가 상황을 설명해 드릴 수 있습니다. 지난주 목요일에 아그네스와 캐서린 존스톤이 로턴에 있는 친구들에게 초대받았답니다. 제가 그 애들에게 깨끗한 새 깃을 착용해도 된다고 허락했습니다."

브로글허스트 씨는 고개를 끄덕였다.

"자, 한 번이면 그냥 넘어갈 수 있소. 하지만 이런 일이 자주 일어나지 않도록 하시오. 또 하나 놀라운 일이 있었소. 가정부와 장부를 정리하다 보니 지난 2주일 동안 점심 급식으로 학생들에게 치즈 넣은 빵을 두 번이나 주셨던데, 이건 어찌 된 일이오? 규정집에 점심으로 그런 식사를 주는 규정은 없던데, 누가 이런 혁신적인 식단을 도입한 거요? 또 무슨 권한으로 그런 거요?"

"제 책임입니다." 템플 선생님이 대답했다. "아침 식사가 너무 형편없어서 도저히 학생들이 먹을 수 없었습니다. 학생들이 저녁때까지 굶게 내버려 둘 수 없었습니다."

"선생, 잠깐만. 이 학생들을 강인하고 인내심 있는 희생적인 사람으로 만드는 게 내 교육 방침인 것 아시죠? 사치와 탐닉의 습관에 빠지게 하면 안 됩니다. 어쩌다 음식이 타거나 설익어 엉망인 맛없는 식사가 나오는 그런 사소한 일이 일어난다고 칩시다. 그럴 때마다 맛없는 식사 대신 더 맛있는 식사를 제공하면 안 됩니다. 그렇게 육체적으로 호의호식하게 해 이 학교의 목표 달성을 방해하셔서는 안 됩니다. 그런 일이 생기면 일시적인 결핍 속에서 강인함을 드러내라 격려하고 학생들이 정신적인 깨달음을 얻는 계기가 되도록 해야 합니다. 그럴 때 짧은 연설을 하는 것도 나쁘지 않을 거요. 현명한 교사라면 그 기회에 초기 기독교인의 고통이나, 순교자의 고문이나, 십자가를 지고 나를 따르라고 한 주님의 설교나, 사람은 빵만으로 사는 게 아니라 하느님 입에서 나오는 모든 말씀으로 산다*는 주님의 경고나, '옳은 일에 주리고 목마른 사람은 행복하다'*라는 주님의 위안을 언급할 거요. 선생, 이 아이들에게 탄 죽 대신 치즈 넣은 빵을 제공했을 때 선생이 이 아이들의 사악한 육체를 배부르게 하는지는 몰라도 그들의 불멸의 영혼을 굶주리게 한다는 것은 생각지 못한 거요!"

브로클허스트 씨는 다시 말을 멈추었다. 아마도 감정을 주체하지 못해서 그런 듯했다. 그가 처음 그녀에게 말을 시작했을 때 그녀는 고개를 숙이고 있었으나 지금은 똑바로 앞을 보고 있었다. 원래 대리석처럼 창백하던 그녀의 얼굴이 대리석처럼 차갑고 딱딱해지는 것 같았다. 특히 입을 꼭 다물고 있어서 입을 열게 하려면 조각가의 끌이 필요할 것 같았다. 그리고 그녀의 이마는 차츰 화석처럼 굳어 갔다.

브로클허스트 씨는 뒷짐을 지고 난로 옆에 서서 엄숙하게 전교생을 둘러보았다. 갑자기 그가 눈을 깜박였다. 마치 눈이 부시거나 충격적인 무언가를 본 것 같았다. 돌아서서 그는 지금까지보다 더 성급한 어조로 말했다.

"템플 선생, 템플 선생, 저 곱슬머리를 한 학생은 뭐, **뭐요**? 빨강 머리에, 전체가 곱슬머리인 학생 말이오?" 그리고 지팡이를 뻗어 손을 벌벌 떨면서 그 끔찍한 대상을 지적했다.

"줄리아 서번입니다." 템플 선생님이 아주 조용히 말했다.

"줄리아 서번이라고 했소, 선생! 자기가 그랬는지 다른 사람이 그렇게 해 준 것인지는 모르지만, 왜 저렇게 머리가 곱슬거리는 거요? 이 학교의 교훈과 원칙을 무시한 채 저 아이는 왜 저렇게 드러 내 놓고 세속적으로 구는 거요? 여기 복음주의 자선 학교에서 곱 슬머리를 만들다니."

"줄리아는 원래 곱슬머리예요." 템플 선생님이 더욱더 조용히 대꾸했다.

"원래부터라! 그렇소? 하지만 우리는 자연에 순응해서는 안 되 오. 난 이 아이들이 은총을 받은 아이들이면 좋겠소. 그런데 이런 지나친 일이 있다니, 웬일이오? 거듭 말씀드렸듯이 머리를 바싹 붙여, 얌전하고 단정하게 묶었으면 좋겠소. 템플 선생, 저 학생의 머리를 완전히 깎아 버리시오. 내일 이발사를 보내겠소. 그리고 다 른 학생들 머리도 너무 깁니다. 저기 키 큰 학생에게 돌아 보라고 하시오. 1반 학생 모두 일어나서 벽 쪽으로 향하라고 하시오."

템플 선생님은 자기도 모르게 미소가 스치자 그것을 지워 버리 려는 듯 입에다 손수건을 갖다 댔다. 그러나 1반 학생은 그녀의 명 령에 따라 요구 사항을 받아들일 수밖에 없는 상황이 되자, 그 말 을 따랐다. 내가 앉은 긴 의자에서 약간 몸을 젖히자 이 여학생들 의 찡그린 표정을 볼 수 있었다. 이런 동작을 어떻게 생각하는지 알 수 있었다. 브로클허스트 씨가 이 표정을 못 보는 게 유감이었 다. 아마 컵이나 접시의 바깥쪽을 가지고 무슨 짓을 해도 그 안의 내용물은 자기 생각만큼 마음대로 할 수 없음을 알았을 것이다.

그는 이 살아 있는 메달의 뒷면을 5분간 꼼꼼히 보았다. 그러고 나서 한 마디 했다. 이 단어들은 최후 종소리처럼 느껴졌다.

"저 묶은 머리는 모두 잘라 버리시오."

템플 선생님은 비난 어린 표정을 지은 것처럼 보였다. 그가 계 속 말했다.

"선생, 내가 모시는 주님은 이 세상 분이 아니오. 이 여학생들이 육체적 욕망을 억제하게 만드는 게 내 운명이오. 이 여학생들에게 머리를 땋고 비싼 옷을 입는 것을 가르칠 게 아니라 겸손과 절제를 갖추도록 가르쳐야 하오. 그런데 우리 앞에 서 있는 이 검은 머리의 여학생들은 모두 머리를 땋아 늘어뜨리고 있소. 허영의 여신이 땋아 주기라도 한 것처럼 말이오. 다시 말하지만 땋은 머리를 자르도록 하시오. 그러느라 낭비하는 시간을 생각해 보시오……"

여기서 브로클허스트 씨의 말이 끊겼다. 다른 방문객, 즉 세 명의 숙녀가 교실로 들어왔다. 이들이야말로 좀 더 일찍 와서 옷에 대한 그의 설교를 들어야 했다. 이들은 벨벳과 실크, 모피로 휘황찬란한 차림이었기 때문이다. 세 명 중 더 젊은 두 여성(열여섯 살과 열일곱 살의 멋진 숙녀들)은 그 당시 유행하던 타조 깃털로 장식한 회색 비버 털 모자를 쓰고 있었고, 이 우아한 모자 아래로 공들여 곱슬거리게 만든 금발 머리가 치렁치렁했다. 나이 든 숙녀는 족제비 털로 테두리를 두른 호사스러운 벨벳 숄로 온몸을 휘감고 있었다. 그녀의 앞머리는 일부러 프랑스식 곱슬머리로 매만진 것이었다.

템플 선생님은 공손하게 이들을 맞이해 교실 맨 앞의 귀빈석으로 안내했다. 이들은 브로클허스트 부인과 그의 딸들이었다. 그 존경스러운 아버지와 함께 마차를 타고 와서 아버지가 가정부와 사무적인 일을 처리하고 세탁부에게 질문하고 교장에게 연설하는 동안 2층 방을 샅샅이 조사한 것 같았다. 곧이어 이 숙녀들도 끊임없이 스미스 선생님에게 이런저런 지적과 비난을 했다. 스미스 선생님은 속옷 관리와 기숙사 감독을 맡고 있었다. 하지만 그들이 무슨 말을 하는지 들을 새가 없었다. 내 관심은 온통 다른 문제에 쏠려 있었다.

지금까지 브로클허스트 씨와 템플 선생님의 대화를 들으면서도, 나는 안전을 위해 극도로 조심하고 있었다. 그가 나를 보지 못하면 안전하리라 생각했다. 그럴 목적으로 나는 의자 깊숙이 앉았고 계산하느라 바쁜 척하며 석판으로 얼굴을 가렸다. 불안정하게 들고 있던 석판이 내 손에서 미끄러지지만 않았다면, 나는 그의 눈에 띄지 않았을 것이다. 석판은 요란한 소리를 내며 부서졌고 모든 사람이 나를 바라보았다. 이젠 끝장이라는 걸 알았다. 두 조각 난 석판을 집어 올리면서 나는 최악의 상황에 대비해 마음의 준비를 했다. 결국 최악의 상황이 닥쳤다.

"부주의한 학생이로군!" 브로클허스트 씨가 말했다. 그리고 곧 "신입생이군"이라고 말했다. 내가 숨을 들이쉬기도 전에 "저 학생에 대해 꼭 해야 할 말이 있지"라고 말한 뒤, 큰 소리로 "석판 깬 학생, 앞으로 나와!"라고 했다. 그 소리가 내게는 엄청나게 크게 들렸다!

나는 온몸이 마비되어 스스로 움직일 수가 없었다. 그러나 양쪽에 앉아 있던 덩치 큰 여학생들이 나를 부축해 그 무서운 재판관 쪽으로 떠밀었다. 그러고 나서 템플 선생님이 바로 그 사람 앞까지 갈 수 있도록 부드럽게 도와주었다. 그녀가 속삭이며 충고했다.

"제인, 두려워하지 마라. 사고라는 것을 난 알아. 벌을 받지는 않을 거야."

그 다정한 말이 가슴에 비수처럼 꽂혔다.

'조금만 더 있으면 저 선생님도 나를 위선자라고 경멸할 거야'라는 생각이 들었다. 그런 확신이 들자, 나는 리드 일가, 브로클허스트 일가, 그런 유의 사람들에 대한 분노로 헐떡였다. 나는 헬렌 번스가 아니었다.

"저 의자를 가져오시오." 브로클허스트 씨가 높은 의자를 가리키며 말했다. 반장이 막 일어난 의자였다. 의자를 가져왔다.

"이 아이를 의자 위에 세우시오."

그리고 누군가가 나를 의자 위로 올렸다. 나는 자세히 주변을 살필 상태가 아니었다. 내가 아는 것이라고는 누군가가 나를 들어 올려 브로클허스트 씨 코앞에 두었다는 것, 바로 1야드도 안 되는 곳에 그가 있다는 것, 내 밑으로는 오렌지색과 보라색 실크 외투와 구름 같은 은빛 깃털이 펼쳐져 일렁인다는 것뿐이었다.

브로클허스트 씨가 헛기침을 했다.

그는 자기 가족 쪽을 보며, "숙녀 여러분, 템플 선생님, 선생님들, 그리고 학생 여러분, 모두 이 소녀가 보이지요?"

물론 그들에게 보였다. 내게는 그들의 눈길이 살갗을 태우는 볼록렌즈 같았다.

"보다시피 이 아이는 어립니다. 보통 아이처럼 보일 겁니다. 신은 은혜롭게도 이 아이에게 우리와 같은 외모를 주셨습니다. 기형이라서 이상하게 보이지도 않습니다. 악마는 이미 이 아이가 자기 하수인이자 하인임을 알고 있습니다. 누가 그걸 상상이나 하겠습니까? 말하기는 슬프지만, 그게 사실입니다."

잠시 말이 끊겼다. 그동안 나는 떨리는 마음을 진정시키기 시작했다. 이미 루비콘 강을 건넜고 이제 더 이상 심판을 피할 수 없으므로, 꿋꿋하게 견디는 수밖에 없다는 생각이 들었다.

"친애하는 학생 여러분!" 그 검은 대리석 같은 목사가 비감에 차서 말을 이어 갔다. "이 여학생은 신의 양이 될 수도 있었지만 버림받은 양임을 경고합니다. 진정한 양 떼에 속하지 않는 침입자이고 이방인임에 틀림없습니다. 이 아이를 늘 경계해야 하고 본받아서는 안 됩니다. 필요하다면 이 아이와 어울리지 마십시오. 운동할 때 끼워 주지도 말고, 함께 이야기도 하지 마십시오. 선생님 여러분, 이 아이의 동태를 잘 감시하셔야 합니다. 이 아이의 말을 잘 평가하시고, 이 아이의 행동을 살피시고, 이 아이의 영혼을 구원하기 위해 체벌을 가하셔야 합니다. 그래서 구원이 가능하다면, 정말 그렇게 하셔야 합니다. (이런 말을 하려니 입이 떨리지만) 이 여학생, 기독교국의 국민인 이 아이는 힌두교 신에게 기도를 하고 크리슈나 앞에 무릎을 꿇는 이교도 아이보다 더 나쁩니다. 이 아이는 거짓말을 합니다!"

그리고 10분간 휴식 시간이 있었다. 이때쯤 나는 완전히 정신이 돌아와 브로클허스트가의 여자들을 관찰했다. 그들은 모두 손수건을 꺼내 눈가에 갖다 댔다. 브로클허스트 씨의 아내는 몸을 앞뒤로 흔들며 그랬고, 두 딸은 "정말 충격이야!"라고 속삭이면서 그랬다.

브로클허스트 씨는 다시 이야기를 시작했다.

"이 아이의 은인한테 들은 이야기입니다. 경건하고 자비심 많은 숙녀인 이 아이의 은인은 고아인 이 아이를 딸처럼 키웠죠. 이 나쁜 아이는 그 부인의 친절과 너그러움을 너무나 사악하고 너무나 끔찍한 배은망덕으로 갚았습니다. 그래서 마침내 그 훌륭한 후견인은 이 아이를 자기 자식들에게서 격리시킬 수밖에 없었습니다. 순수한 아이들이 사악한 행동에 물들까 봐 걱정되어서였죠. 옛날 유대인들이 병자를 거친 베데스다*에 보낸 것처럼 이 아이를 여기 보내 치료하려는 겁니다. 교장 선생님, 그리고 선생님 여러분, 그녀 주변의 물이 썩지 않도록 해 주십시오."

이런 숭고한 결론을 내리면서, 브로클허스트 씨는 외투의 맨 위 단추를 채우고 자기 가족들에게 뭐라고 중얼거렸다. 그러자 그들이 일어났다. 템플 선생님에게 인사한 뒤 이 잘난 사람들은 당당하게 걸어 나갔다. 문에서 고개를 돌리더니 나의 재판관이 덧붙였다.

"반시간 더 그 의자에 서 있게 하십시오. 그리고 오늘 하루 종일 그 아이에게 아무도 말을 걸면 안 됩니다."

　그 후 나는 의자 위에 높이 서 있었다. 마룻바닥에 서더라도 교실 가운데 서면 수치심을 못 견딜 것이라고 말했던 내가, 바로 그런 말을 했던 내가 이제 만인이 지켜보는 가운데 오명의 의자 위에 서 있었다. 내가 어떤 감정이었는지는 이루 다 표현할 수 없다. 그러나 갖가지 감정이 솟구쳐 숨이 막히고 목이 메던 바로 그 순간, 한 여학생이 다가와 내 옆을 지나갔다. 지나가며 그녀는 눈을 들어 나를 보았다. 그 눈이 얼마나 이상하게 빛났던가! 그 눈빛을 보자 얼마나 특별한 감정이 느껴졌던가! 이 새로운 감정이 얼마나 기운을 북돋아 주었던가! 마치 순교자나 영웅이 노예나 희생자 옆을 지나가면서 힘을 불어넣어 주는 것 같았다. 나는 히스테리 상태에 빠질 뻔했으나 마음을 다잡고, 고개를 쳐들고 꿋꿋하게 의자 위에 서 있었다. 헬렌 번스는 스미스 선생님에게 바느질에 대해 간단한 질문을 했으나 쓸데없는 질문을 한다고 야단맞은 다음 자기 자리로 돌아갔다. 그리고 다시 내 곁을 지나면서 미소를 지었다. 얼마나 멋진 미소였던가! 지금도 그 미소가 기억난다. 훌륭한 지성과 진정한 용기가 넘쳐흐르는 미소임을 알았다. 그 미소는 천사의 얼굴에서 뿜어져 나오는 빛처럼 그녀의 뚜렷한 윤곽과 여윈 얼굴과 푹 꺼진 회색 눈을 환하게 밝혀 주었다. 그러나 그 순간 헬렌은 팔에 '칠칠치 못한 학생 배지'를 달고 있었다. 한 시간도 지나지 않아 시험 문제를 베끼다 헬렌이 잉크를 엎지르자 내일 점심으로 빵과 물만 먹는 벌을 받아야 한다고 야단치는 스캐처드 선생님의 말소리가 들렸다. 인간은 원래 불완전한 존재다! 가장 맑은 달의 표면에도 그 정도 결함은 있다. 그런데 스캐처드 선생님 같은 사람의 눈에는 그런 사소한 결함만 보이고 아주 밝게 빛나는 달은 보이지 않나 보다.

제8장

　반시간도 채 안 되어 5시를 알리는 시계 소리가 났다. 수업이 끝났고 모두 차를 마시러 식당으로 갔다. 나는 이제 용기를 내 의자에서 내려왔다. 이제 해가 거의 저물어 어두웠다. 나는 한쪽 구석으로 가서 마룻바닥에 주저앉았다. 지금까지 나를 지탱해 주던 마술이 풀리고 그 반작용으로 슬픔이 덮쳤다. 얼굴을 숙인 채 힘없이 바닥에 엎드렸다. 눈물이 났다. 헬렌 번스도 없고 나를 지탱해 줄 만한 게 아무것도 없었다. 혼자 남겨진 상태에서 슬픔에 잠겨 눈물이 마룻바닥으로 뚝뚝 떨어졌다. 나는 로우드에서 착해지려고 노력했고 열심히 공부했다. 친구도 많이 사귀고 존경받고 사랑받으려고 했으며 내가 원하는 방향으로 어느 정도 일이 진행되고 있었다. 바로 그날 아침 학급에서 가장 공부를 잘해 밀러 선생님께 다정한 칭찬을 들었고 템플 선생님께서도 인정한다는 미소를 지었다. 템플 선생님은 앞으로 두 달 동안 이렇게 공부가 계속 향상된다면 그림도 가르쳐 주고 프랑스어도 배울 수 있다고 약속했다. 그리고 같은 반 학생들도 나를 좋게 생각하고 있었다. 또래 학생들은 나를 친구로 대해 주었고 누구도 나를 괴롭히지 않았다. 그런데 지금, 나는 다시 억눌리고 짓밟힌 채 여기 누워 있다.

내가 다시 일어설 수 있을까?

'절대로 안 될 거야'라는 생각이 들자 정말이지 죽고 싶었다. 흐느끼며 죽고 싶다고 말하는데, 누군가가 다가왔다. 나는 벌떡 일어났다. 다시 헬렌 번스가 내 곁으로 온 것이다. 이제 막 희미한 불빛에 기다란 빈 교실을 걸어오는 헬렌의 모습이 비쳤다. 그녀는 커피와 빵을 가져왔다.

"자, 뭘 좀 먹자." 그녀가 말했으나 나는 커피고 빵이고 다 밀쳐냈다. 지금 상태에서는 커피 한 모금, 빵 한 조각만 먹어도 목이 멜 것 같았다. 헬렌은 놀란 듯이 나를 바라보았다. 아무리 노력해도 끓어오르는 슬픔을 달랠 길이 없었다. 헬렌은 내 옆에 앉더니, 인도인처럼 팔로 무릎을 감싸고 무릎 위에 얼굴을 파묻은 자세로 가만히 있었다. 내가 먼저 말을 꺼냈다.

"헬렌, 사람들이 다 나를 거짓말쟁이라고 믿는데 너는 왜 왔니?"

"다라고 했니, 제인? 왜 그러니? 세상에는 수많은 사람이 있고 널 거짓말쟁이라고 한 걸 들은 사람은 80명밖에 안 되는걸."

"하지만 그 수많은 사람과 내가 무슨 상관이야? 이 80명이 나를 경멸하는데."

"제인, 오해야. 이 학교에 널 경멸하거나 싫어하는 사람은 아무도 없어. 널 동정하는 사람의 수가 더 많을 게 틀림없어."

"브로클허스트 씨가 그런 말을 했는데 어떻게 나를 동정하겠어?"

"브로클허스트 씨는 신이 아니야. 사람들이 우러러보는 위대한 사람도 아니고. 여기서는 그를 별로 안 좋아해. 사람들이 좋아할 만한 짓을 안 하니까. 반대로 네가 그의 총애를 받았다면 주변 사람 모두 암암리에 또는 대놓고 널 싫어했을 거야. 사실 널 동정하는 사람이 더 많을 거야. 단지 용기가 안 나서 가만히 있는 거야.

하루 이틀쯤이야 선생님들이나 학생들이 냉랭하게 바라보겠지만, 마음속에는 호감이 있는데 감추는 걸 거야. 네가 계속 잘하면 곧 그들이 한동안 억누른 호감을 더욱더 분명하게 표시할 거야. 게다가, 제인?" 그녀가 말을 멈추었다.

"왜 헬렌?" 내가 그녀의 손을 잡으며 물었다. 그녀는 내 손을 따뜻하게 녹여 주려고 부드럽게 쓰다듬고는 계속 말을 이어 갔다.

"세상 사람이 다 너를 미워하고 사악하다고 믿어도, 네가 양심적으로 잘못한 게 없고 죄가 없으면 친구가 있을 거야."

"아니야, 난 내가 올바르다고 생각해. 하지만 그것만으로는 충분치 않아. 다른 사람들의 사랑을 받지 못하면 죽어 버리는 게 나아. 고독하고 미움을 받는 건 견딜 수가 없어, 헬렌. 나를 좀 봐. 너나 템플 선생님이나, 정말 사랑하는 사람의 사랑을 받기 위해서라면 나는 팔이라도 부러뜨릴 거야. 아니면 황소가 내게 돌진하도록 두거나 말 뒤에 서서 말이 내 가슴에 발길질해도 참을 거야……."

"가만, 제인! 넌 인간의 사랑을 너무 중시하는구나. 넌 너무 충동적이고 다혈질이야. 네 몸을 만들고 생명을 불어넣어 주신 하느님께서는 네게 나약한 자아나 나약한 인간적 능력 말고 다른 능력도 주셨단다. 이 지상 외에도, 사람들의 세상 말고도, 보이지 않는 영혼이 사는 세계가 있단다. 영혼은 어디에나 있기 때문에 그 세계는 우리 옆에도 있단다. 그리고 수호천사인 그 영혼이 우리를 지켜본단다. 우리가 고통과 수치심으로 죽어 가거나, 사방에서 경멸을 받아 괴롭거나, 너무 미움을 받아 파멸될 지경이라도, 천사가 우리의 고통을 지켜보고 우리의 결백(결백하기만 하다면)을 인정해 준단다(다들 네가 결백하다는 걸 안단다. 브로클허스트 씨는 리드 부인에게 간접적으로 들은 이야기를 부풀려서 말도 안 되는 비난을 했지만 난 그런 비난이 말도 안 된다는 걸 알아. 너의 열성적인 눈과 뚜렷한 이마를 보면 네가 얼마나 진지한 사람인지 짐작 되거든). 그리고 영혼이 육체와 분리되기만 하면 우리를 기다리고 계시던 하느님께서 우리에게 충분한 상을 주신단다. 인생은 곧 끝 나고 죽음은 확실하게 행복과 영광으로 들어가는 입구인데, 왜 그 렇게 고통에 압도되어 쓰러져 있는 거니?"

나는 조용해졌다. 헬렌 덕분에 차분해졌다. 그러나 평온한 가운 데도 이루 말할 수 없는 슬픔이 전달되었다. 그녀가 말할 때 깊은 슬픔을 느꼈으나 어디서 오는 슬픔인지 알 수 없었다. 그리고 말 을 끝내자 그녀는 약간 숨 가빠 하면서 기침을 했다. 그때 왠지 모 르게 그녀가 걱정되어 잠시 내 슬픔을 잊었다.

나는 헬렌의 어깨에 머리를 기대고 허리를 껴안았다. 그녀도 나 를 안았다. 그리고 아무 말 없이 쉬었다. 그러고 있는데 곧 누군가 가 들어왔다. 바람이 불어 먹구름이 물러나자 달이 환하게 나타 났다. 가까운 창문으로 들어온 달빛은 우리와 다가오는 사람 모두 를 비추어 주었다. 우리는 템플 선생님을 금방 알아보았다.

"일부러 널 보러 왔단다, 제인 에어." 그녀가 말했다. "내 방으로 가자. 헬렌도 있으니 같이 오렴."

우리는 선생님 방으로 갔다. 교장 선생님의 뒤를 따라 꼬불꼬불 한 복도를 따라가다 계단을 올라갔고 마침내 그녀의 방에 도착했 다. 방에는 난로가 활활 타고 있었고 쾌적해 보였다. 템플 선생님 은 헬렌 번스에게 난로 한쪽에 있는 나지막한 안락의자에 앉으라 고 하고 자신은 다른 의자에 앉았다. 나더러는 자기 옆에 앉으라 고 불렀다.

"다 울었니?" 내 얼굴을 내려다보며 선생님이 물었다. "실컷 울 어서 이젠 더 이상 슬프지 않니?"

"그래도 슬퍼요."

"왜?"

"부당한 비난을 받은 데다, 선생님이나 사람들이 다 이제 저를 나쁜 아이라고 생각하잖아요."

"우린 네가 보여 주는 모습을 믿을 거야, 애야. 지금처럼 계속 착하게 굴면 된단다. 그럼 우리도 그런 모습에 만족할 거야."

"그렇게 될까요?"

"그럼 그렇게 될 거야." 그녀는 내 어깨를 감싸며 말했다. "브로 클허스트 씨가 은인이라고 했던 숙녀분은 누구니?"

"리드 부인이라고 외숙모세요. 외삼촌께서 돌아가시면서 외숙모께 저를 맡기신 거예요."

"그럼 외숙모는 원하지 않는데 널 키운 거니?"

"아니에요, 선생님. 절 키우기는 싫었지만, 외삼촌께서 돌아가시기 전에 항상 저를 돌보아 주겠다는 약속을 하라고 했대요. 하인들이 하는 말을 들었어요."

"자, 제인, 알다시피, 아니 적어도 내 생각으로는, 죄인이 고소를 당해도 자신을 변호할 수 있단다. 넌 거짓말을 했다고 비난받았어. 최선을 다해 내 앞에서 너 자신을 변호해 보렴. 네가 진짜로 기억하는 걸 말해 보렴. 하지만 없는 일을 덧붙이거나 과장해서는 안 된다."

나는 마음속 깊이 정확하게 아주 온건한 이야기를 해야겠다고 결심했다. 그리고 잠시 일관성 있게 이야기하기 위해 어떻게 할지 생각한 뒤 나의 슬픈 어린 시절에 대해 말했다. 감정적으로 지친 상태에서 그 슬픈 이야기를 늘어놓느라 평소보다 더 차분하게 이야기했다. 마구 화를 내서는 안 된다는 헬렌의 경고를 명심하고 평소의 원망과 괴로움은 훨씬 줄여서 이야기했다. 이렇게 절제하고 단순하게 이야기하자 내 이야기가 더 신뢰할 만했다. 템플 선생님께서 나를 완전히 믿는다는 느낌마저 들었다.

　이야기하는 도중 내가 발작을 일으킨 뒤 로이드 씨가 왔다는 말을 했다. 나는 그 붉은 방에서 일어난 끔찍한 일을 도저히 잊을 수 없었기 때문이다. 그 이야기를 자세히 했으면 틀림없이 지나치게 흥분했을 것이다. 아무리 노력해도 발작을 일으킬 정도로 고통스러웠던 사건이 기억 속이라고 덜 고통스럽지는 않았다. 제발 용서해 달라고 애타게 호소하는데도 무시하고 리드 부인이 나를 다시 유령이 나오는 어두운 방에 가두어 발작을 일으켰던 것이다.

　내 이야기가 끝나자 템플 선생님은 조용히 나를 바라보셨다.

　"로이드 씨는 내가 좀 아는 분이야. 그분께 편지를 쓸게. 만일 그분 답장이 네 말과 일치하면 그때는 공식적으로 모든 누명을 벗겨 줄게. 그리고 제인, 지금도 난 네가 결백하다는 걸 믿는단다."

　그녀는 내게 입맞춤한 뒤 여전히 나를 옆에 두고(그녀 옆에 있는 게 좋았다. 아이답게 그녀의 얼굴, 옷, 한두 가지 장식물, 하얀 이마, 빛나는 풍성한 곱슬머리, 빛나는 검은 눈동자를 바라보는 게 즐거웠다), 이어 헬렌 번스에게 말을 걸었다.

　"헬렌, 오늘 밤은 어떠니? 오늘도 기침을 많이 했니?"

　"그렇게 많이 하지는 않았어요, 선생님."

　"가슴 아픈 건 어떠니?"

　"조금 나아요."

　템플 선생님은 일어나서 헬렌의 손을 잡고 맥박을 쟀다. 그러고 나서 자기 자리로 돌아왔다. 그녀가 다시 앉으면서 가만히 한숨 쉬는 소리가 들렸다. 그녀는 잠시 생각에 잠겼다 일어나더니 경쾌하게 말했다.

　"너희 둘은 오늘 밤 내 손님이니, 손님 접대를 해야지." 그녀는 종을 울렸다.

종소리를 듣고 달려온 하녀에게 그녀가 말했다. "바버라, 아직 차를 안 마셨네요. 가서 차를 담아 오고, 이 두 아가씨가 마실 차도 가져오세요."

곧 차가 나왔다. 난롯가의 작은 둥근 식탁 위에 놓인 그 도자기 컵과 그 빛나는 차 주전자는 얼마나 예뻤던가! 차에서 올라오는 김은 얼마나 향긋하고 그 토스트 냄새는 얼마나 달콤했던가! 하지만 당혹스럽게도(나는 배가 고프기 시작했다) 토스트의 양이 너무 적었다. 템플 선생님은 곧 눈치를 챘다.

"바버라, 버터 바른 빵을 좀 더 갖다 줘요. 세 명이 먹기에는 충분치 않네요."

바버라는 나가더니 곧 돌아왔다.

"선생님, 하든 부인 말로는 보통 올려 보내는 대로 주셨다는데요."

가정부 하든 부인은 브로클허스트 씨처럼 고래 뼈 반, 쇠 반으로 된 심장을 지닌 냉정한 사람이다.

"음, 좋아요!" 템플 선생님이 대답했다. "이걸로 만족해야겠네요, 바버라." 하녀가 물러나자 그녀는 웃으면서 말했다. "다행히 이번 한 번은 부족한 양을 채울 수 있단다."

그녀는 헬렌과 나더러 테이블로 다가오라고 한 다음 우리 앞에 차 한 잔씩과 맛있는 토스트를 조금 더 내놓았다. 그녀는 일어서더니 서랍을 열고 거기서 종이로 싼 꾸러미를 꺼냈다. 그것은 제법 큰 시드 케이크였다.

"너희가 갈 때 주려고 했던 건데, 토스트가 너무 적으니 지금 먹어야겠네." 그리고 케이크를 큼직하게 잘랐다.

우리는 그날 저녁 신의 술과 음식으로 잔치를 벌였다. 여주인은 자신이 풍성하게 마련해 준 맛있는 음식으로 허기를 채우는 우리 모습을 보고 흡족해 하며 미소를 지었는데, 그 미소도 큰 즐거움 중 하나였다. 차를 다 마시자 쟁반을 치운 뒤, 그녀는 다시 우리더러 벽난로 쪽으로 오라고 했다. 우리는 각각 그녀의 양쪽에 앉았고, 그녀와 헬렌 사이에 대화가 이어졌다. 그 대화를 듣는 것만으로도 내게는 큰 특권이었다.

템플 선생님은 늘 차분한 분위기를 풍기고 위엄 있게 행동했으며 예의 바르고 세련되게 말했다. 그런 말투를 벗어나는 법이 없었다. 결코 흥분하거나 화를 내거나 격렬한 감정을 드러내는 법이 없었다. 그녀를 보고 그녀의 말을 듣자 경외감이 들어 순수한 즐거움을 느끼게 되었다. 내가 느낀 감정은 그런 것이었다. 그러나 헬렌 번스에 대해서도 경탄을 금치 못했다.

즐거운 식사와 빛나는 불빛 때문인지, 사랑하는 선생님이 옆에 계신 데다 친절하게 대해 주셔서인지, 아니면 무엇보다 선생님의 독특한 정신 속에 그 무언가가 있어서인지 헬렌은 내면의 힘을 뿜어냈다. 그 힘이 깨어나 타올랐다. 우선 그때까지 늘 핏기가 없고 창백했던 그녀의 뺨이 발그스레해졌다. 그다음에 그 힘은 촉촉한 그녀의 눈 속에서 빛났다. 갑자기 헬렌의 눈이 템플 선생님의 눈보다 더 독특하고 더 아름다워졌다. 피부색이 좋거나 속눈썹이 길거나 곱게 눈썹을 그려서 아름다운 것이 아니라, 눈의 움직임과 거기 담긴 의미와 반짝이는 눈빛 때문에 아름다웠다. 그러고 나서 그녀의 영혼은 입술에 내려앉았고, 말이 흘러나왔다. 어디서 그런 말이 흘러나오는지 알 수 없었다. 열네 살 소녀가 이렇게 순수하고 완벽하고 열정적인 말을 술술 할 만큼 힘찬 커다란 심장을 가질 수 있을까? 그 잊지 못할 저녁에 헬렌이 한 말은 이렇게 독특했다. 그녀의 영혼은 다른 사람들이 아주 오래 살며 할 일을 그 짧은 기간 동안 다 하려고 서둘러 그 모습을 보여 주었던 것 같다.

그들은 내가 생전 들어 보지 못한 주제로 대화를 나누었다. 과거의 국가와 시대에 대해, 먼 나라에 대해, 발견되거나 추측된 자연의 비밀에 대해, 책에 대해 이야기했다. 얼마나 책을 많이 읽었던지! 얼마나 지식이 풍부하던지! 그리고 그 두 사람은 프랑스 이름과 프랑스 작가에 대해서도 아주 잘 아는 것 같았다. 그러나 내가 가장 놀란 것은 템플 선생님이 헬렌에게 아버지께서 가끔씩 시간 내어 가르쳐 주신 라틴어를 복습하는지 물어본 뒤 책꽂이에서 책을 한 권 꺼내 베르길리우스의 책을 한 쪽 읽고 해석해 보라고 했을 때였다. 헬렌은 선생님이 시키는 대로 했고 그녀가 한 줄 한 줄 읽을 때마다 나는 점점 더 그녀가 존경스러웠다. 헬렌이 다 읽기 전에 취침 시간을 알리는 종이 울렸다. 취침 시간에는 절대로 늦으면 안 됐다. 템플 선생님은 우리 둘을 끌어당겨 안아 주면서 말씀하셨다.

"내 아이들, 신이 축복하시길!"

템플 선생님은 나보다 헬렌을 조금 더 오래 안아 주셨다. 그녀를 보내며 더 머뭇거리셨고 문까지 가는 모습을 눈으로 좇았다. 헬렌 때문에 다시 한숨을 쉬셨고 뺨에서 눈물을 닦아 냈다.

침실에 가자마자 스캐처드 선생님의 목소리를 들었다. 그 선생님은 서랍을 조사하고 있었는데 막 헬렌의 서랍을 당긴 참이었다. 우리가 들어서자마자 그녀는 심하게 헬렌을 비난했다. 그리고 칠칠맞게 접어 놓은 옷 대여섯 가지를 내일 핀으로 어깨에 꽂고 다니라고 했다.

"정말 부끄러울 정도로 내 물건은 엉망이야." 헬렌은 조용히 중얼거렸다. "잘 정리하려고 했는데, 깜빡했네."

그다음 날 아침 '칠칠맞은 여자'라고 쓴 커다란 두꺼운 종이가 온순하고 지적이고 자비로워 보이는 헬렌의 이마에 부적처럼 붙었다. 헬렌은 그런 벌을 받아 마땅하다고 여기며, 전혀 화내지 않고 참을성 있게 저녁까지 그 종이를 붙이고 있었다. 오후 수업이 끝난 뒤 스캐처드 선생님이 그 종이를 떼어 내자마자 나는 헬렌에게 달려가 종이를 찢은 다음 난로에 던졌다. 그녀가 느끼지 못한 분노로 하루 종일 내 영혼이 타올랐고 내 뺨이 탈 정도로 쉬지 않고 뜨거운 눈물이 뚝뚝 흘러내렸다. 포기한 헬렌의 서글픈 모습을 보자 가슴이 찢어질 듯 아팠기 때문이다.

지금 말한 이 사건이 있은 지 일주일쯤 지났을 때, 템플 선생님이 로이드 씨로부터 답장을 받았다. 그 답장에서 내 말이 옳다고 한 것 같았다. 템플 선생님은 전교생을 모은 뒤 제인 에어에 대한 비난을 조사했고 그런 비방이 사실무근임을 알리게 되어 기쁘다고 했다. 그러자 선생님들은 나와 악수를 하고 입을 맞추셨고 친구들도 기뻐서 소곤댔다.

근심의 짐을 덜자, 그 순간부터 나는 모든 역경을 헤쳐 나가리라 결심하고 다시 공부를 하기 시작했다. 열심히 공부했고 노력한 만큼 결과도 좋았다. 원래 기억력이 좋은 편은 아니었지만 연습을 통해 기억력이 향상되었고 열심히 하다 보니 이해력도 늘었다. 몇 주일 되지 않아 상급반으로 진급했고, 두 달도 안 돼 프랑스어와 그림을 배우게 되었다. '~이다(etre)'라는 동사의 두 가지 시제를 배웠고, 그날 처음으로 오두막집(이 집의 벽이 피사의 사탑 못지않게 점점 더 기울어졌다)을 그렸다. 그날 밤 잠이 들 때 따뜻한 구운 감자와 흰 빵과 신선한 우유로 된 식사 대신 이상적인 그림을 상상하자 마음이 풍요로웠다. 그 전에는 가상의 식사로 내면의 식욕을 채우곤 했으나 그날 밤에는 어둠 속에서 직접 그릴 수 있는 이상적인 그림들을 모두 상상해 보았다. 멋대로 그린 집과 나무들, 멋진 바위와 폐허, 코이프가 그렸음 직한 소 떼, 장미 봉우리 위를 나는 예쁘장한 나비, 잘 익은 체리를 쪼고 있는 새, 아이비 새싹에 감겨 있고 진주 같은 알을 품고 있는 홍방울새 둥지 등의 그림을 떠올렸다. 나는 또한 피에로 선생님이 그날 보여 준 프랑스어로 쓰인 단편 소설을 곧 번역할 수 있을지 마음속으로 검토해 보았다. 하지만 그 문제를 만족스럽게 풀기도 전에 달콤한 잠에 빠져들었다.

솔로몬의 말은 정말 맞는 말이다. "채소를 먹고 서로 사랑하는 것이 살찐 소를 잡아먹고 서로 미워하는 것보다 낫다."*

이제는 아무리 궁핍해도 로우드를 사치스러운 게이츠헤드와 바꾸지 않을 것이다.

제9장

하지만 로우드의 궁핍, 아니 고난이 줄어들었다. 봄이 다가오고 있었다. 정말이지 이미 봄이 다가왔다. 더 이상 겨울 서리는 내리지 않았고 겨울눈은 녹았으며 살을 에는 바람도 한결 부드러워졌다. 날카로운 1월 바람에 살갗이 벗겨지고 부풀어서 절뚝거릴 정도였던 불쌍한 발은 4월의 부드러운 숨결 아래에서 붓기가 빠지고 낫기 시작했다. 이제는 더 이상 밤이나 아침에 심한 한파로 피까지 얼어붙지는 않았다. 이제는 교정의 놀이 시간도 견딜 만했다. 가끔 해가 쨍쨍한 맑은 날에는 쾌적하고 따뜻하기까지 했다. 갈색 화단 위로 초록색 잎이 솟아나기 시작했으며, 매일매일 색깔이 더 진해졌다. 밤이면 희망의 여신이 화단을 지나가 아침마다 점점 더 환해지는 흔적을 남기는 것 같았다. 잎들 사이로 꽃이 얼굴을 내밀었다. 반 공휴일인 목요일 오후면 우리는 산책을 나갔고 울타리 아래 길가에는 더 예쁜 꽃들이 피어 있었다.

꼭대기에 철조망까지 있는 높은 학교 담 밖에는 아주 즐거운 광경이 펼쳐지고 그것이 지평선까지 이어진다는 것을 알게 되었다. 거대한 골짜기를 둘러싼 웅장한 산 정상의 풍경이나 검은 바위와 물을 튀기며 소용돌이치는 밝은 시내를 보면 그렇게도 즐거웠다.

같은 광경이지만 회색 빛 겨울 하늘 아래서 그렇게 꽁꽁 얼고 눈에 덮여 있을 때와 얼마나 달라 보이던지! 겨울에는 동풍이 불면 보라색 산봉우리를 헤매던 죽음처럼 오싹한 안개가 개울 쪽으로 굴러 내려와 개울에서 솟아나는 싸늘한 물안개와 뒤섞였다! 겨울에는 개울 자체가 제어할 수 없이 마구 흐르는 탁류였다. 개울은 숲을 파괴하고, 괴성을 지르며 달렸고, 때로는 마구 내리는 비나 회오리치는 진눈깨비 때문에 물이 불어났다. 개울 옆 겨울 숲에는 앙상한 가지들만 늘어서 있었다.

4월이 가고 5월이 되었다. 밝고 화창한 5월이었다. 그사이 하늘은 더 푸르러지고 햇빛은 온화해지고 부드러운 서풍이나 남풍이 불어왔다. 이제 나무와 꽃이 더욱더 생기를 띠었다. 로우드는 머리를 풀어 헤친 것처럼 나무들이 온통 초록색으로 물들고 사방이 꽃 천지였다. 큰 느릅나무, 물푸레나무, 참나무도 다시 살아나 위엄을 갖추었다. 숲 구석구석에서 식물들이 무성하게 자라났다. 빈 터에는 여러 가지 이끼가 수없이 솟아났다. 풍성하게 피어난 야생 앵초꽃 사이에 솟아난 이끼는 땅에서 이상한 빛을 뿜어냈다. 그늘에서는 이끼가 연한 금빛으로 빛났다. 마치 가장 아름다운 빛이 흩어지는 것 같았다. 나는 종종 전혀 누구의 감시도 받지 않고 자유롭게 마음대로 즐겼다. 이때는 거의 혼자였다. 이 예사롭지 않은 자유와 즐거움에는 이유가 있었다. 이제 그 이유를 말하겠다.

로우드가 언덕과 숲에 둘러싸여 있고 개울 옆에 세워졌다고 말할 때, 이곳을 살기 쾌적한 곳으로 묘사하지 않았던가? 쾌적한 것은 분명하다. 그러나 건강한 곳인가는 다른 문제다.

로우드가 있는 숲 골짜기에서는 안개가 피어나는데 안개는 전염병을 낳았다. 봄이 활기를 띠자 함께 활성화된 전염병이 이 자선 학교에 스며들어 붐비는 교실과 기숙사에 티푸스균을 불어넣었다. 5월이 되기도 전에 학교 전체가 병원으로 변해 버렸다.

제대로 먹지도 못하고 입지도 못한 상태에 있던 학생들 대다수가 쉽게 전염병에 걸렸다. 80명의 여학생 중 45명이 한꺼번에 앓아누웠다. 수업이 중단되고 규율이 느슨해졌다. 건강한 소수의 사람들은 마음껏 자유를 누리다시피 했다. 의사는 남은 학생들이라도 건강을 유지하려면 자주 운동을 해야 한다고 했다. 그리고 의사 말이 아니더라도, 아무도 그 학생들을 감독하거나 통제할 여유가 없었을 것이다. 템플 선생님은 온통 환자들에게 신경을 쏟았다. 그녀는 늘 병실에 있었다. 밤에 몇 시간 잠깐 눈을 붙일 때 말고는 절대 병실을 떠나지 않았다. 선생님들은 이곳을 떠나는 여학생들의 짐을 싸고 또 필요한 준비를 하느라 매우 바빴다. 전염병 소굴에서 기꺼이 빼내 줄 만한 친척이 있는 학생들은 이곳을 떠났다. 이미 병에 걸린 많은 학생이 고향으로 돌아갔지만 결국 죽었다. 몇몇 학생은 학교에서 죽었고 조용히 잽싸게 매장되었다. 병의 성격상 꾸물거릴 수가 없었다.

이처럼 로우드에는 병이 머물고 자주 죽음이 찾아들었다. 학교 안은 우울하고 공포에 떨고, 교실과 복도에는 병원 냄새가 가득했다. 아무리 약을 쓰고 향을 피워 죽음의 악취를 없애려고 해도 사라지지 않았지만, 학교 밖에서는 가파른 언덕과 아름다운 숲 위로 화사한 5월이 화창하게 빛났다. 5월의 정원 역시 꽃들이 만발했다. 접시꽃은 훌쩍 자라 나무만큼이나 컸고, 백합꽃이 피었으며 튤립과 장미도 활짝 피었다. 화단 바깥쪽에는 분홍색 아르메리아와 진홍빛 겹데이지가 화사하게 피어 있었다. 찔레꽃은 아침 저녁으로 향긋한 사과 향을 풍겼다. 로우드 사람들에게는 이 향기로운 보물이 가끔씩 관에 한 줌씩 꽃과 풀을 넣을 때 말고는 전혀 쓸모가 없었다.

그러나 나와 나처럼 건강한 여학생들은 이 계절의 풍경을 마음껏 즐겼다. 우리가 하루 종일 집시처럼 헤매고 다녀도 학교에서는 내버려 두었다. 우리는 하고 싶은 일을 하고 가고 싶은 곳에 갔다. 우리의 생활도 더 나아졌다. 이제 브로클허스트 씨와 그 일가는 로우드 근처에 얼씬도 안 했다. 살림살이를 조사하지 않았다. 성질 못된 가정부는 전염병에 걸릴까 봐 떠나 버렸다. 로턴 진료소의 수간호사였던 후임자는 새로운 근무지의 방식을 잘 몰라 비교적 넉넉하게 음식을 주었다. 게다가 이제 음식을 먹을 사람의 숫자가 준 데다 환자들은 거의 먹을 수 없었기 때문에 아침 접시에 음식 량이 더 늘어났다. 점심을 제대로 준비할 시간이 없을 때는 차가운 커다란 파이나 치즈 없은 빵을 주었고, 이런 일은 자주 있었다. 우리는 이 음식을 숲으로 가져가 가장 좋은 장소를 택해 앉은 다음 마음껏 먹었다.

내가 제일 좋아하는 장소는 개울 한가운데 솟아 있는 물기 없는 하얗고 매끈한 너럭바위였다. 그곳에 가려면 물속으로 걸어 들어가야 했는데 나는 맨발로 개울을 건너갔다. 이 바위는 나와 여학생 한 명이 더 넉넉히 앉을 수 있었다. 이 여학생은 당시 나와 가장 친한 메리 앤 윌슨이었다. 현명하고 눈치 빠른 그녀와 어울려 노는 게 재미있었다. 메리는 재치 있고 독창적인 데다 사람을 편안하게 해 주는 태도를 갖고 있었다. 그녀는 소위 세상 물정을 나보다 더 잘 알았다. 내 결함에 대해 너그러워 내가 무슨 말을 해도 비난하지 않았다. 그녀는 이야기를 잘했고 나는 분석을 잘했다. 나는 질문하기를 좋아했고 그녀는 기꺼이 정보를 제공했다. 그래서 우리는 사이좋게 지냈고, 그녀를 사귀어서 크게 발전하지는 않았지만 아주 재미있는 시간을 보냈다.

그러면 그동안 헬렌 번스는 어디에 있었냐고요? 왜 이 즐거운 나날을 그녀와 함께 보내지 않았냐고요? 내가 그녀를 잊었냐고요? 아니면 내가 시원찮은 사람이라 너무 순수한 그녀와의 우정에 싫증이 났냐고요? 내가 말한 메리 앤 윌슨은 분명히 나의 첫 친구만 못했다. 메리 앤은 재미있는 이야기도 해 주고 함께 신나게 신랄한 험담을 할 수도 있었다. 반면 헬렌은 함께 대화할 특권을 갖게 될 때 훨씬 더 고상한 대화를 나눌 수 있었다.

　독자여, 이것은 사실이다. 나는 이 사실을 알고 또 느끼고 있었다. 내가 결함 많고 장점이 별로 없는 부족한 사람이기는 하지만, 결코 헬렌이 지겨워진 게 아니다. 또는 그녀에 대한 사랑이 식은 것도 아니다. 그 사랑은 내 마음을 움직인 다른 어떤 감정에 비교해도 더 강하고, 더 부드럽고, 더 존경으로 차 있었다. 헬렌은 언제 어떤 환경에서나 늘 조용하고 충실한 우정을 표시하는데, 어떻게 내가 그녀를 사랑하지 않을 수 있겠는가? 그녀의 우정은 결코 기분이 나빠 뚱해 하거나 짜증을 낸다고 엉망이 되는 그런 우정이 아니었다. 그러나 헬렌은 아팠다. 몇 주 동안 그녀는 내가 모르는 2층 방에 있었기 때문에 그녀를 볼 수가 없었다. 그녀가 티푸스 환자들이 있는 병원 구역에 있지는 않다고 들었다. 그녀는 티푸스에 걸린 것이 아니라 폐병에 걸렸다. 그 당시에는 잘 몰라서 폐병이 더 약한 병이고 잠시 간호를 받고 시간이 지나면 틀림없이 낫는다고 생각했다.

　내가 이런 확신을 갖게 된 이유는 아주 따뜻한 오후에 한두 번 헬렌이 아래층으로 내려오기도 하고 템플 선생님의 부축을 받아 정원까지 나오기도 했기 때문이다. 그러나 이럴 때도 그녀에게 다가가 말을 걸 수는 없었다. 교실 창문을 통해서만 그녀를 볼 수 있어 그녀 모습을 똑똑히 볼 수 없었다. 그녀는 여러 겹의 모포로 몸을 감싸고 멀리 떨어진 베란다 아래에 있었다.

6월 초 어느 날 저녁, 나는 메리 앤과 함께 밤늦게까지 숲에 머물렀다. 평소처럼 우리는 다른 아이들과 떨어져 멀리 헤매었다. 너무 멀리 가서 길을 잃었고 외딴 오두막에 들러 길을 물어야 했다. 그 오두막에는 부부가 살고 있었는데, 이들은 야생 도토리를 먹고 사는 반 야생 멧돼지를 키우고 있었다. 우리가 학교로 돌아왔을 때는 이미 달이 뜬 뒤였다. 의사가 타고 온 망아지가 문 앞에 서 있었다. 메리 앤은 이렇게 늦은 저녁 시간에 의사인 베이츠 씨가 온 걸 보니 누군가가 많이 아픈 모양이라고 했다. 그녀는 안으로 들어갔고 나는 숲에서 캐온 식물 두세 뿌리를 정원에 심느라 조금 더 밖에 머물렀다. 아침까지 밖에 두면 꽃이 시들까 봐 걱정되었기 때문이다. 식물을 다 심은 다음에도 밖에서 조금 더 머무적댔다. 이슬이 내리자 꽃의 향기가 너무 달콤해졌다. 정말 상쾌한 저녁으로, 너무나 고요하고 따스했다. 아직도 노을이 물들어 있는 서쪽 하늘을 보니 내일은 날씨가 맑을 게 분명했다. 점점 어두워지는 동쪽 하늘에 아주 당당하게 달이 떠오르고 있었다. 이런 광경에 아이처럼 즐거워졌다가 생전 처음 마음속에 이런 생각이 떠올랐다.

'지금 아파서 누워 있고 죽을지도 모르는 사람은 얼마나 슬플까! 세상은 이렇게 즐거운데. 이 세상에서 불려 가 아무도 모르는 곳으로 가야 하면 얼마나 슬플까!'

그러고 나서 처음으로 내 정신은 천국과 지옥에 관해 내가 아는 게 무엇인지 진지하게 생각해 보았다. 그리고 처음으로 내 정신은 당황해서 물러섰다. 처음으로 내 정신은 앞뒤 좌우를 둘러보고 주위가 모두 깊이를 알 수 없는 수렁임을 알았다. 내 정신이 서 있는 지점을 느꼈다. 현재였다. 그 나머지는 무형의 구름이고 공허한 심연이었다. 내 정신이 비틀거리다 그 혼돈 속으로 떨어질 수 있다는 생각이 들자 몸이 부르르 떨렸다. 이런 새로운 생각에 몰두해 있는데 현관문이 열리더니 베이츠 선생님이 나왔다. 간호사도 함께 나왔다. 의사가 말을 타고 떠나자 간호사가 막 문을 닫으려고 할 때 나는 그녀에게 달려갔다.

"헬렌은 어때요?"

"아주 안 좋아." 그녀의 대답이었다.

"베이츠 선생님께서는 헬렌을 보러 온 건가요?"

"그래."

"뭐라고 하세요?"

"여기에 오래 있지 못할 거래."

이 말을 어제 들었다면 그녀가 고향인 노섬벌랜드로 곧 떠난다는 말로 이해했을 것이다. 그녀가 죽을 거라는 생각을 전혀 하지 않았을 것이다. 그러나 이제는 의미를 알았다! 헬렌 번스가 이 세상에서 살날이 며칠이나 될지 손꼽을 수 있는 정도인 것이다. 만일 영혼이 사는 곳이 있다면, 그녀는 곧 영혼이 사는 곳으로 갈 것이다. 나는 충격적인 공포, 온몸이 떨리는 깊은 슬픔, 이어서 욕망, 그녀를 꼭 봐야겠다는 욕망을 경험했다. 그녀가 어떤 방에 있느냐고 물어보았다.

"템플 선생님 방에 있어." 간호사가 말했다.

"제가 가서 헬렌에게 말해도 되나요?"

"아, 안 돼, 얘야! 안 될 것 같아. 집 안으로 들어와야 할 시간이야. 이슬이 지는데 그렇게 밖에 있으면 감기 걸린단다."

간호사는 현관문을 닫았고 나는 교실로 가는 쪽문으로 들어갔다. 가까스로 늦지 않았다. 9시였고 밀러 선생님은 잠자리에 들 시간이라고 학생들을 부르고 있었다.

두 시간 정도 흘러 11시쯤 되었는데도 나는 잠이 오지 않았다.

기숙사가 완전히 조용해진 것으로 보아 친구들은 모두 깊은 잠에 빠진 것 같았다. 조용히 일어나 잠옷 위에 외투를 걸치고 신발도 신지 않은 채 살금살금 침실을 빠져나왔다. 그리고 템플 선생님 방을 향해 갔다. 그 방은 우리 건물 반대쪽 끝에 있었다. 그러나 선생님 방으로 가는 길을 잘 알고 있는 데다 복도 창문을 통해 여름 달빛이 환히 비쳐서 어렵지 않게 찾을 수 있었다. 장뇌 냄새와 탄 식초 냄새가 나서 근처에 티푸스 환자 방이 있는 것을 알 수 있었다. 야간 당직 간호사가 내 소리를 들을까 봐 그 문 앞은 재빨리 지나갔다. 나를 발견해 내 방으로 돌려보낼까 봐 불안했다. 나는 헬렌을 보아야 했다. 그녀가 죽기 전에 그녀를 안아야만 했다. 그녀에게 마지막 키스를 하고 서로 작별 인사를 해야 했다.

층계를 내려와 아래층 방들을 지나 무사히 문 두 개를 살짝 여닫은 다음 또 다른 층계에 도착했다. 이 층계를 다 올라가자 템플 선생님 방이 바로 앞에 나타났다. 열쇠 구멍과 문 밑으로 빛이 새어 나왔다. 주위는 아주 조용했다. 방 가까이 다가가자 문이 약간 열려 있었다. 아마 숨 막히는 병실을 환기시키려고 열어 놓은 것 같았다. 나는 견딜 수 없이 그녀가 보고 싶었고, 너무나 고통스러울 정도로 영혼과 감각이 떨렸다. 그래서 망설이지 않고 문을 연다음 방 안을 들여다보았다. 나는 눈으로 헬렌을 찾았다. 죽은 모습을 보면 어떡하나 싶어 두려웠다.

템플 선생님의 침대 옆에 하얀 커튼으로 반쯤 가린 작은 어린이용 침대가 있었다. 이불 아래에 사람이 누워 있는 게 보였으나 얼굴이 커튼에 가려져 있었다. 정원에서 내가 말을 걸었던 간호사는 안락의자에 앉아 잠들어 있고, 탁자 위에는 꺼지지 않은 촛불이 희미하게 타고 있었다. 템플 선생님은 보이지 않았다. 템플 선생님이 티푸스 환자 방에 혼수상태인 환자가 있어서 불려 간 것을 나중에 알았다. 나는 앞으로 다가갔다. 그러고 나서 어린이용 침대 난간 옆에 멈추어 섰다. 커튼을 잡았으나 커튼을 젖히기 전에 말부터 하고 싶었다. 나는 시체를 보게 될까 봐 두려워 망설였다.

"헬렌!" 나는 부드럽게 속삭였다. "깨어 있니?"

그녀가 몸을 움직여 커튼을 젖혔다. 창백하고 지쳤지만 여전히 침착한 그녀의 얼굴이 보였다. 거의 변하지 않은 헬렌의 모습을 보자 곧 두려움이 사라졌다.

"설마 너니, 제인?" 그녀가 특유의 부드러운 목소리로 물었다.

'오!' 나는 생각했다. '헬렌은 금방 죽지 않을 거야. 사람들이 잘못 안 거야. 만일 곧 죽을 사람이라면 저렇게 침착하게 말하고 저렇게 보일 리가 없어.'

나는 침대 쪽으로 더 다가가 그녀에게 입을 맞췄다. 그녀의 이마는 차가웠고, 여윈 뺨도 차가웠으며, 손과 손목도 마찬가지였다. 그러나 그녀는 옛날처럼 웃었다.

"왜 왔어, 제인? 11시가 넘었는데. 몇 분 전에 11시 치는 소리를 들었어."

"너 보러 왔지, 헬렌. 네가 몹시 아프다는 소리를 들었어. 네게 말을 하지 않고는 잠을 잘 수가 없었어."

"그럼 내게 작별 인사 하러 왔구나. 너무 늦게 온 건 아니네."

"어디 가니, 헬렌? 집에 가는 거야?"

"그래, 오랜 고향이자 마지막 고향인 곳으로 가."

"안 돼, 안 돼, 헬렌!" 너무 괴로워 나는 말문이 막혀 버렸다. 눈물을 삼키려고 애쓰는 동안 헬렌은 발작적으로 기침을 했다. 하지만 간호사를 깨우지는 않았다. 기침이 끝나자 헬렌은 잠시 지쳐서 누워 있었다. 그리고 속삭였다.

"제인, 너 맨발이구나. 이리 와 누워서 내 이불 덮어."

나는 그렇게 했다. 그녀는 나를 안았고 나는 바싹 그녀 옆에 누웠다. 한참 침묵이 흐른 뒤 그녀가 다시 속삭였다.

"제인, 난 아주 행복해. 내가 죽었다는 말을 듣거든 내가 행복하다는 걸 믿어야 해. 그리고 슬퍼하면 안 돼. 슬퍼할 일은 없단다. 우리 모두 언젠가는 죽어. 그리고 이 병으로 죽지만 그다지 고통스럽지는 않아. 점점 더 아프지만 고통이 심하지는 않아. 마음이 편해. 내가 죽는다고 슬퍼할 사람도 없어. 아버지밖에 안 계신데 최근에 재혼하셨어. 그러니 나를 그리워하지 않으실 거야. 일찍 죽으니 나는 고통을 겪지 않아도 돼. 내게는 이 세상을 헤쳐 나갈 재능이나 능력이 없어. 아마 계속 실수할 거야."

"하지만 헬렌, 어디로 가는데? 알고 있니?"

"난 믿고 있어. 내겐 믿음이 있어. 하느님께 갈 거야."

"하느님이 어디 있니? 하느님은 누구야?"

"나를 만드신 분이고 너를 만드신 분이야. 그분은 결코 자신의 피조물을 파괴하지 않으실 거야. 난 하느님의 힘에 절대적으로 의지하고 그분의 선하심을 전적으로 믿어. 나를 하느님께 되돌려 드리고 하느님이 모습을 드러낼 시간을 손꼽아 기다리고 있어."

"그럼 헬렌, 넌 천국이 있고 우리가 죽으면 천국에 갈 수 있다고 믿니?"

"난 그런 미래를 믿어. 하느님의 선하심을 믿어. 전혀 의심 없이 내 영생을 하느님께 맡길 수 있어. 하느님은 아버지야. 하느님은 친구이기도 하고. 나는 하느님을 사랑해. 하느님도 나를 사랑한다고 믿어."

"그럼 내가 죽으면 널 다시 볼 수 있을까, 헬렌?"

"너도 나와 똑같이 행복한 곳으로 올 거야. 그리고 틀림없이 만인의 아버지이신 강력한 그분은 너도 받아들이실 거야."

나는 다시 물었다. 하지만 이번에는 마음속으로만 물었다. '그곳이 어디야? 그곳이 있긴 한 거야?' 그러고는 헬렌을 더욱 꼭 끌어안았다. 그 어느 때보다 그녀가 소중해 보였다. 그녀가 죽게 내버려 둘 수는 없었다. 나는 그녀의 목에 얼굴을 파묻고 누웠다. 곧 아주 달콤한 목소리로 헬렌이 말했다.

"난 정말 편안해! 좀 전에 기침을 해서 약간 지치긴 했지만 잠들 수 있을 것 같아. 하지만 날 떠나지 마, 제인. 네가 곁에 있는 게 좋아."

"함께 있을게, **사랑하는** 헬렌. 누가 멀리 데려가려고 해도 안 갈 거야."

"따뜻하니, 제인?"

"응."

"잘 자, 제인."

"잘 자, 헬렌."

그녀는 내게 입을 맞추었고 둘 다 곧 잠이 들었다.

내가 깨어났을 때는 대낮이었다. 이상한 움직임에 잠이 깼다. 나는 위를 올려다보았다. 누군가의 팔에 안겨 있었다. 간호사가 나를 안고 있었다. 그녀는 복도를 지나 다시 기숙사로 나를 옮기는 중이었다. 내 침대를 떠났다고 야단을 치지도 않았다. 고려해야 할 다른 일이 있어서였다. 나는 여러 가지를 물었지만 아무 설명도 들을 수 없었다. 하루 이틀 지난 다음에야 사실을 알게 되었다. 템플 선생님이 새벽에 자기 방으로 돌아와 작은 침대에 누워 있는 나를 발견했다. 그때 나는 헬렌의 어깨에 얼굴을 묻고 목을 끌어안고 있었다고 한다. 나는 잠들어 있었고, 헬렌은 죽어 있었다.

그녀의 무덤은 브로클브리지 교회 묘지에 있다. 그녀가 죽은 뒤 15년 동안 무덤에는 풀이 무성했지만, 이제는 회색 대리석 석판이

그녀의 무덤임을 알려 준다. 그 석판에는 그녀의 이름과 함께 '나
다시 일어나리라'라는 말이 새겨져 있다.

제10장

    지금까지 별로 중요하지 않은 내 인생에 일어난 사건을 자세히 기록했다. 내 인생의 10년을 거의 10장에 걸쳐 설명했다. 하지만 이 책은 정식 자서전으로 쓴 게 아니다. 다소 흥미를 끌 만한 부분에 대해서만 기억해 내면 되는 것이다. 그러므로 이제 8년에 대해서는 거의 아무 말도 하지 않고 지나가겠다. 다만 이야기를 연결시키기 위해 몇 줄만 쓰겠다.

    티푸스는 로우드를 완전히 파괴한 뒤 서서히 물러났다. 그러나 그사이 그 병의 발생과 많은 희생자로 인해 많은 사람이 로우드 학교에 관심을 갖게 되었다. 왜 이런 재난이 일어났는지 조사가 시작되었고, 차츰 여러 가지 사실이 드러났다. 사람들은 그 내용에 몹시 분개했다. 학교 부지의 비위생성, 급식의 양과 질, 급식을 준비하는 데 사용된 악취 나는 짠물, 학생들의 비참한 옷과 시설, 이 모든 사실을 사람들이 알게 되었다. 그것은 브로클허스트 씨에게는 굴욕적인 일이었지만 이 학교에는 좋은 결과를 가져왔다.

    이 군에 살고 있는 몇몇 자비로운 부자들이 더 좋은 부지에 더 편리한 건물을 짓기 위해 개인적으로 큰돈을 기부했다. 학교 기금의 운영은 위원회에 위임되었다. 돈이 많은 데다 집안도 좋은 브로클허스트 씨를 무시할 수 없어 그는 여전히 회계 담당자로 남았다. 그러나 회계 업무를 수행할 때 훨씬 더 너그럽고 동정심 많은 다른 신사들이 함께 참여했다. 그는 감독관의 일도 하기는 했지만 엄격하지만 이성적이고, 절약하지만 편안함도 고려하고, 강직하지만 동정심도 있는 다른 신사들도 함께 감독관 일을 했다. 이렇게 개선되자 로우드는 곧 진정으로 쓸모 있고 품격 있는 교육 기관이 되었다. 이렇게 학교가 새롭게 태어난 뒤, 나는 8년 동안 이 학교에 머물렀다. 6년 동안은 학생이고, 2년 동안은 선생이었다. 학생으로서, 그리고 선생으로서 나는 이 학교가 가치 있고 중요한 교육 기관이었다고 말할 수 있다.

8년 동안 내 생활은 한결같았지만 불행하지는 않았다. 아무 일도 안 하고 지낸 것이 아니기 때문이다. 나는 훌륭한 교육을 받을 수 있었다. 몇 과목을 좋아하고 모든 과목에서 뛰어나고 싶은 데다 선생님들을 기쁘게 해 주고 싶어서 스스로를 채찍질했다. 내게 주어진 이점을 충분히 활용했다. 얼마 지나지 않아 상급반에서 일등을 했고, 그러고 나서 선생이 되었다. 2년 동안 나는 선생으로서 정말 열심히 일했다. 그러나 2년이 다 될 무렵 내게 변화가 생겼다.

여러 가지 변화가 있었지만 템플 선생님은 그때까지 계속 교장이었다. 나의 지식 중 가장 훌륭한 부분은 그 선생님께 배운 것이었다. 그 선생님과의 만남과 우정은 늘 위안이 되었다. 그녀는 내게 어머니이자 가정 교사가 되어 주었고 최근에는 친구가 되었다. 그럴 즈음 그녀가 결혼해 남편과 함께 멀리 떠나 헤어졌다. 그녀의 남편은 목사로, 아내에 걸맞은 훌륭한 분이셨다.

템플 선생님이 떠나자 나는 더 이상 예전의 내가 아니었다. 로우드가 어느 정도 집 같던 친밀감이나 안정감이 모두 사라져 버렸다. 그녀의 본성 중 일부와 그녀의 습관 중 많은 부분을 배워 내 것으로 흡수해 왔다. 좀 더 균형 잡힌 사고를 하게 되었고 감정을 좀 더 잘 통제하게 되었다. 항상 의무를 수행하고 질서를 지키려고 애썼다. 다른 사람들 눈에나 평소에는 내 눈에조차 품행방정하고 차분한 사람으로 보였다.

그러나 운명은 나즈미스 목사라는 형태로 템플 선생님과 나 사이에 끼어들었다. 결혼식 직후 여행복을 입은 선생님이 마차를 타는 모습을 보았다. 언덕에 올라가 언덕 꼭대기 너머로 마차가 사라지는 것을 지켜보았다. 그러고 나서 내 방으로 물러났다. 결혼식을 기념해 반 공휴일이었던 그날, 나는 대부분의 시간을 혼자서 방에 틀어박혀 있었다.

그 시간 내내 나는 방 안을 왔다 갔다 했다. 상실을 슬퍼하고 어떻게 하면 극복할 수 있을지 곰곰이 생각했다. 그러나 생각을 끝내고 고개를 들어 보니 오후가 다 지나고 저녁이 된 지도 한참 지나 있었다. 그때 내가 다른 사람으로 변해 버렸음을 깨달았다. 생각에 잠긴 사이 내 정신은 템플 선생님께 빌려 온 것을 모조리 버렸다. 아니, 오히려 템플 선생님이 떠나면서 그녀 옆에서 느꼈던 차분한 분위기까지 사라졌다는 게 맞는 말이다. 이제 나는 내 본연의 모습으로 돌아왔고 예전의 감정이 꿈틀대는 느낌이었다. 그것은 마치 버팀목을 치워 버렸다기보다는 오히려 차분한 선생님의 분위기를 따라 할 동기가 사라져 버린 것 같았다. 차분한 태도를 유지할 힘이 없어졌다기보다는 더 이상 그럴 이유가 사라졌다. 몇 년 동안 로우드가 내 세계였고, 그곳의 규율과 체제가 내 경험의 전부였다. 이제 나는 진짜 세상은 넓다는 것을 기억해 냈다. 희망과 공포에 찬, 감정과 흥분으로 들끓는 다채로운 삶의 현장이 그 넓은 세상으로 나아가 위험 속에서 진정한 삶의 지식을 찾아낼 사람을 기다리고 있다는 걸 기억해 냈다.

나는 창문을 열었다. 건물의 두 날개, 정원, 로우드 주변 마을, 울퉁불퉁한 지평선이 있었다. 내 시선은 이 모든 것을 지나 저 멀리 있는 푸른 산봉우리들에 머물렀다. 정말 그 봉우리들을 넘어가고 싶었다. 산까지 이르는 바위와 히스는 모두 감옥 뜰이나 유배지로 보였다. 나는 산의 기슭을 돌아 두 산 사이의 골짜기로 사라져 버리는 하얀 길을 따라갔다. 얼마나 더 멀리까지 그 길을 따라서 가 보고 싶었던가! 마차를 타고 그 길을 따라 여기에 왔던 때가 떠올랐다. 해 질 무렵 그 언덕을 내려왔던 일도 기억났다. 처음 로우드에 온 뒤 한 시대가 흐른 것 같았다. 이곳에 온 뒤 나는 한 번도 떠난 적이 없었다. 리드 부인은 게이츠헤드로 오라고 사람을 보내지 않았고 나는 방학 때마다 학교에 머물렀다. 리드 부인도, 그 가족 중 누구도 나를 방문하러 오지 않았다. 그렇다고 편지나 메시지를 보내 바깥세상과 소통해 본 적도 없었다. 즉 학교의 규칙, 학교에서 해야 할 의무, 학교에서 지켜야 할 습관, 알아야 할 개념, 학교에서 보고 듣는 얼굴과 목소리, 문장, 옷 등이 내가 삶에 대해 알고 있는 전부였다. 그런데 이제 나는 이것만으로는 안 되겠다고 느꼈다. 오후 한 나절 만에 틀에 박힌 8년이 지겨워진 것이다. 나는 자유를 원했다. 나는 자유를 갈망했다. 자유를 달라고 기도했다. 그 기도는 그때 불어온 미풍에 날아가는 것처럼 보였다. 나는 자유를 포기하고 더 겸손하게 탄원했다. 변화와 자극을 주소서. 그러나 그러한 탄원 역시 허공에 휩쓸려 가 버렸다. 나는 반쯤 필사적으로 외쳤다. "그렇다면 적어도 제게 새로운 노역이라도 주소서!"

이때 나를 아래층으로 부르는 저녁 식사 종이 울렸다.

취침 시간까지는 중단된 생각을 다시 할 틈 없이 바빴다. 취침 시간이 되어도 방을 함께 쓰는 선생이 길게 잡담을 늘어놓는 바람에 다시 그 주제로 돌아갈 수 없었다. 얼른 그녀가 잠들어 조용해졌으면 하고 얼마나 바랐던지. 창가에서 하던 생각으로 돌아갈 수만 있다면 마음을 가라앉힐 묘안이 떠오를 것 같았다.

마침내 그라이스 선생이 코를 골기 시작했다. 그녀는 뚱뚱한 웨일스 여자로, 그동안에는 그녀의 코고는 소리가 짜증 났는데, 오늘 밤에는 코고는 시끄러운 소리에 흐뭇해 하며 환영했다. 방해받지 않자 곧 반쯤 사라졌던 생각이 다시 돌아왔다.

'새로운 노력! 그 말속에 무언가가 있어.' 나는 독백을 했다(마음속으로 했지 큰 소리로 말한 것은 아니다). '거기엔 뭔가 있어. 물론 아주 멋지게 들리는 말은 아니야. 자유, 흥분, 즐거움 같은 말과는 달라. 그런 말들이야 정말 즐겁게 들리지만 내게는 단지 소음에 지나지 않아. 너무 공허하고 순간적인 감정이라 그런 말에 귀기울여 봐야 시간 낭비야. 하지만 노력이라! 그건 분명히 있을 수 있는 일이야. 누구든 노력을 할 수 있어. 여기서 8년이나 일했잖아. 이제 다른 곳에 가서 일하고 싶을 뿐이야. 이 정도야 내 마음대로 할 수 있지 않을까? 이게 불가능할까? 그래, 그래, 목표 자체는 어려운 게 아니야. 열심히 머리를 써서 그 목표를 달성할 수 있는 방법만 찾아내면 돼.'

머리를 쓰려고 침대에서 일어나 앉았다. 쌀쌀한 밤이었다. 어깨에 숄을 걸치고 있는 힘을 다해 다시 머리를 **쥐어짜기** 시작했다.

'내가 원하는 게 뭐지? 새로운 일자리야. 새로운 집에서, 새로운 사람들 사이에서, 새로운 환경에서 일하고 싶은 거야. 더 이상은 원해도 쓸데없는 짓이라 이걸 원하는 거야. 새로운 일자리를 얻기 위해 사람들은 뭘 하지? 친구들에게 알아보지. 내겐 친구가 없는 걸. 친구가 없어 스스로 알아봐야 하고, 믿을 만한 사람이 자기 자신밖에 없는 사람도 많아. 그러면 그런 사람들은 어떻게 하지?'

알 수가 없어, 아무 답도 떠오르지 않았다. 머리에게 답을 찾아보라고, 빨리 찾아보라고 명령을 내렸다. 머리가 점점 더 빨리 돌아갔다. 머리와 관자놀이에서 맥박이 마구 뛰는 느낌이었다. 거의 한 시간 동안 머리를 굴렸으나 혼돈뿐이었다. 애는 썼지만 성과가 전혀 없었다. 쓸데없이 너무 애를 쓰자 열이 나 침대에서 일어나 방을 한 바퀴 돌았다. 커튼을 열고 추위에 떠는 별을 하나 둘 바라보다가 다시 천천히 침대로 갔다.

내가 없는 사이에 친절한 요정이 와서 베개 맡에 내가 찾던 답을 떨어뜨리고 간 게 틀림없었다. 침대에 눕자마자 자연스럽게 조용히 답이 떠올랐다. '일자리를 원하는 사람들은 광고를 내잖아. 너도 ○○○ 주 헤럴드에 광고를 내면 돼.'

'어떻게 하지? 광고에 대해서는 아무것도 모르는데.'

이제 답이 빨리 순순히 떠올랐다.

'광고 문안과 광고비를 편지봉투에 넣어 헤럴드 편집인 앞으로 보내면 돼. 기회가 생기면 얼른 로턴으로 가서 편지를 우체통에 넣자. 답장은 로턴 우체국 J. E. 앞으로 보내 달라고 해야지. 편지를 보내고 일주일 정도 후에 가서 물어보면 돼. 답장이 와 있으면, 답장에 따라 행동하면 되고.'

나는 이 계획을 두 번 세 번 되새겨 보았다. 그리고 완전히 숙지한 뒤 실용적인 방안이 분명하다고 느끼고 흡족해 하며 잠들었다.

나는 아침 일찍 일어났다. 광고 문안을 써서 봉투에 넣고 주소를 썼다. 그때 기상을 알리는 학교 종이 울렸다. 광고 문안은 이렇게 썼다.

'가르친 경험이 많은(2년간이나 가르치지 않았던가?) 젊은 숙녀가 열네 살 이하의 아동(내가 겨우 열여덟 살이어서 나와 비슷한 나이의 학생을 가르치는 것은 적당치 않다고 생각했다)이 있는 가정에서 가정 교사 자리를 찾고 있습니다. 일반 영어와 함께 프랑스어, 그림, 음악도 가르칠 수 있습니다(그 당시에는 이런 제한된 지식 목록이 그런대로 포괄적인 것으로 받아들여졌다). ○○○ 주, 로턴 우체국, J. E에게 답장 주시기 바랍니다.'

이 문안을 자물쇠로 채운 서랍 속에 하루 종일 넣어 두었다. 차를 마신 뒤 새 교장에게 내 일과 동료 선생 한두 분의 자질구레한 심부름을 처리하러 로턴에 다녀와도 되느냐고 물었다. 교장은 기꺼이 허락해 주었다. 나는 2마일이나 되는 길을 걸어갔다. 저녁에는 비가 왔지만, 아직은 낮이 길었다. 가게 한두 군데를 들른 뒤 우체국의 우체통에 편지를 넣었다. 그리고 폭우를 헤치고 돌아왔다. 옷은 흠뻑 젖었으나 마음은 가벼웠다.

그다음 주는 느릿느릿 지나가는 것 같았다. 그러나 이 세상 일이 다 그렇듯이 결국 그다음 주도 지나갔다. 상쾌한 가을날이 저물어 갈 무렵 나는 다시 로턴으로 가는 길을 걷고 있었다. 그런데 그 길은 그림처럼 아름다웠다. 길은 개울을 따라가다 아름답게 굽이진 골짜기를 통과했다. 그러나 그날 나는 풀밭이나 개울의 매력보다는 지금 내가 향해 가고 있는 작은 도시에 편지가 와 있을지에 더 신경이 쓰였다.

이번에 로턴을 가는 표면적인 이유는 구두 치수를 재기 위해서였다. 그래서 그 일을 먼저 하기로 했다. 구두 치수를 다 잰 다음 우체국으로 가는 깨끗하고 조용한 길로 들어섰다. 나이 든 여자가 우체국을 지키고 있었다. 코에 뿔테 안경을 걸치고 손에는 검은 벙어리장갑을 끼고 있었다.

"J. E에게 온 편지가 있나요?"

그녀는 안경 너머로 나를 바라보았다. 그리고 나서 서랍을 열어 편지 사이를 오랫동안 더듬었다. 너무 오래 걸려서 희망이 흔들리기 시작했다. 마침내 편지 하나를 꺼내 안경 앞에 대고 5분 가까이 들여다보더니 카운터 너머로 건네주었다. 그러면서도 다시 한 번 꼬치꼬치 캐묻는 듯한 의심의 눈길을 보냈다. J. E.에게 온 편지였다.

"이 편지 하나밖에 없나요?"

"더는 없어요." 그녀가 말했다. 그 편지를 호주머니에 넣고 집으로 향했다. 그때는 편지를 뜯어 볼 수가 없었다. 8시까지는 돌아가는 게 학교 규칙이었는데 벌써 7시 반이었다.

도착해 보니 할 일이 산더미처럼 쌓여 있었다. 학생들이 공부할 때 옆에 앉아 있어야 하고 내가 기도문을 읽을 차례인 데다 학생들의 취침 감독까지 해야 했다. 그 후 다른 선생들과 함께 식사를 했다. 마침내 잠자리에 들었을 때조차 그 피할 길 없는 그라이스 선생이 아직 옆에 있었다. 우리 방 촛대에는 초가 조금밖에 남아 있지 않아 초가 다 탈 때까지 그녀가 수다를 떨까 봐 걱정되었다. 그러나 다행히 저녁을 너무 많이 먹은 탓인지 그녀는 졸려 했다. 내가 옷을 다 벗기도 전에 그녀는 벌써 코를 골았다. 아직 초 심지가 1인치가량 남아 있었다. 나는 편지를 꺼냈다. F라는 첫 글자로 봉인되어 있었다. 봉인을 뜯어 보았다. 편지의 내용은 간단했다.

○○○ 주 헤럴드 신문에 지난주 목요일에 광고를 내신 J. E.께서 광고대로 가르칠 수 있고 인품과 능력을 갖추고 있음을 보증해 줄 만족할 만한 추천서를 보내 주시면 가정 교사로 채용하려 합니다. 학생은 한 명이고 열 살이 채 안 된 여자아이입니다. 봉급은 연봉 30파운드입니다. J. E.께서는 추천서와 이름과 주소, 그 외 모든 세부 사항을 다음 주소로 보내 주시기 바랍니다.

○○○ 주 밀코트 근처의 손필드, 페어팩스 부인.

나는 그 편지를 오랫동안 살펴보았다. 필체가 구식이고 약간 희미한 것으로 보아 나이 든 부인이 쓴 것 같았다. 이런 정황이 만족스러웠다. 내심 자신만 믿고 이렇게 행동하다 곤경에 빠질까 봐 걱정이었다. 무엇보다 내 노력의 결과가 점잖고 규범에 어긋나지 않고 **적절한** 것이길 바랐는데, 이 일에 나이 든 부인이 나타나자 느낌이 나쁘지 않았다. 페어팩스 부인이라! 검은 옷에 미망인 모자를 쓴 딱딱하지만 예의 바른 여성의 모습이 떠올랐다. 나이가 든 점잖고 모범적인 영국 여성의 모습이었다. 손필드라! 이건 분명히 그녀의 집 이름이리라. 분명히 깔끔하고 질서 정연한 곳일 것이다. 구체적으로 그 집의 모습을 상상해 보려 했으나 떠오르지 않았다. ○○○ 주 밀코트라. 나는 다시 머릿속으로 영국 지도를 그려 보았다. 그래, 그곳 ○○○ 주와 밀코트라는 도시가 떠올랐다. ○○○ 주는 내가 살고 있는 외진 이곳보다 70마일가량 더 런던에 가까웠다. 내게는 더 매력적인 조건이었다. 나는 생기와 활동으로 가득 찬 곳으로 가고 싶었다. 밀코트는 A○○○ 강가에 있는 큰 공장 도시였다. 물론 아주 분주한 도시일 것이다. 그 점이 더욱더 좋았다. 적어도 삶이 완전히 바뀔 것이다. 높은 굴뚝과 거기서 뿜어져 나오는 매연이 떠오르자 그 도시가 그다지 매력적으로 보이지 않았다. "하지만 아마 손필드는 그 도시에서 꽤 멀리 떨어져 있을 거야." 나는 주장했다.

여기서 심지가 다 타 버려 촛불이 꺼져 버렸다.

그다음 날 새로운 조치를 취해야 했다. 이제 더 이상 내 계획을 혼자만 알고 있을 수 없었다. 이 계획이 성공하기 위해서는 사람들에게 알려야 했다. 정오 쉬는 시간에 교장을 찾아가 면담 시간을 얻은 뒤 지금 받는 봉급의 두 배를 주는(로우드에서는 연봉 15파운드였다) 새로운 일자리를 구할 가능성이 있다고 말했다. 그리고 이 문제를 브로클허스트 씨나 위원 몇 분께 알려 달라고 부탁했다. 또한 그들을 추천인으로 언급해도 되는지 알아봐 달라고 부탁했다. 그녀는 친절하게도 본인이 중간에서 알아봐 주겠다고 했다. 다음 날 그녀는 브로클허스트 씨에게 그 일을 털어놓았고, 그는 혈연상 내 후견인인 리드 부인에게 편지를 써야 한다고 했다. 따라서 그가 리드 부인에게 짧은 편지를 보냈고, 리드 부인은 '그 아이가 하고 싶은 대로 하라고 하십시오. 그 아이 일에 대해서는 관여하지 않은 지 이미 오래되었습니다'라는 답장을 보내왔다. 이 답장을 위원들이 돌려서 읽었다. 내가 느끼기에 아주 지리할 정도로 오래 기다린 뒤 마침내 더 좋은 자리로 갈 수 있으면 가도 된다는 허락이 떨어졌다. 그리고 내가 선생으로나 학생으로나 로우드에서 일을 아주 잘 해 왔으니 능력과 품행을 보장하는 추천서에 감독관의 서명을 받아 주겠다는 확답이 왔다.

일주일 뒤 추천서를 받아 한 부를 페어팩스 부인에게 보냈다. 그 부인은 만족스러워하며 2주일 뒤부터 가정 교사 일을 해 달라고 했다.

나는 떠날 준비로 바빴다. 2주일은 금방 지나갔다. 내 옷장은 내게 필요한 물건을 두기에는 적절했지만 그다지 크지 않았다. 트렁크는 마지막 날 싸도 충분했다. 8년 전 게이츠헤드에서 가져온 바로 그 트렁크였다.

트렁크를 끈으로 묶고 그 위에 이름을 쓴 카드를 못질했다. 반시간 뒤 그 짐을 로턴으로 싣고 갈 마차를 부를 참이었다. 그리고 나는 다음 날 아침 일찍 마차 시간에 맞추어 로턴으로 갈 예정이었다. 검은 여행복을 솔로 털고 모자와 장갑과 토시를 준비했다. 잃어버린 물건이 없는지 서랍마다 모조리 열어 보았으나 아무것도 없었다. 이제 더 이상 할 일도 없어 앉아 쉬려고 했으나 쉴 수가 없었다. 하루 종일 서 있었는데도 너무 흥분해 잠시도 쉴 수가 없었다. 오늘 밤 내 인생의 한 단계가 끝나고 내일이면 새 단계가 펼쳐질 것이다. 이런 변화가 일어나는 동안 잠만 자고 있을 수는 없었다. 열에 들떠 그 변화를 지켜보아야 했다.

"선생님." 로비에서 만난 하인이 나에게 말했다. 그는 고민 있는 사람처럼 서성였다. "어떤 분이 아래층에서 선생님을 뵙자는데요."

틀림없이 짐을 운반할 마차일 거라고 생각하면서 누군지 묻지도 않고 아래층으로 내려갔다. 부엌 쪽으로 가기 위해 문이 반쯤 열린 선생 휴게실로 쓰는 뒤쪽 응접실을 지나는데 어떤 사람이 뛰쳐나왔다.

"틀림없어, 그녀야! 어디서 봤어도 알아봤을 거야!" 어떤 사람이 지나가는 나를 막으며 손을 잡았다.

나는 그녀를 바라보았다. 옷을 잘 차려입었지만 하인처럼 보이는, 관록은 있지만 아직 젊어 보이는 여자였다. 검은 머리, 검은 눈에 생기 있는 얼굴의 예쁘장한 여자였다.

"저, 누구시죠?" 내가 알 듯 말 듯한 목소리로 물었다.

"날 잊지는 않았을 것 같은데요, 제인 양?"

다음 순간 나는 기쁨에 들떠 그녀를 안고 그녀에게 입맞춤을 하고 있었다.

"베시! 베시! 베시!" 나는 그 말만 했다. 그 말에 그녀는 웃다가 울다가 했다. 우리 둘은 응접실로 들어갔다. 난롯가에는 격자무늬 외투와 바지를 입은 세 살쯤 된 꼬마가 서 있었다.

"내 아들이에요." 베시가 말했다.

"그럼 결혼한 거야, 베시?"

"맞아요. 마부인 로버트 리븐과 결혼한 지 5년이나 된걸요. 바비

말고도 딸이 있는데, 그 아이의 세례명을 제인이라고 했어요."

"그럼 게이츠헤드에 살지 않아?"

"문지기집에 살아요. 늙은 문지기가 세상을 떠났거든요."

"모두들 어떻게 지내고 있어? 그들에 관해 모두 이야기해 줘, 베시. 하지만 우선 앉아. 그리고 바비는 이리 와서 내 무릎에 앉을래?" 그러나 바비는 엄마 옆에 있는 걸 더 좋아했다.

"제인 양, 키가 아주 크지도 않고 살도 통통하게 찌지 않았네요." 리븐 부인이 계속 말했다. "학교에서 아주 잘해 주지는 않나봐요. 리드 양은 제인보다 머리 하나는 더 클 거예요. 조지애나 양은 제인 양의 두 배는 통통하고요."

"조지애나는 예쁠 것 같은데, 베시?"

"아주 예뻐요. 지난겨울 어머니와 함께 런던에 갔을 때는 모두 반했죠. 그리고 어떤 젊은 신사가 그녀와 사랑에 빠졌죠. 그러나 그 신사분 쪽 친척이 결혼에 반대했어요. 어떻게 생각해요? 조지애나 양은 그 신사와 멀리 도망치려고 했는데, 발각되는 바람에 포기했어요. 리드 양이 그걸 알아냈어요. 샘나서 그랬을 거예요. 그리고 이제 리드 양과 여동생은 아주 앙숙처럼 지내고 있어요. 늘 말다툼을 해요."

"존 리드는 어떻게 되었어?"

"오, 자기 어머니가 원하는 만큼 성공하지는 못했어요. 대학에 갔는데 퇴학당했어요. 그 후 삼촌들이 법을 공부해 변호사가 되라고 했지만 존이 워낙 방탕해서 그들 뜻대로 잘 되지 않을 것 같아요."

"그는 어떻게 생겼어?"

"키가 아주 커요. 어떤 사람들은 잘생겼다고 하지만 입술이 두꺼워요."

"리드 부인은 어때?"

"부인은 얼굴만 보면 건강하고 튼튼해요. 하지만 마음이 편치 않을 거예요. 존 도련님 때문에 속을 썩어서요. 돈을 마구 낭비하거든요."

"리드 부인이 베시를 여기로 보낸 거야?"

"전혀, 그렇지 않아요. 오랫동안 제인 양이 보고 싶었어요. 제인 양이 편지를 보냈다는 소리를 들었고 다른 지방으로 갈 거라는 소식도 들었죠. 볼 수 없는 곳으로 떠나기 전에 제인 양을 보려면 즉시 와야겠다는 생각이 들었어요."

"날 보고 실망하지는 않았는지 모르겠네, 베시." 나는 웃으면서 이렇게 말했다. 베시의 시선으로 미루어 나를 존경하기는 하지만 어떤 식으로든 멋지다고 생각하지는 않는다는 걸 감지했다.

"아니에요, 제인 양. 꼭 그런 건 아니에요. 충분히 점잖으세요. 숙녀처럼 보여요. 제가 기대한 것과 꼭 같아요. 어렸을 때도 미인은 아니었거든요."

베시의 솔직한 대답을 듣자 미소가 떠올랐다. 그 말이 옳다고 느꼈지만 그 말에 전혀 아무렇지 않았다는 말은 못 하겠다. 열여덟 살 때 사람들은 대부분 다른 사람의 마음에 들기를 원하고 그런 욕심에 도움이 될 외모를 갖추지 못했다는 사실을 확실히 알면 기분이 좋을 리가 없다.

"하지만 감히 말하건대, 제인 양은 영리할 거예요." 베시는 위로하려고 계속 말했다. "뭘 할 줄 아세요? 피아노도 칠 수 있어요?"

"약간은 치지."

응접실에 피아노가 있었다. 베시는 그리로 가서 피아노 뚜껑을 열더니 거기 앉아서 한 곡 연주해 달라고 했다. 나는 왈츠를 한두 곡 연주했고 그녀는 내 연주에 흠뻑 빠졌다.

"리드 양도 그만큼 잘 치지 못하는데요!" 그녀는 크게 기뻐하며 말했다. "그들보다 공부는 훨씬 더 잘할 거라고 늘 말했죠. 그림도 그릴 줄 아세요?"

"저 벽난로 위에 있는 그림이 내가 그린 거야." 그것은 풍경 수채화였다. 나를 위해 위원회에 말해 준 것에 대한 감사 표시로 교장에게 선물했는데, 그녀가 이를 유리 액자에 넣어 걸어 두었던 것이다.

"어머, 그림이 참 아름답네요, 제인 양! 두 아가씨 그림은 저 그림 발치에도 못 갈걸요. 아가씨들 것은 말할 것도 없고 리드 양의 선생님이 그린 그림만큼이나 훌륭해요. 프랑스어도 배웠어요?"

"베시, 프랑스어를 읽을 줄도 알고 말할 줄도 알아."

"모슬린이나 캔버스 천에 수도 놓을 수 있어요?"

"할 수 있어."

"제인 양, 정말 숙녀가 다 되었네요! 숙녀가 될 줄 알았어요. 친척들이 알아주든 그렇지 않든 잘할 거예요. 묻고 싶은 말이 있었는데, 아버지 쪽 친척인 에어 집안 사람들에 대해 들은 적 있어요?"

"한 번도 못 들었는데."

"알다시피 마님은 항상 에어가 사람들이 가난하고 아주 경멸할 만한 사람들이라고 했잖아요. 그 사람들이 가난할 수는 있지만 리드 집안 사람들 못지않게 신사 같아요. 7년 전쯤 어느 날 에어 씨라는 신사분이 게이츠헤드에 와서 제인 양을 보고 싶다고 했어요. 제인 양이 50마일 떨어진 학교에 있다고 마님이 말씀해 주자 그 신사분이 아주 실망했어요. 외국으로 떠나야 하는데 다음 날인가, 그다음 날 런던에서 배가 떠날 예정이라 더 이상 머물 수 없다고 했어요. 아주 점잖은 신사처럼 보였어요. 에어 양의 작은아버지 같았어요."

"외국 어느 나라로 간다고 했어, 베시?"

"수천 마일 떨어진 나라인데, 포도주를 만드는 곳이라고 집사가 말해 줬어요……."

"마데이라?" 내가 이름을 댔다.

"맞아요. 바로 그곳이에요. 바로 그 이름이에요."

"그래서 그는 갔어?"

"네, 집에는 잠깐밖에 안 있었어요. 마님은 아주 거만하게 구셨어요. 나중에 그를 '비열한 장사치'라고 불렀어요. 우리 남편 로버트는 그가 포도주 상인이라고 했어요."

"그럴 가능성이 많아." 내가 대답했다. "아니면 포도주 상인의 점원이거나 대리인일 수도 있고."

베시와 나는 한 시간가량 더 옛날이야기를 했다. 그러고 나서 그녀는 떠나야 했다. 그다음 날 오전 로턴에서 마차를 기다리는 동안 그녀를 잠깐 보았다. 우리는 마침내 브로클허스트 암스에서 헤어졌다. 각자 다른 길로 갔다. 그녀는 게이츠헤드로 가는 마차를 타기 위해 로우드 펠 산 쪽으로 갔고, 나는 밀코트 근교에 있는 미지의 세계의 새로운 의무와 새로운 인생으로 데려다 줄 마차에 올라탔다.

제11장

소설의 새로운 장은 연극의 새로운 장면과 같다. 커튼이 올라갔을 때, 독자는 밀코트의 조지 여관에 있는 방 하나를 상상해야 한다. 여느 여관처럼 커다란 무늬의 벽지가 있고, 카펫이 깔려 있고, 가구가 있고, 벽난로 위에 장식품이 있고, 복사판 그림이 걸려 있는 방이다. 조지 3세의 초상화와 웨일스 왕자 초상화와 울프의 죽음을 그린 그림이 걸려 있다. 이 모두를 천장에 매달려 있는 석유등 빛에 비추어 볼 수 있다. 그리고 활활 타오르는 벽난로 옆에 나는 외투와 보닛을 쓰고 앉아 있다. 내 목도리와 모자는 테이블 위에 있다. 쌀쌀한 10월에 열여섯 시간이나 밖에 있어서 꽁꽁 언 손을 녹이고 있다. 나는 새벽 4시에 로턴을 떠났는데, 지금 밀코트 시의 시계는 8시를 치고 있다.

독자여, 나는 비록 편안한 곳에 있었지만 정신적으로는 전혀 평온하지 않았다. 마차가 여기 멈추면 누군가가 마중 나와 있을 것 같았다. 내려오기 쉽게 하인이 가져다 놓은 나무 계단을 딛고 내려오면서 불안해 하며 주위를 둘러보았다. 누군가가 내 이름을 부르는지, 나를 손필드로 데려다 줄 마차가 있는지 찾았지만 그런 것은 보이지 않았다. 웨이터에게 누가 에어 양을 찾더냐고 묻자 그런 사람은 없었다고 했다. 혼자 있을 수 있는 방에 안내해 달라고 부탁하는 수밖에 없었다. 그래서 온갖 걱정과 의심을 안고 고민하며 기다렸다.

이 세상에 혼자라는 느낌이 들었다. 모든 관계에서 떨어져 나왔는데 목표지인 항구에 도달할지 불확실했다. 게다가 장애물이 많아서 출발지로 되돌아 갈 수도 없을 것 같았다. 세상 경험이 없는 젊은 여성에게는 아주 이상한 느낌이었다. 모험의 매력 때문인지 그런 느낌이 기분 좋았고 자부심으로 마음이 따뜻해졌다. 그러나 다음 순간 공포로 가슴이 두근대면서 그런 기분이 사라졌다. 30분이 지났는데도 여전히 나 혼자뿐이자 공포가 밀려들었다. 종을 울려 봐야겠다는 생각이 들었다.

"이 근처에 손필드라는 저택이 있나요?" 종소리를 듣고 온 웨이터에게 물었다.

"손필드라고요? 모르겠는데요. 바에 가서 물어보겠습니다." 그가 사라졌다가 곧 다시 나타났다.

"이름이 에어 양 되시나요?"

"그런데요."

"밖에서 어떤 분이 기다리고 계십니다."

나는 벌떡 일어나 토시와 우산을 들고 서둘러 여관 복도로 나갔다. 열린 문 옆에 한 남자가 서 있었다. 그리고 등불이 비친 거리에 희미하게 말 한 마리가 끄는 마차가 보였다.

"이게 당신 짐인 것 같네요." 그 남자가 복도에 있는 트렁크를 가리키면서 약간 무뚝뚝하게 말했다.

"네." 그가 트렁크를 마차 여객 칸에 싣고 난 뒤 나도 탔다. 마부가 마차 문을 닫기 전에 나는 손필드까지 얼마나 되느냐고 물었다.

"6마일쯤 됩니다."

"거기 도착하려면 얼마나 걸리나요?"

"한 시간 반가량 걸릴 겁니다."

마차 문을 잠근 마부는 바깥 마부석에 올랐고 우리는 출발했다. 마차가 천천히 달려 생각할 시간이 충분했다. 마침내 여행의 목적지 근처에 온 게 만족스러웠다. 우아하지는 않지만 편안한 마차에 등을 기대고 앉자 마음이 편해져 이런저런 생각이 떠올랐다.

'마차와 하인이 수수한 것으로 보아 페어팩스 부인은 화려한 사람은 아닌 것 같은데, 그런 점이 내게는 훨씬 더 좋아. 대단한 사람들과 살았지만 아주 불행했어. 부인하고 딸, 단둘이 사는지 궁금하네. 만일 단둘이 살고, 상냥한 편이면 사이좋게 지내야지. 최선을 다해야지. 유감스럽게도 최선을 다한다고 해도 항상 결과가 좋은 건 아니지만. 로우드에서는 그렇게 결심하고 결심대로 했고, 다행히 사람들도 나를 좋아했지. 그러나 리드 부인에게는 아무리 최선을 다해도 늘 무시당하고 거부당했어. 제발 페어팩스 부인이 제2의 리드 부인이 아니었으면 좋겠다. 그렇다면 꼭 그 집에 있을 필요는 없지! 최악의 상황이 오면 광고를 다시 내면 돼. 그런데 지금 얼마나 온 거지?'

나는 문을 열고 밖을 내다보았다. 우리 뒤쪽으로 밀코트가 있었다. 불빛의 수로 판단컨대 로턴보다 훨씬 더 크고 대도시에 가까웠다. 우리는 공유지에 있는 것 같았다. 로우드와는 아주 다른 지방에 있다는 느낌이었다. 인구가 로우드보다 더 많지만 그만큼 아름답지는 않고, 로우드보다 더 활기차지만 그만큼 낭만적이지도 않았다.

길은 험하고 밤안개가 잔뜩 끼어 있었다. 마부가 천천히 말을 몰아 말이 달리지 않고 내내 천천히 걸어 한 시간 반이 두 시간으로 늘어난 게 분명했다. 마침내 마부가 앉은 자리에서 고개를 돌리고 말했다.

"손필드에 다 왔습니다."

나는 다시 밖을 내다보았다. 교회를 지나고 있었다. 하늘을 배경으로 폭 넓은 탑이 나지막이 솟아 있고 거기서 15분을 알리는 종이 울렸다. 언덕에는 가는 불빛이 한 줄로 늘어서 있었다. 마을, 작은 마을인 듯했다. 10분 후에 마부가 내리더니 대문을 열었다. 문을 통과하자 뒤에서 문이 쾅 하고 닫혔다. 천천히 현관까지 마찻길을 따라 올라가자 옆으로 긴 집의 정면이 나타났다. 활 모양으로 불룩한 창문의 커튼 틈으로 촛불 빛이 새어 나왔다. 나머지는 깜깜했다. 마차가 현관에 멈추자, 하녀가 현관문을 열었다. 나는 마차에서 내려 집 안으로 들어갔다.

"이쪽으로 오시겠어요?" 하녀가 말했다. 나는 그녀를 따라 사방에 높은 문이 있는 사각형 홀을 지나갔다. 그녀는 나를 그중 한 방으로 안내했다. 그 방에 들어서자 두 시간 동안 익숙해진 어둠과는 대조적으로 촛불과 난롯불이 타고 있어 처음에는 눈이 부셨다. 그러나 제대로 보자 그림같이 아늑하고 쾌적한 풍경이 눈앞에 펼쳐졌다.

작고 포근한 방이었다. 활활 타는 난로 옆에 둥근 탁자가 놓여 있고 등받이가 높은 구식 안락의자에는 내가 상상한 대로 단정한 모습을 한 나이 든 숙녀가 앉아 있었다. 그녀는 미망인 모자를 쓰고 검은 실크 옷에 하얀 앞치마를 입고 있었다. 페어팩스 부인은 상상한 것과 정확히 똑같았다. 다만 내가 상상했던 것보다 덜 위엄 있고 더 온화해 보였다. 그녀는 열심히 뜨개질을 하고, 그녀의 발치에 고양이가 얌전히 앉아 있었다. 안락하고도 이상적인 가정의 모습이어서 더 이상 바랄 것이 없었다. 새 가정 교사로 소개받으면서 이보다 더 안심되기는 힘들 것이다. 나는 더할 나위 없이 안심되었다. 그녀는 위엄을 부려 압도하지도 않았고 너무 당당하게 굴어서 나를 곤란하게 하지도 않았다. 내가 들어가자 그 나이 든 숙녀가 얼른 일어나서 친절하게 앞으로 걸어 나와 나를 맞이했다.

"안녕하세요? 오는 길이 지루하지는 않았는지 모르겠네요. 존이 말을 천천히 몰아서요. 날씨가 춥지요? 난로 쪽으로 오세요."

"페어팩스 부인이시죠?" 내가 말했다.

"네, 맞아요. 앉으세요."

그녀는 자신의 의자로 나를 안내했다. 그러고 나서 내 숄을 벗겨 주고 보닛 끈을 풀어 주었다. 나는 제발 그러시지 말라고 했다.

"오, 괜찮아요. 손이 거의 마비될 정도로 꽁꽁 얼었네요. 레아, 니거스주*를 데워 오고 샌드위치도 한두 조각 잘라 와. 식품 저장실 열쇠야."

그녀는 호주머니에서 주부가 지닐 법한 열쇠를 한 뭉치 꺼내 하녀에게 주었다.

"자, 이제 난로 가까이 오세요." 그녀가 계속 말했다. "참, 짐은 가져왔죠, 그렇죠?"

"네, 가져왔어요."

"짐을 당신 방에 옮겨 놓았는지 보고 올게요." 이렇게 말하고 그녀가 부산스럽게 나갔다.

나를 손님처럼 대접한다는 생각이 들었다. 이렇게 환대받으리라고는 거의 기대하지 않았다. 냉담하고 거만하게 굴 거라고 예상했는데. 내가 들었던 가정 교사 대접과는 아주 다른데. 하지만 너무 성급하게 기뻐하진 말자.

페어팩스 부인이 돌아왔다. 그녀는 몸소 탁자에서 뜨개질감과 책 한두 권을 치우고 레아가 막 가져온 쟁반을 놓은 다음 내게 음료를 건넸다. 나는 어느 때보다 큰 관심을 받자 좀 혼란스러웠다. 더구나 윗사람이자 고용주가 그런 관심을 보이자 더 혼란스러웠다. 그러나 그녀가 자신의 처지에 어울리지 않게 행동한다는 생각을 하지는 않는 것 같아서, 예의 바른 그녀의 태도를 조용히 받아들이는 게 나을 것 같았다.

"오늘 페어팩스 양을 볼 수 있나요?" 그녀가 준 음료를 다 마신 뒤 내가 물었다.

"뭐라고 하셨어요? 귀가 좀 어두워서요." 그 착한 숙녀가 입가에 귀를 갖다 대며 말했다.

나는 좀 더 똑똑하게 질문했다.

"페어팩스 양이라고요? 오, 바랑 양 말인가요! 가르치실 학생은 바랑 양이에요."

"아, 그러세요! 그럼 따님이 아니신가요?"

"아니에요, 난 가족이 없어요."

이어서 바랑 양과 어떤 관계인지 내가 물어야 했는지 모르겠다. 그러나 너무 캐물으면 무례해 보일 수 있다는 생각이 들었다. 게다가 곧 알게 될 터였다.

"정말 반가워요." 그녀가 맞은편에 앉아 고양이를 무릎에 앉히며 말했다. "당신이 와서 정말 반가워요. 이제 친구가 있으니 여기 생활이 즐거울 거예요. 이곳이야 항상 즐거운 곳이지만요. 손필드는 훌륭한 고택이지만, 최근에는 제대로 돌보지 않았어요. 그래도 여전히 점잖은 곳이기는 하죠. 하지만 겨울에는 최상의 저택에 있어도 혼자 있으면 쓸쓸하잖아요. 혼자라고 한 건…… 레아가 좋은 하녀이기는 해요. 존과 그의 아내는 점잖은 사람이고요. 하지만 그저 하인이잖아요. 하인들과 동등하게 대화를 나눌 수는 없으니까요. 권위를 잃지 않으려면 하인들과 적당한 거리를 유지해야 하잖아요. 지난겨울에는(정말 날씨가 혹독했어요. 눈이 안 오면 비가 오고 바람이 불었잖아요), 11월에서 2월까지 정말이지 우편배달부와 정육점 주인 말고는 개미새끼 한 마리 얼씬하지 않았어요. 밤마다 혼자 앉아 있으니 우울했어요. 가끔씩 레아를 불러 책을 읽어 달라고 했지요. 그러나 그 불쌍한 아이는 책 읽기를 그다지 좋아하지 않는 것 같았어요. 답답한가 봐요. 그러고 나서 올 초가을에 작은 아델 바랑과 그 아이의 유모가 왔어요. 아이가 오니 곧 집 안에 생기가 돌았어요. 이제 당신까지 왔으니 행복하게 지낼 수 있을 거예요."

그녀의 말을 듣고 있으니 이 훌륭한 숙녀에 대해 마음이 훈훈해졌다. 나는 의자를 좀 더 그녀 가까이 끌고 가서, 나와 함께 지내는 게 정말 기대처럼 즐겁기를 바란다고 했다.

"하지만 오늘 밤은 늦게까지 잡아 두지 않을게요." 그녀가 말했다. "이제 정각 12시네요. 오늘 하루 종일 여행해서 분명 피곤하실 거예요. 발이 충분히 따뜻해졌으면 침실로 안내할게요. 내 방 바로 옆방에서 잘 수 있게 준비해 놓았어요. 방이 작긴 하지만 앞쪽의 큰 방들보다 더 나을 것 같아서요. 분명히 큰 방 가구가 더 좋기는 하지만 쓸쓸하고 외로워서 그 방에서는 나도 못 자는걸요."

나는 세심하게 신경 써서 방을 골라 주어 고맙다고 말했다. 그리고 긴 여행으로 너무 지쳐 빨리 잠자리에 들겠다고 말했다. 그녀는 초를 들었고 나는 그녀를 따라 방을 나왔다. 우선 그녀는 홀의 문이 잠겼는지 살핀 뒤, 자물쇠에서 열쇠를 꺼내더니 2층으로 향했다. 계단과 난간은 참나무였다. 계단 창문은 좁고 격자무늬가 있었다. 격자 창문이나 침실이 늘어서 있는 긴 복도는 둘 다 가정집보다 교회와 더 잘 어울릴 것 같았다. 계단과 복도에는 텅 빈 지하 창고의 냉기 비슷한 게 서려 있었다. 마침내 내 침실로 안내되었는데, 작은 방의 크기나 평범한 현대식 가구가 마음에 들었다.

페어팩스 부인이 잘 자라고 인사하고 나간 뒤 나는 방문을 잠그고 천천히 방을 둘러보았다. 넓은 홀, 어둡고 큰 계단, 길고 냉랭한 복도를 보고 으스스했으나 그런 느낌이 사라졌다. 내 작은 방의 활기찬 분위기 속에 있자 육체적으로 지치고 정신적으로 불안한 하루를 마치고 마침내 안전한 안식처에 왔다는 생각이 들었다. 불쑥 감사의 마음이 솟아났다. 나는 침대 옆에 무릎을 꿇고 앉아 감사 기도를 드렸다. 일어나기 전에 앞으로도 나를 도와주시고, 구하지도 않았는데 주어진 소박한 친절에 보답할 수 있는 힘을 달라는 기도도 잊지 않았다. 그날 밤 침대는 편안했고 방 안에 혼자 있어도 전혀 무섭지 않았다. 지친 데다 만족스러운 기분이 들어 곧 숙면에 빠졌다. 잠에서 깨어나니 이미 환한 대낮이었다.

밝은 푸른 사라사 무명 커튼 사이로 햇살이 비쳐 작은 방이 환했다. 바닥에 카펫이 없고 회칠한 벽에 얼룩투성이인 로우드와 달리 벽에는 벽지가 발라져 있고 바닥에는 카펫이 깔려 있는 방 모습에 기분이 상쾌해졌다. 젊은 사람들에게는 외부 환경이 큰 영향을 미친다. 내 인생에 더 아름다운 시절이 펼쳐질 것 같았다. 가시밭*의 고생뿐 아니라 꽃이 활짝 핀 즐거운 나날이 펼쳐지리라는 생각이 들었다. 장소가 바뀌니 기분이 좋아지고 희망의 새 장이 열리자 모든 기능이 활발해지는 것 같았다. 나의 기능들이 무엇을 바라는지는 알 수 없으나 뭔가 즐거운 일이 일어날 것 같았다. 그날이 그날이 아니라, 미래는 늘 즐거울 것 같았다.

나는 일어나서 정성껏 옷을 입었다. 내 옷은 모두 지극히 단순해 소박한 옷차림을 할 수밖에 없었지만, 그래도 단정한 옷차림을 하려고 아주 신경 썼다. 나는 외모를 무시하거나 어떤 인상을 남기든 신경을 안 쓰는 그런 유형의 사람은 아니었다. 반대로 가능하면 괜찮아 보이고 싶고, 예쁘지는 않지만 최대한 사람들의 마음에 들고 싶었다. 때로는 예쁘지 않은 외모가 속상하고, 때로는 뺨이 발그스레하고 코가 오똑하고 입술은 새빨간 앵두 같았으면 좋겠다고 생각한 적도 있다. 키가 크고 품위 있고 몸매가 멋지면 좋겠다는 생각도 했다. 작고 창백하고 이목구비가 반듯하지 않은 것에 불행해 했다. 왜 이렇게 속상하고 왜 이런 열망을 갖게 되었을까? 뭐라고 말하기는 어렵다. 나 자신에게 분명히 말할 수는 없지만, 그래도 이유가 있었다. 논리적이며 자연스러운 이유가 있었다. 그러나 머리를 아주 말끔하게 빗고 퀘이커교도 같기는 해도 적어도 내게 잘 어울리는 검은 원피스를 입고 깨끗한 하얀 터커를 제대로 두르자, 페어팩스 부인 앞에 나서도 될 만큼 점잖아 보였다. 그리고 적어도 새 학생이 나를 보고 싫어서 달아나지는 않을 것 같았다. 내 방의 창문을 열고 화장대 위 물건을 모두 똑바로 질서 정연하게 정리해 놓은 뒤 방에서 나왔다.

깔개가 깔린 긴 복도를 지나 미끄러운 참나무 계단을 내려와 홀에 도착했다. 거기서 잠시 멈추어 서서 벽에 걸린 그림(하나는 갑옷을 입은 엄격해 보이는 남자의 초상화이고 하나는 진주 목걸이를 하고 머리카락에 분칠한 여자의 초상화였던 것으로 기억된다)과 천장에 매달린 청동 램프와 이상한 무늬가 새겨지고 세월의 풍파에 새까맣게 된 오크나무 상자 속에 들어 있는 커다란 시계를 바라보았다. 모든 것이 품위 있고 위압적인 느낌을 주었다. 당시 나는 이런 웅장함에 익숙하지 않았다. 반은 유리로 된 홀의 문이 열려 있었다. 문지방을 넘어 밖으로 나갔다. 화창한 가을 아침이었다. 이른 아침 태양이 갈색으로 물들어 가는 숲과 아직도 초록색인 잔디밭 위를 차분하게 비추고 있었다. 잔디밭으로 나가 이 저택의 정면을 위에서부터 살펴보았다. 3층 건물로 제법 컸지만 어마어마하게 큰 저택은 아니었다. 귀족의 저택이라기보다는 신사의 저택이었다. 지붕 꼭대기에 성가퀴가 있어 멋져 보였다. 뒤쪽 까마귀 숲을 배경으로 저택의 회색빛 정면이 한층 돋보였다. 숲 속의 까마귀들이 날아다니고 있었다. 까마귀 떼는 잔디밭과 마당 위를 날아서 거대한 목초지 위에 내렸다. 목초지와 저택 사이에는 다 허물어진 울타리가 있고, 거기에 참나무만큼이나 큰 마디 많고 단단해 보이는 가시나무가 늘어서 있었다. 이 저택의 이름이 왜 가시나무밭인지 곧 알 수 있었다. 저 멀리 언덕이 보였다. 로우드의 언덕만큼 높거나 험하지도 않고 세상과 격리시키는 장벽처럼 보이지도 않았다. 그러나 언덕이 손필드를 감싸고 있어 여전히 조용하고 인적이 드물었다. 밀코트처럼 활기찬 도시 근처에 있다고 예상하지 못할 만큼 손필드는 그 도시에서 격리되어 있었다. 이 언덕들 중 하나 옆에 작은 마을이 흩어져 있고, 나무들 사이로 마을의 지붕들이 보였다. 그 마을 교회는 손필드 근처에 있었다. 오래된 탑 꼭대기가 그 저택과 대문들 사이에 있는 작은 언덕을 굽어보고 있었다.

까마귀 소리를 들으면서 고색창연한 홀의 전경을 둘러보며 고요한 광경과 상쾌하고 신선한 공기를 즐기고 있었다. 페어팩스 같은 자그마한 부인이 혼자 살기에는 집이 너무 크다고 생각하고 있는데, 부인이 현관문에 나타났다.

"와! 벌써 나왔어요?" 그녀가 말했다. "일찍 일어나시나 봐요." 나는 그녀에게 걸어가 악수를 했고 그녀는 상냥한 입맞춤으로 환대했다.

"손필드는 어때요?" 그녀가 물었다. 나는 아주 좋다고 했다.

"그래요." 그녀가 말했다. "아름다운 곳이에요. 그런데 로체스터 씨가 돌아와 여기서 정착하지 않으시면 이곳이 엉망이 될까 봐 걱정돼요. 아니면 적어도 로체스터 씨가 더 자주 방문하셨으면 좋겠어요. 저택과 훌륭한 마당에는 주인이 필요하거든요."

"로체스터 씨라고요!" 내가 외쳤다. "그 사람이 누구죠?"

"손필드의 주인이세요." 그녀가 조용히 말했다. "주인 이름이 로체스터 씨인지 모르셨어요?"

물론 나는 몰랐다. 그에 대해 들어 본 적이 없었다. 그러나 그 노부인은 그의 존재를 모두가, 즉 본능적으로 모두가 안다고 여기는 것 같았다.

"저는 당신이 손필드 주인이라고 생각했어요."

"내가 주인이라고요? 이런, 아가씨. 어쩜 그런 생각을 하셨어요! 내가 주인이라니! 나는 가정부일 뿐이에요. 물론 로체스터 씨의 외가 쪽 먼 친척이기는 해요. 적어도 우리 남편이 친척이죠. 남편은 헤이의 목사였어요. 저기 언덕 위에 있는 작은 마을이 헤이예요. 대문 옆의 교회가 남편 교회였죠. 현재 로체스터 씨 어머니의 성이 페어팩스로, 남편과 육촌이죠. 하지만 제가 그분 친척이라고 해서 절대로 잘난 척하지는 않아요. 사실 그 사실은 아무 의미가 없어요. 저 자신을 보통 가정부라고 생각하니까요. 주인님은 항상 정중하게 대해 주시고, 더 이상 바랄 게 없어요."

"그러면 여자아이는…… 제 학생 말이에요!"

"그 아이는 로체스터 씨가 후견하는 아이예요. 로체스터 씨가 가정 교사를 구해 보라고 명령하셨죠. ○○○ 주에서 이 아이를 키우려는 게 틀림없어요. 그 아이는 유모와 함께 여기로 왔어요." 이제 수수께끼가 풀렸다. 이 상냥하고 친절한 작은 과부는 지체 높은 귀부인이 아니라 나처럼 고용인이었다. 그렇다고 해서 그녀가 덜 좋아진 것은 아니었다. 반대로 기분이 더 좋아졌다. 그녀와 나는 정말로 동등했다. 그녀 편에서 시혜를 베풀어서 동등한 것이 아니었다. 그런 만큼 그 사실이 더 좋았다. 내 입장이 더욱 자유로워졌다.

내가 이 새로운 사실에 대해 곰곰이 생각하는 동안 잔디밭 위로 작은 여자아이가 달려왔다. 그 뒤로 유모가 따라왔다. 나는 학생을 바라보았으나, 그 아이는 처음에 나를 보지 못한 것 같았다. 예닐곱 살 먹은 아이로, 체격이 가냘프고 이목구비는 오밀조밀하며 안색은 창백했다. 머리가 지나치게 길어 허리까지 내려와 있었다.

"잘 잤어요, 아델 양?" 페어팩스 부인이 말했다. "아가씨께 공부를 가르쳐 주고 아가씨를 똑똑한 여성으로 만들어 줄 분이세요. 이 숙녀분께 인사드리세요." 그녀가 다가왔다.

"이분이 가정 교사시군요." 그 애가 나를 가리키며 유모에게 말했다. 유모가 대답했다.

"네, 그래요. 맞았어요."

"이 사람들이 외국인이에요?" 프랑스어를 듣고 내가 놀라서 물었다.

"유모는 프랑스인이고 아델은 유럽에서 태어났어요. 6개월 전까지 쭉 그곳에서 살았어요. 처음 여기 왔을 때는 영어를 전혀 못했어요. 이제는 그럭저럭 조금씩 영어를 해요. 프랑스어를 섞어서 말해, 이 아이 말을 잘 알아듣지 못하겠어요. 하지만 선생님은 잘 아실 거예요."

다행히 나는 프랑스 선생님에게 프랑스어를 배웠다. 그리고 가능한 한 자주 피에로 선생님과 대화하려고 했다. 더욱이 마지막 7년 동안은 매일 프랑스어를 외우고 열심히 발음을 고치려고 애썼으며, 최대한 비슷하게 흉내 내 어느 정도 정확하게 프랑스어를 구사할 수 있게 되었다. 아델 양과도 크게 당황하지 않고 이야기할 수 있을 것 같았다. 내가 가정 교사라는 말에 그녀가 다가와서 악수했다. 그녀의 손을 잡고 아침 식사를 하러 들어가면서, 그녀의 모국어로 몇 마디 말을 걸었다. 그녀는 처음에는 간단히 대답했으나, 커다란 갈색 눈으로 10여 분 동안 나를 바라보더니 갑자기 유창하게 떠들기 시작했다.

"아!" 그녀가 프랑스어로 크게 말했다. "우리나라 말을 로체스터 씨만큼이나 잘하시네요. 그분께 말하듯이 선생님께 말할 수 있겠어요. 소피도 그렇고요. 소피가 행복할 거예요. 여기서는 아무도 소피 말을 못 알아들어요. 페어팩스 부인도 영어밖에 못 해요. 소피는 제 유모예요. 소피는 나와 함께 굴뚝에서 연기가 나는 큰 배를 타고 바다를 건너왔어요. 그 배에서는 연기가 얼마나 났는지 몰라요! 난 멀미를 했는데, 소피도 그랬고 로체스터 씨도 그랬어요. 로체스터 씨는 특등 객실이라는 예쁜 방 소파에 누워 있었어요. 소피와 나는 다른 데 있었는데 침대가 작았어요. 침대에서 떨어질 뻔했어요. 침대가 선반 같았어요. 그런데 선생님…… 이름이 뭐예요?"

"에어, 제인 에어야."

"에어라고요? 와! 발음을 잘 못하겠네요. 해가 다 뜨기 전에 배가 큰 도시에 멈추었어요. 아주 검은색 집들이 있고 온통 연기에 뒤덮인 거대한 도시였어요. 깨끗하고 예쁜 도시와는 딴판이었어요. 그리고 로체스터 씨가 나를 안아서 판자를 건너 육지로 데려왔어요. 소피가 우리 뒤로 따라왔고요. 우리 모두 마차를 타고 이 집보다 훨씬 더 크고 훨씬 더 좋은 집, 호텔이란 곳으로 갔어요. 거기서 일주일쯤 머물렀어요. 소피하고 나는 매일 공원이라는, 온통 초록색 나무가 있는 커다란 장소로 산책을 갔어요. 거기에는 나 말고도 아이들이 많았어요. 예쁜 새가 호수에 떠 있어서 새들에게 먹이도 줬어요."

"아이가 이렇게 빨리 말하는데도 다 알아들을 수 있으세요?" 페어팩스 부인이 물었다.

나는 피에로 선생님의 유창한 프랑스어에 익숙해 아이 말을 잘 알아들을 수 있었다.

"그 아이 부모에 대해 한두 가지 물어봐 주시면 좋겠어요. 기억이나 하는지 모르겠지만요." 그 착한 부인이 계속 말했다.

"아델, 네가 말한 그 깨끗하고 예쁜 도시에 살 때 누구랑 같이 살았니?" 내가 물어보았다.

"오래전에는 엄마하고 살았어요. 하지만 엄마는 성모님께 가셨어요. 엄마는 노래와 춤을 가르쳐 주셨어요. 시 낭독도요. 신사 숙녀들이 엄마를 보러 많이 왔어요. 나는 그 사람들 앞에서 춤을 추거나 사람들 무릎에 앉아 노래를 하곤 했어요. 지금 노래를 불러 볼까요?"

아이가 아침 식사를 마치자, 잘하는 것을 몇 가지 해 보라고 했다. 아이는 앉아 있던 의자에서 내려와 내 무릎에 앉았다. 그러고 나서 조그만 손을 얌전하게 앞으로 모으고 천장을 향해 눈을 치켜뜬 채 곱슬머리를 흔들며 오페라에 나오는 노래를 부르기 시작했다. 버림받은 여인에 대한 노래였다. 그 여인은 사랑의 배신을 슬퍼한 뒤 자부심에게 도움을 요청한다. 하녀에게 가장 빛나는 보석과 가장 비싼 옷으로 치장해 달라고 한 다음, 그날 밤 사랑하지 않는 사람과 무도회에서 만나기로 결심한다. 사랑하는 사람에게 명랑한 태도를 과시하며 버림받아도 아무렇지 않다는 걸 증명하려는 노래였다.

어린아이가 부르기에는 이상한 주제 같았다. 그러나 이 공연의 핵심은 어린아이가 혀 짧은 소리로 부르는 사랑과 질투의 노래를 듣는 데 있었다. 천한 취향이 드러났다. 적어도 내게는 그런 생각이 들었다.

아델은 칸초네타를 아주 아름답게 자기 나이에 맞게 순수하게 불렀다. 노래를 다 부르자 내 무릎에서 뛰어내리더니 말했다. "선생님, 이제 시를 외워 볼게요."

아이는 시에 어울리는 자세를 취하더니 「고양이한테 잡혀 먹은 쥐 이야기: 라퐁텐의 우화」를 읊기 시작했다. 그러고 나서 마침표와 강조하는 부분에 특히 신경을 써 목소리를 높였다 낮추었다 하며 시에 어울리는 적절한 몸짓을 곁들여 낭송했다. 그 아이 나이에는 아주 예외적인 낭독으로, 주도면밀하게 훈련받았음을 알 수 있었다.

"그 시는 엄마가 가르쳐 준 거니?"

"네, 그리고 엄마는 이렇게 말씀하시곤 했어요. '그럼, 뭐가 문제니? 쥐 한 마리가 그에게 말했다. 말해 봐!'를 할 때는 목소리를 높이는 걸 잊지 않기 위해 손을 들라고 하셨어요. 이제 춤춰 볼까요?"

"아니야, 그걸로 충분해. 네 말대로 엄마가 성모님께 가신 뒤에는 누구랑 살았니?"

"프레데리크 부인과 그 남편과 함께 살았어요. 친척은 아닌데 절 돌보아 주셨어요. 엄마만큼 좋은 집에 살지 않는 걸 보니 가난하신가 봐요. 거기에 오래 있지는 않았어요. 로체스터 씨께서 함께 영국에 가겠냐고 해서 그러겠다고 했어요. 로체스터 씨는 프레데리크 부인을 알기 전부터 알았고 늘 제게 친절하시고 예쁜 옷과 장난감을 사 주셨거든요. 하지만 그분은 약속을 지키지 않았어요. 저를 영국에 데려오시긴 했지만 다시 유럽으로 돌아가셨으니까요. 그 뒤로는 쭉 아저씨를 못 봤어요."

아침 식사를 한 다음 나와 아델은 서재로 갔다. 로체스터 씨가 그 방을 교실로 사용하라고 한 것 같았다. 책은 대부분 유리문이 달린 책장 안에 들어 있었으나 책장은 자물쇠로 잠겨 있었다. 그러나 책장이 하나 열려 있었는데 기본적인 것을 가르치는 데 필요한 책이 모조리 꽂혀 있었다. 그 책장에는 또한 쉬운 문학, 시, 전기, 여행기, 로맨스 등이 꽂혀 있었다. 로체스터 씨는 이 정도면 가정 교사가 개인적으로 읽기에 적당하다고 생각했나 보다. 사실 당분간 이 책 정도면 충분할 것 같았다. 로우드에서 가끔씩 읽던 얼마 안 되는 책들에 비하면, 이 책들은 풍부한 정보와 오락을 제공할 것 같았다. 이 방에는 또한 새로 구입한 소리가 좋은 소형 피아노와 그림을 그릴 수 있는 이젤과 한 쌍의 지구본이 있었다.

나의 학생은 열심히 공부하는 편은 아니었으나 충분히 순종적이었다. 그 아이는 어떤 일이든 규칙적인 일에 익숙하지 않았다. 처음부터 그녀를 너무 구속하는 것은 현명치 못한 처사 같았다. 그래서 그녀에게 너무 말을 많이 하거나 너무 많이 가르치지 않았다. 오전이 지나 정오가 되면, 유모에게 가는 걸 허락했다. 그러고 나서 저녁 식사 시간까지 나는 그녀를 가르칠 때 쓸 그림을 그렸다.

화첩과 연필을 가지러 2층으로 가고 있는데 페어팩스 부인이 나를 불렀다. "아침 수업은 끝났죠?" 그녀가 말했다. 그녀는 방의 접개 문을 열어 놓고 서 있었다. 나는 그녀가 말을 건 방으로 들어갔다. 커다랗고 웅장한 방이었다. 보라색 의자, 보라색 커튼, 터키산 카펫, 호두나무 벽이 있었다. 커다란 창문은 스테인드글라스로 꽉 차 있고 높은 천장은 고상하게 장식되어 있었다. 페어팩스 부인은 찬장에 진열된 자주색 광석으로 된 항아리의 먼지를 털고 있었다.

"방이 정말 아름답네요!" 방을 둘러보며 내가 감탄했다. 내가 본 가장 품위 있는 방도 이 방의 반밖에 안 되었다.

"그렇죠. 여기는 식당이에요. 바람과 햇빛을 쐬려고 이제 막 문을 열었어요. 사람들이 잘 사용하지 않는 방에서는 모든 게 너무 축축하거든요. 저기 거실은 지하실 같아요."

그녀는 창문 맞은편에 있는 넓은 아치형 문을 가리켰다. 그 문의 자줏빛 진홍색 커튼이 둥글게 말려 있었다. 넓은 계단 두 개를 올라가 서서 방 안을 들여다보니 동화에 나오는 장소를 보는 느낌이었다. 나같이 처음 보는 사람의 눈에는 그곳이 너무나 밝아 저세상 광경 같았다. 하지만 그곳은 그저 아름다운 거실이었고, 그 안에 내실이 있었다. 거실과 내실 모두 화려한 화관 문양이 수놓인 하얀 양탄자가 깔려 있고, 천장에는 하얀 포도와 포도 잎이 조각되어 있었다. 그와 아주 대조적으로 천장 아래에는 진홍색 소파와 오토만이 있었다. 창백한 백색 대리석의 벽난로 선반 위에 놓인 장식품들은 붉은 루비색의 보헤미안 유리로 만든 것으로 번쩍거렸다. 창문 사이의 큰 거울들은 눈의 색과 불의 색을 혼합한 색을 반사하고 있었다.

"정말 방들을 잘 정돈하셨네요, 페어팩스 부인! 먼지 하나 없는 데다 캔버스 천으로 덮어 놓지도 않아서 공기가 좀 차가운 것만 빼면 매일 사람이 살고 있다고 생각할 거예요."

"왜냐하면 에어 양, 로체스터 씨가 아주 가끔 오시기는 하지만 늘 갑작스럽게 예기치 않은 때에 오시거든요. 로체스터 씨가 오셨는데 모두 천으로 덮여 있고 정리하느라 수선을 떨면 짜증을 내실 거라서 언제든 만반의 준비를 해 놓는 게 최선이죠."

"로체스터 씨는 엄격하고 까다로운 편인가요?"

"특별히 그렇지는 않아요. 하지만 신사다운 취향과 습관 때문에 매사를 그 기준에 맞추어 운영하길 바라세요."

"그분을 좋아하세요? 사람들도 좋아하나요?"

"오, 그럼요. 이곳에서는 늘 존경받는 가문인걸요. 지금 보이는 이 부근의 땅이 전부 예전부터 로체스터 가문의 땅이었어요."

"땅 문제 말고도 그분을 좋아하세요? 그분 자체에 호감을 갖고 계신가요?"

"좋아하지 않을 이유가 없는걸요. 소작인들도 그를 공정하고 관대한 지주로 여기는 것 같아요. 소작인들과 함께 오래 산 것은 아니지만요."

"특이한 점은 없나요? 간단히 말해 어떤 성격이신가요?"

"오! 성격은 나무랄 데가 없으세요. 아마 좀 독특하다고 할 수는 있겠죠. 여행을 많이 하시는 데다 세상 경험도 풍부하시니까요. 현명하신 분이라고 할 수 있어요. 그분과 대화를 많이 나누어 보지는 않았지만요."

"어떤 면이 독특하신가요?"

"모르겠어요. 뭐라고 표현하기가 쉽지 않네요. 특별히 눈에 띄는 점은 없지만 말을 거시면 그런 느낌이 들어요. 농담인지 진담인지, 기분이 좋은지 나쁜지 알 수가 없어요. 간단히 말해, 그분을 완전히 이해할 수가 없어요. 적어도 난 그래요. 하지만 그건 중요한 게 아니죠. 아주 훌륭한 주인이시니까요."

고작 이것이 내가 페어팩스 부인에게서 그녀와 나의 고용주에 대해 들은 설명이었다. 인물을 제대로 그릴 줄 모르는, 즉 사람이나 사물의 가장 중요한 특징을 관찰하고 묘사할 줄 모르는 사람들이 있는데, 이 착한 부인은 분명히 그런 부류에 속했다. 내 질문에 당황해, 나는 그녀에게서 아무것도 알아낼 수 없었다. 그녀가 보기에 로체스터 씨는 그냥 로체스터 씨였다. 신사이고 지주일 뿐 그 이상은 아니었다. 그녀는 더 이상 의문을 품거나 알려고 하지 않았고, 그가 어떤 사람인지 더 확실하게 알고 싶어 하는 내가 이상했다.

우리가 식당을 떠날 때, 그녀는 집의 다른 방도 보여 주겠다고 했다. 나는 그녀를 따라 아래 위층을 다니면서 가는 곳마다 감탄했다. 방마다 모두 잘 정돈되어 있고 근사했기 때문이다. 특히 앞쪽의 큰 방들이 대단했다. 그리고 3층 방들은 어둡고 천장이 낮기는 했지만 고풍스러운 분위기를 풍겨 흥미로웠다. 유행이 변하면, 한때 아래층 방에 있던 가구들이 가끔씩 3층으로 옮겨진다고 했다. 방에 있는 좁은 창을 통해 들어오는 희미한 빛에 수백 년 된 낡은 침대들이 드러났다. 야자수 가지와 아기 천사의 얼굴이 조각된 참나무나 호두나무로 짠 궤짝은 노아의 방주에 담긴 궤짝 모양이었다. 수놓은 성막천으로 만든 듯한,* 일렬로 늘어선 등받이가 높은 고색창연한 좁은 의자와 그보다 더 오래된 등받이 없는 의자가 있었다. 그 의자 위에는 반은 없어진 수놓은 자국이 아직도 있었는데, 그 수를 놓은 사람은 이미 두 세대 전에 죽었을 것이다. 이 모든 유물로 인해 손필드 저택의 3층은 과거의 고향, 기억의 성지 같았다. 하지만 그 육중한 넓은 침대에서 자고 싶다는 마음은 전혀 들지 않았다. 그 침대 중 몇 개는 참나무 문이 달려 있고 또 다른 침대들은 이상한 꽃들과 더 이상한 새들과 아주 이상한 사람들의 모습을 빽빽하게 수놓은 옛날 영국식 가리개로 가려져 있어, 창백한 달빛이 비치면 이 모두가 정말 이상해 보였을 것이다.

"이 방에서는 하인들이 자나요?" 내가 물었다.

"아니에요. 하인들은 뒤쪽에 있는 작은 방들에서 자요. 여기서는 아무도 안 자요. 손필드에 유령이 있다면 이곳에 살 거라고 할 정도인걸요."

"저도 그런 생각이 드네요. 그런데 유령은 없죠?"

"유령 이야기는 들어 본 적이 없어요." 미소를 지으며 페어팩스 부인이 대답했다.

"전해 내려오는 유령 이야기도 없나요? 전설이나 유령 이야기요?"

"믿지는 않지만 로체스터 집안의 전성기에 이 집안 사람들이 얌전했다기보다 난폭했다는 소문이 있어요. 그래서 아마 지금은 무덤에 얌전히 있나 봐요."

"그렇겠네요. 살면서 심한 열병을 치렀으니 영면하겠죠." 내가 중얼거렸다. "이제 어디로 가세요, 페어팩스 부인?" 그녀가 멀리 가고 있었기 때문이다.

"지붕으로 가요. 이리 와서 지붕에서 경치 좀 볼래요?" 나는 조용히 좁은 계단을 올라 다락방으로 갔다. 거기서 사다리를 타고 올라가 천장에 나 있는 작은 문을 통해 이 저택의 지붕으로 갔다. 이제 나는 까마귀 집과 같은 높이에 있어서 그 둥지 안을 들여다볼 수도 있었다. 흉벽 너머로 몸을 구부려 멀리 내다보고, 지도처럼 펼쳐진 마당을 둘러보았다. 저택의 회색 주춧돌은 밝은 벨벳 같은 잔디밭에 둘러싸여 있었다. 영지 정도로 넓은 밭 사이에 점처럼 고목들이 흩어져 있었다. 숲은 회갈색으로 시들어 있고 숲 사이로 또렷하게 길이 나 있었다. 그 길은 나무에 매달려 있는 나뭇잎보다 더 진한 초록색 이끼로 뒤덮여 있었다. 대문 옆의 교회, 길, 고요한 언덕들이 모두 가을 햇빛을 받으며 휴식을 취하고 있었다. 지평선 위로 화창한 하늘, 그 푸른 하늘 사이사이로 진주 같은 하얀 구름이 보였다. 특별한 특징은 없지만 전체적으로 마음에 들었다. 몸을 돌려 다시 그 천장으로 난 문을 통과하자 내려가는 사다리가 거의 보이지 않았다. 지금까지 기분 좋게 바라보던 아치 모양의 푸른 하늘이나, 햇살을 받아 빛나는 저택 주위의 덤불, 초록색 목초지 구릉에 비하면 다락방은 지하실같이 캄캄했다.

페어팩스 부인은 천장으로 가는 문을 잠그기 위해 잠시 내 뒤에 머물렀다. 나는 손으로 더듬어 다락을 빠져나가는 길을 찾아 좁은 다락 계단을 내려왔다. 이렇게 긴 복도로 내려온 다음에는 잠시 머무적댔다. 이 복도를 중앙에 두고 3층 앞쪽 방과 뒤쪽 방이 나뉘어 있었다. 복도 맨 끝에는 작은 창문 하나밖에 없고 천장은 낮고 어둠침침한 좁은 복도 양쪽에 있는 작은 검은색 문은 모두 닫혀 있었다. 푸른 수염의 성 같은 데나 나옴 직한 복도처럼 보였다.

내가 조용히 걷고 있는데 도저히 이렇게 조용한 곳에서 들을 수 있으리라고는 예상할 수 없는 소리가 들렸다. 웃음소리였다. 아주 기묘한 웃음소리였다. 또렷하고, 기계적이고, 전혀 즐겁지 않은 웃음소리였다. 내가 멈추자 그 소리도 끊겼다. 그러나 다시 더 큰 웃음소리가 났다. 처음에는 분명하게 들렸으나 아주 나지막한 소리였다. 시끄러운 종소리처럼 울려 외딴 방마다 메아리치더니 소리가 사라졌다. 하지만 그 소리는 한 방에서 시작되었다. 어디서 그렇게 큰 소리가 나는지 정확하게 문을 잡아낼 수도 있었을 것이다.

"페어팩스 부인!" 나는 큰 소리로 불렀다. 그때 그녀가 큰 층계를 내려오는 소리가 들렸기 때문이다. "저 큰 웃음소리를 들으셨어요? 누구죠?"

"틀림없이 하녀들 중 누군가일 거예요. 어쩌면 그레이스 풀일 거예요." 그녀가 대답했다.

"그 소리 들으셨어요?" 내가 다시 물었다.

"그럼요, 분명히 들었죠. 종종 그녀의 웃음소리를 듣는걸요. 저 방들 중 하나에서 바느질을 하는데 가끔 레아와 함께 있어요. 둘이서 자주 시끄럽게 굴어요."

그 웃음소리는 나지막하게 한 소절씩 끊어 가며 반복되더니 이상한 중얼거림으로 끝났다.

"그레이스!" 페어팩스 부인이 외쳤다.

나는 어떤 그레이스도 대답하지 않으리라고 예상했다. 그 웃음소리는 내가 지금까지 들어 본 어떤 웃음소리보다 비극적이고 유령 소리에 가까웠다. 그러나 때는 정오였고 유령이 그렇게 큰 소리로 기이한 웃음소리를 낼 상황도 아니었다. 또한 그 장면이나 계절도 공포에 어울리지 않았다. 그럼에도 불구하고, 내가 미신에 사로잡혀 두려워한 것일 수도 있다. 그러나 그 사건은 내가 놀라기만 했어도 바보임을 보여 주었다.

　가장 가까운 문이 열리고 하녀 한 명이 나왔다. 서른에서 마흔 살 사이의 여자로, 완고하고 고지식해 보이며 빨강머리에 딱딱한 표정의 못생긴 얼굴이었다. 전혀 낭만적이지 않아 귀신과는 거리가 멀었다.

　"너무 시끄러워, 그레이스." 페어팩스 부인이 말했다. "지시 사항을 기억해!" 그레이스는 조용히 무릎을 굽혀 절하고 방 안으로 들어갔다.

　"바느질을 하고 레아의 집안일을 보조해 주는 여자예요." 과부가 계속 말했다. "마음에 안 드는 점도 있지만 충분히 잘하고 있어요. 그런데 오늘 오전에 본 여학생과는 어때요?"

　이렇게 대화의 주제가 아델로 바뀌어 환하고 쾌적한 아래층에 이를 때까지 그 이야기를 계속했다. 홀에서 아델이 우리에게 달려와 소리쳤다.

　"여러분, 식사가 준비되었어요!" 그러고는 이렇게 덧붙였다. "배고파요!"

　페어팩스 부인 방에 식사가 준비되어 우리를 기다리고 있었다.

제12장

처음 손필드에 왔을 때는 가정 교사 생활이 순조로울 것처럼 보였다. 그 집과 그곳 사람들을 더 오래 알게 되자 기대하던 그대로였다. 페어팩스 부인은 겉모습과 일치하는 사람으로 판명되었다. 온화한 성품에 친절한 여성으로 적당히 교육받은 평균적 지능을 지니고 있었다. 학생은 활달하지만 버릇없고 제멋대로여서 때로 말을 안 듣기도 했다. 그러나 그 아이는 전적으로 내가 알아서 돌보았고, 그녀의 교육에 대한 계획을 아무도 부당하게 간섭하지 않아 곧 사소한 변덕을 부리지 않게 되었고, 가르칠 만한 순종적인 학생으로 바뀌었다. 그녀는 재능이 많거나 두드러진 성격상의 특징도 없었다. 보통 아이들보다 뛰어난 감성이나 취향도 없었다. 그렇다고 다른 아이보다 더 부족하거나 더 나쁘지도 않았다. 그녀는 내게 깊이는 없지만 생기 있게 애정을 표시했다. 그리고 단순한 그 아이가 명랑하게 떠들며 내 기분을 맞추려고 노력하자 나도 그에 대한 보답으로 친하게 지내 그럭저럭 서로 좋아하게 되었다.

여담으로, 아이들은 천사 같은 성품을 지녔고 그런 아이들을 숭배하며 헌신해야 할 의무가 있다고 엄숙하게 설교하는 사람들의 입장에서는 내 이야기가 냉정하게 여겨질 수도 있을 것이다. 그러나 나는 부모의 이기주의에 아부하거나, 위선적인 말투를 흉내 내거나, 엉터리 같은 말을 지지하기 위해 쓰는 것이 아니다. 다만 진실을 말할 뿐이다. 나는 아델의 복지와 발전에 대해 꼼꼼하게 챙겼고 어린 그녀를 말없이 좋아했다. 페어팩스 부인의 친절에 대해 감사하듯이 그 아이가 내게 조용한 관심을 보이고 정신적으로나 성격적으로 자제심이 더 생기는 것에 감사하며 함께 즐겁게 생활했다.

한마디 덧붙이면, 이따금 혼자 마당을 산책하거나, 대문까지 걸어가 문밖 길을 내다보거나, 아델이 유모와 놀고 페어팩스 부인이 창고에서 젤리를 만드는 동안 3층으로 올라가 다락방의 천장 문을 열고 지붕에 올라가서 멀리 있는 외딴 들판과 언덕을 굽어보고 희미한 지평선을 따라가며 보았다. 그런 순간을 즐긴 데 대해 나를 비난할 수도 있을 것이다. 나는 지평선 너머를 내다볼 수 있는 시력을 가졌으면 하고 바랐다. 듣기는 했지만 지금까지 본 적 없는 큰 세계, 도시, 활기로 가득 찬 지역까지 볼 수 있다면. 그리고 지금 생활보다 더 풍부한 실제 경험을, 동류의 사람과의 사귐을, 내 주위 사람들보다 더 다양한 사람들과의 만남을 갈망했다. 나는 페어팩스 부인과 아델의 장점을 소중히 여겼다. 그러나 좀 더 생생한 다른 좋은 게 있으리라 믿었고 내 믿음을 직접 보고 싶었다.

누가 나를 비난할까? 물론 많은 사람이 그럴 것이다. 그리고 나를 불만분자라고 할 것이다. 그런 비난을 피할 수 없다. 나는 본성상 가만히 있지 못했다. 때로는 그런 본성 때문에 고통스러웠다. 그때 유일한 위안은 3층 복도를 따라 앞뒤로 걷는 것이었다. 아무도 없는 조용한 장소에서 안전하다는 느낌이 들었고 마음속의 밝은 비전을 곰곰이 생각해 볼 때가 있었다. 여러 가지 비전이 빛나고 있었다. 또한 가슴이 벅차 부풀어 오르기도 했다. 힘겹게 부풀어 오른 가슴은 점점 더 생기에 차 부풀어 올랐다. 무엇보다 좋았던 것은 마음의 귀를 열어 끝없이 이어지는 이야기를 듣는 것이었다. 내 상상력으로 창조해 끊임없이 들려주는 이야기였다. 원하지만 실제 삶에서는 갖지 못한 모든 사건, 삶, 불, 감정으로 활기 있는 이야기였다.

사람들에게 고요한 삶에 만족해야 한다고 말해 봐야 소용없다. 사람들은 행동해야 한다. 행동을 찾을 수 없다면 행동을 만들어 내야 한다. 수많은 사람이 나보다 더 정지된 생활을 할 운명이고, 수많은 사람이 자신의 운명에 대해 침묵 속에 반항하고 있다. 이 지구 상에 사는 사람들의 마음속에 정치적인 반항 말고도 얼마나 많은 반항이 들끓고 있는지 아무도 모른다. 일반적으로 여자는 으레 매우 차분하려니 하지만 여자도 남자와 똑같이 느끼며 남자 형제와 똑같이 능력을 기르고 그것을 펼칠 수 있는 분야를 필요로 한다. 엄격한 속박이나 너무 지나친 정체는 남자에게와 마찬가지로 여자에게도 고통스러운 것이다. 여자보다 특권적인 위치에 있는 남자들이 여자는 푸딩을 만들고, 양말을 짜고, 피아노를 치고, 주머니에 수나 놓으며 가만히 있어야 한다고 말하는 것은 속 좁은 짓이다. 관습상 여자답다고 규정된 것을 넘어서서 더 배우고자 하고 더 일하고자 한다고 여자를 비난하거나 비웃는 것은 경솔한 짓이다.

이렇게 혼자 있을 때면 종종 그레이스 풀의 웃음소리가 들렸다. 똑같이 울리는 웃음소리, 처음에 들었을 때처럼 똑같이 천천히 나지막이 울리는 하! 하! 하는 오싹한 소리였다. 그리고 또한 중얼거리는 이상한 소리, 웃음보다 더 이상한 소리도 들렸다. 그녀가 조용한 날도 있었으나 알 수 없는 소리를 내기도 했다. 때로는 그녀를 보기도 했다. 흔히 대야나 접시나 쟁반을 들고 방에서 부엌으로 가서 흑맥주가 든 병을 들고 곧 돌아왔다(오, 낭만적인 것을 기대하는 독자여, 이런 평범한 사실을 말하는 것을 용서하시라). 이상한 소리가 불러일으킨 호기심이 그녀의 모습을 보면 늘 사라져 버렸다. 사납고 차분한 그녀의 모습에는 관심을 가질 만한 점이 없었다. 말을 걸어 보았으나 말수가 적은 사람처럼 보였다. 말을 걸 때마다 늘 단답형으로만 대답했다.

이 집에 사는 다른 사람들, 즉 존과 그의 아내, 하녀인 레아와 프랑스인 유모인 소피는 점잖았다. 그러나 어떤 면에서건 전혀 뛰어나지 않았다. 소피와는 프랑스어로 이야기했고 때때로 프랑스에 대해 물었다. 그러나 그녀는 묘사나 서술을 잘 하지 못했다. 그리고 대개 질문을 더 할 마음이 나지 않고 말문이 막히게 애매하고 혼란스러운 대답만 했다.

10월, 11월, 12월이 지나갔다. 어느 1월 오후에 아델이 감기가 걸렸으니 하루 쉬게 해 달라고 졸라 댔다. 그녀의 모습을 보자 어린 시절 이따금 있던 휴일이 얼마나 소중했는지 생각났다. 그런 일에 유연하게 대처하는 것이 옳다는 생각이 들어 그녀의 부탁을 들어주었다. 춥기는 했지만 맑고 고요한 날이었다. 오전 내내 서재에 조용히 앉아 있는데 싫증이 났다. 페어팩스 부인이 이제 막 편지를 써서 부쳐야 해서 나는 보닛을 쓰고 외투를 입은 뒤 헤이에 가서 그 편지를 부쳐 주겠다고 자원했다. 겨울 오후에 2마일쯤 걸으면 기분이 상쾌하리라. 페어팩스 부인의 응접실 벽난로 가에 있는 의자에 아델을 앉혀 놓고 가장 좋은 왁스 인형(늘 은박지에 싸서 서랍 속에 간직하는)을 갖고 놀라고 주었다. 그리고 인형과 놀다 지루하면 읽으라고 이야기책도 한 권 주었다. "내 좋은 친구, 사랑하는 자네트 양, 빨리 돌아와요"라고 하는 그녀의 입맞춤을 받고 나는 떠났다.

땅은 얼어서 단단하고 공기는 고요하고 길에는 아무도 없었다. 몸이 따스해질 때까지 빨리 걸었다. 그러고 나서 그 시간에 그 상황에서 나를 감싸는 이 즐거움을 누리며 분석하기 위해 천천히 걸었다. 3시였다. 종탑을 지날 때 교회 종이 울렸다. 이 시간은 어스름이 다가와, 즉 태양이 서서히 미끄러지며 창백한 빛을 비추어 매력적이었다. 나는 손필드에서 1마일쯤 떨어진 곳에 있었다. 여름이면 들장미로 유명한 길이었다. 가을에는 견과류와 블랙베리로 유명했고, 지금 이 겨울에조차 들장미가 피어 있고 산사나무 열매가 산호처럼 열려 있었다. 그러나 겨울에 이 길이 주는 가장 큰 즐거움은 사람이 전혀 없다는 것과 헐벗은 나뭇가지가 주는 휴식이었다. 바람이 불어도 여기서는 아무 소리 들리지 않았다. 바스락 소리를 낼 만한 호랑가시나무나 상록수가 없기 때문이었다. 헐벗은 산사나무나 개암나무 덤불은 길 가운데 깔린 하얀 돌만큼이나 조용했다. 양쪽으로 넓은 들판이 멀리까지 펼쳐져 있고 지금은 풀 뜯는 소도 없었다. 그리고 산울타리에서 가끔 부스럭대는 작은 갈색 새는 아직 떨어지지 않은 적갈색 나뭇잎처럼 보였다.

헤이까지 가는 길은 계속 오르막 언덕이었다. 중간쯤 왔을 때 밭으로 통하는 계단에 잠시 앉았다. 추운 날씨였지만 망토를 꼭 여미고 손을 토시에 넣자 더 이상 춥지 않았다. 자갈길에 덮인 얼음판이 얼마나 추운지 잘 보여 주었다. 며칠 전에 급히 녹은 개울물이 흘러넘쳐 얼어 있었고 지금은 그 개울마저 꽁꽁 얼어 있었다. 내가 앉은 자리에서 손필드가 내려다보였다. 발아래 골짜기에서 주로 보이는 것은 흉벽이 있는 회색 저택이었다. 서쪽 하늘을 배경으로 나무들이 우거지고 까마귀가 사는 검은 숲이 서 있었다. 나무 사이로 해가 뉘엿뉘엿 지고 진홍색으로 완전히 가라앉을 때까지 머무적거렸다. 그리고 동쪽을 향해 갔다.

언덕 꼭대기 위에 달이 떠올랐다. 달은 구름처럼 희미했지만 시시각각 환하게 헤이를 비추었다. 나무에 반쯤 가려진 헤이의 몇 안 되는 굴뚝에서는 파란 연기가 올라왔다. 1마일가량 헤이가 떨어져 있는데도, 완벽한 정적 속에서 헤이 사람들 소리가 띄엄띄엄 들리는 것 같았다. 어딘가에서 깊은 계곡물이 흐르는 소리도 들렸다. 헤이를 지나서도 언덕이 많고 그 사이로 계곡물이 굽이굽이 흐르는 게 틀림없었다. 고요한 그날 저녁에는 가장 가까이 있는 개울의 찰랑대는 소리나 제일 멀리 떨어진 개울의 소곤대는 소리가 똑같이 들렸다.

이 찰랑대는 소리와 소곤대는 소리 사이로 갑자기 거친 소리가 들렸다. 멀리서 들리는 소리인데도 아주 똑똑하게 들렸다. 단호한 쿵쿵 소리, 즉 금속성의 말발굽 소리가 부드럽게 흐르는 물소리를 지워 버렸다. 그림으로 말하면, 가까이 있는 울퉁불퉁 견고한 바윗덩어리나 큰 참나무의 거친 줄기를 검은색으로 진하게 칠하면 멀리 있는 하늘색 언덕이나 빛나는 지평선이나 오색구름이 흐려 보이는 것과 비슷했다.

자갈길에서 시끄러운 소리가 났다. 말이 달려오고 있었다. 구부러진 길이라 아직 보이지 않았지만 말이 다가왔다. 막 그 계단을 떠나려다 길이 좁아 말이 지나가도록 계속 계단에 앉아 있었다. 그 당시 나는 아직 젊었고 마음속에 때로는 즐겁고 때로는 암울한 온갖 환상을 품고 있었다. 부질없는 갖가지 환상 중에는 어린 시절에 들은 이야기도 기억났다. 그 기억이 되살아날 때 성장기의 젊은이는 그 기억을 어린 시절 이상으로 더 강력하고 생생한 이야기로 만들어 낸다. 말이 다가와 황혼을 뚫고 그 모습을 드러내자, 나는 베시가 해 준 이야기가 기억났다. 그 이야기 속에는 '기트래시'라는 이름의 영국 북부 지방의 유령이 등장했다. 그 유령은 때로는 말, 때로는 노새, 때로는 큰 개의 모습으로 인적 드문 길을 헤매다가 저문 길을 가는 나그네에게 돌진한다고 했다. 지금 이 말이 나를 향해 돌진하듯이.

그 말은 아주 가까이 다가왔으나 아직 보이지 않았다. 딸그닥거리는 소리 외에 산울타리 아래쪽을 스치며 달려오는 소리가 들렸고 개암나무 줄기 바로 옆으로 커다란 개 한 마리가 미끄러지듯이 지나갔다. 검은색과 흰색 털이 섞인 얼룩개라서 나무를 배경으로 또렷하게 보였다. 그 개는 정확하게 베시가 말한 기트래시의 모습을 하고 있었다. 긴 갈기에 엄청나게 머리가 큰 사자처럼 보이는 동물이었다. 하지만 그 개는 조용히 내 곁을 지나갔다. 반쯤은 그개가 멈추어 이상한 유령 같은 눈빛으로 내 얼굴을 올려다보리라고 기대했으나 그런 일은 일어나지 않았다. 개에 이어 말이 달려왔다. 큰 말 위에 사람이 타고 있었다. 그 남자, 즉 사람을 보자 곧 마법이 풀렸다. 기트래시는 아무도 태우지 않고 늘 혼자 다닌다. 그리고 도깨비들이 말 못하는 짐승의 탈을 쓰기는 하지만 평범한 인간의 모습으로 살기를 원하지 않을 것이라는 생각이 들었다. 기트래시는 아니었다. 지름길로 밀코트로 가는 나그네였을 뿐이다. 그는 지나갔고 나는 계속 갔다. 그러나 몇 발자국 가다 말고 나는 뒤를 돌아보았다. 미끄러지는 소리가 나는가 싶더니 "제기랄, 어떻게 하지?" 하는 소리와 함께 쿵 하고 뒹구는 소리가 들렸던 것이다. 사람과 말이 쓰러져 있었다. 자갈길을 뒤덮은 얼음에 미끄러진 것이었다. 개가 되돌아 짖으며 달려왔다. 주인이 곤경에 빠지고 말이 신음하는 것을 보고 개가 계속 짖어 대자, 그 덩치에 어울리게 크게 으르렁거리는 소리가 저녁 언덕에 메아리쳤다. 그 개는 쓰러져 있는 말과 사람 주위에서 킁킁대더니 내게 달려왔다. 그놈이

할 수 있는 일은 그것밖에 없었다. 근처에 도움을 청할 만한 사람이 나밖에 없었기 때문이다. 나는 순순히 그 개를 따라 나그네에게 걸어갔다. 그때 그는 말에서 빠져나오려 애쓰고 있었다. 씩씩하게 빠져나오는 그의 모습을 보고 많이 다치진 않았나 보다, 라고 생각했다. 그래도 그에게 물었다.

"어디 다치셨나요?"

나는 그가 욕을 하고 있었다고 생각한다. 하지만 확실치는 않다. 그러나 그런 유의 말을 하느라고 그는 내 말에 곧 대답할 수 없었다.

"도와 드릴까요?" 내가 다시 물었다.

"한쪽으로 비켜서기나 하시오." 그가 처음에는 무릎을 딛고, 이어 발을 딛고 일어서면서 대답했다. 나는 그렇게 비켜섰다. 그러자 말이 일어나 몇 번 쿵쿵거리더니 뚜벅뚜벅 걷기 시작했고 동시에 개가 으르렁대며 짖었다. 말과 개는 효과적으로 나를 몇 야드 떨어진 곳으로 쫓아 버렸다. 결국은 다 잘 끝났다. 말은 다시 정상 상태로 돌아왔고 "파일럿, 앉아!" 하는 소리에 개는 잠잠해졌다. 이제 나그네는 몸을 구부려 다리와 발을 만졌다. 괜찮은지 확인하는 것 같았다. 어딘가 아픈 게 분명했다. 그는 내가 좀 전에 일어난 계단으로 가서 멈추더니 거기 앉았다.

나는 다시 그에게 다가갔다. 아마 그를 도와주거나, 적어도 간섭하고 싶은 기분이 들었던 것 같다.

"다쳐서 도움이 필요하시면 손필드 저택이나 헤이에 가서 사람을 데려올 수 있어요."

"고맙지만, 괜찮소. 뼈가 부러진 게 아니고 발만 삐었소." 그리고 일어나 발을 내디뎌 보더니 자기도 모르게 "우!" 하고 비명을 질렀다.

아직 햇빛이 남아 있기는 했으나 달이 점점 더 밝아졌다. 그를 똑똑히 볼 수 있었다. 그는 털로 된 깃에 쇠고리가 달린 승마복을 입고 있었다. 몸매가 어떤지 자세히 알 수는 없었으나 대충 중간 키에 가슴이 넓었다. 검은 얼굴에, 침울해 보이는 이마, 딱딱한 인상이었다. 당장은 눈과 눈썹을 찌푸린 채 분노와 좌절감에 차 있었다. 젊지는 않았지만 그렇다고 중년도 아니었다. 서른다섯 살쯤 되어 보였다. 그가 두렵지도 않고 수줍지도 않았다. 그가 잘생기고 씩씩한 젊은 신사였다면 감히 억지로 이렇게 물어보고 원치도 않는 도움을 주겠다고 하지 않았을 것이다. 그런 잘생긴 젊은이는 본 적도, 그런 젊은이에게 말을 건네 본 적도 없었다. 관념적으로는 아름답고 우아하고 씩씩하고 매력적인 사람을 존경하고 우러러보았다. 그러나 그런 자질을 두루 갖춘 남성을 만났더라도, 그런 사람과는 통하지도 않고 통할 수도 없으리라는 것을 직감하고, 불이나 번개처럼 밝지만 괜히 싫은 것을 피하듯이 피했을 것이다.

내가 말을 걸었을 때 그렇게 잘생긴 낯선 남자가 웃으며 기분 좋게 대했거나, 고맙다며 내 도움을 쾌활하게 거절했다면, 나는 가던 길을 계속 갔을 것이며 다시 물어봐야겠다는 사명감도 느끼지 않았을 것이다. 그러나 나그네가 인상을 쓰고 전혀 점잖게 굴지 않자 오히려 나도 편안해졌다. 그가 나에게 가라고 손짓하며 이렇게 말했을 때 나는 그 자리에 그대로 서 있었다.

"이렇게 늦은 시간에 인적이 드문 길에 혼자 두고 갈 수는 없어요. 말을 타실 수 있는지 보고 가겠어요."

이런 말을 하자 그가 나를 바라보았다. 그 전에는 내 쪽으로 눈길을 돌린 적이 없었다.

"당신이야말로 집에 있어야 할 시간 같소. 이 근처에 집이 있다면 말이오. 어디서 왔소?" 그가 말했다.

"바로 저 밑에서 왔어요. 달이 환할 때는 이렇게 밤늦게 나와 있어도 안 무서워요. 원하신다면 얼른 헤이에 갔다 올게요. 사실은 헤이에 편지를 부치러 가는 길이거든요."

"저 밑에 산다고 했소? 흉벽이 있는 저 집 말이오?" 손필드 저택을 가리키며 그가 말했다. 손필드 위로 회백색 달빛이 비치자 숲을 배경으로 저택이 창백한 모습을 뚜렷이 드러냈다. 숲은 서쪽 하늘과 대조적으로 하나의 그림자 덩어리처럼 보였다.

"네, 그런데요."

"저 집은 누구 집이오?"

"로체스터 씨 집이에요."

"로체스터 씨를 아시오?"

"아니요, 뵌 적이 없어요."

"그럼 그는 여기 살지 않소?"

"네."

"그는 어디 계시오?"

"모르겠어요."

"물론 그 집 하인은 아니겠고, 당신은……." 그가 말을 멈추고 내 옷을 훑어보았다. 평상시처럼 나는 아주 소박한 차림이었다. 검은 모직 코트에 검은 비버 털 보닛을 쓰고 있었는데 둘 다 하녀의 옷 만도 못했다. 그는 내가 누구인지 결정하지 못해 곤란한 듯했다. 그를 도왔다.

"가정 교사예요."

"아, 가정 교사군요!" 그가 내 말을 따라 했다. "이런, 깜박 잊었군! 가정 교사지!" 그리고 내 옷을 다시 꼼꼼히 보았다. 2분 뒤 그는 층계에서 일어났다. 그가 움직이려고 하자 얼굴이 고통으로 일그러졌다.

"도와줄 사람을 데려오라는 부탁은 않겠지만, 당신이 좀 도와주었으면 좋겠소."

"그럴게요."

"지팡이로 쓸 수 있는 우산이 있소?"

"없는데요."

"내 말 고삐를 잡고 이리로 데려오시오. 무섭진 않겠소?"

혼자라면 말에 손대는 게 겁났겠지만, 데려오라는 말을 듣자 그
대로 할 수 있었다. 나는 토시를 층계 위에 내려놓고 큰 말에게 다
가갔다. 고삐를 잡으려고 애썼으나 말이 마구 날뛰며 머리 근처에
도 못 오게 했다. 계속 애썼지만 허사였다. 그러는 동안 말 앞발에
밟힐까 봐 무서웠다. 그는 기다리면서 얼마간 지켜보더니 마침내
허허 웃었다.

"알겠소. 산이 마호메트에게 가지 않으려고 하니, 마호메트가 산
으로 갈 수밖에 없겠소. 이리 오시오."

그는 내 어깨에 육중한 손을 얹고 체중을 실어 기댄 뒤 절뚝거
리며 말 쪽으로 갔다. 일단 고삐를 잡자 곧 말을 제압했고 안장으
로 뛰어올랐다. 그렇게 하는 동안 삔 발이 아파서인지 얼굴이 험
상궂게 일그러졌다.

"내게 채찍을 건네주기만 하면 되오. 그건 울타리 아래 있소."
더 이상 아랫입술을 꽉 깨물지 않고 그가 말했다.

나는 채찍을 찾았고 금방 발견했다.

"고맙소. 이제 서둘러 헤이로 편지를 부치러 가시오. 그리고 가
능한 한 빨리 돌아오시오."

박차를 단 뒤꿈치를 치자 깜짝 놀란 말이 뒷발로 서더니 멀리
달려갔다. 그의 뒤를 개가 마구 따라갔다.

거센 바람이 황야에 울자

한쪽으로 휩쓸리는 히스처럼.*

  나는 토시를 주위 들고 계속 걸어갔다. 내게 일어난 이 사건은 영원히 사라졌다. 중요하지도 않고 로맨스도 없고 어떤 의미에서는 전혀 흥미롭지도 않은 사건이었다. 그러나 단조로운 생활 중 한 시간 동안 기분 전환이 된 사건이었다. 누군가가 내 도움을 요청해 도와주었다. 사소하고 일시적이기는 해도 무언가를 해낸 것이 기뻤다. 그저 수동적인 삶이 지겨웠는데, 그것은 능동적으로 한 일이었다. 새로운 얼굴은 기억이라는 화랑에 새로 들여온 그림 같았다. 그 얼굴은 거기에 걸린 다른 그림들과 아주 달랐다. 남자 얼굴이었고, 검고 강하고 단호한 얼굴이었다. 헤이에 들어서서 우체국에 편지를 밀어 넣을 때까지도 그 얼굴이 떠올랐다. 집으로 가는 내내 빨리 언덕을 내려올 때까지도 그 얼굴이 떠올랐다. 계단에 도착했을 때, 길에서 다시 말발굽 소리가 들리고 코트를 입고 말을 탄 사람과 기트래시처럼 생긴 뉴펀들랜드 개가 나타날지 모른다는 생각에 잠시 멈추어 주위를 둘러보고 귀를 기울였다. 그러나 눈앞에 보이는 것이라고는 울타리와 달빛을 받으며 고요하게 꼿꼿이 서 있는 버드나무뿐이고 들리는 것이라고는 1마일쯤 떨어진 손필드 주위의 나무들 사이를 스치며 들리다 말다 하는 희미한 바람 소리밖에 없었다. 중얼거리는 소리가 나는 방향을 보았을 때 내 시선은 건물의 정면을 지나 불이 켜져 있는 창문 하나에 머물렀다. 그 불빛을 보자 늦었다는 생각에 걸음을 서둘렀다.

  나는 다시 손필드에 들어가고 싶지 않았다. 그 집으로 들어가는 것은 침체로 돌아가는 것이었다. 조용한 홀을 지나, 어두운 계단을 올라가, 아무도 없는 작은 내 방으로 들어간 뒤 조용한 페어팩스 부인을 만나 긴 겨울밤을 오직 그녀하고만 지낼 것이다. 그렇게 하면 헤이로 걸어가던 중 느꼈던 약간의 흥분마저 완전히 사라질 것이다. 그리고 다시 획일적이고 너무 고요한 존재라는 보이지 않는 족쇄가 내 기능에 채워질 것이다. 그런 삶이 주는 안전과 편안함이라는 특권이 더 이상 감사하지 않았다. 그 당시 불확실하게 투쟁하는 삶의 폭풍 속에서 마구 흔들렸다면, 즉 거칠고 쓰라린 경험을 했다면, 그래서 지겨워하는 지금의 고요한 삶을 소중히 여기게 되었다면, 내게는 그것이 아주 유익했을 것이다. 그랬다. 그것은 '너무 편한 의자'에 조용히 앉아 있는 게 지겨워진 사람이 긴 산책을 한 것만큼이나 유익했을 것이다. 그런 사람이 당연히 움직이고 싶어 하듯이, 그 당시 나도 움직이고 싶었다.

나는 대문 앞에서 서성댔다. 잔디밭에서 서성이다 길을 아래 위로 걸었다. 유리 덧문이 닫혀 있어서 집 안을 들여다볼 수 없었다. 내 눈과 정신 모두 그 우울한 집, 즉 내게는 어두운 방으로 가득 찬 회색 공동으로 보이는 곳에서 물러나 내 앞에 펼쳐진 하늘을 바라보았다. 하늘은 구름 한 점 없이 파란 바다였고, 달이 엄숙하게 움직여 하늘을 올라가고 있었다. 둥근 달은 점점 더 언덕을 뒤로하더니 언덕 꼭대기를 떠나 위로 가고 있었다. 달은 하늘 꼭대기, 끝없이 깊고 잴 수 없이 먼 자정의 어둠을 향해 올라가 버렸다. 달을 뒤따르던 별들이 떨리자, 내 가슴도 떨리고 피가 끓어올랐다. 사소한 일들 때문에 이 지상의 일이 생각난다. 홀의 시계가 종을 쳤다. 그것으로 충분했다. 나는 달과 별에서 눈을 떼고 옆문을 연 뒤 집 안으로 들어갔다.

홀은 어둡지 않았다. 높이 달려 있는 청동 램프만 켜 있는 게 아니었다. 홀과 참나무 층계의 낮은 계단들이 따뜻하게 빛나고 있었다. 이 붉은 불빛은 큰 식당에서 나오는 것이었다. 접개 문이 열려 있었다. 대리석 바닥과 청동 난로용 도구들이 벽난로의 온화한 빛을 반사하고, 즐겁게 빛나는 보라색 커튼과 윤나는 가구들이 보였다. 난로 근처에 있는 여러 사람의 모습도 드러났다. 그때 문이 닫히는 바람에 누구인지 거의 보지 못했고 흥겨운 여러 목소리가 섞여 있어서 누구 목소리인지 구분할 수 없었다. 아델 목소리만 알아들을 수 있었다.

나는 서둘러 페어팩스 부인의 방으로 갔다. 그 방에도 난롯불이 피워져 있었으나 촛불은 켜 있지 않고 페어팩스 부인도 없었다. 그 대신 길에서 본 기트래시와 꼭 닮은 긴 검은 털과 흰 털이 섞인 커다란 개가 혼자 양탄자 위에 꼿꼿하게 앉아 엄숙하게 불꽃을 바라보고 있었다. 그 개가 아까 본 개하고 닮아서 나는 앞으로 다가가 "파일럿!" 하고 불렀다. 그 개가 일어서더니 내게 다가와 킁킁거렸다. 내가 쓰다듬자 그 개가 꼬리를 흔들었다. 그러나 개와 단둘이 있자 좀 기괴한 느낌이 들었다. 어디서 온 개인지도 알 수가 없었다. 초가 필요해 종을 울렸다. 또한 이 손님에 대한 설명을 듣고 싶기도 했다. 레아가 들어왔다.

"무슨 개죠?"

"주인님과 함께 왔어요."

"누구와 함께 왔다고요?"

"주인님요. 로체스터 씨요. 이제 막 도착하셨어요."

"그래요! 그럼 페어팩스 부인은 그분과 함께 계시나요?"

"네, 아델 양도 함께 있어요. 식당에 다들 계시고 존이 외과 의사를 부르러 갔어요. 주인님에게 사고가 있었어요. 말이 넘어지는 바람에 발목을 삐셨대요."

"말이 헤이 레인에서 쓰러졌나요?"

"네, 언덕을 내려오다 말이 얼음에 미끄러졌대요."

"아! 레아, 초 좀 갖다 줄래요?"

레아가 초를 가져왔다. 그녀가 들어오고 그 뒤로 페어팩스 부인이 따라와 똑같은 소식을 전한 뒤 외과 의사인 카터 씨가 와서 지금 로체스터 씨와 함께 있다는 소식을 덧붙였다. 그러고 나서 그녀는 차 심부름을 시키기 위해 서둘러 밖으로 나갔다. 나는 위층으로 가서 모자와 토시 등을 벗었다.

제13장

로체스터 씨는 의사의 지시대로 그날 밤 일찍 잠자리에 든 것 같았다. 다음 날 아침에도 일찍 일어나지 않았다. 그는 일을 처리하기 위해 아래층으로 내려왔다. 대리인과 소작인 몇 명이 도착해서 그와 이야기하려고 기다리고 있었다.

아델과 나는 서재를 비워야 했다. 이제 그 방은 매일 손님을 맞이하는 응접실로 쓰이게 되었다. 위층 방 하나에 난롯불을 피우고 책을 나른 뒤 교실로 쓰려고 정돈했다. 오전 중에 손필드가 다른 곳으로 변해 버린 걸 알았다. 더 이상 교회같이 조용하지 않았다. 매시간 또는 두 시간마다 문 두드리는 소리가 나거나 벨이 울렸고, 홀을 지나는 발소리도 종종 들렸고, 아래층에서 모르는 여러 사람의 목소리가 들렸다. 바깥세상 시냇물이 집 안으로 흐르고 있었다. 집에 주인이 있고 내게는 그 편이 나았다.

그날은 아델을 가르치기가 쉽지 않았다. 그녀는 집중하지 못했다. 계속 문으로 달려가 난간 너머로 로체스터 씨가 있는지 찾았다. 그러고는 아래층으로 내려갈 핑계를 만들어 냈다. 그녀를 보고 싶어 하는 사람이 아무도 없는데도 서재에 가려는 눈치였다. 조금 화가 나서 나는 가만히 좀 앉아 있으라고 했다. 그녀는 끊임없이,

그녀가 부르는 대로 옮기면, '친구인 에두아르 페어팩스 드 로체스터 씨'에 대해 이야기하면서(그의 이름을 이때 처음 들었다) 그가 무슨 선물을 가져왔을까 추측했다. 아마 그 전날 밤 밀코트에서 오는 짐 속에 그녀가 관심을 가질 만한 작은 상자가 들어 있다고 로체스터 씨가 암시한 것 같았다.

"그 안에 내 선물과 어쩌면 선생님 선물도 있을지 몰라요. 로체스터 씨는 선생님에 대해 말씀하셨어요. 가정 교사 이름을 물어보고 가정 교사가 작고 좀 마르고 약간 창백한 편이냐고 물으셔서 그렇다고 했어요. 사실이니까요. 그렇지 않아요, 에어 선생님?"

나와 학생은 평상시처럼 페어팩스 부인의 응접실에서 식사를 했다. 오후에는 눈이 오고 날씨도 안 좋아 교실에서 시간을 보냈다. 어두워지자 아델에게 이제 공부가 끝났으니 아래층으로 가도 된다고 했다. 아래층은 비교적 조용하고 현관 벨 소리도 안 들려 이제는 로체스터 씨가 서재에 있을 것 같았다. 혼자 남자, 나는 창문으로 갔다. 아무것도 보이지 않았다. 황혼 녘인 데다 눈이 휘날려 밖은 어둠침침했고 잔디밭의 관목도 보이지 않았다. 커튼을 내리고 난롯가로 돌아갔다.

라인 강의 하이델베르크 성 그림을 보았던 기억을 되살려 깨끗한 잿더미 위에 비슷하게 그리고 있는데 페어팩스 부인이 들어왔다. 그 바람에 재로 만들고 있던 모자이크가 해체되고 동시에 고독 속에 밀려든 달갑지 않던 우울한 생각도 흩어졌다.

"오늘 저녁 로체스터 씨가 선생님과 아델과 함께 객실에서 차를 드시고 싶으시다는데요. 하루 종일 바빠서 선생님을 보자고 못 하셨어요." 그녀가 말했다.

"로체스터 씨는 언제 차를 드시나요?" 내가 물었다.

"6시에 드세요. 시골 저택에 계실 때는 차를 일찍 드세요. 이제 옷을 갈아입는 게 낫겠어요. 같이 가서 옷 입는 것 도와 드릴게요. 여기 초가 있어요."

"옷을 갈아입어야 하나요?"

"그럼요, 갈아입는 편이 나아요. 로체스터 씨가 여기 계실 때는 나도 저녁 식사에 맞게 옷을 갈아입어요."

이 새로운 예식은 다소 거창해 보였다. 나는 방으로 돌아가 페어팩스 부인의 도움을 받아 검은 모직 드레스를 벗고 대신 검은 실크 드레스로 갈아입었다. 이 실크 드레스는 밝은 회색 드레스만 빼고 내 옷 중에서 가장 좋은 옷이었다. 로우드식의 관념에 따르면 밝은 회색 드레스는 아주 중요할 때나 입는 것이고 지금 입기에는 너무 화려했다.

"브로치가 있어야겠네요." 페어팩스 부인이 말했다. 템플 선생님이 이별 선물로 준 작은 진주 브로치가 있었다. 나는 그 브로치를 달고 아래층으로 내려갔다. 모르는 사람을 대하는 데 익숙지 않아, 로체스터 씨 앞에 이렇게 정식으로 차려입고 나타나는 게, 말하자면 시련과도 같았다. 식당에 들어설 때 페어팩스 부인더러 앞장서라고 했다. 그 방을 지나갈 때는 그녀의 그림자 속에 몸을 감추었다. 그리고 이제 커튼이 쳐진 아치형 문을 통과해 그 뒤의 우아한 구석방으로 들어갔다.

탁자 위에는 초가 두 자루 켜져 있고 벽난로 위에도 초가 두 자루 있었다. 그분 곁에서 멋진 난로 불빛과 따스함을 즐기며 아델과 파일럿이 무릎을 꿇고 있었다. 로체스터 씨는 쿠션에 발을 올린 채, 소파에 반쯤 누워 있었다. 아델과 개를 바라보는 그의 얼굴이 난로 불빛을 받아 환하게 빛났다. 분명히 내가 만났던 그 눈썹 짙은 나그네였다. 검은 머리를 옆으로 빗어 앞이마가 네모난 점이나, 잘생겼다기보다는 독특하고 단호한 코의 모양이나 바로 그 나

그네였다. 불룩한 코는 화를 잘 내는 그의 성격을 말해 주었다. 완강해 보이는 입이나 턱과 아래턱도 바로 그 사람이었다. 이 세 가지 특징을 보니 틀림없이 그 사람이었다. 이제 외투를 벗고 보니 그의 떡 벌어진 체격과 얼굴이 아주 잘 어울렸다. 근육이 발달한 좋은 몸매였다. 키가 크거나 우아하지는 않지만, 가슴은 넓고 허리는 가늘었다.

로체스터 씨는 페어팩스 부인과 내가 들어오는 것을 분명히 알았을 텐데 우리가 다가가도 고개를 들지 않는 것으로 미루어 아는 척하고 싶지 않은 모양이었다.

"여기 에어 양이 왔습니다." 페어팩스 부인이 늘 그렇듯이 조용히 말했다. 그는 여전히 아이와 개에게서 눈을 떼지 않은 채 고개만 까딱했다.

"에어 양께 앉으라고 하시오." 그가 말했다. 억지로 고개를 푹숙인 모습이나 짜증이 나지만 공식적으로 말하는 어조에는 뭔가가 있었다. 이렇게 말하는 것 같았다. '도대체 에어 양이 여기 있든 말든 무슨 상관이오? 지금 그녀를 상대할 기분이 아니오.'

나는 침착하게 앉았다. 그가 세련되고 공손하게 맞아 주었다면 오히려 혼란스러웠을 것이다. 그에 걸맞게 우아하고도 세련되게 대답하거나 응대하지 못했을 것이다. 그러나 그가 가혹하게 변덕을 부리자 내 의무감도 사라졌다. 반대로 내게는 이렇게 변덕스럽기는 해도 점잖게 말 없는 편이 나았다. 더욱이 이 별난 진행 과정이 흥미로웠다. 그가 앞으로 어떻게 할지 흥미진진했다.

그는 계속 마치 조각처럼 가만히 있었다. 즉 말도 하지 않고 움직이지도 않았다. 페어팩스 부인은 누군가는 싹싹하게 굴 필요가 있다고 생각했는지 말을 하기 시작했다. 평소처럼 친절하게, 그리고 평소처럼 진부한 말을 늘어놓았다. 그가 하루 종일 숨 가쁘게 일해서 힘드셨겠다고 말한 뒤, 발을 삐어 아프니 분명히 짜증이 나셨을 거라며 위로했다. 그러고 나서 이 모든 것을 묵묵히 참고 인내하시다니 대단하다고 칭찬했다.

"부인, 차를 좀 마셨으면 하는데요." 그녀가 들은 대답은 이게 전부였다. 그녀가 황급히 벨을 울렸다. 그리고 차 쟁반이 들어오자, 찻잔과 수저 등을 민첩하게 늘어놓았다. 나와 아델은 탁자로 갔다. 그러나 주인은 소파를 떠나지 않았다.

"로체스터 씨에게 컵을 좀 건네주시겠어요?" 페어팩스 부인이 내게 말했다. "아델이 하면 흘릴지 몰라서요."

나는 그녀가 요구하는 대로 했다. 그가 컵을 받자, 그 순간 아델이 내 말을 하기에 적절하다고 생각했는지 큰 소리로 외쳤다.

"작은 상자 속에 에어 선생님에게 줄 선물은 없나요?"

"누가 선물 이야기를 한 거요?" 그가 무뚝뚝하게 말했다. "선물을 기대했소, 에어 양? 선물을 좋아하오?" 그러고는 검은 눈으로 화난 사람처럼 쏘아보았다.

"잘 모르겠네요. 저는 선물을 받아 본 적이 거의 없어서요. 보통은 기분 좋은 것으로 생각하지요."

"보통은 기분 좋아하지. 하지만 당신은 어떻게 생각하오?"

"좀 생각해 보고 대답해야 만족하실 만한 대답을 할 수 있을 것 같네요. 선물에는 여러 가지 측면이 있지 않나요? 그래서 선물의 속성에 대한 의견을 말하기 전에 모든 측면을 고려해야 할 것 같은데요."

"에어 양, 당신은 아델만큼 단순하지 않군. 이 아이는 나를 보자마자 '선물'을 달라고 아우성인데, 당신은 빙빙 돌려 말하는구려."

"제게 선물을 받을 자격이 있는지 아델보다 확신이 없어서 그래요. 아델은 오래된 친구라고 주장할 수도 있고 늘 받았으니 요구할 수도 있잖아요. 그녀 말로는 늘 선물을 사다 주셨다던데요. 제가 선물을 받을 만한 근거를 대라고 한다면 당혹스러운데요. 모르는 분인 데다 선물을 받을 만한 일을 제가 한 것도 없어서요."

"오, 지나치게 겸손할 필요는 없소! 아델을 살펴봤는데 정성껏 아주 잘 가르친 걸 알겠소. 그 아이는 똑똑하지도 않고 재능도 없는데 단기간에 아주 크게 나아졌소."

"주인님, 제게 '선물'을 주신 셈이네요. 감사합니다. 그 말씀은 선생들이 가장 원하는 보상인걸요. 학생이 나아졌다는 칭찬 말이에요."

"흠!" 로체스터 씨가 말했다. 그리고 그는 조용히 차를 마셨다.

"난로 쪽으로 오시오." 차 쟁반을 치운 뒤 주인이 말했다. 페어 팩스 부인은 뜨개질감을 갖고 구석에 앉아 있었고, 아델이 내 손을 끌고 방을 이리저리 돌아다니며 장식용 탁자나 장롱 위에 있는 아름다운 책과 장신구를 보여 주었다. 우리는 의무상 그의 말을 따랐다. 아델은 내 무릎에 앉으려 했으나 파일럿과 놀라는 명령이 떨어졌다.

"우리 집에 온 지 석 달 되었소?"

"네."

"어디서 왔소?"

"○○○ 주에 있는 로우드 학교 출신이에요."

"아! 자선 학교 말이군. 거기에 얼마나 있었소?"

"8년 있었어요."

"8년이라고 했소! 틀림없이 끈기 있는 사람인가 보오. 그런 곳에는 4년만 있어도 누구든 나가떨어질 텐데! 왠지 저승에서 온 것 같은 표정인 게 당연하군. 어디서 그런 표정을 갖게 되었나 하고 놀랐소. 어젯밤 헤이 레인에서 만났을 때, 설명할 수는 없지만 동화가 생각났소. 당신이 내 말에 마법을 건 게 아닌지 묻고 싶었소.

아직 확실히는 모르겠소. 부모님은 누구요?"

"부모님은 안 계세요."

"원래는 계셨겠지. 부모님 기억이 나시오?"

"안 나는데요."

"그럴 거라 생각했소. 그래서 계단에 앉아 당신 종족이 오길 기다렸던 거요?"

"누구를 기다렸냐고요?"

"초록 요정들 말이오. 요정이 나타날 만큼 달빛이 환한 저녁이었소. 내가 요정의 원 중 하나를 밟고 들어왔기 때문에 그 빌어먹을 얼음을 길에다 깐 거요?"

나는 고개를 저었다. "초록 요정들은 백 년 전에 모두 이 세상을 떠난걸요." 그에 못지않게 나도 진지하게 대답했다. "그리고 헤이레인이나 주변 들판에서는 흔적도 찾지 못하실 거예요. 앞으로 여름, 수확기, 겨울 달밤에 요정들의 잔치는 없을 거예요."

페어팩스 부인은 뜨개질감을 떨어뜨리고 눈썹을 치켜뜬 채 이게 도대체 무슨 말인지 의아해 하는 것 같았다.

로체스터 씨가 다시 말했다. "부모님을 잃었다면 친척은 있겠죠? 아저씨나 아주머니는?"

"안 계세요. 그런 분들을 뵌 적이 없어요."

"그럼 고향은?"

"고향도 없어요."

"자매나 형제는 어디 살고 있소?"

"자매나 형제도 없어요."

"누가 당신을 여기 추천했소?"

"제가 광고를 냈고, 페어팩스 부인이 제 광고를 보고 답장을 주셨어요."

"맞아요." 그 선량한 부인이 말했다. 이제는 그녀도 우리 화제가 무슨 말인지 알아들었다. "그리고 선생님을 선택하게 해 준 걸 매일 하느님께 감사하고 있어요. 에어 양은 소중한 동료고 아델을 친절하고 정성껏 돌봐 주시는 선생님이세요."

"그녀를 애써 칭찬하지 마시오." 로체스터 씨가 대답했다. "칭찬한다고 해도 편파적으로 보지 않을 거요. 나 스스로 판단할 거요. 처음부터 내 말을 쓰러지게 했소."

"네?" 페어팩스 부인이 말했다.

"이렇게 발이 삔 걸 그녀에게 감사해야겠군."

미망인은 당황한 것처럼 보였다.

"에어 양, 도시에서 살아 본 적 있소?"

"없는데요."

"사람들은 많이 보았소?"

"로우드의 학생과 선생들밖에 못 봤어요. 지금은 손필드 사람들을 보고요."

"독서는 많이 하시오?"

"구할 수 있는 책만 읽었어요. 하지만 읽은 책이 많지도 않고 학문적인 책도 아니에요."

"수녀처럼 살았구려. 물론 종교 형식에는 잘 훈련되어 있겠군. 브로클허스트라, 로우드의 이사장인 그 사람이 목사죠?"

"네."

"그럼 가톨릭 수녀원에서 수녀원장을 존경하듯이, 학생들은 그 학교 이사장을 존경하지 않소?"

"아, 그렇진 않아요."

"아주 냉정하군! 아니라고! 초보자가 사제를 존경하지 않는다는 말이오! 불경스럽게 들리는군."

"브로클허스트 씨가 싫었어요. 저만 그런 건 아니에요. 냉혹한 분이세요. 거만하면서도 간섭이 심했어요. 몸소 우리 머리를 자르기도 하셨죠. 절약을 위해 우리에게 나쁜 바늘과 실을 주었어요. 그걸로는 바느질하기 힘들었어요."

"그건 제대로 절약하는 게 아니에요." 페어팩스 부인이 말했다. 그녀는 이제 대화의 흐름을 알았다.

"그게 그에게 화나는 이유 전부요?"* 로체스터 씨가 물었다.

"위원회가 생기기 전 그분 혼자 구매 감독을 할 때 저희는 굶주렸어요. 일주일에 한 번씩 장황하게 지겨운 연설을 하셨죠. 저녁에는 본인 책을 읽게 했고요. 급작스러운 죽음과 심판에 대한 이야기라 무서워서 벌벌 떨며 잠자리에 들었어요."

"몇 살 때 로우드에 갔소?"

"열 살쯤 되었어요."

"그리고 거기서 8년 있었다고 했소. 지금 열여덟 살이오?"

나는 그렇다고 했다.

"음, 산수가 유익하군. 산수를 못했으면 당신 나이를 추측할 수 없었을 테니 말이오. 나이에 어울리지 않는 얼굴이나 이목구비를 갖고 있는 당신 같은 사람은 몇 살인지 짐작하기 어렵소. 그럼 로우드에서는 뭘 배웠소? 피아노는 칠 줄 아시오?"

"조금 칩니다."

"물론 그럴 거요. 보통 그런 틀에 박힌 대답을 하지. 서재로 갑시다. 내 말은 갈 수 있으면이라는 뜻이오(명령조로 말하는 것을 용서해 주시오. 늘 "이것을 하라 하면 합니다"*였소. 동거인 한 사람 때문에 평소의 습관을 바꿀 수는 없소). 그럼 초를 들고 서재로 갑시다. 문은 열어 두시오. 그리고 피아노에 앉아 한 곡 쳐 보시오."

나는 그의 지시에 따라 떠났다.

"충분하오!" 그가 몇 분 뒤 소리쳤다. "보통 영국 여학생 정도의 연주를 하는군. 평균보다는 낫지만, 그렇다고 아주 잘 치는 건 아니오."

나는 피아노를 덮고 돌아왔다. 로체스터 씨가 계속했다.

"아델이 오늘 아침에 스케치를 보여 주면서 당신이 그렸다고 했소. 정말 모두 당신이 그린 것인지 모르겠소. 아마 선생님이 도와준 거겠지?"

"절대로 그렇지 않아요!" 내가 불쑥 말했다.

"아! 그 말에 자존심이 상했군. 본인이 그렸다고 장담할 수 있으면 포트폴리오를 가져와 보시오. 하지만 불확실하면, 맹세하지 마시오. 난 모방인지 곧바로 알아낼 수 있소."

"그러면 아무 말도 안 할게요. 스스로 판단해 보세요, 주인님."

나는 서재에서 포트폴리오를 가져왔다.

"탁자를 가까이 가져오시오." 그가 말했다. 나는 탁자를 소파 쪽으로 밀었다. 그림을 보려고 아델과 페어팩스 부인이 가까이 모여들었다.

"모여들지 마시오." 로체스터 씨가 말했다. "내가 그림을 다 보면 그때 가져가시오. 얼굴을 내 쪽으로 들이밀지 마시오."

그는 스케치와 그림을 면밀히 살펴보았다. 그는 세 장을 옆에 두고, 나머지 그림은 한쪽으로 치웠다.

"이 그림들을 다른 탁자로 가져가시오, 페어팩스 부인." 그가 말했다. "그리고 아델과 함께 보시오. (나를 쳐다보면서) 그리고 당신은 다시 앉아서 질문에 답하시오. 이 그림을 한 사람이 그린 건 알겠소. 당신이 그렸소?"

"네."

"언제 그림을 그릴 만한 시간이 있었소? 그림을 그리려면 시간도 많이 걸리고 생각도 해야 할 텐데."

"로우드에서 보낸 마지막 두 번의 방학 동안 그렸어요. 그때는 딱히 할 일도 없었어요."

"무얼 보고 베낀 거요?"

"제 머릿속으로 상상해서 그린 거예요."

"당신 어깨 위에 있는 머리 말이오?"

"네, 주인님."

"그 안에 같은 종류의 다른 내용도 들어 있소?"

"아마 그럴 거예요. 더 나은 내용이 들어 있었으면 하지만요."

그는 앞에 그림을 펼쳐 놓고 그림들을 돌아가면서 살펴보았다.

그가 열중해 있는 동안, 독자여, 그 그림의 내용을 설명하겠다. 우선 멋진 그림이 아니라는 것을 전제로 말해야겠다. 정말이지 마음속에 그림의 주제가 생생하게 떠올랐고, 그림으로 그리기 전에는 마음의 눈앞에 똑똑히 나타났다. 하지만 손이 상상을 따르지 못했다. 그릴 때마다 내가 상상했던 그림의 희미한 초상밖에 그릴 수 없었다.

이 그림들은 수채화였다. 첫 번째 그림은 파도치는 바다 위로 납빛 구름이 나지막이 떠 있는 것이었다. 원경은 어두웠고 전경 또는 가장 가까이 있는 물결들도 그랬다. 반쯤 가라앉은 돛대 위로 한 줄기 빛이 환하게 비치고 있었다. 돛대 위에는 커다란 검은 바다 까마귀가 앉아 있고 날개에는 물거품이 튀었다. 바다 까마귀는 주둥이에 보석이 박힌 금팔찌를 물고 있었다. 나는 그 팔찌를 내 팔레트의 물감으로 그릴 수 있는 한 밝게 칠하고 연필로 그릴 수 있는 한 선명하게 그렸다. 새와 돛대 아래에 익사한 시체가 가라앉아 있는 모습이 초록색 물을 통해 보였다. 아름다운 팔 하나만 똑똑히 보였는데, 팔찌는 그 팔에서 물에 휩쓸려 나왔거나 떨어져 나온 것이었다.

두 번째 그림은 전경에 희미한 언덕 봉우리만 있었다. 그 언덕에는 풀잎과 나뭇잎들이 바람 때문에 비스듬히 한쪽으로 쏠려 있었고 언덕 위와 그 너머로 황혼 때처럼 남색 하늘이 넓게 펼쳐져 있었다. 하늘 위로 여성의 상반신이 가슴 높이까지 솟아 있었다. 가능한 한 어두운 색과 부드러운 색을 섞어서 이 여성을 그렸다. 이 여성의 어두운 이마에는 별이 박혀 있고 이마 아래는 자욱한 수증기를 뚫고 보는 것 같았다. 그녀의 검은 눈은 야성적이었다. 머리카락은 폭풍이나 번개로 갈라진 먹구름처럼 어둡게 흘러내렸다. 목에는 달빛처럼 희미한 빛이 반사되어 있었다. 똑같이 희미하게 물든 얇은 구름 위로 이 여성의 모습을 한 샛별이 굽어보고 있었다.

세 번째 그림은 겨울 하늘을 찌르는 북극의 빙산 꼭대기 부분을 그린 그림이었다. 지평선을 따라 빽빽하게 창살처럼 모인 북극광이 희미하게 빛나고 있었다. 북극광은 원경에 있고 전경에는 사람 머리가 하나 솟아나 있었다. 어마어마하게 큰 머리를 빙산에 기대고 쉬고 있었다. 깍지 낀 두 손을 앞이마에 대고 가리는 바람에 그 아랫부분은 검은 베일로 가린 셈이 되었다. 아주 창백해서 뼈처럼 하얗게 보이는 이마와 한쪽 눈만 보였다. 흐리멍덩한 절망밖에 없는 휑한 눈이 멍하게 시선을 고정시킨 모습이었다. 관자놀이 위에는 검은 터번을 두르고 있었다. 터번은 구름처럼 뚜렷하지 않은 형체에 색깔도 흐릿했고, 터번 주름 사이로 밝은 불꽃이 둥글게 보석처럼 박혀 빛나고 있었다. '왕관과 비슷한' 희미한 초승달이 '형체 없는 형체' 위에 얹혀 있었다.*

"이 그림을 그리던 당시 행복했소?" 로체스터 씨가 곧 물었다.

"저는 집중했어요. 네, 행복했어요. 간단히 말해, 이 그림들을 그리면서 아주 강렬한 즐거움을 느꼈어요."

"그 말만으로는 잘 모르겠소. 당신 말에 따르면, 즐거운 일이 거의 없었다고 하니. 하지만 이 이상한 색들을 섞어서 칠할 때는 아마도 예술가의 꿈나라 같은 데 있었을 것 같소. 이 그림을 그리느라 매일 시간을 많이 썼소?"

"방학이라 달리 할 일이 없어서 아침부터 정오까지, 그리고 또 정오에서 밤까지* 그렸어요. 한여름에는 낮이 길어서 열중하기 좋았죠."

"격렬한 노동의 결과에 만족했소?"

"전혀 그렇지 않았어요. 그림이 생각과 반대라서 괴로웠어요. 그림을 그릴 때마다 그릴 수 없는 뭔가를 상상했거든요."

"꼭 그렇지는 않소. 당신 생각의 그림자가 잘 포착되었소. 하지만 그 이상은 아닌 것 같소. 생각을 완전히 그림으로 그릴 만한 예술가의 기술이나 지식이 충분치 않았던 거요. 하지만 여학생이 그린 그림치고는 독특하오. 생각에 대해 말하면, 그것 자체가 요정 같소. 이 샛별에 그려 놓은 눈은 분명히 당신 꿈에서 본 것 같소. 눈을 어떻게 이처럼 맑으면서도 전혀 빛나지 않게 그릴 수 있소? 그 위에 있는 달 때문에 눈에서 나오는 빛이 사라져 버린 거요? 그 엄숙하고 깊은 눈 속에는 무슨 의미가 담겨 있소? 누가 당신에게 바람 그리는 법을 가르쳐 주었소? 이 하늘에는 태풍이 불고 이 언덕 위에서도 그렇소. 어디서 라트모스*를 보았소? 라트모스라, 그렇소. 이제 그림들을 치우시오!"

내가 화첩 끈을 묶자마자 그는 시계를 보더니 불쑥 말했다.

"9시요. 에어 양, 이렇게 늦게까지 아델을 재우지 않다니, 도대체 뭘 하는 거요? 이제 그만 아이를 재우시오."

아델은 방을 떠나기 전에 그에게로 가서 뽀뽀를 했다. 그는 그냥 내버려 두었지만 파일럿에게 뽀뽀하는 이상으로, 아니 그만큼도 좋아하는 것 같지 않았다.

"모두 잘 주무시오, 이제." 그가 손으로 문을 가리키며 말했다. 우리랑 있는 게 싫증 났으며 우리를 내보내고 싶다는 표시였다. 페어팩스 부인은 뜨개질감을 접었고 나는 화첩을 챙겼다. 우리가 그에게 무릎을 꿇고 절했지만 그는 딱딱한 인사로 응답했고, 우리는 방에서 물러났다.

"로체스터 씨가 특히 이상하진 않다고 하셨죠, 페어팩스 부인." 아델을 재우고 그녀 방에 단둘이 있게 되자 내가 물었다.

"아, 이상한가요?"

"네, 아주 변덕스럽고 퉁명스러운데요."

"사실이에요. 물론 모르는 사람에게는 그렇게 보일 거예요. 하지만 저는 익숙해서인지 그렇게 생각해 보지 않았어요. 성질이 이상해도 이해해야 해요."

"왜 그런가요?"

"일부는 원래 성질이 그러신 거고요. 우리 모두 타고난 성질은 어쩔 수 없잖아요. 일부는 걱정으로 마음이 괴로워서 한결같지 않은 거예요."

"뭐에 대한 걱정인가요?"

"하나는 가족 문제예요."

"하지만 가족이 없잖아요."

"지금은 없죠. 하지만 가족이 있었죠. 적어도 혈연은 있었어요. 몇 년 전에 남자 형제분이 돌아가셨어요."

"**형님**이었나요?"

"그래요. 현재의 로체스터 씨는 오랫동안 재산을 상속받지 못하셨어요. 9년 전에야 상속받으셨죠."

"9년이면 꽤 긴 시간인데요. 형님을 사랑하셔서 아직도 슬픔을 이기지 못하시나 봐요?"

"웬걸요. 아니에요, 아마 그건 아닐 거예요. 두 분 사이에 오해가 있었어요. 형 롤란드 로체스터 씨가 동생 에드워드 로체스터 씨에게 좀 부당한 짓을 하셨어요. 아마 형인 롤란드 씨 때문에 아버지가 편견을 갖게 되었을 거예요. 아버지는 돈을 아주 좋아하는 분이고 무슨 일이 있어도 가족의 영지를 분할 상속하지 않으려고 했어요. 재산을 분할해 영지가 줄어드는 게 싫었던 거죠. 그러면서도 에드워드 씨 또한 명문가의 이름을 지킬 수 있을 만큼 부자가되길 바라셨죠. 그래서 그가 성년이 되자마자 공정치 못한 조치를 취하셨어요. 아주 몹쓸 짓을 하신 거죠. 에드워드 씨에게 재산을 만들어 주려고 아버지 로체스터 씨와 형 롤란드 씨가 공모해 에드워드 씨를 아주 고통스러운 상황에 빠뜨린 거죠. 정확히 어떤 상황인지는 모르지만 그 때문에 견딜 수 없을 정도로 심한 정신적 고통을 겪으셨어요. 관대한 성격이 아니신 에드워드 로체스터 씨는 가족과 인연을 끊었죠. 그리고 지금은 여러 해 동안 떠돌아다니며 살고 있어요. 형님이 유언을 남기지 않고 세상을 떠나 이곳의 주인이 되신 뒤, 손필드에 2주일 이상 머문 적이 없어요. 사실이 낡은 집을 피하는 것도 당연해요."

"왜 이 집을 피해야 하죠?"

"이 집이 음침하다고 생각하시는 것 같아요."

그 대답은 회피조였다. 뭔가 더 있는 듯했다. 나는 그것을 분명히 알고 싶었다. 그러나 페어팩스 부인은 로체스터 씨가 겪은 고통의 원인과 내용에 대해 더 이상 명확하게 알려 줄 수도, 알려 주려고 들지도 않았다. 무슨 일이지 전혀 모르고 주로 추측하는 거라고만 했다. 그 이야기를 계속하지 않기를 바라는 눈치여서 더 이상 묻지 않았다.

제14장

    다음 며칠 동안은 로체스터 씨를 전혀 보지 못했다. 오전에는 업무 처리에 바쁜 듯했고 오후에는 밀코트에서 손님들이 방문했다. 때로는 손님들이 저녁을 먹고 가기도 했다. 삐었던 발이 낫자 말을 타고 외출하는 일이 부쩍 많았다. 보통 밤늦게 돌아오는 걸로 보아 아마도 답례 방문을 하는 듯했다.

    그동안에는 거의 아델을 데려오라고 하지 않았다. 그를 만날 기회라고는 가끔 홀이나 계단이나 복도에서 만나는 것밖에 없었다. 어떤 때는 그저 쌀쌀맞게 고개를 까딱하거나 냉담한 눈길로 알아본 표시를 하고 거만하고 냉담하게 지나가기도 하고, 또 어떤 때는 신사답게 다정한 태도로 인사하거나 미소를 짓기도 했다. 하지만 그의 변덕에 화가 나지는 않았다. 나와 상관없이 변덕스럽다는 것을, 즉 나하고는 무관한 이유로 기분이 좋았다 침울했다 한다는 것을 알아서였다.

    어느 날 저녁때까지 그가 손님들과 함께 있다가 포트폴리오를 가져오라고 사람을 보냈다. 틀림없이 그 손님들에게 그림을 보여주려는 것 같았다. 그런데 페어팩스 부인이 알려 준 바에 따르면, 그 신사분들은 밀코트에서 열리는 공식 회의에 참석하기 위해 일찍 일어났고, 그날 밤 비가 몹시 내려 그는 함께 가지 않았다고 했다. 손님들이 떠나자마자 그는 종을 울렸다. 나와 아델한테 아래층으로 내려오라는 신호였다. 나는 아델의 머리를 빗기고 단정하게 옷을 입힌 후, 나도 평상시와 마찬가지로 퀘이커교도처럼 단정한지 확인했다. 하지만 옷매무새를 다듬을 필요가 없었다. 머리도 잘 땋아져 있고 모든 것이 완벽해 흐트러진 데가 없었다. 내려갈 때, 아델은 마침내 **작은 상자가** 왔는지 궁금해 했다. 착오가 생겨 그 상자는 아직도 도착하지 않았던 것이다. 방에 들어서자 탁자 위에 놓인 상자를 보고 아델이 아주 좋아했다. 그녀는 본능적으로 상자를 알아본 듯했다.

"내 상자! 내 상자!" 상자를 향해 달려가며 그녀가 소리쳤다.

"그래, 마침내 네 '상자'가 왔다. 정말 파리의 딸이로군. 상자를 가지고 구석으로 가서 그 안에 든 창자 꺼내는 수술을 시작해 보렴." 난롯가의 커다란 안락의자에 깊숙이 앉아 약간 냉소적으로 말하는 로체스터 씨의 저음의 목소리가 들렸다. "다만 그 해부 과정을 상세히 알려 주거나 내장 상태를 보라고 나를 괴롭히지는 마라. 조용히 수술해야 한다. 조용히 해야 해, 애야. 알아들었지?"

아델에게는 그런 경고를 할 필요가 없었다. 그녀는 이미 자신의 보물을 가지고 소파로 물러나 뚜껑을 묶은 줄을 푸느라고 바빴다. 이 장애물을 없애고 얇은 종이로 된 은색 겉 포장지를 들춘 다음, 감탄하느라 정신이 없었다.

"오, 세상에! 너무 예뻐라!" 그러고는 황홀하게 바라보느라 여념이 없었다.

"거기 에어 양 계시오?" 의자에서 반쯤 일어나 문 주위를 둘러보며 주인이 물었다. 나는 아직도 문 옆에 서 있었다.

"아! 자, 앞으로 나오시오. 여기 앉으시오." 그는 의자를 자기 의자 가까이 끌어당겼다. "아이들이 재잘대는 소리가 싫소. 늙은 독신이라 저런 혀 짧은 소리를 들으면 전혀 즐겁지 않소. 저녁 내내 저런 어린아이와 머리를 **맞대야** 하다니 견딜 수가 없소. 내가 의자를 놓은 곳에 앉으시오. 괜찮다면 말이오. 이놈의 예절! 난 끊임없이 예절을 잊곤 하오. 특히 소박한 늙은 숙녀들을 잘 챙겨 주지 못하오. 그건 그렇고, 내가 우리 늙은 부인에게 신경을 써야 하는데 말이오. 그녀를 소홀히 하면 안 되는데. 그녀는 페어팩스, 아니 페어팩스 집안과 결혼한 데다 피는 물보다 진하다고 하잖소."

그는 종을 울려 급히 페어팩스 부인을 불러오라고 했다. 뜨개질 바구니를 든 부인이 곧 도착했다.

"안녕하시오, 부인. 내게 자비를 베풀어 달라고 불렀소. 아델에게 선물 이야기를 하지 말라고 했는데 지금 그 아이는 그 말을 말하고 싶어 죽을 지경이오. 가서 아델의 이야기도 듣고 이야기도 해 주시오. 그게 날 크게 도와주는 거요."

아델은 페어팩스 부인을 보자마자 자기가 앉아 있는 소파로 불렀다. 그녀는 무릎 위에 상자 안에 있던 도자기, 상아, 양초로 만든 물건을 잔뜩 늘어놓았다. 그러면서 자신이 배운 엉터리 영어로 설명하기도 하고 기쁨을 표시하기도 했다.

"이제 좋은 주인 노릇을 했으니 손님들은 자기네끼리 즐겁게 지내라 하고 나는 마음 놓고 즐거운 일에 집중해야겠소. 에어 양, 의자를 조금만 더 앞으로 끌고 오시오. 아직도 너무 뒤에 있소. 당신을 보려면 이 편안한 의자에서 위치를 바꿔야 하는데, 그러고 싶지는 않소."

나는 약간 그늘진 곳에 그냥 있고 싶었지만, 그가 하라는 대로 했다. 로체스터 씨는 그렇게 직접 명령하기 때문에 그 명령을 즉각 따르는 게 당연해 보였다.

우리는 식당에 있었다. 저녁 식사를 위해 등을 환하게 밝혀 놓아서 온 방이 축제 분위기였다. 붉은 난롯불이 활활 타고 있고 높은 창과 그보다 더 높은 아치형 문 앞에는 보라색 커튼이 풍성하게 드리워져 있고 아델이 소곤거리는 소리(그녀는 감히 큰 소리로 말하지 못했다)만 빼면 사방이 고요했다. 그 소리가 끊길 때마다 유리창에 들이치는 겨울비 소리가 들렸다.

능직 천 의자에 앉아 있는 로체스터 씨의 모습은 이전과 많이 달랐다. 그다지 단호해 보이지도 않고 훨씬 덜 음울해 보였다. 입술에 미소를 띠고 와인 때문인지 눈이 빛났다. 아마도 와인 때문이었을 것이다. 간단히 말해, 그는 식사 후 기분이 좋은 상태였다. 엄격하고 냉담한 오전에 비해 훨씬 더 관대하고 상냥하며, 좀 더 멋대로였다. 큰 머리를 의자의 부푼 등받이에 기대고 화강암으로 깎은 듯한 이목구비와 큰 검은 눈에 난로 불빛이 반사되고 있어도 여전히 음울해 보였다. 그의 눈은 크고 검었다. 그리고 멋지기도 했다. 때때로 그의 눈이 약간 그윽하게 변하고 부드럽다고 할 수는 없어도 부드러운 느낌을 주었다는 것을 독자에게 다시 말하고 싶다.

그는 2분 정도 난롯불을 바라보았고 그동안 나는 그를 바라보았는데, 갑자기 그가 눈을 돌리는 바람에 그의 얼굴을 뚫어지게 바라보고 있는 걸 들켰다.

"에어 양, 나를 뜯어보고 있구려. 내가 잘생겼소?" 그가 말했다.

내가 생각을 좀 한 다음 대답했다면, 관례적으로 애매하고도 공손한 대답을 했을 것이다. 하지만 어쩌다 보니 나도 모르게 말이 튀어나왔다.

"아닌데요."

"아! 저런! 당신은 참 독특한 사람이오! 어린 수녀 분위기가 나오. 두 손을 앞으로 모으고 양탄자를 내려다보며 앉아 있을 때 보면 그렇소(예를 들면, 지금처럼 내 얼굴을 뚫어지게 볼 때만 빼고 말이오). 이상하고, 조용하고, 엄숙하고, 소박하오. 누군가가 질문을 하거나 대답을 받고 싶은 말을 하면, 무뚝뚝하지는 않지만 적어도 낭랑한 목소리로 솔직하게 대답을 하오."

"너무 솔직하게 말했어요. 용서하세요. 외모처럼 중요한 문제에 대해서는 즉흥적으로 대답하기 어렵다고 했어야 하는데. 사람마다 취향이 다르다든지 아니면, 외모의 아름다움이 중요한 건 아니라고 대답했어야 하는데요."

"그런 대답을 했어야 하는 건 아니오. 외모의 아름다움은 별로 중요하지 않다니, 정말! 좀 전의 모욕을 무마하고 쓰다듬으며 달래는 척하면서, 교활하게 내 귀 아래쪽을 펜나이프로 찌르는구려. 계속해 보시오. 내게서 어떤 결점을 발견했소? 나는 보통 사람처럼 사지 멀쩡하고 이목구비도 정상인데 말이오."

"로체스터 씨, 제 대답은 없었던 걸로 해 주세요. 신랄한 대답을 할 생각은 전혀 없었어요."

"정확히 그렇소. 나도 그렇게 생각하오. 이제 마음대로 대답해 보시오. 나를 비판해 보시오. 내 앞이마가 마음에 안 드오?"

그는 이마 위로 가로로 빗어 넘긴 굽실거리는 검은 머리를 뒤로 넘겼다. 그리고 지적 활동을 하는 기관이 잘 모여 있는 단단한 이마를 보여 주었다. 그런데 거기에 뜻밖에 약점이 있었다. 거기에는 부드러운 자비심이 부족했다.

"자, 이제, 내가 바보요?"

"전혀 그렇지 않아요. 혹시 박애주의자이신지 물으면 아마도 무례하다고 생각하시겠죠?"

"또 그러는군! 내 머리를 쓰다듬는 척하면서 다시 펜나이프로 찌르는군. 내가 아이나 늙은 부인네와는 어울리기 싫다고 말해서 그렇군(그런 말을 하다니 내가 천박했소!). 아니오, 어린 아가씨, 난 소위 박애주의자는 아니오. 하지만 양심은 있소." 그리고 양심을 나타낸다고들 하는 튀어나온 부분을 가리켰다. 다행히 그의 이마는 충분히 튀어나와 있었고, 특히 이마 위쪽이 넓었다. "그리고 더욱이 한때는 나도 아주 다정했소. 당신 나이 때는 어린 사람, 약한 사람, 불행한 사람을 동정할 줄 아는 자비심 많은 사람이었소. 하지만 그 이후 운명의 여신이 나를 마구 때리고 손가락으로 마구 주물러 댔소. 이제는 인도산 고무공처럼 단단하고 강해졌다고 자화자찬하오. 아직도 한두 군데 빈틈이 있어 감성적이기도 하고 둥근 공 한가운데 민감한 지점이 있긴 하지만 말이오. 그래, 그렇다면 내게 희망이 있소?"

"무슨 희망이 있느냐는 말씀이세요?"

"인도산 고무공에서 인간으로 다시 변할 마지막 희망 말이오."

와인을 너무 많이 드신 게 분명하다는 생각이 들었다. 나는 이런 이상한 질문에 무슨 대답을 해야 할지 몰랐다. 그가 다시 변할지 어떻게 알겠는가?

"에어 양, 아주 혼란스러워 보이오. 내가 못생긴 것처럼 당신도 예쁘지는 않지만, 혼란스러워하는 표정이 아주 잘 어울리오. 더욱이 그건 편리하기도 하오. 내 얼굴을 탐색하지 못하고 모직 양탄자의 꽃만 바라보니 말이오. 그러니 계속 혼란스러워하시오. 오늘 밤에는 함께 수다를 떨고 싶소."

이렇게 말하고서, 그는 의자에서 일어나 대리석 벽난로 선반에 팔을 기대고 섰다. 그렇게 서자 그의 얼굴만큼이나 몸매를 똑똑히 볼 수 있었다. 가슴은 키와 균형이 맞지 않을 정도로 넓었다. 분명히 대부분 그를 못생겼다고 생각할 것이다. 하지만 그의 자태에는 무의식적인 자부심이 있었다. 아주 편안하게 행동하고 자신의 외모에 대해서는 완전히 무관심했다. 다른 자질들, 내적인 자질이나 우생학적 자질이 너무 당당하게 드러나 개인적인 매력이 부족한 것을 보완했다. 그래서 그를 보고 있으면 그와 똑같이 외모를 무시하게 되고 말도 안 되지만 맹목적으로 그런 확신을 믿게 되었다.

"오늘 밤에는 함께 많은 이야기를 하고 싶소." 그가 되풀이했다. "그래서 당신을 부르러 보낸 거요. 샹들리에와 난롯불만 친구로 삼기는 싫소. 파일럿도 안 되오. 모두 말을 못 하니까. 아델은 좀 낫지만 여전히 상대가 안 되고, 페어팩스 부인도 마찬가지요. 당신이라면 친구가 될 거란 생각이 들었소. 당신에게 그럴 의사만 있다면 말이오. 여기로 당신을 부른 첫날 저녁에 당신을 보고 혼란스러웠소. 그다음에는 거의 당신을 잊었소. 하지만 오늘 밤에는 귀찮은 것은 맘 편하게 다 잊고 즐거운 일만 생각하기로 결심했소. 이제는 당신을 찾고 싶었소. 즉 당신에 대해 더 알고 싶소. 그러니 이야기를 해 보시오."

이야기 대신 나는 미소를 지었다. 잘난 척하는 미소도 아니고 순종적인 미소도 아니었다.

"말해 보시오." 그가 재촉했다.

"무슨 이야기를 할까요?"

"뭐든 하고 싶은 이야기를 하시오. 이야기 주제나 방식은 전적으로 당신 마음대로 하시오."

따라서 나는 앉아서 아무 말도 하지 않았다. '말하는 것 자체를 위해 말하고 뭔가 보여 주길 원한다면, 사람을 잘못 골랐다는 걸 알게 될 거야'라고 생각했다.

"아무 말도 안 하는구려, 에어 양."

나는 여전히 아무 말도 하지 않았다. 그는 약간 내 쪽으로 고개를 숙이더니 황급히 내 눈을 쏘아보았다.

"계속 아무 말도 안 할 셈이오? 화났구려. 아! 일관성이 있소. 어리석게도 내가 무례한 부탁을 했소. 에어 양, 용서해 주시오. 사실 당신을 아랫사람으로 대하고 싶지 않소. 말하자면, (자신의 말을 고치면서) 당신보다 스무 살이나 더 많고 한 세기 앞선 경험을 갖고 있다는 점에서만 우월하다고 주장하고 싶소. 이건 정당하고 아델식으로 말하면 진심이기도 하오. 이런 우월함, 오직 이 때문에 이야기를 좀 해 달라고 부탁하는 거요. 한 가지 생각에 너무 사로잡혀 지치는 바람에 정신이 녹슨 못처럼 삭아 가고 있소. 생각을 좀 다른 데로 돌리고 싶소."

그는 공손하게 설명하며 거의 사과하다시피 했다. 나는 그의 겸손한 태도를 모른 척하고 싶지도, 그렇게 보이고 싶지도 않았다.

"할 수만 있다면, 재미있는 이야기를 해 드리고 싶어요. 하지만 어디에 관심이 있으신지 몰라서 이야기를 꺼낼 수가 없네요. 질문을 해 보세요. 그럼 최선을 다해 대답해 드릴게요."

"그러면 내가 약간 지배적이고, 돌발적이고, 때로는 까다롭게 굴어도 되겠소? 아까 말한 이유, 즉 당신은 한 집에서 같은 사람과 조용히 산 데 비해 내 나이는 당신 아버지뻘이고 다른 나라의 많은 사람을 만나는 다양한 경험을 했고 지구의 반이나 헤매고 다녔다는 이유로 그래도 되겠소?"

"좋으실 대로 하세요."

"그건 대답이 아니오. 회피적인 대답이라서 오히려 신경에 거슬리오. 분명하게 대답하시오."

"저보다 나이가 많고 세상 경험이 많다고 해서 제게 명령할 권리가 있다고는 생각하지 않아요. 정말 우월한지는 시간과 경험을 어떻게 활용했느냐에 달려 있죠."

"흠! 빨리도 대답하는군. 하지만 내가 그 두 가지 이점을 악용하지는 않았지만 아무렇게나 사용했으니 내가 우월하다고 할 수 없겠군. 그럼 우월성은 잊고, 가끔 내가 명령조로 말하더라도 삐지거나 상처받지 말고 내 말대로 해야 하오. 그렇게 하겠소?"

나는 미소를 지었다. 로체스터 씨가 이상하다고 생각했다. 자기 명령을 듣는 대가로 내가 일 년에 30파운드를 받는다는 사실을 잊어버린 것 같았다.

"웃으니 좋군." 순간적으로 스친 표정을 보고 그가 말했다. "하지만 말로 해 보시오."

"보수를 받고 일하는 아랫사람이 주인 명령에 삐지거나 상처를 입을까 봐 고민하는 주인은 극소수일 거라고 생각했어요."

"보수를 받고 일하는 아랫사람이라! 무슨 말이오? 당신이 보수 받고 일하는 아랫사람이란 말이오? 아, 그렇지. 내가 봉급을 준다는 걸 깜빡했군. 그럼 돈을 주니까 당신을 좀 괴롭혀도 되겠소?"

"그런 이유로 괴롭히시면 안 되죠. 하지만 돈 문제를 잊으신다면, 그리고 고용인이 충분히 편안한지에 관심을 가진다면, 기꺼이 괴롭히셔도 된다고 할게요."

"그러면 수많은 관습적인 형식이나 말을 생략하더라도 무례하기 때문에 생략했다고 생각하지 않는다고 동의하겠소?"

"분명히 형식에 얽매이지 않는 걸 무례한 행동으로 오해하진 않을게요. 형식에 얽매이지 않는 건 오히려 좋아요. 하지만 자유인은 무례함을 참지 않아요. 아무리 봉급 때문이라고 해도요."

"말도 안 되는 소리! 대부분은 자유인이라도 봉급을 받기 위해서라면 뭐든 참을 거요. 그러니 그런 생각은 혼자서 하고 잘 알지 못하는 문제에 대해 일반화하려고 하지 마시오. 맞는 말은 아니지만 그래도 정신적으로 악수를 하고 싶소. 당신 말의 내용 못지않게 당신의 말하는 태도 때문에 그렇소. 당신은 솔직하고 진지한 태도로 말하오. 그와 반대로 보통은 솔직하게 말하면 허세나 냉담함으로 반응하거나, 그 말의 의미를 멍청하게 못 알아듣거나, 천박하게 곡해하오. 갓 여학교를 졸업한 가정 교사 중 당신처럼 대답하는 사람은 3천 명 중 세 명도 안 될 거요. 하지만 당신에게 아부할 생각은 없소. 대다수 사람과 다르게 태어났다 해도 그건 미덕이라기보다는 원래 그렇게 태어난 것일 테니 말이오. 그리고 결국 내가 너무 성급한 결론을 내렸소. 내가 지금 아는 바로는, 당신이 다른 사람과 거의 같을 수도 있고, 몇 가지 장점은 있지만 그걸 상쇄할 만한 참을 수 없는 단점이 있을 수도 있소."

'당신도 그럴 수 있죠'라고 나는 생각했다. 이 생각이 떠올랐을 때 그의 눈과 마주쳤다. 그가 내 시선의 의미를 읽은 것 같았다. 마치 내가 그 생각을 말로 표현하기라도 하는 것처럼 대답했다.

"그렇소, 그렇소, 당신이 맞소. 나도 결점이 많소. 알고 있소. 결점에 대해 변명하고 싶지도 않소. 나는 당신을 믿소. 다른 사람들에게 심하게 굴면 안 된다는 건 신이 알고 있소. 내겐 마음속 깊이 반성해야 할 과거와 행동과 부끄러운 생활이 있소. 그걸 생각하면 다른 사람이 아니라 나 자신을 비웃고 비난해야 하오. 스물한 살에 잘못된 항로에 들어섰소. 아니, 차라리 다른 사람들에게 떠밀렸다는 게 맞을 거요. 그다음에는 올바른 항로로 돌아오지 못했소. 하지만 다른 항로를 택할 수도 있었을 거요. 그랬으면 당신만큼 선량하고 당신만큼 흠이 없고 당신보다 현명했을 거요. 당신이 누리는 마음의 평화, 결백한 양심, 더럽혀지지 않은 기억, 그 모든 게 부럽소. 오점도 없고 더럽혀지지도 않은 기억은 훌륭한 선물, 마르지 않고 계속 솟는 순수한 샘물이 아니겠소?"

"열여덟 살 때 일은 어떻게 기억하세요?"

"그땐 괜찮았소. 평온하고 건전했소. 더러운 물이 몰려와 썩은 웅덩이가 되지는 않았소. 열여덟 살 때는 당신과 똑같았소. 아주 똑같았소. 원래는 대체로 선량한 사람이었소, 에어 양. 더 나은 부류에 속하는 사람이었소. 보다시피 지금은 아니지만 말이오. 그렇지 않다는 말을 하려고 하는 거요. 적어도 당신 눈에서 그런 뜻을 읽어 내고 우쭐하고 있소(그건 그렇고 눈에 나타난 표정을 조심하시오. 난 눈이 하는 말을 잘 해석한다오). 내 말을 믿으시오. 난 나쁜 사람이 아니오. 그렇게 생각하지 마시오. 나를 나쁜 사람이라고 생각하지 말고 정말이지 본성보다는 환경 때문에 그렇게 되었다고 여기시오. 온갖 보잘것없는 사소한 방탕에 빠져 살면서 그것을 인생 탓으로 돌리는 흔히 볼 수 있는 쓰레기 같은 부자고 진부한 죄인이오. 왜 당신에게 이런 말을 하는지 궁금하지 않소? 앞으로 살다 보면 당신도 모르게 어느새 친구들이 당신을 붙잡고 비밀을 털어놓을 거요. 사람들은 당신의 장점이 당신 이야기를 하는 게 아니라 그들의 이야기를 들어 주는 거라는 걸 본능적으로 알 거요. 자신들의 경솔한 행동을 악의적으로 비웃지 않으리라고, 말하자면 타고난 공감을 보이며 잘 들어 줄 거라고 생각할 거요. 그러나 당신은 절대로 드러내 놓고 공감을 표시하지 않을 것이기 때문에 그만큼 더 위로나 격려가 될 거요."

"어떻게 아세요? 어떻게 그걸 추측하세요?"

"난 잘 알고 있소. 그래서 거의 일기에 생각을 쓰는 것처럼 자유롭게 말하는 거요. 아마 환경을 극복했어야 한다고 말할 거요. 그렇게 했어야 하오. 그렇게 했어야 하는데 보다시피 그러지 못했소. 운명이 내게 부당한 일을 했을 때 침착했어야 하는데 그런 지혜가 없었소. 필사적이 되었소. 그 후 타락했지. 이제는 어떤 사악한 멍청이가 상스럽게 치사한 짓을 해서 역겨워도, 내가 그런 멍청이보다 낫다고 우쭐댈 수가 없소. 그와 같다고 고백할 수밖에 없소. 내가 좀 더 굳건했으면 좋았을 것. 내가 그랬기를 신이 얼마나 바라는지 알고 있소! 에어 양, 유혹에 빠져 잘못을 저지르면 끔찍한 후회가 밀려든다오. 후회는 인생의 독이오."

"참회가 인생의 치유제라고들 하는데요."

"치유제는 아니오. 아마 개심은 치유제가 될 거요. 그리고 개심할 수도 있고. 아직은 개심할 힘도 있소. 하지만 나처럼 방해물이 있고 부담을 져야 하고 저주받은 사람이 개심을 생각해 봐야 무슨 소용 있겠소? 더욱이 내게는 절대로 행복이 주어지지 않을 테니, 인생의 쾌락을 누릴 권리가 있는 거요. 그리고 어떤 대가를 치르든 쾌락을 **추구하겠소.**

"그럼 점점 더 타락할 거예요."

"그럴 수도 있소. 하지만 달콤하고 신선한 쾌락을 얻을 수 있다면, 왜 안 되오? 황야의 벌이 모은 토종꿀처럼 달콤하고 신선한 쾌락을 얻을 수도 있소."

"혀를 쏘일 거예요. 쓴맛이 날 거예요."

"당신이 어떻게 아오? 쾌락을 맛본 적도 없지 않소. 당신은 참으로 진지하고 경건해 보이오. 그리고 (벽난로 선반에서 뭔가 꺼내면서) 이 카메오처럼 아는 게 없소. 인생의 문에 들어서지도 않았고 인생의 신비를 모르는 당신 같은 인생의 초보자는 내게 설교할 권리가 없소."

"당신이 하신 말씀을 일깨워 드렸을 뿐이에요. 잘못은 후회를 가져오고 후회는 인생의 독이라고 말씀하셨어요."

"지금 누가 잘못에 대해 말하는 거요? 내 머리에 스친 그 생각이 잘못은 아닐 거요. 유혹이라기보다 영감이라고 믿소. 그건 아주 포근하고, 아주 위안이 되었소. 난 그걸 아오. 여기에 다시 그것이 다가오오! 이건 악마가 아니오. 분명하오. 악마도 빛의 천사 옷을 입고 있소. 이렇게 아름다운 손님이 들여보내 달라고 할 때는 받아들여야만 하오."

"믿지 마세요. 진짜 천사가 아니에요."

"다시 한 번 묻겠는데, 어떻게 아시오? 어떻게 심연에 빠진 타락 천사와 영원한 신의 보좌에서 온 심부름꾼을 본능적으로 구분할 수 있소? 안내자와 유혹자를 구분할 수 있느냐 말이오?"

"당신 안색을 보고 판단했어요. 당신께서 다시 찾아온 제안에 대해 말할 때 괴로워 보이셨어요. 그 말을 따르면 확실히 더 불행해질 거라는 느낌이 들어요."

"전혀 그렇지 않소. 그 천사는 최고의 은총이 담긴 메시지를 가져왔소. 그 밖의 일에 대해서는 당신이 내 양심의 수호자가 될 필요는 없소. 자, 이리로 오시오, 사랑스러운 방랑자여!"

그는 다른 사람에게는 보이지 않지만 자신에게만 보이는 환영에게 말하는 것처럼 말하더니 반쯤 뻗은 팔을 가슴 위에 포갰다. 마치 보이지 않는 존재를 꼭 끌어안는 것처럼 보였다.

그가 나에게 계속 말했다. "신이 변장한 게 틀림없는 순례자를 만난 거요. 그는 이미 내게 이로운 일을 했소. 과거에 내 마음이 일종의 납골당이었다면 이제는 성전이 될 거요."

"솔직히 말씀드리면, 무슨 말인지 전혀 못 알아듣겠어요. 제가 이해할 수 있는 범위를 넘어서서 더 이상 대화를 못 하겠어요. 한 가지밖에 못 알아듣겠어요. 과거에 원하는 만큼 선량하지 못했다는 것과 당신의 불완전함을 후회한다는 것 말이에요. 여기까지만 이해가 가네요. 더러운 기억은 영원한 독이라는 암시 말이에요. 제가 보기에는 열심히 노력하시면, 적당한 시간이 흐른 뒤에 스스로 인정할 수 있는 사람이 될 수 있지 않을까요. 그리고 오늘부터 당신의 생각과 행동을 교정하겠다고 결심하시면, 몇 년 안에 새롭게 순수한 추억을 쌓고 즐거운 마음으로 기억할 수 있을 거예요."

"올바르게 생각하고 제대로 말했소, 에어 양. 그리고 이 순간 나는 지옥으로 가는 길을 포장하고 있소."

"주인님?"

"좋은 의도를 단단하게 깔고 있고, 부싯돌처럼 영원히 지속되리라 믿소. 분명히 과거와는 다른 사람들을 사귀고 다른 일을 할 거요."

"그리고요?"

"그리고 순수한 광석이 더러운 똥보다 훨씬 나은 것처럼 훨씬 나은 사람을 사귀고 나은 일을 하겠소. 나를 의심하는 것처럼 보이오. 하지만 나 자신을 의심하지 않소. 내 목적이 무엇인지, 내 동기가 무엇인지 잘 알고 있소. 그리고 지금 이 순간, 내 목적과 동기가 모두 옳다는 법을 통과시키는 바요. 그 법은 메대와 페르시아의 법*처럼 바꿀 수 없는 거요."

"만일 합법적으로 되기 위해 새로운 법령을 만들어야 한다면, 목적과 동기가 옳을 리 없어요."

"에어 양, 물론 새로운 법령이 꼭 필요하긴 하지만, 그래도 옳소. 전례 없는 환경은 전례 없는 규칙을 요구하오."

"위험한 속담처럼 들리는군요. 법령이 오용되기 쉽다는 것은 곧 알 수 있잖아요."

"잘난 척하는 성인이로군! 그렇긴 하오. 하지만 조상의 이름으로 오용하지 않겠다고 맹세하오."

"당신은 인간이고 잘못을 할 수 있어요."

"나도 그렇고 당신도 그럴 수 있소. 그래서 어떻다는 거요?"

"인간은 잘못을 저지를 수 있어요. 그러므로 완벽한 신에게 주어져야 안전할 힘을 인간이 가질 수 있다고 해서는 안 되죠."

"무슨 힘 말이오?"

"허용되지 않는 이상한 행동을 하려는 힘 말이에요. 그것을 옳은 걸로 정한다는 식의 말 말이에요."

"그것을 옳은 걸로 정한다, 바로 그 말을 하고 싶었소. 그런데 당신이 그 말을 분명히 해 주었소."

"그럼 그것이 옳기를 **기원해요.**" 전혀 알 수 없는 대화를 계속하는 게 부질없다는 생각이 들어, 일어서며 말했다. 게다가 나와 이야기하는 사람의 성격을 도저히 꿰뚫어 볼 수 없었다. 적어도 현재로는 알 수 없었다. 그리고 불확실한 느낌, 무엇인지 확실히 모르겠다는 생각이 들 때처럼 애매한 불안감도 있었다.

"어딜 가오?"

"아델을 재우려고요. 아이가 잘 시간이 지났네요."

"스핑크스처럼 말하니까 두려운가 보오."

"수수께끼 같은 말씀을 하시니까 당황스럽기는 하지만 두렵지는 않아요."

"두려워하고 **있소.** 이기적이라서 실수를 저지를까 봐 무서운 거요."

"그런 점에서 걱정되기는 해요. 무슨 말인지 모를 소리를 더 이상 하고 싶지 않아요."

"당신이 그렇게 심각하고 조용하게 말한다면, 말도 안 되는 소리라도 나는 말이 되는 걸로 착각할 것 같소. 에어 양, 생전 안 웃소? 일부러 대답할 필요는 없소. 좀체 웃지 않는다는 건 알겠소. 하지만 아주 즐겁게 웃을 수 있을 거요. 정말로 원래 금욕적인 성격은 아닐 거요. 내가 원래 사악한 사람이 아니듯이 말이오. 로우드 시절의 억제하던 버릇이 아직도 좀 남아 있어서 크게 인상을 쓰는 법도 없고 말도 조용히 하고 행동도 얌전하오. 그리고 남자나 오빠, 아버지나 주인, 누구든 남자 앞에서는 즐겁게 웃거나, 자유롭게 말하거나, 경박스럽게 행동하려고 하지 않겠지. 당신을 의례적으로 대하지 않을 테니 머잖아 내 앞에서도 자연스럽게 행동할 거요. 그렇게 되면 지금보다 훨씬 더 활기차고 다양한 행동이나 표정을 지을 거요. 나는 가끔씩 새장의 빽빽한 창살 사이로 호기심에 찬 새의 시선을 보았소. 새장 속에 생생하고 불안해 하고 결의에 찬 포로가 있소. 자유롭기만 하면 구름까지라도 날아갈 거요. 아직도 가고 싶소?"

"9시를 치는데요."

"걱정 마시오. 잠깐만 기다리시오. 아델은 아직 잠자리에 들 채비가 안 되었소. 이렇게 등을 난로 쪽으로 하고 방 쪽으로 얼굴을 돌리니 관찰하기가 쉽소. 당신에게 이야기하면서 가끔씩 아델을 지켜보았소(그녀가 호기심을 발동시키는 연구 과제인 이유가 있소. 그 이유는 아마, 아니 다음에 꼭 알려 주겠소). 그 아이는 상자에서 약 10분 전에 작은 분홍색 실크 드레스를 꺼냈소. 그 옷을 펼칠 때 얼굴이 환희로 빛났소. 교태가 그 애의 피 속에 흐르다가 두뇌 속에 섞여 골수까지 배었소. '입어 봐야지!' 그 애가 큰 소리로 외쳤소. '지금 당장!' 그러면서 방 밖으로 뛰쳐나갔소. 지금 소피와 함께 옷을 갈아입고 있을 거고, 몇 분 뒤면 다시 들어올 거요. 연극이 시작될 때 무대에 나타나던 셀린 바랑의 축소판을 보게 될 거요. 신경 쓰지 마시오…… 하지만 곧 나의 가장 나약한 부분에 충격을 줄 거요. 그런 예감이 드오. 자, 이제 내 말대로 되는지 봅시다."

머지않아 복도를 경쾌하게 걸어오는 아델의 작은 발소리가 났다. 후견인의 예상대로 아델이 변한 모습으로 나타났다. 이전의 갈색 옷 대신 짧은 장밋빛 드레스를 입고 왔다. 치마를 최대한 부풀린 드레스를 입고 앞이마에는 장미 봉오리 화관을 쓰고 있었다. 실크 스타킹을 신고 발에는 작은 하얀색 새틴 샌들을 신고 있었다.

"옷이 예뻐요?" 그녀가 앞으로 뛰어나오며 말했다. "구두는요? 그리고 스타킹은요? 가만, 춤을 춰 볼게요."

그러고는 치마를 펼치고 샤세 스텝으로 춤을 추며 방을 가로질러 로체스터 씨 앞에 와서 발끝으로 서서 한 바퀴 가볍게 돌더니 그의 발밑에 한쪽 무릎을 꿇고 외쳤다.

"선물, 정말 감사드려요." 그리고 일어서서 덧붙였다. "엄마도 꼭 이렇게 했죠, 그렇죠?"

"정확히 그래! 그리고 '이렇게' 내 영국 바지 주머니에 마법을 걸어 영국 금화를 빼앗지. 나도 순진할 때가 있었소, 에어 양. 아주 순진했지. 당신이 봄 나무처럼 싱싱하듯이 나도 한때는 당신 못지않게 싱싱했다오. 물론 나의 봄은 가 버렸소. 하지만 손에 프랑스 꽃 한 송이를 남겼소. 그 꽃의 뿌리가 소중하지 않고 금화 가루만 그 뿌리에 거름이 된다는 걸 안 뒤에는, 특히 지금처럼 인조 꽃 같을 때는 과거의 반밖에 안 좋소. 한 가지 좋은 일을 해서 내가 저지른 크고 수많은 작은 죄를 속죄하려는 로마 가톨릭의 원칙에 따라 그 꽃을 간직해 기르고 있소. 이 모든 것을 언젠가 설명해 주겠소."

제15장

나중에 로체스터 씨가 그 일에 대해 설명해 주었다.

어느 날 오후 마당에서 아델과 있다가 우연히 그를 만났다. 그녀는 파일럿과 셔틀콕을 가지고 놀고 있었다. 로체스터 씨는 나더러 긴 밤나무 가로수 길을 거닐자고 했다. 그 길에서는 아델이 보였다.

아델은 프랑스인 오페라 댄서인 셀린 바랑의 딸이라고 했다. 한때 셀린에게 소위 '대단한 열정'을 갖고 있었고 셀린은 공공연히 자신이 그를 더 열렬히 사랑한다고 말했다. 자신이 비록 못생겼지만 그녀의 우상이라고 생각했다. 우아한 아폴로 벨비디어의 조각상보다 운동선수 같은 자신의 몸매를 그녀가 더 좋아한다고 믿었다.

"그리고 에어 양, 이 프랑스 요정이 영국 도깨비를 더 좋아하는데 우쭐해져서, 호텔에 그녀의 거처를 마련해 주고, 하인과 마차, 캐시미어 옷과 다이아몬드와 레이스를 완벽하게 제공했소. 간단히 말해 흔히 멍청이들이 그러듯이 파멸의 길로 들어섰소. 수치와 파멸에 이르는 새로운 길을 설계할 독창성이 없었던 것 같소. 예전부터 있던 평평대로에서 1인치도 어긋나지 않고 멍청하게 바로 그 길을 갔소. 다른 얼간이들과 똑같은 운명을 맞이했고, 그런 운명을 맞이해 마땅했소. 예상치 못한 어느 날 저녁 셀린에게 갔는데 마침 그녀가 외출 중이라 없었소. 하지만 따뜻한 밤인 데다 파리를 어슬렁거리느라 피곤하기도 해서 그녀의 내실에 앉아 있었소. 직전까지 그녀가 있어 신성해진 공기를 숨 쉬는 게 행복했소. 아니요, 내가 과장하는 거요. 그녀에게 신성한 미덕은 없다고 생각했소. 성전의 향기라기보다는 그녀가 남긴 달콤한 사탕 향 향수, 즉 호박과 사향 냄새였소. 온실의 꽃향기 같은 향수 때문에 숨이 막혀 와 문을 열고 발코니에 나가야겠다고 생각했소. 달빛도 좋고 가로등 빛도 비치는 조용하고 차분한 분위기였소. 발코니에는 의자가 한두 개 놓여 있었소. 거기 앉아 시가를 꺼냈소. 괜찮다면 지금 시가를 하나 꺼내겠소.”

그가 시가를 꺼내 불을 붙이느라고 이야기는 여기서 끊겼다. 시가를 입에 물고 쌀쌀한 흐린 대기 중에 하바나 시가의 연기를 내뿜으면서 그가 계속 말했다.

“그 당시 나는 봉봉 사탕을 좋아했소, 에어 양. 그래서 **깨물어 먹고** 있었소(야만적인 태도를 무시하시오). 번갈아 가며 초콜릿이 든 사탕을 먹다 담배를 피우다 하면서 근처 극장으로 가는 화려한 거리의 마차를 지켜보고 있었소. 그때 환한 도시의 불빛 속에 멋진 영국 말이 끄는 낯익은 우아한 마차가 똑똑히 눈에 들어왔소. 내가 셀린에게 준 그 ‘마차’였소. 그녀가 돌아오고 있었소. 물론 쇠난간에 기대어 있던 내 심장은 초조해 하며 두근거렸소. 예상대로 호텔 문 앞에 마차가 멈추었소. 나의 불꽃(오페라에서 연인을 뜻하오)이 내렸소. 그렇게 더운 6월에 꼭 입어야 하는지는 모르겠지만 망토를 걸친 여인이 내렸소. 망토를 걸치기는 했지만, 마차 계단에서 뛰어내릴 때 치마 아래로 삐져나온 작은 발을 보고 곧 그녀인지 알아보았소. 발코니에서 몸을 숙여 ‘나의 천사여!’라고 속삭일 뻔했소. 물론 연인의 귀에만 들릴 만한 소리로 말이오. 그때 마차에서 그녀를 따라 내리는 사람이 한 명 더 있었소. 포장도로에서 징이 박힌 구두 소리가 났고 아치형의 호텔 **현관을** 지날 때 모자를 쓴 머리가 보였소.

에어 양, 질투를 느껴 본 적 없죠? 물론 없을 거요. 사랑을 해 본 적이 없을 테니 물을 필요도 없겠지. 두 가지 감정을 아직 경험해 보지 않았을 거요. 당신 영혼은 잠들어 있소. 그 영혼을 깨우려면, 충격을 가해야 할 거요. 지금까지 당신의 청춘이 고요하게 흘러왔다고 해서 모든 사람이 조용히 흘러가는 물속에 있다고 생각할 것이오. 눈을 가리고 귀를 막고 떠내려가고 있으니 곧 강바닥에 바위가 빽빽하게 나타나도 보지 못하고 그 아래서 물결이 소용돌이쳐도 듣지 못할 거요. 하지만 내 말을 잘 들으시오. 언젠가 암초를 만날 것이고 인생의 흐름 자체가 거품을 내며 시끄러운 소리를 내는 격렬한 소용돌이 속으로 휩쓸려 들어갈 거요. 그럼 당신은 뾰족한 암초 끝에 부딪혀 산산조각 나거나 현재의 나처럼 큰 물결에 휩쓸려 위로 솟구쳤다가 고요한 강물을 타고 흘러갈 거요.

난 이런 날이 좋소. 하늘이 강철 색을 띠는 이런 날 말이오. 이렇게 서리가 내려서 단단하고 고요한 세상이 좋소. 나는 손필드가 좋소. 유서 깊은 저택인 것도 좋고 외진 곳에 있는 것이 좋소. 까마귀가 둥지를 튼 고목도, 집의 회색빛 앞모습도, 강철 빛 하늘을 반사하는 쭉 늘어선 어두운 창문도 좋소. 그렇긴 하지만 정말 오랫동안 이곳에 대한 생각조차 혐오하고, 마치 역병이 덮친 저택인 양 이곳을 얼마나 피했던지. 지금도 얼마나 혐오하는지……."

그는 이를 갈고 아무 말도 안 했다. 걸음을 멈추고 단단한 땅을 구두로 쾅쾅 쳤다. 갑자기 혐오스러운 생각에 사로잡힌 것 같았다. 그는 그 생각에 너무 몰두해 앞으로 걸어 나가지 못하는 것 같았다.

이렇게 그가 멈추었을 때 우리는 가로수 길을 올라가고 있었다. 우리 앞에 그 저택이 있었다. 그는 그 전이나 후로 본 적이 없는 그런 증오에 찬 눈길로 흉벽을 올려다보았다. 그의 검은 눈썹 아래에서 더 커진 큰 눈동자에 고통, 수치심, 분노, 초조함, 역겨움, 증오가 나타나 서로 다투면서 순간적으로 떨렸다. 어느 감정이 최후의 승자가 될지 겨루며 격렬한 갈등이 벌어졌다. 하지만 또 다른 감정이 승리했다. 뭔가 단단하고 냉소적인 것이었다. 의지에 찬 단호한 감정이 분노를 가라앉혔고, 그의 얼굴은 굳어졌다.

"에어 양, 조용히 있는 동안 나는 운명의 여신과 논쟁 중이었소. 운명의 여신은 저기 자작나무 둥치 아래 서 있소. 포레스의 황야에서 맥베스 앞에 나타난 마녀들 중 하나처럼 말이오. '손필드를 좋아한다고?' 그녀가 손가락을 치켜들고 말했소. 그러고는 대기 중에 경고를 썼소. 위층 창문과 아래층 창문 사이의 집 정면 전체에 번쩍이는 붉은 글씨로 이렇게 썼소. '좋아할 수 있으면 좋아해 봐! 좋아할 용기가 있으면 좋아해 봐!'"

"'좋아할 거야.' 내가 말했소. '좋아할 용기도 있어.' 그리고 (그는 우울하게 덧붙였다) 난 약속을 지킬 거요. 행복, 선량함, 그렇소, 선량함을 방해하는 장애물을 모두 극복할 거요. 과거의 나나 현재의 나보다 더 나은 사람이 되고 싶소. 욥기에 나오는 레비아단이 창과 화살과 사슬갑옷을 부수었듯이, 나 역시 사람들이 철과 동으로 된 장애물이라고 여기는 것을 짚이나 썩은 나무에 지나지 않는 걸로 보겠소."

이때 아델이 셔틀콕을 가지고 달려왔다. "저리 가거라!" 그가 크게 소리쳤다. "멀리 가 있거라. 아니면 소피에게로 가든지!" 계속 아무 말 없이 걸으면서, 나는 용기를 내어 갑자기 어디서 딴 이야기로 흘러갔는지 그에게 일깨워 주었다.

"그래서 바랑 양이 들어올 때, 발코니를 떠나셨어요?"

적절하지 않아 그가 이 질문을 무시할 줄 알았다. 그런데 반대로 인상을 쓰고 상념에 사로잡혀 있던 그가 깨어나 나를 바라보았다. 그의 이마에서 그늘이 걷히는 것 같았다.

"아, 셀린을 잊고 있었군! 다시 말하자면, 신사의 호위를 받으며 나의 마녀가 들어오는 것을 보았을 때 쉿 소리가 들리는 것 같았소. 달빛이 비치는 발코니에서 똬리를 틀고 있던 질투라는 초록색 뱀이 몸을 세우더니 내 윗옷으로 미끄러져 들어와 2분도 안 되어 내 심장 속까지 파고들어 왔소. 이상하오!" 그 지점에서 그가 깜짝 놀라 소리쳤다. "젊은 아가씨를 붙들고 이 모든 걸 털어놓다니 이상하오. 나 같은 남자가 당신처럼 경험도 없고 색다른 아가씨에게 자기 정부였던 오페라 가수에 대해 이야기하는데, 가장 흔한 일인 것처럼 가만히 듣고 있는 당신도 이상해 보여요!* 하지만 내가 이런 이야기를 당신에게 하는 이상한 일이 벌어진 것은 당신이 특이한 사람이어서요. 전에도 슬쩍 말한 적이 있지만 말이오. 당신은 심각하고 사려 깊은 데다 조심성까지 많아 비밀을 털어놓게 되오. 게다가 내가 어떤 정신의 소유자와 이야기하는지 잘 알고 있소. 당신의 정신은 쉽게 전염되지 않는다는 것도 알고 있소. 특이하고 독특한 정신이오. 다행히 해를 입힐 생각은 없소. 설령 해를 입히려고 해도 해를 입지 않을 거요. 당신과 나는 이야기를 하면 할수록, 더 좋을 거요. 내가 당신을 망칠 수 없는 반면, 당신은 나를 새로운 사람으로 만들 수 있으니 말이오." 이렇게 딴소리를 하다가, 그는 다시 하던 이야기를 계속했다.

"난 계속 발코니에 있었소. '이 사람들은 틀림없이 침실로 올 거야'라고 생각했소. '몰래 숨어서 지켜봐야겠군.' 그래서 열린 창문으로 손을 넣어, 대화를 들을 수 있을 만큼만 두고 커튼으로 창문을 가렸소. 연인들이 사랑의 맹세를 속삭이는 소리를 들을 수 있을 만큼의 틈만 남기고 창문을 닫았소. 그러고 나서 살금살금 내의자로 돌아갔소. 내가 다시 의자에 앉자 두 사람이 들어왔소. 나는 잽싸게 문틈에 눈을 갖다 댔소. 셀린의 하녀가 들어와 등을 켠 뒤 등을 탁자 위에 두고 나갔소. 불빛을 받으니 두 사람이 똑똑히 보였소. 두 사람 모두 외투를 벗었소. 새틴 드레스에 보석, 물론 내가 선물로 준 보석으로 화사하게 치장한 '바랑'이 거기 있었소. 남자는 장교 제복을 입고 있었소. 내가 아는 망나니 자작이었소. 사교계에서 이따금 만난 사람으로, 머리가 빈 데다 못된 젊은이였소. 정말 경멸스러워서 증오의 여지도 없는 사람이었소. 그를 알아보자마자 질투라는 뱀의 이빨이 즉시 부러져 버렸소. 동시에 셀린에 대한 사랑도 촛불 77개를 덮은 것처럼 사라졌소. 저런 상대 때문에 나를 배신할 여자라면, 그런 여자를 차지하기 위해 싸울 가치도 없다는 생각이 들었소. 그런 여자는 경멸할 만한 가치밖에 없었소. 하지만 그녀에게 속아 넘어간 나 역시 그녀 못지않게 경멸을 받아야 마땅했소.

그들은 이야기를 시작했소. 이야기를 듣자 마음이 완전히 편해졌소. 변덕스럽고 속물스럽고 냉담하고 어처구니없는 대화여서 듣고 있자니 화가 나기보다는 지겨워졌소. 마침 탁자 위에 내 명함이 놓여 있었는데 그걸 보더니 나를 화제로 삼았소. 두 사람 모두 나를 제대로 공격할 힘이나 기지가 없었소. 하지만 그들 나름의 치사한 방식으로 천박하게 나를 모욕했소. 특히 셀린은 나의 신체적 결함에 대해 재치 있게 과장해 가며 말했소. 장애라고까지 했소. 내 앞에서는 소위 나의 '남성미'를 열렬히 칭찬했던 그녀가 말이오. 그런 점에서 두 번째 만났을 때 나를 못생겼다고 직접 말한 당신과는 딴판이오. 그때 두 사람의 대조에 충격을 받았소."

　다시 아델이 달려왔다.

"존이 와서 대리인이 방문했다고 전하네요. 아저씨를 보고 싶어 하신다는데요."

"아! 그렇다면 요약해서 말해야겠군. 문을 열고 걸어 들어가 그들을 덮쳤소. 셀린에게 더 이상 내 보호를 받을 필요 없는 자유의 몸이 되었으니 호텔을 비워 달라고 말한 뒤 당장 급하게 쓸 정도의 돈이 든 지갑을 주었소. 그녀가 비명을 지르고 히스테리를 부리고 애원하고 드러누워 발작을 일으켰지만 무시했소. 그 자작에게는 불로뉴 숲에서 결투를 하자고 했소. 다음 날 아침 기꺼이 그를 만나 병아리 날개처럼 약한 그의 불쌍하고 창백한 팔에 총탄을 한 발 쏘았소. 그걸로 두 사람을 다 처리하고 끝났다고 생각했소. 그런데 재수 없게 6개월 전에 바랑이 내게 이 여자아이, 아델을 보낸 거요. 그녀 말로는 내 딸이라는 거요. 어쩌면 그럴 수도 있을 거요. 얼굴을 보면 내 딸이라는 증거가 확실치 않지만 말이오. 그 아이보다는 오히려 파일럿이 더 나를 닮았소. 나와 헤어진 지 몇 년 뒤 아이 엄마라는 여자는 아이를 버리고 가수와 이탈리아로 도망가 버렸소. 아델이 딸이니 부양할 의무가 있다고 인정한 적도 없고, 지금도 이 아이 아버지가 아니므로 어떤 의무도 인정할수 없소. 하지만 저 아이가 아주 가난하게 살고 있다는 소리를 듣고 그 불쌍한 아이를 파리의 시궁창에서 빼내 여기에 옮겨 심은 거요. 영국 정원의 건강한 땅에서 깨끗하게 자라라고 말이오. 그리고 페어팩스 부인이 그녀를 가르칠 사람으로 당신을 찾아낸 거요. 이제 당신도 저 아이가 프랑스 오페라 댄서의 사생아라는 것을 알았으니 당신 일이나 학생에 대해 지금과 다르게 생각할 거요. 언젠가 다른 일자리를 구했으니 새 가정 교사를 알아보라고 나를 찾아올 거요, 에어?"

"아니에요. 아델은 자기 어머니나 당신의 잘못에 대해 책임이 없어요. 그 아이에게 관심이 생기네요. 어머니에게 버림받고 당신은 딸이 아니라고 하니 어찌 보면 고아네요. 그러니까 전보다 더 사랑하게 될 거예요. 어떻게 가정 교사를 귀찮은 존재로 여기고 증오하는 부잣집 망나니 애들을 나를 친구로 의지하는 고아보다 더 좋아하겠어요?"

"오! 그런 각도에서 보는구려! 난 이제 들어가 봐야 되겠소. 어두워지니 당신도 들어오시오."

하지만 나는 아델과 파일럿과 함께 바깥에 조금 더 머물렀다. 아델과 함께 달리기도 하고 셔틀콕으로 제기차기도 했다. 집 안으로 들어와서는 아델의 코트와 보닛을 벗긴 뒤 그녀를 무릎 위에 앉혔다. 무릎에 앉힌 상태로 한 시간 정도 마음대로 재잘대게 두었다. 그녀가 좀 버릇없게 굴거나 쓸데없는 말을 해도 내버려 두었다. 귀여워해 주면 그녀는 흔히 그런 식으로 굴었다. 영국인의 기질이 아니라 어머니에게서 물려받은 경박함이 드러나는 것이었다. 그녀에게 장점도 있었다. 그녀의 장점을 모두 최대한 이해할 마음이 생겼다. 그녀의 얼굴과 이목구비에서 로체스터 씨와 닮은 점을 찾아보았으나 닮은 구석이 전혀 없었다. 둘이 부녀 관계임을 말해 주는 특징이나 표정 변화가 전혀 없었다. 안된 일이었다. 닮은 점을 증명할 수만 있으면, 로체스터 씨가 그녀를 더 배려할 텐데.

잠자리에 들어서야 로체스터 씨가 한 말을 다시 생각해 보았다. 그가 말한 대로 이야기 자체에는 그다지 특별한 게 없었다. 물론 부자 영국 남자가 프랑스 무희를 사랑하다 배신당한 일 정도는 사교계에서 흔히 일어나는 일이었다. 하지만 그가 요사이 자신이 아주 만족스럽고 오래된 저택과 그 주변을 최근 들어 다시 좋아하게 되었다고 말했을 때, 갑자기 울컥하며 정말 묘한 기분이 들었다. 의아해 하며 깊이 생각해 보았지만 당장은 이해가 안 가 생각을 접고, 그 대신 나를 대하는 주인의 태도를 생각해 보기로 했다. 나의 분별력을 높이 사서 그가 나를 신뢰하는 것 같았다. 그 문제는 그렇게 받아들이기로 했다. 처음에 비해, 요 몇 주 동안 나를 대하는 그의 태도는 훨씬 일관성이 있었다. 나를 성가시게 여기지도 않고 거만하고 쌀쌀맞게 변덕을 부리지도 않았다. 우연히 만나도 늘 반가워하며 말을 건넸고 때로는 미소를 지었다. 정식으로 그에게 호출을 받아서 가면 진심에서 우러나온 환대를 해 주었다. 그래서 정말 그를 재미있게 해 줄 능력이 내게 있다는 느낌이 들었다. 이렇게 저녁에 불러 이야기를 나누는 게 내게도 이롭고, 그에게도 즐거운 일 같았다.

사실 나는 거의 이야기를 하지 않고 그의 이야기를 즐겁게 들었다. 그는 터놓고 말하는 성격이었다. 세상을 모르는 사람에게 세상이 어떻게 생겼고 세상사는 어떻게 돌아가는지 알려 주기를 좋아했다(세상의 부패한 모습이나 사악한 술수가 아니라 흥미를 자아낼 만큼 대규모로 이루어지는 세상사나 유독 이상하고 신기한 일들에 대해 알려 주었다). 그가 알려 준 새로운 사상을 받아들이고, 그가 펼쳐 보이는 새로운 그림을 상상하고, 마음속에서 그가 보여 주는 새로운 지역을 가는 게 너무나 즐거웠다. 유해한 말을 듣고 놀라거나 난처한 적은 한 번도 없었다.

그가 편안하게 대해 주자 나는 거추장스러운 구속에서 해방되었다. 그가 다정하고 솔직하게, 그리고 진솔한 것 못지않게 예의 바르게 나를 대해 주자 나도 그에게 이끌렸다. 나는 때때로 그가 주인이라기보다는 마치 친척 같다는 기분을 느낀 적도 있었다. 가끔은 여전히 지배적인 태도를 보였다. 그러나 나는 그게 그의 버룻임을 알고 있었기 때문에 개의치 않았다. 나는 내 인생에 더해진 이 새로운 관심사로 인해 아주 행복하고 만족스러웠다. 그래서 이제 더 이상 혈연을 그리워하지 않았다. 초승달처럼 가냘프던 내 운명이 점점 불어나는 것 같았다. 존재의 공허감도 채워졌다. 건강은 점점 좋아졌고 살도 찌고 기운도 났다.

그러면 로체스터 씨가 못생겨 보였을까? 독자여, 그렇지 않다. 그에게 감사했고 그를 생각하면 모두 즐겁고 다정한 일만 떠올라 이제는 그가 가장 보고 싶은 얼굴이 되었다. 그가 방에 있으면 난롯불을 가장 환하게 지핀 것보다 더 아늑했다. 하지만 내가 그의 결함을 잊은 건 아니었으며, 그를 항상 보기 때문에 잊을 수도 없었다. 그는 자만심에 차 있고 냉소적이었으며 온갖 열등한 사람들에게는 심하게 굴었다. 내게는 아주 친절했지만 그 못지않게 다른 여러 사람에게 부당하게 대하는 걸 속으로 은밀히 알고 있었다. 그는 또 우울해 했으며 좀 이상하게 행동했다. 책을 읽어 달라고 불러서 서재에 가 보면 팔짱을 낀 채 머리를 숙이고 있다가 얼굴을 들 때면 침울한 얼굴, 아니 거의 적의에 차서 이목구비가 일그러진 모습을 여러 번 보았다. 그러나 그가 우울하고 가혹한 것도, 도덕적으로 잘못한 과거도(과거라고 한 것은 지금은 그가 더 나아진 것처럼 보여서다) 모두 잔인한 운명의 장난 때문이라고 믿었다. 좋은 환경에서 잘 자라 좋은 교육을 받고 순탄한 운명의 삶을 사는 사람보다, 원래는 그가 더 성질 좋고, 더 고결한 원칙을 지키고, 더 순결한 취향을 지닌 사람이라고 믿었다. 지금 당장은 엉망진창이지만, 훌륭한 자질을 타고난 사람이라고 생각했다. 그의 슬픔이 무엇이든 같이 슬퍼했고, 그 슬픔을 덜기 위해서라면 무슨 일이라도 했을 것이라는 점을 부인할 수 없다.

촛불을 끄고 침대에 누웠다. 하지만 가로수 길에 멈추어 서서 운명의 여신이 자기 앞에 나타나 손필드에서 행복할 수 있으면 행복해 보라고 했다며 말한 로체스터가 생각나 잠이 안 왔다.

나는 자문했다. '왜 손필드에서 행복하면 안 되지? 왜 집을 멀리하는 거지? 다시 곧 떠나려나? 페어팩스 부인 말에 따르면, 한 번에 2주일 이상 머문 적이 거의 없다고 했어. 그런데 지금은 8주일이나 머물고 있네. 그가 가 버리면 슬플 거야. 그가 없는데 봄, 여름, 가을, 겨울이 오면 화창한 날의 햇살도 얼마나 쓸쓸해 보일까!'

이런 생각을 한 다음 잠이 든 건지 아닌지 모르겠다. 알 수 없는 이상하고 침울하게 중얼거리는 소리에 완전히 깨어났다. 바로 위층에서 나는 소리 같았다. 촛불을 끄지 말걸 그랬다는 생각이 들었다. 음산하게 어두운 밤이었고 기분이 우울해졌다. 일어나 침대에 앉아서 들어 보려고 하자 잘 들리지 않았다.

다시 잠들려고 애썼으나 불안하게 심장이 뛰었다. 마음의 평화가 깨졌다. 저 멀리 홀에서 시계가 2시를 알렸다. 바로 그때 누군가 내 방문을 만지는 것 같았다. 마치 손으로 더듬으며 캄캄한 복도를 가다가 손가락으로 벽의 나무판자를 긁는 것 같았다. "거기 누구세요?"라고 물었다. 하지만 아무런 대답이 없었다. 공포에 사로잡혀 오싹했다.

갑자기 파일럿일 수도 있겠다는 생각이 들었다. 부엌문이 열려 있으면 종종 파일럿이 로체스터 씨 침실 문지방으로 가곤 했다. 오전에 파일럿이 그 앞에 있는 걸 본 적이 있었다. 그 생각을 하자 마음이 좀 차분해져 다시 누웠다. 조용해지자 신경이 안정되었다. 집 전체가 다시 조용해지자 잠이 오려고 했다. 그러나 그날 밤은 잠을 자지 못할 운명이었다. 막 꿈을 꾸려는 찰나 등골이 오싹한 사건이 벌어져 겁먹은 꿈이 날아가 버렸다.

그것은 악마의 웃음소리였다. 억눌린 듯한 나지막한 굵은 목소리가 바로 내 방 열쇠 구멍에서 나는 것 같았다. 침대 머리가 문쪽으로 나 있어서 처음에는 웃음소리를 내는 귀신이 바로 내 침대 머리맡에 서 있는 것 같았다. 아니, 내 베개 맡에 웅크리고 앉아 있는 것 같기도 했다. 일어나서 방 안을 둘러보았지만 아무것도 보이지 않았다. 한 번 더 둘러보는데 다시 부자연스러운 그 소리가 들렸다. 벽의 나무판자 뒤에서 나는 소리였다. 처음에는 벌떡 일어나 문의 빗장을 잠그고 그다음에는 "거기 누구세요?"라고 다시 외쳤다.

무언가가 그르렁대는 신음 소리를 냈다. 곧 복도를 되돌아가 3층 계단으로 가는 소리가 들렸다. 최근에 그 계단을 막아 버리는 문을 만드는 공사를 했는데 그 문이 여닫히는 소리가 들리고 사방이 고요해졌다.

'그레이스 풀인가? 악령에 사로잡힌 건가?' 하는 생각이 들었다. 이제 더 이상 혼자 있을 수가 없었다. 페어팩스 부인에게 가려고 서둘러 옷을 입고 숄을 걸쳤다. 떨리는 손으로 빗장을 풀고 문을 열었다. 바로 문밖, 복도의 깔개 위에서 초가 타고 있었다. 이런 상황에 놀랐지만 더 놀라운 것은 연기가 자욱해 눈앞이 침침했다. 이 푸른 연기가 어디서 나오는지 좌우를 둘러보다, 타는 강한 냄새까지 알게 되었다.

무언가 삐걱대는 소리가 났다. 문이 열리며 나는 소리였는데, 로체스터 씨 방문이었다. 연기는 거기서 뿜어져 나오고 있었다. 더 이상 페어팩스 부인을 생각할 때가 아니었다. 그레이스 풀이나 그녀의 웃음도 더 이상 생각나지 않았다. 순식간에 그의 방으로 들어갔다. 침대 주위에 불길이 넘실대고 있었다. 커튼에 불이 붙어 있었다. 이렇게 불이 나서 연기가 피어오르는데도 로체스터 씨는 깊이 잠들어 꼼짝도 하지 않았다.

"일어나세요! 일어나세요!" 내가 소리쳤다. 내가 흔들자 그는 뭐라고 중얼대며 돌아누웠다. 연기로 의식이 혼미해진 것이었다. 이불에도 불이 붙었다. 나는 대야와 물주전자가 있는 쪽으로 달려갔다. 다행히 대야는 바닥이 넓고 주전자는 깊었다. 둘 다에 물을 가득 채웠다. 주전자와 대야를 번쩍 들고 와서 침대와 침대에 누워 있는 사람에게 물을 끼얹었다. 그러고는 내 방으로 달려가 물병을 가져와 다시 한 번 침대에 세례의 물을 퍼부어 신의 가호로 침대를 삼키던 불길을 잡았다.

불이 꺼지며 나는 쉬쉬 소리와 물을 따르다 손에서 떨어뜨린 물주전자 깨지는 소리가 나고, 마구 물을 쏟아붓자 물이 튀어 마침내 로체스터 씨가 깨어났다. 어둡기는 했지만 그가 잠에서 깨어난 것을 알았다. 자신이 물웅덩이 가운데 있는 것을 알고 화가 난 그가 생전 처음 듣는 저주를 퍼부었다.

"홍수가 났나?" 그가 소리쳤다.

"아니에요, 불이 났어요. 얼른 일어나세요, 당신에게 붙었던 불은 지금 꺼졌어요. 초를 갖다 드릴게요."

"기독교 나라에 있는 모든 요정의 이름을 걸고 말하건대, 거기 있는 사람이 제인 에어 양 맞소? 나한테 무슨 짓을 한 거요, 이 마녀, 이 요술쟁이! 이 방에 당신밖에 없잖소? 나를 익사시킬 작정이오?"

"초를 가져다 드릴게요. 그러니 제발 일어나세요. 누군가가 무슨 일을 꾸몄는데, 누가 무슨 짓을 한 건지 빨리 알아내셔야 해요."

"자! 이제 일어났소. 아직은 초를 가져오면 안 되겠소. 내가 마른 옷을 입을 때까지 잠시만 기다리시오. 마른 옷이 있다면 말이오. 아, 여기 내 가운이 있소. 이제 달려가시오!"

나는 달려가서 아직도 복도에 있는 초를 가져왔다. 그는 내게 초를 받아서 치켜들고 까맣게 탄 침대와 물에 푹 젖은 이불과 물이 흥건한 옆의 카펫을 둘러보았다.

"이게 무슨 일이오? 누가 이런 짓을 한 거요?" 그가 물었다.

나는 무슨 일이 있었는지 간단히 말했다. 복도에서 이상한 웃음소리가 났고, 3층으로 올라가는 발소리가 들리더니 연기가 났으며, 타는 냄새가 나서 그의 방으로 왔는데 그 당시 그의 방이 어떤 상황이었고, 어떻게 손에 닿는 물이란 물을 모두 그에게 퍼부었는지 말해 주었다.

그는 아주 심각하게 내 이야기를 들었다. 이야기를 계속하자 그의 얼굴에는 놀라움보다는 걱정이 떠올랐다. 이야기를 다 마쳐도 그는 즉시 말을 꺼내지 않았다.

"페어팩스 부인을 부를까요?" 내가 물었다.

"페어팩스 부인 말이오? 그러지 마시오. 도대체 무엇 때문에 그녀를 부른단 말이오? 그녀가 할 수 있는 일이 뭐 있겠소? 귀찮게 하지 말고 그냥 주무시게 두시오."

"그럼 레아를 데려오고 존과 그의 아내를 깨울게요."

"절대 그러지 마시오. 그냥 가만히 있어요. 숄을 걸치고 있구려. 몸이 충분히 따뜻하지 않거든 저기 있는 내 외투를 걸쳐도 되오. 그걸 두르고 안락의자에 앉아 있으시오. 내가 입혀 주겠소. 이제 발에 물이 닿지 않게 발을 의자 위에 올려놓으시오. 잠시 나갔다 오겠소. 초는 내가 가지고 가겠소. 내가 돌아올 때까지 생쥐처럼 조용히 거기 있으시오. 3층에 갔다 와야겠소. 절대로 움직이거나 누구를 부르면 안 되오."

그는 갔다. 나는 그 촛불이 사라지는 것을 지켜보았다. 그는 조용히 복도를 걸어가서 가능한 한 소리를 내지 않고 계단 문을 열더니 그 안으로 들어간 다음 문을 닫았다. 그러자 마지막 빛마저 사라졌다. 나는 완전히 깜깜한 곳에 있었다. 시간이 많이 흘렀다. 나는 피곤해졌다. 외투를 걸쳤는데도 추웠다. 그리고 그가 집안사람을 아무도 깨우지 말라고 했으니 여기 계속 있어 봐야 아무 소용 없다는 생각이 들었다. 로체스터 씨가 불쾌해 하더라도 명령을 어겨야겠다고 생각한 순간, 복도 벽에 다시 한 번 희미한 불빛이 비치고 맨발로 깔개를 밟는 소리가 들렸다. '그분이면 좋겠네.' 나는 생각했다. '그리고 더 나쁜 일이 없어야 하는데.'

그가 침울하고도 창백한 얼굴로 돌아왔다. 그가 초를 세면대 위에 내려놓으면서 말했다. "모든 걸 알아냈소. 내 생각대로였소."

"어떻게 된 일인가요?"

그는 대답을 하지 않고 팔짱을 낀 채 바닥을 내려다보며 서 있었다. 얼마 후 약간 이상한 어조로 그가 물었다.

"당신 방문을 열었을 때 뭔가 보았다고 했소?"

"아니에요, 바닥에서 초만 봤어요."

"하지만 이상한 웃음소리는 들었소? 전에도 그 웃음소리, 아니면 그 비슷한 소리를 들은 적 있소?"

"네, 그레이스 풀이라는 침모가 그런 식으로 웃어요. 이상한 여자예요."

"바로 그렇소. 당신 추측대로 그레이스 풀이었소. 당신 말대로 이상한 여자요. 아주 이상하오. 이 문제에 대해 좀 더 생각해 보겠소. 그런데 당신과 나 단 두 사람만 오늘 밤 사건을 정확하고 자세히 알아서 다행이오. 당신은 떠벌리는 멍청이는 아니잖소. 이 일에 대해서는 입 다무시오. 이 상황에 대해서는 나중에 설명하겠소. (침대를 가리키며) 그러니, 이제 당신 방으로 돌아가시오. 나는 오늘 밤 서재 소파에서 자면 되오. 새벽 4시가 다 되었으니 두 시간 뒤면 하인들이 일어날 거요."

"그럼, 안녕히 주무세요." 나는 떠나며 말했다.

그는 깜짝 놀라는 것 같았다. 그가 방금 가라고 했기 때문에 그렇게 놀라는 것이 전혀 앞뒤가 맞지 않았다.

"뭐라고 했소!" 그가 소리쳤다. "벌써 가려고 하오? 그런 식으로 말이오?"

"가라고 하셨잖아요."

"하지만 작별 인사도 없이 가면 안 되오. 호의나 인정의 말 한두 마디는 건네고 가야지. 간단히 말해, 메마른 방식으로 짧게 인사만 하고 가서는 안 되오. 당신은 내 생명의 은인이오! 고통스러운 끔찍한 죽음에서 나를 구해 주었소! 그런데 마치 모르는 사람처럼 내 옆을 지나가는군! 적어도 악수라도 합시다."

그는 손을 내밀어 내 손을 잡았다. 처음에는 한 손으로 악수를 했고 그다음에는 두 손으로 잡았다.

"당신은 내 생명의 은인이오. 빚을 진 사람이 당신이라 기쁘오. 더 이상은 말 못 하겠소. 당신 아닌 다른 사람에게 신세를 지고 책임을 져야 하면 참을 수 없을 거요. 하지만 당신은 다르오. 당신이 베풀어 주니 부담이 없소, 제인."

그는 멈추더니 나를 바라보았다. 그는 입술을 떨며 무슨 말인가 하려고 했다. 하지만 목소리가 나오지 않았다.

"그럼, 다시 안녕히 계세요. 이번 일에는 채무감이나 부담감이나 책임감을 느끼지 마세요."

"당신이 어떤 식으로든, 언제든 내게 유익한 사람이 될 줄 알았소. 처음 당신을 보았을 때, 당신 눈을 보고 알았소. 당신 눈의 표정과 미소를 보고 (잠시 그는 말을 멈추었다) 마음속 깊이 기뻤던 것이 (그는 황급히 말을 계속했다) 괜한 일은 아니었소. 타고난 공감에 대해 말하고 착한 수호신 이야기도 들었는데, 이런 말도 안 되는 우화 속에 진실의 씨앗이 있었소. 내 소중한 보호자여, 안녕!"

그의 목소리에서는 이상한 힘이 느껴지고, 그의 뺨은 상기되어 있었다.

"우연히 깨어 다행이에요." 그런 뒤 가려고 했다.

"뭐요! **갈** 거요?"

"추워요."

"춥다고? 그렇겠지. 물웅덩이에 서 있었으니! 그럼 가시오. 제인, 가시오!" 그러나 그가 아직도 내 손을 잡고 있어서 손을 뺄 수가 없었다. 나는 핑계거리를 생각해 냈다.

"페어팩스 부인이 움직이는 소리가 들리는 것 같아요."

"자, 가시오." 그가 손가락을 풀어 주어 나는 내 방으로 갔다.

다시 침대에 누웠으나 잘 생각을 못 했다. 빛나지만 불안한 바다에 던져져 해가 뜰 때까지 잠들지 못했다. 솟구치는 기쁨의 파도 아래 고민의 물결이 일렁였다. 가끔씩 험난한 물결 너머 뷸라*의 언덕처럼 아름다운 해변이 보였다. 그리고 이따금 희망이 일깨운 신선한 강풍이 의기양양하게 내 영혼을 목적지로 데려갔다. 그러나 환상 속에서도 그곳에 도달할 수가 없었다. 육지에서 맞바람이 불어와 계속 나를 밀어 냈기 때문이다. 지성은 열병을 거부하고 판단은 열정에 경고하려고 했다. 너무 열에 들떠 쉴 수가 없어 새벽 동이 트자마자 일어났다.

제16장

이렇게 잠 못 이룬 다음 날 로체스터 씨를 보고 싶기도 하고 만나는 게 두렵기도 했다. 그의 목소리를 다시 듣고 싶기도 했지만 눈을 마주치는 건 두려웠다. 아침 일찍 그가 나타나기를 기대했다. 그가 자주 공부방에 들어오는 습관이 있는 것은 아니었으나 가끔 몇 분씩 들여다보기도 했다. 그날은 분명히 그가 들를 것 같은 느낌이었다.

그러나 오전은 여느 때처럼 지나갔다. 아델과 공부하는 조용한 시간을 방해받는 일은 생기지 않았다. 아침 식사 후 로체스터 씨 방 근처에서 북적대는 소리가 들렸다. 페어팩스 부인의 목소리, 레아의 목소리, 요리사인 존의 아내 목소리에 존의 퉁명스러운 말투까지 들렸다. "주인님이 침대에서 타 죽지 않으셨으니 얼마나 다행이야!", "그렇게 침착하게 물주전자를 생각하셨다니 정말 신이 도우신 거지!", "왜 아무도 안 깨우셨지!", "서재 소파에서 주무셔서 감기 들면 안 되는데."

이런저런 이야기가 한참 오가다 바닥을 닦고 정리하는 소리가 났다. 식사를 하러 아래층으로 가며 열린 문으로 방 안을 보니 완벽하게 정리되어 있었다. 침대 커튼만 떼 낸 상태였다. 레아는 창틀에 서서 연기로 뿌옇게 된 유리창을 닦고 있었다. 이 사태를 어떻게 설명하는지 알고 싶어서 레아에게 말을 걸려고 그녀에게 다가간 순간 방 안에 제2의 인물이 있는 것이 보였다. 어떤 여자가 침대 옆 의자에 앉아 커튼에 달 고리를 바느질하고 있었다. 다름 아닌 그레이스 풀이었다.

그녀가 침착하게 조용한 표정으로 앉아 있었다. 보통 때처럼 갈색 옷에, 체크무늬 앞치마에, 흰 손수건을 목에 두르고 모자를 쓰고 있었다. 바느질에 여념이 없었는데, 완전히 그 일에 몰두한 것처럼 보였다. 그녀의 앞이마나 평범한 이목구비에서는 살인을 시도했고 어젯밤 피해자가 그녀의 은신처까지 쫓아가 (내가 믿기로는) 미수에 그친 범죄에 대해 비난받은 사람에게서 보이는 창백함이나 절박함이 전혀 없었다. 나는 놀라 어이가 없었다. 그녀를 쳐다보고 있는데, 그녀가 나를 올려다보았다. 깜짝 놀라지도 않고 얼굴이 벌겋게 되거나 새하얗게 되지도 않았다. 감정이나 죄의식이 발각될까 봐 두려워하는 기색도 전혀 없었다. 평소처럼 냉담하게 "안녕하세요, 선생님"이라고 짧게 인사하고는 고리 하나와 테이프 천을 집어 들고 계속 바느질했다.

'그녀를 시험해 봐야지.' 나는 생각했다. '저렇게 전혀 아무렇지도 않다니 이해할 수 없군.'

"안녕하세요, 그레이스." 내가 말했다. "여기 무슨 일이 일어났어요? 좀 전에 하인들이 모두 모여 이야기하는 것을 들었는데요."

"어젯밤에 주인님이 침대에서 책을 읽다가 촛불을 켠 채 잠드셔서 커튼에 불이 붙었대요. 하지만 다행히 불길이 침대보나 나무에 옮겨 붙기 전에 주인님이 깨어나셔서 주전자 물로 불을 끄셨대요."

"이상한 일이네요!" 나는 나지막하게 말하고 나서 그녀를 뚫어지게 바라보면서 물었다. "로체스터 씨가 아무도 안 깨우셨나요?

그분이 움직이는 소리를 아무도 못 들었나요?"

그녀는 다시 나를 올려다보았다. 이번에는 뭔가 눈치를 보는 것 같았다. 그녀는 나를 조심스럽게 살피는 것 같았다. 그러고 나서 그녀가 대답했다. "아시다시피 하인들은 멀리 떨어진 곳에서 자잖아요. 그들은 못 들은 것 같아요. 페어팩스 부인 방과 선생님 방이 주인님 방과 가장 가깝죠. 하지만 페어팩스 부인은 아무 소리도 못 들었다는데요. 늙으면 잠이 깊이 들죠." 그녀는 말을 멈추더니 무관심한 척하면서 그러나 명백하게 의미심장한 말을 했다. "하지만 선생님은 젊으시고 깊이 잠들지 않으셨을 것 같은데, 어쩌면 선생님께서 소리를 들으셨을 수도 있겠네요?"

"들었어요." 아직 유리창을 닦는 레아에게 들리지 않도록 내가 목소리를 낮추어 말했다. "처음에는 파일럿이라고 생각했지만 파일럿은 웃지 않잖아요. 분명히 웃음소리, 이상한 웃음소리를 들었어요."

그녀는 새 실을 꺼내 조심스럽게 왁스칠을 하더니 침착하게 바늘에 실을 꿰었다. 그러고는 아주 침착하게 말했다.

"그렇게 위험한 상황에서 주인님이 웃었을 것 같지는 않은데요, 선생님. 틀림없이 꿈을 꾸신 거예요."

"꿈을 꾼 게 아니에요." 그녀가 태연하고도 뻔뻔하게 말하는 게 화나서 열을 내며 말했다. 그녀는 다시 아까처럼 눈치를 보며 나를 살폈다.

"주인님께 웃음소리를 들었다고 말씀하셨나요?" 그녀가 물었다.

"오늘 오전에 주인님과 이야기할 기회가 없었어요."

"문을 열고 복도를 내다볼 생각은 못 했나요?" 그녀가 자꾸 더 물었다.

그녀가 나를 심문하는 것 같았다. 나도 모르게 그녀는 내게서 정보를 얻어 내려고 했다. 내가 그녀의 죄를 알거나 의심한다는 사실을 알면, 그녀가 악의적인 장난을 칠지도 모른다는 생각이 들었다. 조심하는 게 나을 것 같았다.

"반대로 빗장을 잠갔어요." 내가 말했다.

"그럼 잠자리에 들기 전에 매일 빗장을 잠그지 않나요?"

'악마 같으니! 계획대로 하기 위해 내 습관을 알아내려 하는구나!' 다시 신중함이 사라지고 화가 벌컥 났다. 나는 날카롭게 대답했다. "지금까지는 빗장을 잠그지 않는 일이 종종 있었어요. 불필요한 일이라고 생각했거든요. 손필드에서 겁낼 만한 위험한 일이나 골칫거리는 없는 걸로 아는데요. 하지만 다음부터는 (한 마디 한 마디를 강조했다) 잠자리에 들기 전에 모든 안전장치를 다 해놓도록 신경 쓸게요."

"그렇게 하는 것이 현명할 거예요. 이 주변은 어디보다 조용하죠. 그리고 잘 알다시피 찬장에 수백 파운드나 나가는 접시들이 있지만, 이 집이 생긴 이래 도둑이 들었다는 이야기는 들어 본 적이 없어요. 하지만 주인님이 여기에 오래 살지 않으시니까 아시다시피 이렇게 큰 집치고는 하인 수가 아주 적죠. 주인님이 오셔도 독신이라서 시중들 하인이 거의 필요 없어요. 잘못된 일이 일어나더라도 안전한 게 제일이라고 생각해요. 문은 잘 잠기니까 빗장을 걸고 나쁜 일이 생기지 않도록 하세요. 에어 양, 모든 일을 신에게 맡기는 사람도 많지만 신은 수단을 조심해서 사용하는 사람을 축복해요. 수단을 아예 쓰지 말라고는 안 하시죠." 그리고 여기서 그녀의 장광설이 끝났다. 그녀로서는 긴 이야기였으며 퀘이커교도답게 아주 얌전하게 말했다.

내가 보기에 기적적인 통제력과 알 수 없는 위선을 지닌 그녀 앞에서 나는 완전히 할 말을 잃고 서 있었다. 그때 요리사가 들어

왔다.

"풀 부인." 그녀가 그레이스에게 말했다. "'하인' 식사는 곧 준비될 거예요. 내려오시겠어요?"

"아니요, 흑맥주 한 주전자와 약간의 푸딩을 접시에 담아 주세요. 위로 가지고 올라갈게요."

"고기도 가져갈래요?"

"조금만 주세요. 치즈도 조금만 주세요."

"그럼 빵은요?"

"걱정 마세요. 차 마시기 전에 이리 내려올게요. 내가 알아서 할게요."

요리사는 내게 몸을 돌려 페어팩스 부인이 기다리고 있다고 했다. 그래서 나는 떠났다.

식사 도중 페어팩스 부인이 커튼에 어떻게 불이 붙었는지 설명했지만 거의 듣지 않았다. 그레이스 풀이라는 수수께끼 같은 인물에 대해 이리저리 생각하느라 너무 몰두해 있었다. 그리고 손필드에서 그녀의 위치에 대해서는 생각할 게 더 많았다. 왜 그녀가 그날 오전에 구속되지 않았는지, 아니면 적어도 왜 이 집에서 쫓겨나지 않았는지 의문을 떨칠 수가 없었다. 어젯밤 그는 분명히 그녀가 범죄를 저질렀다고 말했다. 알 수 없는 이유가 있어서 고발하지 못하는 것일까? 왜 나를 비밀에 끌어들였을까? 이상한 일이었다. 대담하고 거만하고 복수심 많은 신사가 하녀 중에서도 가장 보잘것없는 사람에게 꼼짝도 못하다니. 자신을 죽이려 했는데도 벌을 주기는커녕 그런 시도를 공개적으로 비난할 엄두도 못 내다니.

만일 그레이스가 예쁘고 젊은 여성이라면 신중함이나 공포보다 낭만적인 감정 때문에 참는다고 생각했을 것이다. 하지만 호감을 주기 어려운 인상에다 뚱뚱하기까지 한 그녀를 보면 그런 생각까지는 안 들었다. '하지만 한때는 그녀도 젊었지. 그녀가 젊었을 때는 주인도 젊은이였겠지. 페어팩스 부인이 언젠가 그녀는 여기 오래 있었다고 말한 적이 있어. 그녀가 예쁜 적은 없었을 거야. 하지만 어쩌면, 개인적 약점을 보완할 만큼 독창적이고 강인할지도 모르지. 로체스터 씨는 단호한 데다 독특한 사람을 좋아하는데, 그레이스는 적어도 독특하기는 하지. 과거에 일시적인 기분으로 저지른 일(그처럼 충동적이고 제멋대로인 사람이 일시적인 기분으로 그런 일을 저지를 수 있다) 때문에 그녀에게 꼼짝도 못하는 것이라면? 그래서 그녀가 은밀하게 그의 행동에 영향을 미치는 것이라면? 경솔하게 저지른 일인데 이제 와서 없었던 일로 할 수도 없고 무시해 버리지도 못하는 것이라면?' 여기까지 추측했을 때, 풀부인의 떡 벌어진 밋밋한 몸매나 못생기고 메마르고 천박해 보이기까지 하는 얼굴이 뚜렷이 떠오르며, '아니야. 불가능해! 내 추측이 틀렸을 거야' 하는 생각이 들었다. 그와 동시에 우리 마음속에 있는 은밀한 목소리가 속삭였다. "하지만 너도 안 예쁘잖아. 그래도 로체스터 씨가 널 좋게 생각하는 것 같잖아. 어쨌든 너 자신도 종종 그렇게 느끼잖아. 게다가 어젯밤 그의 말을 기억해 봐. 그의 표정을 기억해 봐. 그의 목소리를 기억해 봐!"

나는 모든 것을 기억해 냈다. 그 순간 그의 말과 눈길과 말투가 생생하게 되살아났다. 지금은 공부방에 있었다. 아델은 그림을 그리고 나는 그녀 위로 몸을 구부려 연필로 그리기를 지도하고 있었다. 그녀는 깜짝 놀라며 나를 처다보았다.

"뭐가 문제예요, 선생님? 손가락이 나뭇잎처럼 흔들리고 볼이 버찌처럼 빨개졌어요."

"몸을 구부리고 있었더니 더워서 그래, 아델!" 아델은 계속 스케치를 했고 나는 계속 생각을 했다.

황급히 그레이스 풀에 대한 혐오감을 마음에서 몰아냈다. 생각만 해도 역겨웠다. 그녀와 나를 비교하다니, 우리는 아주 달랐다. 베시 리븐은 내가 숙녀 같다고 하지 않았던가. 그건 사실이었다. 나는 숙녀였다. 그리고 이제 나는 베시가 과거에 보던 모습보다 훨씬 더 나아져 있었다. 생활이 즐겁고 더 밝은 희망을 품자, 살집도 붙고 화색도 돌며 더 생기 있고 활발해졌다.

"저녁이 다 됐네." 나는 창문을 바라보며 말했다. "오늘은 이 집에서 로체스터 씨 목소리나 발소리도 못 들었어. 하지만 분명히 밤이 되기 전에 보게 되겠지." 아침에는 만날까 봐 두려웠으나 이제는 만나고 싶었다. 오래 기대하다 보니 몹시 보고 싶었다.

정말 날이 완전히 저물고 아델이 소피와 함께 아이 방으로 놀러 가 버리자 그가 몹시 보고 싶어졌다. 아래층에서 종이 울리나 하고 귀를 기울였다. 레아가 메시지를 가지고 오나 하고 기다렸다. 가끔씩 로체스터 씨의 발소리가 들리는 상상도 했다. 문이 열리고 그를 들어오게 하려고 문 쪽으로 몸을 돌리기도 했다. 그러나 여전히 문은 닫혀 있었다. 창문을 통해서만 어둠이 들어왔다. 하지만 아직 늦은 시각은 아니었다. 그는 종종 7시나 8시에 나를 부르기도 했다. 지금은 6시밖에 안 되었다. 그에게 할 말이 이렇게 많은데, 오늘 밤에 못 만나 실망하면 어쩌지! 다시 그레이스 풀 이야기를 꺼내 그가 어떤 대답을 하는지 듣고 싶었다. 어젯밤의 끔찍한 일을 그레이스 풀이 저질렀다고 생각하느냐고 묻고 싶었다. 그렇다면 왜 그녀가 저지른 나쁜 짓을 비밀에 부치는지도 묻고 싶었다. 내가 호기심을 보이는 데 대해 그가 짜증을 내도 상관없었다. 나는 그를 당황케 한 다음 위로하기를 즐겼다. 이렇게 하는 게 큰 즐거움이었으며, 나는 본능적으로 지나치게 하는 법이 없었다. 약간 자극을 주는 것 이상으로 한 적은 전혀 없었다. 나의 기술을 끝까지 실험해 보는 게 좋았다. 형식적으로 모든 자질구레한 일에 존경심을 표시하고 내 처지에 어울리게 깍듯이 예의를 지키면서도, 두려워하거나 불편하게 자제하지 않고 그와 논쟁할 수 있었다.

마침내 계단에서 삐걱대는 발소리가 났다. 레아였다. 페어팩스 부인 방에 차가 준비되었음을 알리러 온 것이었다. 아래층으로 가는 것만으로도 반가웠다. 아래층으로 가면 로체스터 씨에게 가까워진다는 생각 때문이었다.

"차를 드시고 싶어 할 것 같아서요." 내가 가자 착한 부인이 말했다. "저녁을 거의 드시지 않았잖아요." 그녀가 계속 말했다. "오늘은 좀 아파 보여요. 열도 있고 얼굴도 상기되었어요."

"오, 아주 괜찮아요! 아주 좋은걸요."

"그러면 식욕이 있다는 걸 증명해 보세요. 뜨개질을 마무리하는 동안 차 주전자를 좀 채워 주시겠어요?" 뜨개질을 마무리하자, 그녀는 블라인드를 내리려고 일어났다. 황혼이 지고 이제 완전히 어두워졌는데도 그녀는 햇빛이 최대한 들게 하려고 아직까지 블라인드를 내리지 않았던 것이다.

"오늘 밤에는 날씨가 맑네요." 유리창을 내다보면서 그녀가 말했다. "별이 반짝이진 않지만 말이에요. 대체로 로체스터 씨가 여행하기 좋은 날씨예요."

"여행이라고 하셨어요! 로체스터 씨가 어딜 가셨나요? 나가신 줄 몰랐는데요."

"오, 아침 식사를 하시자마자 떠났어요! 에슈턴 씨 저택인 리스로 갔어요. 밀코트와 반대편으로 10마일 정도 떨어진 곳이죠. 거기서 굉장한 파티가 열릴 거예요. 잉그램 경, 조지 린 씨, 덴트 대령들이 모이죠."

"오늘 밤에 돌아오시나요?"

"안 오세요. 내일도 안 오세요. 거기서 일주일이나 아마 더 머물 거예요. 멋진 사교계 인사들이 모이니 흥겹고 멋질 거예요. 즐겁고 재미있는 일들이 많아서 금방 헤어지지는 않을 거예요. 그런 경우에 흔히 괜찮은 신사분들을 특별 초대하죠. 로체스터 씨는 그렇게 재능이 많은 데다 사교계에서 활발하셔서 다들 좋아하죠. 숙녀분들도 그를 아주 좋아하고요. 그분의 외모가 특히 숙녀분들에게 호감을 사지 못할 거라 생각하실지 모르지만 재능과 능력과 부가 있고 좋은 가문 출신이라 외모 상의 사소한 결점을 보완할 거예요."

"리스에도 숙녀분들이 있나요?"

"에슈턴 부인과 세 딸이 있어요. 정말로 아주 우아한 숙녀분들이세요. 그리고 가장 아름다운 아가씨인 블랑슈 양과 메리 잉그램 양도 있을 거예요. 6년인가 7년 전에 블랑슈 양을 본 적이 있는데 그때는 열여덟 살이었죠. 로체스터 씨가 여기서 열었던 크리스마스 무도회에 오셨죠. 그날 식당을 보셨어야 하는데. 정말 화려하게 장식한 데다 온통 불빛이 번쩍번쩍했죠! 50명의 신사 숙녀가 참석했는데, 모두 이 지방 최고 가문의 분들이었어요. 그날 저녁 잉그램 양이 가장 아름다운 숙녀로 꼽혔죠."

"그녀를 보셨어요? 페어팩스 부인, 어떻게 생겼어요?"

"그럼요, 봤죠. 식당 문이 열려 있었어요. 그리고 크리스마스 때라 하인들도 홀에 모여 숙녀들의 노래와 연주를 듣는 게 허용되었거든요. 로체스터 씨께서 저더러 들어오라고 해서 조용한 구석에 앉아 그들을 지켜봤지요. 그렇게 화려한 광경은 처음 봤어요. 아가씨들은 격조 있게 옷을 차려입고 그들 대부분, 적어도 젊은 아가씨들은 예뻐 보였어요. 하지만 단연 여왕은 잉그램 양이었어요."

"그녀는 어떻게 생겼나요?"

"키가 크고 가슴이 멋진 데다 어깨선은 부드럽고 목은 길고 우아했죠. 올리브 빛 피부로 얼굴은 검은 편이지만 투명하고, 이목구비도 뚜렷하고, 눈이 로체스터 씨처럼 검고 큰 편이어서 그녀가 한 보석 못지않게 빛났어요. 그리고 머리카락도 아주 멋졌어요. 새까만 머리를 어울리게 매만졌죠. 뒤쪽으로는 머리를 굵게 땋았고 앞쪽에는 머리카락을 늘어뜨렸죠. 내가 지금까지 본 중에서 가장 길고 가장 반짝이는 머리카락이었어요. 옷은 순결한 흰 드레스를 입었죠. 호박색 스카프를 어깨와 가슴 위로 걸친 다음 허리에서 묶었죠. 술이 달린 끝 부분은 무릎 아래까지 길게 늘어뜨렸어요. 머리에는 호박빛 꽃도 꽂고요. 굽실거리는 흑단 같은 머리카락과 멋진 대조를 이루었어요."

　"물론 그녀를 흠모하는 남자분들이 많았겠네요?"

　"정말 많았죠. 아름다울 뿐 아니라 교양도 뛰어나니까요. 그녀도 노래를 부른 숙녀 중 한 명이었어요. 한 신사분이 피아노 반주를 했고 로체스터 씨와 그녀가 이중창을 하셨죠."

　"로체스터 씨와 함께요? 로체스터 씨가 노래를 잘하는지 몰랐어요."

　"오! 멋진 저음의 목소리를 지닌 데다 음악 취미가 대단하세요."

　"그리고 잉그램은 어땠나요? 어떤 목소리였나요?"

　"아주 성량이 풍부하고 강력한 목소리였어요. 아주 즐겁게 노래를 불렀죠. 그녀가 노래를 불러 뜻밖에 즐거웠어요. 그 후 그녀가 피아노 연주를 했죠. 난 음악을 잘 모르지만, 로체스터 씨는 잘 아세요. 그녀가 뛰어나게 훌륭한 연주를 했다고 로체스터 씨가 말씀하셨거든요."

　"그 아름다운 아가씨는 아직 결혼을 안 했나요?"

　"안 한 것 같아요. 그녀나 여동생 둘 다 재산이 많지 않아요. 잉그럼 양 아버지의 영지는 대부분 한정 상속되어 장남이 거의 독차지했어요."

"그녀에게 반한 부유한 귀족이나 신사가 없나요? 예를 들면, 로체스터 씨는 어떤가요? 그는 부자죠, 그렇죠?"

"오! 부자죠. 하지만 나이 차이가 너무 많이 나잖아요. 로체스터 씨는 거의 마흔이고 그녀는 고작 스물다섯이거든요."

"그게 어때서요? 나이 차이가 더 많이 나도 결혼하는 사람들이 있는데요."

"그건 사실이지만 로체스터 씨는 그런 생각을 거의 안 하실 것 같은데요. 그런데 아무것도 안 드시네요. 차를 한 모금 마신 다음 거의 아무것도 입에 안 대시네요."

"네, 너무 목이 말라 아무것도 먹을 수가 없어요. 한 잔 더 마셔도 될까요?"

로체스터 씨와 아름다운 블랑슈 양의 결합 가능성에 대해 다시 이야기하려고 했으나 아델이 들어와 이야기가 다른 쪽으로 흘러가 버렸다.

다시 혼자 되자, 내가 모은 정보를 다시 검토해 보았다. 내 마음속을 들여다보고 생각과 감정을 검토하고, 단호하게 끝없이 마구 뻗어 나가려는 쓸데없는 생각들을 다시 상식이라는 안전한 우리에 몰아넣으려고 했다.

나 자신이라는 법정에 기억을 소환하여 묻자, 기억은 내가 그 전날 밤부터 희망과 소원과 감정을 간직해 왔음을 증언했다. 그리고 지난 2주일 동안 내가 몰두했던 정신 상태 전반에 대해서도 증언했다. 이성은 앞으로 나서서 특유의 조용한 어조로 솔직하고도 꾸밈없이 내가 얼마나 현실을 무시하고 탐욕스러운 이상에 빠져 있었는지 말했다. 나는 스스로 이런 취지의 판결을 내렸다.

제인 에어는 이 세상에서 가장 어리석은 멍청이며, 달콤한 거짓말로 배를 채우고 신의 술로 착각하고 독을 마시는 황당한 백치다.

나는 나 자신에게 말했다. "**네가** 로체스터 씨의 귀염둥이라고? **네가** 그를 기쁘게 해 줄 재주를 가지고 있다고? 어쨌든 **네가** 그에게 중요한 사람이라고? 꺼져! 어리석은 네 모습이 역겨워. 그리고 가끔 그가 보여 주는 호의의 표시에서 즐거움을 얻는다고? 세태를 잘 아는 훌륭한 가문 출신의 신사가 고용인이자 애송이에게 보인 애매한 호의의 표시를 그렇게 착각한 거야. 감히 어떻게 그런 생각을 해? 불쌍한 바보 멍청이 같으니. 너 자신한테 무엇이 이로운지 생각하며 좀 더 현명하게 굴 수 없어? 오늘 오전에도 어젯밤에 잠깐 있었던 장면을 다시 생각했지? 얼굴을 가리고 부끄러운 줄 알아! 그가 뭐라고 하며 네 눈을 칭찬했다고? 멍청한 애송이 같으니! 아둔한 눈을 똑똑히 뜨고 너 자신이 얼마나 말도 안 되는 진저리쳐지는 생각을 했는지 살펴봐. 신분 높은 사람이 전혀 결혼할 생각이 없는데 그런 호의에 우쭐하는 건 전혀 도움이 안 돼. 그건 마음속에서 은밀하게 사랑을 불태우는 여자 누구에게나 나타나는 광기야. 상대방이 모르거나 짝사랑으로 끝난다면 그 광기가 사랑에 양분을 공급하는 목숨 자체를 삼켜 버릴 거야. 만일 상대방이 눈치채고 사랑하면 그 광기는 **도깨비불**처럼 빠져나올 길 없는 진창으로 너를 데려갈 거야.

그러니 제인 에어, 네게 내린 판결을 잘 들어 봐. 내일 거울을 앞에 두고 분필로 네 얼굴을 그려 봐. 결점을 하나도 죽이지 말고 사실 그대로 그려야 해. 눈에 거슬리는 선을 생략하면 안 되고, 불쾌하게 비대칭이라고 슬쩍 그럴싸하게 그려도 안 돼. 그 밑에 '친척도 없고 가난하고 못생긴 가정 교사의 초상화'라고 써야 해.

그다음에 그림 상자에 넣어 둔 부드러운 상아 조각과 팔레트를 꺼내 가장 깨끗한 색이 나는 좋은 새 물감을 섞어 섬세한 낙타 털로 만든 붓을 골라 상상 가능한 가장 아름다운 얼굴을 꼼꼼하게 그려. 페어팩스 부인이 블랑슈 잉그램에 대해 묘사한 대로 가장 부드럽게 음영을 주면서 가장 아름다운 선을 그려. 굽실대는 흑단 같은 머리와 동양적인 눈을 기억해. 뭐라고! 모델로 다시 로체스터 씨를 생각한다고! 정신 차려! 더 이상 흐느끼지 마! 이성과 결단만 허용한다. 위엄 있으면서도 조화로운 윤곽과 그리스인 같은 목과 가슴을 떠올려. 눈부신 둥근 팔과 섬세한 손도 드러나도록 그려야 해. 다이아몬드 반지나 금팔찌도 잊지 마. 날아갈 듯한 레이스 장식을 한 번쩍이는 새틴 드레스와 우아한 스카프와 황금빛 장미 금 브로치도 잊지 말고 그려야 해. 그 초상화에는 '교양 있는 귀족 숙녀, 블랑슈'라고 써야 해.

혹시 나중에라도 로체스터 씨가 널 좋아한다는 황당한 생각이 들면, 그때마다 이 두 그림을 꺼내 비교한 다음 '로체스터 씨는 원하면 아마도 이 귀족 숙녀의 사랑을 얻을 거야'라고 말해. 그가 이처럼 가난하고 미미한 평민을 진지하게 생각하며 낭비할 것 같니?'

'그렇게 해야지.' 나는 결심했다. 이런 결심을 하자 마음이 차분해져 잠이 들었다.

나는 약속을 지켰다. 크레용으로 내 초상화를 그리는 것은 한두 시간이면 충분했다. 그리고 상아에 상상 속의 블랑슈 잉그램의 작은 초상화를 그리는 데는 2주일이 채 안 걸렸다. 충분히 아름다운 얼굴이었고 크레용으로 그린 현실적인 두상과 비교할 때 자제력의 요구대로 아주 뚜렷한 대조를 이루었다. 이 작업에는 이점이 있었다. 손과 머리를 계속 쓰면서 새로운 인상을 마음속에서 지워지지 않게 강하고 단단히 새겨 놓았다.

곧 억지로 감정을 다스리는 건전한 이런 원칙을 세우기를 잘했다고 생각할 일이 생겼다. 이 원칙 덕분에 그다음에 일어난 일련의 사건들을 점잖고 침착하게 대응할 수 있었다. 만일 준비가 채 안 된 상태에서 그런 일이 일어났으면, 침착하지 못한 모습을 밖으로 드러내고 말았을 것이다.

제17장

한 주가 지났다. 로체스터 씨에게서는 아무 소식도 없었다. 열흘이 지났는데도 그는 아직 돌아오지 않았다. 페어팩스 부인은 그가 리스에서 바로 런던으로, 또 런던에서 유럽으로 가서 1년간 손필드에 나타나지 않는다 해도 놀랄 일이 아니라고 했다. 예상치 못하게 갑자기 손필드를 떠나는 일이 흔하다고 했다. 이 말을 듣자 이상하게 가슴이 서늘해지더니 무너지는 것 같았다. 실제로 나 자신에게 실망의 감정을 허용하고 있었다. 하지만 곧 정신을 수습하고 다시 원칙을 떠올리며 내 감정에게 경고했다. 내가 이렇게 일시적인 실수를 잘 극복한 것, 즉 로체스터의 동태에 관심을 가져야 한다고 생각한 잘못에서 벗어난 것은 아주 잘한 일이었다. 노예 같은 열등감으로 나 자신을 낮춘 게 아니라, 반대로 이렇게만 말했다.

"그와 너의 관계는 손필드 주인의 피후견인을 가르치고 봉급을 받는 것뿐이야. 네가 의무를 다했을 때 기대할 만한 정중하고 친절한 대우에 감사하면 그걸로 다야. 그것만이 그가 진심으로 인정하는 너와의 유일한 관계임을 명심해. 그러니 그를 두고 민감하게 반응하고 기뻐하고 고뇌하지 마. 그는 너와 신분이 달라. 네 계급에 맞게 행동해. 자존심을 지켜. 그런 선물을 바라지도 말고 네 마음과 영혼과 힘을 경멸이나 받을 곳에 모두 바치지 마."

나는 조용히 할 일을 했다. 그러나 곧 손필드를 떠나야 할 모호한 이유들이 계속 머리에 맴돌았다. 나도 모르게 광고 문안을 만들기도 하고 새로운 일자리를 생각해 보기도 했다. 이런 생각을 굳이 멈추려 하지 않았다. 이런 생각들이 싹트고 열매를 맺을 수 있다면 그러라고 내버려 두었다.

로체스터 씨가 집을 비운 지 2주일 정도 되었을 때, 페어팩스 부인 앞으로 편지가 왔다.

"주인님이 보내셨네." 주소를 보더니 그녀가 말했다. "이제 주인님이 돌아오실지 안 오실지 알겠군."

페어팩스 부인이 봉인을 뜯고 편지를 읽는 동안 나는 계속 커피를 마셨다(우리는 아침 식사 중이었다). 커피는 뜨거웠다. 뜨거운 커피 때문에 얼굴이 달아올랐다고 생각했다. 손이 떨리는 것이나, 나도 모르게 커피를 반이나 접시에 흘린 이유에 대해서는 생각하지 않기로 했다.

"가끔씩 우리가 너무 조용히 산다는 생각을 했는데 이제 바빠질 것 같네요." 안경 아래로 편지를 든 채 페어팩스 부인이 말했다.

나는 마침 풀려 있던 아델의 앞치마 끈을 묶어 주고, 그녀에게 빵 하나를 더 주고, 그녀의 컵에 우유를 다시 채워 준 다음 설명해 달라고 해도 된다고 다짐했다. 나는 태연하게 말했다.

"로체스터 씨가 곧 돌아오지 않으시나 봐요?"

"아니, 돌아오세요. 사흘 내로 오신대요. 그럼 다음 주 목요일이겠네요. 혼자 오시는 게 아니라고 했어요. 리스에서 함께 오실 높은 분들의 숫자가 얼마나 될지 모르겠어요. 가장 좋은 침실을 준비해 두고 서재와 응접실을 깨끗이 청소하라고 하시네요. 조지 여관에서든 다른 곳에서든 가능한 곳에서 부엌일을 도와줄 사람을 더 불러야겠어요. 숙녀들은 시녀를, 신사들은 시종을 데리고 올 거예요. 사람들로 집이 꽉 차겠죠." 그리고 페어팩스 부인은 황급히 아침 식사를 끝내고 그 일을 시작하러 서둘러 가 버렸다.

그녀의 예상대로 사흘은 아주 바빴다. 그 전에도 손필드의 방들이 아름답고 깨끗하게 잘 정돈되어 있다고 생각했는데 잘못 생각한 것 같았다. 일을 도와줄 사람을 세 명이나 불렀다. 그렇게 북북 문지르고, 먼지를 털어 내고, 페인트칠한 곳을 닦아 내고, 카펫을 두드리고, 그림을 내렸다 다시 달고, 거울과 등을 닦고, 침실에 불을 피우고, 이불을 내다 말리고, 깃털 넣은 매트를 난로에 말리는 장관은 그 전에도 그 후에도 본 적이 없었다. 이 와중에 아델은 이리저리 뛰어다녔다. 손님 맞을 준비를 하고 곧 올 손님에 대한 기대로 기뻐서 어쩔 줄 몰랐다. 그녀는 자신의 모든 '의상(옷을 그렇게 불렀다)'을 살펴보고 유행이 지난 것은 모두 유행에 맞춰 고치고 새 옷은 바람을 쐬고 말끔하게 정리해 달라고 했다. 그래 놓고 그녀는 그저 앞 방에서 깡충깡충 뛰어다니거나 침대 위로 오르락내리락하거나 굴뚝에서 으르렁거리는 소리를 내며 활활 타는 난로 앞에 쌓아 둔 베개와 덧베개를 베고 침대 매트 위에 누워 있기만 했다. 그녀는 공부를 안 해도 되었다. 페어팩스 부인이 내게도 도와달라고 했기 때문이다. 나는 그녀의 요리사를 돕느라(혹은 방해하느라) 하루 종일 식품 저장 창고에 가 있었다. 거기서 커스터드와 치즈 케이크와 프랑스식 파이 만드는 법이나 닭고기를 꼬챙이에 꿰는 법이나 디저트 접시를 장식하는 법을 배웠다.

손님들은 목요일 오후 6시에 맞춰 도착해 저녁 식사를 하기로 되어 있었다. 그때까지는 망상에 사로잡힐 시간이 없었다. 아델 정도는 아니지만 나도 다른 사람 못지않게 활발하고 명랑했다. 그런데 가끔 나의 쾌활함에 제동이 걸렸다. 나도 모르게 다시 의심과 불길한 징조와 모호한 추측에 사로잡혔다. 우연히 3층 계단 앞문 (늘 닫혀 있는)이 천천히 열리고 단정한 모자를 쓰고 하얀 앞치마를 입고 목에 수건을 두른 그레이스 풀이 나오는 모습을 보았을 때, 천 슬리퍼를 신은 그녀가 소리 없이 조용히 복도를 미끄러져 갈 때, 그녀가 온통 뒤죽박죽인 소란스러운 침실을 들여다보고 청소부 여자에게 난로 창살을 제대로 닦는 법이나 대리석 벽난로 선반을 청소하는 법이나 벽지에서 얼룩 지우는 법에 대해 한 마디씩 툭툭 던질 때, 그런 느낌이 들었다. 이렇게 그녀는 하루에 한 번씩 부엌으로 내려와 식사를 하고 난롯가에서 잠시 담배를 피운 뒤 흑맥주 병을 들고 위층의 음울한 자기 방으로 돌아갔다. 24시간 중 한 시간만 아래층의 다른 하녀들과 함께 지내고, 그 외의 시간은 지하 감옥에 갇힌 죄수처럼 친구도 없이 천장이 낮고 참나무 벽으로 된 3층 방에 앉아 바느질을 했다. 그리고 아마도 혼자 쓸쓸하게 웃는 것 같았다.

가장 이상한 일은 나를 빼고는 이 집의 누구도 그녀의 습관을 유심히 보거나 놀라지 않는다는 것이었다. 누구도 그녀의 지위나 일에 대해 왈가왈부하지 않고 누구도 그녀의 고독이나 고립을 동정하지 않았다. 사실 한번은 레아와 청소부가 그레이스 풀을 화제로 이야기하는 것을 잠깐 엿들었다. 레아는 무언가에 대해 말했는데, 그 부분은 듣지 못했다. 그러자 청소부가 말했다.

"그녀는 봉급을 많이 받을 것 같은데요?"

"그럼요." 레아가 말했다. "저도 그렇게 많이 받았으면 좋겠어요. 제 봉급이 적다고 불평하는 건 아니고요. 손필드에서 인색하진 않죠. 하지만 제 봉급은 풀 부인의 5분의 1밖에 안 돼요. 그녀는 저축을 하고 있잖아요. 4분기에 한 번씩 밀코트에 있는 은행에 가죠. 틀림없이 지금 그만두어도 충분히 독립할 수 있을 만큼 저축

했을 거예요. 하지만 이곳 일에 익숙해진 데다 아직 마흔도 안 되었고 몸이 튼튼해 무슨 일이든 할 수 있잖아요. 일을 그만두기에는 아직 이르죠."

"아주 솜씨가 좋은가 봐요." 청소부가 말했다.

"아! 자신이 해야 할 일을 누구보다 잘 알죠." 의미심장하게 레아가 덧붙였다. "그런데 그녀가 하는 일은 아무나 할 수가 없잖아요. 그녀가 받는 돈을 다 받아도 못 하죠."

"아무나 못 하죠!" 대답이 들렸다. "주인님이 어쩐지……."

청소부가 계속 말하고 있었는데, 이쯤에서 레아가 몸을 돌려 나를 알아보았다. 그녀는 얼른 동료를 쿡 찔렀다.

"선생님은 모르시나요?" 그 여자가 속삭이는 소리가 들렸다.

레아는 고개를 저었고 당연히 대화가 끊겼다. 들은 말을 종합해 보면 이런 결론이 나왔다. 손필드에 비밀이 있는데 일부러 나에게만 알려 주지 않는 것이다.

목요일이 다가왔다. 전날 저녁에는 만반의 준비가 되었다. 카펫을 새로 깔았고 침대 휘장을 장식했고, 빛나는 하얀 침대보를 깔았고, 화장대를 정리했고, 가구를 닦았고, 꽃병에는 꽃을 꽂아 두었다. 방과 응접실은 더할 나위 없이 밝고 산뜻해 보였다. 홀도 문질러 닦아 놓았고 층계의 계단과 난간뿐 아니라 조각된 시계까지도 유리처럼 반짝반짝 윤났다. 접시로 가득 찬 식당 찬장이 번쩍거렸고 거실과 내실에는 사방에 활짝 핀 이국적인 꽃이 꽂힌 꽃병들이 놓여 있었다.

오후가 되었다. 페어팩스 부인은 자신의 옷 중 가장 멋진 검은 새틴 드레스를 입고 장갑을 끼고 금시계를 찼다. 손님을 맞이하고, 숙녀들의 방으로 안내하는 역할을 맡은 것이다. 적어도 그날 아델이 손님들에게 소개될 가능성은 거의 없었지만, 아델 역시 옷을 차려입었다. 하지만 그녀를 기분 좋게 하기 위해 소피더러 그녀에게 짧은 모슬린 드레스를 입혀도 된다고 했다. 나는 옷을 갈아입을 필요가 없었다. 나의 성소인 공부방을 나와 달라는 요청을 받을 리가 없었다. 이제 공부방은 나에게 성소, '문제의 시기에 피할 수 있는 쾌적한 피난처'가 되었다.

온화하고 고요한 봄날이었다. 3월 말이나 4월 초쯤으로, 대지 위로 빛나는 여름이 성큼 다가온 듯한 그런 날이었다. 날이 저물어 가는데도 여전히 따뜻했다. 나는 창문을 열어 놓은 채 공부방에서 일했다.

"늦어지시네." 옷 스치는 소리를 내며 페어팩스 부인이 들어왔다. "로체스터 씨가 말씀하신 시간보다 한 시간 늦게 저녁을 준비하라고 하길 잘했네요. 벌써 6시가 넘었어요. 존에게 길에 누가 오는지 대문으로 가서 보라고 했어요. 거기서는 밀코트 방향으로 멀리까지 볼 수 있거든요." 그녀는 창가로 갔다. "저기 그가 있네!" 그녀가 말했다. "존, (창밖으로 몸을 내밀고) 새로운 소식 있어요?"

"오고들 계십니다, 부인." 대답이 들렸다. "10분 후면 여기 도착하실 겁니다."

아델은 창가로 달려갔고 나도 따라갔다. 일부러 신경을 써서 한쪽 구석에 섰다. 그래서 눈에 띄지 않고 그들을 볼 수 있었다.

존이 말한 10분은 아주 길어 보였으나, 마침내 마차 바퀴 소리가 들렸다. 네 사람이 말을 타고 달려오고 그 뒤로 무개 마차 두 대가 따라왔다. 마차에는 온통 베일이 펄럭이고 깃털이 물결치고 있었다. 말 탄 사람 중 두 명은 늠름한 젊은 신사였다. 세 번째 사람은 로체스터 씨로 자신의 검은 말인 메스루어를 타고 왔다. 그 앞에서 파일럿이 달려왔다. 로체스터 씨 옆에는 한 숙녀가 말을 타고 나란히 가장 앞장서서 왔다. 그녀의 보라색 승마복은 거의 땅을 스치고 있었다. 바람에 그녀가 쓴 베일이 길게 물결쳤다. 숱 많은 검은 곱슬머리가 투명한 베일의 주름 사이로 비치며 빛났다.

"잉그램 양이네요!" 페어팩스 부인이 소리치고는 아래층의 자기 위치로 서둘러 가 버렸다.

말의 행렬이 굽이진 길을 따라 잽싸게 저택의 모퉁이를 돌아가서 보이지 않았다. 아델은 이제 제발 아래층으로 내려가게 해 달라고 애원했다. 하지만 나는 아델을 무릎에 앉힌 뒤, 지금이나 앞으로나 로체스터 씨가 부르지 않으면 어떤 이유로든 숙녀들 앞에 나서지 말라고 당부했다. 그렇게 하지 않으면 로체스터 씨가 화낼 거라는 등의 말로 타일렀다. 이 말을 듣자 아델은 자연스럽게 눈물을 흘렸다.* 하지만 아주 엄한 표정을 짓자 마침내 눈물을 닦아 냈다.

홀에서 즐겁게 이야기하는 소리가 들렸다. 신사들의 굵은 목소리와 숙녀들의 은방울 같은 목소리가 조화롭게 섞여서 들려왔다. 크지는 않지만 자신의 집을 방문한 아름다운 숙녀와 씩씩한 신사를 환영하는 손필드 저택 주인의 낭랑한 목소리가 다른 목소리들보다 뚜렷하게 들렸다. 그 후 계단을 오르는 가벼운 발소리, 복도를 지나는 경쾌한 발소리, 부드럽고 경쾌한 웃음소리, 문을 여닫는 소리가 이어졌다. 그러고는 한동안 조용했다.

"숙녀분들이 옷을 갈아입나 봐요." 유심히 들으면서 일거수일투족을 좇던 아델이 이렇게 말하고는 한숨을 쉬었다.

"엄마 집에 있을 때는 사람들이 많이 올 때마다 거실로 방으로 따라다녔어요. 하녀가 숙녀분의 옷을 입혀 주고 머리를 매만져 주는 걸 지켜보기도 했어요. 정말 재미있었고, 그러면서 배웠어요."

"아델, 배 안 고프니?"

"네, 배고파요. 식사한 지 대여섯 시간이나 지났는걸요."

"숙녀들이 방에 있는 동안 아래층에 내려가 먹을 것 좀 가져다 줄게."

나는 조심스럽게 은신처에서 나와 곧장 부엌으로 통하는 뒤쪽 계단으로 갔다. 부엌에서는 온통 불을 피운 채 난리법석이었다. 수프와 생선 요리는 마지막 완성 단계에 있었고 요리사는 몸도 마음도 폭발하기 일보 직전의 상태에서 도가니 위로 몸을 굽히고 있었다. 하인을 위한 홀에는 마부 두 사람과 신사 시종 세 사람이 난로 주위에 앉거나 서 있었다. 시녀들은 여주인들과 함께 위층에 있는 듯했다. 밀코트에 새로 고용한 하인들은 사방에서 부산스럽게 움직였다. 이 혼란을 뚫고, 마침내 식품실로 들어가 닭고기와 빵, 타르트 몇 조각, 접시 한두 개, 포크와 칼을 구했다. 이 전리품을 가지고 황급하게 후퇴했다. 뒷문을 닫고 다시 복도로 들어선 순간 소리가 점점 더 크게 들렸다. 숙녀들이 방에서 나올 것을 알리는 소리였다. 공부방으로 가려면 그 방문 앞을 지나야 했고 이 음식을 든 상태에서 갑자기 마주칠 위험도 있어서 그냥 복도 끝에 서 있었다. 문이 없어서 복도는 어두웠고 해가 지고 황혼이 져서 아주 깜깜했다.

곧 방에서 아름다운 숙녀들이 한 명씩 나왔다. 숙녀들마다 번쩍번쩍 빛나는 옷을 차려입고 즐겁고 경쾌하게 나왔다. 잠시 동안 그들은 복도 반대편 끝에 모여 차분하면서도 활기찬 아름다운 목소리로 대화를 나누었다. 그러고는 엷은 안개가 언덕을 굴러 내려가듯이 거의 아무 소리도 내지 않고 계단을 내려갔다. 숙녀들이 함께 있는 모습에서 느껴지는 처음 보는 고상한 우아함이 인상적이었다.

공부방 문틈으로 밖을 내다보는 아델의 모습이 보였다. 그녀가 일부러 연 것이었다. "정말 아름다운 숙녀분들이에요!" 그녀가 영어로 소리쳤다. "저분들과 함께 갈 수만 있다면 얼마나 좋을까요! 그런데 저녁 식사 후 로체스터 씨가 저희를 부를까요?"

"부르지 않을 거야. 절대로 그럴 리 없어. 로체스터 씨는 다른 데 신경을 쓰고 계셔. 오늘 밤에는 숙녀들을 잊어. 아마 내일은 보게 되겠지. 여기 식사가 있단다."

그녀는 정말로 배가 고팠던지 닭고기와 타르트를 보자 잠시 음식으로 주의를 돌렸다. 이렇게 먹을 것을 확보한 것은 잘한 일이었다. 그렇게 하지 않았으면 나나 그녀나 우리 식사를 일부 나누어 준 소피 모두 저녁 식사를 못 했을 것이다. 아래층 사람들은 모두 너무 바빠서 우리 생각을 할 겨를이 없었다. 9시가 넘었는데도 아직 디저트도 내오지 않았고 10시가 되어도 하인들은 여전히 쟁반과 커피 잔을 들고 이리저리 뛰어다녔다. 아델에게 평소보다 늦게까지 안 자도 된다고 했다. 아래층 문이 여닫히고 사람들이 부산스럽게 오가는데 잠이 올 리가 없기 때문이었다. 게다가 아델은 옷을 갈아입은 다음 로체스터 씨에게서 전갈이 올 수도 있다면서 그렇게 되면 "창피한 일이죠!"라고 덧붙였다.

그녀가 듣는 동안에는 이야기를 해 주다, 함께 기분 전환을 위해 복도로 나갔다. 홀에는 등이 켜져 있었다. 난간 너머로 하인들이 오가는 것을 보며 그녀는 즐거워했다. 밤이 깊어지자 거실에서 음악 소리가 들렸다. 그곳으로 피아노가 옮겨져 있었다. 아델과 나는 층계 꼭대기에 앉아서 음악을 들었다. 곧 풍성한 피아노 소리와 함께 노랫소리가 들렸다. 한 숙녀가 노래를 부르고 있었는데 아주 달콤하게 들렸다. 독창이 끝나자 이중창이 이어졌다. 그러고 나서 합창이 이어졌다. 그 사이사이로 즐겁게 소곤대는 소리가 들렸다. 나는 오래 귀 기울여 들었다. 갑자기 내가 귀에 들리는 여러 소리를 분석하고 있는 것을 깨달았다. 소란스러운 말들 속에서 로체스터 씨의 목소리를 구분해 내려고 애쓰고 있었다. 그리고 곧 그의 목소리를 포착하고는 멀리 있어 잘 안 들리는 말소리를 알아 내려 하고 있었다.

시계가 11시를 쳤다. 아델을 바라보았다. 그녀는 내 어깨에 머리를 기대고 눈이 반쯤 감겨 있었다. 그래서 그녀를 안아 침대로 옮겼다. 거의 1시가 되어서야 신사숙녀들은 자신들의 방으로 갔다.

그다음 날도 전날과 마찬가지로 날씨가 좋았다. 손님들은 그날 하루 종일 근처로 소풍을 갔다. 그들은 오후 일찍 떠났다. 몇 사람은 말을 탔고 나머지 사람들은 마차를 탔다. 그들이 나가고 들어오는 것을 모두 보았다. 지난번과 마찬가지로 숙녀 중에서는 잉그램 양만 말을 타고 있었다. 그리고 지난번과 마찬가지로 로체스터 씨가 그녀 옆에서 달렸다. 두 사람은 나머지 사람들과 떨어져서 말을 탔다. 옆에 함께 서 있던 페어팩스 부인에게 이런 상황을 지적했다.

"저 두 사람이 결혼할 것 같지는 않다고 하셨잖아요. 하지만 로체스터 씨가 그녀를 특히 좋아하는 게 분명해 보이는데요."

"그럴 수도 있겠네요. 그가 그녀를 좋아하는 게 틀림없네요."

"그리고 그녀도 그를 좋아하고요." 내가 덧붙였다. "그녀가 비밀 이야기라도 하는 것처럼 그에게 고개를 기울이는 걸 보세요! 얼굴을 좀 보고 싶은데 아직 얼굴을 못 봤네요."

"오늘 저녁에는 보시게 될 거예요." 페어팩스 부인이 말했다. "로체스터 씨에게 지나가는 말로 아델이 몹시 숙녀들에게 인사하고 싶어 한다고 말씀드렸더니, '오! 저녁 식사 후에 아델더러 거실로 오라고 하세요. 그리고 에어 양도 함께 오라고 하세요.' 그러셨어요."

"그래요? 아마 예의상 그렇게 말씀하셨을 거예요. 제가 꼭 갈 필요는 없을 거예요."

"그래요. 나도 당신이 사람들하고 어울리는 게 익숙지 않으니 그렇게 화려한 낯선 사람들 앞에 나타나고 싶어 하지 않을 거라고 말씀드렸어요. 그분은 늘 그렇듯이 얼른 대답하셨어요. '말도 안 돼! 그녀가 반대하면, 내가 특별히 원한다고 하시오. 반항하거든, 내가 가서 억지로라도 데려오겠다고 하시오.'"

"일부러 번거로우시게 하지는 않을게요. 제가 가는 게 최선이라면 갈게요. 하지만 내키지는 않아요. 부인도 거기 계실 거죠, 페어팩스 부인?"

"아니요. 저는 좀 봐 달라고 했더니 주인님이 허락해 주셨어요. 당혹스럽게 정식 입장을 하지 않아도 되는 방법을 알려 드릴게요. 그게 이 일에서 제일 불편한 부분이거든요. 방이 비어 있을 때 거실로 가세요. 아직 숙녀분들은 식사하고 계실 거예요. 마음에 드는 조용한 구석에 앉아 계세요. 함께 있고 싶지 않으면, 신사분들이 들어온 다음 오랫동안 있을 필요 없어요. 로체스터 씨에게 거기 있는 걸 확인시킨 다음 빠져나오세요. 아무도 모를 거예요."

"그분들이 오래 머물 거라고 생각하세요?"

"아마 2~3주일 정도요. 그보다 더 오래 머물지는 않을 거예요. 부활절 휴가가 끝나면 최근 밀코트 의원이 되신 조지 린 경이 런던으로 가서 국회에 참석해야 하니까요. 로체스터 씨도 함께 런던에 갈 거예요."

아델을 데리고 거실에 가야 하는 시간이 다가오자 약간 떨렸다. 그날 저녁 숙녀들 앞에 나타날 거라는 소리를 듣고 아델은 하루 종일 기뻐서 어쩔 줄 몰랐다. 소피가 옷을 입혀 주기 시작하자 겨우 얌전해졌다. 이 과정이 중요하다고 생각해 재빨리 차분해진 것이다. 머리를 잘 매만져 땋은 다음 늘어뜨리고 분홍색 새틴 드레스를 입고 긴 장식 띠를 묶고 레이스 장갑을 낄 때는 판사처럼 엄숙해졌다. 옷이 구겨지지 않도록 조심하라고 할 필요가 없었다. 옷을 차려입자 치마를 더럽힐까 봐 새틴 드레스를 들고 얌전하게 작은 의자에 앉았다. 그러고는 내가 준비할 때까지 꼼짝도 하지 않겠다고 다짐했다. 나는 재빨리 드레스를 입었다. 제일 좋은 옷(템플 선생님 결혼식 날 입고는 한 번도 입지 않은 은회색 옷)을 바로 입었다. 곧 머리를 매만지고 유일한 장신구인 은 브로치를 달고 내려갔다.

다행히도 모두 모여 저녁 식사를 하는 방을 지나지 않고도 거실로 갈 수 있는 문이 있었다. 그 방은 비어 있었다. 고요한 가운데 대리석 벽난로에서는 불이 활활 타고 있었고 테이블 장식용 꽃들 사이에서는 양초들이 환하게 빛나고 있었다. 아치형 문 앞에 크림색 커튼이 쳐져 있었다. 옆방 사람들과 얼마 떨어지지 않은 거리에 커튼이 쳐져 있었는데도 사람들이 아주 조용히 이야기하는 바람에 중얼거리는 소리만 들릴 뿐 그들의 대화 내용을 전혀 알아들을 수 없었다.

아델은 아직도 엄숙한 분위기에 압도되어 내가 가리킨 발판에 아무 말 없이 앉아 있었다. 나는 창가에 있는 의자로 가서 근처 탁자에서 책 한 권을 집은 다음 읽으려고 애썼다. 아델은 내 발 쪽으로 자기 발판을 가지고 오더니 잠시 후 내 무릎을 건드렸다.

"왜 그러니, 아델?"

"저 멋진 꽃들 중에서 한 송이 가져도 될까요, 선생님? 꽃으로 장식하면 옷이 완벽할 것 같아요."

"너는 '옷차림'에 너무 신경을 쓰는구나. 하지만 꽃 한 송이를 가져도 돼." 나는 꽃병에서 장미를 한 송이 뽑은 다음 그녀의 허리띠에 꽂아 주었다. 그녀는 더할 나위 없이 행복한 듯 말할 수 없이 만족스러워하며 한숨을 쉬었다. 나는 웃음이 나오는 것을 숨기기 위해 고개를 돌렸다. 이 작은 파리 아가씨가 타고난 기질대로 옷차림에 극성스럽게 신경 쓰는 것을 보자 안쓰럽기도 하고 우스꽝스럽기도 했다.

조용히 일어나는 소리가 들렸다. 아치형 문에서 커튼을 젖히자 식당이 보였다. 긴 식탁 위에 놓인 화려한 디저트용 은식기와 유리 그릇 위로 휘황찬란하게 불빛이 반사되었다. 숙녀들 한 무리가 문으로 왔다. 그들이 들어오자 커튼이 다시 내려왔다.

숙녀는 여덟 명밖에 안 되었으나, 함께 몰려와서인지 실제보다 더 많아 보였다. 그들 중 몇 명은 키가 아주 컸다. 흰색 드레스를 입은 사람이 많았다. 모두가 아주 부푼 모양의 드레스를 입고 있어서 안개에 둘러싸였을 때 달이 큰 것처럼 몸집이 커 보였다. 나는 일어나서 그들에게 무릎을 굽혀 인사했으나 한두 명만 답례로 고개를 까닥였고 나머지 사람들은 나를 쳐다보기만 했다.

숙녀들은 방 여기저기로 흩어졌다. 그들의 경쾌하고 가벼운 몸짓을 보자 한 떼의 하얀 새를 보는 것 같았다. 숙녀들 중 몇은 소파나 긴 의자에 반쯤 눕다시피 했고, 몇은 탁자에 몸을 숙이고 꽃이나 책을 살폈고, 나머지 사람들은 난롯가에 모여 있었다. 모두가 낭랑한 어조로 나지막이 말했는데 늘 그런 것 같았다. 숙녀의 이름을 나중에 알았지만, 지금 이름을 언급하는 게 나을 것 같다.

우선 에슈턴 부인과 두 딸이 있었다. 그녀는 눈에 띄는 미인이었을 것 같고 지금도 고왔다. 두 딸 중 장녀인 에이미는 몸집이 작은 편이었다. 얼굴이나 태도가 어린아이처럼 순진무구하고 깜찍한 모습이었다. 하얀 모슬린 드레스와 파란 허리띠가 아주 잘 어울렸다. 둘째 딸인 루이자는 키가 더 크고 더 우아했다. 얼굴이 아주 예뻤으며 프랑스어로 말하자면 '매력적인' 유형이었다. 두 딸 모두 백합처럼 아름다웠다.

린 경의 부인은 마흔쯤 되어 보였는데 기골이 장대하고 튼튼하고 아주 거만해 보였다. 허리를 꼿꼿하게 세우고 움직일 때마다 다른 색으로 번득이는 새틴 옷을 입고 있었다. 보석 머리띠와 하늘색 깃털 장식 아래로 윤기 나는 검은 머리카락이 빛났다.

덴트 대령의 부인은 덜 화려했으나 더 숙녀다워 보였다. 호리호리하고 창백하고 온순한 얼굴에 금발 머리였다. 린 경 부인이 입은 휘황찬란하게 무지갯빛을 내는 옷보다 그녀가 입은 검은 새틴 드레스, 풍성한 외국산 레이스로 된 스카프, 진주 장신구가 훨씬 더 내 취향에 맞았다.

하지만 제일 눈에 띄는 세 명의 숙녀는 미망인인 잉그램 경의 부인과 그녀의 딸인 블랑슈와 메리였다. 이 세 사람의 키가 제일 커서 어쩌면 눈에 가장 잘 띄었는지도 모르겠다. 그 미망인은 마흔 살에서 쉰 살 사이로 보였는데 아직도 몸매가 좋고, (적어도 촛불 빛으로 보면) 머리카락도 까맣고, 이도 완벽해 보였다. 대부분 사람들은 그녀가 나이에 비해 멋져 보인다고 했을 것이다. 하지만 육체적으로만 그렇고 태도나 표정은 거의 참을 수 없이 거만해 보였다. 그녀는 콧날이 오뚝했고 기둥처럼 생긴 목에 파묻힌 이중 턱을 지니고 있었다. 그녀의 얼굴은 음울하고 늘어져 보일 뿐 아니라, 자만심으로 주름진 것처럼 보였다. 턱도 마찬가지로 자만심에 가득 차 이상할 정도로 꼿꼿했다. 눈도 마찬가지로 사납고 냉혹해 보였는데 리드 부인의 눈이 떠올랐다. 말 또한 거만하게 했다. 목소리가 굵고 허세에 찬 억양에다 매우 단정적으로 말했다. 간단히 말해, 견딜 수가 없었다. 그녀 자신은 분홍빛 벨벳 드레스에 금사가 들어간 인도 천으로 된 터번을 해 정말 여왕처럼 위엄 있다고 생각했으리라.

블랑슈와 메리는 키가 비슷했다. 둘 다 포플러처럼 꼿꼿하고 컸다. 메리는 키에 비해 호리호리했으나 블랑슈는 달의 여신처럼 보였다. 물론 특별히 관심을 갖고 그녀를 뜯어보았다. 먼저 그녀의 모습이 페어팩스 부인의 묘사와 들어맞는지 보았다. 내가 상상해서 그린 그림과 닮았는지, 솔직히 털어놓자면 로체스터 씨의 취향에 맞을지 살펴보았다.

몸매만 보면 그녀는 페어팩스 부인의 묘사나 내 그림과 모두 일치했다. 기품 있어 보이는 가슴, 동그란 어깨, 우아한 목, 까만 눈, 검은 곱슬머리 등이 그러했다. 하지만 그녀의 얼굴은? 그녀의 얼굴은 엄마를 닮았다. 젊고 주름이 없을 뿐, 엄마와 닮았다. 똑같이 좁은 이마에, 똑같이 오뚝한 코에, 똑같이 거만해 보였다. 대신 엄마처럼 침울하지는 않고 끊임없이 웃었다. 하지만 냉소적인 웃음이었고 입 끝을 올린 거만한 입술 역시 냉소적이었다.

천재는 자의식적이라고들 한다. 잉그램 양이 천재인지는 모르겠지만 자의식적이기는 했다. 정말 엄청 자의식적이었다. 온순한 덴트 대령 부인과 식물학에 대해 이야기하기 시작했는데, 덴트 대령 부인은 자신의 말대로 꽃을, 특히 야생화를 좋아하지만 그 분야를 공부한 적은 없는 것 같았다. 잉그램 양은 식물학을 공부한 것 같았고 잘난 척하며 식물학 전문 용어를 늘어놓았다. 나는 곧 잉그램 양이 (속된 표현으로 하면) 덴트 부인을, 그녀의 무식함을 놀리고 있는 것을 눈치챘다. 그런 식으로, 놀리는 것이 영리해 보일지 모르지만 단연코 착한 것은 아니었다. 그녀는 피아노를 아주 멋지게 연주했고 노래 부르는 목소리도 좋았다. 엄마에게 단둘이 이야기할 때는 프랑스어로 했는데, 정확한 악센트로 유창하게 말했다.

메리는 블랑슈보다 더 온화하고 솔직한 얼굴이었다. 이목구비가 더 부드럽고 피부도 약간 더 하얬다(잉그램 양은 스페인 사람처럼 검었다). 하지만 메리는 생기가 없었다. 무표정한 데다 눈빛도 흐릿했다. 화젯거리도 없어서 한번 자리를 잡자 구석에 있는 조각상처럼 꼼짝하지 않았다. 자매는 둘 다 아주 새하얀 옷을 입고 있었다.

내가 잉그램 양이 로체스터 씨가 선택할 만한 사람이라고 생각했냐고? 알 수 없었다. 그의 여성 취향을 알지 못했다. 그가 당당한 스타일을 좋아한다면 그녀야말로 당당함의 전형이었다. 또한 발랄하고 지식도 풍부했다. 대부분의 신사가 그녀를 사모할 것 같았다. 그리고 그도 그녀를 사모한다는 증거를 이미 잡은 것 같았다. 마지막 한 치의 의심을 없애려면 두 사람이 함께 있는 모습을 보기만 하면 되었다.

독자여, 지금 내내 아델이 내 발치의 발판에 꼼짝도 않고 앉아 있으리라고는 생각지 않을 것이다. 숙녀들이 입장하자, 그녀는 일어나 그들을 맞이하러 나가서는 큰절을 하고 엄숙하게 말했다.

"안녕하세요, 숙녀분들."

그러자 잉그램 양이 그녀를 내려다보며 조롱 투로 말했다. "오, 정말 작은 인형 같네!"

린 경 부인이 말했다. "로체스터가 후견하는 아이군. 그가 말하던 프랑스 여자아이군."

덴트 부인은 상냥하게 그녀의 손을 잡고 손에 입을 맞추었다. 에이미 에슈턴과 루이자 에슈턴은 동시에 큰 소리로 말했다.

"정말 귀엽게 생겼네!"

그러고 나서 아델을 소파로 불렀다. 지금 아델은 두 사람 사이에 끼여 프랑스어를 했다가 엉터리 영어를 했다가 했다. 젊은 아가씨뿐 아니라 에슈턴 부인과 린 경 부인의 귀여움을 독차지하고 무지하게 기분이 좋아서 까불었다.

마침내 커피가 왔고 신사들이 호출되어 왔다. 나는 이렇게 밝은 밤의 그늘 속에 숨어 있었다. 창문의 커튼이 나를 반쯤 가려 주었다. 다시 아치형 문의 커튼을 젖히고 신사들이 왔다. 숙녀들과 마찬가지로 신사들이 몰려오는 모습도 위풍당당했다. 그들은 모두 검은 옷을 입고 대부분 키가 크고 젊은 신사도 몇 분 있었다. 헨리와 프레더릭 린은 정말이지 발랄했다. 덴트 대령은 훌륭한 군인다웠다. 이곳의 시장인 에슈턴 씨는 신사다웠다. 머리는 백발이고 눈썹과 콧수염이 까매서 '연극에 나오는 노신사' 같은 인상이었다. 잉그램 경은 누이들처럼 키가 아주 크고 미남이었다. 하지만 메리와 똑같이 무표정하고 무기력한 모습이었다. 혈기왕성하거나 두뇌 회전이 빨라 보이지는 않고 팔다리만 길게 늘어져 있었다.

그런데 로체스터 씨는 어디에 있는 거지?

그는 맨 나중에 왔다. 나는 아치형 문 쪽을 보지 않으면서도 그가 들어오는 걸 볼 수 있었다. 나는 뜨개질바늘과 내가 짜고 있던 지갑의 그물코에 집중하려고 애쓰며, 손에 든 바느질감만 생각하고 싶었다. 무릎에 놓인 은구슬과 비단실만 생각하고 싶었다. 하지만 나는 그의 모습을 똑똑히 보고 어쩔 수 없이 마지막으로 그 모습을 보았던 순간을 회상했다. 그가 아주 중요한 봉사라고 한 일을 한 직후의 모습 말이다. 그때 그는 내 손을 잡고 사랑이 넘쳐흐르는 눈길로 내 얼굴을 내려다보았으며 나 역시 같은 감정이었다. 그 순간 나는 그에게 얼마나 가까이 다가갔던가! 그동안 무슨 일이 일어나 우리 사이의 거리가 이다지도 바뀌었는가? 하지만 지금 우리는 얼마나 멀리 떨어져 있고 얼마나 서먹한가! 너무나 서먹해 그가 내게 다가와 말을 걸기를 기대할 수도 없었다. 그가 나를 바라보지도 않고 방의 반대쪽에 앉아서 숙녀들 몇 명과 대화를 시작할 때도 이상하지 않았다.

그가 그 숙녀들께 주목하는 동안 무심결에 그의 얼굴을 바라보았다. 나는 내 눈을 통제할 수 없었다. 어느새 눈을 들어 그를 가만히 바라보곤 했다. 그러면 즐거움, 소중하지만 가슴이 에이는 즐거움을 느꼈다. 칼끝에 고통이 묻은 순금의 칼 같았다. 샘물을 마시면 독을 마실 것을 알면서도 목이 말라 죽을 것 같아서 몸을 숙여 즐겁게 신성한 물을 한 모금 마시는 사람과 같은 심정이었다.

'아름다움은 보는 사람의 눈 속에 있다'라는 말은 정말로 맞는 말이다. 주인님의 창백한 올리브 빛 얼굴, 네모난 넓은 이마, 짙고 숱 많은 눈썹, 쑥 들어간 눈, 강한 이목구비, 단호하고 음울한 입은 모두 힘이나 결단력이나 의지를 보여 줄 뿐 일반적인 기준으로 보면 전혀 아름답지 않았다. 하지만 내게는 그의 얼굴이 아름다운 것 이상이었다. 너무나 흥미롭고 그 얼굴을 보고 있으면 압도되었다. 내 감정이 통제를 벗어나 그에게 묶여 버렸다. 나는 그를 사랑하지 않으려고 했다. 독자도 알다시피, 나는 내 영혼에서 사랑의 싹을 보자마자 그것을 잘라 내려고 열심히 노력해 왔다. 그런데 지금 그를 다시 보자 그 사랑의 싹이 저절로 되살아나 초록색으로 무성하게 자랐다! 그는 나를 바라보지도 않고 자신을 사랑하게 만들었다.

나는 그를 손님들과 비교해 보았다. 그의 타고난 강건한 표정과 진정한 힘에 비해 린 경의 화려한 기품이나 잉그램 경의 나른한 우아함이나 덴트 대령의 군인으로서의 탁월함이 무엇이란 말인가? 나는 그들의 모습이나 표정에 전혀 호감을 갖지 않았다. 하지만 대부분 사람들은 그들을 보면 매력적이고 잘생기고 당당하다고 할 것이다. 반면에 로체스터 씨에 대해서는 험상궂고 우울해 보인다고 할 것이다. 그들이 미소 짓고 웃는 모습은 내게 아무것도 아니었다. 그들의 미소는 촛불의 빛 정도의 영혼밖에 없고, 그들의 웃음은 종소리 정도의 의미밖에 없었다. 로체스터 씨가 미소 짓는 모습에서는 딱딱한 얼굴 표정이 누그러지고 그의 눈은 부드럽고 빛났으며 눈빛은 다정하고 배려에 차 있는 것처럼 보였다. 그는 에이미 양과 루이자 양과 이야기했다. 그 아가씨들이 눈길을 떨구고 얼굴이 빨개지리라 예상했으나 그 아가씨들에게는 그의 눈빛이 아무렇지 않다는 걸 알고 기뻤다. '내게는 그가 의미 있지만 네게는 그렇지 않군' 하는 생각이 들었다. '그와 그들은 같은 부류가 아니군. 나와는 그가 같은 부류인데. 틀림없이 그래. 나는 그와 가깝다고 느껴. 그의 얼굴과 몸짓의 언어를 이해해. 신분과 부가 우리를 멀리 떨어트려 놓아도 정신적으로 우리 둘을 하나로 만들어 줄 무언가가 내 가슴과 두뇌 속에, 내 피와 신경 속에 있어. 며칠 전에 난 그에게서 봉급을 받을 뿐 그 외에는 아무 상관없다고 말했던가? 스스로에게 고용주로만 생각해야 한다고, 그 외의 생각은 안 된다고 금지령을 내렸던가? 그것은 자연에 대한 모독이다! 나의 선량함, 진실, 활기가 어쩌지 못하고 그를 감싼다. 나는 내 감정을 감추어야만 한다는 것을 안다. 희망을 없애야 하고, 그는 나를 사랑하지 않는다는 걸 기억해야 한다. 내가 그와 같은 부류라고 했을 때 내가 그 사람에게 똑같이 영향력을 행사할 수 있다거나 그만큼 매력적이라는 뜻은 아니다. 그와 공통된 취향과 느낌이 있다는 뜻이다. 그렇다면 나는 우리 둘이 영원히 떨어져 있음을 되풀이해야 한다. 하지만 내가 숨 쉬고 생각하는 동안, 그를 사랑해야만 한다.'

커피가 나왔다. 신사들이 들어온 뒤 숙녀들은 종달새처럼 활기 넘쳤다. 대화는 점점 더 상큼하고 즐거워졌다. 덴트 대령과 에슈턴 씨는 정치에 관해 토론하고 아내들은 들었다. 두 미망인인 린 경 부인과 잉그램 경 부인은 같이 수다를 떨었다. 내가 묘사를 빠뜨린 덩치가 아주 크고 아주 앳돼 보이는 조지 린 경이 손에 커피를 들고 그들 앞에 서서 가끔씩 이야기에 끼어들었다. 프레더릭 린 경은 메리 옆에 앉아서 그녀에게 화려한 장정의 책에서 판화들을 보여 주었다. 그녀는 가끔 그를 바라보며 웃었지만 말은 거의 하지 않았다. 키가 크고 무기력해 보이는 잉그램 경은 팔짱을 끼고 작고 활발한 에이미 에슈턴의 의자 등판에 기대고 있었다. 그녀는 로체스터 씨보다 그를 더 좋아했다. 헨리 린은 루이자의 발치에 있는 긴 의자를 차지하고 있었다. 아델도 그의 옆에 앉아 있었다. 헨리가 아델과 프랑스어로 이야기하자 루이자는 그가 버벅대는 것을 보며 비웃었다. 블랑슈 잉그램은 누구와 있을까? 그녀는 혼자 탁자 옆에 서서 우아하게 누군가가 자신을 찾아 주기를 기다리는 것 같았다. 하지만 그다지 오래 기다리지는 않을 것이다. 그녀는 스스로 짝을 골랐다.

로체스터 씨가 에슈턴 씨를 떠나 난롯가에 서 있었다. 그녀가 탁자 옆에 혼자 서 있는 것처럼 그도 혼자였다. 그녀가 난로 반대편으로 가 서서 그를 바라보았다.

"로체스터 씨, 아이를 좋아하지 않으시는 줄 알았는데요?"

"맞아요."

"그럼 왜 저런 꼬마 인형을 맡게 되었어요? (아델을 가리키면서) 어디서 데려온 거예요?"

"내가 데려온 게 아니고 내게 버려진 거요."

"학교로 보내셨어야죠."

"그럴 만한 돈이 없소. 학교는 너무 비싸오."

"왜요, 가정 교사를 두어야 할 텐데요? 막 그녀와 함께 가정 교사가 있었는데, 가 버렸나? 아, 아니네요. 아직 창문 커튼 뒤에 있네요. 물론 가정 교사에게 봉급을 주시겠죠. 그것이 기숙사

비만큼 들걸요. 아마 더 들지도 모르고요. 봉급에다 두 사람이 여기서 먹고 사는 데도 돈이 들잖아요."

내 이야기를 하니까 로체스터 씨가 이쪽을 볼까 두려웠다. 아니, 오히려 그러기를 바랐다고 해야 하나. 나도 모르게 더 그림자가 진 쪽으로 숨었다. 하지만 그는 눈길을 주지 않았다.

"그 문제는 생각해 본 적이 없소." 그가 똑바로 앞을 보며 무관심하게 말했다.

"그래요? 남자분들은 경제나 상식을 생각하지 않죠. 가정 교사라는 점에 대해서는 엄마의 강연을 들으셔야 해요. 메리와 내가 어렸을 때 열두어 명도 더 되는 가정 교사가 있었어요. 그중 반은 혐오스럽고 나머지 반은 우스꽝스러웠죠. 모두 멍텅구리였고요. 그렇지 않았나요, 엄마?"

"뭐라고 했니, 아가야?"

미망인의 특별한 소유물로 불린 젊은 아가씨가 설명을 덧붙여 다시 말했다.

"오, 내 귀여운 아가야, 가정 교사는 말도 마라. 그 말만 들어도 짜증이 난다. 그것들의 무능과 변덕에 내가 순교자처럼 얼마나 희생당했는지. 더 이상 그런 것들과는 상대하지 않아도 되어 하늘에 감사한단다!"

여기서 덴트 부인이 경건하게 외치는 숙녀에게 몸을 숙여 귀에다 뭔가 속삭였다. 그 말에 대한 대답으로 미루어 가정 교사라는 저주받은 종족 중 한 사람이 여기 있다고 말한 것 같았다.

"유감이네요!" 그 숙녀는 말했다. "그녀에게 이로운 교훈이 되었으면 좋겠네요!" 그러고는 목소리를 낮추어, 그러나 내게 들릴 만큼 여전히 큰 소리로 말했다. "나도 그녀를 봤어요. 제가 관상을 좀 보는데, 가정 교사 계급의 결함이란 결함은 모두 갖고 있는 관상이더군요."

"어떤 결함인데요?" 로체스터 씨가 큰 소리로 물었다.

"나중에 따로 말해 주지요." 그녀는 아주 중대한 일이라는 듯이 터번을 세 번 절레절레했다.

"하지만 곧 호기심이 사라질 것 같은데요. 지금 듣고 싶습니다."

"블랑슈에게 물어보세요. 나보다 더 가까이 있잖아요."

"오, 내게 떠넘기지 마세요, 엄마! 그 종족에 대해서는 한마디 밖에 할 말이 없어요. 귀찮은 존재라는 거죠. 가정 교사 때문에 크게 고생한 적은 별로 없어요. 오히려 저희 쪽에서 역습하려고 애썼죠. 윌슨 양과 그레이 부인과 주베르 부인을 나랑 시어도어가 얼마나 골려 주었던지! 메리는 늘 졸려서 우리 음모에 적극 가담하지 못했죠. 가장 재미있었던 것은 주베르 부인을 놀리는 거였어요! 우리가 그녀를 미치게 만들었을 때 그녀가 펄펄 뛰던 게 아직도 눈에 선해요. 우리 차를 쏟아 버리고, 우리 버터 빵을 다 짓이겨 버리고, 자로 책상을 치고 불쏘시개로 난로 울타리를 치며 난리법석을 떨었죠. 시어도어, 그 즐거웠던 시절 기억나니?"

"물론이지." 잉그램 경이 느릿느릿 말했다. "그 불쌍한 늙은이가 '오, 이 악당 같은 아이들아!'라고 소리치곤 했지. 그러면 우리는 그녀에게 오히려 우리처럼 영리한 아이들을 그녀처럼 무식한 여자가 가르치는 게 가당치 않다고 설교하곤 했지."

"우리가 그랬어. 그리고 오빠 선생인 얼굴이 창백한 비닝 씨, 우리가 병아리 목사라고 부르곤 했던 그 사람을 오빠가 혼낼(혹은 박해할) 때 내가 도와주었지. 그가 감히 윌슨 양과 사랑에 빠졌어. 적어도 나와 오빠는 그렇게 생각했어요. 우리가 '애정'의 표시라고 해석한 상냥한 눈길을 주고받거나 한숨을 쉴 때 우리가 갑자기 공격했죠. 그리고 곧 사람들이 알게 되었죠. 우리는 그것을 일종의 지렛대로 이용해 그 짐 덩어리를 우리 집 밖으로 쫓아 버렸어요. 우리 엄마가 그런 낌새가 보이자마자 부도덕한 일인 걸 알아냈죠. 안 그래요, 엄마?"

"물론이지, 내 사랑스러운 아가야. 그리고 내가 맞았어. 내 말을 믿어. 점잖은 집안에서 가정 교사와 선생 사이의 연애를 금해야 할 이유는 아주 많지. 우린……."

"오, 엄마 제발! 이유는 열거하지 마세요! 게다가 우리 모두 알고 있으니까요. 순진한 어린 시절에 나쁜 예가 될 위험이 있고 연애 감정을 가진 선생들이 정신이 흐트러지고 결국 의무를 소홀히 한다는 거잖아요. 서로 한 패가 되어 의지하다 보면 속마음을 털어놓고, 그 결과 건방지게 반항하고 모두 파괴해 버리죠. 잉그램 파크의 잉그램 남작부인, 제 말이 맞죠?"

"네 말이 맞지. 늘 그렇듯이, 백합처럼 예쁜 아가야."

"그럼 더 이상 이야기할 필요가 없어요. 화제를 바꾸시죠."

에이미 에슈턴은 이 명령이 안 들렸는지 주의를 하지 않았는지, 부드럽고 아기 같은 목소리로 덧붙였다. "루이자와 나도 가정 교사를 놀려 먹곤 했죠. 하지만 그분은 너무 착해서 뭐든지 다 참아 주셨어요. 무슨 짓을 해도 그녀를 쫓아낼 수 없었어요. 우리한테 전혀 화를 내지 않았죠, 그렇지 루이자?"

"그래, 화낸 적이 한 번도 없어. 우리는 하고 싶은 대로 했지. 그녀의 책상과 반짇고리를 뒤지고 서랍을 엉망으로 뒤집었는데도 너무 착해서 우리가 원하는 것은 다 들어줬어."

"이러다가는 현존하는 가정 교사 모두의 회고록을 듣겠네요." 잉그램 양이 냉소적으로 입꼬리를 올리면서 말했다. "그런 일을 피하기 위해 다시 말하지만 새로운 화제를 시작하죠. 로체스터 씨, 동의하시나요?"

"다른 일에서나 마찬가지로 이 일에 대해서도 잉그램 양의 의견에 동의합니다."

"그럼 제가 계속 진행하는 책임을 맡을게요. 시뇨르 에두아르도, 오늘 밤 노래를 할 건가요?"

"돈나 비앙카, 당신이 명령을 내리시면 하겠소."

"그러면 시뇨르, 폐와 다른 음성 기관을 쓸 수 있게 준비하라는 왕의 명령을 내리겠소. 왕인 내게 곧 봉사해야 할 것이오."

"이렇게 신성한 메리 여왕을 위해 리초*가 되지 않을 사람이 있겠습니까?"

"리초는 별로인데요!" 그녀가 피아노로 가면서 곱슬거리는 머리를 흔들며 외쳤다. "바이올린을 켜던 데이비드는 틀림없이 재미없는 사람이었을 거예요. 나는 검은 피부의 보스웰이 훨씬 더 좋은 걸요. 나는 악마적인 면이 없는 남자는 별 볼 일 없어요. 역사를 보면 제임스 헵번*이 어떻게 되었는지 알 거예요. 그런데 그 사람은 거칠고 사납고 강도 같은 영웅이었을 것 같아요. 그런 사람이라면 기꺼이 결혼했을 거예요."

"신사 여러분, 들어 보세요! 신사분들 중 누가 보스웰과 가장 닮았죠?" 로체스터가 외쳤다.

"당신이 가장 유리한데." 덴트 대령이 대답했다.

"제 명예를 걸고, 깊이 감사드립니다."

잉그램 양은 여왕 옷처럼 풍부한 순백의 옷을 펼치고 당당하고 우아하게 피아노에 앉아 이야기하면서 전주곡을 멋지게 연주하기 시작했다. 오늘 밤 그녀는 잔뜩 으스댔다. 말이나 태도가 듣는 사람의 찬탄 정도가 아니라 경악을 원하는 것 같았다. 그녀는 그들에게 자신이 아주 근사하고 대담한 사람이라는 인상을 심어 주려는 게 틀림없었다.

"오, 요즘 젊은 사람들은 지겨워요!" 그녀가 딩동거리며 피아노를 치면서 외쳤다. "아빠의 영지 밖으로는 한 발도 제대로 못 나오는 약골들이에요. 엄마의 허락이나 보호 없이 영지 밖으로 나가지도 않고요! 예쁘장한 얼굴과 하얀 손과 작은 발을 가꾸는 데만 신경 쓰죠. 남자와 아름다움이 무슨 상관 있다고! 사랑스러움이 여성의 특권, 즉 여성의 합법적 소득이자 유산이 아닌 것처럼 말이에요! 못생긴 **여자는** 창조라는 아름다운 얼굴에 오점이죠. 하지만 **신사분들은** 힘과 용기만 있으면 되죠. 사냥하다, 총 쏘다, 싸우다가 신사의 모토가 되어야죠. 나머지는 일고의 가치도 없어요. 내가 남자라면 제 모토는 그거예요."

잠시 후 아무도 끼어들지 않자 그녀가 계속 말했다. "결혼할 때 남편은 경쟁자가 아니라 저를 돋보이게 해 주는 사람이어야 한다고 결심했어요. 왕관을 놓고 경쟁하기를 원하는 것이 아니라 온 마음을 다 바치는 충성을 원해요. 나와 거울 속 자신의 모습에 나누어 헌신하길 바라지 않아요. 로체스터 씨, 이제 노래하세요. 제가 반주할게요."

"분부대로 하겠습니다."

"이제 해적선의 노래를 시작해요. 제가 해적선*을 아주 좋아하는 것 아시죠. 그러니 힘차게 노래하셔야 해요."

"잉그램 양의 명령이라면 우유 탄 물도 술로 만들 거요."

"그럼 조심하세요. 마음에 들지 않으면 어떻게 **해야 하는지** 보여 주어 창피를 줄 거예요."

"그건 무능한 사람에게 상을 주는 거군요."

"조심하세요! 일부러 틀리시면, 그에 상응하는 벌을 내릴 거예요."

"잉그램 양, 자비를 베푸셔야 하오. 인간이 견딜 수 없을 정도의 벌을 내릴 힘이 있으니 말이오."

"하! 설명해 보세요!" 그 숙녀가 말했다.

"죄송하지만, 설명할 필요가 없소. 눈살 한 번만 찌푸리면 사형에 맞먹는다는 걸 잘 알고 계시지 않소."

"노래하세요!" 다시 피아노 건반에 손을 얹고 활기차게 반주하며 그녀가 말했다.

'이제 내가 빠져나갈 시간이군.' 나는 생각했다. 하지만 그때 노래를 부르는 목소리에 발길을 멈추었다. 페어팩스 부인은 로체스터의 목소리가 좋다는 말을 한 적이 있었다. 정말로 그랬다. 부드럽고 강렬한 저음으로 그의 감정과 힘이 담긴 목소리였다. 귀에서 마음으로 흘러가 이상하게 감각을 깨우는 목소리였다. 깊고 우렁찬 목소리가 다 끝날 때까지 기다렸다. 잠깐 멈추었던 말소리가 다시 시작되자 그때 나는 숨어 있던 구석을 떠나 옆문으로 나왔다. 다행히도 그 문이 근처에 있었다. 그리고 좁은 길을 지나 홀에 이르렀고 홀을 지나가다 샌들 끈이 풀린 것을 알았다. 나는 끈을 묶으려고 멈추어, 층계 발치에 있는 매트 위에 무릎을 꿇었다. 그때 식당 문 열리는 소리가 들리고 신사 한 분이 나왔다. 급하게 몸을 일으키자 그를 마주보게 되었다. 그분은 로체스터 씨였다.

"안녕하시오?" 그가 물었다.

"아주 좋아요, 주인님."

"왜 방에서는 내게 와서 말을 걸지 않았소?"

질문한 그 사람에게 나도 같은 질문을 할 수 있다는 생각이 들었으나 함부로 그렇게 하지 않고 이렇게 대답했다.

"바쁘신 것처럼 보여서 방해하고 싶지 않았어요."

"내가 없는 동안 어떻게 지냈소?"

"특별한 일은 없었어요. 아델을 가르쳤죠."

"전보다 많이 창백해졌소. 첫눈에 그걸 알겠소. 무슨 일이 있소?"

"아무 일도 없어요, 주인님."

"나를 반쯤 익사시켰던 그날 밤 감기에 걸렸소?"

"전혀 그렇지 않아요."

"거실로 돌아가시오. 너무 일찍 떠났소."

"피곤해서요, 주인님."

그는 잠시 나를 바라보았다.

"그리고 약간 우울해 보이오. 무슨 일이오? 내게 말해 보시오."

"아무 일도, 아무 일도 없어요, 주인님. 전 우울하지 않아요."

"하지만 내가 보기엔 분명히 그렇소. 너무 우울해 보여서 몇 마디만 더 하면 눈물이 날 것 같소. 정말로 지금 눈물이 흐르고 있소. 속눈썹에서 떨어진 눈물이 바닥에 떨어졌소. 시간이 있고 지나가는 하인이 주제넘게 떠들어 댈까 봐 걱정만 안 되면, 왜 그러는지 다 알아보고 싶소. 하지만 오늘 밤은 그냥 놓아주겠소. 손님들이 계시는 동안, 매일 저녁 거실에 오시오. 그래 주었으면 좋겠소. 잊지 마시오. 가서 소피에게 아델을 데려가라고 하시오. 잘 자요, 나의……." 그는 말을 멈추고 입술을 깨물더니 갑자기 나를 떠났다.

제18장

손필드에서의 즐거운 나날은 이렇게 흘러갔다. 바쁜 날들이기도 했다. 고요하고 외롭고 단조롭던 지난 세 달과 얼마나 다르던지! 슬픈 감정은 모조리 집 밖으로 몰아내고 우울한 생각도 모두 잊었다. 사방이 활기차고 하루 종일 사람들이 오갔다. 한때 그렇게 조용하던 복도나 아무도 살지 않던 방을 지날 때마다 이제는 숙녀들의 시녀들이나 신사들의 시종들과 부딪치곤 했다.

부엌과 집사의 식품 창고와 하인의 홀과 중앙 홀 모두 생기 넘쳤다. 상쾌한 봄날의 푸른 하늘과 평화로운 햇살에 이끌려 사람들이 야외로 나가자, 방들이 다 비어 조용했다. 날씨가 흐리고 며칠씩 비가 와도, 이런 흥겨운 분위기는 깨지지 않았다. 야외에서 즐겁게 놀지 못하자 실내 놀이가 더 다양하고 활발해졌을 따름이다.

이렇게 여흥거리가 바뀐 첫날 저녁에 그들이 무슨 놀이를 하려는지 궁금했다. 제스처 게임을 한다고 했다. 모르는 놀이여서 그 단어가 무슨 뜻인지 몰랐다. 하인들을 불러오고, 테이블을 치우고, 등까지 다른 곳으로 옮겼다. 그러고는 아치형 문 맞은편에 의자를 반원형으로 배치했다. 로체스터 씨와 다른 신사들이 이렇게 지시하는 동안, 숙녀들은 종을 울려 시녀들을 부르면서 계단을 위

아래로 뛰어다녔다. 숄과 옷, 휘장 등 집에 있는 재료에 대해 정보를 얻기 위해 숙녀들은 페어팩스 부인을 불렀다. 시녀들이 3층에 있는 옷장을 뒤져 심 넣은 무늬가 있는 페티코트, 헐렁한 새틴 윗도리, 유행하던 검은 옷, 레이스 모자 장식 등을 한 아름 안고 내려갔다. 곧 고르는 작업이 이어졌고 고른 것들은 거실 안쪽의 내실로 옮겨졌다.

그동안 로체스터 씨는 숙녀들을 자기 주위로 불러 몇 명을 자기 편으로 택했다. "잉그램 양은 물론 나와 한 편이오." 그가 말했다. 그러고는 에슈턴 자매와 덴트 부인을 지명했다. 그는 나를 바라보았다. 마침 나는 덴트 부인의 팔찌가 풀어져 고리를 채워 주려고 그의 근처에 있었다.

"같이 하겠소?" 그가 물었다. 나는 고개를 저었다. 그가 고집을 부릴까 봐 고민했는데 그러지는 않았다.

로체스터 씨와 조력자들은 커튼 뒤로 물러났다. 다른 편 대장은 덴트 대령이었는데 초승달 모양으로 놓인 의자에 앉아 있었다. 에슈턴 씨가 나를 끼워 줘야 하지 않느냐고 묻는 듯했다. 하지만 잉그램 부인은 즉각 안 된다고 했다.

"안 돼요." 그녀의 말이 들렸다. "멍청해서 이런 게임은 못 할 거예요."

얼마 지나지 않아 벨이 울리고 커튼이 올라갔다. 아치형 문 안에 흰 천을 두른 조지 린 경의 모습이 보였다. 그의 앞에 놓인 탁자 위에 큰 책이 펼쳐져 있고, 그 옆에는 로체스터 씨의 옷을 걸친 에이미 에슈턴이 손에 책을 들고 서 있었다. 보이지는 않았지만 누군가가 즐겁게 종을 울리고 있었다. 그러자 아델(후견인 편에 끼겠다고 고집을 부렸다)이 팔에 든 꽃바구니에서 꽃을 뿌리면서 앞으로 뛰어나왔다. 그리고 머리에는 큰 베일을, 이마에는 장미 화관을 쓰고 멋지게 흰 옷을 차려입은 잉그램 양이 등장했다. 그녀 옆에는 로체스터 씨가 걷고 있었다. 그들은 나란히 탁자 근처로 다가왔다. 역시 흰 옷을 입은 덴트 부인과 루이자 에슈턴이 그들 뒤로 자리 잡는 동안, 그들은 무릎을 꿇었다. 무언극으로 예식이 이어졌다. 결혼식의 팬터마임인 걸 쉽게 알 수 있었다. 무언극이 끝나자 덴트 대령과 그의 편이 2분 정도 소곤대며 상의한 뒤, 대령이 큰 소리로 외쳤다.

"신부!" 로체스터 씨는 절을 하자 커튼이 내려졌다.

꽤 오랜 시간이 흐른 뒤에야 다시 커튼이 올라갔다. 두 번째로 커튼이 올랐을 때는 아까보다 훨씬 정교하게 준비된 장면이 상연되었다. 전에 내가 말한 대로 거실은 식당보다 두 계단 위에 있었다. 식당에서 1~2야드 안쪽의 위쪽 계단에 커다란 대리석 수반이 있었다. 금붕어가 살던 온실 장식물로 늘 이국적인 식물에 둘러싸여 있던 수반임을 알아챘다. 크고 무거워서 분명 운반할 때 무척 힘들었을 것이다.

로체스터 씨가 그 수반 옆 카펫에 앉아 있는 게 보였다. 그는 숄을 두르고 머리에는 터번을 쓰고 있었다. 그 복장은 그의 검은 눈과 거무스름한 피부, 이목구비와 잘 어울렸다. 그는 동양의 왕족, 즉 교수형을 명하거나 교수형을 당할 사람처럼 보였다. 곧 잉그램 양이 나타났다. 그녀도 동양식 옷을 입고, 허리에는 진홍색 스카프를 허리띠처럼 매고, 수놓은 손수건을 관자놀이 주위에 맸다. 아름다운 팔이 드러난 그녀는 머리 위에 우아하게 얹은 물동이를 받치느라고 한쪽 팔을 위로 올렸다. 그녀의 맵시나 특징, 안색이나 전반적인 태도는 가부장제 시절의 이스라엘 공주를 연상시켰다. 그리고 그런 인물을 나타내려고 했다는 것에는 의심의 여지가 없었다.

그녀는 수반 근처로 가더니 물동이를 채우려는 듯 몸을 구부렸다. 그리고 다시 머리에 물동이를 이었다. 그러자 우물가에 있던 인물이 그녀에게 다가가 말을 거는 것 같았다. 그녀에게 뭔가 부탁하는 듯했고, 그녀는 서둘러 물동이를 내리고 그에게 물을 주었다. 그리고 그는 옷의 가슴 부위에서 작은 상자를 꺼내더니 그것을 열고 화려한 팔찌와 귀고리를 보여 주었다. 그녀는 놀라서 감탄하는 척했다. 그는 무릎을 꿇고 그녀의 발밑에 보물을 늘어놓았다. 그녀는 기쁘지만 믿지 못하겠다는 표정과 몸짓을 했다. 낯선 사람이 그녀의 팔에 팔찌를 채워 주고 귀에 귀고리를 달아 주었다. 엘리제르와 리브가였고 낙타만 빠져 있었다.[*]

답을 맞히는 편에서 함께 머리를 맞대었으나 이 장면이 나타내는 단어나 음절에 대해 동의하지 못하는 것 같았다. 대변인인 덴트 대령이 '전체 장면 연기'를 요구했다. 그러자 막이 내렸다.

세 번째 커튼이 올라갔을 때는 거실의 일부만이 드러났다. 나머지는 조야한 헝겊으로 만든 어두운 스크린으로 가려져 있었다. 대리석 수반은 치워지고 그 자리에 나무 탁자와 부엌 의자가 놓였다. 양초는 모두 꺼져 있어 뿔로 만든 등에서 새어 나오는 희미한 빛에 의지해 이런 물건을 볼 수 있었다.

이 어수선한 장면 속에 한 남자가 꽉 쥔 주먹을 무릎에 올려놓고 눈은 땅을 바라보며 앉아 있었다. 로체스터 씨인 것을 알았다. 검정이 묻은 얼굴이나 엉망인 옷(외투가 느슨하게 한 팔에 걸쳐 있었다. 마치 격투 끝에 옷의 등 쪽이 찢어진 것 같았다), 절망에 차 찌푸린 얼굴, 지저분하게 산발한 머리만 보면 그를 알아보지 못하는 게 당연했다. 그가 움직이자, 사슬이 덜컥거렸다. 팔에 수갑이 채워져 있었다.

"브라이드웰 감옥!" 덴트 대령이 외쳤다. 제스처 게임의 답을 맞힌 것이다.

공연하던 사람들이 평상시의 복장으로 갈아입을 만큼 충분한 시간이 흐른 뒤 다시 식당으로 들어왔다. 로체스터 씨가 잉그램 양을 인도했다. 그녀는 그의 연기를 칭찬하는 중이었다.

"아세요?" 그녀가 말했다. "세 인물 중에서 마지막 인물로 분장한 당신 모습이 제일 좋았어요. 오, 당신이 몇 년만 더 일찍 태어났다면 멋진 노상강도가 되었을 텐데 말이에요!"

"검정이 깨끗하게 씻겼소?" 그녀에게 얼굴을 돌리며 그가 물었다.

"아! 슬프게도 그렇네요. 더 유감인걸요! 악당처럼 검정이 묻은 게 당신한테 잘 어울렸어요."

"그럼 당신은 노상강도를 좋아한다는 말이오?"

"영국 노상강도가 이탈리아 산적 다음으로 멋지죠. 지중해 해적이 제일 멋지지만요."

"내가 뭐든 당신이 내 아내라는 걸 잊지 마시오. 우리는 한 시간 전에 이 모든 증인 앞에서 결혼식을 올렸소." 그녀는 낄낄대며 얼굴을 붉혔다.

"자, 덴트 대령." 로체스터 씨가 계속 말했다. "이제 당신 차례요." 그리고 상대편이 물러나자 로체스터 씨 편이 빈자리를 차지했다. 잉그램 양은 자기편 대장의 오른쪽에 앉았다. 두 사람 옆에 답을 맞혀야 하는 다른 사람들이 앉았다. 이제 나는 배우들을 바라보지 않았다. 더 이상 흥미진진해 하며 커튼이 올라가기를 기다리지 않았다. 오로지 관객만 주목했다. 조금 전까지 뚫어지게 아치형 문을 바라보던 눈이 이제는 초승달 모양으로 배치된 의자 쪽으로 이끌리는 것은 어쩔 수 없었다. 덴트 대령과 그의 편에서 무슨 제스처를 연기했는지, 무슨 단어를 선택했는지, 어떻게 끝냈는지 더 이상 기억나지 않는다. 하지만 장면이 끝날 때마다 두 사람이 상의하던 광경은 아직도 눈에 선하다. 로체스터 씨가 잉그램 양 쪽으로 고개를 돌리고 잉그램 양이 그에게 고개를 돌리던 모습이 지금도 생생하다. 그녀가 그의 쪽으로 고개를 기울여 구불구불한 검은 머리가 그의 어깨에 닿고 그의 뺨을 간질이던 모습이 눈에 선하다. 그들이 서로 속삭이는 소리가 들리기도 하고 서로 눈길을 교환하던 모습이 보이기도 한다. 지금 이 순간에도 그런 광경을 보았을 때 느꼈던 감정이 다시 생생하다.

독자여, 나는 로체스터 씨를 사랑하게 되었다고 말했다. 이제 그가 더 이상 나를 주목하지 않아도, 몇 시간이나 함께 있는데 내게 눈길 한 번 주지 않아도, 옷깃만 스쳐도 나를 경멸해도, 어쩌다 독단적인 검은 눈이 우연히 나와 마주치면 너무 보잘것없어 쳐다볼 가치도 없다는 듯 즉시 눈길을 거두고 대단한 숙녀만 주목해도, 그를 사랑하지 않을 수 없었다. 곧 그 숙녀와 결혼할 게 분명해도, 그 숙녀에게서 그의 의도에 안심하는 자신만만한 표정을 매일 읽어도, 시시각각으로 그의 구애를, 즉 신경 쓰지 않고 그녀 쪽에서 쫓아다니게 내버려 두는 그의 무신경이 더 매력적이고 그런 자신감 때문에 그녀를 더 매료시키는 그의 구애를 보아도, 나는 내 사랑을 멈출 수가 없었다.

이런 상황에서는 절망에 휩싸이기는 해도 사랑이 식거나 사라질 수 없었다. 아마 독자는 질투했을 거라고 생각할 것이다. 나 같은 처지에 있는 여성이 감히 잉그램 같은 여성을 질투할 수 있다면 말이다. 하지만 나는 질투하지 않았다. 아니, 거의 질투하지 않았다. 질투라는 단어로는 내 고통을 설명할 수가 없었다. 잉그램 양은 질투의 대상도 못 되는 수준 이하의 여성이었다.

그녀는 너무나 열등해서 아무런 감정도 생기지 않았다. 역설처럼 보이는 이 말을 용서해 주기 바란다. 하지만 진심이다. 그녀는 아주 과시적이지만 진정성이 없었다. 몸매가 좋고 여러 가지 재주가 뛰어나기는 하지만, 정신이 빈약하고 원래 마음이 황폐했다. 그런 땅에서는 어떤 꽃도 자연스럽게 피지 않고, 어떤 싱싱한 열매도 열릴 수 없다. 그녀는 착하지 않았다. 독창적이지도 않았다. 책에서 읽은 그럴싸한 구절을 되뇌곤 했지만, 자신의 독창적인 의견을 내놓은 적이 거의, 아니 전혀 없었다. 고상한 감정을 내세웠지만, 공감이나 동정을 몰랐다. 진정성도 상냥함도 그녀에게는 없었다. 그리고 너무나 자주 이 사실을 드러냈다. 그녀는 어린 아델에게 지나치게 앙심에 찬 적대감을 드러내곤 했다. 아델이 다가가면 욕을 하며 밀쳐 버리고, 때로는 아델에게 방 밖으로 나가라고 하기도 하고, 때로는 아델을 차갑고 그악스럽게 대했다. 이렇게 드러나는 그녀의 성품을 지켜보는 눈이 내 눈 말고도 또 있었다. 그 눈은 자세히 날카롭고 신중하게 그녀를 지켜보았다. 그랬다. 바로 미래의 남편인 로체스터 씨가 자신의 약혼자를 끊임없이 감시하고 있었다. 내가 괴롭고 고통스러웠던 것은 그가 이처럼 잘 알고 있다는 사실이었다. 그는 그녀를 경계하고 그녀의 결점을 이렇게 완벽하게 똑똑히 알고 있었다.

그가 가문 때문에, 아니면 정치적 이유 때문에, 신분이나 인맥으로 보아 자신과 어울리는 그녀와 결혼하리라는 것을 알고 있었다. 그가 그녀를 사랑하지 않고 있다는 것을 느꼈다. 그녀는 그에게서 사랑이라는 보물을 얻을 만한 자격이 없었다. **그는 그녀에게 반하지 않았다.** 바로 이 점이 문제였다. 이 때문에 나는 흥분해 신경을 쓰고, 계속 열에 들떠 있었다.

그녀가 즉시 승리를 얻어 내고 그가 항복해 진지하게 그녀의 발밑에 마음을 바친다면 나는 얼굴을 가리고 벽으로 돌린 뒤, 그들에게는 영원히 죽은 사람(비유적으로)이 되었을 것이다. 만일 잉그램 양이 활기차고 정열적이고 친절하고 센스 있고 선량하고 고상한 여성이었다면, 한꺼번에 질투와 절망이라는 두 마리의 호랑이와 필사적으로 싸웠을 것이다. 그랬으면 내 심장이 찢기고 먹힌 후 나는 그녀를 우러러보았을 것이다. 그녀가 빼어난 것을 인정하고 여생을 조용히 보냈을 것이다. 그녀가 절대적으로 우월했으면 그만큼 나도 더 우러러보았을 것이다. 그리고 진정으로 내 마음이 더욱더 고요하고 평안해졌을 것이다. 하지만 실제로는 잉그램 양이 로체스터 씨를 유혹하는 데 계속 실패하는 것을 보자, 나는 끊임없이 자극받으며 동시에 가차 없이 자제해야 했다. 그런데도 그녀는 자신이 실패한 것을 모르고 사랑의 화살을 쏠 때마다 명중한 것으로 상상하고 성공에 도취되어 있었다. 그녀가 이처럼 자부심에 차 스스로에 대해 만족할수록 자신이 유혹하려는 대상에게서 점점 더 멀어져 갔다.

그녀가 실패하는 지점에서 나는 성공하는 법을 알고 있었기 때문이다. 그녀가 쏜 화살이 끊임없이 그의 가슴을 빗나가고 발밑에 떨어지지만, 더 확실한 손이 쏜다면 화살이 당당한 그의 심장에서 떨리리라는 것을 알고 있었다. 그리고 그의 엄격한 눈이 사랑으로 가득 차고 그의 냉소적인 얼굴이 부드러워지리라는 것을 알고 있었다. 그리고 더 나아가, 무기를 쓰지 않고도 조용히 승리할 수 있었다.

'왜 저렇게 가까이 있는 특권을 지니면서도 제대로 그를 사로잡지 못하지?' 나는 자문했다. '그녀가 그를 진정으로 사랑하지 않는 게 분명해. 또는 진정한 사랑을 갖고 있지 않군! 사랑한다면 그처럼 지나치게 마구 미소를 날릴 필요도 없고, 저렇게 계속 시선을 빛낼 필요도 없지. 그처럼 정교하게 태도를 꾸미지도 않고, 그처럼 여러 가지로 우아한 척하지도 않겠지. 옆에 조용히 앉아서 말을 더 적게 하고 덜 바라보기만 해도 그의 마음에 더 다가갈 것 같은데. 지금 그녀가 저처럼 명랑하게 말을 거는데도 그의 얼굴이 굳어 있지만 저 얼굴에서 나는 아주 다른 표정을 본 적이 있는걸. 그런 표정은 저절로 떠오르는 거지. 정교한 기술이나 계산된 책략을 쓴다고 해서 그런 표정을 짓지는 않지. 그냥 받아들이기만 하면 되는데. 그가 물으면 진솔하게 대답하고, 필요하면 억지웃음을 짓지 말고 그냥 그에게 말을 걸면 되는데. 그러면 그는 점점 더 그런 표정을 짓고 점점 더 친절하고 부드러워져서 따스하게 감싸는 햇살처럼 온몸을 따뜻하게 해 줄 텐데. 결혼하면 어떻게 그의 비위를 맞출까? 그녀가 잘 해내지 못할 것 같았다. 하지만 어떻게든 해내겠지. 그리고 그의 아내는 이 세상에서 가장 행복한 여성이리라 굳게 믿어.'

나는 이해관계와 인맥 때문에 결혼하려 한다고 로체스터 씨를 비난한 적이 없었다. 그가 그런 의도를 가진 것을 처음 알았을 때는 깜짝 놀랐다. 그 전에는 그런 평범한 동기로 그가 아내를 선택하리라고 생각하지 않았다. 하지만 그의 위치와 교육과 주위 사람들을 생각하면 할수록, 어린 시절부터 주입된 게 틀림없는 사상이나 원칙에 따라 행동한다고 해서 그나 잉그램 양을 판단하거나 비난하는 게 정당화되지 않았다. 그 계급 사람들은 모두 그런 원칙을 지니고 있었다. 그래서 나는 모르지만 그런 원칙을 견지하는 데는 나름대로 이유가 있다고 생각했다. 내가 신사라면 나는 내가 사랑할 수 있는 사람만 내 품에 안을 것 같았다. 하지만 이런 계획을 따르면 신랑이 분명히 행복해질 텐데도 모두들 그렇게 하지 않는 것을 보면, 내가 모르는 이유가 있는 것 같았다. 그렇지 않다면 이 세상 모든 사람이 나처럼 행동할 게 틀림없기 때문이다.

하지만 이 점뿐 아니라 다른 점에서도 나는 주인님에 대해 아주 너그러워졌다. 전에는 그의 결점을 날카롭게 찾아냈지만, 이제는 그의 결점을 모두 잊고 있었다. 전에는 그의 성격의 모든 면을 보려고 했다. 장점과 단점을 모두 받아들이고 그 둘을 견주어 보면서 공정하게 판단하려고 했다. 하지만 이제는 그의 단점이 하나도 안 보였다. 전에는 싫던 냉소나 나를 놀라게 하던 거친 태도까지도 맛있는 요리에 들어가는 진한 양념처럼 여겨졌다. 그 양념 자체는 짜고 맵지만 그것이 없으면 음식이 맛없을 것 같았다. 그리고 뭔가 애매하게 알 수 없는 것이 있기는 했다. 이따금 그의 눈 속에 나타나지만 그 깊이를 가늠하기도 전에 사라져 버리는 그의 이상한 표정, 주의 깊은 관찰자만이 볼 수 있는 표정은 사악한 것인지, 슬픈 것인지, 계략을 꾸미는 것인지 알 수가 없었다. 그 무언가 때문에 두렵고 위축되었다. 그것은 마치 내가 화산이 있는 산을 헤매다 갑자기 대지가 흔들리고 화산이 폭발하는 것을 보는 느낌이었다. 가끔씩 나는 그 무언가를 조용히 지켜보았다. 그럴 때면 가슴이 두근대고 신경이 날카롭게 깨어났다. 그것을 피하려는 대신 나는 그것과 대면하고, 무엇인지 알아보고 싶었다. 잉그램 양은 여유롭게 그 심연을 들여다보고 그것의 성격을 분석할 수 있기 때문에 행복하리라 생각했다.

그동안, 즉 내가 주인님과 미래의 아내만 생각하고, 그들만 보고 그들의 이야기만 듣고 그들의 중요한 움직임에 대해서만 생각하는 동안, 나머지 사람들은 각자 서로 다른 흥밋거리와 즐거움에 열중하고 있었다. 린 경 부인과 잉그램 경 부인은 계속 엄숙하게 모여서 이야기했다. 서로 터번을 끄덕이기도 하고 때로는 그날의 화제에 따라 놀라움인지 수수께끼인지 공포인지 모를 감정을 표현하느라 두 팔을 번쩍 들기도 했다. 그러면 두 사람이 거대한 한 쌍의 꼭두각시처럼 보였다. 온화한 덴트 대령 부인은 선량한 에슈턴 부인과 이야기했고, 때때로 이 두 사람이 내게 정중하게 말을 걸거나 미소를 보내기도 했다. 조지 린 경과 덴트 대령과 에슈턴 씨는 정치나 군에서 일어난 일이나 사법적인 문제에 대해 논의했다. 잉그램 경은 에이미 에슈턴 양을 집적댔고 루이자는 신사 중 한 사람을 위해 연주를 해 주거나 함께 노래를 불렀다. 메리 잉그램 양은 다른 사람들이 신나서 하는 이야기를 나른하게 듣고 있었다. 때때로 사람들은 모두 동의한 것처럼 각자 하던 연극을 멈추고 주연 배우를 보고 그들의 말을 들었다. 이 모임의 핵심이자 생명은 결국 모두와 연관 있는 로체스터 씨와 잉그램 양이었기 때문이다. 그가 한 시간 정도 방을 비우면 손님들이 따분해 하다가, 그가 다시 방에 들어오면 대화가 다시 활기를 띠었다.

그가 볼일이 생겨 밀코트에 가서 늦게까지 돌아올 것 같지 않던 어느 날, 그동안 그가 모임에 얼마나 활기를 불어넣었는지 확연하게 느껴졌다. 오후에는 비가 오는 바람에 최근 헤이 근처 공유지에 생겨난 집시촌으로 산책을 가려던 계획이 취소되었다. 신사 몇몇은 마구간으로 갔고 젊은 신사들은 젊은 숙녀들과 당구실에서 당구를 쳤다. 미망인인 잉그램 부인과 린 부인은 조용히 카드 게임을 하는 것으로 위안을 삼았다. 블랑슈 잉그램 양은 덴트 대령 부인과 에슈턴 부인이 대화에 끌어넣으려 해도 건방지게 대꾸도 않고 무시한 채 처음에는 피아노로 감상적인 곡을 치며 흥얼대다가 서재에서 소설책을 한 권 가져왔다. 그러고는 거만한 태도로 나른하게 소파에 누워 그가 없어 따분한 시간 동안 소설의 마력에 빠질 태세였다. 방과 집은 조용했다. 단지 이따금 위층에서 당구 치는 사람들의 환호성이 들릴 뿐이었다.

해가 저물어 가고, 시계는 이미 저녁 식사를 위해 옷을 차려입으라는 경고를 보낸 뒤였다. 그때 창가의 의자에 앉아 있던 작은 아델이 소리쳤다.

"저기 로체스터 씨네, 그가 돌아오시네!"

나는 몸을 돌렸고 잉그램 양은 소파에서 벌떡 일어나 달려왔다. 다른 사람들도 하던 일을 멈추고 올려다보았다. 젖은 자갈길에서 바퀴가 달그락대는 소리와 첨벙대는 말발굽 소리가 함께 났다. 역마차가 다가오고 있었다.

"도대체 왜 저 마차를 타고 오는 거지?" 잉그램 양이 말했다. "그는 메스루어(검은 말)를 타는데. 외출할 때 말을 타고 가지 않았나? 그리고 파일럿이 함께 갔는데, 그 동물들을 어떻게 한 거지?"

키가 큰 데다 풍성한 옷을 입은 잉그램 양이 창문에 너무 바싹 다가오는 바람에 나는 등을 뒤로 젖혀야 했다. 거의 등뼈가 부러질 뻔했다. 그녀는 너무 열심히 내다보느라 처음에는 나를 보지 못했고 나를 보자 입을 삐죽이며 다른 창문으로 갔다. 역마차가 멈추고 마부가 문을 열자 여행복을 입은 신사가 내렸다. 하지만 그는 로체스터 씨가 아니었다. 키가 크고 옷을 잘 차려입기는 했지만 모르는 신사였다.

"짜증 나!" 잉그램 양이 소리쳤다. "이 지겨운 원숭이 새끼야! (아델을 지칭하면서) 누가 너더러 창가에 걸터앉아 잘못된 정보를 주라고 했니?" 그러고는 내 잘못이기라도 한 양 나를 쏘아보았다.

홀에서 이야기하는 소리가 들린 뒤 곧 새로 온 손님이 들어왔다. 그는 잉그램 부인께 인사했다. 그녀를 가장 연장자라고 생각한 것 같았다.

"제가 부적절한 시간에 온 것 같습니다, 부인." 그가 말했다. "마침 친구인 로체스터 씨가 집에 없네요. 하지만 장거리 여행을 해서, 죄송하지만 감히 친한 옛 친구임을 내세워 그가 올 때까지 여기 있겠습니다."

그는 태도가 공손했고 말할 때의 억양이 약간 이상했다. 정확하게 외국인 억양은 아니었지만 그렇다고 영어 억양도 아니었다. 나이는 로체스터 씨 또래로 보였다. 이상할 정도로 안색이 노래 보였는데, 그렇지 않았으면 아주 잘생겼다고 할 만한 얼굴이었다. 특히 첫눈에는 그렇게 보였다. 그러나 자세히 살펴보면 얼굴에 뭔가 불쾌한 구석이 있었다. 아니, 오히려 유쾌하지 않다고 하는 게 맞겠다. 이목구비는 반듯했지만 너무 풀어지고, 눈이 크고 동그랗지만 눈에 생기가 없고 다소곳해 보였다. 적어도 나는 그렇게 생각했다.

옷을 갈아입으라는 종소리가 울리자 사람들이 흩어졌다. 저녁 식사 후에야 그를 다시 보았다. 그는 편안해 보였다. 하지만 그의 관상은 아까보다 더 마음에 들지 않았다. 불안정하고 기운이 없어 보이는 얼굴이었다. 그는 이리저리 눈길을 돌렸지만 아무런 목적이 없었다. 그러자 한 번도 본 적 없는 이상한 얼굴로 보였다. 잘생겼는데 기운 없는 그의 얼굴 때문에 그가 몹시 싫었다. 부드러운 피부를 한 동그란 계란형 얼굴은 힘이 하나도 없어 보였다. 매부리코나 작은 체리 빛 입에도 단호함이 없었다. 이마나 앞이마에도 아무 생각이 없어 보였다. 멍한 갈색 눈에도 힘이 없었다.

나는 평소에 앉던 구석 자리에 앉아 벽난로 위 촛대의 불이 환하게 비추고 있는 그를 보았다. 그는 난로 옆에 안락의자를 바싹 끌어다 놓고 앉아 있었는데, 추운지 계속 더 난로 가까이 다가갔다. 그를 로체스터 씨와 비교해 보았다. (경건하게 말하건대) 매끈한 수거위와 사나운 매, 양순한 양이나 예리한 눈의 거친 털을 지닌 양치기 개 사이의 차이보다 더 차이가 났다.

그는 로체스터 씨의 옛 친구라고 했다. 정말 이상한 우정이었을 게 틀림없었다. 정말이지 '극단은 통한다'라는 옛 속담을 아주 잘 보여 주는 예였다.

신사 두세 명이 그의 주위에 앉았다. 가끔 그들의 대화가 띄엄 띄엄 방 건너로 들렸다. 처음에는 무슨 말인지 잘 알아들을 수 없 었다. 이따금 들려오는 단편적인 말들이 내 옆에 앉아 있던 루이 자 에슈턴 양과 메리 잉그램 양의 대화와 뒤섞였기 때문이다. 이 두 아가씨는 낯선 방문객에 대해 이야기했다. 둘 다 그를 '잘생긴 남자'라고 했다. 루이자는 그를 '정말 사랑스러운 사람'이라고 했고 자신이 '그를 사모한다'고 했다. 메리는 '예쁜 작은 입술과 멋진 코' 라고 예를 들어 가며 그가 매력적인 자기 이상형이라고 했다.

"그리고 앞이마가 정말 다정해 보여!" 루이자가 외쳤다. "너무나 매끈한 이마야. 내가 그렇게 싫어하는 주름 따위는 하나도 없어. 그 리고 눈과 미소는 어쩜 그렇게 평온한지!"

그다음에 다행히도 헨리 린 씨가 연기된 헤이 공유지로의 소풍 에 대해 논의하기 위해 그들을 방 반대편으로 불렀다.

나는 이제 벽난로 가에 모여 있는 사람들에게 집중할 수 있었 다. 곧 새로 온 방문객의 이름이 메이슨 씨인 것을 알았다. 그러고 나서 그가 아주 더운 나라에서 이제 막 영국에 도착했다는 것도 알아냈다. 그래서 얼굴은 그렇게 노랗고, 난롯가에 바싹 붙어 있 었으면서도 집 안에서 외투를 입었던 것이다. 곧 자메이카, 킹스턴, 스패니시 타운 같은 단어가 언급되어 그가 서인도에 사는 사람인 것을 알았다. 그가 서인도에서 처음으로 로체스터 씨를 만났고 사 귀었다는 사실을 알게 되었을 때는 무척 놀랐다. 그는 친구인 로 체스터가 서인도의 타는 무더위와 허리케인과 우기를 몹시 싫어했 다고 말했다. 로체스터 씨가 여행을 많이 한 것은 알고 있었다. 페 어팩스 부인도 그렇게 말했다. 하지만 그가 유럽 대륙 안에서만 헤매 다녔다고 생각했다. 유럽 밖까지 여행했다는 암시는 지금까 지 한 번도 없었다.

나는 이런 것들을 곰곰이 생각하고 있었는데, 그때 예기치 않은 사건이 일어나 내 생각이 끊겼다. 메이슨 씨는 누군가가 우연히 문을 열자 부들부들 떨면서 난로에 석탄을 더 넣어 달라고 부탁했다. 난로의 석탄은 아직도 벌겋게 달아올라 빛났지만 불은 꺼진 상태였다. 하인이 석탄을 가져왔다. 하인은 나가는 길에 에슈턴 씨 의자 옆에 멈추어 서서 그에게 조용히 무슨 말인가 했다. 내게 들리는 말이라고는 "노파가", "아주 골치 아파요" 뿐이었다.

"가서, 당장 가지 않으면 족쇄를 채워 버리겠다고 하게." 시장이 대답했다.

"아니, 잠깐만!" 덴트 대령이 끼어들었다. "노파를 보내지 말게, 에슈턴. 이 기회를 잘 활용할 수 있을지도 몰라. 숙녀분들께 여쭈어 보지." 그리고 큰 소리로 계속 말했다. "숙녀 여러분, 집시촌을 보러 헤이 공유지에 가는 이야기를 하고 계셨죠. 여기 샘이 와서 하는 말이 지금 웬 늙은 집시 노파가 하인용 홀에 있다는군요. 그리고 '높으신 양반들'에게 와서 운세를 봐 주겠다고 고집을 부린답니다. 그녀를 보고 싶으신지요?"

잉그램 부인이 소리쳤다. "대령님, 물론 그런 천박한 사기꾼의 말을 들으라고 부추기는 건 아니시죠? 당장 쫓아 버려요!"

"하지만 제가 아무리 가라고 해도 안 갑니다, 부인." 하인이 말했다. "다른 하인들이 아무리 말해도 듣지 않고요. 지금은 페어팩스 부인이 제발 가라고 사정하고 있습니다. 하지만 굴뚝 옆에 있는 의자를 차지하고 여기 들어오게 해 줄 때까지 꼼짝도 않겠다고 합니다."

"원하는 게 뭐야?" 에슈턴 부인이 물었다.

"신사 숙녀분들의 운세를 봐 준답니다, 부인. 그리고 꼭 그래야만 하고, 그렇게 할 거라고 합니다."

"어떻게 생겼어요?" 에슈턴 자매가 동시에 물었다.

"기겁할 만큼 못생겼어요, 아가씨. 거의 까마귀처럼 새까맣습니다."

"저런, 그럼 정말 마녀인가 보네!" 프레더릭 린이 외쳤다. "들어오라고 하죠."

"이런 재미있는 기회를 놓치면 틀림없이 나중에 무진장 후회할텐데요." 그의 동생이 합류했다.

"애들아, 너희 무슨 생각을 하는 거니?" 린 부인이 외쳤다.

"이런 말도 안 되는 일을 그대로 두고 볼 수는 없어요." 미망인 잉그램 부인도 끼어들었다.

"엄마, 그냥 두세요." 그때까지 악보를 뒤적이며 조용히 앉아 있던 블랑슈가 피아노 의자에서 몸을 돌리면서 거만한 목소리로 말했다. "내 운세가 궁금한걸요. 샘, 가서 그 노파더러 이리 오라고 해."

"귀여운 아가, 블랑슈야! 생각해 봐라……."

"생각해요, 어머니가 하실 말씀을 모두 생각해요. 그래도 하고 싶은 대로 해야겠어요. 샘, 서둘러!"

"그렇게 해요, 그렇게 해요, 그렇게 해요." 젊은 신사 숙녀들이 합창을 했다. "들어와 보라고 해요. 아주 재미있을 거예요."

하인은 아직도 머뭇거렸다. "그 여자가 아주 거칠어 보이는데요."

"가 봐!" 잉그램 양이 외치자 그 하인은 돌아갔다.

사람들이 모두 흥분에 사로잡혔다. 샘이 돌아왔을 때는 모두 한창 희롱하고 농담하는 중이었다.

"그 여자가 이제는 오지 않으려고 합니다." 그가 말했다. "속물 떼(그 노파가 한 말입니다) 앞에는 나타나지 않겠답니다. 제가 그 노파를 빈 방으로 안내하면, 운세를 보고 싶은 사람은 한 사람씩 오라고 합니다."

"이제 알겠나요, 블랑슈 여왕." 잉그램 부인이 말했다. "그 여자가 멋대로 굴잖아. 내 말 들어요, 천사. 그리고…….."

"그 노파를 서재로 안내해." 그 천사 같은 딸이 끼어들었다. "나도 속물 떼 앞에서 운세를 듣고 싶지는 않아요. 나도 혼자서 그녀 말을 듣고 싶어요. 서재에 난롯불이 켜져 있나?"

"네, 아가씨. 하지만 그 여자는 집시처럼 보입니다."

"그만 떠들어 대, 이 멍청아! 그리고 내가 하라는 대로 해."

다시 샘이 사라졌다. 다시 신비감과 생기와 기대가 흘러넘쳤다.

"이제 준비되었답니다." 하인이 다시 나타나서 말했다. "그 노파가 누가 제일 먼저 올지 알고 싶어 합니다."

"숙녀분들이 가기 전에 내가 먼저 가서 그녀를 살펴보는 게 낫겠소." 덴트 대령이 말했다. "샘, 가서 신사분이 간다고 말해."

샘이 갔다가 돌아왔다.

"노파 말이 신사분 운세는 안 본답니다. 일부러 오실 필요 없답니다." 웃음이 나오는 걸 억지로 참으면서 그가 덧붙였다. "그리고 젊은 미혼 여성만 오고 부인들도 오실 필요 없답니다."

"세상에, 노파가 자기 취향도 있네!" 헨리 린이 외쳤다.

잉그램 양이 엄숙하게 일어났다. "제가 먼저 갈게요." 그녀는 대장이 부하들 보는 앞에서 성벽 틈새를 필사적으로 올라갈 때 어울릴 법한 어투로 말했다.

"오, 귀여운 딸! 소중한 딸! 잠깐 멈추어 생각해 보렴!" 그녀의 엄마가 외쳤다. 그녀는 말없이 당당하게 엄마 앞을 휩쓸고 나간 뒤, 덴트 대령이 열어 준 문을 지나갔다. 모두 그녀가 서재로 들어가는 소리를 들었다.

상대적으로 조용한 시간이 이어졌다. 잉그램 부인은 이것이 손을 비틀 만한 일이라고 했다. 그래서 그대로 했다. 메리 양은 감히 갈 용기가 안 난다고 했다. 에이미 에슈턴 양과 루이자 에슈턴 양은 숨을 죽이고 킥킥댔고 약간 겁이 나기도 하는 것처럼 보였다.

시간이 아주 천천히 흘렀다. 다시 서재 문이 열릴 때까지 15분이 걸렸다. 잉그램 양은 아치형 문을 통과해 돌아왔다.

그녀가 웃을까? 운세를 농담으로 여길까? 모든 사람이 아주 호기심에 차서 그녀를 보았지만, 그녀는 냉랭하게 시선을 물리쳤다. 그녀는 즐거워 보이지도, 당황한 것처럼 보이지도 않았다. 그녀는 딱딱한 태도로 의자에 가서 조용히 앉았다.

"어때, 블랑슈?" 잉그램 경이 말했다.

"그 여자가 뭐라고 해, 언니?" 메리가 물었다.

"어떻게 생각해? 어떤 느낌이야? 정말 점쟁이야?" 에슈턴 아가씨들이 물었다.

잉그램 양이 대답했다. "이봐요, 재촉하지 말아요. 정말로 쉽게 놀라고 쉽게 믿는군요. 엄마나 모두들 이 문제를 중시하는 걸 보니 악마와 가깝게 동맹을 맺고 있는 마녀가 정말로 이 집에 왔다고 믿는군요. 떠돌이 집시를 보고 온 것뿐이에요. 엉터리로 손금을 보고 그런 사람들이 흔히 하는 이야기를 해 주었어요. 내 호기심을 만족시켰으니 내일 아침에 에슈턴 씨가 위협한 대로 저 노파에게 족쇄를 채워 버려도 돼요."

잉그램 양은 책을 한 권 꺼내 들고 의자에 등을 기대더니, 더 이상 아무 말도 하지 않았다. 그녀를 반시간 정도 지켜보았지만 책을 한 쪽도 넘기지 않았다. 그러나 얼굴은 시시각각 더 우울해지고, 더 불만에 차고, 더 심하게 실망했다. 좋지 않은 소리를 들은 게 분명했다. 그녀가 계속 아무 말도 안 하고 우울해 하는 것으로 미루어, 그녀 자신이야말로 전혀 관심 없다고 말하지만 그 노파가 드러낸 것이 무엇이건 지나치게 중시하는 것처럼 보였다.

그러는 동안 메리 잉그램 양과 에이미 에슈턴 양과 루이자 에슈턴 양은 혼자 갈 용기가 안 나니 함께 가고 싶다고 했다. 대사인 샘의 중재로 협상이 시작되었다. 왔다 갔다 하느라 샘의 종아리가 아플 지경이었다. 마침내 아주 어렵게 함께 와서 들어도 된다는 허락을 얻어 냈다.

　　그들의 방문은 잉그램 양 때처럼 조용하지 않았다. 서재에서 신경질적으로 낄낄대는 소리도 나고 잠깐씩 비명 소리도 났다. 그리고 20분 정도 지나자, 그들이 문을 벌컥 열고 홀을 지나 달려왔다. 정신이 나갈 정도로 반쯤 겁을 먹은 것 같았다.

　　"이상한 여자야!" 그들은 이구동성으로 소리를 질렀다. "우리에게 그런 말을 하다니! 우리에 대해 모든 걸 알잖아!" 그리고 신사들이 서둘러 가져온 다양한 의자에 앉았다.

　　더 설명해 달라고 재촉하자, 아가씨들은 그 집시가 자신들이 어린 시절에 한 말과 한 일을 모조리 말했다고 했다. 그리고 집의 내실에 있는 책과 장신구에 대해서도, 여러 친척이 선물한 기념품에 대해서도 안다고 했다. 아가씨들은 그 집시가 자신들의 생각을 알아맞혔고, 각자의 귀에 대고 각자가 이 세상에서 가장 사랑하는 사람의 이름을 속삭였고, 아가씨들이 가장 원하는 것이 무엇인지도 알려 주었다.

　　여기서 신사들이 끼어들어 마지막 두 가지에 대해 더 알려 달라고 열심히 부탁했으나 그들이 아무리 졸라도 아가씨들은 얼굴을 붉히고 감탄사를 지르고 떨면서 낄낄대기만 했다. 그러는 동안 나이 든 부인들은 진정제를 주기도 하고 부채질을 하기도 하면서 제때 자기네 경고를 듣지 않은 데 대해 몇 번이나 걱정을 표시했다. 그리고 나이 든 신사들은 웃었고 젊은 신사들은 흥분한 예쁜 아가씨들을 도와주겠다고 난리였다.

이렇게 부산스러운 눈앞의 소동을 듣고 보고 있다가 바로 옆에서 기침 소리가 들려 돌아보니 샘이 서 있었다.

"죄송하지만 아가씨, 집시가 이 방에 아직도 보지 않은 아가씨가 한 명 더 있다며 아가씨들의 운세를 모두 보고 가겠다고 합니다. 아마 선생님인 것 같습니다. 다른 사람은 아무도 없으니까요. 그녀에게 뭐라고 할까요?"

"아, 내가 갈게요." 내가 대답했다. 호기심이 바싹 나 있었는데 예기치 않은 기회가 주어져서 기뻤다. 나는 아무도 보지 않은 상태에서 살짝 방을 빠져나왔다. 흥분해 떨고 있는 세 아가씨 주위에 사람들이 모두 모여 있었다. 나는 조용히 뒤로 문을 닫았다.

"선생님, 원하시면 제가 홀에서 기다릴게요. 그녀가 겁을 주면, 저를 부르세요. 그러면 제가 들어갈게요." 샘이 말했다.

"아니야, 샘, 부엌으로 가요. 저는 조금도 무섭지 않아요." 나는 무섭지 않았고, 오히려 아주 흥분되어 흥미진진했다.

제19장

내가 들어갔을 때 서재는 아주 조용했다. 그 예언자는 편안하게 난롯가의 안락의자에 앉아 있었다. 그녀는 붉은 외투에 검은 보닛을 쓰고 있었다. 아니, 검은 보닛이라기보다는 집시들이 쓰는 챙이 넓은 모자를 줄무늬 손수건을 이용해 턱 밑에서 묶은 것이었다. 탁자 위의 초는 다 탄 채 있었다. 그녀는 난로 위로 몸을 구부리고 그 불빛으로 성경처럼 보이는 조그만 검은색 책을 읽고 있는 것 같았다. 흔히 노인들이 그러듯이 그녀도 중얼대며 책을 읽었다. 내가 들어갔는데도 읽기를 그만두지 않았다. 한 문단을 마치고 싶어 하는 것 같았다.

나는 깔개 위에 서서 난롯불에 손을 쬐었다. 거실에 있을 때 난로에서 멀리 떨어진 곳에 앉아 있어서인지 손이 좀 차가웠다. 나는 그 어느 때보다 차분해졌다. 이 집시에게는 사람을 불안하게 만드는 구석이 전혀 없었다. 그녀는 책을 덮더니 천천히 나를 올려다보았다. 모자챙에 얼굴이 일부 가려져 있기는 했지만 얼굴을 들자 이상하게 생긴 얼굴이었다. 얼굴 전체가 갈색과 검은색이었다. 턱에 묶인 흰 끈 아래로 머리카락이 삐져나와 뺨, 아니 턱을 반은 덮고 있었다. 그녀는 대담하게 나를 똑바로 쏘아보았다.

"자, 점을 보고 싶은 거지?" 그녀가 말했다. 그녀의 목소리는 시선만큼이나 단호하고 얼굴만큼이나 거칠었다.

"저는 상관없어요. 하고 싶은 대로 하세요. 미리 말씀드리지만, 저는 점을 믿지 않아요."

"무례하군. 하지만 그럴 줄 알았어. 문을 지날 때 발소리를 듣고 예상했지."

"그러셨어요? 귀가 밝으시네요."

"귀도 밝고 눈도 밝고 머리도 잘 돌지."

"이런 일을 하려면 그런 게 다 필요할 거예요."

"그건 그렇지. 특히 자네 같은 손님을 상대하려면 그래야지. 왜 떨지 않는 거지?"

"춥지 않은걸요."

"왜 창백해지지 않는 거지?"

"아프지 않은걸요."

"왜 점을 치지 않으려는 거지?"

"어리석지 않으니까요."

노파는 보닛 끈 아래의 목이 울리도록 낄낄댔다. 그러고는 짧고 검은 담뱃대를 꺼내 불을 붙이고 담배를 피우기 시작했다. 잠시 그녀는 이 진정제를 탐닉하더니 허리를 펴고 담뱃대를 뺀 뒤 난롯불을 가만히 보면서 아주 조심스럽게 말했다.

"춥군, 아프군, 게다가 어리석어."

"증명해 보세요." 내가 대꾸했다.

"간단히 증명해 보이지. 외로워서 추운 거야. 네 안에 있는 불을 피어나게 할 관계가 전혀 없어. 최고의 감정, 즉 인간에게 주어진 가장 고결하고 다정한 감정과 멀리 떨어져 있으니, 아프지. 고통스러우면서도 다정한 감정을 불러들이지 않으니, 어리석은 게지. 그 감정은 널 기다리고 있는데 네가 한 걸음도 움직이지 않고 있어."

그녀는 다시 짧은 검은 담뱃대를 입에 물고 담배를 마구 피워 댔다.

"그런 소리는 저택에서 외롭게 사는 피고용인 누구에게나 할 수 있는 말이네요."

"물론 누구에게나 할 수 있는 말이지. 하지만 누구에게나 해당되는 말일까?"

"저와 같은 처지의 사람에게는 그렇죠."

"그래, 바로 그렇지. **당신** 같은 처지의 사람에게 해당되지. 그런 사람을 당신 말고 한 사람만 더 대 봐."

"수천 명이라도 댈 수 있죠."

"아마 한 명도 대지 못할걸. 스스로 알겠지만, 당신은 독특한 처지에 있으니까. 행복이 바로 근처에 있어. 그래서 손만 뻗으면 돼. 구슬은 다 준비되어 있고 손만 뻗으면 순식간에 꿰어질 거야. 어쩌다 약간 흩어진 구슬들을 한 번에 꿴 다음 그 결과를 축복하기만 하면 돼."

"수수께끼 같은 말이라 못 알아듣겠어요. 수수께끼는 원래 잘 못 풀고요."

"좀 더 정확하게 듣고 싶으면 손을 내밀어 봐."

"그럼 은화 한 닢을 드려야겠죠?"

"그렇지."

나는 1실링을 주었다. 그녀는 호주머니에서 낡은 스타킹으로 만든 주머니를 꺼내 은화를 넣고 주머니를 묶은 뒤 다시 호주머니에 넣었다. 그러고는 내게 손을 내밀어 보라고 했다. 나는 그렇게 했다. 노파는 내 손바닥에 자신의 얼굴을 갖다 대고 곰곰이 들여다보았다. 손바닥을 만지지는 않았다.

"손금이 너무 가늘군. 이런 손에서는 아무것도 읽을 수 없어. 손금이 거의 보이지 않아. 게다가 손바닥에 뭐가 있나? 여기에는 운명이 써 있지 않은걸."

"당신 말을 믿어요."

"대신 얼굴에 운명이 써 있군. 이마와 눈 주위와 눈과 입선에 있어. 꿇어앉아서 머리를 들어 봐."

"아! 이제야 현실적으로 그럴싸한데요." 그녀가 하라는 대로 하면서 내가 말했다. "곧 당신의 말을 믿게 될 것 같은데요."

나는 그녀에게서 반 야드 정도 떨어진 곳에 앉았다. 그녀가 난로를 뒤적이자 흩어진 석탄에서 불꽃이 번쩍였다. 불빛이 더 환해졌지만 그녀가 앉자 내 얼굴만 환하게 보이고 그녀의 얼굴은 더 깊은 그림자 속으로 들어갔다.

"오늘 어떤 감정으로 온 건지 궁금하군." 한동안 나를 살펴보더니 그녀가 말했다. "저 방에서 환등기 속 인물처럼 앞을 스쳐 가는 상류층 사람들을 보면서 무슨 생각을 했는지 궁금하군. 그 사람들이 마치 인간 형태의 그림자 같았을 거야. 정말 사람 같지 않았을 테고, 그러니 그들과 거의 공감하지 못했겠지."

"가끔은 피곤하고, 때때로 졸렸어요. 하지만 슬프지는 않았어요."

"미래에 대해 속삭이는 은밀한 희망 때문에 기분이 좋고 즐거웠던 거야?"

"그렇지는 않아요. 희망이라고는 봉급을 저축해 작은 집을 빌려 언젠가 학교를 세우는 것밖에 없는걸요."

"그건 영혼의 양식이 되기에는 너무 빈약해. 그리고 그 창 옆 의자에 앉아. 나는 당신 습관을 알지……."

"하인들에게서 알아냈겠죠."

"아! 자신이 영리하다고 생각하는군. 아마 그럴 수도 있고. 솔직

284

히 말하면 아는 하녀가 한 명 있지, 풀 부인이라고."

나는 그 이름을 듣고 깜짝 놀라 펄쩍 뛰었다.

'안다고, 그렇다는 거지?' 나는 생각했다. '결국 다 속임수군!'

"놀라지 마." 그 이상한 사람이 계속 말했다. "풀 부인은 안심해도 돼. 주도면밀하고 조용하지. 그녀에게라면 누구든 비밀을 털어놓아도 괜찮아. 그런데 하던 말을 더 하자면, 창가 의자에 앉아서 미래의 학교 생각만 했다고? 지금 눈앞의 소파나 의자에 앉은 사람 중에서 관심 있는 사람 없어? 어떤 한 사람을 유심히 지켜보지는 않았어? 적어도 호기심 때문에 움직임을 따라가며 관찰한 사람이 있지?"

"모든 사람의 얼굴과 모습을 관찰하는 걸 좋아해요."

"하지만 특히 한 사람, 아니 어쩌면 두 사람을 관찰한 것은 아니고?"

"종종 그러죠. 한 쌍의 모습이나 몸짓에서 이야기가 엿보일 때는 그러죠. 서로 끌리는 한 쌍을 보는 건 늘 재미있어요."

"어떤 이야기가 가장 좋은데?"

"선택지가 그다지 많지는 않아요! 대개는 같은 이야기죠. 구혼이죠. 그리고 결국은 똑같은 재난, 즉 결혼으로 끝나죠."

"그 단조로운 주제를 좋아하나?"

"정말이지 어떻게 되든 상관없어요. 저하고는 아무 관계 없으니까요."

"당신하고 아무 관계 없다고 했어? 젊고 활기차고 건강한 숙녀가, 빼어나게 예쁜 데다 부자인 상류층 숙녀가 신사 앞에 앉아 미소를 짓고 있어. 당신이……."

"내가 뭐요?"

"당신이 아는 신사. 그러니 잘 생각해 봐."

"여기 계신 신사분들은 잘 몰라요. 아무와도 말한 적이 없어요. 잘 생각해 봐도 어떤 분들은 점잖고 당당한 중년 신사들이고 다른 분들은 도전적이고 생기발랄한 젊은 미남들이죠. 하지만 그분들과 의미 있는 교유를 할 생각은 없어요. 그분들은 모두 원하는 숙녀의 미소를 얻겠죠."

"여기 있는 신사를 모른다고? 그들 중 누구와도 한마디 한 적이 없다고? 이 집 주인에 대해서도 그렇게 말할 수 있나?"

"그분은 지금 집에 안 계세요."

"아주 심오한 말이군! 아주 영리하게 어물쩍 넘어가는군. 그는 밀코트에 갔고 오늘 밤이나 내일이면 돌아올 거야. 그런 상황인데도 아는 사람 목록에서 그를 빼는 거야? 말하자면 그를 아주 없는 셈 치는 거야?"

"그렇지는 않아요. 하지만 지금 꺼낸 화제와 로체스터 씨가 무슨 상관 있죠?"

"신사들 앞에서 미소 짓는 숙녀들 이야기를 하고 있었어. 그리고 최근에 로체스터를 보고 너무나 미소 짓는 바람에 두 잔의 컵에서 물이 흘러넘치듯이 그녀의 눈에서 미소가 넘쳐흘렀어. 그걸 못 봤어?"

"로체스터 씨는 자기 집에 온 손님들과 교제할 권리가 있는걸요."

"그의 권리에 대해 말하는 것이 아니야. 결혼 이야기 중에서도 로체스터의 결혼이 가장 활발하게 계속 화제가 되는 건 들었지?"

"듣는 사람이 열의를 보이면 유창하게 말을 하게 되지요." 나는 이 말을 집시에게 한다기보다는 나 자신에게 했다. 태도도 이상하고 목소리도 이상한 집시의 이야기를 듣다 보니, 마치 꿈을 꾸는 것 같았다. 집시가 전혀 예상치 못한 말을 계속 풀어 놓자, 마침내 신비로운 거미줄에 갇혀 버렸다. 보이지 않는 요정이 몇 주일 동안

이나 내 심장에 앉아서 심장의 움직임을 지켜보고 심장이 뛸 때마다 기록한 것 같았다

·"듣는 사람의 열의라!" 그녀가 내 말을 따라 했다. "그렇지. 로체스터 씨는 몇 시간이고 앉아서 그처럼 즐겁게 이야기하는 매력적인 입술에 귀를 기울였지. 아주 기꺼이 그 이야기를 들었지. 재미있게 시간을 보내게 되어 고맙다고 했지? 물론 눈치챘겠지?"

"고맙다고 했다고요! 그의 얼굴에서 감사의 빛은 눈치채지 못했는데요."

"눈치채지 못했다! 그럼 당신은 분석하고 있었군. 감사가 아니면 무엇을 눈치챘지?"

나는 아무 말도 하지 않았다.

"사랑을 본 게로군. 그렇지 않아? 그리고 그가 결혼하고 신부를 행복하게 해 주리라 예상했겠군."

"아니요! 정확하게 그건 아니에요. 점쟁이도 가끔 틀리나 봐요."

"그럼 도대체 뭘 본 거야?"

"상관 마세요. 여기엔 점을 보러 온 거지 고백하러 온 게 아니니까요. 로체스터 씨가 결혼하리라는 소문이 나 있나요?"

"그래, 아름다운 잉그램 양과 한다고 해."

"곧 하나요?"

"지금 돌아가는 걸 보면 당연히 그럴 거야. 그리고 틀림없이(대담하게도 당신은 그렇지 않을 것이라고 생각하는 것 같은데, 그러면 안 되지), 그들은 가장 행복한 한 쌍이 될 거야. 그렇게 아름다운데, 고상하고 재기 발랄하고 교양 있는 숙녀를 그가 사랑하는 게 틀림없어. 그리고 그녀도 아마 그를 사랑할 거야. 그 사람 자체는 아니더라도 그의 재산은 사랑하겠지. 그녀가 로체스터의 재산을 모조리 차지할 수 있으리라고 생각한다는 걸 알지. 하지만 (신이여,

용서하소서!) 그 점에 관해 한 시간쯤 전에 뭔가 이야기해 주었지. 그 이야기를 듣더니 얼굴이 어두워졌어. 입꼬리가 반 인치는 처지더군. 검은 피부의 구혼자를 조심하라고 충고했지. 그보다 재산이 더 많은 게 확실한 사람이 나타나면, 그를 차 버릴 거야……."

"여보세요, 로체스터 씨 점을 보러 온 게 아닌데요. 내 운명에 대해 듣고 싶어서 왔는데, 아무 이야기도 안 해 주시네요."

"당신 운은 아직도 확실치 않아. 얼굴을 살펴보니 모순된 두 가지 특징이 나타나. 행운이 깃들어 있다는 건 알겠어. 오늘 저녁 여기 오기 전에 이미 알고 있었지. 행운의 여신이 조심스럽게 한쪽에 앉아 있어. 그녀 모습이 보여. 손을 뻗어 잡기만 하면 되는데, 하지만 당신이 그럴지는 모르겠어. 깔개 위에 무릎을 꿇고 앉아 봐."

"오래 걸리면 안 돼요. 불에 데일 것 같아요."

나는 무릎을 꿇었다. 그녀는 내 쪽으로 몸을 기울이지 않고 의자에 기댄 채 바라보기만 했다.

"눈에서 불꽃이 깜빡이고 있어. 눈이 이슬처럼 빛나는군. 부드럽고 아주 다정한 눈이야. 내가 지껄여 대는 소리에 황당해 하며 웃는군. 민감해서 맑은 눈동자에 모든 인상을 받아들여 간직하는군. 하지만 미소가 사라지면 슬퍼 보이네. 눈까풀에는 무의식적인 나른함이 있어. 외로워서 우울하다는 표시지. 내게서 시선을 피하는군. 나더러 더 이상 뜯어보지 말라는 뜻이군. 조소하는 눈길은 내가 알아낸 진실을 부인하는 거고. 다정하지만 분노하고 있다는 내 말을 반박하고 있어. 그 당당하고 조용한 눈길을 보니 내 말이 맞군. 눈은 좋아.

입에 대해 말하자면, 웃을 때는 즐거움을 드러내는군. 두뇌로 생각한 것은 모두 표현하고 싶어 하지만, 가슴이 경험한 것은 감추려고 하는 것 같네. 입은 유동적이고 유연해 보여. 영원히 고독

속에 조용히 있을 것 같지는 않아. 많이 말하고, 자주 웃고, 사랑하는 사람과 대화해야 해. 입도 행운의 입이야.

이마 말고는 운을 방해하는 게 없어. 그 이마는 공공연히 이렇게 말하는군. '상황상 자존심을 지키기 위해 혼자 살아야 한다면 그럴 수 있어. 행복을 사기 위해 영혼을 팔 필요는 없어. 나는 내면적인 보물을 가지고 태어났는걸. 외부적인 기쁨이 사라지거나 그것이 내가 살 수 없을 정도로 비싸다면, 그 내면적 보물에 의지해 살아갈 수 있어'라고 말이야. 앞이마는 이렇게 선언하는군. '이성이 버티고 앉아 고삐를 쥐고 감정이 갑자기 달아나거나 위험한 틈새에 빠지지 못하게 하고 있어. 실제로 이교도이기도 한 열정이 진짜 이교도처럼 화가 나서 날뛸 수도 있고*, 욕망이 온갖 허황된 상상을 할 수도 있지만 판단이 모든 논쟁의 결론을 내리고 모든 결정의 결정권을 갖고 있어. 강풍, 지진, 화재*가 모두 지나가도, 양심의 원리를 해석해 주는 그 조용한 작은 목소리를 따를 거야.'

앞이마여, 잘 표현했어. 너의 선언을 존중하지. 내 나름대로 정당해 보이는 계획을 가지고 있고, 그 계획 안에서 양심의 주장과 이성의 조언을 따를 거야. 축복의 컵 속에 조금이라도 수치라는 찌꺼기나 후회의 맛이 섞여 있으면, 청춘이 얼마나 빨리, 꽃이 얼마나 빨리 시드는지 알고 있지. 그리고 희생이나 슬픔이나 이별은 원하지 않아. 그런 건 내 취향에 맞지 않아. 잘 키우고 싶지 시들게 하고 싶지는 않아. 감사의 말을 듣고 싶지, 피눈물을 짜내고 싶지는 않아. 아니, 눈물도 안 돼. 미소, 애정, 다정한 말을 수확하고 싶어. 그걸로 충분해. 내가 열에 들떠서 아무 말이나 하는 것 같군. 이 순간이 **영원했으면** 좋겠지만 감히 그렇게 하지는 못하겠군. 지금까지는 완벽하게 자제해 왔어. 지금까지는 마음속으로 결심한 대로 행동해 왔어. 하지만 더 이상은 힘에 부칠 거야. 일어나게 에어 양. 그만 나가게. '연극은 끝났어'*."

나는 어디에 있었나? 잠을 자고 있었나 깨어 있었나? 이게 다 꿈인가? 아직도 꿈속인가? 노파의 목소리가 변해 있었다. 그녀의 악센트나 몸짓이나 모두가 거울 속의 내 얼굴처럼, 나 자신이 하는 말처럼 익숙했다. 나는 일어났지만 나가지 않았다. 나는 바라보았다. 난로를 휘젓고 다시 보았다. 그러나 그녀는 보닛을 더 눌러쓰고 모자 끈을 더 조이며 내게 가 보라고 다시 손짓했다. 난롯불이 그녀가 내민 손을 비추어 주었다. 이제 정신이 든 데다 알아내려고 바싹 긴장하고 있어 곧 그 손을 알아보았다. 그 손은 내 손과 마찬가지로 전혀 쭈글쭈글하지 않고 노파의 손이 아니었다. 둥글고 부드러운 손이었다. 균형 잡힌 매끈한 손가락이 보였다. 새끼손가락에 큰 반지가 빛나고 있어 허리를 굽혀 바라보았다. 내가 수백 번도 더 본 보석이었다. 나는 다시 그 얼굴을 보았다. 그녀는 이제 더 이상 얼굴을 돌리지 않았다. 반대로 보닛을 벗고 모자 끈을 풀고 머리를 내밀었다.

"제인, 나를 알아보겠소?" 낯익은 목소리가 말했다.

"그 붉은 외투만 벗으면, 그럼……."

"그런데 이 외투 끈 매듭이 풀리지 않소. 도와주시오."

"끊어 버리세요."

"거기, 그럼, '너희도 남은 것들을 다 벗어 버려라!'*" 그리고 로체스터 씨는 변장을 벗고 나왔다.

"주인님, 어쩜 이렇게 이상한 생각을 하셨어요!"

"하지만 아주 잘하지 않았소? 그렇게 생각하지 않소?"

"숙녀분들을 잘 속여 넘기신 것 같네요."

"하지만 당신을 속이지는 못했소?"

"제가 보기에는 집시 역을 제대로 연기하지 못했어요."

"어떤 인물 연기를 했다는 거요? 나 자신처럼 행동했다는 거요?"

"그렇진 않았어요. 뭔가 석연찮았어요. 간단히 말해 제게서 뭔가를 끌어내려는 것 같았어요. 아니면 뭔가를 이야기해 주시려는 것 같았어요. 말도 안 되는 소리를 계속하면서 저도 그렇게 하도록 유도했어요. 그건 공정치 못해요."

"날 용서해 주겠소, 제인?"

"다시 한 번 곰곰이 생각해 보고 말씀드릴게요. 제가 어리석은 말을 많이 하지 않았다는 생각이 들면 그때 용서해 드릴게요. 하지만 그래도 옳지 않은 일이었어요."

"오! 당신은 아주 적합한 말만 했소. 아주 조심스럽게 지각 있는 말만 했소."

돌이켜 생각해 보니 대체로 그런 것 같았다. 그 점은 위안이 되었다. 실은 집시와 이야기할 때 나는 거의 처음부터 경계했다. 뭔가 변장을 한 게 아닌가 하는 의심이 들었다. 집시나 점쟁이는 이 노파처럼 말하지 않는다는 것을 알고 있었다. 게다가 목소리를 꾸미고 얼굴을 숨기려고 안절부절못한다는 걸 알아차렸다. 하지만 나는 내내 그레이스 풀인가 하고 의심했다. 그레이스 풀을 살아 있는 수수께끼, 신비 중 신비라고 생각해서였다. 로체스터 씨라고는 상상도 못 했다.

"무슨 생각을 하고 있소? 그 신중한 미소는 무슨 뜻이오?"

"놀라움과 자축을 뜻해요, 주인님. 이제 가 봐도 되겠죠?"

"안 돼요. 조금만 더 있으시오. 저기 거실에서 사람들이 뭘 하고 있는지 이야기해 주시오."

"집시에 대해 이야기하고 있는 것 같은데요."

"앉으시오, 앉으시오! 그 사람들이 나에 대해 무슨 말을 했는지 말해 보시오."

"오래 머물지 않는 게 낫겠어요. 11시가 다 된 것 같은데요. 아 참! 로체스터 씨, 오늘 아침에 떠나신 다음 낯선 분이 도착했는데, 아세요?"

"낯선 분이라니! 모르겠는데. 누굴까? 올 사람이 없는데. 그 사람은 갔소?"

"아니요. 옛날 아는 사이니까 당신이 돌아오실 때까지 여기 있어도 될 거라고 말하던걸요."

"도대체 무슨 말이야! 이름을 말해 주었소?"

"메이슨이라고 했어요. 서인도 제도에서 왔다고 했어요. 자메이카의 스패니시 타운에서 왔다던데요."

그때 로체스터 씨는 내 옆에 서 있었는데, 의자 쪽으로 이끄는 것처럼 내 손을 잡아당겼다. 말하는 동안 발작적으로 내 손목을 꼭 붙잡았고 입술의 미소가 얼어붙었다. 그는 경련이 일어나 숨이 막힐 것 같았다.

"메이슨! 서인도 제도!" 그가 한 단어만 말할 줄 아는 자동인형처럼 말했다. "메이슨! 서인도 제도!" 그가 반복했다. 그는 세 번이나 반복했는데, 말하는 동안 안색이 잿빛처럼 창백해졌다. 자신이 무슨 짓을 하는지 거의 의식하지 못하는 것 같았다.

"아프세요, 주인님?" 내가 물어보았다.

"제인, 충격이오. 충격이오, 제인!"

그가 비틀거렸다.

"오! 내게 기대세요, 주인님."

"제인, 전에도 당신 어깨에 기댄 적이 있는데 다시 그렇게 해야겠소."

"네, 주인님, 제 팔을 잡으세요."

그는 앉더니 나를 옆에 앉혔다. 내 손을 잡고 만지며, 동시에 가장 괴로운 쓸쓸한 눈길로 바라보았다.

"내 작은 친구여! 당신과 단둘이 조용한 섬에 있으면 좋겠소. 고민도, 위험도, 끔찍한 추억도 모두 사라질 거요."

"제가 도움이 될까요, 주인님? 도움이 된다면 목숨이라도 바치겠어요."

"제인, 그럴 일이 생기면 당신의 도움을 받겠소. 정말이오."

"고맙습니다, 주인님. 제게 뭘 해야 할지 말씀해 주세요. 적어도 하라는 대로 하도록 노력은 해 볼게요."

"제인, 이제 식당으로 가서 포도주를 한 잔 가져다주시오. 사람들이 저녁을 먹고 있을 거요. 메이슨이 함께 있는지, 그가 무엇을 하고 있는지 보고 와서 말해 주시오."

나는 방에서 나갔다. 로체스터 씨 말대로, 사람들은 모두 식당에서 저녁을 먹고 있었다. 구석 탁자에 저녁이 차려져 있고, 사람들은 각자 원하는 음식을 가져와서 먹고 있었다. 손에 접시와 유리잔을 들고 여기저기 삼삼오오 서 있었다. 모두가 아주 즐거워 보였다. 모두들 활기차게 웃으며 대화를 나누고 있었다. 메이슨 씨는 난롯가에 서서 덴트 대령 부부와 이야기하고 있었으며, 그 누구보다 명랑해 보였다. 나는 포도주를 한 잔 채워 들고(내가 그러는 것을 보자 잉그램 양이 인상을 쓰며 바라보았다. 주제넘는다고 생각하는 것 같았다), 서재로 돌아갔다.

하얗게 질려 있던 로체스터 씨의 얼굴이 좀 괜찮아 보였다. 그는 다시 확고하고 엄했다. 그는 내 손에서 유리잔을 가져갔다.

"당신의 건강을 위하여, 수호천사여!" 그는 포도주를 한 모금 마시더니 내게 잔을 돌려주었다. "다들 뭘 하고 있소, 제인?"

"웃으며 이야기하고 계세요, 주인님."

"뭔가 이상한 소리를 들은 것처럼, 심각하거나 알 수 없는 표정을 짓고 있지는 않았소?"

"전혀요. 아주 명랑하고 즐거우시던데요."

"그리고 메이슨은?"

"그분도 웃고 계셨어요."

"사람들이 모두 몰려와서 내게 침을 뱉으면, 당신도 그러겠소?"

"그럴 수만 있다면, 그 사람들을 방에서 쫓아내겠어요."

그는 반쯤 웃었다. "하지만 내가 그 사람들에게 갔는데, 다들 나를 싸늘하게 바라보고 자기네끼리 비웃으며 속삭이고 나를 두고 떠난다면, 그때는 어떻게 하겠소? 당신도 같이 떠나겠소?"

"그러지 않을 거예요. 당신과 함께 있는 게 더 즐거울 거예요."

"날 위로하며 말이오?"

"네, 제 힘 닿는 대로 최선을 다해 위로해 드리겠어요, 주인님."

"만일 내 옆에 있어서는 안 된다는 금지령이 내려지면 어떻게 하겠소?"

"아마 저는 그런 금지령을 모를 거예요. 안다고 해도 전혀 개의치 않을 거예요."

"그럼 나를 위해 비난도 받겠다는 거요?"

"제가 우정을 갖고 사귈 만한 친구라면 누구를 위해서든 그 정도는 할 수 있어요. 당신도 틀림없이 그렇게 하실 거예요."

"이제 방으로 가서, 조용히 메이슨 씨에게 로체스터 씨가 오셨는데 뵙자고 한다고 귓속말로 전하시오. 그를 이곳으로 안내한 다음, 돌아가면 되오."

"네, 주인님."

나는 그가 시킨 대로 했다. 모여 있는 사람들 사이를 뚫고 지나가자 모두 나를 바라보았다. 메이슨 씨를 찾아내, 그 말을 전한 다음, 앞장서서 방을 나왔다. 그를 서재로 안내한 뒤, 나는 계단으로 올라갔다.

잠자리에 들고 어느 정도 시간이 흘렀다. 밤늦어서야 손님들이 자신들의 방으로 돌아가는 소리가 났다. 그 가운데 로체스터 씨의 목소리를 알아들을 수 있었다. 그가 "메이슨, 이쪽으로 오게. 여기가 자네 방이네"라고 말하는 소리가 들렸다.

그는 유쾌하게 말했다. 그의 밝은 목소리를 들으니 안심되었다. 나는 곧 잠이 들었다.

제20장

  늘 커튼을 내리고 잠들었는데, 그날 밤에는 커튼 치는 것을 깜빡 잊었다. 블라인드를 내리는 것도 잊었다. 그래서 밝은 보름달(그날 밤은 맑았다)이 내 방 창문 바로 맞은편에 떠서 유리창으로 나를 들여다보아 그 휘황찬란한 달빛에 잠이 깼다. 한밤중에 일어나 수정처럼 맑고 하얀 은빛 달을 보았다. 달은 아름다웠지만 엄숙하지는 않았다. 잠이 반쯤 깨어 커튼을 내리려고 팔을 뻗었다.

  세상에! 왜 이렇게 큰 비명이지!

  손필드 전체에 울려 퍼진 날카로운 목 쉰 짐승의 비명 같은 소리에 밤, 밤의 고요, 밤의 휴식이 모조리 망가졌다.

  맥박이 뛰지 않고, 심장도 멈추고, 뻗은 팔다리도 마비되었다. 비명이 잦아들더니 다시는 들리지 않았다. 사실 그런 무시무시한 비명을 곧 다시 지를 수도 없었을 것이다. 안데스 산에 사는 큰 날개를 지닌 콘도르도 둥지를 둘러싼 구름 속에서 두 번이나 연속으로 그런 비명을 지를 수는 없을 것이다. 그런 소리를 지른 다음에는 조금 쉬어야만 다시 지를 수 있을 것이다.

  그 비명은 3층에서 났다. 내 머리 위에서 났기 때문이다. 내 방천장 바로 위에 있는 방에서 나는 소리였다. 이어서 몸싸움하는 소리가 들렸다. 소리로 짐작건대 필사적인 격투가 벌어지고 있었다. 반쯤 숨이 넘어가는 소리로 누군가가 다급하게 외쳤다.

"도와주세요! 도와주세요! 도와주세요!" 급하게 세 번 외치는 소리가 들렸다.

"아무도 안 와요?"라고 외쳤다. 그러고 나서 마구 비틀거리며 쿵쾅거리는 가운데, 회벽과 널빤지를 뚫고 "로체스터! 로체스터! 제발, 이리 와 봐요!"라고 하는 소리를 알아들을 수 있었다.

방문이 열렸다. 누군가가 복도에서 달려갔다. 아니, 질주했다. 머리 위의 마루에서 다른 사람이 쿵쿵대는 소리가 들렸다. 이어 쓰러지는 소리가 들리더니 침묵이 흘렀다.

무서워서 사지가 덜덜 떨렸지만, 옷을 갈아입고 방에서 나왔다. 잠들었던 사람들이 모두 깨어 있었다. 방마다 비명과 공포로 중얼거리는 소리가 났다. 방문이 하나하나 열렸다. 여기저기서 방 밖을 내다보았다. 복도에 사람들이 가득 찼다. 신사와 숙녀 모두 침실 밖으로 나와 있었다. 그리고 사방에서 "아! 무슨 일이지?" "누가 다친 거지?" "무슨 일이 일어난 거야?" "등을 가져와!" "불이 난 거야?" "도둑이 든 거야?" "어디로 뛰어가야 해?" 등의 질문이 들렸다. 달빛만 비칠 뿐 완전히 오리무중이었다. 그들은 이리저리 뛰어다니기도 하고 함께 모여 있기도 했다. 몇몇 사람은 흐느꼈고 몇몇 사람은 비틀거렸다. 이루 말할 수 없는 혼란이었다.

"도대체 로체스터는 어디 있는 거야? 침실에도 없는데." 덴트 대령이 외쳤다.

"여기 있소! 여기 있소!" 큰 소리의 대답이 돌아왔다. "모두 침착하시오. 나는 가고 있소."

그리고 복도 끝의 문이 열리더니 촛불을 들고 로체스터 씨가 나왔다. 그는 위층에서 막 내려오는 참이었다. 숙녀 중 한 사람이 곧

장 그에게 달려가 그의 팔을 잡았다. 잉그램 양이었다.

"무슨 끔찍한 일이 일어난 거예요?" 그녀가 말했다. "말해 주세요! 나쁜 일이 일어났어도 당장 알아야겠어요!"

"하지만 나를 쓰러뜨리거나 목을 조르지는 마시오." 그가 대답했다. 이제 잉그램 양은 그에게 달라붙다시피 했다. 그리고 거대한 흰색 실내복을 입은 숙녀 두 사람이 완전히 돛을 편 배처럼 그에게 다가왔다.

"괜찮습니다! 괜찮습니다!『헛소동』*의 연습일 뿐이오. 숙녀 여러분, 물러서십시오. 그러지 않으면 제가 위험해질 거예요."

그는 정말 위험해 보였다. 그의 검은 눈에 불꽃이 번쩍였다. 침착하려 애쓰며 그가 덧붙였다.

"하녀가 악몽을 꾼 겁니다. 그게 다입니다. 워낙 쉽게 흥분하고 과민한 하녀예요. 꿈을 꾸고는 그걸 유령 같은 게 나타난 걸로 오해하고 공포에 싸여 발작을 일으킨 거예요. 이제, 모두 방으로 돌아가셔야 합니다. 집이 조용해져야만 그녀를 진정시킬 수 있으니까요. 신사 여러분, 숙녀분들께 모범을 보이세요. 잉그램 양, 이유 없이 공포에 떨지 않으실 거죠. 에이미 양과 루이자 양도 평소대로 한 마리 비둘기같이 둥지로 돌아가요. 부인들, (귀부인들에게) 더 이상 이렇게 추운 복도에 계시면 감기에 걸릴 거예요."

그는 이렇게 달래기도 하고 명령하기도 하면서, 그들을 각자의 방으로 돌려보냈다. 나는 내 방으로 돌아가라는 명령을 기다리지 않았다. 그러나 아무도 모르게 내 방을 떠났듯이 아무도 모르게 돌아왔다.

그러나 나는 잠들지 않았다. 반대로 제대로 옷을 차려입기 시작했다. 비명에 이어서 난 소리나 사람 말소리를 들은 사람이 아마 나밖에 없는 것 같았다. 왜냐하면 내 방 바로 위에서 일어났기 때문이다. 나는 하녀가 꾼 악몽 때문이 아님을 알았다. 로체스터 씨의 설명은 손님들을 진정시키기 위해 그저 꾸며 낸 이야기임을 확신했다. 그래서 긴급 상황에 대비해 옷을 입었다. 옷을 다 입고 오랫동안 창가에 앉아 조용한 대지와 은빛 들판을 내다보면서 뭔지 모르지만 뭔가를 기다렸다. 그 이상한 고함 소리와 몸싸움과 부르는 소리에 이어 뭔가 사건이 일어나는 게 당연해 보였다.

다시 조용해졌다. 중얼거리는 소리와 움직이는 소리가 차츰 잦아들었고 한 시간쯤 지나자, 손필드는 사막처럼 조용해졌다. 다시 밤과 잠의 제국이 지배하는 것처럼 보였다. 그동안 달이 기울더니 이제 막 지려고 했다. 추위에 떨며 어둠 속에 앉아 있기 싫어서 옷을 입은 채 침대에 누워야겠다고 생각했다. 창가를 떠나 거의 소리 없이 카펫을 가로질러 갔다. 구두를 벗으려고 몸을 숙이는데 누군가가 조심스럽게 조용히 문을 두드렸다.

"제가 필요하세요?" 내가 물었다.

"깨어 있었소?" 예상했던 목소리, 즉 주인의 목소리였다.

"네, 주인님."

"옷은 입었소?"

"네."

"그러면, 조용히 나오시오."

나는 순순히 따랐다. 로체스터 씨는 등을 들고 복도에 서 있었다.

"당신이 필요하오. 이쪽으로 오시오. 조용히 천천히 오시오."

나는 얇은 슬리퍼를 신고 있어 카펫이 깔린 마룻바닥 위를 고양이처럼 살살 걸을 수 있었다. 그는 복도와 계단을 미끄러지듯이 가더니 천장이 낮은 캄캄한 그 운명의 3층 복도에서 멈추었다. 나는 그의 옆에 섰다.

"방에 스펀지가 있소?" 그가 속삭이며 물었다.

"네, 주인님."

"소금, 각성용 소금도 있소?"

"네."

"가서 둘 다 가져오시오."

나는 방으로 돌아가 세면대에서 스펀지를, 서랍에서 소금을 찾아 들고 그에게 돌아갔다. 그는 여전히 기다리고 있었다. 손에는 열쇠가 들려 있었다. 작은 검은 방문 중 하나에 다가가더니 열쇠 구멍에 열쇠를 넣었다.

"피를 보아도 토하지 않을 자신 있소?"

"네. 아직 그런 광경을 본 적은 없지만 자신 있어요."

그에게 대답하면서 전율을 느꼈다. 그러나 오싹해지거나 정신을 잃지는 않았다.

"손을 줘 보시오. 기절하는 소동을 겪고 싶지는 않소."

나는 그의 손을 잡았다. "따뜻하고 침착하오." 그가 말했다. 그는 열쇠를 돌리더니 문을 열었다.

페어팩스 부인이 내게 집을 전부 보여 주던 날 본 방이었다. 방에는 벽걸이가 걸려 있었다. 그러나 지금은 벽걸이의 한쪽이 젖혀져 있었는데 거기에 문이 있었다. 벽걸이로 문을 가려 놓은 것이었다. 문을 열자 안쪽 방에서 빛이 쏟아져 나왔다. 거기서 개들이 싸울 때 내는 소리 같은 으르렁거리는 소리와 낚아채는 소리가 들렸다. 로체스터 씨가 촛불을 내려놓으며 내게 "잠깐만 기다리시오"라고 말하고는 방 안쪽으로 들어갔다. 그가 들어서자 막 웃는 소리가 났다. 처음에는 크게 웃더니 결국 유령 같은 그레이스 풀의 하!하!하! 하는 웃음소리로 끝났다. 그녀가 거기에 있었다. 그에게 말하는 소리가 들리기는 했지만 그는 아무 말 없이 주변을 정리했다. 그가 밖으로 나오더니 뒤쪽 문을 닫았다.

"제인, 이쪽으로 오시오!" 그가 말했다. 나는 건너편의 커다란 침대로 갔다. 커튼이 드리워진 침대가 방을 대부분 차지하고 있었다. 침대 머리맡에 놓인 안락의자에 외투를 벗고 정장을 입은 남자가 앉아 있었다. 그는 조용히 머리를 뒤로 젖힌 채 눈을 감고 있었다. 로체스터 씨가 촛불을 들어 그를 비추었다. 죽은 것처럼 보이는 창백한 얼굴을 들여다보니 낯선 손님인 메이슨 씨였다. 한쪽 내의와 한쪽 팔이 피에 흠뻑 젖어 있었다.

"촛불을 들고 있으시오." 나는 로체스터 씨가 말하는 대로 했다. 그가 세면대로 가서 대야에 물을 담아 왔다. "대야를 드시오." 그가 말했다. 나는 그의 말을 따랐다. 그는 물에 적신 스펀지로 시체 같은 메이슨 씨의 얼굴을 적셨다. 그는 가져온 소금을 달라고 하더니 그것을 메이슨 씨의 콧구멍에 갖다 댔다. 메이슨 씨가 잠깐 눈을 뜨더니 신음 소리를 냈다. 로체스터 씨는 상처를 입은 남자의 셔츠를 벗기고 팔과 어깨를 붕대로 감았다. 그는 마구 흘러내리는 피를 스펀지로 닦아 냈다.

"곧 위험해질 것 같소?" 메이슨 씨가 중얼댔다.

"푸우! 괜찮소. 상처가 났을 뿐이오. 너무 겁먹지 말고 기운을 내시오! 내가 가서 의사를 데려오겠소. 내일 이곳을 떠날 수 있기를 바라오. 제인……." 그가 계속 말했다.

"주인님?"

"이 신사분과 함께 한두 시간 정도 여기 있으시오. 피가 나거든 내가 하던 대로 닦아 내시오. 만일 그가 기절하거든 저 탁자 위에 있는 물 한 컵을 입에다 갖다 대고 코에 소금을 갖다 대시오. 무슨 일이 있어도 말을 걸면 안 되오. 그리고 리처드, 이 여자에게 말을 걸면 죽을 줄 알아. 입을 열고 멋대로 지껄이면 어떤 일이 생길지 나도 장담 못 하네."

그 불쌍한 남자가 다시 신음 소리를 냈다. 그는 감히 움직이지도 못하는 것 같았다. 죽음이 무서운지 아니면 다른 뭔가가 무서운지 그는 거의 마비된 상태였다. 로체스터 씨는 피가 흥건히 묻은 스펀지를 내게 건넸고 나는 그 스펀지로 계속 피를 닦아 냈다. 그는 잠시 나를 바라보더니 말했다. "기억하시오! 대화는 절대 금지요." 그는 방을 떠났다. 열쇠 구멍에서 열쇠 돌리는 소리가 나고 돌아가는 그의 발소리가 들리지 않자 이상한 기분이 들었다.

나는 비밀스러운 3층 방 하나에 꼼짝없이 붙잡혀 있었다. 깊은 밤에 돌보아야 할 창백한 남자가 눈앞에 피를 흘리고 있는 데다 문 하나만 지나면 살인을 저지른 여자가 있었다. 그랬다. 너무나 끔찍했다. 다른 것은 참을 수 있었다. 그러나 그레이스 풀이 나를 덮칠지도 모른다는 생각을 하자 온몸이 오싹했다.

하지만 나는 자리를 지켜야 했다. 이 창백한 얼굴을, 다물고 있어야만 하는 파르스름한 입술과 가끔 떴다 감았다 하며 방을 둘러보기도 하고 나를 가만히 바라보는 기도하는 눈을 지켜보아야만 했다. 흐릿한 눈에는 아직도 공포가 가득했다. 나는 다시 피 반물 반인 대야에 손을 담가 스펀지를 적신 뒤 흘러내리는 피를 닦아 냈다. 이렇게 하는 동안 심지를 자르지 않은 촛불이 점점 흐려졌다. 주위에 있는 수놓은 낡은 벽걸이 쪽의 그림자가 점점 더 어두워지다가 거대한 낡은 침대 커튼 아래쪽은 아주 깜깜해졌고 맞은편 큰 장롱 문 위에서는 이상하게 떨렸다. 장롱은 열두 개의 문짝으로 나뉘어 있었고 각각의 문에 액자처럼 열두 제자의 음울한 얼굴이 그려져 있었다. 그 장롱 위로 까만 십자가와 죽어 가는 예수가 있었다.

어두워지자 깜빡이는 촛불 빛이 여기저기를 비추었다. 때로는 턱수염이 난 누가가 보이기도 하고, 때로는 세례 요한의 긴 머리가 일렁이기도 했다. 그리고 때로는 악마의 얼굴을 한 유다가 문짝에서 나와 산 사람처럼 자신의 몸속에 있는 배신의 왕인 사탄을 드러내겠다고 위협했다.

이 와중에도 나는 보아야 할 뿐 아니라 들어야 했다. 저쪽 편 우리에서 사나운 짐승인지 악마인지 움직이는 것에 신경을 곤두세워야 했다. 그러나 로체스터 씨의 방문 이후 그것은 마법에 걸려 꼼짝도 안 하는 것 같았다. 밤새도록 한참 만에 한 번씩 소리가 세 번 났다. 계단이 삐걱대는 소리가 한 번 났고, 다시 으르렁거리는 개 소리가 잠깐 났고, 사람 신음 소리 같은 깊은 소리가 났다.

그러고는 여러 가지 생각이 나 걱정이 되었다. 이 외딴 저택에 살아가고 있는데 주인이 쫓아내지도, 제압하지도 못하니 무슨 범죄가 있는 거지? 한밤중에 불이 나고 피를 흘리니 무슨 비밀이 있는 거지?

도대체 이 여자는 누구기에 평범한 여자의 얼굴을 하고 때로는 비웃는 악마의 소리를, 때로는 썩은 고기를 찾아다니는 짐승 소리를 내는 거지?

그리고 이 사람, 내가 굽어보고 있는 이 평범하고 조용한 낯선 사람은 어쩌다 이 공포의 도가니에 빠진 거지? 왜 분노의 여신이 그에게 날아든 거지? 왜 잠자리에 들어 있어야 하는 부적절한 시간에 이곳을 찾아온 거지? 그에게 아래층에 묵으라고 하는 로체스터 씨의 말을 들었는데, 왜 여기 온 거지? 이렇게 해를 입고 폭력을 당했는데도 왜 이렇게 순종적이지? 왜 아무 말도 말라는 로체스터 씨의 말을 이렇게 순순히 따르는 거지? 로체스터 씨 자신이 이전에 끔찍한 음모로 목숨을 잃을 뻔했고 더욱이 그의 손님까지 공격을 당했는데도 이 두 번의 시도를 모두 억지로 숨기고 잊어버려 주기를 원하는군! 마지막으로 내가 본 것은 메이슨 씨가 로체스터 씨의 말을 순순히 따르는 모습이었다. 로체스터 씨의 강력한 의지가 기운 없는 메이슨 씨를 완전히 지배했다. 두 사람 사이에 오간 몇 마디 말을 듣고 이 사실을 확실히 알았다. 이전에도 수동적인 메이슨 씨가 활달하고 활기찬 로체스터 씨의 영향을 늘 받았던 게 분명했다. 그런데 왜 메이슨 씨가 도착했다는 말을 듣고 로체스터 씨가 당황한 거지? 이 사람은 이렇게 얌전하고 그의 말이 떨어지자마자 어린아이처럼 순순히 따르는데, 왜 아까는 이 사람 이름을 듣자마자 천둥 맞은 참나무처럼 놀란 거지?

"제인, 공격을 받았어. 제인, 공격을 받았어"라고 속삭일 때 그의 창백한 얼굴과 표정을 잊을 수 없었다. 내 어깨에 팔을 얹자 그 팔이 떨렸는지 모르겠다. 사소한 문제라면 페어팩스 로체스터의 단호한 정신을 이렇게까지 휘어잡고 강건한 체구를 떨리게 할 수 없을 것이다.

피를 흘리는 환자는 축 처져 신음 소리를 내며 고통스러워하는데 날은 밝지 않고, 밤은 끝이 없고, 도와줄 사람은 오지 않았다. '그가 언제 오는 거지? 언제 오는 거지?' 나는 마음속으로 외쳤다. 나는 메이슨의 창백한 입술에 여러 번 물을 축여 주었다. 그리고 그를 깨우기 위해 여러 번 소금을 갖다 댔지만, 내 노력이 효과가 없는 것처럼 보였다. 정신적 고통 때문인지, 육체적 고통 때문인지, 피를 많이 흘려서인지, 아니면 세 가지 이유 모두 때문인지 그의 기운이 급격하게 떨어지고 있었다. 그렇게 쇠약해져 신음하며 사나워지다 정신을 잃은 것처럼 보이자, 그가 죽을까 봐 무서웠다. 그러나 그에게 말조차 걸 수 없었다.

마침내 초가 다 타 버리고 촛불이 꺼졌다. 촛불은 없지만, 창문 커튼 사이로 희미한 빛이 보였다. 새벽이 다가오고 있었다. 곧 저 아래 멀리서, 뚝 떨어진 마당의 개집에서 파일럿이 짖는 소리가 났다. 희망이 되살아났다. 허황된 희망이 아니었다. 5분쯤 지나자 열쇠가 돌아가고 문 열리는 소리가 났다. 이제는 내가 지켜보지 않아도 된다는 뜻이었다. 기껏해야 두 시간 정도였으나 몇 주일이 흐른 것처럼 길게 느껴졌다.

로체스터 씨가 의사와 함께 들어왔다.

"카터, 정신 바짝 차려." 그가 의사에게 말했다. "30분 안에 상처를 치료한 뒤 붕대를 감고 환자를 아래층으로 데려가야 해. 이 모든 것을 30분 안에 해야 돼."

"하지만 이 사람, 움직여도 될까요?"

"물론 그래도 되오. 상처는 전혀 심하지 않소. 신경이 예민해져서 그러니 정신이 돌아와야 하오. 와서 시작하시오."

로체스터 씨는 두꺼운 커튼을 걷고 네덜란드산 블라인드를 올리더니 가능한 한 빛이 많이 들어오게 했다. 나는 날이 밝은 걸 알고 놀랐지만 한편 기분이 좋아졌다. 동쪽 하늘이 장밋빛으로 밝아 오기 시작했다. 그는 의사가 치료를 시작한 메이슨 씨에게 다가갔다.

"친구, 좀 어때?" 그가 물었다.

"그 애 때문에 내가 죽는군." 그가 들릴 듯 말 듯하게 대답했다.

"절대 죽지 않아! 기운 내! 2주일만 지나면 아무렇지 않을 거야. 피를 좀 흘린 것뿐이야. 카터, 전혀 위험하지 않다고 말해 주게."

"정말로 전혀 위험하지 않습니다." 카터가 말했다. 그는 붕대를 풀고 있었다. "제가 좀 더 일찍 왔으면 좋았을걸 그랬습니다. 그럼 이렇게 피를 많이 흘리지 않았을 텐데요. 하지만 이건 어떻게 생긴 상처인가요? 어깨는 칼에 베였지만 물어뜯겼군요. 칼로는 이런 상처가 날 수 없습니다. 여기는 이로 물어뜯은 흔적입니다."

"그 애가 나를 물었어." 그가 중얼거렸다. "당신이 칼을 빼앗자, 그 애가 암호랑이처럼 달려들었어."

"지지 말고 즉시 제압했어야 했는데." 로체스터 씨가 말했다.

"하지만 그런 상황에서 뭘 할 수 있었겠어?" 메이슨 씨가 말했다. "무서웠어!" 그가 몸서리치면서 덧붙였다. "그리고 그런 일이 일어나리라고는 예상 못 했어. 처음에는 아주 얌전해 보였거든."

"내가 경고했잖아." 그의 친구가 말했다. "그 여자에게 갈 때는 조심해야 한다고. 내일까지 기다렸다가 나와 함께 갔어야지. 오늘 밤에, 그것도 혼자 만난 건 멍청한 짓이야."

"그 애한테 잘 해 주고 싶다는 생각이 들었어."

"생각이 들었다! 생각이 들었다! 그래, 그런 말을 듣기만 해도 짜증이 나. 하지만 고통을 당하고 있군. 내 충고를 듣지 않은 대가를 톡톡히 치르고 있군. 충분히 고통을 받은 것 같군. 그러니 더 이상 아무 말도 안 하겠네. 카터, 서둘러! 서둘러! 곧 해가 떠오를 걸세. 이 사람을 빨리 내보내야 해."

"곧 끝납니다. 이제 막 어깨에 붕대를 감았습니다. 팔의 다른 상처도 치료해야 합니다. 여기도 그 여자가 이빨로 문 것 같습니다."

"그 애가 피를 빨아 먹었네. 심장이 멎을 때까지 피를 빨아 먹겠다고 했어."

로체스터 씨가 몸서리쳤다. 이상할 정도로 또렷하게 역겨움, 공포, 증오가 얼굴 전체에 퍼져 얼굴이 뒤틀리다시피 했다. 그러나 이렇게만 말했다.

"조용히 하게, 리처드. 그리고 그녀의 횡설수설은 신경 쓰지 말게."

"이 일을 잊을 수가 없을 거야."

"스패니시 타운으로 돌아가면, 그녀가 죽어 무덤에 있다고 생각하게. 아니면 오히려 그녀를 전혀 생각할 필요가 없을지도 모르지."

"오늘 밤을 잊을 수 없을 거야!"

"잊을 수 없겠지. 기운을 내게. 두 시간 전만 해도 자네는 완전히 죽었다고 생각하지 않았나. 그런데 이제는 완전히 살아나서 말도 하고 있잖아. 카터가 치료를 다, 아니 거의 다 끝냈군. 곧 제대로 옷을 입혀 주겠네. (돌아온 뒤 처음으로 그가 내 쪽으로 몸을 돌렸다) 제인, 이 열쇠를 가져가시오. 내 침실로 내려가 바로 옷방으로 들어가서 옷장 꼭대기 서랍을 열고 깨끗한 셔츠와 목에 두를 손수건을 꺼내서 가져오시오. 빨리 다녀오시오."

나는 침실로 가서 그가 말한 옷방을 찾아내 그가 말한 물건들을 가지고 돌아왔다.

"내가 그에게 옷을 갈아입히는 동안 침대 건너편 저쪽으로 가 있으시오. 하지만 절대로 이 방을 떠나지는 마시오. 또 할 일이 생길 수도 있으니."

나는 그의 지시대로 물러나 있었다.

"아래층에 내려갔을 때 깨어 있는 사람이 있었소, 제인?" 로체스터 씨가 물었다.

"없었어요. 모두 아주 조용했어요."

"조심해서 빠져나가야 해, 딕. 그렇게 하는 게 자네를 위해서나 저기 있는 불쌍한 여자를 위해서나 좋을 거야. 오랫동안 애써 숨겨 온 걸 이제 와서 다 알리고 싶지는 않네. 이봐, 카터, 이 사람이 윗도리 입는 걸 좀 도와주시오. 털 달린 외투는 어디 두었나? 그걸 입지 않고는 이 더럽게 추운 날씨에 1마일도 갈 수 없을 텐데. 자네 방에 있다고 했나? 제인, 메이슨 씨 방으로 뛰어가시오. 내 방 옆방이오. 거기 보이는 외투를 가져오시오."

나는 다시 뛰어가서 안쪽과 가장자리에 털을 댄 묵직한 외투를 가져왔다.

"심부름을 한 가지만 더 해 주시오." 지칠 줄 모르는 주인이 말했다. "다시 내 방에 다녀와야겠소. 당신이 벨벳 신을 신은 것처럼 일을 잘 해 줘서 다행이오. 지금 같은 때 나막신을 끌고 다니는 하인이라면 이렇게 잘 하지 못했을 거요. 화장대 중간 서랍을 열고 작은 유리병과 거기 있는 유리컵을 가져오시오. 빨리 가시오!"

나는 그곳으로 거의 날아가서 원하는 물건을 들고 왔다.

"잘했소! 내 마음대로 이 약을 먹이겠소. 책임은 내가 지겠소. 이 물약은 로마에서 이탈리아 사기꾼에게 샀소. 카터, 선생이라면 쫓아 버릴 그런 사람에게서 산 거요. 함부로 써서는 안 되지만 때로는, 지금 같은 경우에는 효과가 있소. 제인, 물 좀 주시오."

그는 작은 컵을 내밀었고 나는 세면대 위에 있는 물병에서 컵에 반쯤 되게 물을 따랐다.

"그거면 됐소. 이제 약병 마개를 적셔 주시오."

나는 그렇게 했다. 그는 진홍빛 물약을 열두 방울 따르더니 메이슨 씨에게 주었다.

"리처드, 마시게. 이걸 마시면 한두 시간은 무섭지 않을 걸세. 자네는 지금 겁에 질려 있어."

"하지만 마시면 아플까? 화끈거릴까?"

"마시게! 마시게! 마시게!"

저항해야 소용없을 것이 분명하자 메이슨 씨는 시키는 대로 했다. 그는 이제 옷을 갖추어 입었다. 여전히 창백해 보이기는 했으나 더 이상 피로 얼룩져 있지는 않았다. 그가 물약을 삼키자 로체스터 씨는 3분 동안 가만히 앉아 있으라고 했다. 그러고 나서 그의 팔을 잡고 말했다.

"이제 확실히 일어설 수 있겠지? 일어나 보게."

환자는 일어섰다.

"카터, 다른 쪽 어깨를 부축해서 데려가시오. 리처드, 기운을 내.

한 발 내디뎌 봐. 그래, 잘했어!"

"좀 낫군." 메이슨 씨가 대답했다.

"걸을 수 있어. 제인, 앞장서서 뒤계단으로 가서 옆 통로 문을 열고 마부에게 준비하라고 말하시오. 시끄러운 소리를 내며 자갈길로 오지 말라고 지시했으니까 마당이나 바로 문밖에 마차가 있을 거요. 우리가 온다고 말하시오. 그리고 제인, 주위에 사람이 있으면 계단 아래서 흠흠 하고 소리를 내시오."

5시 반이 되었고, 막 해가 떠오르려 하고 있었다. 그러나 부엌은 아직도 캄캄하고 조용했다. 옆 통로 문은 잠겨 있었다. 가능한 한 조용히 문을 열었다. 마당은 아주 조용했다. 그러나 대문이 활짝 열려 있었고 이미 말에 마구를 채운 마차가 기다리고 있었다. 마부는 바깥쪽 마부 석에 앉아 있었다. 나는 그에게 다가가 신사 분들이 곧 오실 거라고 말했다. 그는 고개를 끄덕였다. 그러고 나서 조심스럽게 주위를 둘러보고 귀를 기울였다. 이른 아침답게 사방이 조용했다. 하인 방의 창에는 아직도 커튼이 쳐져 있었다. 작은 새들이 하얀 꽃이 핀 과수원 나무 위에서 지저귀기 시작했다. 마당 한쪽 벽 위로는 과수원 나뭇가지가 넘어와 꽃줄처럼 늘어져 있었다. 문이 잠긴 마구간 안에서는 가끔씩 마차 끄는 말들이 뛰었다. 그 외에는 조용했다.

신사들이 나타났다. 메이슨 씨는 로체스터 씨와 의사의 부축을 받기는 했지만, 비교적 편안하게 걷는 것처럼 보였다. 그는 그들의 도움으로 마차에 올라탔다. 이어서 카터 선생이 탔다.

"그 사람을 잘 돌봐 주시오." 로체스터 씨가 카터 선생에게 말했다. "그가 완전히 회복될 때까지 선생 댁에 두시오. 하루 이틀 지난 다음 내가 들러 상태를 보겠소. 리처드, 좀 어떤가?"

"신선한 공기를 쐬니 기운이 나네, 페어팩스."

"그 사람 쪽 창문을 열어 놓으시오, 카터 선생. 바람이 불지 않으니까. 잘 가오, 딕."

"페어팩스……."

"음, 뭔가?"

"그 애를 잘 돌봐 주게. 다정하게 대해 주게. 그 애를……." 그는 말을 멈추고 울음을 터뜨렸다.

"최선을 다하고 있네. 그동안도 그랬고 앞으로도 그럴 걸세." 그의 대답이었다. 그가 마차 문을 닫자 마차는 멀리 사라졌다.

"하지만 신께서 제발 이 모든 일을 끝내 주시기를!" 육중한 대문을 닫고 빗장을 잠그면서 그가 말했다. 문을 닫자, 그는 과수원 근처 벽에 있는 문을 향해 넋을 놓은 채 천천히 걸었다. 그가 내게 시킬 일이 더 이상 없을 것이라는 생각이 들어 집으로 돌아갈 채비를 했다. 하지만 그가 다시 "제인!" 하고 부르는 소리가 들렸다. 그는 나를 기다리며 문을 열고 거기 서 있었다.

"잠시 신선한 공기를 쐽시다. 그 집은 감옥일 뿐이오. 그런 느낌이 들지 않소?"

"제가 보기에는 휘황찬란한 저택인데요."

"그대 눈에는 순진한 자의 광휘가 있소. 그리고 마법에 걸린 눈으로 그것을 보고 있소. 그대는 도금한 벽은 끈적거리고 비단 커튼은 거미줄이고 대리석은 더러운 석판이고 반짝이는 마루는 버려진 칠이 벗겨진 나무 조각일 뿐이라는 걸 모르고 있소. 이제 여기(우리가 들어선 나무가 우거진 담 안쪽을 가리켰다)는 현실적이고, 달콤하고, 순수하오."

한쪽에는 상자와 사과나무와 배나무와 벚나무가 있고 다른 쪽에는 온갖 종류의 구식 꽃과 비단향꽃, 수염패랭이꽃, 앵초꽃, 팬지, 개사철쑥, 들장미 등과 여러 가지 향기로운 허브가 어우러져 피어 있는 길을 두 사람은 하릴없이 걸었다. 사랑스러운 봄날 아침에 식물들은 4월의 비를 맞고 햇살을 받아 아주 신선해 보였다. 이제 막 동쪽에 떠오른 해에 아지랑이가 피어오르기 시작했고, 꽃이 만발한 이슬 젖은 과수원 나무들이 빛났으며, 그 아래쪽의 조용한 길들도 반짝였다.

"제인, 꽃을 갖겠소?"

그는 덤불 속에서 처음 보이는 반쯤 핀 장미를 꺾어서 내게 주었다.

"고맙습니다."

"이런 일출을 좋아하오, 제인? 해가 떠 점점 따뜻해지면 녹아 버릴 가벼운 구름들이 높이 떠 있는 하늘이나 이 차분하고 화창한 대기를 좋아하오?"

"아주 좋아해요."

"아주 이상한 밤을 보냈지, 제인."

"네."

"그래서 당신 얼굴이 창백해 보이는군. 메이슨과 단둘이 있을 때 무서웠소?"

"안쪽 방에서 누군가 나오려고 해서 무서웠어요."

"하지만 내가 문을 잠가 놓고 열쇠를 내 주머니에 넣었잖소. 한 마리 양을, 제일 아끼는 양을 안전장치 없이 늑대우리 곁에 두고 갈 만큼 부주의한 양치기는 아니오. 당신은 안전했소."

"그레이스 풀은 계속 여기 살 건가요?"

"그렇소! 그 여자 문제로 골치 썩을 건 없소. 그 문제는 생각하지 마시오."

"하지만 그녀가 있으면 당신 생명이 위태로울 것 같아서요."

"걱정 마시오. 내가 알아서 할 테니."

"어젯밤 걱정했던 위험은 이제 사라졌나요?"

"메이슨이 영국 밖으로 나갈 때까지는 확실치 않고, 그런 다음에도 마찬가지요. 제인, 내게는 산다는 것이 언제 폭발해 불을 뿜어낼지 모르는 분화구에 사는 것이나 마찬가지요."

"하지만 메이슨 씨는 고분고분하신 것처럼 보여요. 그분께 강력한 영향력을 갖고 계시던데요. 절대로 당신에게 도전하거나 멋대로 당신을 해치려 들지 않을 거예요."

"그렇소! 메이슨은 내게 맞서지 않을 것이고, 나를 해치지도 않을 거요. 그건 알고 있소. 하지만 무심결에 부주의한 말 한마디로, 한순간에 목숨은 아니라도 행복을 영원히 빼앗아 갈 수도 있소."

"그에게 조심하라고 말하세요. 당신이 뭘 두려워하는지 알리고 어떻게 하면 그 위험을 피할 수 있는지도 알려 주세요."

그는 냉소적으로 웃으면서 얼른 내 손을 잡더니 그만큼이나 얼른 내 손을 놓아 버렸다.

"이 순진한 아가씨야, 그럴 수 있으면 뭐가 위험하겠소? 한순간에 파멸할 수 있소. 메이슨을 안 다음부터, 그는 내 말대로 했소. 하지만 이번 경우는 그에게 명령한다고 되는 게 아니오. 나를 해치지 말라고 할 수가 없소. 자신이 나를 해칠 수 있다는 것을 알아서는 안 되기 때문이오. 이해할 수 없다는 표정을 짓는구려. 더욱더 이해할 수 없는 일이 생길 거요. 당신은 내 작은 친구요, 그렇지 않소?"

"당신에게 도움이 되고 싶고, 옳은 일이기만 하면 언제든 당신이 하라는 대로 할게요."

"꼭 그러리라는 걸 알겠소. 당신이 나를 즐겁게 해 주고, 도와주고, 나를 위해 일할 때, 걸음걸이와 표정, 눈과 얼굴을 보면 당신이 정말 만족해 하는 걸 알겠소. 그리고 당신 특유의 표현대로

'옳은 일'을 할 때 나와 함께하리라는 것도 알겠소. 당신 생각에 옳지 않은 일을 시킨다면 사뿐사뿐 뛰어다니지도 않을 거고, 민첩하게 일을 처리하지도 않을 거고, 눈을 빛내며 상기된 표정으로 일을 하지도 않을 거요. 그럴 때 내 친구는 창백한 표정으로 나를 바라보며 조용히 '아니에요. 그런 일은 할 수 없어요. 옳지 않기 때문에 할 수 없어요'라고 하고 항성처럼 꼼짝도 안 할 거요. 당신은 나를 마음대로 할 수 있고, 상처를 입힐 수도 있소. 하지만 난 감히 약한 면을 보여 주지 못하겠소. 당신이 충실하고 친절하기는 하지만 나의 나약한 면을 보면 즉시 나를 꼼짝 못하게 할 것 같소."

"저를 두려워하지 않듯이 메이슨 씨를 두려워할 일이 없다면, 아주 안전하세요."

"신이시여, 그렇게 되게 하소서! 제인, 여기 정자에 앉으오."

정자는 담쟁이덩굴이 뒤덮인 벽 옆에 아치를 세우고 그 아치 아래 투박한 의자를 놓은 것이었다. 로체스터 씨는 거기에 앉으면서 내가 앉을 자리를 남겨 놓았다. 그러나 나는 그의 앞에 서 있었다.

"앉으오. 이 의자는 두 사람이 앉기에 충분하오. 내 옆에 앉는 걸 망설이는 거요? 이게 잘못하는 일이오?"

대답 대신 나는 그의 옆에 앉았다. 거절하는 게 현명하지 않다는 생각이 들었다.

"작은 친구여, 태양이 이슬을 마시고, 오래된 정원의 꽃들이 깨어나 꽃잎을 펼치고, 새들이 손필드 밖에서 먹이를 잡아와 새끼들에게 먹이고, 일찍 깨어난 벌들이 한바탕 일을 시작하는 동안, 당신에게 한 가지 사례를 설명할 테니 당신 일이라고 생각해 보시오. 하지만 우선 나를 보고 지금 괜찮다고 말해 주시오. 당신을 붙들어 두는 것도, 당신이 여기 앉아 있는 것도 걱정할 일이 아니라고 말해 주시오."

"아니에요, 전 괜찮아요."

"그럼, 제인, 상상력을 발휘해 보시오. 당신이 더 이상 잘 자라고 잘 교육받은 여자아이가 아니고 어린 시절부터 떠받들어지며 자라 제멋대로인 거친 남자아이라고 가정해 보시오. 먼 외국 땅에 가서 어떤 동기에서든 어떤 일이든 중대한 잘못을 저질렀고 그 결과가 평생 따라다니며 삶 전체에 오점을 남겼다고 상상해 보시오. **범죄**는 아니라는 점을 명심하시오. 남에게 피를 흘리게 했거나 다른 죄를 지은 건 아니오. 그런 것이라면 법적으로 처리될 테니까. 내 말은 **실수**를 했다는 거요. 시간이 지나고 보니 그 일의 결과가 견딜 수 없게 된 거요. 그래서 당신은 위안을 얻을 방법을 찾고 있소. 그 방법이라는 게 평범하지는 않지만 그렇다고 범죄도 아니오. 그래도 여전히 불행하오. 사방을 둘러보아도 희망이 없기 때문이오. 정오인데도 일식 때문에 어둡고* 그런 상태로 일몰까지 갈 것 같은 느낌이오. 기억을 되살려 보아도 고통스럽고 타락한 생활을 한 기억만 떠오르오. 이곳저곳 헤매고 망명한 상태에서 안식을 찾고, 쾌락 속에서 행복을 찾았소. 지성을 둔하게 만들고 감정을 메마르게 만드는 그런 무정하고 관능적인 쾌락에 빠졌소. 수년 뒤 마음이 지치고 영혼이 시든 상태에서 자발적인 유배 상태를 접고 집으로 돌아왔소. 어쩌다 새로운 친구를 사귀고, 이 낯선 친구에게서 20여 년 동안 찾아 헤맸으나 전에는 못 본 착하고 밝은 면을 발견한 거요. 그리고 신선하고 건강하고 전혀 때 묻거나 얼룩지지 않은 그런 자질 말이오. 그런 사람과의 만남으로 다시 기운을 얻고 다시 태어난 기분이 되었소. 더 좋은 날들이 돌아온 느낌이오. 더 고결한 소망, 더 순수한 감정을 갖게 되고, 인생을 다시 시작해 여생을 신의 뜻에 맞추어 살고 싶은 욕망이 다시 생겼소. 이 목적을 달성하려고 관습이라는 장벽을 뛰어넘는 게 정당한 일로 보이시오? 양심이 승인하지 않고 판단력이 인정하지 않는 방해물에 지나지 않는 것이라도 그렇겠소?"

그는 대답을 기다리며 멈추었다. 내가 무슨 말을 할까? 오, 착한 요정이 나타나 만족스럽고 현명한 대답을 해 주면 얼마나 좋을까! 헛된 열망이야! 주변의 담쟁이덩굴 사이에서 서풍이 속삭였다. 하지만 나타나서 숨결을 불어넣어 적절한 말이 나오게 해 주는 요정은 없었다. 새들은 나무 꼭대기에서 노래했다. 그러나 새의 노랫소리는 달콤하기는 하지만 알아들을 수 없었다.

다시 로체스터 씨가 질문을 이어 갔다.

"방황하던 죄인이지만 이제는 참회하고 휴식을 구하려는 거요. 유순하고 우아하고 다정한 사람을 곁에 두려는 거요. 마음의 평화를 얻고 새로운 삶을 시작하기 위해 세상 사람들의 의견을 무시해도 되겠소?"

"주인님, 방황하는 사람의 휴식이나 죄인의 회개는 인간 마음대로 할 수 있는 게 아니에요. 남녀는 죽고 철학자의 지혜나 기독교인의 선량함도 흔들리죠. 아시는 분이 누군지 몰라도, 실수로 고통을 받으신 분이 다시 일어설 힘을 얻고 상처를 치유할 위안을 얻으시려 하면, 인간보다 더 높은 곳을 보라고 하세요."

"하지만 그 수단, 수단 말이오! 그 일을 하는 신께서 수단을 정해 주시잖소. 나는 지금…… 더 이상 다른 사람 이야기인 척하지 않고 직접 이야기하겠소. 세속적이고 방탕하고 흔들리는 사람은 바로 나요. 그런데 나를 치유할 수단을 찾았소……."

그는 말을 멈추었다. 새들은 계속 지저귀고 나뭇잎이 가볍게 바스락댔다. 새와 나뭇잎이 그가 이제 밝히는 새로운 사실을 듣기 위해 노래와 바스락대는 소리를 왜 멈추지 않나 의아할 지경이었다. 하지만 소리를 멈추었다면 오랫동안 기다려야 했을 것이다. 침묵은 오랫동안 이어졌다. 마침내 나는 말을 잇지 못하는 사람을 쳐다보았다. 그도 나를 뚫어져라 바라보았다.

"작은 친구여." 그가 어조를 바꾸어 말했다. 그의 얼굴도 변했다. 부드러움과 엄숙함이 모조리 사라지고 거칠고 냉소적인 표정이었다. "당신은 내가 잉그램 양을 좋아하는 것을 지켜보았소. 그녀와 결혼한다면 나를 철저히 새로운 사람으로 만들어 줄 것 같지 않소?"

그는 곧 일어나 길 반대편으로 가더니 콧노래를 부르며 돌아왔다.

"제인, 제인." 내 앞에 걸음을 멈추더니 그가 말했다. "밤새 잠을 못 자서 얼굴이 창백하오. 잠을 못 자게 했다고 나를 원망하오?"

"원망하냐고요? 그렇지 않아요."

"그 말을 확인하기 위해 악수를 합시다. 손이 아주 차구려! 어젯밤 그 이상한 방문 앞에서 만졌을 때는 더 따뜻했는데. 제인, 언제 나와 함께 다시 밤을 새우겠소?"

"도움이 된다면 언제든 좋아요."

"예를 들어, 내가 결혼하기 전날 밤에 그렇게 해 주시오! 분명히 잠들지 못할 거요. 밤새도록 자지 않고 내 옆에서 친구가 되어 주겠소? 당신에게 사랑하는 사람에 대해 말할 수 있을 거요. 그녀를 본 데다 아니까 말이오."

"그럴게요."

"그녀는 빼어나오. 그렇지 않소, 제인?"

"그래요."

"키도 크오. 정말 크오, 제인. 덩치도 있고 갈색 피부에 통통하다오. 카르타고 여인네들 비슷한 머리카락을 가졌소. 이런! 덴트 씨와 린 씨가 마구간에 있군! 작은 문을 통해 관목 숲 옆에 있는 길로 해서 안으로 들어가시오."

내가 한쪽 길로 가고 그는 다른 쪽 길로 갔다. 그가 마당에서 유쾌하게 이야기하는 소리가 들렸다.

"오늘 아침 메이슨 씨보다 한발 늦으셨군요. 그는 해 뜨기 전에 떠났습니다. 그를 전송하기 위해 새벽 4시에 일어났습니다."

제21장

　예감은 이상한 것이다. 공감도 이상하고 징조도 그렇다. 이 셋이
결합되어 인간이 풀 수 없는 신비로운 사건을 만들어 낸다. 나는
결코 예감을 비웃지 않았다. 나만의 예감을 가지고 있기 때문이
다. 공감이 어떻게 작용하는지 인간이 이해할 수는 없지만 공감의
존재를 믿는다(예를 들어, 멀리 떨어져 있고 오랫동안 만나지 않
고 사이가 아주 나쁜 친척 사이에도 존재한다. 아무리 소원한 사
이라도 기원을 따지면 서로 같은 조상에게서 나왔음을 확실히 보
여 주는 증거다). 그리고 잘 모르기는 하지만, 자연과 인간 사이에
서 느끼는 공감을 징조라고 할 수 있을 것이다.

　여섯 살짜리 꼬마였을 때, 어느 날 밤 베시 리븐이 마사 애벗 양
에게 어린아이의 꿈을 자꾸 꾸는데 그 꿈이 자신이나 자기 가족
에게 안 좋은 일이 생길 징조라고 하는 말을 들었다. 그다음에 곧
영원히 잊을 수 없는 사건이 발생했다. 그다음 날 베시는 여동생이
죽어서 고향으로 가야 했다. 그런 일이 없었다면 그날 밤 들은 말
이 내 기억 속에 남아 있지 않을 것이다.

　최근 이 말과 사건이 떠올랐다. 지난주 내내 거의 하루도 빼놓
지 않고 밤에 잠들면 어린아이 꿈을 꾸었다. 때로는 아이를 팔에

안고 달래기도 하고, 때로는 아이를 무릎 위에 올려놓고 흔들기도 하고, 때로는 아이가 잔디밭에서 데이지꽃을 따며 놀거나 흐르는 물에 손을 담그고 있는 모습을 지켜보기도 했다. 어떤 날은 우는 아이가 나타났고, 어떤 날은 웃는 아이가 나타났다. 아이는 내 품에 꼭 안기기도 하고, 달아나기도 했다. 하지만 잠만 들면 어떤 기분의 아이든 어떤 모습의 아이든 일주일 내내 아이가 꿈에 나타났다.

이처럼 한 가지 생각이 반복되는 게, 즉 이렇게 이상하게 하나의 이미지가 반복해서 나타나는 게 싫었다. 잠잘 시간이 다가오고 꿈꿀 시간이 가까워지면 신경이 예민해졌다. 달밤에 고함 소리를 듣고 깨어났을 때도 꿈속에서 이 아이와 함께 있었다. 바로 그다음 날 오후, 누군가가 페어팩스 부인 방에서 나를 기다린다는 소리를 듣고 아래층으로 내려갔다. 그 방에 들어서자마자 나를 기다리는 하인 차림의 남자를 보았다. 그는 상복 차림으로 크레이프 천 상장이 둘러진 모자를 들고 있었다.

"아마 저를 기억하지 못하실 겁니다, 아가씨." 내가 들어가자 그가 일어서면서 말했다. "제 이름은 리븐입니다. 아가씨가 8~9년 전에 게이츠헤드에 계실 때 리드 부인의 마부였고 지금도 거기 살고 있습니다."

"오, 로버트! 어떻게 지냈어요? 기억하고말고요. 가끔 조지애나의 갈색 망아지를 태워 주셨죠. 베시는 잘 있어요? 베시와 결혼했죠?"

"네, 아가씨. 아내는 잘 있습니다. 감사합니다. 두 달 전에 아기를 또 낳아서 이제 자식이 셋이에요. 엄마와 아기 모두 건강하답니다."

"그리고 게이츠헤드의 가족들은 잘 있나요, 로버트?"

"유감스럽게도 잘 있다고 말씀드릴 수가 없네요, 아가씨. 현재 아주 좋지 않습니다. 아주 곤란한 지경입니다."

"죽은 사람은 없길 바라요." 그의 검은 상복을 보면서 내가 말했다. 그도 모자에 둘러진 크레이프 천 상장을 내려다보았다.

"존 씨가 런던의 자기 방에서 돌아가신 지 일주일 되었습니다."

"존 씨라고요?"

"그렇습니다."

"그럼 그의 어머니는 어떻게 견디고 계세요?"

"아시겠지만, 아가씨, 이건 보통 불행한 사건이 아닙니다. 그는 내내 방탕한 생활을 했어요. 지난 3년간 별짓을 다 하다가 급사한 겁니다."

"베시에게서 존이 잘 지내지 못한다는 소식은 들었어요."

"잘 지내지 못한다고요! 최악의 남녀와 어울려 다니며 건강과 재산을 잃었지요. 빚을 져서 감옥에도 갔고요. 어머니가 두 번이나 감옥에서 빼내 주었지만 자유의 몸이 되자마자 예전 친구와 습관으로 되돌아갔어요. 머리도 좋지 못해 함께 어울리던 불량배 친구들조차 그를 깔보며 들어 보지도 못한 심한 욕을 하곤 했어요. 3주일 전에 게이츠헤드에 와서 주인마님께 자기에게 모든 재산을 넘겨 달라고 했고 주인마님은 거절했습니다. 그의 낭비로 마님의 재산이 계속 줄어드는 상태였습니다. 그래서 다시 런던으로 돌아갔지요. 그다음에 들린 소식이 그의 죽음이었습니다. 그가 어떻게 죽었는지는 아무도 모릅니다! 자살했다는 소문도 있고요."

나는 아무 말도 하지 않았다. 그 상황이 두려웠다. 로버트 리븐이 다시 말했다.

"마님은 한동안 건강이 좋지 않으셨어요. 아주 건장해 보이지만 그만큼 튼튼하지는 않았습니다. 돈을 잃은 뒤 가난이 두려워 건강이 악화되셨어요. 너무나 갑작스럽게 존 씨가 그런 식으로 죽었다는 소식을 듣고 쓰러지셨습니다. 사흘 동안 말씀을 못 하시다가 지난 화요일에야 조금 회복되셨습니다. 뭔가 이야기하고 싶어서 아내에게 계속 손짓을 하며 우물거렸어요. 어제야 마님이 당신 이름을 말하는 걸 베시가 알아차렸어요. 마침내 무슨 말인지 알아들을 수 있게 말씀하셨는데, '제인을 데려와. 제인 에어를 이리로 데려와. 걔한테 할 말이 있어'라고 하셨어요. 베시는 제정신으로 하신 말씀인지 믿을 수 없어 혹시 다른 뜻이 아닐까 의심했어요. 하지만 리드 양과 조지애나 양께 말했더니 그 아가씨들께서 당신을 부르러 보내신 겁니다. 아가씨들도 처음에는 망설이다가 마님이 너무 안절부절못하며 '제인, 제인'이라고 여러 번 부르자 마침내 그러라고 했어요. 어제 게이츠헤드를 떠났어요. 아가씨, 준비되시면 내일 아침 일찍 모시고 가겠습니다."

"그래요, 로버트. 곧 준비할게요. 제가 가야 할 것 같군요."

"제 생각도 그렇습니다, 아가씨. 베시도 아가씨가 거절하지 않을 거라고 했어요. 하지만 떠나기 전에 허락을 얻으셔야겠죠?"

"그래요, 지금 허락을 얻어 볼게요." 나는 그를 하인들이 쓰는 거실로 데려간 다음 존의 아내에게 좀 보살펴 달라고 하고 존에게도 신경을 써 달라고 부탁했다. 그러고 나서 로체스터 씨를 찾아 나섰다.

그는 아래층 어디에도 없었다. 마당이나 마구간, 정원에도 없었다. 페어팩스 부인에게 그를 못 보았냐고 물었더니 못 보았다며 잉그램 양과 당구를 치고 있을 것이라고 했다. 서둘러 당구실로 갔다. 딱딱 하는 당구공 소리와 웅웅대는 소리가 울려 퍼졌다. 로체스터 씨, 잉그램 양, 에슈턴 자매, 그녀들의 구애자들이 당구를 치느라고 바빴다. 이렇게 재미에 빠진 사람들을 방해하려면 용기가 필요했지만, 그렇다고 마냥 꾸물거릴 수도 없었다. 그래서 잉그램 양 옆에 서 있는 로체스터 씨에게 다가갔다. 내가 다가서자 그녀가 몸을 돌리더니 거만하게 나를 바라보았다. 그녀의 눈빛은 '이 벌레 같은 게 뭘 원하는 거야?'라고 묻는 것 같았다. 그리고 조용히 내가 "로체스터 씨?" 하고 부르자 나더러 저쪽으로 물러서라는 듯한 몸짓을 했다. 지금도 그 순간의 그녀 모습이 기억난다. 눈에 확 띄는 우아한 모습이었다. 그녀는 하늘색 크레이프 천으로 만든 오전용 드레스를 입고 얇은 하늘색 스카프를 꼬아서 머리에 두르고 있었다. 당구를 하며 신났던 그녀는 짜증이 나자 노골적으로 거만한 표정을 지었다.

"저 사람이 당신에게 할 말이 있나 봐요?" 그녀가 로체스터 씨에게 말했고, 그는 저 사람이 누군가 하고 돌아보았다. 그는 묘하게 얼굴을 찡그리며, 즉 예의 그 이상하고 애매한 표정을 지으며 당구 채를 내려놓고 나를 따라 방 밖으로 나왔다.

"제인?" 그가 막 닫은 방문에 기대며 물었다.

"허락해 주신다면, 한두 주일 정도 휴가를 얻고 싶습니다."

"무슨 일이오? 어디를 가려고 하오?"

"병든 부인이 저를 부르러 사람을 보내셨어요."

"병든 부인이 누구요? 어디에 사는 분이오?"

"○○○ 주의 게이츠헤드에 사는 분이에요."

"○○○ 주라고 했소? 100마일이나 떨어진 곳이구려! 도대체 그 부인이 누구기에 그 먼 길을 가려는 거요?"

"리드 부인이세요."

"게이츠헤드에 사는 리드라고 했소? 전에 시장을 했던 게이츠헤드의 리드 씨가 있었지."

"그분 미망인이세요."

"그런데 그 부인과는 어떤 관계요? 어떻게 아시오?"

"리드 씨가 제 외삼촌이세요."

"세상에, 그랬소! 그런 이야기를 안 했잖소! 늘 친척이 없다고 하지 않았소?"

"친척이라고 할 만한 사람은 없어요. 리드 외삼촌은 돌아가셨고 외숙모는 절 버리셨으니까요."

"왜 그랬소?"

"제가 가난뱅이인 데다 부담스러우니까 그랬겠죠. 그리고 절 싫어하셨어요."

"하지만 리드 집안의 자녀들이 있지 않소? 분명히 사촌이 있는 것 같던데? 어제 조지 린 경이 게이츠헤드의 리드 집안에 대해 말했는데, 런던에서도 유명한 악당이라고 했소. 그리고 잉그램 양이 게이츠헤드의 조지애나 리드 양 이야기를 한 적도 있소. 예쁜 아가씨여서 런던에서 구애한 사람이 많았다고 했소."

"존 리드가 죽었어요. 그는 파멸의 길로 들어섰고 가족도 반은 파멸시켰어요. 자살이라는 소문이 있나 봐요. 그 소식에 충격을 받아 그의 어머니가 쓰러지신 거예요."

"당신이 가 봐야 무슨 소용이 있겠소? 말도 안 되오, 제인! 말도 안 돼, 제인! 나라면 늙은 부인을 보러 100마일이나 떨어진 곳에 가진 않겠소. 아마도 도착하기 전에 그 부인은 돌아가실 거요. 게다가 당신을 버린 사람이잖소."

"그래요, 하지만 오래전 일이고 그때는 상황이 아주 달랐어요. 지금은 그녀가 저를 꼭 보고 싶다고 하시는데 거절하기가 어렵네요."

"얼마나 오래 있을 작정이오?"

"가능한 한 빨리 돌아오려고 해요."

"1주일만 있다 돌아오겠다고 약속하시오……."

"약속하지 않는 게 낫겠어요. 약속을 지키지 못할 수도 있으니까요."

"어쨌든 돌아와야 **하오**. 어떤 핑계를 대서라도 거기에 영원히 있진 않을 거라 말하시오."

"오, 아니에요! 일이 해결되면 돌아올 거예요."

"그러면 누가 당신과 함께 가오? 100마일이나 되는 길을 혼자 갈 수는 없잖소."

"마부를 보냈어요."

"믿을 만한 사람이오?"

"네, 10년 동안 그 집에 산 사람이에요."

로체스터 씨는 곰곰이 생각했다. "언제 떠나오?"

"내일 아침 일찍 떠나려고요."

"돈이 있어야 할 거요. 돈 없이 여행할 순 없잖소. 아직 봉급을 안 주었으니 돈이 별로 없을 것 같소. 돈이 얼마나 있소, 제인?" 그가 웃으면서 말했다.

나는 지갑을 꺼냈다. 돈이 거의 없었다. "5실링 있어요." 그는 내 지갑을 가져가 손바닥에 동전을 털어 놓더니 돈이 얼마 없는 게 재미있다는 듯이 낄낄거리며 웃었다. 곧 자기 지갑을 꺼내더니 지폐를 주며 그가 말했다. "여기 있소." 50파운드 지폐였다. 하지만 나는 15파운드만 받으면 되는 것이었다. 나는 그에게 잔돈이 없다고 말했다.

"거스름돈은 안 줘도 되오. 잘 알지 않소. 봉급을 받으시오."

나는 봉급 이상은 받을 수 없다고 했다. 그는 처음에는 인상을 찌푸리더니, 갑자기 무슨 생각이 떠올랐는지 이렇게 말했다.

"그래, 그래! 지금 당장 다 주지 않는 게 낫겠소. 50파운드를 다 주면 거기서 석 달 이상 머물 테니까. 여기 10파운드가 있소. 이걸로 충분하지 않소?"

"충분해요. 하지만 5파운드는 빚지신 거예요."

"그러면 그 돈을 받으러 오시오. 40파운드를 저금한 거요."

"마침 기회가 생겼으니 사무적인 일을 한 가지 더 말씀드려도 될까요?"

"사무적인 일이라? 무슨 일인지 궁금하오."

"제게 곧 결혼한다고 말씀하신 셈이에요."

"그렇소. 그런데 뭐가 문제요?"

"그럴 경우, 아델이 기숙 학교로 가야 하잖아요. 그럴 필요가 있다는 건 분명히 아실 거예요."

"신부에게 방해되지 않도록 아이를 없애야 한다는 말이구려. 그렇게 하지 않으면 신부가 지나치게 짓밟을 수도 있으니 말이오. 괜찮은 제안이오. 그런 상황인 건 의심할 바 없소. 당신 말대로 아델은 기숙 학교로 가야 되고 당신도 물론 곧 떠나야겠지."

"그렇게 되지 않았으면 해요. 하지만 어디선가 일자리를 구해야겠죠."

"물론이지!" 그는 비음을 내며 우스꽝스럽게 찌푸린 이상한 얼굴로 말했다. 그는 잠시 나를 바라보았다.

"그리고 리드 부인이나 리드 집안 아가씨들께 일자리를 구해 달라고 할 것 같소만."

"그러진 않을 거예요. 그들에게 부탁할 만큼 가까운 친척이 아니에요. 광고를 낼 거예요."

"이집트의 피라미드에 올라가겠다는 말이군!" 그가 인상을 찌푸렸다. "광고를 내면 내가 가만있지 않겠소! 10파운드를 주지 말고 1파운드만 줄걸 그랬나 보오. 9파운드를 돌려주오. 제인, 쓸데가 있소."

"저도 쓸데가 있어요." 나는 지갑을 등 뒤로 감추며 말했다. "절대로 돌려 드릴 수 없어요."

"작은 구두쇠 같으니! 돈을 달라는데 거절하다니! 제인, 그럼 5파운드만 주시오."

"5실링도 안 돼요, 5펜스도 안 돼요."

"그럼 보여 주기만 하시오."

"안 돼요. 믿을 수가 없어요."

"제인!"

"주인님!"

"한 가지만 약속하시오."

"할 수 있으면 뭐든 약속하겠어요."

"광고를 내지 마시오. 일자리를 찾는 건 내게 맡기시오."

"주인님께서 이 집 안에 신부를 들이시기 전에 저와 아델에게 안전한 자리를 마련해 주신다면, 기꺼이 그렇게 할게요."

"좋소! 아주 좋소! 약속을 꼭 지키겠소. 그럼 내일 떠나는 거요?"

"네, 주인님. 일찍 떠나요."

"저녁 식사 후에 거실로 오겠소?"

"아니에요, 여행 준비를 해야 해요."

"그럼 당신과 내가 잘 있으라고 잠시 동안 서로 인사해야 하오?"

"그래야겠지요."

"사람들은 헤어질 때 어떻게 하오? 내게 가르쳐 주시오. 그런 일에 익숙지 않소."

"대개 '안녕히 계세요'라고 하든지 아니면 자신들이 하고 싶은 말을 하죠."

"그러면 그렇게 말해 보시오."

"당분간 안녕히 계세요, 로체스터 씨."

"무슨 말을 해야 하오?"

"원하시면 똑같이 말씀하시면 됩니다."

"안녕히 가시오, 에어 양. 잠시 동안 못 보겠구려. 이게 다요?"

"네?"

"메마르고 불친절하고 인색한 인사처럼 보이오. 뭔가 다른 식의 인사를 하고 싶소. 인사말에 뭔가 덧붙이고 싶소. 예를 들면, 악수를 한다든지. 하지만 안 되오, 그것만으로는 안 되오. 그래, 제인, 그냥 안녕히 계세요라고만 하겠소?"

"그걸로 충분한걸요. 진실 어린 한마디로 수다스럽게 떠드는 것 못지않게 충분히 선의를 전할 수 있어요."

"그렇군. 하지만 '안녕히 계세요'는 냉담하고 공허하오."

'얼마나 더 문에 등을 기댄 채 있을 셈이지?' 나는 혼자 속으로 물었다. '짐을 싸야 하는데.' 저녁 식사 종소리가 울리자 그는 아무 말 없이 갑자기 뛰어가 버렸다. 그날은 더 이상 그를 보지 못했다. 그리고 다음 날 아침 그가 일어나기 전에 나는 떠났다.

게이츠헤드 문지기 집에 도착한 것은 5월 1일 오후 5시경이었다. 나는 게이츠헤드 저택으로 들어가기 전, 그 집에 먼저 들렀다. 집은 아주 깔끔하게 잘 정돈되어 있었다. 장식 창에는 작은 하얀 커튼이 달려 있고 마루에는 먼지 한 점 없었다. 난로 쇠창살과 난로용 집기들은 반짝거리고 난롯불은 활활 타고 있었다. 베시는 갓 태어난 아이를 어르며 난롯가에 앉아 있었다. 조용히 한쪽 구석에서 어린 로버트가 누이와 놀고 있었다.

"세상에! 오실 줄 알았어요!" 내가 들어서자 리븐 부인이 외쳤다.

그녀에게 입맞춤한 뒤 내가 말했다. "베시, 너무 늦은 건 아니지? 리드 부인은 어때? 아직 살아 계시지?"

"네, 아직 살아 계세요. 평소보다 더 의식이 또렷하세요. 의사 말

로는 한두 주일은 더 버티실 거래요. 하지만 회복은 불가능하다고
보세요."

"최근에 내 이야기를 한 적 있어?"

"오늘 아침에만 당신 이야기를 했어요. 당신이 오면 좋겠다고요.
하지만 지금은 주무시고 계세요. 제가 저택에 올라갔을 때 10분
전부터 주무셨어요. 보통은 오후 내내 일종의 혼수상태로 계시다
가 6시나 7시경에 깨세요. 여기서 한 시간가량 쉬다가 저와 함께
올라가실래요, 아가씨?"

로버트가 들어왔다. 베시는 자는 아이를 요람에 눕히고 로버트
를 맞았다. 그러고 나서 내게 창백하고 피곤해 보인다며 보닛을 벗
고 차를 좀 마시라고 했다. 그녀의 환대를 기꺼이 받아들였다. 그
리고 어린 시절 그녀가 옷을 벗겨 줄 때처럼 그녀가 내 여행복을
벗기는 걸 순순히 따랐다.

그녀가 분주하게 움직이는 걸 보니 어린 시절의 기억이 몰려왔
다. 제일 좋은 다기에 차를 내오고, 버터와 빵을 자르고, 티케이크
를 데우는 중간에 베시는 어린 시절의 내게 한 것처럼 어린 로버
트나 제인을 가끔씩 토닥거리기도 하고 밀치기도 했다. 베시는 예
전에도 얼굴이 예쁘고 몸이 가벼웠을 뿐 아니라, 성질이 급하기도
했다.

차가 준비되자 나는 식탁으로 다가갔다. 하지만 그녀는 예전처
럼 명령조로 가만히 앉아 있으라고 했다. 난롯가로 가져다줄 테니
그 자리에 앉아서 차를 마시라고 했다. 그리고 내 앞에 찻잔과 토
스트를 담은 조그만 둥근 쟁반을 가져다 놓았다. 예전에 아이 방
의자 위에 몰래 가져온 맛있는 음식을 차려 주던 때와 똑같았다.
나는 예전과 마찬가지로 웃으며 그녀가 하라는 대로 했다.

그녀는 손필드에서 행복한지, 여주인은 어떤 사람인지 물었다.

주인만 있다고 하자, 괜찮은 신사분인지, 그를 좋아하는지 물었다. 그는 못생긴 편이지만 아주 신사라고 대답했다. 그리고 그녀에게 최근 손필드에 머물고 있는 굉장한 손님들에 대해 이야기해 주었다. 베시는 이런 자세한 묘사를 흥미진진하게 들었다. 이런 이야기는 정확하게 베시가 좋아하는 이야기였다.

그런 이야기를 하다 보니 한 시간이 훌쩍 지나갔다. 베시는 내게 모자를 다시 씌우는 등 준비를 했다. 게이츠헤드 저택을 향해 그녀와 함께 문지기 집을 나섰다. 9년 전 그녀와 함께 내려왔던 길을 이제 올라갔다. 어둡고 안개 긴 황량한 1월 아침에, 나를 미워하는 이 집을 떠나 오싹한 로우드라는 집을 향해 갔다. 그때는 필사적이고 버림받은 것 같았다. 범법자가 되어 추방되는 느낌이었다. 아직도 지상의 방랑자처럼 느끼기는 하지만 나 자신과 내 힘이 더 강해진 것을 경험했고 억압을 당해도 덜 움츠러들었다. 이제는 학대 때문에 생긴 상처도 거의 아물었고 분노의 불꽃도 꺼져 버렸다.

"먼저 아침 식당으로 가죠." 베시가 앞장서면서 말했다. "아가씨들이 거기 있을 거예요."

곧 나는 식당에 들어섰다. 가구 하나하나가 브로클허스트 씨를 처음 만난 날 아침과 똑같았다. 난롯가에는 아직도 그가 서 있던 깔개가 있었다. 책꽂이를 보자 베윅의 『영국 조류사』가 예전처럼 셋째 칸에 꽂혀 있었고, 바로 위 칸에 『걸리버 여행기』와 『아라비안나이트』가 나란히 꽂혀 있었다. 물건들은 하나도 변하지 않는데 사람들만 알아볼 수 없을 정도로 변해 있었다.

내 앞에 두 아가씨가 나타났다. 한 아가씨는 키가 아주 컸다. 거의 잉그램 양만 했다. 아주 마르고 얼굴은 누렇고 엄격한 표정을 짓고 있었다. 그녀의 표정에는 뭔가 금욕적인 구석이 있었다. 극도로 평범한 검은 통치마 드레스와 풀을 먹인 리넨 깃, 관자놀이에서부터 빗어 올린 머리, 수녀 같은 검은 구슬의 십자가가 목걸이 때문에 더욱 그런 인상을 풍기는 것 같았다. 그녀의 길고 창백한 얼굴만 보면 일라이저와 닮은 구석이 전혀 없었지만, 틀림없이 일라이저일 것 같았다.

다른 아가씨는 조지애나가 틀림없었다. 하지만 내가 기억하는 호리호리하고 요정 같은 열한 살 소녀가 아니었다. 이 아가씨는 활짝 피어나 통통했다. 이목구비가 또렷하고 아름다운 데다 나른한 파란 눈에 금발의 곱슬머리를 하고 있어 밀랍 인형처럼 예뻤다. 그녀도 검은색 옷을 입고 있었다. 하지만 언니와는 스타일이 너무 달랐다. 언니 옷은 청교도적인 데 비해 이 아가씨의 옷은 좀 더 몸에 꼭 맞고 어울려 멋져 보였다.

이 자매에게는 어머니와 비슷한 특징이 있었다. 어머니의 특징을 각각 한 가지만 갖고 있었다. 마르고 창백한 딸은 어머니의 연보라색 눈을 물려받았고 활짝 피어난 여동생은 어머니의 턱과 턱선을 물려받았다. 어머니보다는 약간 부드러워 보였지만 뭔지 모르게 엄격한 느낌이었다. 턱만 아니면, 통통해서 귀엽고 관능적으로 보일 얼굴이었다.

내가 다가가자 두 아가씨가 나를 맞으러 일어났다. 둘 다 나를 '에어 양'이라고 불렀다. 일라이저는 미소도 짓지 않고 짧고 퉁명스럽게 인사했다. 그러고 나서 앉더니 난롯불만 바라보았다. 마치 나의 존재를 잊은 것처럼 보였다. 조지애나는 "잘 있었어요?"라고 한 뒤 질질 끄는 목소리로 여행과 날씨에 대해 안부 인사를 했다. 말과 동시에 슬쩍슬쩍 곁눈질로 평범한 내 모직 코트의 주름을 살피기도 하고 소박한 보닛의 평범한 테두리 장식을 뜯어보기도 하면서 나를 머리에서 발끝까지 훑어보았다. 젊은 아가씨들은 말없

330

이도 자신이 상대방을 '괴짜'라고 여기는 걸 놀라울 정도로 잘 알려 준다. 그들은 말이나 행동으로 무례하게 굴지 않지만 거만한 시선, 차가운 태도, 무심한 말투 등으로 자신의 감정을 충분히 표현한다.

하지만 그들이 속으로 비웃든, 대놓고 비웃든 이제 나는 예전처럼 영향을 받지 않았다. 한 명은 완전히 나를 무시하고 다른 한 명은 반쯤 나를 비웃는데도 놀랄 정도로 사촌들 사이에 있는 게 편했다. 일라이저가 무시해도 속상하지 않았고, 조지애나가 비웃어도 거슬리지 않았다. 사실은 다른 일에 대한 생각에 빠져 있었다. 지난 몇 달 동안 그들이 상상할 수 있는 것보다 훨씬 더 격렬하게 다채로운 감정에 시달렸기 때문에 그들이 내게 잘 대해 주든 무례하게 굴든 전혀 관심 없었다. 그들이 괴롭히거나 즐겁게 해 줄 수 있는 것보다 훨씬 더 가슴 아픈 고통과 훨씬 더 섬세한 즐거움을 지난 몇 달 동안 맛보았다.

"리드 부인은 어떠신가요?" 조지애나를 바라보면서 내가 차분하게 물었다. 조지애나는 그런 직접적인 질문을 듣자 내가 예상 밖으로 자기를 허물없이 대한다고 생각해 새침하게 대꾸했다.

"리드 부인이라니? 아! 엄마 말이군요. 건강이 아주 안 좋으세요. 오늘 밤에 뵐 수 있을지 모르겠네."

"2층으로 가서 어머니께 제가 왔다고 말해 주면 고맙겠어요."

조지애나는 깜짝 놀라면서 파란 눈을 동그랗게 떴다. "어머니께서 특별히 나를 보고 싶어 하신 걸로 알고 있어요." 나는 덧붙였다. "그리고 원하시는 일을 필요 이상으로 끌고 싶지는 않아요."

"저녁에는 사람을 만나고 싶어 하지 않는데……." 일라이저가 말했다. 나는 일어나서 그들이 청하지도 않는데 보닛과 장갑을 벗었다. 그리고 부엌에 있는 베시에게 가서 리드 부인이 오늘 밤 나

를 보고 싶어 하는지 알아봐 달라고 부탁하겠다고 말했다. 나는
부엌으로 가서 베시에게 심부름을 시키고 이어서 몇 가지 조치를
더 취했다. 옛날에는 그들이 거만하게 굴면 늘 위축되곤 했다. 1년
전만 하더라도 오늘 같은 대접을 받았다면 바로 그다음 날 아침
게이츠헤드를 떠나기로 결심했을 것이다. 하지만 지금은 그것이
얼마나 어리석은 짓인지 분명히 알고 있었다. 나는 외숙모를 보러
100마일이나 되는 먼 길을 달려왔고 외숙모가 회복되거나 돌아가
실 때까지 여기 머물러야 했다. 외사촌들이 거만하게 굴든 어리석
게 굴든, 상관없이 내 뜻대로 해야 했다. 그래서 가정부를 불러 나
를 방으로 안내해 달라고 한 뒤, 아마 한두 주일 정도 여기 머물
거라고 말했다. 그녀에게 방으로 내 짐을 옮기게 하고 나도 따라
갔다. 계단참에서 베시를 만났다.

"마님이 깨셨어요." 그녀가 말했다. "아가씨가 왔다고 말씀드렸
어요. 알아보실지 모르겠네요. 가 보세요."

그 방은 익히 잘 알고 있어서 안내를 받을 필요가 없었다. 예전
에 자주 그 방에 불려 가 야단을 맞거나 벌을 받았다. 베시보다 앞
장서서 서둘러 갔다. 조용히 문을 열었다. 밖이 어두워지고 있어
탁자 위에 갓을 씌운 등이 빛났다. 기둥이 네 개 있고 호박 빛 휘
장이 쳐진 침대가 있었다. 거기에는 화장대와 안락의자와 발받침
대가 있었는데, 예전에는 그 앞에서 무릎을 꿇고 잘못하지도 않
은 일에 대해 용서를 빌곤 했다. 나는 근처의 한쪽 구석을 살펴보
았다. 한때는 두려움의 대상이었던 회초리가 있으리라고 반쯤 예
상했다. 예전에 그 가느다란 회초리는 거기 숨어 있다가 도깨비처
럼 뛰쳐나와 떨리는 손바닥이나 움츠린 목을 휘갈겼다. 나는 침대
로 다가가 휘장을 젖히고, 베개를 높이 쌓아 올린 침대 위로 몸을
구부렸다.

나는 리드 부인의 얼굴을 잘 기억하고 있었다. 예의 낯익은 모습을 열심히 찾았다. 시간이 지나자 복수심이 가라앉고 싫고 욱하는 감정도 잠잠해져서 다행이었다. 이 여자를 떠날 때는 증오심과 분노로 가득 차 있었지만, 돌아온 지금은 그녀의 큰 고통에 대한 동정심과 모든 상처를 잊고 용서하고 싶은 강렬한 열망만 갖고 있었다. 그녀와 화해하고 우호적으로 악수하고 싶었다.

　낯익은 얼굴이 거기 있었다. 엄격하고 냉혹한 얼굴, 무엇으로도 녹일 수 없는 독특한 눈, 약간 위로 올라간 거만하고 독단적으로 보이는 눈썹은 예전 그대로였다. 얼마나 자주 그 눈으로 나를 위협하고 증오했던가! 그녀의 무서운 얼굴선을 따라가자 어린 시절의 공포와 슬픔이 되살아나 밀려왔다. 하지만 몸을 숙여 그녀에게 입맞춤을 했다. 그녀가 나를 바라봤다.

　"제인 에어니?" 그녀가 말했다.

　"네, 외숙모. 어떠세요?"

　다시는 그녀를 외숙모라고 부르지 않겠다고 맹세한 적이 있었다. 하지만 이제는 그 맹세를 깨고 잊어버려도 죄가 아니라는 생각이 들었다. 이불 밖으로 나와 있는 그녀의 손을 꼭 잡았다. 그 순간 그녀도 내 손을 다정하게 잡아 주었으면, 정말 기뻤을 것이다. 하지만 완고한 성격이 곧 부드러워질 리도 없었고, 원래 싫던 감정이 쉽게 사라질 리도 없었다. 리드 부인은 손을 빼더니 내게서 고개를 돌리며 오늘 밤은 따뜻하다고 말했다. 다시 그녀가 아주 냉담한 시선으로 나를 바라보았고, 곧 그녀의 의견이나 감정이 변하지 않았고 변할 리도 없다고 느꼈다. 딱딱한 눈매, 다정함이 들어갈 틈이 없으며 절대로 눈물을 흘리지 않을 것 같은 눈을 보는 순간, 끝까지 그녀가 나를 나쁜 아이로 생각하리라는 걸 알았다. 나를 착한 아이라고 믿으면, 그녀에게 후회만 밀려올 뿐, 전혀 즐겁지 않을 것이다.

고통에 이어 화가 났다. 나는 그녀를 휘어잡기로 결심했다. 아무리 그녀의 성격과 의지가 강하더라도 내가 원하는 대로 하기로 결심했다. 어렸을 때처럼 눈물이 솟았지만 억지로 참았다. 의자를 가져와서 침대 머리맡에 앉은 다음 머리 쪽으로 몸을 숙였다.

"절 불러오라고 하셨죠. 그래서 왔어요. 나아지실 때까지 여기 머물 생각이에요."

"오, 물론 그래야지! 내 딸들을 보았니?"

"네."

"개들에게 내가 여기 머물러 있으라고 했다고 말하렴. 마음속에 담아 둔 것에 대해 이야기를 나눌 수 있을 때까지 머물도록 해. 오늘 밤은 너무 늦은 데다 생각이 안 나는구나. 하지만 하고 싶은 말이 분명히 있었는데. 어디 보자……."

헷갈리는 표정이나 변한 말투를 보자 한때는 건강했던 그녀가 얼마나 망가졌는지 알 수 있었다. 어쩔 줄 모르며 뒤척이다 말고 그녀가 이불을 끌어 올렸다. 내가 팔꿈치로 이불을 짚고 있는 바람에 이불이 움직이지 않자, 그녀가 짜증을 냈다.

"똑바로 앉아라! 그렇게 이불을 꼭 붙잡아 짜증 나게 하지 마라. 네가 제인 에어니?"

"제인 에어예요."

"개는 믿을 수 없을 만큼 사람을 힘들게 했어. 내 손에 그런 골칫덩어리가 맡겨지다니. 매일, 매시간 어찌나 사람을 짜증 나게 했는지 몰라! 이해할 수도 없고 발작적으로 성질을 내는 데다 어린아이답지 않게 내 일거수일투족을 감시했어! 한번은 미친 사람, 아니 악마처럼 내게 대들었어. 개를 이 집에서 내보내게 되어 다행이었어. 로우드에서 개를 어떻게 했는지 몰라. 거기에 티푸스가 퍼져 학생들이 많이 죽었다는데, 걔는 죽지도 않았어. 하지만 난 죽었다고 말했어. 그때 죽었으면 좋았을 텐데!"

"이상한 걸 바라시네요, 리드 부인. 왜 그렇게 그 아이를 미워하세요?"

"나는 그 애 엄마가 싫었어. 남편의 유일한 여동생인 데다 남편이 끔찍이도 아꼈거든. 여동생이 신분 낮은 남자와 결혼했을 때 집안에서는 의절하려고 했는데 남편이 반대했어. 여동생이 죽었다는 소식을 듣자, 남편은 바보처럼 울었지. 내가 유모에게 맡기고 양육비를 주자고 아무리 사정해도 남편이 아이를 데려오려고 사람을 보냈어. 나는 그 아이를 보자마자 싫었어. 병약하게 생긴 데다 계속 칭얼거리며 울어 댔어! 밤새 요람에서 구슬프게 울곤 했지. 다른 아기들처럼 마구 웃는 게 아니라 칭얼대며 앓는 소리를 냈어. 리드는 그 아이를 불쌍하게 여겨 마치 자기 자식처럼 돌보았지. 정성을 다해 보살폈지. 정작 자기 자식이 그 나이 때는 그렇게 보살피지 않았어. 우리 애들한테 그 아이와 친하게 지내라고 했지만 우리 애들은 그 아이를 싫어했어. 우리 애들이 싫어하는 기색을 보이면 남편은 화를 냈지. 아파서 죽어 갈 때도 계속 그 아이를 침대로 데려오라고 했어. 그러고는 숨을 거두기 한 시간 전에 나더러 그 아이를 잘 키우겠다고 맹세하라고 강요했어. 내겐 그 아이를 키우느니 구빈원에서 가난뱅이 아이를 데려다 키우는 게 나았을 거야. 하지만 남편은 마음이 약한 사람이었어. 원래 나약했어. 존은 자기 아버지와 딴판이지. 나는 그 점이 아주 좋아. 존은 나나 우리 집안 형제를 닮았어. 영락없는 깁슨 집안 남자야. 오, 걔가 제발 돈 보내 달라는 편지를 그만 썼으면 좋겠어. 주고 싶어도 돈이 없어. 우리는 점점 가난해지고 있어. 하인을 반이나 내보내고 집 한쪽을 안 쓰거나 세를 줘야 할 형편이야. 그럴 순 없어. 하지만 어떻게 살지? 내 수입의 3분의 2는 저당 잡힌 것의 이자로 나가는데. 존은 끔찍하게 도박을 하고 늘 잃기만 해. 불쌍한 녀석! 걔는 사기꾼들에게 시달리고 있어. 나락으로 굴러떨어져 타락했어. 그 모습을 보면 끔찍해. 그 아이가 부끄러울 지경이야."

그녀는 점점 더 흥분했다. "이제 부인을 떠나는 게 낫겠어." 나는 침대 맞은편에 있는 베시에게 말했다.

"그러는 게 낫겠어요. 밤이 다가오면 종종 이런 식으로 말씀하세요. 아침에는 좀 더 차분해지지만요."

나는 일어섰다. "가만!" 리드 부인이 외쳤다. "하고 싶은 이야기가 또 있어. 그 아이는 나를 위협해. 그 아이는 끊임없이 나를 죽이든지 자살하겠다고 위협하지. 때로는 그 아이의 목에 큰 상처가 나는 꿈을 꾸기도 하고 그 아이 얼굴이 시커멓게 부풀어 오른 꿈을 꾸기도 해. 걔는 알 수 없는 곤란한 상황에 있어. 너무 고민이 돼. 뭘 해야 하지? 어떻게 돈을 구하지?"

베시가 리드 부인을 설득해 간신히 안정제를 먹었다. 곧이어 리드 부인은 좀 더 차분해지더니 꾸벅꾸벅 졸았다. 나는 그녀 곁을 떠났다.

열흘 넘게 지난 뒤에야 다시 그녀와 이야기를 나누었다. 그녀는 계속 열에 들뜬 상태이거나 혼수상태였다. 의사는 그녀를 흥분시켜 고통을 주는 것은 절대 금물이라고 했다. 그동안 나는 가능한 한 조지애나나 일라이저와 사이좋게 지내려고 했다. 처음에 그들은 정말 냉랭했다. 일라이저는 한나절 앉아서 수를 놓고 책을 읽고 글을 쓰기만 하고, 나나 여동생에게는 거의 한 마디도 하지 않았다. 조지애나는 몇 시간이고 카나리아를 붙잡고 헛소리를 했지만, 나를 못 본 척했다. 하지만 나는 할 일이나 여가를 보낼 게 없어 쩔쩔매지 않기로 결심했다. 화구를 가지고 왔는데 그것이 일거리도 되고 여가 활동에도 도움이 되었다.

연필 한 통과 종이 몇 장을 가지고 그들에게서 떨어져 창가에 앉은 다음 환상적인 그림들을 그렸다. 시시각각 상상력 속에 순간 떠오르는 장면을 그렸다. 바위 둘 사이에 보이는 바다, 떠오르는 달이나 달의 가장자리를 지나가는 배, 갈대와 붓꽃이 모여 있는 곳, 거기서 솟아 나오는 연꽃 화관을 쓴 여신의 머리, 종달새 둥지에 앉아 있는 요정 등을 그렸다. 요정의 머리 위에는 화환처럼 아가위꽃이 피어 있었다.

어느 날 아침, 인물 스케치를 시작했다. 어떤 인물화가 될지 나 자신도 몰랐고 신경 쓰지도 않았다. 부드러운 검은 연필을 들어 끝을 뭉툭하게 한 다음 열심히 그렸다. 곧 종이 위에 튀어나온 넓은 이마와 네모난 하관을 그렸다. 윤곽이 마음에 들었다. 열심히 손을 놀려 얼굴에 이목구비를 채워 넣었다. 그 이마 아래는 가로로 난 진한 눈썹을 그려 넣었다. 그러고 나서 자연스럽게 콧날이 오뚝 선 코와 둥근 콧구멍을 그리고, 그다음에는 결코 얇지는 않지만 유연해 보이는 입과 중간이 움푹 파인 다부진 턱을 그렸다. 물론 검은 수염을 그리고 관자놀이까지 내려와 앞이마 위에 굽실대는 새까만 머리카락도 그려야 했다. 이제 눈을 그릴 차례였다. 눈은 제일 정성껏 그려야 하는 부분이라 마지막까지 남겨 두었다. 눈을 크게 그린 뒤 모양을 잘 다듬었다. 속눈썹은 검고 길게, 눈동자는 크고 빛나게 그렸다. '좋아! 하지만 꼭 닮지는 않았네.' 완성된 그림을 훑어보며 나는 생각했다. '힘과 생기가 더 있어야 해.' 그래서 그늘은 더 진하게 하고 밝은 곳을 더 빛나게 했다. 다행히 한두 번 더 그리자 원하는 결과가 나왔다. 친구의 얼굴이 거기 내 눈앞에 나타났다. 저 아가씨들이 냉담하게 등을 돌린들 무슨 상관이야. 나는 그 그림을 바라보며, 곧 말을 걸 것처럼 보이는 모습에 미소를 지었다. 만족스럽게 그 그림에 빠져 있었다.

"아는 사람 초상화야?" 일라이저가 물었다. 내가 모르는 사이에 그녀가 다가와 서 있었다. 상상화라고 대답하고 서둘러 다른 그림들 사이에 끼워 넣었다. 물론 거짓말을 한 것이었다. 사실은 로체스터 씨를 사실적으로 그린 것이었다. 하지만 그녀거나 누구거나 나 아닌 다른 사람에게 이 그림이 무슨 의미가 있겠는가? 조지애나도 그림을 보려고 다가왔다. 그녀는 다른 그림들을 좋아했지만, 그 그림을 보더니 "못생겼네"라고 말했다. 두 사람 다 내 그림 솜씨에 깜짝 놀랐다. 나는 그들의 초상화를 그려 주겠다고 했다. 연필로 윤곽을 그릴 수 있도록 두 사람이 번갈아 가며 내 앞에 앉았다. 그러고 나서 조지애나가 자신의 그림첩을 보여 주었다. 내가 조지애나에게 수채화를 그려 주겠다고 했다. 이 말에 곧 기분이 좋아진 그녀는 나더러 같이 정원을 산책하자고 했다. 산책한 지 두 시간도 안 되어 우리는 서로 깊은 비밀을 털어놓았다. 그녀는 내게 2년 전 런던에서 보낸 멋진 겨울에 대해 생생하게 묘사하는 호의를 베풀었다. 자신을 좋아하는 남자들이 얼마나 많았는지, 자신이 얼마나 주목받았는지 이야기했고, 심지어 귀족과 사귀었던 일을 암시하기도 했다. 오후가 되고 저녁이 되자 암시하던 말이 점점 더 자세해지더니 두 사람 사이에 오간 다정한 대화를 그대로 옮기기도 하고 감상적인 장면을 묘사하기도 했다. 간단히 말해, 나를 위해 그녀가 즉흥적으로 상류 사회 생활을 그린 소설을 한 편 쓴 셈이었다. 매일매일 그녀와 대화를 나누었다. 주제는 늘 같았다. 자신, 자신의 사랑, 자신의 실연에 대한 것이었다. 이상하게 한 번도 어머니의 병이나 오빠의 죽음이나 가족의 우울한 상황을 언급하지 않았다. 그녀의 마음속에는 과거의 쾌락과 미래의 즐길 일에 대한 열망밖에 없었다. 어머니 병실에는 하루에 5분 이상 들르지 않았다.

일라이저는 거의 말을 하지 않았다. 겉모습만 보면 그녀만큼 바쁜 사람도 없었다. 하지만 딱히 무슨 일을 하는지는 말하기 어려웠다. 아니, 오히려 그렇게 부지런을 떨지만 성과가 없었다. 아침 일찍 일어나기 위해 자명종을 켜 두었다. 아침 식사 전에는 무슨 일 때문에 바쁜지 알 수 없지만, 식사 후에는 시간을 나누어 규칙적인 생활을 했다. 매시간 해야 할 일이 있었다. 하루에 세 번 작은 책을 공부했는데, 유심히 살펴보니 영국 국교도 기도서였다. 한번은 그 책의 어떤 부분이 매력적이냐고 물었더니 '예배 규칙'이라고 했다. 하루에 세 시간은 카펫만큼이나 큰 네모난 진홍빛 천의 가장자리에 금사로 수를 놓았다. 이 천을 어디에 쓸 거냐고 묻자, 얼마 전 게이츠헤드 근처에 생긴 새 교회에서 쓸 제단보라고 대답했다. 하루에 두 시간은 일기를 썼고, 두 시간은 텃밭에서 혼자 일했으며, 한 시간은 가계부를 썼다. 친구나 대화가 필요 없어 보였다. 그녀는 나름대로 행복한 것 같았다. 이런 규칙적인 생활에 만족했으며, 이런 시계 같은 규칙을 바꿔야 하는 일이 벌어질 때 가장 짜증을 냈다.

어느 날 저녁 평상시보다 더 이야기할 기분이 난 그녀는 집안이 곧 몰락할 거라는 불안감 때문에 괴롭다고 말했다. 하지만 이제는 마음을 정하고 결심을 굳혔다고 했다. 또한 이미 자신의 재산은 확보해 놓았다고 했다. 어머니가 회복하거나 더 오래 사실 것 같지 않다고 조용히 말하면서, 어머니가 돌아가시면 오랫동안 생각했던 계획을 실행에 옮기겠다고 했다. 영원히 방해받지 않고 규칙적인 습관을 지키며 살 수 있는 곳으로 가서, 경박한 세상과는 담을 쌓고 안전하게 살겠다고 말했다. 조지애나와 함께 갈 거냐고 물었다.

"물론 같이 안 가. 조지애나하고는 공통점이 하나도 없어. 무슨 일이 있어도 그 애와 함께 사는 그런 부담은 맡기 싫어. 조지애나는 자기 길을 가고 나는 내 길을 갈 거야"라고 그녀는 말했다.

조지애나는 내게 속마음을 털어놓을 때 말고는 대부분 소파에 누워 집에 있는 게 따분하다고 짜증을 내거나 깁슨 이모가 런던으로 초대해 주었으면 좋겠다는 말을 되풀이했다. "모든 게 끝날 때까지 한두 달 멀리 가 있으면 좋겠어"라고 했다. '모든 게 끝난다'는 게 무슨 뜻인지 묻지 않았지만, 곧 다가올 어머니의 죽음과 음울한 장례식이리라고 짐작했다. 일라이저는 대개 여동생의 게으름이나 불평을 무시하는 정도가 아니고 마치 자기 앞에 그렇게 빈둥대며 중얼거리는 사람이 없는 것처럼 행동했다. 그러나 어느 날 가계부를 치우고 수놓는 천을 펼치더니 갑자기 동생을 비난하기 시작했다.

"조지애나, 이 세상에 너처럼 허영 덩어리에 멍청한 동물은 없을 거야. 너처럼 쓸모없는 애는 태어날 권리도 없어. 이성적인 인간이라면 자신을 책임지고 살아야 하는데, 넌 나약하게 다른 사람에게 의존하려고만 하는구나. 너처럼 살찌고, 나약하고, 거만하고, 쓸모없는 인간을 기꺼이 맡아 줄 남자나 여자를 찾지 못하면, 그때는 사람들이 너를 제대로 대접하지 않고 무시해서 불행하다고 외칠 거야. 그리고 네가 살아 있는 느낌을 가지려면, 늘 끊임없이 변화하는 흥분할 만한 장면이 있어야 해. 그렇지 않으면 세상이 지하 감옥 같다고 할 거야. 넌 늘 남자들의 관심, 구애, 아부를 받아야 하고 늘 음악과 춤과 사교계가 있어야 해. 그렇지 않으면 축 늘어져 시름시름 아플 거야. 자신의 노력과 의지만으로 살아갈 방법을 찾아볼 생각을 안 하니? 하루를 예로 들어 보자. 하루를 몇 부분으로 나눈 다음, 각 부분에 할 일을 배당해 봐. 한 시간도, 10분도, 5분도 아무 일도 안 하면 안 돼. 모든 시간에 할 일이 있어야 해. 그리고 각각의 일을 차례로 체계적으로 엄격하게 규칙적으로 하면 되는 거야. 하루를 시작했나 하면 어느새 하루가 저물어 있을 거야. 한가한 시간을 메워 달라고 다른 사람에게 도움을 청할 필요도 없어. 친구나 대화나 동정이나 인내를 구하지 않아도 되고. 간단히 말해, 독립적인 인간으로 살면 돼. 내가 처음이자 마지막으로 하는 충고야. 그러니 이 충고를 받아들이도록 해. 그러면 무슨 일이 생겨도 나나 다른 사람에게 의지할 필요가 없을 거야. 내 충고를 듣지 않고 이전처럼 그냥 욕심만 부리고 칭얼대며 빈둥거리면 그런 어리석음의 대가를 톡톡히 치르게 될 거야. 아주 힘들고 나쁜 결과가 닥칠 거야. 분명히 말할 테니, 내 말을 들어. 지금 한 말을 다시는 되풀이하지 않겠지만, 나는 내 말대로 할 거야. 어머니가 돌아가시는 순간, 너한테서 손 뗄 거야. 어머니 관이 게이츠헤드의 무덤으로 들어 가는 순간, 전혀 본 적도 없는 사람처럼 너하고 결별할 거야. 우연히 같은 부모 밑에서 태어났다고, 그 약한 끈을 이용해 나를 묶어 둘 생각은 하지 마. 이 말은 할 수 있어. 인류가 사라져 이 지상에 우리 둘만 남아도, 너를 낡은 세계에 두고 나 혼자 새로운 세계로 갈 거야."

그녀는 입을 다물었다.

"그렇게 애써 길게 잔소리 늘어놓을 필요 없어. 난 언니가 이 세상에서 가장 이기적이고 냉담한 사람이라는 건 다 알아. 앙심에 차서 미워하는 것도 **나는** 알아. 에드윈 비어 경 일이 있을 때 어떻게 음모를 꾸며 나를 괴롭혔는지 보면 알아. 내가 언니보다 신분이 높아지고, 작위를 갖고, 언니는 얼굴도 못 내미는 사교계에 나가는 걸 견딜 수 없었던 거야. 그래서 스파이 짓을 해 내 인생을 영원히 망쳤잖아." 조지애나는 한 시간 동안이나 훌쩍이더니 손수건을 꺼내 코를 풀었다. 일라이저는 끄떡도 하지 않고 앉아서 냉정하게 하던 일을 열심히 했다.

너그러움이나 진정성을 대수롭지 않게 여기는 사람들도 있다. 하지만 여기에 그런 자질이 결여되어 견딜 수 없이 메마른 심성을 가진 사람이 있고, 나머지 한 사람은 경멸스러울 만큼 제정신이 아니었다. 판단력 없는 감정은 약에 물 탄 격이지만, 감정이 섞이지 않은 판단은 쓰고 껄끄러워 삼킬 수가 없다.

비가 내리고 바람이 부는 오후였다. 조지애나는 소설을 읽다가 소파에서 잠들었고 일라이저는 새 교회에서 열린 어떤 성인의 날 예배에 참석했다. 그녀는 엄격하게 종교적 형식을 따랐기 때문에 아무리 험한 날씨에도 종교적 의무는 꼭 지켰다. 날씨가 좋건 나쁘건 일요일에는 교회를 세 번 갔고 평일에도 기도 모임이 있으면 꼭 참석했다.

나는 2층으로 가서 죽어 가는 여인의 상태를 살펴보았다. 그녀는 거의 제대로 보살핌을 받지 못한 채 누워 있었다. 하인들마저 생각나면 가끔 들여다보는 정도였다. 관심을 기울이는 사람이 거의 없자, 고용된 간호사도 틈만 나면 방을 빠져나갔다. 베시는 충실한 하인이기는 했지만 돌보아야 할 자신의 가족이 있어 저택에는 가끔 들를 뿐이었다. 예상대로 환자 방에는 돌보는 사람이 아무도 없었다. 간호사도 없이 환자는 조용히 누워 혼수상태에 빠져 있는 것 같았다. 그녀는 흙빛 얼굴을 침대에 묻고 있었다. 난롯불도 다 사그라졌다. 불씨를 되살리고, 이불을 다시 정리해 주고 나를 쳐다보지도 못하는 그녀를 한참 바라보다 멀찌감치 창문가로 갔다.

비가 세차게 유리창에 들이치고 바람이 쌩쌩 불었다. 나는 생각했다. '저기에 곧 지상을 떠날 사람이 누워 있구나. 지금 육신을 떠

나려고 애쓰는 영혼이 마침내 해방되면 어디로 갈까?'

위대한 신비에 대해 곰곰이 생각하자, 헬렌 번스가 생각났고 그녀가 죽어 가며 했던 말, 그녀의 신앙, 육신을 떠난 영혼은 평등하다는 그녀의 믿음이 떠올랐다. 마음속에 그녀의 말투가 여전히 생생했고 그녀의 창백하고 정신적인 모습, 쇠약한 얼굴과 고귀한 시선도 기억났다. 그녀는 평온하게 누워서 죽어 가며 하느님 아버지 품으로 돌아가고 있었다. 그때 뒤쪽 침대에서 희미한 소리가 들렸다. "거기 누구니?"

리드 부인이 며칠 동안이나 이야기하지 않은 걸로 알고 있었다. 그녀가 다시 살아나는 것일까? 나는 그녀에게로 다가갔다.

"저예요, 외숙모."

"저라니, 누구니? 넌 누구니?" 놀란 그녀가 경계심을 보이며 바라보았지만 그다지 심한 경계심은 아니었다. "너는 모르겠는데, 베시는 어디 있니?"

"베시는 자기 집에 있어요, 외숙모."

"외숙모라니." 그녀가 내 말을 따라 했다. "누군데 나더러 외숙모라고 하니? 깁슨 집안 사람은 아닌데, 하지만 알겠다. 그 얼굴과 눈, 이마를 보니 잘 아는 사람이야. 닮았어. 이런, 제인 에어와 닮았어."

나는 아무 말도 하지 않았다. 나라고 밝히면 그녀가 충격을 받을까 봐 두려웠다.

"하지만 잘못 본 걸 거야. 망상이야. 제인 에어가 보고 싶으니까 존재하지도 않는 비슷한 사람을 상상한 거야. 게다가 8년이나 지났는데, 틀림없이 많이 변했을 거야." 조용히 그녀가 본 게 맞고 그녀가 보고 싶어 하던 바로 그 사람이라고 말했다. 그녀가 내 말을 이해하고 정신이 제대로 돌아왔다는 것을 확인한 다음, 베시가 남편을 보내 손필드에서 나를 데려왔다고 전했다.

"난 중병이야. 나도 알아." 그녀가 곧 말했다. "조금 전부터 몸을 뒤척이려고 해도 손발을 꼼짝도 못 하겠어. 죽기 전에 마음이 편해지려고 이러는 거야. 건강할 때는 생각도 못 했던 일이 이제는 마음을 무겁게 하네. 간호사가 여기 있니? 아니면, 이 방에 너 말고 아무도 없니?"

그녀에게 우리 둘밖에 없다고 말했다.

"너한테 두 번 잘못했는데 지금 후회한단다. 하나는 남편에게 너를 내 자식처럼 키우겠다고 했는데 그러지 못한 것이고, 또 하나는……." 그녀는 말을 멈추었다. "결국, 그게 그다지 중요하지 않을지도 몰라." 그녀는 혼자 중얼거렸다. "그리고 병이 나을 수도 있는데, 너에게 굴복해야 하다니 정말 괴롭구나."

그녀는 누운 위치를 바꾸려고 애썼으나 바꿀 수가 없었다. 그녀의 안색이 변했다. 그녀는 마음속에서 어떤 느낌, 마지막 고통의 징조를 경험하는 것 같았다.

"이걸 극복해야 하는데. 앞에 영원이 펼쳐져 있네. 그녀에게 말하는 게 낫겠어. 내 옷장으로 가서 옷장 문을 열고 편지 한 통을 꺼내 봐. 거기 있을 거야."

나는 그녀가 하라는 대로 했다. "편지를 읽어 봐." 그녀가 말했다. 그 편지는 짧았다. 일부러 짧게 쓴 편지였다.

부인, 제 조카인 제인 에어의 주소를 알려 주시겠어요? 그리고 그 애가 어떻게 지내는지도요. 저는 짤막하게 쓰려고 합니다. 제가 있는 마데이라로 그 애가 왔으면 합니다. 신의 가호로, 노력 끝에 어느 정도 재산을 마련하게 되었어요. 결혼도 안 했고 아이도 없어서 살아생전에 그 애를 양녀로 삼고 싶습니다. 제가 죽으면 유산을 모두 그 아이에게 물려주고 싶습니다.

　부인, 저는……

　존 에어, 마데이라.

3년 전에 보낸 것이었다.

"왜 이런 이야기를 들은 적이 없죠?" 내가 물었다.

"항상 네가 너무 싫어서, 잘살게 도와줄 마음이 조금도 없었어. 네가 한 행동을 잊을 수가 없었어, 제인. 네가 전에 대들며 화냈던 일이나, 이 세상에서 나를 제일 증오한다던 네 말투를 생각만 해도 진저리쳐졌고, 이루 말할 수 없이 너를 잔인하게 대했다고 말하던 어린아이 같지 않은 표정과 목소리를 잊을 수가 없었어. 네가 그런 식으로 벌컥 화를 내며 마음속에 품은 독기를 내뿜을 때 느꼈던 감정이 안 잊혀졌어. 얻어맞거나 밀쳐진 동물이 인간의 눈으로 나를 바라보고 인간의 목소리로 저주를 퍼붓는 것처럼 무서웠어. 물을 줘! 오, 빨리!"

"리드 부인." 그녀가 달라는 물을 주면서 내가 말했다. "더 이상 이 모든 걸 생각하지 마세요. 다 잊어버리세요. 제가 화냈던 걸 용서해 주세요. 그 당시 난 아이였어요. 이제 8~9년이나 흘렀어요."

그녀는 내 말을 제대로 듣지 않았다. 그러나 물을 마시고 숨을 들이쉬더니, 이렇게 계속했다.

"말한 대로, 잊을 수가 없었어. 그래서 복수했어. 네가 아저씨의 양녀가 되어 편하게 사는 게 견딜 수 없었어. 그에게 이런 편지를 썼어. '실망을 드려 죄송하지만 제인 에어는 죽었습니다. 로우드에서 티푸스에 걸려 죽었습니다.' 이제 네가 하고 싶은 대로 하렴. 내 말이 사실이 아니라고 편지를 쓰렴. 네 맘대로 빨리 내 잘못을 폭로하렴. 넌 나를 괴롭히려고 태어난 아이라는 생각이 들어. 너만 없었더라면 엄두도 못 낼 행동을 한 게 떠올라서, 임종 때 괴로울 거야."

"더 이상 그 일은 생각하지 말고, 저를 용서해 주시고, 제게 친절하게 대해 주세요, 제발……."

"넌 성질이 못된 아이였어. 오늘 날까지도 이해가 안 가. 어떻게 대해도 9년 동안 조용히 참던 아이가 어떻게 10년째에 갑자기 마구 화를 내며 폭력적으로 변한 건지, 이해가 안 돼."

"전 외숙모가 생각하는 것처럼 나쁜 아이가 아니에요. 벌컥 화를 내기는 했지만 복수심은 없었어요. 어렸을 때 외숙모가 허락해 주셨으면 기꺼이 외숙모를 사랑했을 거예요. 지금 꼭 화해하고 싶어요. 입을 맞춰 주세요, 외숙모."

나는 그녀의 입에다 뺨을 가져다 댔다. 그녀는 내 뺨을 피했다. 내가 침대에 기대고 서 있어 답답하다고 말했다. 그녀를 일으켜 세워 물을 마시는 동안 내 팔에 기대게 했다가 다시 뉘었다. 그때 내 손으로 얼음처럼 차갑고 끈적끈적한 그녀의 손을 꼭 감쌌다. 그 연약한 손가락들이 내 손을 피하고, 그녀의 물기 어린 눈은 내 시선을 피했다.

"절 사랑하든 미워하든 그건 마음대로 하세요." 내가 마침내 말했다. "저는 완전히 다 용서해 드렸어요. 신의 용서를 구하시고 이제 편히 쉬세요."

불쌍하게도 이 여성은 너무 큰 고통을 겪는구나! 이제 와 그녀의 평생의 사고방식을 바꾸기에는 너무 늦었다. 살아서 그녀는 쭉 나를 미워했고 죽어 가면서도 여전히 나를 미워한 게 틀림없다.

간호사가 들어오고 그 뒤에 베시가 따라왔다. 나는 뭔가 화해의 표시가 나타나길 기다리면서 30분가량 서성댔다. 하지만 그녀는 아무 표시도 하지 않았다. 그녀는 곧 혼수상태에 빠졌다. 그날 밤

12시에 그녀는 숨을 거두었다. 나는 임종을 지키지 못했고 딸들도 마찬가지였다. 다음 날 아침 다 끝났다는 말을 들었다. 그때는 이미 입관을 한 다음이었다. 일라이저와 나는 그녀를 보러 갔다. 큰소리로 엉엉 울던 조지애나는 갈 엄두가 안 난다고 했다. 한때는 튼튼하고 활동적이던 세라 리드의 몸이 거기 누워 있었다. 번쩍이던 그녀의 눈은 차가운 눈꺼풀로 덮여 있었다. 이마와 강한 이목구비에는 아직도 완고하게 그녀의 영혼이 새겨져 있었다. 그 시체는 내게 이상하고 엄숙한 물체로 보였다. 고통스러워하며 음울하게 시체를 바라보았다. 전혀 마음이 부드러워지거나 상냥해지거나 차분해지지 않았으며 동정심이 들거나 희망이 생기지도 않았다. **그녀를** 잃어서가 아니라 **그녀가** 겪은 고통 때문에 우울하고 괴로울 뿐이었다. 그런 식의 죽음이 끔찍해 눈물도 나오지 않았다.

일라이저는 어머니를 차분히 바라보았다. 몇 분간 침묵을 지키더니, 그녀가 말했다.

"저 정도 체격이면, 아주 장수하실 수도 있었는데! 너무 고생해 일찍 돌아가신 거야." 그러고 나서 잠시 입술에 경련이 일었다. 경련이 멈추자 그녀는 몸을 돌려 방을 떠났고, 나도 그랬다. 두 사람 다 눈물 한 방울 흘리지 않았다.

제22장

로체스터 씨는 일주일만 휴가를 주었으나, 나는 한 달 뒤에야 게이츠헤드를 떠날 수 있었다. 장례식을 치르고 바로 떠나고 싶었으나 조지애나가 자신이 런던으로 출발할 때까지 머물러 달라고 사정했다. 누이의 장례를 지휘하고 가사를 정리하러 내려왔다 런던으로 간 외삼촌 깁슨 씨가, 이제야 조지애나를 초대한 것이다. 조지애나는 일라이저와 단둘이 남는 게 무섭다고 했다. 일라이저는 자신이 실망해도 동정하지 않고, 두려워해도 위로해 주지 않고, 런던에 갈 준비를 하는 것도 전혀 도와주지 않을 거라고 했다. 그래서 나는 최선을 다해 그녀가 나약하게 칭얼대고 이기적으로 통탄하는 것을 참고, 최선을 다해 그녀를 위해 바느질을 해 주고 그녀의 옷을 싸 주었다. 내가 일하는 동안 그녀는 빈둥대곤 했다. 나는 생각했다. '우리가 늘 같이 살 운명이라면 이런 식으로 시작하지는 않을 거야. 순순히 참지 않을 거야. 네게 네 몫의 일을 정해 주고 그 일을 꼭 해야 한다고 할 거야. 네가 못 하면 그건 그냥 내버려 둘 거야. 또한 그 칭얼거리는 거나 반은 가식인 불평일랑은 가슴속에 담아 두라고 할 거야. 아주 잠시만 함께 있는 데다 애도 기간이라 특별히 인내심을 갖고 참기로 한 거야.'

마침내 나는 조지애나와 작별 인사를 했다. 하지만 이번에는 일라이저가 일주일만 더 있어 달라고 했다. 자신의 계획대로 하기 위해 그녀는 다른 데 신경을 쓰거나 시간을 낼 수 없다고 했다. 자신은 낯선 목적지를 향해 떠나려 한다고 했다. 그녀는 하루 종일 아무도 만나지 않고 안에서 방문을 잠근 채 트렁크를 싸고, 옷장을 비우고, 서류를 태웠다. 내가 대신 가사를 돌보고, 방문객을 맞이하고, 조문에 답해 주길 바란다고 했다.

　어느 날 아침, 그녀가 내게 이제 가도 된다고 했다. "그리고 너의 값진 도움과 분별 있는 행동에 감사해! 너 같은 사람과 사는 건 조지애나와 사는 것과 좀 다르구나. 너는 네 역할을 알아서 하고 아무에게도 폐를 끼치지 않아." 그녀가 계속 말했다. "내일이면, 나는 유럽으로 떠나. 리슬 근처에 있는 종교 기관, 소위 수녀원이라고 하는 곳에 머물 거야. 그곳에선 아무한테도 괴롭힘당하지 않고 조용히 살 수 있을 거야. 한동안 천주교 교리를 검토하고 천주교 체계의 운영을 면밀히 공부하는 데 전념할 거야. 천주교가 만사를 더할 나위 없이 질서 정연하게 움직이도록 보장해 주는 최상의 교리임을 알면, 그러리라고 반쯤은 짐작하지만, 그때는 천주교 교리를 받아들여서 수녀가 될 거야."

　나는 이런 결심을 듣고 놀라지도 않았고, 말리려 들지도 않았다. '수녀가 되는 게 너무 잘 어울릴 거야.' 나는 생각했다. '그 생활에서 행복하기를!'

　우리가 헤어질 때, 그녀가 말했다. "잘 가, 제인. 행복하게 살아. 넌 분별력이 있어."

　그래서 나는 이렇게 대답했다. "일라이저 언니, 언니도 분별력이 있어요. 하지만 1년 후에는 살아 계셔도 언니의 모든 것이 프랑스 수녀원 담장 안에 갇히겠네요. 내가 상관할 문제는 아니지만요.

또 그런 삶이 언니와 너무 잘 어울리니 크게 걱정하지 않아요."

"네 말이 맞아." 그녀가 말했다. 이런 말을 나눈 뒤 우리는 각자 다른 길을 갔다. 앞으로는 일라이저나 그녀의 여동생을 언급할 일이 없을 테니 여기서 말하는 게 낫겠다. 조지애나는 나이 든 사교계의 부자와 정략결혼을 했고 일라이저는 정말 수녀가 되었다. 지금 그녀는 처음 수녀 수련을 했던 그 수녀원의 원장이 되었고, 자신의 재산을 모두 그곳에 기부하였다.

잠시 집을 비웠다가 돌아올 때 사람들이 어떤 느낌을 갖는지 나는 몰랐다. 그런 감정을 경험해 본 적이 없었다. 내가 아는 것이라곤 게이츠헤드와 로우드의 경험이 전부였다. 게이츠헤드에서는 어린 시절 긴 산책을 하고 돌아오면 추위를 못 이긴다거나 우울해 보인다고 꾸지람을 들었고, 나중에 로우드에서는 교회에서 돌아올 때 따뜻한 난롯불과 풍성한 식사를 갈망했으나 둘 다 얻지 못했다. 두 곳 다 집에 돌아오는 게 전혀 즐겁거나 바람직한 일이 아니었다. 가까이 다가가도 점점 더 강하게 나를 어느 한 지점으로 끌어당기는 자석 같은 것은 없었다. 하지만 손필드로의 귀향은 어떨지 아직 알 수 없었다.

여행은 지루했다. 아주 지루했다. 하루에 50마일을 가고, 하룻밤을 여관에서 지낸 뒤, 그다음 날 또 50마일을 갔다. 처음 열두 시간 동안은 임종 순간의 리드 부인을 생각했다. 그녀의 망가지고 변색된 얼굴을 보았고 이상하게 변한 목소리를 들었다. 장례식 날도 생각이 났다. 관과 영구차, 상복을 입은 소작인과 하인의 행렬, 몇 안 되는 친척들, 문을 연 납골당, 조용한 교회, 엄숙한 장례식이 떠올랐다. 그러고 나서 일라이저와 조지애나에 대해 생각했다. 한 사람은 무도회에서 주목받는 사람이 되고 한 사람은 수녀원의 수녀가 될 것이다. 서로 다르기는 하지만 특이한 두 사람에 대해, 그리고 그들의 성격에 대해 곰곰이 생각하고 분석해 보았다. 저녁에 대도시에 도착하자 이런 생각들은 다 흩어져 사라졌다. 밤이 오자 아주 다른 생각을 하게 되었다. 침대에 눕자 회상은 끝나고 그 대신 앞으로 다가올 일이 떠올랐다.

나는 손필드로 돌아가고 있었다. 하지만 거기에 얼마나 오래 머물 수 있을까? 오래 있지는 못할 것이다. 그것은 확실했다. 그곳을 떠나 있는 동안 페어팩스 부인에게서 소식을 들었다. 파티는 끝났고 로체스터 씨는 3주일 전에 런던으로 떠났으며 2주일 안에는 돌아올 것 같지 않다는 것이었다. 페어팩스 부인은 새로운 마차를 산다고 이야기한 걸로 미루어, 그가 런던에 간 이유는 결혼 준비 때문인 것 같다고 했다. 그가 잉그램 양과 결혼하는 게 아직도 이상해 보인다고 했다. 하지만 사람들 말이나 자신이 본 것으로 미루어, 곧 결혼식이 있으리라는 것을 더 이상 의심할 수 없다고 했다. '의심하시면 그런 당신이 이상한 걸 거예요.' 나는 마음속으로 말했다. '난 의심하지 않아요.'

이어서 의문이 떠올랐다. '나는 어디로 가야 하지?' 밤새도록 잉그램 양 꿈을 꾸었다. 아침에 꾼 꿈에서는 들어오지 못하게 그녀가 손필드의 문을 닫고 내게 다른 길로 가라고 가리키는 모습이 생생했다. 그리고 로체스터 씨는 나와 그녀 모두에게 냉소적인 미소를 보내며 팔짱을 끼고 방관하고 있었다.

나는 페어팩스 부인에게 언제 돌아갈지 정확한 날짜를 알리지 않았다. 마차가 밀코트에서 기다리고 있는 게 싫었다. 혼자서 그 길을 조용히 걷기로 했다. 여관의 마부에게 짐을 맡겨 놓고 6월 저녁 6시경에 조용히 조지 여관을 빠져나와, 손필드로 가는 예전 길로 갔다. 밭 사이로 난 그 길로는 사람들이 거의 다니지 않았다.

날씨가 맑고 부드럽기는 했지만 화창하거나 찬란한 여름 저녁은 아니었다. 길을 따라 계속 농부들이 풀을 베는 게 보였다. 그리고 구름 한 점 없는 하늘은 아니지만, 앞으로 날씨가 좋을 징조가 보였다. 하늘에는 파란색이 부드럽고 차분했고 얇은 구름이 하늘 높이 퍼져 있었다. 서쪽 하늘 또한 따스하고, 전혀 축축한 빛으로 싸늘해지지 않았다. 마치 불타고 있는 것처럼 보였다. 대리석 같은 증기로 된 장막 뒤에서 신의 제단이 불타고 있는 것 같았다. 구름 사이로 황금색에 가까운 붉은빛이 새어 나왔다.

갈 길이 줄어들자, 나는 즐거웠다. 너무나 즐거워 한번은 멈추어 서서 이 기쁨의 의미를 생각해 보았다. 지금 내 집으로 가고 있는 것도 아니고, 영원한 안식처로 가는 것도 아니고, 날 좋아하는 친구들이 밖을 내다보며 내가 도착하기를 기다리는 곳으로 가는 것도 아님을 스스로에게 상기시켰다. '페어팩스 부인은 분명히 미소를 지으며 차분하게 널 환영할 거야. 그리고 꼬마 아델은 널 보면 손뼉을 치며 팔짝팔짝 뛸 거야. 하지만 너는 그들이 아니라 다른 한 사람을 생각하고 있는데, 그 사람은 너를 생각하지 않는다는 걸 알잖아.'

하지만 젊음만큼 제멋대로인 게 있는가? 세상 물정 모르는 것만큼 맹목적인 게 있는가? 세상 물정 모르는 젊은 마음이 다시 로체스터 씨를 바라보는 특권을 갖는 것만으로도 충분히 즐겁다고 말했다. 그리고 이렇게 덧붙였다. '서둘러! 서둘러! 그와 함께 있을 수 있을 때 그와 함께 있어. 며칠만 있으면, 길어야 몇 주일만 있으면 넌 그와 영원히 헤어져야 해!' 나는 갓 태어난 고뇌의 목을 조르며 계속 달려갔다. 신생아인 고뇌는 내 아이라고 할 수도, 기르겠다고 스스로를 설득할 수도 없는 기형아였다.

손필드 목초지에서도 목초를 만들고 있었다. 아니, 내가 도착한 지금은 오히려 일꾼들이 막 일을 마치고 갈퀴를 어깨에 메고 집으로 돌아가고 있었다. 이제 밭을 한두 개만 지나서 길을 건너면 대문에 도착할 것이다. 산울타리에 장미가 활짝 피어 있네! 하지만 장미를 딸 시간이 없었다. 나는 집에 가고 싶었다. 샛길을 막고 있는 잎이 무성하고 꽃이 활짝 핀 키 큰 찔레꽃을 지나쳤다. 돌계단으로 된 좁은 층계를 보았다. 거기에 로체스터 씨가 공책과 연필을 들고 앉아 있었다. 그는 뭔가를 쓰고 있었다.

맞아, 유령이 아니야. 하지만 온 신경이 떨렸다. 잠시 나는 자제력을 잃었다. 이건 무슨 의미지? 그를 보면 이렇게 떨리거나, 목소리가 안 나오거나, 꼼짝하지 못할지는 몰랐다. 움직일 수 있게 되자마자 돌아가려고 했다. 나 자신을 아주 바보로 만들 필요는 없었다. 집으로 가는 다른 길을 알고 있었다. 하지만 그가 보아 버렸기 때문에, 내가 길을 스무 개나 안다고 해도 아무 소용 없었다.

"잘 있었소!" 그가 큰 소리로 인사했다. 그는 공책과 연필을 쳐들었다. "거기 당신이 왔구려! 이리 와요."

나는 가야겠다고 생각했다. 하지만 어떤 식으로 가야 하는지 알 수 없었다. 내 동작을 거의 의식하지 못하고 다만 침착해 보이려고만 신경 썼다. 우선 얼굴 근육을 통제하려고 했다. 얼굴이 의지에 반항하며 숨기려고 결심한 감정을 드러내고자 했다. 하지만 베일이 있어서 베일을 내렸다.

"제인 에어 아니오? 밀코트에서 걸어오는 거요? 그렇지, 또 속임수를 썼군. 보통 사람처럼 마차를 보내라고 해서 그걸 타고 딸가닥거리며 올 리가 없지. 황혼에 마치 그림자나 꿈을 꾼 것처럼 집 근처로 살짝 들어오는군. 도대체 지난 한 달 동안 뭘 한 거요?"

"외숙모와 함께 있었는데, 돌아가셨어요."

"진짜 제인다운 대답이군! 착한 천사들이여, 날 보호해 주소서! 그녀는 저세상에서, 망자들의 거처에서 오는군. 해 질 무렵 여기서 나를 만나 그렇다고 하는군! 당신이 사람인지 그림자인지 보기 위해 감히 당신을 만져 보겠소, 이 요정아! 하지만 그러느니 늪의 푸른 **도깨비불**을 잡는 게 낫겠군. 무단 결석자 같으니! 무단 결석자 같으니!" 잠시 말을 멈추더니 그가 덧붙였다. "한 달 꼬박 내 앞에 나타나지 않고 날 완전히 잊다니, 맹세코 그래!"

나의 주인님을 다시 만나면 기쁘리라는 것을 알고 있었다. 비록 그가 곧 더 이상 나의 주인님이 아니고 내가 그에게 아무것도 아닌 것을 안다고 해도 마찬가지였다. 하지만 로체스터 씨에게는 이처럼 행복을 전하는 힘이 넘쳐, 그가 나 같은 길 잃은 낯선 새에게 뿌려 주는 빵 부스러기만 먹어도 축제 때 맘껏 먹는 것과 같았다. 그의 마지막 말은 위안이 되었다. 내가 그를 잊었는지 여부가 그에게도 의미 있음을 암시했다. 그리고 그는 손필드를 나의 집이라고 말했다. 내 집이면 얼마나 좋을까!

그는 계단을 떠나지 않았고, 나는 지나가겠다고 말하고 싶지 않았다. 그래서 런던에 다녀왔느냐고 물었다.

"그랬소. 천리안이라 그 사실을 알았을 것 같소."

"페어팩스 부인이 편지로 알려 주셨어요."

"그러면 내가 뭐하러 갔는지도 알려 주었소?"

"네, 주인님! 주인님의 일에 대해 모두 알고 있어요."

"제인, 마차를 보고 로체스터 부인에게 완벽하게 어울리는지 말해 주시오. 그녀가 보라색 쿠션에 기대고 앉으면 여왕처럼 보이지 않을지 말해 주시오. 제인, 조금이라도 더 그녀와 어울리는 모습을 한 남편이 되고 싶소. 당신은 요정이니, 말해 주시오. 마술을 부리든 묘약을 쓰든 그런 종류의 뭔가를 해서 나를 미남으로 만들어 줄 수 없소?"

"그건 마술로 할 수 있는 일이 아니에요, 주인님!" 그리고 나는 마음속으로 덧붙였다. '필요한 마술은 사랑하는 사람의 눈밖에 없는걸요. 사랑하는 사람의 눈에는 당신이 충분히 미남인걸요. 아니, 오히려 당신의 엄격함 속에 아름다움을 넘어선 힘을 볼 거예요.'

로체스터 씨는 가끔 나로서는 이해할 수 없을 정도로 예리하게 내 마음을 읽었다. 이번에도 그는 내가 불쑥 한 말에는 별로 신경쓰지 않았다. 하지만 나를 보고 드물게 짓는 그만의 독특한 미소를 지었다. 그는 누구나에게 그 미소를 나누어 주는 것이 아깝다고 생각하는 것 같았다. 정말 햇빛처럼 밝은 감정을 담은 미소였는데, 지금 내게 그 햇빛을 퍼부었다.

"지나가시오, 자네트." 내가 계단을 지나갈 수 있게 비켜 주면서 그가 말했다. "집으로 올라가서 방랑하느라 지친 작은 발을 친구 집에서 쉬시오."

이젠 더 이상 말할 필요 없이 그의 명령을 따르기만 하면 되었다. 나는 한마디 말도 없이 계단을 넘어 조용히 그를 떠날 작정이었다. 그런데 갑자기 어떤 충동이 나를 사로잡고, 어떤 힘이 내 마음을 변하게 했다. 그래서 나도 모르게 말했다. 아니, 내 마음속 무언가가 나를 대신해서 말했다.

"그렇게 큰 친절을 베풀어 주시니 고마워요. 당신께 다시 돌아오니 이상하게 기쁘군요. 그리고 당신이 어디에 계시든 그곳이 나의 집, 나의 유일한 집이에요."

내가 워낙 빨리 걸어가서 그는 나를 잡으려고 해도 잡지 못했을 것이다. 나를 보자 꼬마 아델은 기뻐서 반은 제정신이 아니었다. 페어팩스 부인은 평소와 마찬가지로 다정하게 나를 환영했다. 레아는 미소를 지었고 소피마저 반가워하며 "안녕하세요?"라고 인사했다. 아주 유쾌했다. 사람들에게 사랑을 받고, 그들이 당신을 보고 더 편안해 한다는 느낌이 들 때만큼 행복할 때가 없다.

나는 그날 저녁에 미래는 생각하지 않기로 했다. 곧 있을 이별과 곧 다가올 슬픔을 계속 경고하는 목소리가 들리지 않게 꺼 버렸다. 차를 다 마신 뒤, 페어팩스 부인이 뜨개질감을 가져오고, 내가 그녀 근처의 낮은 의자에 앉고, 아델이 카펫에 무릎을 꿇고 내게 꼭 붙어 앉고, 서로 사랑한다는 느낌이 황금빛 평화처럼 우리를 둘러쌀 때, 우리가 곧 멀리 헤어지지 않게 해 달라고 묵언 기도를 했다. 하지만 우리가 이렇게 앉아 있는데 로체스터 씨가 불쑥 방으로 들어와 우리를 보았다. 그는 우리가 사이좋게 모여 있는 광경을 아주 마음에 들어했다. 노부인은 양녀가 다시 왔으니 아주 좋아 보이고 아델은 영국 엄마를 완전히 삼켜 버릴 태세라고 했다. 나는 그가 결혼한 다음에도 어딘가에 은신처를 만들어 우리 모두 함께 살게 해 주고 햇살처럼 빛나는 그에게서 완전히 추방되지 않을 수 있다는 어렴풋한 희망을 갖게 되었다.

내가 손필드로 돌아온 뒤 2주일간, 이상하게도 차분했다. 주인의 결혼에 대해서도 아무 말 없고 결혼식 준비도 진행되지 않았다. 거의 매일 페어팩스 부인에게 결정된 일이 있느냐고 물어도 없다고 대답했다. 한번은 실제로 페어팩스 부인이 로체스터 씨께 언제 신부를 집으로 데려올 예정이냐고 물었더니, 그가 특유의 이상한 표정으로 농담만 해서 무슨 뜻인지 알 수가 없었다고 했다.

특히 내가 놀란 일이 한 가지 있었다. 그가 잉그램 영지를 오가지도 않고 전혀 그곳을 방문하지도 않는다는 점이었다. 잉그램 영지가 20마일 떨어진 다른 군과 경계 지역에 있는 것은 분명하지만, 열정적인 연인에게 거리가 무슨 상관이란 말인가? 로체스터 씨처럼 능숙하고 기운 넘치는 기수라면 오전 안에 달려갈 수 있는 거리였다. 나는 품을 권리가 없는 희망을 품기 시작했다. 소문이 잘못된 것이고 실은 한 사람이나 두 사람 모두 마음이 변해 결혼이 깨진 것 아닌가 하는 희망을 품었다. 주인님의 얼굴이 슬프거나 광폭한지 살폈으나, 그 어느 때보다 나쁜 감정이나 침울함을 찾아볼 수 없이 한결같았다. 가끔 학생과 내가 그와 시간을 보내면 나는 기운이 없고 어쩔 수 없이 우울해지는데 그는 명랑하기까지 했다. 그는 어느 때보다 나를 자주 불렀고, 어느 때보다 내게 친절했다. 그리고 아, 슬프게도 나는 어느 때보다 그를 깊이 사랑했다.

제23장

영국의 대지 위에 찬란하게 한여름이 빛났다. 사면이 바다인 영국에서는 하루 종일 그렇게 하늘이 맑고, 그렇게 태양이 빛나는 날이 거의 없었다. 남쪽에서 이탈리아식 날씨가 마치 멋진 철새 떼처럼 몰려와 영국의 절벽에 앉아 쉬고 있는 것 같았다. 건초는 이미 모두 안에 들여놓았고 풀을 베어 낸 손필드 주위의 목초지는 밝은 초록색으로 빛났다. 길은 햇빛을 받아 하얗게 빛났고 나무들은 절정에 이르러 검푸른색을 띠었다. 산울타리와 숲에는 무성한 나뭇잎이 진한 초록색을 띠어 숲과 산울타리 사이에 있는 풀을 베어 낸 목초지의 밝은 초록색과 대조를 이루었다.

아델은 헤이 레인에서 반나절 동안 딸기를 따느라 지쳐 해가 지자마자 잠들어 버렸다. 나는 아이가 곯아떨어진 걸 보고 일어나 정원으로 나갔다.

그때는 하루 중 가장 기분 좋은 시간이었다. '한낮은 격렬한 불꽃을 모두 태워 버렸고', 헐떡이는 평야와 타 버린 산봉우리에 차가운 이슬이 내리고 있었다. 해가 지자 구름 한 점 없이 맑은 하늘은 장엄한 보랏빛으로 물들었다. 태양은 산꼭대기에서 용광로처럼 붉은 보랏빛으로 활활 타다가 더 높이 더 넓게 퍼져 하늘의 반을 더욱더 부드러운 빛으로 물들였다. 깊고 파란 동쪽 하늘은 나름대로 멋졌다. 외로운 별이 동쪽 하늘에 얌전하게 보석처럼 떠 있었다. 달은 곧 찬란하게 떠오르겠지만, 아직은 지평선 아래 있었다.

　나는 포장도로를 한참 걸었다. 하지만 어느 창문에선가 내가 잘 아는 담배 냄새가 은은하게 새어 나오고 있었다. 서재 창문이 한 뼘쯤 열려 있었다. 아마도 그가 거기서 나를 보고 있을지도 몰라, 옆길로 들어서 과수원 쪽으로 갔다. 그곳이 바깥뜰에서 가장 아늑하고 에덴동산 같았다. 나무가 빽빽하게 들어서 있고 꽃이 활짝 피어 있었다. 마당과 과수원 사이에 높은 벽이 있어 마당과 분리되어 있었고 다른 쪽은 자작나무가 늘어선 가로수 길이어서 목초지에서는 보이지 않았다. 과수원 끝에 있는 허물어진 울타리가 쓸쓸한 밭과 과수원의 유일한 경계였다. 길은 울타리까지 이어졌고, 그 길 끝에는 마로니에나무가 있었다. 나무 주위로 동그랗게 의자가 놓여 있었다. 여기서는 아무도 모르게 헤맬 수 있었다. 이처럼 이슬이 내리고 침묵이 지배하고 차츰 어두워지자 영원히 그런 어둠 속에 머물 수 있을 것 같았다. 하지만 곧 달이 떠올라 과수원을 비추자 달빛에 매료되어 울타리로 둘러싸인 과수원 위쪽의 꽃이 만발한 과일나무 사이를 거닐었다. 그러다가 걸음을 멈추었다. 무슨 소리를 듣거나 무엇을 보아서가 아니었다. 또다시 경계심을 불러일으키는 냄새를 맡았기 때문이다.

　들장미와 쑥과 재스민과 패랭이꽃과 장미는 이미 오래전부터 저녁 제물로 꽃향기를 바치고 있었다. 이 새로운 냄새는 덤불이나 꽃에서 나는 게 아니었다. 내가 익히 잘 아는 로체스터 씨의 담배 냄새였다. 주위를 둘러보고 유심히 들었다. 잘 익은 과일이 주렁주렁 달려 있는 나무들을 보았다. 1마일쯤 떨어진 곳에서 나이팅게일이 지저귀는 소리를 들었다. 움직이며 다가오는 형체도 보이지 않고 다가오는 소리도 들리지 않았다. 하지만 그 냄새가 점점 더 진해졌다. 도망가야 했다. 덤불로 가는 쪽문을 향해 걷다가 하필이면 그 문으로 로체스터 씨가 들어오는 것을 보았다. 나는 담쟁이덩굴이 우거진 구석으로 피했다. '그는 여기 오래 머물지 않고 곧 돌아갈 테니 조용히 앉아 있으면 절대로 날 보지 못할 거야.'

하지만 그렇지 않았다. 나에게와 마찬가지로 그에게도 황혼은 상쾌했고 이 오래된 정원은 매력적이었다. 그는 천천히 거닐면서 구스베리 가지를 들어 주렁주렁 달린 자두만 한 열매를 보기도 하고, 잘 익은 체리를 따기도 하고, 허리를 구부려 옹기종기 모여 있는 꽃향기를 맡기도 하고, 꽃잎에 매달린 이슬에 감탄하기도 했다. 커다란 나방이 윙윙대며 내 곁을 지나갔다. 나방이 로체스터 씨 발밑에 있는 풀에 앉았다. 그는 나방을 보자 몸을 굽히고 자세히 살펴보았다.

'이제 내게서 등을 돌린 데다 나방에 여념이 없으니 조용히 걸어가면 그의 눈에 띄지 않고 빠져나갈 수 있겠지.' 나는 이렇게 생각했다.

자갈길로 가면 소리가 나서 들킬까 봐 길가의 잔디를 밟고 갔다. 그는 내가 지나가는 길에서 1~2야드 떨어진 곳에 서서, 나방을 살피는 데 여념이 없었다. '무사히 잘 지나갈 수 있겠지.' 달이 아직 높이 뜨지는 않았지만 달빛이 비쳐 정원 위에 길게 난 그의 그림자를 지나는데, 그가 갑자기 뒤도 돌아보지도 않고 조용히 말했다.

"제인, 와서 이놈을 보시오."

나는 아무 소리도 내지 않았다. 뒤에 눈이 있는 것도 아닌데, 그렇다고 그림자가 느껴지나? 처음에는 깜짝 놀랐지만 그에게 다가갔다.

"이놈 날개를 보시오." 그가 말했다. "서인도 제도에 있는 곤충 같소. 영국에서는 이렇게 크고 화려한 나방을 좀체 보기 힘들어. 저런! 나방이 날아가네."

나방이 멀리 날아가 나도 쭈뼛거리며 물러섰다. 하지만 로체스터 씨가 따라왔다. 울타리에 이르자 그가 말했다.

"뒤돌아 더 걸읍시다. 이렇게 아름다운 밤에 집 안에 있는 건 부끄러운 일이오. 그리고 지는 해와 떠오르는 달이 만나는 이 순간에는 아무도 잠자리에 들고 싶지 없을 거요."

나는 때로는 재빨리 대꾸를 잘하지만, 때로는 잘 둘러대지 못하고 위기의 순간에는 꼭 더듬었다. 난감한 상황을 벗어나기 위해 유창하게 둘러대거나 그럴싸한 구실이 필요할 때면 꼭 그랬다. 이런 시간에 로체스터 씨와 단둘이 어두운 과수원을 거닐고 싶지는 않았지만 그를 떠나야 할 핑계를 찾을 수 없었다. 꾸물대며 그의 뒤를 따라가면서 빠져나갈 방법을 찾으려고 부지런히 머리를 굴렸다. 하지만 그가 너무 침착하고 엄숙해 보여서 내가 어쩔 줄 모르며 어색해 하는 게 오히려 부끄러웠다. 현재 나쁜 일이 있거나 앞으로 닥친다면, 내게만 닥칠 것 같았다. 그는 무념무상으로 조용했다.

"제인." 월계수 길에 들어서서 허물어진 울타리와 마로니에가 있는 쪽으로 천천히 걸어가면서 그가 다시 말했다. "손필드의 여름이 상쾌하지 않소?"

"네, 주인님."

"당신도 틀림없이 어느 정도는 이 집에 애착을 갖게 되었을 거요. 자연의 아름다움을 알아보고 감정도 풍부해졌을 것 같은데, 그렇지 않소?"

"정말로 이 집이 좋아요."

"그리고 이해할 수 없지만, 당신은 그 멍청한 아델도 좋아하고 단순한 페어팩스 부인까지 좋아하는 것 같소."

"네, 주인님. 서로 다른 방식이긴 하지만 두 사람 다 좋아요."

"그들과 헤어진다면 유감이겠소?"

"네."

"안됐군!" 그가 말했다. 그리고 한숨을 쉬더니 말을 멈추었다. "세상살이가 다 그런 법이지." 그가 곧이어 말했다. "기분 좋은 안식처에 정착하자마자, 휴식 시간이 끝났으니 일어나서 계속 앞으로 가라고 하지."

"계속 앞으로 가야겠죠, 주인님?" 내가 물었다. "제가 손필드를 떠나야 하나요?"

"제인, 떠나야겠소. 미안하오, 제인. 하지만 떠나야 하는 게 사실이오."

큰 충격이었다. 하지만 나는 꿋꿋하게 버텼다.

"저, 주인님, 계속 앞으로 가라는 명령에 따를 준비를 할게요."

"지금 그렇게 하시오. 오늘 밤에 그런 명령을 해야겠소."

"그럼 결혼하실 예정이신가요, 주인님?"

"정-확-하-게, 바로 그-렇-소. 늘 그렇지만 영리하게 정답을 잘 맞혔소."

"곧요, 주인님?"

"아주 곧. 나의, 음……, 에어 양. 그리고 제인, 소문이 맞소. 분명히 말할 테니 잘 기억하시오. 신성한 올가미에 노총각의 목을 집어넣을 작정이오. 성스러운 결혼의 영역으로 들어가 잉그램 양을 내 품에 안을 작정이오(그녀를 안으면 한 아름 가득일게요. 그게 요지는 아니오. 아름다운 블랑슈처럼 멋진 여자라면 아무리 한 아름 가득이라도 괜찮소). 자, 말하는 동안 내 말을 들으시오, 제인! 나방이 더 있나 보려고 고개를 돌리는 건 아니겠지, 제인? 불나방일 뿐이오. '멀리 집으로 날아가는.' 잉그램 양과 결혼하면 즉시 당신과 어린 아델 모두 이 집을 떠나는 게 낫다는 말을 적절하게 먼저 꺼낸 사람은 당신이었소. 당신은 책임감 있는 피고용인의 처지에 어울리게 겸손하고 조심스럽게 선견지명을 지녔소. 이런 제안 속에 내 연인에 대한 비난 비슷한 게 담겨 있지만 그건 그냥 넘어가겠소. 정말이지 자네트, 그대가 멀리 떠나면 비난을 잊겠소. 그 말속에 있는 지혜만 주목하겠소. 그게 내가 늘 행동하던 방식이오. 아델은 학교에 가야 하오. 그리고 에어 양, 당신은 새로운 자리를 찾아봐야 하오."

"네, 주인님. 곧 광고를 내겠어요. 그리고 그동안, 아마⋯⋯." 나는 이렇게 말하려고 했다. '다른 자리를 구할 때까지는 여기 머물러도 되겠죠.' 하지만 목소리가 떨려 그렇게 길게 말하지 못할 것 같아 멈추었다.

"한 달쯤 뒤에는 내가 신랑이 될 거고." 로체스터 씨가 계속 말했다. "그사이에 당신 일자리와 거처를 찾아보겠소."

"감사합니다, 주인님. 그런 부담을 드려서 죄송해요⋯⋯."

"오, 사과할 필요는 없소! 당신처럼 의무를 충실히 해낸 고용인이라면 주인에게 쉽게 도와줄 수 있으면 도와달라고 요구할 권리가 있소. 실제로 이미 장래의 장모가 될 분을 통해 당신에게 어울릴 만한 자리를 들었소. 아일랜드 코노트의 비터넛 로지에 사는 다이어니시어스 오골 부인의 딸 다섯을 가르치는 일이오. 아일랜드를 좋아할 거요. 아주 인정 많은 사람이라고들 하오."

"아주 먼 곳이네요, 주인님."

"아무리 그래도, 당신처럼 현명한 여자는 여행을 하거나 멀리 간다고 반대하지 않을 것 같소."

"여행은 괜찮지만 거리는 안 그래요. 그리고 바다는 장벽이죠……."

"무엇으로부터의 장벽이란 말이오, 제인?"

"영국과 손필드로부터요. 그리고……."

"또?"

"**당신**으로부터요, 주인님."

나도 모르게 이 말을 하고 말았다. 그리고 내 의지와 관계없이 눈물이 흘러내렸다. 하지만 소리를 내어 울지는 않았다. 흐느끼지 않으려고 애썼다. 비터넛 로지에 사는 다이어니시어스 오골 부인을 생각하자 가슴이 차가워졌다. 파도가 일렁이는 바다가 나와 지금 내 옆에서 걷고 있는 주인 사이에 밀어닥칠 운명 같아 가슴이 더더욱 싸늘해졌다. 그리고 그보다 더 큰 바다, 즉 어쩔 수 없이 사랑하게 된 사람과의 사이에 있는 부, 신분, 관습의 바다를 생각하니 가슴이 얼어붙었다.

"먼 곳이네요." 내가 다시 말했다.

"확실히 그렇소. 아일랜드의 코노트에 있는 비터넛 로지로 가면 다시는 못 볼 거요, 제인. 틀림없이 그럴 거요. 나는 시골을 그다지 좋아하지 않으니까 아일랜드에 갈 일이 없을 거요. 우린 좋은 친구였소, 제인. 그렇지 않소?"

"그랬어요, 주인님."

"친구들은 이별할 때, 남은 시간 동안 서로 가까이 있고 싶어 하는 법이오. 오시오! 별빛이 저쪽 하늘로 사라지기 전에 반시간쯤 조용히 여행과 이별에 대해 이야기합시다. 여기 마로니에가 있고 고목의 뿌리 옆에 벤치가 있소. 오시오. 오늘 밤에는 평화롭게 저기에 앉아 있습시다. 앞으로는 저기에 같이 앉을 수 없는 운명이지만 말이오." 그는 나를 앉히더니 자신도 앉았다.

"자네트, 아일랜드까지는 먼 길이오. 그리고 내 작은 친구에게 그런 힘든 여행을 하게 해서 유감이오. 하지만 그보다 더 좋은 방법이 없으니 어쩌겠소? 당신도 나와 비슷한 생각을 하오, 제인?"

나는 어떤 대답도 할 수 없었다. 가슴이 마구 뛰었다.

"왜냐하면 가끔 당신에 대해 이상한 감정을 느끼오. 당신이 지금처럼 가까이 있을 때면 특히 그렇소. 마치 내 왼쪽 갈비뼈 어디선가 나온 끈과 작은 당신 몸의 왼쪽 갈비뼈 아래서 나온 끈이 묶여서 풀어지지 않는 기분이오. 우리 두 사람 사이에 저 기세등등한 해협과 2백 마일의 육지가 생기면, 그 교감의 끈이 끊어질까 봐 두렵소. 그러면 내 가슴에 상처가 나 피를 흘리게 될까 봐 두렵소. 당신은, 당신은 날 잊을 거요." 그가 말했다.

"아시지만 전 **절대로** 못 잊을 거예요……" 나는 말을 잇지 못했다.

"제인, 숲에서 노래하는 저 나이팅게일 소리가 들리오? 들어 보시오!"

그 소리를 듣다가 나는 흑흑 흐느꼈다. 더 이상은 참을 수가 없었다. 나는 무너져 버렸다. 그리고 심한 고통으로 머리끝에서 발끝까지 흔들렸다. 겨우 다시 말을 시작했을 때, 태어나지 말걸 그랬다, 아예 손필드에 오지 말걸 그랬다고 격렬하게 내뱉었다.

"이곳을 떠나기 싫어서 그러는 거요?"

마음속의 슬픔과 사랑으로 격렬해진 감정이 주도권을 주장하며 나를 완전히 지배하려 애썼다. 그리고 지배할 권리가 있다고 했다. 감정이 살아 일어나 이긴 다음, 마침내 지배할 권리가 있다고 했다. 그랬다. 말할 권리가 있다고 했다.

"손필드를 떠나게 되어 슬퍼요. 나는 손필드를 사랑해요. 충만하고 즐거운 생활을 해서, 적어도 잠시라도 그렇게 살아서 이곳을 사랑해요. 나는 짓밟히지 않고 감정적으로 메마르지도 않았어요.

열등한 사람들 사이에 파묻히지도 않고 밝고 활기차고 고결한 사람과 교감할 수 있었어요. 내가 존경하는 사람, 함께 있으면 즐거운 사람과 얼굴을 맞대고 이야기했어요. 독창적이고 강하고 폭넓은 사고를 하는 사람과 대화했어요. 저는 당신을 알게 된 거예요, 로체스터 씨. 영원히 당신과 이별해야 한다고 생각하니 무섭고 괴로워요. 제가 떠나야만 한다는 건 알아요. 피할 수 없는 죽음이 다가오는데 하릴없이 바라보는 그런 기분이에요."

"왜 떠나야 한다고 생각하오?" 불쑥 그가 물었다.

"왜냐고요? 주인님께서 방금 전에 그래야 한다고 하셨잖아요."

"어떤 식으로 그렇게 말했소?"

"아름답고 고상한 여성인 잉그램 양이 당신 신부가 된다고 하셨잖아요."

"내 신부라고! 무슨 신부 말이오? 내겐 신부가 없소!"

"하지만 갖게 되실 거잖아요."

"그렇소. 가질 거요! 가질 거요!" 그는 이를 악물었다.

"그러면 전 떠나야만 해요. 당신도 그렇게 말씀하셨잖아요."

"안 되오. 당신은 여기 머물러야 하오! 내가 맹세하오. 그리고 그렇게 되게 하겠소."

"전 떠나야만 해요!" 나는 화가 치밀어 단호하게 대답했다. "당신에게 무의미한 존재가 되는데도 제가 여기 머물 수 있다고 생각하세요? 저를 자동인형이라고 생각하세요? 감정도 없는 기계인 줄 아세요? 그리고 누가 내 입으로 들어가는 빵을 낚아채 가고 생명수가 든 내 컵을 내동댕이쳐 버려도 참을 수 있으리라고 생각하세요? 제가 가난하고, 신분이 낮고, 작고, 못생겼지만 그렇다고 영혼도 감정도 없는 줄 아세요? 잘못 생각하신 거예요! 저도 당신처럼 영혼이 있고, 당신처럼 감정이 풍부해요! 만약 하느님께서 제게 약간의 아름다움과 상당한 재산을 주시면, 지금 제가 헤어지는 게 괴로운 만큼이나 당신도 저와 헤어지는 게 괴롭게 만들 거예요. 저는 지금 관습이나 인습 또는 육체를 통해 말씀드리는 게 아니에요. 내 영혼이 당신 영혼에 말하는 거예요. 마치 우리 두 사람이 무덤을 지나 하느님 발치에 서서 평등하게 이야기하는 것처럼요. 물론 지금도 평등하지만요."

"지금도 평등하오!" 로체스터 씨가 내 말을 따라 했다. "그렇소." 그가 나를 안으면서 덧붙였다. 나를 가슴에 끌어안고 입술로 내 입술을 누르면서 "그렇소, 제인!"이라고 했다.

"네, 그래요. 주인님." 내가 대답했다. "하지만 안 돼요. 당신은 결혼한 사람, 아니 결혼한 것이나 다름없는 사람이니까요. 게다가 당신보다 열등한 사람과, 전혀 공감하지 못하는 사람과 결혼할 거니까요. 당신이 진정으로 그 사람을 사랑하지 않는다고 생각해요. 그녀를 비웃는 걸 보고 들었으니까요. 저는 그런 결합을 경멸해요. 그러므로 저는 당신보다 나은 사람이에요. 저를 가게 해 주세요!"

"어디로, 제인? 아일랜드로?"

"네, 아일랜드로요. 내 마음을 털어놓았으니, 이제는 어디든 갈 수 있어요."

"제인, 가만히 있어 보시오. 절망에 빠져 자신의 날개를 물어뜯는 미친 새처럼 그렇게 사납게 버둥대지 마시오."

"전 새가 아니에요. 그리고 어떤 그물로도 저를 잡을 수 없어요. 저는 독립적인 의지를 지닌 자유로운 인간이에요. 제 자유 의지로 당신을 떠날 거예요."

나는 다시 버둥대며 그의 포옹에서 빠져나와 그의 앞에 똑바로 섰다.

"그럼 당신의 의지대로 운명을 정하시오." 그가 말했다. "그대에게 내 손과 마음을 바치고 모든 재산을 함께 나누자고 말하는 거요."

"광대 짓을 하시는군요. 웃음밖에 안 나오네요."

"당신에게 나와 함께 일생을 보내자고 하는 거요. 내 분신이, 지상에서 최고의 동반자가 되어 달라는 거요."

"당신은 이미 그런 운명을 함께할 사람을 선택하셨고, 그 약속을 지키셔야 해요."

"제인, 잠깐만 가만히 있어요. 지나치게 흥분했소. 나도 가만히 있겠소."

바람이 월계수 길을 휩쓸고 내려가 마로니에 가지를 흔들며 지나갔다. 바람은 끝없이 먼 곳으로 사라져 버렸다. 오직 나이팅게일의 노래만 들렸다. 그 노래를 들으며 나는 다시 울었다. 로체스터 씨는 부드럽고 진지하게 나를 바라보며 조용히 앉아 있었다. 잠시 시간이 흐르자, 그가 말을 꺼냈다.

"내 곁으로 오시오, 제인. 서로 설명하고 이해하도록 합시다."

"결코 당신 근처에 가지 않을 거예요. 이제야 빠져나왔는데 되돌아갈 수는 없어요."

"하지만 제인, 당신을 아내로서 부르는 거요. 내가 결혼하려는 사람은 당신뿐이오."

나는 아무 말도 하지 않았다. 그가 나를 비웃는다고 생각했다.

"오시오, 제인. 이리 오시오."

"우리 사이에 당신 신부가 있어요."

그가 일어나더니 성큼 걸어서 한걸음에 내 곁으로 왔다.

"내 신부는 여기에 있소." 그가 나를 자기 쪽으로 끌어당기면서 말했다. "나와 동등한 사람이오. 그리고 나와 비슷한 사람이기도 하오. 제인, 나와 결혼해 주겠소?"

나는 아직 대답하지 않았다. 아직도 그의 손에서 빠져나오려고 버둥대고 있었다. 아직도 그의 말을 믿을 수가 없었다.

"날 의심하는 거요, 제인?"

"완전히요."

"나를 믿지 못하겠소?"

"조금도 못 믿겠어요."

"당신 눈에는 내가 거짓말쟁이로 보이오?" 그가 화를 내며 물었다. "의심 많은 꼬마 아가씨군. 곧 **믿게 될 거요**. 내가 조금이라도 잉그램 양을 사랑하오? 전혀 그렇지 않소. 그건 당신도 알고 있소. 그녀가 조금이라도 날 사랑하오? 전혀 그렇지 않소. 내가 애써 증명했듯이 말이오. 내 재산이 사람들이 생각하는 것의 3분의 1밖에 안 된다는 소문을 내어 그녀 귀에 들어가게 했소. 그런 다음 결과를 지켜봤소. 그녀와 그녀의 어머니 두 사람 모두 내게 냉담해졌소. 잉그램 양과는 결혼하지 않을 거고, 결혼할 수도 없소. 당신은 이상한 사람이고 거의 이 세상 사람 같지 않소! 당신을 내 몸처럼 사랑하오. 당신이 가난하고, 신분이 낮고, 작고, 못생겼지만 말이오. 나를 당신 남편으로 받아들여 달라고 사정하고 있소."

"뭐라고요, 저와요!" 나는 큰 소리로 외쳤다. 그의 솔직하고, 특히 무례한 이야기를 듣자 진심이라는 게 믿기기 시작했다. "당신이 제 친구라면, 이 세상에 친구라고는 당신밖에 없는 저와 결혼하자는 건가요? 당신이 주시는 봉급 말고는 1실링도 없는 저와요?"

"제인, 당신을, 난 당신을 내 사람으로, 완전히 내 사람으로 가져야만 하겠소. 내 아내가 되어 주겠소? 빨리 예라고 대답하시오."

"로체스터 씨, 당신 얼굴을 보게 해 주세요. 달빛이 비치는 쪽으로 얼굴을 돌려 보세요."

"왜 그러시오?"

"당신 표정을 읽고 싶어서 그래요. 얼굴을 돌려 보세요!"

"하지만 구겨지고 접힌 종이보다 더 읽기가 힘들 거요. 자, 읽어 보시오. 힘드니 빨리 읽으시오."

그의 얼굴은 아주 흥분하고 달아오르고 뒤틀리고, 눈은 이상하게 빛났다.

"오, 제인, 나를 고문하고 있소!" 그가 외쳤다. "정말 너그럽게 살피며 나를 고문하고 있소!"

"제가 어떻게 그럴 수 있겠어요. 당신이 진심이고 당신 제안이 사실이라고 해도 제가 느끼는 감정은 고마움과 헌신뿐이에요. 그런 감정으로 어떻게 고문을 하겠어요."

"감사라!" 그가 소리쳤다. 그리고 사납게 덧붙였다. "제인, 빨리 허락하시오. 내 이름을 부르시오. '에드워드, 당신과 결혼하겠어요' 라고 하시오."

"진심이세요? 정말로 저를 사랑하세요? 정말 제가 당신 아내가 되기를 원하세요?"

"그렇소. 맹세를 해야 한다면, 맹세하겠소."

"그러면 주인님, 당신과 결혼하겠어요."

"에드워드라고 하시오, 내 작은 아내여!"

"사랑하는 에드워드!"

"내게로 오시오. 이제 완전히 내게로 오시오." 그가 말했다. 그는 자신의 뺨을 내 뺨에 대고 귀에 속삭였다. "나를 행복하게 해 주시오. 나도 그대를 행복하게 해 주겠소."

"신이여, 나를 용서하소서!" 곧 그가 덧붙였다. "인간이여, 간섭하지 마라. 이제 그녀를 갖게 되었고 앞으로 그녀를 지킬 거야."

"간섭할 사람은 전혀 없어요, 주인님. 제게는 간섭할 친척이 전혀 없어요."

"없소? 그러면 아주 좋소." 그가 말했다. 그리고 그에 대한 사랑이 적었다면, 아마도 그의 말투나 환희에 찬 표정이 야비하다고 생각했을 것이다. 그러나 나는 이별의 악몽을 떨쳐 내고 결혼이라는 천국에 불려 가 있었다. 그가 준 흘러넘치는 축복만 생각하고 있었다. 그는 몇 번이고 내게 물었다. "제인, 행복하오?" 나는 몇 번이고 대답했다. "네." 그 말을 들은 뒤 그는 중얼거렸다. "난 대가를 치를 거야. 난 대가를 치를 거야. 그녀가 친구도 없고 추위에 떨며 위로받지 못하고 살아온 걸 알지 않는가? 어떻게 그녀를 지켜 주고, 소중히 여기고, 위로해 주지 않을 수 있겠는가? 내 마음에 사랑이 없거나 내 결심이 한결같지 않을 리가 있는가? 신의 법정에서 무죄가 될 거야. 하느님께서는 내 행동을 인정해 주실 거야. 세속적인 판단은 상관하지 않을 거야. 인간의 의견 따위는 무시해 버릴 거야."

하지만 그날 밤 무슨 일이 일어났던가? 아직 사방이 깜깜했다. 그가 내 근처에 있었지만 얼굴은 거의 보이지 않았다. 그리고 마로니에가 왜 저리 고통스러워하지? 나뭇가지를 뒤틀며 신음 소리를 냈다. 월계수 길에 바람 소리가 점점 커지더니 우리를 휩쓸었다.

"들어가야겠소." 로체스터가 말했다. "날씨가 변하고 있소. 아침까지 이렇게 함께 있고 싶은데 말이오, 제인."

나는 생각했다. '저, 저도 그래요.' 나는 아마도 그렇게 말했을 것이다. 하지만 구름을 바라보고 있는데, 구름 사이로 창백한 번개가 번쩍했다. 마구 부서지는 소리가 나고 우르릉대는 천둥소리가 났다. 나는 눈이 부셔 로체스터 씨의 어깨에 내 얼굴을 묻을 수밖에 없었다. 비가 쏟아졌다. 그는 마당을 가로질러 황급하게 올라가 집으로 들어갔다. 우리가 문지방을 지날 때는 이미 흠뻑 젖어 있었다. 그는 홀에서 내 숄을 벗겨 주고 흘러내린 내 머리에서 물기를 털어 주었다. 그때 페어팩스 부인이 방에서 나왔다. 처음에는 나나 로체스터 씨도 그녀를 보지 못했다. 불이 켜져 있고 시계는 12시를 치고 있었다.

"얼른 젖은 옷을 벗어요." 그가 말했다. "그리고 가기 전에, 잘 자요, 잘 자요, 내 사랑!"

그는 몇 번이고 입을 맞추었다. 그의 포옹에서 빠져나와 위를 올려다보았을 때 그 미망인이 깜짝 놀라 창백해진 얼굴로 심각한 표정을 짓고 서 있었다. 그녀에게 미소를 보낸 뒤 계단을 뛰어 올라갔다. '나중에 설명하면 돼'라고 생각했다. 하지만 방에 도착했을 때 그녀가 잠시라도 본 것을 오해할 수 있다는 생각에 마음이 괴로웠다. 하지만 곧 기쁨이 모든 다른 감정을 압도했다. 그리고 바람이 큰 소리로 불고, 바로 옆에서 심하게 천둥이 치고, 자주 사납게 번개가 번쩍이고 폭풍이 불고 두 시간 동안 비가 억수같이 퍼부었지만, 나는 전혀 두렵지 않고 무섭지도 않았다. 그동안 로체스터 씨는 세 번이나 내 방으로 와서 안전한지, 무섭지 않은지 물었다. 그것이 위안이 되었고 무엇보다 큰 힘이 되었다.

아침에 침대에서 일어나기도 전에 작은 아델이 뛰어 들어와서 밤새 과수원 끝에 있는 큰 마로니에가 번개를 맞아 두 동강 났다고 했다.

제24장

일어나 옷을 입으면서 무슨 일이 일어났는지 생각해 보았다. 꿈이 아니었나 싶었다. 다시 로체스터 씨를 보고 사랑의 약속을 들을 때까지는 사실이라고 믿을 수가 없었다.

머리를 빗으면서 거울 속의 내 얼굴을 보자 더 이상 못생겼다는 느낌이 들지 않았다. 얼굴에 화색이 돌고 희망에 차 있었다. 눈은 마치 성취의 샘을 보고 그 반짝이는 물결의 빛을 빌려 온 것 같았다. 그가 내 모습을 좋아하지 않을까 봐 겁나서 종종 주인님의 얼굴을 똑바로 보지 못했지만, 이제는 얼굴을 들어 그의 얼굴을 똑바로 보아도 그의 사랑이 식지 않으리라는 확신이 들었다. 나는 옷장에서 소박하지만 깔끔하고 산뜻해 보이는 여름옷을 꺼냈다. 그 어느 때보다 옷이 잘 맞는다는 느낌이 들었다. 이렇게 축복받은 분위기에서 옷을 입은 적이 없기 때문일 것이다.

홀로 내려가 보니 어젯밤의 태풍은 지나가고 6월의 아침이 빛나고 있었지만 전혀 놀랍지 않았다. 열어 놓은 유리문을 통해 신선하고 향기로운 미풍이 스쳤다. 내가 행복할 때는 틀림없이 자연도 즐거울 것이다. 거지 여자와 작은 아들이 창백한 얼굴로 누더기를 걸친 채 길을 따라 걸어 올라오고 있었는데, 그들에게 달려가 내

지갑에 있는 3~4실링 정도를 모두 주었다. 그들이 착한 사람이든 나쁜 사람이든 틀림없이 나의 기쁨을 함께 느꼈을 것이다. 까마귀가 꽥꽥대고 온갖 잡새들이 지저귀었다. 하지만 환희에 찬 내 마음은 그 무엇보다 즐거웠고 음악으로 가득 차 있었다.

페어팩스 부인이 창밖을 내다보며 슬픈 표정으로 심각하게 "제인 양, 아침 식사 하러 오시겠어요?"라고 말해서 깜짝 놀랐다. 식사하는 동안 그녀는 차갑고 조용했다. 하지만 그때 그녀에게 진실을 알려 줄 수는 없었다. 나는 주인님이 설명해 주길 기다려야 했고 그녀도 마찬가지였다. 나는 먹을 수 있는 만큼만 먹고 서둘러 2층으로 올라갔다. 그때 막 교실을 떠나는 아델을 만났다.

"어디 가니? 공부할 시간인데."

"로체스터 씨가 저더러 아이 방에 가 있으래요."

"어디 계시는데?"

"저기 계세요." 그녀가 이제 막 떠난 교실을 가리켰다. 내가 들어가자 그가 거기 서 있었다.

"이리 와서 안녕이라고 하시오." 그가 말했다. 나는 즐겁게 앞으로 나아갔다. 그는 이제 내게 냉정한 인사말을 던지거나 악수를 하는 대신 날 껴안고 입을 맞추었다. 그것이 자연스러워 보였다. 그가 이렇게 사랑하고 애무를 하니 기분이 좋았다.

"제인, 당신은 활짝 핀 데다 미소를 지으니 더욱 아름답소." 그가 말했다. "오늘 아침에는 정말 아름답소. 이 사람이 창백하고 작은 내 요정이란 말이오? 이 사람이 내 '겨자씨'*요? 갈색 머리에 빛나는 갈색 눈동자를 하고 장밋빛 입술에 보조개가 들어간 이 환한 작은 얼굴의 아가씨가 정녕 그 사람이란 말이오(독자여, 내 눈은 초록색입니다. 하지만 이런 착각을 용서해 줘야 합니다. 그가 보기에는 눈을 새로 염색한 것처럼 보였나 봅니다)?"

"제인 에어가 맞아요, 주인님."

"곧 제인 로체스터가 될 거요." 그가 덧붙였다. "4주일 뒤면 말이오. 자네트. 꼭 4주일 뒤요. 내 말 듣고 있소?"

듣고 있었지만 그 말이 완전히 이해가 가지는 않았다. 그 말을 듣자 어지러워졌다. 그 말을 듣고 내가 느낀 감정은 기쁨보다 강한 그 무엇이었다. 나를 강타해 정신을 멍하게 하는 그 무엇이었다. 거의 공포에 가까웠다.

"얼굴에 홍조를 띠고 있더니 이제는 창백하오, 제인. 왜 그러는 거요?"

"제게 새 이름 주셔서 그래요. 제인 로체스터라는. 아주 이상해요."

"그렇소, 로체스터 부인. 어린 로체스터 부인, 페어팩스 로체스터의 소녀 신부요."

"그런 일은 있을 수 없어요. 그럴싸하게 들리지도 않고요. 이 세상에서는 완전한 행복이 불가능해요. 저라고 다른 운명을 타고나지는 않았을 텐데, 그걸 상상한다면 동화이고 백일몽일 뿐이에요."

"그것을 현실로 만들어 줄 수 있고 그렇게 하겠소. 오늘 시작하겠소. 오늘 아침에 런던의 은행에 편지를 보내 거기 보관된 보석, 손필드 여인들의 가보를 내게 보내 달라고 하겠소. 내일이나 모레까지는 당신 무릎 위에 그 보석들을 쏟아 놓겠소. 귀족의 딸과 결혼할 때 줄 만한 특권과 배려를 당신에게 다 주겠소."

"오, 주인님! 제발 보석을 쏟아붓지 마세요. 보석 이야기는 듣기 싫어요. 제인 에어에게 보석이라니, 어울리지 않고 기이하게 들려요. 차라리 보석을 갖지 않겠어요."

"당신 목에 다이아몬드 목걸이를, 머리에는 관을 씌우겠소. 당신에게 어울리는 것으로 말이오. 적어도 당신 이마에는 귀족이라는 표시가 명백하게 날 거요. 이 가느다란 손목에는 팔찌를 채우고 이 요정 같은 손가락 마디마다 반지를 끼워 주겠소."

"아니에요. 아니에요, 주인님! 다른 주제를 생각하고 다른 방식으로 다른 이야기를 해요. 제가 마치 미인인 것처럼 말하지 마세요. 청교도처럼 보이는 못생긴 가정 교사예요."

"내 눈에 당신은 미인이오. 마음속으로 꿈꾸던 그런 미인이오. 섬세하고 천사 같소."

"보잘것없고 미미하다는 뜻이겠죠. 주인님, 꿈을 꾸고 계시거나 비웃고 계신 거예요. 제발 농담은 그만 하세요!"

"세상 사람들도 당신이 아름답다는 걸 인정하게 만들 거요." 나는 그의 어조가 정말 불편했지만 그는 계속했다. 그가 자신을 속이거나 나를 속이려 한다고 느꼈다. "나의 제인에게 레이스 달린 비단옷을 입히고 머리에는 장미를 꽂겠소. 그리고 내가 가장 사랑하는 그 머리에는 아주 비싼 면사포를 씌우겠소."

"그러시면 저와 끝날 거예요, 주인님. 더 이상 당신의 제인 에어가 아니고, 광대 옷을 입은 원숭이나 남의 털을 빌려서 꽂은 어치일 거예요. 제가 궁정 여인네들처럼 옷을 입느니 차라리 로체스터 당신이 무대 의상으로 잔뜩 꾸미는 게 낫겠어요. 저는 당신을 아주 사랑하지만 잘생겼다고 말하지는 않잖아요. 당신은 너무 소중해서 아부할 수가 없어요. 그러니까 당신도 제게 아부하지 마세요."

하지만 그는 나의 강력한 반대에도 개의치 않고 하던 이야기를 계속했다. "오늘 바로 당신을 마차에 태워 밀코트로 데려가겠소. 드레스 몇 벌은 꼭 고르시오. 4주일 뒤에 결혼한다고 했소. 결혼식은 저 아래 교회에서 조용히 치를 거요. 그리고 곧 당신을 데리고 런던으로 날아가겠소. 거기서 잠시 머문 뒤 내 보석을 태양이 더 내리쬐는 곳, 즉 프랑스의 포도밭이나 이탈리아의 평원으로 데려갈 거요. 거기서 옛이야기나 현대 역사에서 유명한 모든 장소를 보게 될 거요. 도시의 삶 또한 맛보게 될 거요. 다른 사람들과 비교를 통해 자신이 얼마나 소중한지 알게 될 거요."

"제가 여행을 해요? 당신과 함께요?"

"그대는 파리, 로마, 나폴리에서 묵을 거요. 피렌체와 베네치아와 빈에서도 묵을 거요. 내가 방황하던 모든 장소를 당신 역시 밟게 될 거요. 내 발이 스쳐 간 모든 곳을 요정 같은 당신 발이 밟게 될 거요. 10년간 나는 반은 미친 사람처럼 유럽을 헤매고 다녔소. 역겨움, 증오, 분노를 친구 삼아 다녔소. 이제 나를 위로해 주는 천사와 함께 치유되고 정화된 상태로 그곳을 다시 방문할 거요."

나는 그가 이런 말을 할 때 그를 비웃었다. "전 천사가 아니에요." 나는 단호하게 말했다. "그리고 죽을 때까지 천사가 안 될 거예요. 저 자신이 될 거예요. 로체스터 씨, 저를 억지로 천사로 만들지도 마시고 그렇게 되리라고 기대하지도 마세요. 제가 당신을 천사로 만들 수 없는 것만큼이나 당신도 저를 천사로 만들 수 없어요. 저는 당신께 그런 기대를 하지 않아요."

"내게 뭘 기대하오?"

"당신은 당분간, 아주 당분간만 지금 같은 상태를 유지하실 것 같아요. 그러고 나서 냉담해지고, 그러고 나서 변덕스러워지고, 그러고 나서 엄격해질 거예요. 전 당신 비위를 맞추느라 법석을 떨겠지만 제게 익숙해지면, 아마 저를 좋아하시게 될 거예요. 즉 **좋아는** 하지만 **사랑하지는** 않으실 거예요. 당신의 사랑은 6개월도 안 되어 사라질 거예요. 어떤 사람이 쓴 책에서 읽었는데 남편의 사랑은 길어 봐야 그 정도밖에 안 간대요. 하지만 결국 친구이자 동반자로서 제가 주인님이 아주 싫어하는 사람만 안 되면 좋겠어요."

"싫어하게 된다고! 다시 당신 식이군! 난 당신을 사랑하고 또 사랑할 거요. 그리고 내가 당신을 **좋아할** 뿐 아니라 **사랑한다고** 당신 입으로 말하고 말 거요. 진실로, 열정적으로 변함없이 사랑한다고 말이오."

"하지만 변덕스러우시잖아요?"

"영혼도 심장도 없는 여인들이 예쁜 얼굴 하나로 즐겁게 해 주려 하는 걸 알면 악마처럼 구오. 그 여인이 멍청하고, 속 좁고, 천박하고, 성질이 못된 걸 알면 말이오. 하지만 맑은 눈과 유려한 말솜씨, 불같은 영혼, 유연하고 부러지지 않는 성격, 안정감 있고 유순하며 일관성 있는 성격을 가진 여인에게는 영원히 진실되고 다정하오."

"그런 사람을 본 적 있으세요? 그런 사람을 사랑해 본 적 있으세요?"

"지금 그런 사람을 사랑하고 있소."

"가령 어떤 면에서든 당신의 까다로운 기준에 제가 맞는다고 한다면, 그 전에는 그런 사람을 만나셨어요?"

"당신 같은 사람은 만난 적이 없소. 제인, 그대는 날 즐겁게 해주며 날 지배하오. 그대는 내게 순종적인 것처럼 보이고, 나는 그런 유순함이 좋소. 그리고 그 부드러운 비단 실타래를 내 손가락에 휘감고 있으면, 팔을 따라 내 심장까지 전율이 느껴지오. 나는 당신에게 감화되었고 또한 정복당했소. 내가 표현할 수 있는 이상으로 달콤하게 감화되었고, 내가 쟁취한 어떤 승리보다 매혹적인 정복을 당했소. 왜 미소를 짓소, 제인? 그 설명할 수 없는 낯선 표정은 무슨 뜻이오?"

"주인님, 전 매력적인 여성의 마법에 걸린 헤라클레스와 삼손을 생각하고 있었어요(이런 생각을 한 것을 용서해 주시라. 나도 모르게 떠오른 생각이었다)."

378

"그대는, 이 작은 요정······."

"조용히, 주인님! 이제 막 하신 말씀은 현명치 못하세요. 그 영웅들이 현명하게 행동하지 못한 것처럼요. 하지만 그 영웅들이 결혼을 했다면 구혼자로서 다정한 것 못지않게 남편으로서 엄격했을 게 틀림없어요. 그리고 당신도 그렇게 될까 봐 걱정돼요. 1년이지난 다음 제가 불편하거나 유쾌하지 않은 부탁을 하면 어떤 대답이 나올지 궁금해요."

"내게 부탁을 해 보시오. 아주 작은 부탁이라도. 당신의 부탁을 받고 싶소······."

"정말로 부탁을 드릴게요, 주인님. 이미 부탁할 일을 준비해 두었어요."

"말해 보시오! 그런 얼굴로 올려다보며 미소 지으면 무슨 부탁인지 모르면서도 들어주겠다고 해서 내 꼴이 우스워질 거요."

"전혀 그런 건 아니에요. 이것만 부탁드릴게요. 보석을 가져오라는 심부름을 보내지 말고 제 머리에 장미도 꽂지 마세요. 그보다는 지금 주머니 속의 평범한 손수건에 황금 레이스 테두리를 하는 게 나을 거예요."

"'순금을 도금하는 게' 된다는 말이구려. 알겠소. 당신 부탁을 들어주겠소."

"그리고 주인님, 제가 무척 호기심이 생기는 게 한 가지 있는데 대답해 주시겠어요?"

그는 당황한 것 같았다. "뭐? 뭐 말이오?" 그가 황급히 물었다. "호기심은 위험한 부탁인데. 무슨 부탁이든 다 들어주겠다고 맹세하지 말았어야 하는데······."

"들어주셔도 위험할 것 없는 부탁이에요, 주인님."

"제인, 말해 봐요. 비밀을 털어놓으라는 것보다는 내 재산의 반을 달라는 게 낫겠소.”

“제가 아하스에로스 왕*이라도 되나요! 제가 무엇 때문에 당신 재산의 반을 달라고 하겠어요? 저를 토지 투기하는 유대인 고리대금업자로 생각하세요? 오히려 당신의 비밀을 모조리 알고 싶어요. 절 사랑한다면서 제게 숨기는 비밀이 있는 건 아니시죠?”

“제인, 알려 줄 만한 비밀이면 모두 알려 주겠소. 하지만 제발 필요 없는 짐을 지려고 하지 마시오. 독을 원하지는 마시오. 내 옆에서 이브가 되려고 하지는 마시오.”

“왜 그러면 안 되는데요? 이제 막 정복당하고 싶다고 하셨잖아요. 기분 좋으시다면서요. 그렇게 고백하셨으니까 그걸 이용해 보는 게 낫지 않을까요? 단지 제 힘을 과시하기 위해 조르고 부탁하고 필요하면 울고 심통을 부려 볼까요?”

“그런 실험을 한번 해 보시오. 주제넘게 우쭐대 보시오. 그러면 끝장이오.”

“그렇죠? 금방 제게 지셨어요. 지금 얼마나 엄격해 보이시는지 몰라요. 당신의 눈썹이 제 손가락만큼이나 두꺼워졌어요. 그리고 앞이마는 언젠가 읽은 기교적인 시의 표현처럼 ‘천둥을 몰고 오는 푸른 층층 구름’을 닮았어요. 결혼하면 그런 표정을 지으시겠죠?”

“결혼한 뒤 그런 표정을 짓게 된다면, 기독교인으로서 요정이나 불의 요정과 결혼할 생각을 포기하겠소. 그런데 뭘 물으려고 하는 거요? 어서?”

“자, 이제 점잔을 덜 빼시네요. 아부보다는 무례한 편이 훨씬 더 나아요. 천사가 되기보다는 **물건이** 되는 것이 더 낫고요. 묻고 싶은 것은 이거예요. 왜 내게 당신이 잉그램 양과 결혼할 것이라고 믿게 했냐는 거예요?”

“그게 알고 싶은 것 다요? 더 나쁜 게 아니라 천만다행이오!” 그리고 마치 위험을 피해 아주 기쁜 사람 같았다. 찌푸렸던 눈썹을 제대로 펴고 나를 내려다보고 미소를 지으며 내 머리카락을 쓰다듬었다. "고백해야 할 것 같소." 그가 계속 말했다. "제인, 그대는 화를 낼 거요. 그대가 화를 낼 때면 얼마나 불같이 화를 내는지 잘 알지만 말이오. 당신이 어제 운명에 거역하면서 나와 평등하다고 주장할 때 차가운 달빛 아래서 불처럼 활활 타올랐소. 그런데 자네트, 청혼을 하게 한 것은 당신이었소."

"물론, 제가 그랬어요. 하지만 본론으로 들어가죠. 왜 잉그램 양과 결혼할 것처럼 그러셨어요?"

"내가 미친 듯이 당신을 사랑하는 만큼 당신도 나를 사랑하게 만들고 싶어 그랬소. 그리고 그런 목적을 위해 내가 쓸 수 있는 최선의 동맹자가 질투라는 것도 알았소."

"대단하네요! 이제 당신이 얼마나 소인배이신지, 내 엄지손가락 끝만도 못한 사람이신지 알겠네요. 그런 식의 행동은 낯 뜨겁게 창피하고 망신스럽고 명예롭지 못해요. 그럼 잉그램 양의 감정은 전혀 생각하지 않으세요?"

"그녀는 한 가지 감정, 자존심밖에 없소. 그리고 그녀는 겸손해질 필요가 있소. 그런데 질투했소, 제인?"

"상관하실 바 아니에요, 로체스터 씨. 알아도 전혀 재미없을 거예요. 한 번 더 진심으로 말해 주세요. 거짓 구애 때문에 잉그램 양이 고통을 받을 거라는 생각은 하지 않으셨나요? 그녀가 버림받았다는 느낌을 가질 거라고는 생각해 보지 않으셨어요?"

"절대로 그렇지 않소! 반대로 그녀가 날 어떻게 버렸는지 말하겠소. 내가 파산했다는 말을 듣자마자 그녀의 사랑의 불꽃은 순식간에 사그라졌소. 아니, 꺼져 버렸소."

"이상하게 음모를 꾸미시네요. 당신 원칙이 어떤 면에서는 상궤를 벗어난 것일까 봐 걱정돼요."

"전혀 훈련된 원칙이 아닌 것은 사실이오, 제인. 제대로 신경 쓰지 않아서 약간 엉망이긴 하오."

"다시 한 번 진심으로 말해 주세요. 이 큰 행복을 마음 놓고 즐겨도 되나요? 제가 얼마 전에 겪었던 고통을 다른 사람이 겪을까 봐 걱정하지 않고요."

"그래도 되오, 내 작은 소녀여. 이 세상에 그대만큼 날 순수하게 사랑하는 사람은 없소. 내 영혼에 당신의 애정에 대한 믿음이라는 유약을 부었기 때문이오*, 제인."

나는 내 어깨에 놓인 그의 손에 입을 맞추었다. 나는 그를 아주 많이, 내 입으로 말할 수 있는 것 이상으로, 어떤 말로 표현할 수 있는 그 이상으로 그를 사랑했다.

"더 부탁해 보시오." 그가 곧 말했다. "부탁을 들어주고 싶소."

나는 다시 요구할 준비를 했다. "당신의 의도를 페어팩스 부인에게 알려 주세요, 주인님. 어젯밤에 당신과 함께 홀에 있는 제 모습 보고 충격을 받았어요. 부인과 다시 만나기 전에 설명을 해 주세요. 그런 선량한 부인에게서 오해를 받는 게 괴로워요."

"방으로 가서 보닛을 쓰시오." 그가 말했다. "오늘 오전에 당신과 함께 밀코트에 가겠소. 당신이 마차를 타고 갈 준비를 하는 동안 노부인에게 사실을 알려 주겠소."

"내가 제 위치나 당신의 위치를 잊었다고 생각하는 게 틀림없어요, 주인님."

"위치라! 위치라! 그대의 위치는 내 마음속이오. 그리고 지금부터는 당신에게 모욕을 주는 사람들보다 더 높소. 자, 가시오."

나는 곧 옷을 입었다. 로체스터 씨가 페어팩스 부인이 있는 응접실을 떠나는 소리가 들리자, 서둘러 그곳으로 갔다. 그 노부인은 오전에 읽기로 정해 놓은 성경, 그날의 교훈을 읽고 있었다. 그녀 앞에 성경이, 성경 위에는 안경이 놓여 있었다. 지금은 로체스터 씨의 말을 듣느라고 잠시 중단한 일을 잊은 것처럼 보였다. 생각지도 못한 소식에 놀라고 심란해서 그녀는 맞은편 벽을 뚫어져라 보고 있었다. 나를 보자 그녀가 일어났다. 억지로 미소를 지으며 축하한다고 몇 마디 했다. 하지만 미소는 사라지고 축하의 말도 다 끝내지 못했다. 그녀는 안경을 들고, 성경책을 덮고, 탁자에서 의자를 뒤로 빼냈다.

"아주 놀랐어요." 그녀가 시작했다. "뭐라고 해야 할지 모르겠어요, 에어 양. 제가 꿈을 꾸고 있는 건 아니겠죠? 때때로 혼자 있다가 잠들면 비현실적인 환상을 보기도 해요. 졸다가 15년 전에 죽은 남편이 곁에 와 앉아 있는 것으로 생각한 적도 몇 번 있었어요. 남편이 옛날처럼 앨리스라고 내 이름을 부르는 걸 들은 적도 있어요. 로체스터 씨가 청혼했다는 게 사실인가요? 날 비웃지 마세요. 하지만 정말로 그가 5분 전에 여기 와서 한 달 후에 당신이 그의 아내가 될 거라고 말한 것 같아요."

"제게도 같은 말씀을 하셨어요." 내가 대답했다.

"그분이 그랬어요! 그분을 믿으세요? 그의 청혼을 받아들였어요?"

"네."

그녀는 당황하며 나를 보았다.

"그건 생각도 못 했어요. 그분은 자존심이 강한 사람이에요. 로체스터 가문 사람들은 모두 자부심이 강하죠. 그리고 적어도 그의 아버지는 돈을 좋아했죠. 그도 늘 돈 문제에 대해서는 조심성 있다는 말을 들었어요. 그분이 정말 당신과 결혼하려는 건가요?"

"그러겠다고 말씀하세요."

그녀는 나를 아래위로 훑어보았다. 그녀의 눈을 보니 이 수수께끼를 풀어 줄 만큼 강력한 매력을 내게서 발견하지 못한 것 같았다.

"전 모르겠어요!" 그녀가 계속 말했다. "하지만 당신이 그렇다고 하니 틀림없겠죠. 어떻게 대답해야 할지 모르겠어요. 이런 경우에 지위와 재산이 비슷해야 좋은데. 나이도 스무 살이나 차이 나잖아요. 거의 아버지뻘이에요."

"그렇지 않아요, 정말. 페어팩스 부인!" 나는 당황해서 소리를 질렀다. "그는 전혀 아버지 같지 않아요! 우리 둘을 같이 보면 아무도 그런 생각을 안 할 거예요. 로체스터 씨는 젊어 보이세요. 스물다섯 살 정도밖에 안 되어 보이는걸요."

"그가 정말 당신을 사랑하는 건가요?" 그녀가 물었다.

그녀의 냉담함과 의심에 기분이 상해 눈물이 나려고 했다.

"기분 상했다면 미안해요." 그 미망인은 계속 말했다. "하지만 당신은 아주 어리고, 남자를 사귄 적이 거의 없잖아요. 그러니까 알아서 조심하는 게 나아요. '번쩍인다고 다 금은 아니다'라는 속담도 있잖아요. 지금 같은 경우에 당신이나 내가 전혀 예상치 못한 뭔가가 나타날까 봐 두려워요."

"왜요! 제가 괴물인가요? 로체스터 씨가 저를 진정으로 사랑할 수 없다는 말씀이세요?"

"아니에요. 당신은 아주 괜찮은 사람이고, 게다가 이즈음 더 나아지셨어요. 그리고 감히 말하자면 로체스터 씨가 당신을 사랑하기도 해요. 그분이 당신을 귀여워한다는 걸 눈치채고 있었어요. 눈에 띄게 당신을 좋아하는 게 약간 불편했고 당신이 좀 조심해 주기를 바랐어요. 당신을 위해 그런 생각을 했어요. 당신이 실수할 수도 있다고 암시하고 싶지 않았어요. 그런 이야기를 하면 충격을 받거나 화를 낼 것 같아서요. 당신은 아주 얌전한 데다 완벽하게 겸손하고 이성적이어서 자기 자신을 지킬 줄 알았어요. 어젯밤에 집을 다 뒤졌는데 당신도 없고 주인님도 없는 걸 알았을 때 얼마나 걱정했는지 몰라요. 그리고 나서 12시에 당신과 주인님이 함께 들어오는 걸 본 거예요."

"이제 그건 신경 쓰지 마세요." 내가 짜증스러워하며 끼어들었다. "모두 잘되었으니 그걸로 충분해요."

"끝까지 잘되었으면 좋겠어요. 하지만 제발 제 말을 믿고 조심, 또 조심하세요. 로체스터 씨와 거리를 두도록 하세요. 그분뿐 아니라 자신도 믿지 마세요. 그런 신분의 사람이 자기 집 가정 교사와 결혼하는 일은 드물어요."

나는 점점 더 짜증이 났다. 다행히 아델이 뛰어들어 왔다.

"나도 갈래요, 나도 밀코트에 데려가 줘요! 마차에 탈 자리가 넉넉한데도 로체스터 씨가 안 된다고 하세요. 선생님, 저를 데려가 달라고 부탁해 주세요."

"그럴게, 아델." 그리고 나는 침울한 감시자를 떠나는 게 좋아 아델을 데리고 황급히 그 방을 나왔다. 마차는 준비가 다 되어 있었다. 마차를 현관 앞에 끌어다 놓고 나의 주인은 보도를 왔다 갔다 하고 있었다. 파일럿이 앞뒤로 그를 따라다녔다.

"아델이 함께 가도 되지요, 주인님?"

"이미 안 된다고 말했소. 그런 꼬마는 안 데리고 가겠소! 당신만 데리고 가겠소."

"아델도 데리고 가요, 로체스터 씨. 제발요. 그게 나을 거예요."

"안 되오. 방해만 될 거요."

그의 목소리와 표정 둘 다 아주 단호했다. 페어팩스 부인의 경고와 낙담케 했던 의심이 떠올랐다. 뭐라고 꼭 꼬집어 말할 수는 없지만 불안한 마음이 들고 희망이 흔들렸다. 그를 장악하고 있다는 느낌이 반으로 줄어들었다. 더 이상 저항하지 않고 기계적으로 그에게 순종해야겠다는 생각이 들었다. 하지만 마차에 오르는 걸 도와주면서 그가 내 얼굴을 들여다보았다.

"뭐가 문제요? 햇빛이 모두 사라졌소. 정말 저 아이와 함께 가고 싶은 거요? 저 아이를 두고 가서 화난 거요?"

"아이를 데려가는 게 낫겠어요, 주인님."

"그럼 번개처럼 가서 보닛을 가지고 와!" 그가 아델에게 큰 소리로 말했다.

그녀는 그의 말대로 최대 속도로 달려갔다.

"하루 오전쯤 방해받아도 괜찮겠지. 곧 당신, 당신의 생각, 당신과의 대화, 당신과 함께 있는 시간을 평생 독차지할 거니까 말이오."

아델은 마차에 오르자 끼워 준 데 대한 감사의 표시로 내게 뽀뽀를 했다. 그러고는 그를 피해 반대쪽 구석에 앉았다. 그녀는 내 쪽을 곁눈질로 쳐다보았다. 옆에 앉아 있는 그가 너무 엄격해, 현재 분위기에서는 그에게 감히 말도 못 붙이고 아무것도 묻지 못했다.

"아이를 이쪽으로 보내 주세요." 내가 사정했다. "아마 방해될 거예요, 주인님. 이쪽에도 자리가 많아요."

그는 아델이 마치 강아지라도 되는 것처럼 내게 넘겨주었다. "이 아이를 학교에 보내 버려야지." 그가 말했다. 하지만 이번에는 웃고 있었다.

아델은 그가 하는 말을 들었고, '에어 선생님 없이' 혼자 학교에 가는 거냐고 물었다.

"그래." 그가 대답했다. "에어 선생님은 절대 같이 안 가. 에어 선생님을 달로 데려가 분화구에 있는 하얀 계곡 중 한 곳에서 동굴을 찾아 나와 단둘이 살 거야."

"먹을 게 없어서 굶어 죽을걸요." 아델이 말했다.

"아침저녁으로 선생님에게 줄 만나를 모으러 다닐 거야. 달의 광야나 언덕에 만나가 널려 있단다, 아델."

"선생님은 따뜻한 게 좋으실걸요. 어떻게 불을 피우시려고요?"

"달의 산에서 불이 솟아오른단다. 추워하시면 산꼭대기로 데려가 분화구 가장자리에 앉게 할 거야."

"거기서 불편하실 거예요! 그리고 선생님 옷도 낡을 거예요. 그럼 어떻게 새 옷을 구하실래요?"

로체스터 씨는 어떻게 해야 할지 모르겠다고 했다. "흠!" 그가 말했다. "아델, 너라면 어떻게 하겠니? 머리를 굴려서 묘안을 내봐. 어떻게 하면 흰 구름과 분홍 구름으로 겉옷을 만들 수 있겠니? 무지개를 자르면 아주 예쁜 스카프가 될 거야."

"선생님은 지금이 훨씬 더 좋아요." 아델이 잠시 생각하더니 결론을 내렸다. "게다가 단둘이서 달에 사는 게 싫증 날 거예요. 제가 선생님이라면 당신과 둘이 달에 가지는 않을 거예요."

"선생님은 동의하고 가시겠다고 맹세했는데."

"하지만 아저씨는 선생님을 데려가실 수 없어요. 달로 가는 길이 없잖아요. 공기밖에 없는데 아저씨나 선생님이나 날지를 못하잖아요."

"아델, 저 들판을 봐." 우리는 손필드 저택의 문을 벗어나 밀코트로 가는 잘 다져진 길을 가볍게 달리고 있었다. 폭풍에 밀린 흙이 두껍게 쌓여 있고 양쪽에 늘어선 나지막한 산울타리의 나무와 키 큰 나무가 비를 맞고 되살아나 초록색으로 뽐내고 있었다.

"아델, 2주일 전쯤 어느 날 저녁 산보를 하고 있었단다. 그날 저녁에는 과수원 목초지에서 건초를 만들고 너도 도와주었잖아. 베어 버린 풀을 긁어 내는 게 피곤해서 계단 위에 앉아 쉬고 있었어. 거기서 난 작은 노트와 연필을 꺼내 오래전에 일어난 불행한 일과 앞으로 오길 바라는 행복한 나날에 대해 써 보았어. 나뭇잎에 비치던 햇살이 흐려져 가기는 했지만 아주 빨리 썼어. 그때 뭔가가 길에 나타나서 2야드 떨어진 곳에 멈추었단다. 나는 내게로 오라고 손짓했지. 그것이 곧 내 옆에 와 섰어. 나는 말을 걸지 않았고 그것도 내게 아무 말 하지 않았어. 하지만 나는 그것의 눈을 읽었고 그것도 내 눈을 읽었지. 말 없는 대화로 이런 결과가……

그건 요정이었고, 요정의 나라에서 왔다고 말했어. 나를 행복하게 해 주러 왔다고 했어. 그 요정과 함께 이 세상을 벗어나 외로운 곳, 예를 들면 달 같은 데로 가야 해. 그리고 그 요정은 헤이 언덕 위로 올라가면서 초승달을 고갯짓으로 가리켰어. 요정은 내게 우리가 살게 될 설화 석고 동굴과 은 골짜기에 대해 말해 주었어. 나는 거기로 가고 싶다고 말했지. 하지만 네 말처럼 내게는 날개가 없다고 요정에게 일깨워 주었어.

'오!' 요정이 대답했어. '그건 중요하지 않아요! 여기 모든 어려움을 제거해 줄 마법의 물건이 있어요.' 그리고 예쁜 작은 금반지를 내밀었어. '끼워 보세요.' 요정이 말했어. '왼손 넷째 손가락에 끼면 전 당신의 사람이 되고 당신은 제 사람이 될 거예요. 그리고 우리는 지구를 떠나 저쪽으로 가서 우리만의 천국을 만들 거예요.' 요정은 다시 달을 향해 고개를 끄덕였어. 아델, 그 반지가 지금은 금화로 변해 내 바지 주머니 속에 있단다. 하지만 곧 금화가 다시 반지가 되게 할 거야."

"그게 선생님과 무슨 상관 있어요? 전 그 요정엔 관심 없어요. 달에 선생님을 데려가신다고 했잖아요?"

"그 요정이 선생님이야." 그가 수수께끼처럼 속삭이면서 말했다.

그 말을 듣고 나는 아델에게 그가 농담으로 하는 말이니 신경 쓰지 말라고 했고, 그녀는 그녀대로 진짜 프랑스인다운 의심을 보여 주었다. 로체스터 씨를 가리켜 "순 거짓말쟁이!"라고 말하고 자기는 요정 이야기는 하나도 안 믿는다고 했다. 요정은 있을 리가 없고, 있다고 하더라도 아주 만나기 힘들 거라고 했다. 요정이 그에게 나타날 리도, 그에게 반지를 주거나 달에 가서 함께 살자고 했을 리가 없다고 했다

밀코트에서 보낸 시간은 좀 괴로웠다. 로체스터 씨는 내게 어떤 비단옷 가게에 가야만 한다고 했다. 거기서 나더러 대여섯 벌의 드레스를 고르라고 했다. 나는 그게 싫었고 나중에 고르자고 사정했다. 하지만 그는 안 된다면서 당장 골라야 한다고 했다. 귀에 대고 단호하게 속삭이며 사정해 대여섯 벌의 드레스를 두 벌로 줄였다. 그런데 이 두 벌을 자기가 고르겠다고 했다. 화려한 옷가게를 훑어보는 그의 모습을 불안해 하며 지켜보았다. 그는 가장 번쩍이는 값비싼 진보라색 실크 드레스와 최고급 분홍색 옷으로 정했다. 나는 절대로 그 옷들을 안 입을 거라고 했다. 그걸 입느니 금 가운과 은 보닛을 동시에 사 주는 게 낫다고 속삭였다. 그는 돌처럼 완고했기 때문에, 그를 겨우 설득해 차분한 검은 새틴 드레스와 진주 빛이 나는 회색 드레스로 바꾸었다. "이번에는 그냥 넘어가겠소." 그가 말했다. "하지만 언젠가는 당신을 후궁처럼 꾸미겠소."

그 비단 드레스 가게에서, 그다음에는 보석 가게에서 나오게 되어 기뻤다. 그가 물건을 더 많이 사 주면 사 줄수록, 분노와 수치감으로 뺨이 점점 더 달아올랐다. 다시 마차로 돌아가서 열나고 녹초가 되어 앉았을 때, 명암이 교차하는 바쁜 사건들 와중에 완전히 잊고 있던 일이 생각났다. 작은아버지인 존 에어가 리드 부인에게 쓴 편지였다. 그는 나를 양녀로 삼고 법적인 상속녀가 되도록

하겠다고 했다. '얼마 안 되는 액수라도 내 재산이 있다면 좀 나을 텐데. 로체스터 씨가 원하는 대로 인형처럼 옷 입는 것도 싫고 매일 주위에 황금비가 쏟아지는 제2의 다나에처럼 앉아 있는 것도 싫어. 집에 도착하자마자 마데이라에 편지를 써야지. 그리고 작은 아버지께 곧 결혼할 것이며 누구와 할 것인지 말해야겠어. 언젠가 유산 상속을 해 재산을 가져올 가능성이 있다면, 지금처럼 그에게 의존해도 견디기가 더 쉬울 거야.' 이런 생각(그날 바로 행동에 옮겼다)을 하자 좀 더 안심이 되어, 다시 한 번 당당하게 내 주인이자 연인의 시선을 받아들였다. 그는 아주 끈질기게 내 눈을 바라보았다. 그의 미소가 이슬람교 군주가 행복하고 기분 좋은 순간에 자신이 하사한 금과 보석으로 치장한 노예에게 보내는 미소 같다는 생각이 들었다. 계속 내 손을 더듬는 그의 손을 세게 누르고 벌겋게 된 그의 손을 뿌리쳤다…….

"그런 식으로 나를 보지 마세요. 그러시면, 끝까지 로우드에서 입던 낡은 옷만 입을 거예요. 이 라일락 색 무명옷을 입고 결혼할 거예요. 당신이야 저 진주 빛 회색 비단으로 실내복을 만들고 저 검은 비단으로 조끼를 만들어도 되고요."

그는 낄낄댔다. 그리고 손을 비볐다. "오, 그녀를 보고 그녀 말을 듣는 것은 멋진 일이군. 독창적이야. 삐진 건가? 터키 황제의 후궁, 가젤과 같은 눈망울, 천상의 몸매를 지닌 미녀를 모두 주어도 이 작은 영국 아가씨와 바꾸지 않을 거야!"

그가 동양을 암시하자 나는 다시 발끈했다. "후궁 대신이라면 잠시도 견딜 수 없어요. 그러니 나를 그런 여자들과 똑같이 생각하지 마세요. 그런 걸 좋아하시면, 지금 당장 저 멀리 이스탄불의 시장으로 가세요. 거기 가서 여기서는 마음껏 못 써 안절부절못하며 남아도는 돈으로 노예를 마구 사들이세요."

"내가 검은 눈을 한 여자들의 살덩어리를 수 톤 사들이는 동안, 당신은 뭘 할 거요, 제인?"

"노예인 그 여자들에게, 그 누구보다 당신의 하렘에 있는 여자들에게 자유를 설교할 선교사로 나설 준비를 하겠어요. 거기에 들어가면 폭동을 선동할 거예요. 그러면 당신이 아무리 꼬리 셋 달린 거만한 관리라 해도 순식간에 우리 손에 잡힐 거예요. 그리고 적어도 당신이 인권 헌장에 서명할 때까지 풀어 주지 않을 거예요. 그 인권 헌장은 어느 독재자가 서명한 것보다 진보적인 내용일 거예요."

"제인, 난 당신이 하라는 대로 하겠소."

"그런 눈으로 절 바라본다고 해도 자비를 베풀지 않을 거예요, 로체스터 씨. 그런 표정으로는 분명히 억지로 인권 헌장을 인정해도 그 헌장이 발표되자마자 조항을 어기는 행동을 하실걸요."

"제인, 뭘 원하는 거요? 교회에서 하는 결혼식 말고 또 몰래 결혼식을 해야 한다고 강요할까 봐 무섭소. 당신은 특이한 조건들을 계약 조건으로 넣을 것 같소. 어떤 조건들이오?"

"제가 원하는 것은 단 한 가지, 마음 편한 거예요. 여러 의무에 압도되고 싶지 않아요. 당신이 셀린 바랑에 대해 뭐라고 했는지 기억하시나요? 그녀에게 다이아몬드와 캐시미어를 줬다고 한 거 말이에요. 저는 영국판 셀린 바랑이 되지는 않겠어요. 계속 아델의 가정 교사 역할을 하겠어요. 그 일의 대가로 연봉 30파운드에 숙식 제공이면 돼요. 그 돈으로 내 옷을 사 입을게요. 그리고 당신은 제게 단지……."

"단지 뭐요?"

"당신의 관심만 주시면 돼요. 저도 당신께 관심을 돌려 드리면, 채무가 해결될 거예요."

"참, 당신만큼 원래 그렇게 냉담하며 건방지고 자존심이 센 사람은 없을 거요." 그가 말했다. 우리는 이제 손필드에 다가가고 있었다. "오늘 저녁 식사를 같이 하겠소?" 그가 다시 문에 들어가면서 물었다.

"고맙지만 안 되겠어요."

"왜 '고맙지만 안 되겠어요'인지 물어도 되겠소?"

"한 번도 저녁 식사를 같이 한 적이 없는데, 왜 이제 그래야 하는지 모르겠네요. 그때까지는……."

"그때까지라니, 무슨 뜻이오? 자꾸 말을 하다 마는구려."

"어쩔 수 없이 해야 될 때까지요."

"내가 사람 잡아먹는 귀신이나 송장 먹는 귀신처럼 먹을까 봐 그러오? 그래서 나와 식사하기가 무서운 거요?"

"그런 생각은 해 본 적 없어요. 한 달 동안은 계속 평소처럼 지내고 싶어요."

"당장 노예 같은 가정 교사 일을 그만두시오."

"정말, 제발, 주인님! 전 그만두지 않을 거예요. 평소처럼 계속 가정 교사 일을 할 거예요. 늘 그렇듯이 낮에는 당신을 방해하지 않을게요. 제가 보고 싶으시면 저녁에 저를 부르러 사람을 보내세요. 그러면 그때 갈게요. 하지만 다른 때는 안 돼요."

"제인, 담배나 코담배를 피우고 싶소. 이런 상황에서 위로받기 위해서 말이오. 아델의 표현대로 하면 '체면을 세우기 위해서' 말이오. 그런데 불행히도 시가 상자도 코담배 상자도 없소. 하지만 속삭일 테니 들어 보시오. "지금은 당신의 전성기야, 작은 독재자야. 하지만 곧 나의 전성시대가 올 거야. 일단 당신을 꼭 붙잡으면, 당신을 소유하고 계속 갖기 위해 이렇게 사슬에 매달아 둘 거야. (회중시계를 만지면서) 그래, 귀여운 작은 아가씨, 내 보석을 잃지 않기 위해 늘 가슴속에 지니고 다닐 거야."

그는 내가 마차에서 내리는 것을 도와주면서 이 말을 했고, 이어서 아델을 안아서 내리는 동안 나는 집으로 들어가 2층에 있는 내 방으로 물러났다.

그는 저녁만 되면 지체 없이 나를 불렀다. 나는 그가 할 일을 준비해 놓았다. 저녁 내내 그와 머리를 맞대고 대화를 하며 시간을 보내지 않기로 결심했다. 그의 목소리가 좋은 것을 기억해 냈다. 그가 노래하기를 좋아하는 걸 알고 있었다. 노래를 잘하는 사람들은 대체로 그렇다. 나는 노래도 잘 못하고 그의 까다로운 판단에 따르면 악기를 잘 다루지도 못한다. 창문 위로 황혼이 별이 뜬 파란 하늘을 드리우는 로맨스의 시간이 오자마자, 나는 피아노를 열고 제발 나를 위해 노래를 불러 달라고 사정했다. 그는 나더러 변덕쟁이 마녀라고 하면서 노래는 다음에 부르겠다고 했다. 하지만 나는 지금이 가장 좋은 때라고 주장했다.

"내 목소리를 좋아하오?" 그가 물었다.

"아주 좋아해요." 쉽게 허영심에 들뜨는 그의 허영심을 부풀어 오르게 하고 싶지는 않았지만, 전략상 한 번만 그의 허영심을 자극하고 달래 주기로 했다.

"그러면 제인, 당신이 반주를 하시오."

"좋아요, 해 볼게요."

나는 반주를 시작했으나 그는 곧 나를 피아노 의자에서 몰아내고 '작은 엉터리 아가씨'라고 불렀다. 내가 원하는 바로 그대로, 그는 무례하게 나를 한쪽으로 밀치고 내 자리를 빼앗더니 스스로 반주를 하기 시작했다. 그는 노래만큼이나 피아노 연주도 잘했다. 나는 창가 구석 자리로 갔다. 거기 앉아 고요한 나무들과 어둑어둑한 잔디를 내다보면서 달콤한 멜로디에 맞추어 부드러운 목소리로 다음 노래를 부르는 것을 들었다.

불타는 가슴속의
정말 진정한 사랑이
혈관마다 생명의 파도를
왈칵왈칵 쏟아붓네.

나의 소원은 매일 그녀가 오는 것
나의 고통은 그녀가 떠나는 것
그녀가 늦기라도 하면
내 혈관이 모두 얼어 버리네.

내가 사랑하듯이 사랑을 받으면
이루 말할 수 없는 축복이 되리라고 꿈꾸었네.
이 꿈을 향해 맹목적으로
열심히 돌진했다네.

하지만 우리 사이는
너무 멀지만 길이 없고
치솟는 초록색 파도의
거품처럼 위험하다네.

황야와 숲 사이를 뚫고 가는
산적들이 다니는 호젓한 길처럼
힘과 권력, 슬픔과 분노가
우리 두 사람 사이에 있네.

나는 위험에 도전하고 방해물을 비웃었네.

불길한 징조도 무시했고
그 무엇이 위협하고 괴롭히고 경고하더라도
씩씩하게 지나쳤네.

나는 무지개를 타고 꿈속에서처럼
빛처럼 빠르게 날아다녔네.
쏟아지는 빛을 받으며 휘황찬란하게
내 눈앞에 그 아이가 나타났네.

희미한 고통의 구름 위에 여전히
그 부드럽고 신성한 기쁨이 빛나네.
아무리 음울한 재난이 바싹 가까이 다가와도
이제 나는 개의치 않네.

이 달콤한 순간에 내가 공격했던 모든 것이
처절하게 복수를 외치며
천마를 타고 힘차게 달려와도
나는 개의치 않네.

오만한 증오가 나를 치고
권한이 내게 막대기를 휘두르고
권세가 화나 인상 쓰고 이를 갈면서
끝없이 싸우겠다고 맹세해도

내 연인은 고결하게 나를 믿고
그녀의 작은 손을 내밀고

결혼의 신성한 구속이
우리를 하나로 묶을 것이라고 맹세했다네.

나의 사랑은 마지막에 키스로 맹세했다네.
나와 함께 살고 나와 함께 죽겠노라고
사랑하는 만큼 사랑받으니
마침내 이루 말할 수 없는 축복을 얻었다네.

그는 일어나 내게로 다가왔다. 그의 얼굴이 온통 달아올라 있었다. 커다란 매 같은 눈이 번쩍이고 얼굴선마다 다정함과 열정이 배어 있었다. 나는 잠시 움찔했으나 곧 정신을 차렸다. 부드러운 장면을 연출하거나 과감한 애정 표현을 하면 나는 거절할 준비를 했다. 이 둘이 한꺼번에 닥칠 위험에 있었다. 방어할 무기를 준비해야 했다. 나는 할 말을 다듬었다. 그가 도착하자, 나는 퉁명스러운 어조로 물었다. "지금 누구와 결혼하려는 거예요?"

"나의 사랑 제인이 묻기에는 이상한 질문이오."

"진심이에요! 아주 자연스럽고 필요한 질문인 것 같은데요. 장차 아내 될 사람이 함께 죽기를 바란다고 하셨잖아요. 그런 이교도적인 말을 하시는 저의가 뭐죠? **저는** 같이 죽을 생각이 전혀 없는데요. 제 말을 믿으세요."

"오, 내가 바라는 건, 내가 기도하는 건 당신이 나와 함께 사는 거요! 당신더러 죽자는 게 아니오."

"정말 맞는 말씀이세요. 나도 당신과 마찬가지로 죽어야 할 때가 되었을 때 죽을 권리가 있어요. 하지만 그때가 오기를 기다려야지 서둘러 순사하지는 않을 거예요."

"그런 이기적인 생각을 용서해 주오. 그리고 화해의 키스로 용서한다는 걸 보여 주겠소.”

“아니요, 사양할 겁니다.”

여기서 그는 나를 '고집 센 꼬마 아가씨'라고 하면서, “다른 여자라면 자신을 찬양하는 그런 노래를 듣고 완전히 녹아 버렸을 텐데”라고 덧붙였다.

나는 원래 고집이 세고 아주 완고하며 앞으로 그런 모습을 종종 보일 것이라고 그에게 말했다. 게다가 앞으로 이어지는 4주일 동안 나의 모난 성격을 다양하게 보여 주기로 결심했다고 말했다. 아직 취소할 시간이 있을 때 그가 어떤 계약을 했는지 충분히 알아보라고 했다.

“좀 차분하게 이성적으로 말해 보겠소?”

“원하시면 차분하게 말하죠. 하지만 이성적으로 말하라고 하신 점에 대해서는, 지금도 저는 이성적으로 말하고 있어요.”

그는 짜증을 내고 코웃음을 치고 혀를 찼다. '아주 잘됐어.' 나는 생각했다. '당신 마음대로 화를 내거나 안달하겠지만, 이게 당신과의 관계를 지속하기 위한 최상의 계획이에요. 말로 다 할 수 없을 정도로 당신을 사랑해요. 하지만 사랑의 감정이 점점 사라지는 것은 원치 않아요. 이런 날카로운 대꾸로 당신 역시 그 나락으로 빠지지 않게 도와 드릴게요. 더욱이 이런 신랄한 대꾸의 도움으로 서로에게 가장 도움이 될 정도로 당신과 거리를 유지하려는 거예요.'

그가 차츰 더 짜증을 내도록 만들었다. 그가 너무 화나서 방 반대편 구석으로 갔을 때 일어서서 늘 하듯이 공손하고 자연스럽게 “안녕히 주무세요”라고 말한 뒤 옆문으로 빠져나와 버렸다.

나는 이런 식으로 시작해 약혼 기간 내내 이렇게 행동했으며 멋지게 성공했다. 물론 그가 계속 화내고 퉁명스럽게 굴기는 했지만 그도 아주 재미있어한다는 것을 알 수 있었다. 만일 반대로 내가 양처럼 순종적이고 비둘기처럼 유순한 감성을 보였으면 그는 더 독단적으로 굴었을 것이다. 그런 순종적인 태도는 그의 판단에 거슬리고, 상식에 반하고, 취향에조차 맞지 않았을 것이다.

　다른 사람들이 있을 때는 물론 나는 예전과 마찬가지로 겸손하고 차분하게 행동했다. 다른 방식의 행동 방침이 필요하지 않았다. 저녁 만남에서만 그를 이런 식으로 좌절시키고 괴롭혔다. 그는 시계가 7시를 치기 무섭게 나를 부르러 사람을 보냈다. 이제는 내가 그의 앞에 나타나도 '사랑', '내 사랑' 같은 말을 입에 올리지 않았다. 나를 부르는 가장 멋진 호칭이라야 '약 올리는 꼬마 인형', '악동 같은 요정', '정령', '바꿔치기한 아이' 정도였다. 또한 이제 그는 나를 어루만지는 대신 얼굴을 찌푸리고, 손을 꼭 잡는 대신 팔을 꼬집고, 뺨에 키스하는 대신 귀를 당겼다. 이것은 썩 마음에 들었다. 당장은 좀 더 다정한 애정 표현보다 이런 거친 호감의 표시가 분명히 더 좋았다. 페어팩스 부인의 걱정은 사라지고, 이제 그녀는 나를 인정하게 되었다. 그러므로 내가 제대로 행동한 게 분명했다. 한편으로 로체스터 씨는 나 때문에 자신이 피골이 상접하게 되었으며 곧 현재 내 행동에 대해 크게 복수할 거라고 위협했다. 그의 협박에 대해 나는 속으로 웃었다. '이제야 당신을 이성적으로 통제할 수 있네요.' 나는 생각했다. '그리고 앞으로도 틀림없이 이렇게 할 수 있을 거야. 하나의 방책이 듣지 않으면 다른 방책을 고안해야지.'

　하지만 이 일이 쉽지는 않았다. 종종 그를 놀리기보다는 기분을 맞춰 주고 싶었다. 미래의 남편은 내게 이 세상 전부, 아니 그 이상이 되어 가고 있었다. 그는 거의 내가 바라는 천국이기도 했다. 사람들과 밝은 해 사이에 일식이 끼어들듯이, 그가 내 앞에 서 있으면서 모든 종교적인 생각을 가로막았다. 그 당시 나는 인간을 보느라고 신을 볼 수 없었다. 그는 나의 우상이 되었다.

제25장

구혼의 한 달이 다 지나가고 있었다. 이제 몇 시간 남았는지 꼽아 볼 정도밖에 시간이 남지 않았다. 다가오는 그날, 결혼식 날을 더 이상 미룰 길이 없었다. 그리고 결혼 준비는 완벽하게 이루어졌다. 적어도 나로서는 더 이상 할 일이 없었다. 트렁크에 짐을 싸서 열쇠를 채우고 끈으로 묶은 뒤, 내 작은 방 벽에 일렬로 세워 두었다. 내일 이때쯤이면, 그 트렁크들은 저 멀리 런던에 가 있을 것이고 나도 그럴 것이다(D.V.*). 아니, 나라기보다는 오히려 제인 로체스터라는 사람, 내가 아직 알지 못하는 사람이 가 있을 것이다. 주소를 적은 쪽지만 트렁크에 붙이면 끝이었다. 네모난 작은 쪽지들은 서랍에 있었다. 각각의 종이 위에 로체스터 씨가 몸소 행선지를 썼다. '로체스터 부인, ○○○호텔, 런던.' 그 쪽지를 붙이지도 못했고 다른 사람을 시킬 엄두도 나지 않았다. 로체스터 부인이라! 그런 사람은 존재하지 않았다. 내일이 되어야, 오전 8시가 좀 지나 이세상에 있게 될 존재임을 확인한 뒤에야 이 트렁크가 모두 로체스터 부인의 것임을 인정하게 될 것이다. 로우드 시절에 입던 검은 옷과 밀짚모자 대신 입을 그녀의 옷이 화장대 반대편 저쪽 옷장에 있었다. 지금으로서는 그걸로 충분했다. 다른 옷을 밀어내고 옷걸이에 진주 빛 드레스와 하늘하늘한 베일이 걸려 있었는데 그 결혼 예복도 내 것 같지 않았다. 그 이상한 유령 같은 옷을 안 보려고 옷이 걸린 옷장 문을 닫아 버렸다. 어두운 방에서 이런 저녁 시간, 즉 9시에 이것을 보니 아주 유령처럼 희미하게 빛났다. "하얀 몽상이여, 널 혼자 두어야겠다." 내가 말했다. "몸에 열이 있는데, 밖에서 바람 소리가 들리네. 밖으로 나가 바람을 쐬고 와야지."

서둘러 결혼 준비를 해 열이 난 것은 아니었다. 큰 변화가 다가 오는 게 걱정되기도 했다. 내일부터는 새로운 삶이 시작되는 것이 다. 물론 이 두 가지 정황 때문에라도 이렇게 늦은 시간에 서둘러 어두운 마당으로 나갈 수는 있다. 하지만 그뿐만이 아니었다. 이 런 정황보다 더 심란한 제3의 이유가 있었다.

마음속으로 이상하고 불안한 생각에 시달리고 있었다. 나 자신 도 이해할 수 없는 일이 생겼다. 그 전날 밤에 일어난 일이었다. 그 날 밤에는 로체스터 씨가 집에 없었다. 30마일 떨어진 곳에 있는 두세 채의 농가가 있는 작은 영지에 일이 있어서 갔는데, 아직 돌 아오지 않았다. 영국으로 떠나기 전에 직접 처리해야 할 일이었다. 나는 그가 돌아오기를 기다렸다. 그에게 당혹스러운 수수께끼를 어떻게 풀지 이야기한 다음 마음의 짐을 덜고 싶었다. 그가 올 때 까지 기다려야 한다. 독자여, 내가 그 비밀을 그에게 털어놓을 때, 독자도 그때 같이 알게 될 것이다.

나는 바람에 밀려 과수원 오두막으로 몸을 피했다. 하루 종일 남풍이 쌩쌩 불었지만 비 한 방울 떨어지지 않았다. 밤이 다가와 도 바람이 잦아들기는커녕, 점점 더 큰 소리로, 더 세게 부는 것 같았다. 나무는 한쪽 방향으로 바람을 맞고 있었다. 결코 다시 펴 지 못했고 한 시간에 한 번도 가지를 반대 방향으로 젖히지 못했 다. 계속 가지가 북쪽으로 휘어질 정도로 센 바람이 불었다. 바싹 따라온 커다란 구름 덩어리가 하나씩 하나씩 극에서 극으로 흘러 갔다. 그 7월에는 전혀 하늘이 푸르지 않았다.

바람에 등이 떠밀려 걸으면서 어떤 야성적인 즐거움을 느꼈다. 공기 중에, 휘몰아치는 어마어마한 바람에 마음의 고민을 날려 보내서였다. 월계수 가로수 길을 걸어 내려오다 마로니에의 잔해를 보았다. 검게 타서 두 동강 나 있었다. 가운데가 갈라진 나무 몸통이 무시무시하게 입을 벌리고 있었다. 갈라진 반쪽은 서로 완전히 떨어져 있지는 않았다. 아래서 단단한 밑동과 튼튼한 뿌리가 두 동강 난 나무를 받치고 있었다. 더 이상 살아 있지도 않고 수액이 흐르지도 않고 양쪽 모두 거대한 가지가 죽어 있어, 올겨울에 폭풍이 불면 한쪽이나 양쪽 모두에서 가지가 떨어져 나갈 것 같았다. 그렇기는 하지만, 그래도 하나의 나무였다. 나무가 쪼개지긴 했지만 완전히 죽은 건 아니었다.

흉측하게 갈라진 나무가 내 말을 들을 수 있는 살아 있는 나무인 양 거기에 대고 말했다. "그렇게 서로 꼭 붙어 있기를 잘했어. 불에 타서 그을리고 상처투성이로 보이기는 하지만 충실하고 정직한 뿌리에 붙어 있으니 아직은 틀림없이 생명이 남아 있을 거야. 푸른 잎이 다시 나지 않고, 새들이 다시 둥지를 틀거나 가지에 앉아서 지저귀지도 않을 거야. 즐거움과 사랑의 시간은 끝났지만 외롭지는 않을 거야. 두 동강 나기는 했지만 너희 둘이 친구가 되어 공감할 수 있을 테니까." 나무를 올려다본 순간 나무의 균열을 덮고 있던 하늘에 잠깐 달이 나타났다. 달은 핏빛처럼 붉었고 반쯤 일그러져 있었다. 달이 나를 향해 쓸쓸한 눈길을 보내더니 얼른 다시 겹겹이 쌓인 구름 층 사이로 숨어 버렸다. 잠시 손필드 주위에서 바람이 잦아들었다. 하지만 저 멀리 숲과 계곡에서는 여전히 바람이 음울하고 사납게 울어 대는 소리가 들렸다. 그 소리를 듣고 있으니 슬퍼져 다시 달려갔다.

나는 과수원을 이리저리 헤맸다. 나무뿌리 주위의 풀밭에는 사과가 많이 떨어져 있었다. 사과를 주워 익지 않은 것을 골라내고, 나머지는 집으로 들고 가 저장 창고에 두었다. 그러고 나서 불이 잘 지펴졌는지 보기 위해 다시 서재로 가 보았다. 여름이기는 하지만 이렇게 음울한 저녁에는 로체스터 씨가 들어왔을 때 난로가 활활 타고 있으면 좋아할 것 같아서였다. 난로는 괜찮았다. 얼마 동안 활활 타다가 꺼진 상태였다. 안락의자를 벽난로 구석으로 옮겼다. 탁자도 그 근처로 끌고 갔다. 커튼을 내리고 언제라도 촛불을 켤 수 있게 준비해 놓았다. 이렇게 만반의 준비를 했는데도 안절부절못하며 가만히 앉아 있을 수도, 집 안에 있을 수도 없었다. 서재의 작은 시계와 홀에 있는 낡은 괘종시계가 동시에 10시를 알렸다.

"왜 이렇게 늦어지지!" 나는 말했다. "대문까지 달려가 봐야겠어. 가끔 달빛도 비치고 대로까지 훤히 보이네. 그는 지금 오고 있을 거야. 마중을 가면 초조해 하는 시간이 좀 줄어들겠지."

대문 위에 드리워진 거목 위로 우는 소리를 내며 바람이 사납게 불었다. 그러나 왼쪽 오른쪽 아무리 둘러보아도 길은 조용했다. 아무도 없었다. 달이 얼굴을 내밀 때도 그 앞을 지나가는 구름 그림자를 제외하고는 길게 뻗은 하얀 길에 개미 새끼 한 마리 없이 텅 비어 있었다.

이렇게 보고 있으니 어린아이처럼 눈물이 흐르고 눈앞이 흐려졌다. 실망하고 초조해 눈물이 난 것이었다. 부끄러워 눈물을 닦았다. 나는 머무적거렸다. 달은 완전히 자기 방에 처박혀 진한 구름 커튼을 닫았다. 밤은 어두워지고 대문에는 비가 들이쳤다.

"그가 오면 좋을 텐데! 그가 오면 좋을 텐데!" 나는 우울한 예감에 사로잡혀서 외쳤다. 그가 차 마시는 시간 전에 올 줄 알았는데, 이미 밤이 되어 밖은 어두웠다. 왜 안 오는 거지? 사고가 났나? 다시 지난밤 사건이 떠올랐다. 나는 그것을 재앙의 경고로 해석했다. 내가 실현 불가능한 너무 밝은 희망을 품은 게 아닐까 하고 두려워졌다. 게다가 최근에 너무 행복해서 내 행운이 정점을 지나 이제 기울기 시작하나 하는 생각도 들었다.

'집으로 돌아갈 순 없어.' 나는 생각했다. '이렇게 험한 날씨에 그가 밖에 있는데 나 혼자 난롯가에 앉아 있을 수는 없어. 마음이 괴로운 것보다는 몸이 피곤한 게 나아. 그를 마중 나가자.'

나는 길을 나섰다. 빨리 걸었다. 그러나 멀리 가지 않아, 4분의 1마일도 가지 않아 말발굽 소리가 들렸다. 어떤 사람이 전속력으로 말을 타고 오고 그 옆에 개가 달리고 있었다. 불길한 예감은 사라졌다! 바로 그였다. 메스루어를 탄 그가 왔고 그 뒤를 파일럿이 따라왔다. 그도 나를 보았다. 달이 창백한 빛을 뿜으며 파란 들판 같은 하늘을 달리고 있었기 때문이다. 그는 모자를 벗어 머리 위로 흔들었다. 나는 그를 맞이하기 위해 달려갔다.

"거기 서시오!" 그가 안장에서 몸을 구부리고 손을 뻗으며 외쳤다. "당신은 나 없이는 살 수 없는 거요? 내 구두 발등을 딛고 두 손을 내게 주고 올라오시오!"

나는 시키는 대로 했다. 기쁨으로 몸이 가벼워져 펄쩍 뛰어올라 그의 앞에 앉았다. 그는 환영의 뜻으로 입맞춤을 하고 자만심에 차 의기양양해 했지만 나는 최대한 차분한 태도를 취했다. 그가 흥분을 자제하고 물었다. "자네트, 이런 시간에 마중 나오다니, 무슨 일 있소? 뭐가 잘못되었소?"

"아니에요, 그냥 당신이 안 올지도 모른다는 생각이 들었어요. 이렇게 비바람이 몰아치는데 집 안에 앉아서 기다릴 수가 없었어요."

"사실, 비바람이 몰아치는 하오! 그래, 당신은 인어처럼 젖었소. 내 망토를 끌어당겨 두르시오. 당신 몸에서 열이 나는 것 같소, 제인. 손과 뺨이 펄펄 끓고 있소. 다시 묻겠소. 무슨 문제가 생긴 거요?"

"지금은 아무 문제도 없어요. 전혀 두렵거나 불행하지 않은걸요."

"그러면 지금까지는 두렵고 불행했다는 말이오?"

"그렇다고 할 수 있어요. 차츰 다 말씀드릴게요. 아마 제 고민을 들으시면 비웃으실 거예요."

"내일이 지나야 마음 놓고 그대를 비웃을 수 있을 것 같소. 그때까지는 그럴 엄두를 못 내겠소. 아직 내가 당신을 완전히 잡지 못했소. 당신은 지난 한 달 동안 장어처럼 미끄러웠고 찔레꽃처럼 가시가 돋아 있지 않았소? 어디에 손을 대든 찔렸는데 지금은 길 잃은 양처럼 내 품에 안겨 있소. 양치기를 찾으러 우리 밖을 헤매는 거였소, 제인?"

"당신을 보고 싶었어요. 하지만 너무 의기양양해 하지는 마세요. 자, 손필드에 다 왔네요. 이제 내려 주세요."

그는 포장된 길에 나를 내려 주었다. 존이 그의 말을 끌고 가고 그는 나를 따라 홀 안으로 들어왔다. 그는 서재에 있을 테니 얼른 마른 옷으로 갈아입고 오라고 했다. 계단을 올라가는데 멈추라고 하더니 금방 오겠다는 약속을 하라고 강요했다. 나는 곧 그에게 갔다. 5분도 채 안 되었다. 그는 저녁을 먹고 있었다.

"여기 앉으시오. 그리고 같이 식사를 해요, 제인. 이번 식사 후 한 번만 더 식사를 하면 한동안 손필드에서 식사를 하지 못할 거요."

그의 곁으로 가 앉았으나, 먹을 수 없다고 말했다.

"여행이 걱정되어서 그러오? 런던에 갈 생각을 하니 식욕이 떨어진 거요?"

"앞으로 어떤 일이 생길지 잘 모르겠어요. 지금 제가 머릿속으로 무슨 생각을 하는지도 모르겠어요. 세상 모든 것이 비현실적으로 보여요."

"난 비현실적이지 않소. 난 실제로 있소. 만져 보시오."

"그 모든 것 중에서 당신이 제일 유령 같아요. 꿈에 지나지 않는 것 같아요."

그는 손을 내밀며 웃었다. "이게 꿈이오?" 눈에 손을 가져다 대며 그가 말했다. 길고 튼튼한 팔과 근육질의 살집 있는 힘센 손이었다.

"그래요, 지금 당신 손을 만지는데도 꿈 같아요." 내 눈앞에서 그의 손을 내려놓으면서 내가 말했다. "식사는 다 하셨어요?"

"그렇소, 제인."

나는 종을 울려 쟁반을 치우라고 시켰다. 다시 단둘이 있게 되자, 나는 난롯불을 뒤적인 뒤 주인의 무릎 근처에 있는 낮은 의자에 앉았다.

"자정이 다 되었어요." 내가 말했다.

"그렇소. 하지만 제인, 결혼식 전날 밤 나와 함께 밤을 새우겠다고 한 약속을 기억하시오?"

"그런 약속을 했죠. 약속을 지킬게요. 적어도 한두 시간은 함께 있을게요. 저도 잠이 오지 않아요."

"준비는 다 되었소?"

"네, 그래요."

"나도 그렇소." 그가 대답했다. "모든 걸 결정했소. 그리고 내일 교회에서 돌아오면 30분 안에 손필드를 떠나도록 합시다."

"네, 그렇게 해요."

"'네, 그렇게 해요'라고 할 때 아주 이상하게 미소를 지었소, 제인!

양쪽 볼도 달아오르고, 눈도 이상하게 번쩍였소. 몸은 괜찮소?"

"그런 것 같아요."

"같다고 했소! 뭐가 문제요? 몸이 어떤지 말해 보시오."

"말할 수 없어요. 말로는 설명할 수가 없어요. 지금 이 시간이 영원히 끝나지 않았으면 좋겠어요. 그다음에 어떤 운명이 닥칠지 누가 알겠어요?"

"이건 우울증이오, 제인. 너무 흥분하거나 너무 피곤해서 그런 거요."

"당신은 평안하고 행복하세요?"

"평안하냐고? 그렇진 않소. 하지만 아주 행복하오."

나는 행복의 표시를 읽어 내려고 그의 얼굴을 올려다보았다. 그의 얼굴이 벌겋게 달아올라 있었다.

"내게 다 털어놓으시오, 제인. 마음을 짓누르는 짐이 있으면 내게 말하고 털어 버리시오. 뭘 두려워하는 거요? 내가 좋은 남편이 안 될까 봐 그러오?"

"전혀 그렇지 않아요."

"곧 들어가게 될 새로운 세계가 두려운 거요? 앞으로 펼쳐질 새로운 생활이 두려운 거요?"

"그렇지 않아요."

"당신 생각을 모르겠소, 제인. 슬픔에 찬 당신의 표정과 목소리를 들으니 당황스럽고 괴롭소. 설명해 주시오."

"그러면 들어 보세요. 어젯밤에 멀리 가 계셨잖아요?"

"그랬소. 그건 알고 있소. 조금 전 내가 없을 때 일어난 일이라고 암시하지 않았소. 아마도 그다지 중요한 일은 아니겠지만, 간단히 말해 뭔가가 당신을 괴롭힌 거요. 이야기해 보시오. 페어팩스 부인에게 무슨 말을 들은 거요? 아니면, 하인들이 수군대는 걸 들었소? 예민한 당신 자존심이 상처를 받은 거요?"

"그렇진 않아요." 시계가 12시를 쳤다. 나는 기다렸다. 방 안의 시계는 은방울 소리를 내고 괘종시계는 시끄럽게 울렸다. 소리가 끝날 때까지 기다린 다음 나는 계속 말했다.

"어제 하루 종일 바빴고 부산스러운 가운데서도 아주 행복했어요. 당신 생각처럼 새로운 세계나 그런 것 때문에 두려움에 시달린 것은 아니에요. 당신과 함께 살게 되다니 너무 멋지다고 생각했어요. 제가 당신을 사랑하니까요. 아니, 지금 절 쓰다듬지 마세요. 우선 제 이야기를 마칠게요. 어제는 신을 굳게 믿었고 행복을 위해 일이 순조롭게 진행되고 있다고 믿었어요. 생각나시겠지만, 어제는 날씨가 좋았어요. 하늘이고 대기고 차분해서 여행 중 당신의 안위에 대해 걱정할 필요가 없었어요. 차를 마신 뒤 당신 생각을 하며 포장도로를 걸었어요. 상상 속의 당신이 너무나 가까이 있어서, 제 곁에 안 계셔도 그립지 않았어요. 앞으로 펼쳐질 삶을 생각해 보았어요. 제 삶보다는 훨씬 광대하고 자극적인 **당신의** 삶을 말이에요. 시냇물이 흘러갈 때 얕은 해협보다 바다가 훨씬 깊듯이 말이에요. 왜 도덕주의자들이 이 세상이 황량하고 거칠다고 했을까 의아해졌어요. 제게 세상은 활짝 핀 장미처럼 보였으니까요. 바로 해가 질 무렵이 되자 대기가 차가워지고 하늘에는 구름이 끼었어요. 저는 안으로 들어갔어요. 위층에서 소피가 제 웨딩드레스를 보러 오라고 불렀어요. 그때 막 웨딩드레스가 도착했거든요. 상자에 담긴 웨딩드레스와 당신의 선물인 면사포를 발견했어요. 당신이 왕처럼 낭비하며 런던에서 사 보낸 것이었어요. 제가 보석을 받지 않으려고 하니까 날 속여서 그만큼 비싼 것을 선물로 주셨나 보다 했어요. 면사포를 펼치면서 미소를 지었어요. 당신의 귀족적 취향을, 평민 신부를 공작 부인으로 포장하려는 노력을 어떻게 놀려 줄까 하고 머리를 굴렸죠. 수도 안 놓은 평민 신부에게 나 어울리는 면사포를 제가 준비했거든요. 제가 준비한 비단 레이스 조각을 가져가서 남편에게 재산도, 아름다움도, 인맥도 가져오지 못하는 여자에게 이 정도 면사포면 충분하지 않은지 물어봐야겠다고 생각했죠. 그리고 당신이 펄펄 뛰며 공화주의자 같은 답변을 할 것을 상상했어요. 자신은 돈 많은 사람이나 지체 높은 사람과 결혼해서 부를 늘리거나 신분 상승을 할 생각이 전혀 없다고 거만하게 부인하는 당신 모습이 떠올랐어요."

"내 마음을 어쩜 그렇게 잘 읽었소, 마녀 같으니!" 로체스터 씨가 끼어들었다. "그 면사포에 수가 놓인 것 말고 뭘 발견했소? 지금 그렇게 슬퍼 보이다니, 독이나 칼, 뭐 그런 걸 보았소?"

"아니에요, 아니에요. 아주 섬세한 면사포에는 페어팩스 로체스터의 자부심밖에 없었는걸요. 그걸 보고 무서웠던 건 아니에요. 악령도 많이 봤으니까요. 하지만 날이 어두워지자 바람이 더 불었어요. 어젯밤에는 지금처럼 바람이 사납게 쌩쌩 불지 않았지만 훨씬 더 음울한 귀신같은 신음 소리를 냈어요. 당신이 집에 있었으면 했어요. 이 방으로 와서 빈 의자와 불 꺼진 벽난로를 보자 오싹했어요. 조금 있다 잠자리에 들었는데 잠이 안 왔어요. 불안하게 들떠 괴로웠어요. 제 귀에는 점점 더 세게 부는 바람이 억눌린 낮은 신음 소리처럼 들렸어요. 처음에는 밖에서 나는지 집 안에서 나는지 알 수 없는 소리였어요. 하지만 그 소리가 다시 들렸고 매번 잘 알 수 없지만 아주 구슬프게 들렸어요. 마침내 멀리서 개가 짖는 소리인가 보다 했어요. 그 소리가 멎자 아주 기뻤어요. 잠이 들자마자 바람이 휘몰아치는 어두운 밤에 대한 꿈을 꾸었어요. 다시 당신과 함께 있었으면 하고 바랐고 우리 둘 사이를 갈라놓은 이상한 장벽이 느껴져 슬펐어요. 처음 잠들었을 때

꾸불꾸불한 낯선 길을 걷고 있었어요. 사방이 깜깜해서 아무것도 보이지 않는 데다, 비가 와서 괴로웠어요. 손에 작은 아이를 안고 있었어요. 아주 작은 아이였어요. 너무나 어리고 약해서 걷지도 못하는 아이였어요. 제 차가운 팔에 안겨 벌벌 떨면서 제 귀에 대고 애처롭게 울고 있었어요. 당신은 저보다 훨씬 앞장서서 가고 있다는 생각이 들었어요. 당신을 따라잡으려고 온몸의 신경을 긴장시켰어요. 당신 이름을 부르고 멈추라고 말하려고 온갖 애를 썼어요. 하지만 몸은 움직이지 않았고 목소리는 제대로 나오지 않아 말을 할 수 없었어요. 그사이 당신은 점점 더 멀어져 가는 느낌이었어요."

"내가 당신 곁에 있는데도 그런 꿈이 당신 정신을 짓누르고 있소? 너무 예민한 꼬마 아가씨군! 꿈속의 슬픔은 잊고 현실의 행복만 생각하시오! 날 사랑한다고 했소, 자네트. 그렇소. 그 말을 잊지 않겠소. 그리고 당신도 그걸 부인할 수 없소. 그 단어들이 당신 입에서 얼어붙지는 않았소. 부드럽게 말한 그 단어들을 똑똑히 들었소. 너무나 경건하다고 할 수 있지만, 음악처럼 달콤했소. '당신과 살게 되다니 너무 멋지다고 생각했어요, 에드워드. 제가 당신을 사랑하니까요.' 날 사랑하오, 제인? 다시 말해 보시오."

"사랑해요, 제 마음을 다 바쳐 사랑해요."

그가 잠시 아무 말도 하지 않다가 말했다. "음, 이상한 일이오. 하지만 그 말을 들으니 가슴이 아프오. 왜 그럴까? 당신의 그 말에서 진지한 종교적인 힘이 느껴져서 그런 것 같소. 지금 날 우러러보는 시선이 아주 숭고한 믿음, 진실, 헌신으로 가득 차 있어서요. 이건 너무 심하오. 마치 내가 성령 곁에 있는 것 같소. 제인, 악마 같은 표정을 지어 보시오. 그런 표정을 어떻게 짓는지 잘 알지 않소. 야성적이며 수줍고 도발적인 미소를 지어 보시오. 날 싫어한다고 말하시오. 날 놀리고 곤란하게 만들어 보시오. 날 감동시키지만 말고 뭐든지 해 보시오. 슬퍼지는 것보다는 오히려 화나는 게 낫겠소."

"이 이야기가 끝나면 실컷 놀리고 곤란하게 만들어 드릴게요. 하지만 지금은 끝까지 들어 보세요."

"제인, 당신 이야기가 끝났다고 생각했소. 그 악몽 때문에 우울한 거라고 생각했소."

나는 고개를 흔들었다. "뭐라고? 더 있소? 하지만 중요한 것이라고 믿지는 않겠소. 미리 믿을 수 없다고 경고하겠소. 계속하시오."

분위기가 불안해지고 그가 왠지 근심과 걱정에 찬 태도를 보이는 것 같아 깜짝 놀랐다. 하지만 나는 계속했다

"또 다른 꿈을 꾸었어요. 손필드가 황량한 폐허가 되고 박쥐와 부엉이의 은신처가 되었어요. 호화스러운 저택 건물 정면에 아무것도 남지 않고 뼈대만 남아 곧 허물어질 벽만 높이 있었어요. 달빛이 비치는 밤인데 저는 풀이 자란 실내를 헤매다 대리석 벽난로에 걸려 넘어지기도 하고 처마 장식에서 떨어져 나온 조각에 걸려 넘어지기도 했어요. 나는 아직도 낯선 아이를 숄에 싸서 안고 있었어요. 아이를 안고 있어 팔이 힘든데 아무 데도 아이를 내려놓을 수 없었어요. 아이가 무거워 앞으로 나가기가 힘든데도, 그 아이를 꼭 안고 있어야만 했어요. 길 저 멀리서 말발굽 소리가 들렸어요. 당신이라고 확신했어요. 당신은 여러 해 동안 먼 나라에 떠나 계셨어요. 나는 위험을 무릅쓰고 미친 듯이 허물어져 가는 벽 위로 기어 올라갔어요. 꼭대기에서 당신 모습을 보려고요. 발밑으로 돌이 굴러떨어지고, 손으로 잡고 있던 담쟁이덩굴은 끊어졌어요. 공포에 질린 아이가 목에 달라붙는 바람에 숨이 막힐 지경이었어요. 겨우 벽 위로 올라갔어요. 당신이 하얀 길에 점처럼 보이

고, 점이 점점 더 작아졌어요. 폭풍이 너무 세게 불어 서 있을 수가 없었어요. 좁은 벽 위에 앉았어요. 무릎 위에 앉아 있는 어린아이를 조용히 하라고 달랬어요. 당신은 길모퉁이를 돌아가고 계셨어요. 마지막으로 한 번 더 당신을 보기 위해 몸을 앞으로 구부렸어요. 그 순간 벽이 무너졌어요. 제 몸은 휘청거렸고 아이가 제 무릎에서 굴러떨어졌어요. 나는 균형을 잃고 굴러떨어지며 깨어났어요."

"제인, 그게 다요?"

"이 이야기는 서론에 지나지 않아요. 앞으로 할 이야기가 더 있어요. 꿈에서 깨어나 보니 불빛이 환해 눈이 부셨어요. '아, 날이 밝았구나!' 생각했어요. 하지만 제가 잘못 안 것이었어요. 촛불이 켜져 있었어요. 소피가 들어왔나 보다 생각했어요. 화장대 위에 촛불이 있었어요. 그리고 잠자리에 들기 전에 웨딩드레스와 면사포를 걸어 두었던 옷장 문이 활짝 열려 있는 데다 거기서 부스럭거리는 소리가 났어요. 제가 물었죠, '소피, 뭐예요?' 아무런 대답도 없었어요. 하지만 옷장 쪽에서 어떤 사람이 나타났어요. 그 사람은 손에 든 촛불을 높이 쳐들더니, 옷걸이에 걸려 있는 옷을 찬찬히 살펴보았어요. '소피! 소피!' 제가 다시 외쳤어요. 그런데 아무 대답이 없었어요. 침대에서 일어나 몸을 앞으로 숙였어요. 처음에는 깜짝 놀랐고, 이어서 몹시 당황했어요. 오싹해지며 피가 얼어붙었어요. 로체스터 씨, 소피가 아니었어요. 레아도 아니었어요. 페어팩스 부인도 아니었어요, 아니, 아니. 분명히 그들이 아니었어요. 지금도 분명해요. 그 사람은 이상한 여자, 그레이스 풀도 아니었어요."

"그들 중 한 사람이었을 거요." 주인이 끼어들었다.

"아니에요, 그중 누구도 아닌 게 확실해요. 내 앞에 서 있는 그런 모습의 사람을 예전에 손필드 저택에서 본 적이 없어요. 그 키나 그 체구의 사람을 전혀 본 적이 없어요."

"그 모습을 묘사해 보시오, 제인."

"키가 아주 크고 덩치도 큰 여자처럼 보였어요. 뻣뻣한 머리카락을 등 뒤로 길게 늘어뜨린 여자였어요. 어떤 옷을 입었는지 모르겠어요. 아래위로 하얗게 뒤집어쓴 옷이었어요. 그게 가운인지, 모포인지, 수의인지 잘 모르겠어요."

"그 여자 얼굴은 봤소?"

"처음에는 못 봤어요. 하지만 곧 그 여자가 옷걸이에서 내 면사포를 끄집어냈어요. 그것을 높이 쳐들고 한참 바라보더니 자기 머리에 그 면사포를 쓰고 거울 쪽으로 몸을 돌렸어요. 바로 그 순간 검은 타원형 거울 속에 비친 그 여자 얼굴과 이목구비를 아주 똑똑히 봤어요."

"어떻게 생겼소?"

"끔찍하고 귀신같았어요. 오, 그런 얼굴은 생전 처음 보았어요! 변색된 얼굴이었어요. 야만인의 얼굴이었어요. 붉은 눈동자를 굴리던 모습이나 검게 부풀어 오른 끔찍한 그 얼굴을 잊고 싶어요!"

"유령들은 대개 창백하오, 제인."

"이 유령은 보라색이었어요. 입술은 검게 부풀어 있고, 이마는 주름투성이고, 짙고 검은 눈썹에, 눈은 충혈되어 있었어요. 그 유령을 보고 무엇이 생각났는지 말해도 될까요?"

"그래도 되오."

"사악한 독일 유령, 뱀파이어가 생각났어요."

"아! 그것이 무슨 짓을 했소?"

"주인님, 그 유령은 오싹한 머리에서 면사포를 벗더니 그것을 찢은 다음 두 조각 모두 마룻바닥에 내던지고 마구 짓밟았어요."

"그다음에는 어떻게 했소?"

"커튼을 젖히고 밖을 내다보았어요. 아마 새벽이 다가온 걸 보았는지, 촛불을 들고 문 쪽으로 물러났어요. 바로 내 머리맡에서 멈추더니 활활 타는 눈으로 나를 노려봤어요. 내 얼굴 가까이 촛불을 갖다 대더니 바로 내 눈 밑에서 후하고 껐어요. 내 얼굴 위로 그 무시무시한 얼굴이 번뜩이는 것을 의식하고 기절해 버렸어요. 살면서 두 번째였어요. 무서워서 기절한 건 두 번째였어요."

"다시 깨어났을 때 누가 옆에 있었소?"

"아무도 없었어요. 하지만 날이 환하게 밝아 있었어요. 일어나서 세수를 하고 물을 한 잔 들이켰어요. 심신이 나약해지기는 했지만 아프지는 않았어요. 그 유령을 본 이야기를 당신에게만 해야겠다고 결심했어요. 이제 그 여자가 누구며 무엇인지 말해 주시겠어요?"

"지나치게 자극을 받은 당신 두뇌가 만들어 낸 인물이오. 그건 분명하오. 당신을 잘 돌봐 주어야겠군. 당신처럼 신경이 예민한 사람을 함부로 다루어서는 안 되니 말이오."

"주인님, 제 신경이 잘못된 게 아니에요. 그것은 실제로 일어난 일이에요, 정말로 있었던 사건."

"그러면 당신의 그 전 꿈도 사실이란 말이오? 손필드가 폐허요? 당신과 나 사이에 넘지 못할 장벽이 있소? 내가 눈물 한 방울 흘리지 않고 키스도 하지 않고 말 한마디 없이 당신을 떠나려고 하오?"

"아직은 안 그러시죠."

"그럼 내가 그러려고 한다는 거요? 자, 우리가 헤어지지 않고 하나가 될 날이 벌써 밝았소. 그리고 일단 우리가 결합해 하나가 되면 그런 신경성 공포에 시달리지 않을 거요. 내가 보장하오."

"신경성 공포라고요? 그랬으면 좋겠어요. 정말 그러면 너무 좋을 거예요. 당신조차 그 끔찍한 유령의 수수께끼를 잘 설명해 줄 수 없으니까요."

"제인, 내가 잘 설명하지 못하는 것을 보니 그 유령이 현실 속에 나타나지 않을 게 분명하오."

"주인님, 오늘 아침에 일어나서 저도 저 자신에게 그렇게 말했어요. 그리고 방을 둘러보고 환한 햇빛 속의 익숙한 광경에서 용기와 위안을 얻으려고 했어요. 그 순간, 카펫 위에서 제 가설이 분명히 잘못되었음을 알려 주는 무언가를 보았어요. 위에서 끝까지 두 쪽으로 찢어진 면사포였어요!"

나는 로체스터 씨가 깜짝 놀라서 부르르 떠는 것을 느꼈다. 그는 황급히 나를 팔로 감았다. "세상에!" 그가 외쳤다. "어젯밤에 어떤 사악한 것이 그대 근처에 왔더라도 면사포만 찢은 게 다행이오. 오, 무슨 일이 일어날 수 있었다는 생각만 해도!"

그가 숨을 가쁘게 몰아쉬고 나를 아주 꼭 끌어안는 바람에 거의 숨이 막힐 뻔했다. 그는 잠시 아무 말도 안 하더니, 쾌활하게 계속 말했다.

"자네트, 이 모든 것을 설명해 주겠소. 그건 반은 꿈이고, 반은 현실이오. 어떤 여자가 방에 들어온 건 틀림없소. 그 여자는 그레이스 풀이었을 거요. 분명히 그녀였을 거요. 당신도 그녀가 수상하다고 하지 않았소? 당신이 아는 것만 가지고도 수상하게 볼 이유가 있잖소. 그녀가 내게 무슨 짓을 했소? 메이슨에게는 무슨 짓을 했소? 그녀가 당신 방에 들어와 한 짓을 당신이 비몽사몽간에 본 거요. 하지만 열이 나고 거의 열병에 들뜬 상태여서, 그녀를 그녀 모습과는 다른 유령으로 본 거요. 헝클어진 긴 머리나 부푼 검은 얼굴이나 지나치게 큰 몸짓도 다 상상력이 만들어 낸 거요. 악몽의 결과요. 앙심에 차 면사포를 찢은 것은 실제로 있었던 일이오. 그건 그녀답소. 내가 왜 그런 여자를 집에 두는지 궁금할 거요. 우리가 결혼하고 1년 하고 하루가 지나면 그때 말하겠소. 하지만 지금은 안 되오. 이제 만족했소, 제인? 내 말로 수수께끼가 풀렸소?"

나는 생각했다. 그리고 사실 그것만이 유일한 답처럼 보였다. 만족스럽지는 않지만 그의 기분을 맞춰 주기 위해 의문이 풀린 척했다. 안심이 된 것은 사실이어서 미소를 지으며 그에게 대답했다. 이제 1시가 훨씬 지났으니 나는 가 보겠다고 했다.

"소피가 아이 방에서 아델과 함께 자지 않소?" 내가 초에 불을 붙이자 그가 물었다.

"네, 주인님."

"아델의 작은 침대에 그대가 누울 만한 자리가 충분히 있을 거요. 제인, 오늘 밤에는 꼭 아델과 함께 자도록 하시오. 그대가 이제 막 말한 사건으로 신경이 과민해진 게 틀림없소. 혼자 자지 않는 게 낫겠소. 아이 방에서 자겠다고 약속하시오."

"기꺼이 그렇게 할게요, 주인님."

"그리고 안전하게 문을 안에서 꼭 잠그시오. 위층으로 가거든 아침에 일찍 깨워 달라는 핑계를 대고 소피를 깨우시오. 아침 8시 전까지 옷을 갈아입고 아침 식사를 끝내야 되니 말이오. 그리고 자, 더 이상 음울한 생각은 하지 말고, 쓸데없는 걱정은 쫓아내 버리시오, 자네트. 바람이 잠잠해져 부드러운 속삭임처럼 들리지 않소? 창문에 들이치던 비도 멎었소. 여길 보시오. (그는 커튼을 올렸다) 아름다운 밤이오!"

아름다운 밤이었다. 하늘의 반은 맑고 구름 한 점 없었다. 바람 앞에 모여 있던 구름들은 서풍이 불자 동쪽에 긴 은색 기둥을 지어 움직였다. 달이 평화롭게 빛났다.

로체스터 씨가 내 눈을 살피듯이 바라보며 말했다. "자, 이제 기분이 어떻소?"

　　"평온한 밤이에요, 주인님. 그리고 저도 그래요."

　　"오늘 밤에는 이별이나 슬픈 일이 아니라 행복한 사랑과 축복이 가득 찬 결혼을 꿈 꿀 거요."

　　이 예언은 반만 실현되었다. 나는 슬픈 꿈도 꾸지 않았지만 그렇다고 축복받은 꿈도 꾸지 않았다. 전혀 잠을 자지 못해서였다. 어린 아델을 안고 잠자는 그 아이를 지켜보았다. 그다지도 고요하고, 차분하고, 순수하게 자는 모습을 보면서 동이 트기를 기다렸다. 나는 완전히 깨어나 있었고 몸 전체가 흥분 상태였다. 해가 뜨자마자 일어났다. 내가 떠나려고 하자 아델이 꼭 끌어안던 게 기억난다. 내 목에서 그녀의 작은 손을 떼어 내면서 뽀뽀를 해 준 기억이 난다. 그녀를 보자 이상하게 감정이 북받쳐 울었고, 내 울음소리가 그녀의 고요한 깊은 잠을 방해할까 봐 그녀 곁을 떠났다. 그녀는 과거의 나를 상징하는 것처럼 보였다. 그리고 동시에 내가 옷을 차려입고 만나러 가는, 우러러보면서도 두려운 미지의 표상처럼 보였다.

제26장

7시에 소피가 옷을 입혀 주러 왔다. 옷을 입혀 주는 데 정말 시간이 오래 걸렸다. 너무 오래 걸리자 초조해진 로체스터 씨가 왜 안 내려오느냐고 사람을 올려 보냈다. 그때 그녀는 내 면사포(결국 내가 만든 평범한 비단 면사포)를 브로치로 머리에 고정시키는 중이었다. 나는 가능한 한 빨리 그녀의 손에서 서둘러 빠져나왔다.

"가만 계세요." 소피가 프랑스어로 외쳤다. "거울을 보세요. 거울도 안 보셨어요."

나는 문에서 돌아섰다. 옷을 차려입고 면사포를 쓴 사람이 보였다. 평소 내 모습과 너무 달라 이방인처럼 보였다. "제인!" 나를 부르는 목소리가 들렸다. 나는 서둘러 내려갔다. 계단 밑에서 로체스터 씨가 나를 맞이했다.

"늑장꾸러기 같으니! 초조해서 속이 타 죽겠는데 그렇게 꾸물대다니!"

그는 나를 식당으로 데리고 가서 자세히 쭉 훑어보더니 "백합처럼 아름답고 내 삶의 자랑거리일 뿐 아니라 내 눈의 즐거움이오"라고 말했다. 그러고 나서 10분 안에 식사를 해야 한다며 종을 울렸다. 최근 고용된 마부가 종소리를 듣고 왔다.

"존은 마차를 준비해 놓았는가?"

"네, 주인님."

"짐은 다 내려다 놓았는가?"

"내려다 놓았습니다, 주인님."

"교회로 가서 우드 씨(목사)와 목사보가 있는지 보고 오게."

독자도 알다시피 교회는 바로 대문 뒤에 있었다. 마부는 곧 돌아왔다.

"우드 씨는 목사관에서 목사복을 입고 계십니다."

"마차는?"

"말에 마구를 채우고 있습니다."

"교회 갈 때는 마차가 필요 없네. 하지만 우리가 돌아올 때는 준비가 완료되어 있어야 하네. 상자와 짐을 실어 끈으로 묶고, 마부는 마부 자리에 앉아 있어야 하네."

"네, 주인님."

"제인, 준비되었소?"

나는 일어났다. 신랑 들러리도, 신부 들러리도, 친척도 없어 아무도 우리를 기다리거나 인도해 주지 않았다. 나하고 로체스터 씨뿐이었다. 우리가 지나갈 때 홀에 페어팩스 부인이 서 있었다. 나는 그녀에게 무언가 말을 걸고 싶었지만 성큼성큼 걷는 로체스터 씨의 강철처럼 강한 손에 잡혀 거의 끌려가다시피 했다. 로체스터 씨의 얼굴을 보니 잠시라도 꾸물거렸다가는 큰일 날 태세였다. 다른 신랑들도 그럴지 의아했다. 목적을 향해 돌진하고 지나치게 엄숙한 결의에 차 있었다. 다른 신랑도 눈썹이 그렇게 단호하고 눈동자가 활활 타며 빛날지 궁금했다.

그날 날씨가 맑았는지 흐렸는지도 기억이 안 난다. 마차를 타고 내려가면서 하늘도 땅도 보지 못했다. 내 마음은 내 눈과 함께 있었고 마음도 눈도 로체스터 씨만 바라보았다. 가는 내내 로체스터 씨는 똑바로, 앞을 향해 무언가를 사납게 뚫어져라 보다가 시선을 떨구다가 했다. 그 보이지 않는 뭔가를 나도 보고 싶었다. 그는 그 어떤 힘을 끌어안기도 하고 물리치기도 했는데, 나도 그 힘을 느끼고 싶었다.

그는 교회 마당에 있는 쪽문 앞에 멈추었다. 내가 숨을 헐떡이는 걸 알아채고 그가 말했다. "내가 내 사랑에게 너무 잔인했나 보오? 잠깐만 멈춰 쉽시다. 내게 기대요, 제인."

지금도 내 앞에 펼쳐져 있던 낡은 회색 교회, 교회의 뾰족탑 주위를 맴돌던 까마귀, 저 멀리 보이던 불그스레한 아침 하늘이 떠오른다. 또한 초록색 무덤이 기억나고 묘지 사이를 거닐면서 이끼 낀 묘비에 새겨진 묘비명을 읽고 있던 두 명의 낯선 남자도 잊을 수 없다. 그들이 우리를 보고 교회 뒤쪽으로 가는 바람에 유심히 보았다. 그들이 옆문으로 들어갔기 때문에 결혼식 증인인 것이 틀림없다고 생각했다. 로체스터 씨는 그들을 보지 못했다. 그는 새하얗게 질려 창백한 내 얼굴을 열심히 바라보고 있었다. 이마에서 땀이 흐르고 뺨과 입술은 싸늘해졌다. 내가 곧 기운을 차리자 그는 부드럽게 나를 데리고 교회 현관으로 이어지는 길을 올라갔다.

우리는 조용하고 조촐한 교회 안으로 들어갔다. 목사는 흰색 목사복을 입고 나지막한 제단에서 우리를 기다리고 있었다. 옆에는 서기가 서 있었다. 교회 안은 아주 조용했다. 멀리 구석에서 두 사람 그림자만 움직이고 있었다. 내 추측이 옳았다. 그 낯선 남자들은 우리보다 먼저 슬쩍 들어와 로체스터 가문의 무덤 옆에 서 있었다. 그들은 우리 쪽으로 등을 돌리고 쇠창살 사이로 시간의 때가 묻은 대리석 무덤을 보고 있었다. 무덤에는 내전* 당시 마스턴 무어에서 살해당한 데이머 드 로체스터와 그의 아내인 엘리자베스를 지키는 천사가 조각되어 있었다.

우리 자리는 성찬대 난간 쪽이었다. 뒤에서 조심스러운 발소리가 나서 어깨너머로 보았다. 그 낯선 남자들 중 한 사람, 분명히 신사로 보이는 사람이 제단을 향해 앞으로 걸어오고 있었다. 예배가 시작되었다. 결혼식이 진행될 것이라는 설명이 끝나자 목사가 한 걸음 앞으로 걸어 나와 로체스터 씨 쪽으로 몸을 약간 숙이고 말했다.

"두 분 모두에게 명령하는 바입니다. 두 사람이 결혼을 통해 합법적으로 결합하는 데 방해물이 있다면, 지금 고백하십시오(모든 마음속 비밀이 드러나는 무시무시한 최후의 심판의 날 두 분이 대답하는 것처럼 대답해 주십시오). 하느님 말씀이 아닌 것으로 맺어진 사람은 하느님에 의해 맺어진 것도 아니고 그런 결혼은 불법임을 확실히 알아야 합니다."

그는 관습대로 잠시 쉬었다. 그런 말을 한 다음 잠시 쉴 때 대답이 나와 침묵이 깨진 적이 있을까? 아마 백 년에 한 번도 그런 일은 없을 것이다. 그리고 목사는 책에서 눈을 떼지 않고 잠시 숨을 멈춘 뒤 계속 진행하려고 했다. 그는 이미 로체스터를 향해 손을 뻗고, "그대는 이 여자를 아내로 맞이하겠는가?"라고 물으려 막 입을 열려는 참이었다. 그때 옆에서 말하는 소리가 똑똑히 들렸다.

"이 결혼은 계속될 수 없습니다. 장애물이 있다고 선언하는 바입니다."

목사는 그 말을 한 사람을 바라보더니 아무 말도 못 했다. 서기도 마찬가지였다. 로체스터 씨는 마치 발밑에서 지진이 난 것처럼 약간 휘청거렸다. 그는 다시 똑바로 섰으나 머리나 눈길을 돌리지 않고 말했다. "계속하시오."

그가 조용히 그윽한 목소리로 이 말을 하자 교회 안에 깊은 정적이 흘렀다. 곧 우드 씨가 말했다.

"지금 한 말에 대해, 그 말이 사실인지 거짓인지 증거를 조사하기 전에는 계속할 수가 없습니다."

"이 결혼은 절대로 이루어질 수 없습니다." 우리 뒤에서 이런 말을 덧붙였다. "저는 제 말을 입증해야 할 위치에 있는 사람입니다. 이 결혼에는 넘을 수 없는 장애물이 있습니다."

로체스터 씨는 이 말을 들었지만 전혀 개의치 않았다. 그는 완고한 표정으로 엄격하게 서서 내 손을 잡은 뒤 꼼짝도 하지 않았다. 그가 얼마나 강하게 그리고 뜨겁게 내 손을 잡았던지! 넓은 창백한 이마는 딱딱해져 매끈한 대리석 같았다. 고요히 주위를 살피는 그의 눈이 얼마나 사납게 빛났던지!

우드 씨는 어쩔 줄 모르는 것 같았다. "어떤 성격의 방해물이오?" 그가 물었다. "어쩌면 극복될 수도 있고 해명될 수 있는 것일 수도 있지 않나요?"

"그럴 수 없습니다. 극복될 수 없는 것이라고 이미 말씀드렸고, 다시 그렇다고 말씀드립니다."

그 말을 한 사람이 앞으로 나와서 난간에 기댔다. 그는 조용히 차분하고 침착하게 한 마디 한 마디를 또렷이 말했다.

"간단히 말해, 그는 이미 결혼한 상태입니다. 로체스터 씨의 아내는 지금도 살아 있습니다."

조용히 말한 그 한마디에 내 신경이 부르르 떨렸다. 천둥이 쳐도 이렇게 떨린 적은 없었다. 그 말 한마디에 내 피가 광폭하게 흘렀다. 피에 서리가 내리거나 불이 났어도 그 정도는 아니었을 것이다. 나는 침착했다. 기절할 위험은 없었다. 로체스터 씨를 바라보았는데, 오히려 그가 나를 보게 만들었다. 그의 얼굴은 창백한 암석 같았다. 두 눈은 부싯돌처럼 번득였다. 그는 아무것도 부인하지 않았다. 이 모든 일을 무시하는 것처럼 보였다. 그는 내가 사람임을 잊은 것처럼 말없이, 미소도 짓지 않고 내 허리를 안고는 꼼짝 못하게 했다.

"당신은 누구요?" 그가 끼어든 남자에게 물었다.

"나는 런던 ○○○ 가에 있는 변호사 브리그스입니다."

"그런데 왜 내게 아내가 있다고 뒤집어씌우는 거요?"

"당신이 부인하더라도 법이 인정하는 당신의 아내가 살아 있음을 일깨워 드리는 겁니다."

"그럼 내게 그녀를 설명해 보시오. 이름과 부모와 거주지를 대보시오."

"물론입니다." 브리그스 씨가 침착하게 주머니에서 종이를 꺼내더니 비음이 섞인 공식적인 어투로 크게 읽어 내려갔다.

"○○○○년 10월 20일(15년 전의 날짜였다)에 영국 ○○○ 주의 편딘 장원 및 ○○○ 현의 손필드에 사는 에드워드 페어팩스 로체스터는 상인인 조너스 메이슨과 서인도 제도 출생인 그의 아내 안토이네타의 딸이며 내 동생인 버사 안토이네타 메이슨과 자메이카의 스패니시 타운 ○○○ 교회에서 결혼했음을 확인하고 입증한다. 그 결혼 기록은 그 교회의 등록에서 찾을 수 있고, 복사본은 지금 내가 가지고 있다. 리처드 메이슨 서명."

"그것, 진짜 문서가 내가 결혼했음을 증명할 수 있다고 하더라도 아내로 언급된 여자가 여전히 살아 있다고 증명할 순 없소."

"석 달 전에는 살아 있었습니다."

"당신이 어떻게 아시오?"

"그 사실을 입증할 증인이 있습니다. 그의 증언을 들으면 선생님께서도 부인하지 못하실 겁니다."

"그 사람을 보여 주시오, 아니면 당장 꺼지시오."

"우선 그 사람을 보여 드리겠습니다. 이 자리에 왔습니다. 메이슨 씨, 이리로 좀 나와 주십시오."

그 이름을 듣자 로체스터 씨는 이를 악물고 심한 경련을 일으켰다. 바로 옆에 붙어 있던 내게 그가 분노와 절망에 휩싸여 발작적으로 몸을 떠는 것이 느껴졌다. 지금까지 뒤에서 어슬렁거리던 두 번째 낯선 남자가 가까이 다가왔다. 변호사의 어깨너머로 창백한 얼굴이 내다보고 있었다. 그랬다. 그 사람은 바로 메이슨 씨였다. 로체스터 씨는 몸을 돌려 그를 노려보았다. 내가 말한 적이 있지만 로체스터 씨의 눈은 검은색이었는데 이제 우울한 그 눈이 황갈색, 아니 충혈되어 시뻘겠다. 얼굴도 상기되어 있었다. 마치 심장 속의 불이 올라와 퍼지는 것처럼 올리브 빛 광대뼈와 창백한 앞이마가 벌겋게 달구어져 있었다. 그는 움찔하더니 힘센 팔을 번쩍 들었다. 메이슨을 쳐서 교회 바닥에 때려눕히고 가차 없이 휘갈겨 숨통을 끊어 놓을 것처럼 보였다. 하지만 메이슨이 피하면서 희미하게 소리쳤다. "오, 하느님 맙소사!" 로체스터 씨는 경멸하며 냉담하게 바라보았다. 마치 마름병이 돌아 모두 다 시들게 한 것처럼 그의 분노가 사라져 버렸다. 그는 단지 이렇게만 물었다. "무슨 말을 하려는 거야?"

새하얗게 질린 메이슨의 입술에서 거의 들리지 않게 대답이 새어 나왔다.

"들리게 똑똑히 대답하지 않으면 가만두지 않을 거야. 내가 다시 묻는데, 무슨 말을 하려는 거야?"

"저기, 저기." 목사가 끼어들었다. "신성한 교회임을 잊지 마십시오." 그리고 메이슨을 향해 부드럽게 물었다. "이 신사분의 아내가 아직도 살아 있는지 여부를 알고 계십니까?"

"용기를 내세요." 변호사가 재촉했다. "솔직히 말하세요."

"그녀는 지금 손필드 저택에 살고 있어요." 좀 더 잘 알아들을 수 있게 메이슨이 말했다. "지난 4월에 그녀를 봤습니다. 난 그녀의 오빠입니다."

"손필드라고 하셨어요!" 목사가 감탄사를 내질렀다. "그럴 리가 없습니다! 저는 여기 오랫동안 살았는데 손필드 저택에 로체스터 부인이 있다는 소리는 들어 본 적이 없습니다."

냉소적으로 로체스터의 입술이 뒤틀리는 것을 나는 보았다. 그가 중얼거렸다.

"안 돼, 하느님 맙소사! 그런 이름으로 그녀 이야기가 들리지 않게 하려고 얼마나 조심했는데." 그는 생각에 잠겼고 10분쯤 혼자 곰곰이 생각하더니 마침내 결심을 하고 선언했다.

"이걸로 됐소! 총에서 총알이 나오듯이 모든 것이 한꺼번에 쏟아져 나오는군. 우드 씨, 그 책을 치우고 목사복을 벗으십시오. (서기에게) 존 그린 씨, 가셔도 됩니다. 오늘은 결혼식이 없습니다." 그 사람은 하라는 대로 했다.

로체스터 씨는 냉담하게 마구 이야기를 했다. "중혼은 더러운 말이오! 하지만 중혼을 할 작정이었소. 그런데 운명이 날 이겼거나 아니면 신이 날 저지했소. 아마 후자일 거요. 지금 이 순간 난 악마나 다름없소. 저기 있는 목사님 말씀대로 가장 엄격한 판단을 받아 꺼지지 않는 불과 죽지 않는 벌레들* 속으로 떨어져 마땅하오. 신사분들, 내 계획은 실패했소. 변호사와 그의 의뢰인이 한 말은 사실이오. 나는 결혼한 적이 있고 나와 결혼한 여자는 살아 있소! 저기 있는 집의 로체스터 부인 이야기는 들어 본 적이 없다고 말씀하셨소, 우드 씨! 하지만 간수가 지키는 수수께끼의 미친 사람이 거기 있다는 소문은 여러 번 들으셨을 것이오. 누군가는 당신에게 그 여자가 사생아인 내 의붓누이라고 했을 것이고, 어떤 사람은 내가 버린 정부라고 수군댔을 거요. 이제 내 아내, 15년 전에 결혼한 내 아내임을 알려 주겠소. 그녀의 이름은 버사 메이슨으로, 마음먹고 소동을 부린 이 사람의 여동생이오. 지금은 하얗게 질려 벌벌 떨고 있지만 말이오. 역으로 강심장이 되려면 어때야 하는지 보여 주고 있소. 기운 내게, 딕! 날 무서워하지 말게! 난 여자 같은 자네를 칠 뻔했네. 버사 메이슨은 미쳤소. 그녀는 정신 병력이 있는 가문 출신이었소. 그 집안에서는 3세대에 걸쳐 백치와 미친 사람들이 나왔소. 서인도 제도 출생인 그녀 어머니는 미친 여자인 데다 술주정뱅이였소! 그 딸과 결혼한 후에야 알았지만 말이오. 버사는 효녀답게 두 가지 모두 어머니를 그대로 닮았기 때문에 가족의 비밀에 대해 모두 침묵을 지켰던 거요. 나는 매력적인 동반자, 순결하고 현명하고 겸손한 동반자를 얻었소. 내가 얼마나 행복했는지 상상이 갈 거요. 하지만 어처구니없는 일들을 겪었소! 오! 정말 대단한 경험을 했소! 당신들이 알 수 있다면 좋겠소! 하지만 더 이상 설명은 하지 않겠소. 브리그스 씨, 우드 씨, 메이슨, 당신들을 집으로 초대하오. 와서 풀 부인의 환자, **내 아내인** 여자를 방문하시오! 내가 어떤 여자에게 속아서 청혼했는지 알게 될 거요. 그리고 내가 그 계약을 깨고 적어도 동정을 구할 권리가 있는지 판단해 주시오." 그가 나를 보며 계속 말했다. "이 여자는, 우드 씨 당신만큼이나 숨겨진 비밀에 대해 아무것도 모르오. 그녀는 모든 것이 정당하고 합법적이라고 생각하고 있소. 이미 사악하고 미친 짐승 같은 아내에게 사기 결혼당한 나 같은 놈과 거짓 결합을 하는 함정에 빠졌으리라고는 꿈에도 생각하지 못했을 것이오! 모두 날 따라오시오!"

그는 아직도 내 손을 꼭 쥐고 교회를 떠났다. 세 명의 신사가 그의 뒤를 따랐다. 저택 현관문에는 마차가 있었다.

"그 마차를 마구간으로 가져가게, 존." 로체스터 씨가 냉정하게 말했다. "오늘, 마차는 필요 없네."

우리가 들어서자 페어팩스 부인과 소피와 아델과 레아가 우리를 맞이하며 인사했다

"모두, 저리로 가시오!" 주인이 소리쳤다. "축하 인사는 집어치우시오! 원하는 사람이 없소. 나도 원치 않소. 15년 전에나 했어야 할 인사로, 이젠 너무 늦었소!"

그는 계속 앞으로 나가 계단을 올라갔다. 그는 여전히 내 손을 쥐고 있었고 여전히 신사들에게 따라오라고 했다. 그들은 그를 따라왔다. 우리는 첫 번째 층계를 올라 갤러리를 지나 3층으로 갔다. 로체스터 씨가 마스터키로 나지막한 검은색 문을 열어 우리는 큰 침대와 그림이 그려진 캐비닛과 걸개가 있는 방으로 들어갔다.

"메이슨, 자네는 이곳을 잘 알 걸세." 우리의 안내자가 말했다. "여기서 그녀가 자네를 물어뜯고 찌르지 않았나."

그는 벽에서 걸개를 들어 올리고 두 번째 문을 열었다. 그 문 또한 열렸다. 창문이 없는 방 안에서 난로가 타고 있었다. 난로 주위에는 견고하게 높은 울타리가 쳐 있고 등이 체인으로 천장에 매달려 있었다. 그레이스 풀이 난로 위에다 냄비를 올려놓고 뭔가를 요리하고 있는 것 같았다. 방 저쪽 깊은 그늘 속에 어떤 형체가 앞뒤로 오가고 있었다. 그것이 짐승인지 사람인지 첫눈에는 알 수가 없었다. 그것은 네 발로 기어 다니는 것처럼 보였다. 그것은 이상한 야생 동물처럼 잡아채기도 하고 으르렁거리기도 했다. 헝겊을 뒤집어쓰고 야생 동물의 갈퀴처럼 보이는 무성하게 자란 반백의 털이 머리와 얼굴을 가리고 있었다.

"안녕하시오, 풀 부인!" 로체스터 씨가 말했다. "잘 있었소? 당신

환자는 오늘 어떻소?"

"견딜 만합니다, 주인님. 감사합니다." 그레이스 풀이 끓고 있던 음식을 조심스럽게 벽난로 시렁에 올려놓으며 말했다. "좀 뚱하기는 하지만, 날뛰지는 않네요."

그녀의 호의적인 보고가 사실이 아니라는 듯이 사납게 울부짖는 소리가 났다. 옷을 입은 하이에나가 일어나 뒷발로 우뚝 섰다.

"아, 주인님, 당신을 보고 있어요!" 그레이스가 외쳤다. "나가시는 게 낫겠어요."

"잠깐만, 그레이스. 잠깐이면 되오."

"그럼 조심하세요, 주인님! 제발 조심하세요!"

그 미친 여자는 으르렁댔다. 그녀는 덥수룩한 머리를 젖히고 방문객들을 사납게 바라보았다. 나는 그 보라색 얼굴, 그 부푼 이목구비를 똑똑히 알아볼 수 있었다. 풀 부인이 앞으로 나왔다.

"저리로 비키시오." 로체스터 씨가 말했다. "그녀가 지금 칼을 가지고 있지 않은 것 같소만, 내가 조심하겠소."

"뭘 가졌는지 몰라요. 아주 교활해요. 얼마나 교활한지 사람 머리로는 알 수가 없어요."

"그녀를 혼자 내버려 두는 게 낫겠소." 메이슨이 속삭였다.

"빌어먹을!" 그의 매형은 그렇게 권했다

"조심하세요!" 그레이스가 외쳤다. 세 신사는 동시에 뒤로 물러났고 로체스터 씨는 나를 자기 뒤로 밀어냈다. 미친 여자는 펄쩍 뛰어올라 그의 목을 꼭 잡고 이빨로 뺨을 물려고 했다. 그들은 싸웠다. 그녀는 남편과 키가 거의 같은 데다 살이 쪄 덩치도 컸다. 싸울 때 보니 그녀는 남자만큼 힘이 셌다. 운동 신경이 뛰어난 로체스터 씨조차 두어 번 목이 졸릴 뻔했다. 그가 한 대 휘갈겨 그녀를 제압할 수도 있었지만, 그는 그녀를 때리지 않고 몸싸움을 했다.

마침내 그가 그녀의 두 손을 잡았고 그레이스 풀이 그에게 끈을 건네주었다. 그는 그녀의 등 뒤로 손을 묶고 근처에 있던 줄을 사용해 그녀를 의자에 묶어 주었다. 이렇게 하는 동안 그녀는 아주 사납게 고함을 지르고 발작적으로 사지를 버둥댔다. 그러고 나서 로체스터 씨는 구경꾼들 쪽으로 몸을 돌리고, 냉소적이고 쓸쓸한 미소를 지으며 바라보았다.

"이게 내 아내요." 그가 말했다. "아내와의 유일한 포옹이 이거고 내 여가 시간에 위안이 될 다정한 말이 이런 거요! 그리고 이 아가씨야말로 내가 아내로 삼고 싶은 사람이오. (내 어깨 위에 손을 올려놓으면서) 지옥의 입구에서 이렇게 엄숙하고 조용하게 서서 침착하게 악마의 게임을 지켜보고 있는 이 젊은 아가씨를 아내로 삼고 싶은 거요. 이 지독한 스튜를 먹은 뒤 입가심을 해야 하듯이 말이오. 우드 씨, 그리고 브리그스 씨, 얼마나 차이가 나는지 보십시오! 이 맑은 눈과 저기 있는 시뻘건 눈동자를 비교해 보시오. 이 얼굴과 저 가면을, 이 몸매와 저 덩치를 비교해 보시오. 복음을 전하는 목사님, 그리고 법을 집행하는 변호사님, 그런 다음 저를 판단하십시오. '남을 판단하는 대로 너희도 하느님의 심판을 받을 것이다'*라는 말을 잊지 마십시오. 이제 가셔도 됩니다. 저는 이 보물을 가두어야겠습니다."

우리는 모두 물러났다. 로체스터 씨는 그레이스 풀에게 몇 가지 더 지시를 내리기 위해 조금 더 머물렀다. 계단을 내려오면서 변호사가 내게 말했다.

"당신은 아무 잘못이 없네요. 작은아버님이 아시면 기뻐하실 거예요. 메이슨 씨가 마데이라에 돌아갈 때까지 살아 계시면 말이에요."

"작은아버지라고요! 작은아버지가 무슨 상관 있나요? 그를 아세요?"

"메이슨 씨가 아십니다. 몇 년 전에 에어 씨가 그의 사업의 푼 샬 대리점을 맡으셨어요. 작은아버지께서 로체스터 씨와 곧 결혼한다는 당신 편지를 받았을 때, 마침 메이슨 씨가 함께 계셨어요. 그 당시 메이슨 씨는 자메이카로 돌아가는 길에 마데이라에서 요양 중이었어요. 에어 씨가 그 소식을 메이슨 씨에게 알렸죠. 제 의뢰인인 메이슨 씨가 로체스터의 지인인 걸 작은아버지께서 알고 계셨거든요. 짐작하신 대로 메이슨 씨는 너무 놀라고 고민이 되어 작은아버지께 사실대로 말씀드렸어요. 유감스럽게도 작은아버지는 지금 병상에 계세요. 병의 성격으로 보나 악화 일로에 있는 현 단계로 볼 때 다시 회복하지 못하실 것 같아요. 그래서 함정에서 당신을 구하려고 서둘러 직접 영국에 오실 수가 없자, 메이슨 씨께 즉시 잘못된 결혼을 막아 달라고 간청하신 겁니다. 메이슨 씨께 제 도움을 받으라고 하셨어요. 제가 급히 서둘러서 다행히 너무 늦지는 않았네요. 물론 당신도 다행이라고 여기시리라 믿습니다. 당신이 마데이라에 도착할 때까지 살아 계실 거라면 메이슨 씨와 함께 그곳으로 가라고 충고하겠어요. 하지만 사실 여기 영국에 있으면서 에어 씨로부터 또는 에어 씨에 대한 소식을 듣는 게 나을 것 같군요. 우리가 더 머물러서 할 일이 있나요?" 그는 메이슨 씨에게 물었다.

"아니요. 그만 갑시다." 메이슨 씨가 초조해 하며 대답했다. 그들은 다시 로체스터 씨를 보지도 않고 홀의 문을 통해 나갔다. 목사는 거만한 교구민에게 경고인지 비난인지 모를 말을 했다. 그 의무를 끝내자 그는 떠났다.

나는 문간에서 반쯤 열린 문으로 목사가 가는 소리를 들었다. 그리고 방으로 들어왔다. 모두가 집에서 나가자 방에 숨어 아무도 들이닥치지 못하게 빗장을 걸어 잠갔다. 울거나 애도하지 않고 기계적으로 지나치게 차분하게 웨딩드레스를 벗고 그 대신 어제 마지막이라고 생각했던 모직 옷을 입었다. 그러고 나서 앉았다. 피곤하고 기운이 없었다. 탁자 위에 팔을 얹고 머리를 파묻었다. 그리고 생각을 했다. 지금까지 듣고 보고 움직였다. 이끄는 대로 또는 이끌려서 아래위로 내려갔다 올라갔다 하면서 사건에 사건이, 폭로에 폭로가 이어지는 것을 보기만 했다. 하지만 **이제 나는 생각을 했다.**

그날 아침은 미친 여자 때문에 잠깐 소동이 있었던 것을 제외하면, 아주 조용했다. 교회에서 시끄러운 소동이 벌어지지는 않았다. 마구 화를 내거나, 고성이 오가거나, 말다툼을 하거나, 반항하거나, 대들거나, 눈물을 흘리거나, 흐느끼지 않았다. 몇 마디 말이 오가고 나서 조용히 결혼을 반대한다는 말이 있었다. 로체스터 씨가 경직되어 몇 가지 짧은 질문을 했지만 대답과 설명이 이루어졌고 그에 대한 증거가 제시되었다. 주인님 스스로 공개적으로 사실을 인정했고 살아 있는 증거가 제시되었다. 침입자들은 사라졌고 모든 것이 끝났다.

여느 때처럼 나는 방에 있었다. 나 혼자였고 분명히 변한 것은 아무것도 없었다. 그 무엇도 나를 때리거나 상처를 내거나 불구로 만들지 않았다. 하지만 어제의 제인 에어는 어디로 갔는가? 그녀의 인생은 어디에 있는가? 그녀의 미래는 어디로 갔는가?

미래에 대한 기대로 들떠 거의 신부가 될 뻔했던 제인 에어는 다시 외로운 소녀가 되었다. 그녀의 인생은 나약하고 그녀의 미래는 황폐하다. 한여름에 크리스마스 서리가 내린 것과 같았다. 6월에 12월의 눈보라가 분 것 같았다. 익은 사과가 얼음 막에 둘러싸이고 활짝 핀 장미가 눈보라에 망가졌다. 목초지와 옥수수밭에 하얇게 서리가 내리고, 어젯밤만 해도 꽃으로 가득 찼던 오솔길이 오늘은 아무도 밟지 않은 눈으로 완전히 덮여 길이 보이지 않았다. 열두 시간 전만 해도 무성한 나뭇잎이 열대 지방의 식물처럼 바람에 물결치며 향기를 뿜었는데, 이제는 겨울날 노르웨이의 소나무처럼 황량하고 거칠게 흰 눈으로 덮인 채 늘어서 있었다. 나의 희망은 모두 죽었다. 옛날 이집트 땅에 있는 모든 맏이들에게 닥친* 그 음흉한 운명이 나의 희망에도 닥쳤다. 어제는 활짝 피어 빛나던 내 간절한 희망을 바라보았다. 소망들은 다시는 살아날 수 없는 싸늘하게 식은 검푸른 시체가 되어 황량하게 누워 있었다.

나는 내 사랑을 보았다. 내 주인님의 사랑이기도 하고 그에 대한 사랑이기도 했다. 그 사랑은 고통스러워하는 요람 속 아기처럼 내 가슴속에서 떨고 있었다. 병들어 고통스러워하고 있었다. 내 사랑은 로체스터 씨의 팔에 안길 수도, 그의 가슴에서 온기를 얻을 수도 없었다. 오, 더 이상 내 사랑은 그에게 돌아갈 수도 없었다. 이제 믿음은 말라 버렸고 신뢰는 깨졌다! 더 이상 로체스터 씨는 과거의 로체스터 씨가 아니었다. 그를 사악하다고 하지는 않겠다. 나를 배신했다고 말하지도 않겠다. 하지만 더 이상 그를 완벽하게 진실한 사람으로 생각할 수 없으며 이제 그를 떠나 멀리 가야 한다. 나는 그 사실을 잘 알았다. 언제 어떻게 어디로 가야 할지 아직 떠오르지 않았다. 그러나 그도 틀림없이 나를 손필드에서 내보내려고 할 것이다. 그는 나를 진정으로 사랑하지 않았던 것 같다. 단지 일시적인 열정에 싸여 있었고, 이제 그 열정이 사라졌으니 더 이상 나를 원하지 않을 것이다. 이제는 그와 마주치기조차 두려웠다. 그도 나를 보고 싶지 않을 것이다. 오, 내가 얼마나 눈이 멀었던가! 내가 얼마나 나약하게 행동했던가!

나는 눈을 가리고 감았다. 어둠이 내 주위를 소용돌이 치고 여러 생각이 뒤죽박죽되어 검은 탁류처럼 밀려왔다. 기운이 없어 꼼짝도 못하고 자포자기 상태가 되어 큰 강의 마른 강바닥에 누워서 저 멀리 산에서 홍수가 밀려오는 것을 듣는 것 같았다. 일어서기에는 의지가 없고 도망가기에는 힘이 없었다. 죽기를 바라며 기절한 상태로 누워 있었다. 아직도 한 가지 생각이 생생하게 떠올라 가슴이 두근거렸다. 신이 있다는 것이었다. 나는 말없이 기도를 올렸다. 말들은 깜깜한 마음속 위아래로 맴돌며 밖으로 나오려고 했으나 힘이 없어 말로 표현할 수가 없었다.

　"멀리하지 마옵소서. 어려움이 닥쳤는데 도와줄 자 없사옵니다."*

　그것은 가까이 다가왔다. 나는 피하게 해 달라고 기도를 올리지 않았다. 나는 두 손을 모으지도, 무릎을 꿇지도, 입술을 움직이지도 않았다. 급류가 밀려왔다. 그 강한 급류는 단숨에 나를 덮쳤다. 내 인생은 외롭고, 내 사랑은 사라지고, 내 희망은 꺼지고, 내 믿음은 죽어 버렸다는 음울한 의식이 한꺼번에 밀려와 나를 강타하고 휩쓸었다. 그 고통의 시간을 어떻게 묘사할 수가 없다. 정말로, "목에까지 물이 올라왔사옵니다. 깊은 수렁에 빠졌습니다. 발붙일 것 하나도 없사옵니다. 물속 깊은 곳에 빠져 물결에 휩쓸렸습니다."** 라는 말 그대로였다.

제27장

오후 늦게 고개를 들고 주위를 둘러보았다. 벽에 서쪽으로 해가 지는 표시를 보며 나 자신에게 물었다. '뭘 해야 되지?'

하지만 당장 손필드를 떠나라는 마음의 대답이 불쑥 나와 두려워서 귀를 막아 버렸다. 나는 지금은 그런 말을 견딜 수 없다고 말했다. '에드워드 로체스터의 신부가 아니라서 슬픈 것은 전혀 아니야. 가장 찬란한 꿈에서 깨어나 그 모든 것이 소용없고 헛된 걸 알아 끔찍하지만 그건 견딜 수 있고 극복할 수 있어. 하지만 지금 곧 영원히 그를 떠나야만 하는 건 견딜 수가 없어. 그럴 수는 없어.'

그러나 그때 내 마음속의 목소리가 내가 견딜 수 있으며 견뎌야만 한다고 명령했다. 나는 나 자신의 결심과 싸웠다. 앞으로 닥칠 고통스러운 일을 피할 수 있기를 바라는 나약한 마음이 있었다. 그런데 폭군이 된 양심은 열정의 목을 잡고 조롱하듯이 말했다. 아직까지는 예쁜 발을 진흙탕 속에 살짝 디딘 것에 지나지 않는다고 하면서, 강철 같은 팔로 끝없이 깊은 고통 속으로 밀어 넣을 것이라는 저주를 퍼부었다.

'멀리 가게 해 주세요.' 그러고 나서 내가 외쳤다. '누구라도 제가 멀리 갈 수 있게 도와주세요!'

'안 돼, 스스로 떠나야 돼. 아무도 널 도울 수 없어. 너 스스로 오른쪽 눈을 뽑아 버리고' 오른쪽 손을 잘라 버려야 해. 사제인 네가 스스로 희생양인 네 심장을 찔러야 해.'

이렇게 잔혹한 재판관이 나타나는 고독이, 이렇게 끔찍한 목소리로 채워지는 침묵이 두려워 벌떡 일어났다. 똑바로 일어나자 머리가 어지러웠다. 흥분과 허기로 구역질이 났다. 아침 식사도 안 해서 그날 하루 종일 고기 한 점 먹지 않고 물 한 모금 마시지 않았다. 그리고 여기 처박혀 있는 동안 안부를 묻는 메시지도, 아래로 내려오라는 메시지도 안 오는 것이 이상하게 고통스러웠다. 어린 아델조차 문을 두드리지 않고 페어팩스 부인도 나를 찾지 않았다. "친구는 늘 운명이 저버린 사람을 잊게 마련이지." 나는 이렇게 중얼거리면서 빗장을 열고 밖으로 나갔다. 그러나 무언가에 걸려 넘어질 뻔했다. 머리는 아직도 어지럽고 눈앞이 뿌애서 잘 보이지 않고 다리에는 힘이 없었다. 나는 곧 회복되지 않았다. 넘어졌으나 마룻바닥에 쓰러진 것은 아니었다. 누군가가 팔을 뻗어서 나를 잡았다. 올려다보니 나를 붙잡은 사람은 로체스터 씨였다. 그는 내 방문 맞은편에 의자를 가져다 놓고 앉아 있었다.

"마침내 나왔구려." 그가 말했다. "오랫동안 당신을 기다리며 귀를 기울이고 있었소. 움직이는 소리도, 울음소리도 전혀 들리지 않았소. 죽음 같은 침묵이 5분만 더 계속되었다면 도둑처럼 억지로 열쇠를 부수었을 거요. 날 피하는 거요? 혼자 처박혀서 슬퍼하고 있소! 날 찾아와 격렬히 비난하면 나았을 거요. 당신은 격정적인 사람이오. 그런 소란을 예상했소. 뜨거운 눈물을 철철 흘리리라 각오하고 있었소. 내 가슴에 기대어 눈물을 흘리기만 바랐소. 그런데 무감각한 마룻바닥이나 축축하게 젖은 손수건에 대고 울었구려. 아니, 내가 잘못 생각했구려. 전혀 울지 않았구려. 뺨은 하얕고 눈빛은 흐리지만 눈물 자국은 없구려. 그럼 당신의 심장이 피를 흘리며 울었나 보오.

제인! 한 마디도 비난을 안 하는 거요? 가슴 아프게 하는 말도, 독설도 안 퍼붓는 거요? 기분 상할 말도 화를 돋울 말도 안 하는 거요? 내가 앉혀 놓은 곳에 가만히 앉아서 얌전하게 지친 표정으로 날 바라보고 있구려.

제인, 당신에게 이렇게 상처를 주고 싶지 않았소. 어떤 사람에게 작은 새끼 양*이 한 마리 있었소. 그 양을 딸처럼 소중히 여겼소. 빵과 물을 나누어 먹고 품에서 잠들게 했소. 그런데 실수로 그 양을 도살장에서 죽였다면 자신의 엄청난 실수에 대해 슬퍼하겠지만, 지금의 나만큼 슬프지는 않을 거요. 날 용서해 주겠소?"

독자여, 나는 그 순간 그 자리에서 용서했다. 그의 눈에 그다지도 깊은 후회의 빛이 어려 있고, 그의 목소리에 정말로 진정한 연민이 어려 있고, 그의 태도는 정말로 남자답고 씩씩했다. 게다가 그의 표정과 태도에는 아직도 변함없는 사랑이 남아 있었다. 나는 그를 모두 용서했다. 하지만 내 마음속 깊이 용서했을 뿐 내색하거나 말하지는 않았다.

"내가 악당이라고 생각하오, 제인?" 그가 곧 생각에 잠겨 물었다. 나는 일부러 그런 것이 아니라 기운이 없어서 계속 조용히 얌전하게 있는데 그는 이유가 궁금했나 보다.

"네."

"그러면 대놓고 심한 말을 하시오. 날 봐주지 마시오."

"그럴 수가 없어요. 피곤하고 아파요. 물을 마시고 싶어요." 그는 몸을 떨며 한숨을 쉬더니 나를 끌어안고 아래층으로 데려갔다. 처음에는 그가 나를 어떤 방으로 데려가는지 몰랐다. 눈이 뿌예져서 모든 게 흐릿했다. 곧 따뜻한 난롯불에 몸이 풀렸다. 여름이

긴 했지만 내 방에서 꽁꽁 얼어 버렸기 때문이다. 그는 내 입에 포도주를 넣어 주었다. 포도주를 삼키자 기운이 났다. 그러고 나서 그가 주는 것을 먹고 완전히 정신이 돌아왔다. 나는 서재에서 그의 의자에 앉아 있고 그는 내 곁에 바싹 붙어 있었다. 나는 생각했다. '지금 심한 고통을 느끼지 않고 죽을 수만 있으면 좋겠다. 그러면 로체스터 씨의 심장과 내 심장을 이어 주는 끈을 끊어 버리려고 애쓰지 않아도 될 텐데. 어쨌든 그를 떠나야 해. 그런데 그를 떠나고 싶지 않아. 그를 떠날 수가 없어.'

"이제 좀 어떻소, 제인?"

"훨씬 더 나아요. 곧 괜찮아질 거예요."

"포도주를 한 잔 더 마시오, 제인."

나는 그가 하라는 대로 했다. 그러자 그가 탁자 위에 유리잔을 놓더니 내 앞에 서서 유심히 나를 바라보았다. 그는 격정에 휩싸여 알 수 없는 비명을 지르며 돌아서서 재빨리 방 반대편으로 걸어갔다가 되돌아왔다. 그는 마치 키스를 하려는 것처럼 내게로 몸을 기울였다. 하지만 나는 이제 우리가 서로 만져서는 안 되는 사이가 된 것을 기억했다. 나는 얼굴을 돌리고 그의 얼굴을 밀쳤다.

"뭐요! 어떻게 된 거요?" 그가 황급히 소리를 질렀다. "오, 알겠소! 버사 메이슨의 남편한테는 키스하지 않겠다는 거요? 내 팔은 그 여자를 안아야 하고 내 포옹은 그 여자 것이라고 생각하는 거요?"

"어쨌든, 제가 끼일 틈도, 권한도 없어요."

"왜 그러는 거요, 제인? 길게 말할 필요 없소. 내가 대신 대답하겠소. 내가 이미 아내를 가지고 있어서라고 대답하려는 거였잖소. 내 추측이 맞소?"

"네."

"그렇게 생각한다면 날 이상하게 생각하는 게 틀림없구려. 날 음흉한 바람둥이 정도로 여기겠구려. 비열하고 저속한 바람둥이 주제에 정말로 사랑하는 척하며 일부러 덫을 놓았고, 당신은 그 덫에 걸려 자존심이고 명예고 다 잃었다고 믿겠구려. 이 말에 대해 무슨 대답을 하겠소? 우선 아무 말도 할 수 없다는 걸 알겠소. 첫째, 쇠약하고 지쳐서 숨 쉬기도 힘든 거요. 둘째, 아직은 날 비난하고 사악한 사람으로 모는 데 익숙지 않은 데다, 말을 많이 했다가는 눈물의 수문이 열릴 거요.* 말을 늘어놓거나 비난하거나 소동을 부리지 않으리라는 걸 알겠소. 당신은 지금 어떻게 **행동할지** 생각하고 있는 거요. **말하는 건** 아무 소용 없다고 생각하고 있소. 난 당신을 아오. 날 경계하고 있소."

"당신이 싫어하는 행동을 하고 싶지는 않아요." 내가 말했다. 목소리가 떨려서 길게 말해서는 안 되겠다는 생각이 들었다.

"**당신의** 뜻은 그게 아니겠지만, **내가** 해석하기에 당신은 지금 날 파멸시킬 계획을 세우고 있소. 당신은 내게 기혼자라고 말한 거나 마찬가지요. 기혼자니까 날 피하고 멀리하겠다는 거요. 이제 막 키스도 거부했소. 당신은 이제 날 완전히 모르는 사람 취급하려는 거요. 이 집에서 단지 아델의 가정 교사로만 살려고 하는 거요. 내가 다정하게 말을 건네거나, 다정한 마음이 살아나 당신이 다시 내게 끌려도 스스로에게 이렇게 말할 거요. '저 남자는 이미 나를 정부로 만들었어. 난 아주 차갑고 냉정하게 굴어야 해.' 그다음에 아주 차갑고 냉정하게 굴 거요."

나는 목소리를 가다듬고 차분하게 대답했다. "제 주위의 모든 것이 변했어요. 나도 변해야 해요. 그건 의심의 여지가 없어요. 감정이 동요되거나 자꾸 옛날 일을 되돌아보며 기억에 시달리지 않으려면 한 가지 길밖에 없어요. 아델의 가정 교사를 새로 구하세요."

"오, 아델은 학교로 갈 거요. 그건 이미 결정했소. 손필드 저택의 끔찍한 연상과 회상으로 당신을 괴롭히지 않겠소. 이 저주받은 장소, 이 야간의 천막*을 잊을 수 있게 해 주겠소. 빛나는 푸른 하늘 아래 유령 같은 산송장이 있는 오만한 동굴, 우리 상상 속의 악마 군단보다 더 사악한 악마가 살고 있는 이런 비좁은 돌 지옥, 이곳에 살게 하지 않겠소, 제인. 나도 여기에 안 살 거요. 귀신 들린 곳인 줄 알면서도 그대를 손필드로 데려온 게 내 잘못이오. 당신을 보기도 전에 손필드에 있는 사람들에게 당신을 이곳의 저주에 대해 숨기라고 명령했소. 단지 어떤 사람과 함께 사는지 알면 가정교사를 못 구할까 봐 그랬던 거요. 더 멀리 떨어진 숲 속 깊이 은밀한 곳에 있는 펀딘 장원에 옮겨 놓았으면 안전했겠지만, 너무 비위생적인 곳이라 차마 거기로 옮길 수 없었소. 아마도 그 축축한 벽 때문에 그녀가 죽어서 더 이상 보살필 필요가 없었을 거요. 하지만 악한이라도 저마다 독특한 특징이 있는데, 내 경우에는 아무리 증오하는 사람이라도 간접적인 암살을 하지는 않소.

미친 여자가 당신 가까이 있다는 사실을 감추는 것은 어린아이를 외투로 싸서 독이 있는 유퍼스나무 밑에 눕혀 놓은 것 같았소. 그리고 그 악마 옆에는 독이 퍼져 있소. 늘 그랬소. 하지만 손필드를 닫아 버릴 거요. 현관문에 못을 치고 낮은 창문은 판자로 덧대겠소. 당신 말대로 저 끔찍한 마녀가 내 아내라면, 풀 부인에게 1년에 2백 파운드를 주고 **내 아내**와 함께 살라고 하겠소. 돈만 주면 풀 부인은 그 정도 일은 할 거요. 그리고 그레이스는 그림스비 정신 병원에서 간호사로 일하는 자기 아들더러 함께 와서 살자고 할 거요. **내 아내가** 발작을 일으켜 밤에 침대에서 자는 사람들을 불태우거나, 사람들에게 상처를 입히거나, 사람들을 뼈가 드러나게 깨물거나 하는 등의 짓을 하면 그레이스가 아들과 함께 발작을 처리해 줄 거요."

"주인님." 내가 그의 말에 끼어들었다. "그 불운한 숙녀께 너무 가혹하세요. 그녀에 대해 증오심과 앙심에 차서 말씀하고 계세요. 그건 너무 잔인해요. 그녀가 미친 건 어쩔 수 없는 일이었잖아요."

"제인, 내 작은 연인이여(당신은 나의 연인이니까 그렇게 부르겠소), 당신은 자신이 무슨 말을 하고 있는지 모르오. 당신은 나를 잘못 판단하고 있소. 내가 그녀를 미워하는 것은 그녀가 미쳤기 때문이 아니오. 만일 당신이 미친다면 내가 당신을 그렇게 증오할 것 같소?"

"그럴 것 같아요. 정말이에요."

"그렇다면 날 잘못 안 거요. 나를 전혀 모르는 거요. 내가 어떤 사랑을 할 수 있는지 전혀 모르는 거요. 당신 몸의 원자 하나하나가 내게는 내 것처럼 소중하오. 당신 몸이 병들어 아프면 더욱더 소중할 것이오. 그 보물이 손상되어도 여전히 내 보물일 것이오. 미쳐서 소리를 질러 대도 팔로 꼭 안아 주겠소. 정신병 환자복을 입혀 묶어 놓지는 않겠소. 당신이 미쳐 날뛰어도 안으면, 당신에게 매료될 거요. 오늘 아침에 저 여자가 그런 것처럼 당신이 사납게 달려들어도 당신을 끌어안을 거요. 움직이지 못하게 포옹하는 것이지만 그것 못지않게 사랑이 담겨 있을 거요. 그녀를 피하듯이 역겨워하며 당신을 피하지는 않을 거요. 조용히 있을 때 감시인이나 간호사를 두지 않고 내가 직접 돌보겠소. 당신이 더 이상 날 알아보지 못해도 지겨워하지 않고 늘 당신을 바라보겠소. 하지만 내가 왜 이런 생각을 계속하는지 모르겠소. 지금 손필드에서 먼 곳으로 당신을 데려갈 이야기를 하고 있었소. 금방 떠날 수 있도록 모든 것이 준비되어 있지 않소? 우리는 내일이면 떠날 거요. 이 집에서 하룻밤만 더 참아 주시오. 그러면 이곳의 불행과 공포와 영원히 이별이오! 나에겐 돌아갈 곳이 있소. 그곳은 가증스러운 기억과 반갑지 않은 침입으로부터 안전하고 신성한 장소일 거요. 거기서는 거짓과 중상도 들리지 않을 거요."

"그러면 아델도 함께 데려가세요." 내가 끼어들었다. "그녀가 당신에게 친구가 될 거예요."

"제인, 무슨 뜻이오? 아델은 학교로 보내겠다고 하지 않았소? 왜 아델을 함께 데려가라는 거요? 내 아이도 아니고 프랑스 무희의 사생아인데 말이오. 왜 그녀를 가지고 날 귀찮게 하오! 다시 말하지만, 왜 내게 그 아이를 친구로 데려가라고 하오?"

"은퇴하는 것에 대해 말씀하셨잖아요. 그런데 은퇴와 고독은 지겨운 일이고 당신에게는 너무 지겨울 거예요."

"고독이라! 고독이라!" 그는 짜증을 내며 같은 말을 반복했다. "설명을 더 해야겠군. 당신이 왜 수수께끼 같은 표정을 짓고 있는지 모르겠소. **당신과** 단둘이 있겠다는 거요. 알겠소?"

나는 머리를 저었다. 그가 점점 더 흥분하고 있었기 때문에 그런 식으로 말없이 이의를 표시하는 것조차 어느 정도 용기가 필요했다. 그는 빠른 걸음으로 방을 이리저리 왔다 갔다 하다 갑자기 멈추더니 뿌리를 박은 것처럼 꼼짝도 안 하고 서 있었다. 그는 오랫동안 나를 뚫어져라 보았다. 나는 그의 시선을 피해 가만히 난로를 보았고, 조용하고 차분한 모습을 보이고 유지하려고 애썼다.

"제인의 성격 중 모난 곳에 걸리는군." 마침내 그가 그의 표정에서 기대했던 것보다 훨씬 차분한 말투로 말했다. "지금까지는 비단실 타래가 아주 부드럽게 풀렸지만, 매듭과 엉킨 곳이 있으리라는 걸 알고 있었소. 그게 여기군. 이제는 당혹스러움과 분노와 끝없는 문젯거리만 있구려! 하느님 맙소사! 삼손의 힘을 조금이라도 발휘해 이 엉킨 부분을 머리카락 자르듯 잘라 내고 싶소!"

그는 다시 걷기 시작했지만 곧 다시 멈추었고, 이번에는 바로 내 앞에 멈추었다.

"제인! 이유를 들어 보겠소? (그는 몸을 숙이고 그의 입술을 나의 귀에 바싹 붙였다) 만약 당신이 안 들으려고 하면 억지로라도 듣게 하겠소." 그의 목소리는 거칠고 그의 표정을 보면 이제 막 견딜 수 없는 구속을 뚫고 나와 멋대로 마구 날뛰려는 것 같았다. 다음 순간 그가 조금만 더 격분하면, 어떻게 해 볼 도리가 없었을 것이다. 당장 지금 눈 깜짝할 사이에 그를 통제하고 제어해야 했다. 거역하거나 도망가거나 두려워하는 몸짓을 했다가는 내 운명이, 아니 그의 운명이 모두 끝장났을 것이다. 하지만 나는 조금도 두렵지 않았다. 나는 내면적인 힘을 느꼈다. 나를 지지해 주는 힘을 느꼈다. 위험한 위기의 순간이었으나 그 나름의 매력이 없는 것은 아니었다. 아마 인디언이 카누를 타고 급류를 미끄러져 내려갈 때 이런 매력을 느꼈을 것이다. 나는 그의 손을 잡고 구부린 손가락들을 펴면서 그를 달래듯이 말했다.

"앉으세요. 원하시는 대로 얼마든지 이야기하세요. 이야기를 모조리 듣겠어요. 합리적인 이야기든 비합리적인 이야기든 다 들을게요."

그는 앉았다. 하지만 곧 이야기를 시작하지는 않았다. 나는 눈물을 참으려고 몹시 애써 왔다. 우는 모습을 그가 보고 싶어 하지 않으리라는 것을 알았기 때문이다. 하지만 이제는 울고 싶은 만큼 눈물을 흘리는 게 낫다는 생각이 들었다. 만약 눈물을 보고 그가 화를 내면 그만큼 더 나았다. 그래서 나는 포기하고 실컷 울었다.

곧 그가 제발 진정하라고 사정하는 소리가 들렸다. 그렇게 화를 내면 진정할 수가 없다고 말했다.

"하지만 화가 난 게 아니오, 제인. 그대를 너무 사랑하는 것뿐이오. 그대의 작고 창백한 얼굴이 그렇게 결의에 차 굳어 있는 모습을 견딜 수가 없소. 쉿, 이제 눈물을 닦으시오."

그의 목소리가 부드러워진 걸 보고 그가 진정되었음을 알았다. 그래서 나도 곧 차분해졌다. 그가 머리를 어깨에 기대려고 했으나, 허용하지 않았다. 그러자 나를 끌어안으려고 했다. 이번에도 안 된다고 했다.

"제인! 제인!" 그가 고통스러운 슬픈 억양으로 내 이름을 부르자 내 신경이 모두 전율했다. "그러면 그대는 나를 사랑하지 않는 거요? 그대가 소중하게 생각했던 것은 내 지위와 내 아내라는 신분뿐이었소? 이제 내가 당신 남편이 될 자격이 없으니까, 마치 내가 두꺼비나 원숭이라도 되는 양 접촉을 피하는 거요?"

이 말에 나는 상처를 받았다. 하지만 내가 무엇을 하고 무슨 말을 할 수 있겠는가. 나는 아무것도 하지 말고 아무 말도 하지 말았어야 했다. 하지만 그에게 상처를 준 게 너무나 후회스럽고 괴로워 그 상처에 향유를 한 방울 떨어뜨려 주고 싶어졌다.

"저도 당신을 **사랑해요.**" 내가 말했다. "그 어느 때보다 더 사랑해요. 하지만 제가 그런 감정을 보여서도 안 되고, 그런 감정에 빠져서도 안 돼요. 마지막으로 사랑한다는 말씀을 드리는 거예요."

"마지막이라고 했소, 제인? 뭐라고! 나와 함께 살며 매일 보고 계속 사랑하면서도, 늘 냉정하게 거리를 둘 수 있다고 생각하시오?"

"아니에요, 그렇게 할 수는 없어요. 그러나 한 가지 방법밖에 없어요. 하지만 그 방법을 말하면 화를 내실 거예요."

"오, 말하시오. 내가 화를 내면, 당신은 우는 전략을 쓰지 않소."

"로체스터 씨, 전 당신을 떠나야 해요."

"얼마 동안 말이오, 제인? 지금 헝클어진 머리를 다듬고 열이 난 것처럼 보이는 얼굴을 세수할 몇 분 정도 말이오?"

"아델과 손필드를 떠나야만 해요. 일생 동안 당신과 헤어져 있어야 해요. 낯선 곳에서 낯선 사람들과 새로운 삶을 시작해야만 해요."

"물론 그렇소. 그럴 거라고 말했잖소. 나하고 헤어지겠다는 그런 미친 말은 듣지 않은 걸로 하겠소. 나와 하나가 되겠다는 뜻으로 알겠소. 새로운 삶에 대해서는, 모두 옳소. 하지만 그대는 내 아내가 될 거요. 나는 결혼하지 않았소. 그대가 명목상으로나 실제로나 로체스터 부인이 될 거요. 내가 살아 있는 한 늘 당신 곁에 있겠소. 당신은 프랑스 남부에 있는 내 집으로 갈 것이오. 지중해 연안에 있는 흰 페인트를 칠한 집이오. 거기서 당신은 보호받으며 행복하게 가장 순결한 삶을 살게 될 거요. 내가 당신을 잘못된 길로 유혹할까 봐, 즉 나의 정부로 만들까 봐 두려워하지 마시오. 왜 머리를 흔드는 거요? 제인, 합리적으로 생각해야 하오. 그렇지 않으면 다시 화낼 거요."

그의 목소리와 손이 떨렸다. 그의 커다란 콧구멍이 더 넓어지고 그의 눈이 불탔다. 나는 용기를 내어 말했다.

"당신 아내는 아직 살아 있어요. 오늘 아침에 당신 스스로 그 사실을 인정하셨잖아요. 당신이 원하시는 대로 같이 살면, 그럼 나는 당신의 정부가 되는 거예요. 그렇지 않다고 말하면 그건 궤변이고 말도 안 되는 소리예요."

"제인, 나는 유순한 사람이 아니오. 그대가 그 사실을 잊고 있소. 나는 참을성이 없소. 냉정하거나 침착하지도 않소. 나와 당신 자신을 딱하게 여긴다면 내 맥박을 짚어 보시오. 잘 보시오!"

그는 손목을 드러낸 뒤 내게 내밀었다. 그의 뺨과 입이 핏기 하나 없이 점점 납빛이 되어 가고 있었다. 나는 진퇴양난이었다. 그가 이다지도 싫어하는데 싫다고 해 그에게 상처를 주는 것은 잔인했다. 그렇지만 그의 말을 따르는 건 말도 안 되는 소리였다. 나는 사람들이 극단적인 경우에 내몰렸을 때 본능적으로 하는 일을 했다. 인간보다 더 높은 존재에게 도움을 청했다. 나도 모르게 입에서 "신이시여, 날 도우소서"라는 말이 새어 나왔다.

"내가 바보요!" 갑자기 로체스터 씨가 소리를 질렀다. "내가 결혼한 게 아니라고 계속 말하면서 왜 그런지 설명하지 않았소. 당신이 그 여자의 성품이나 나의 끔찍한 결혼에 대해 아무것도 모른다는 사실을 잊었소. 오, 제인, 당신이 다 알게 되면 내 의견에 동의할 게 분명하오! 자네트, 내 손을 잡으시오. 당신이 내 곁에 있다는 것을 증명하기 위해 당신을 보는 것만으로는 안 되오. 만져 보고 싶소. 그리고 실제 상황이 어떤지 알려 주겠소. 내 말을 들을 수 있겠소?"

"네, 말씀하신다면 몇 시간이라도 들을 수 있어요."

"몇 분만 들으면 되오. 제인, 내가 이 집 장남이 아니라는 말을 들었거나 알고 있소? 내게 형이 하나 있었다는 것을 알고 있소?"

"페어팩스 부인이 언젠가 말해 준 적 있어요."

"그러면 나의 아버지가 욕심 많고 탐욕스러운 사람이라는 말도 들었소?"

"대충 그렇게 알고 있었어요."

"자, 제인, 그런 이유로 아버지는 재산을 분배하지 않기로 결심했소. 자신의 영지를 둘로 나누고 나에게 정당한 몫을 물려주는 것도 참을 수 없어 하셨소. 아버지는 모두 형인 롤랜드에게 주기로 결심했소. 하지만 자기 아들이 가난뱅이가 되는 건 견딜 수가 없었소. 내가 부자인 여자와 결혼해서 한 재산 챙겨야만 한다고 생각했소. 그는 재빨리 걸맞은 배우자를 찾아냈소. 그의 오랜 친구로, 서인도 제도의 농장주이자 상인인 메이슨 씨였소. 조사 결과 메이슨 씨 재산이 상당한 것을 확인했소. 메이슨 씨에게 딸 하나와 아들 하나가 있는데, 딸에게 3만 파운드의 지참금을 줄 수 있고, 또 주리라는 것을 알게 되었소. 그걸로 충분했소. 내가 대학을 졸업하자 아버지는 나를 자메이카로 보냈고, 나는 거기서 아버지가 이미 정혼한 신부를 만났소. 아버지는 그녀의 돈에 대해서는 아무 말도 하지 않았소. 하지만 그는 메이슨 양이 스패니시 타운에서 가장 미인이라고 했소. 그 말은 거짓말이 아니었소. 그녀는 블랑슈 잉그램 스타일의 아름다운 여자였소. 키가 크고 피부가 검고 당당한 여자였소. 그녀 가족은 내가 좋은 가문 출신이라 신랑으로 삼고 싶어 했고, 그녀도 그랬소. 그들은 그녀가 멋지게 차려입고 파티에 등장한 모습만 보여 주었소. 혼자서는 그녀를 거의 만나 보지 못했소. 단둘이 대화를 나눈 적도 거의 없었소. 그녀는 내게 아부를 했고, 나를 즐겁게 해 주려고 매력과 재능을 마음껏 보였소. 그녀 주위의 모든 남자가 그녀를 흠모하고 나를 질투하는 것 같았소. 나는 자극받고 현혹되었소. 나의 감각은 흥분했소. 나는 무지하고 미숙하고 경험이 없었기 때문에 그녀를 사랑한다고 생각했소. 사교계의 어리석은 경쟁이나 경박함, 욕정, 젊은 시절의 맹목성으로 인해 어처구니없이 쉽게 그런 어리석은 실수를 저지르오. 그녀의 친척들은 날 부추기고 경쟁자들은 날 자극하고 그녀는 날 유혹했소. 내가 무슨 짓을 하는지 알기도 전에 결혼식이 끝났소. 그런 짓을 한 것을 생각하면 나 자신이 경멸스럽소! 고통스러운 자괴감이 날 압도하오. 나는 결코 그녀를 사랑하거나 존경하지 않았소. 그녀를 알지도 못했소. 그녀의 본성에 미덕이 하나라도 있는지 모르겠소. 정신이나 태도에 겸손, 자비, 정직, 교양이라곤 전혀 없었소. 그런데도 나는 결혼을 했소. 얼마나 추악하고

446

저급하고 멍청한 눈 뜬 장님이었는지 모르오! 그런 죄만 짓지 않았어도……. 누구에게 말을 하고 있는지 잊었소.

신부의 어머니는 본 적이 없소. 죽은 것으로 알고 있었소. 신혼여행이 끝나자 내가 실수한 걸 알았소. 장모는 미쳐서 정신 병원에 갇혀 있었소. 그녀의 남동생 또한 완전히 백치였소. 당신이 본 그녀 오빠도 언젠가 같은 지경이 될 거요(그녀 가족을 모두 혐오하지만, 그녀 오빠는 미워할 수가 없소. 불쌍한 여동생을 계속 돌보는 것이나 한때 내게 맹목적으로 충성했던 것을 보면 나약한 정신 안에 애정의 씨앗을 갖고 있소). 아버지나 롤란드 형은 이 사실을 모두 알고 있었소. 하지만 3만 파운드만 생각하고 나를 함정에 몰아넣는 음모를 꾸민 거요.

이런 사악한 일을 나중에 알게 되었소. 하지만 이렇게 숨겨서 날 속이지 않았으면 내 아내를 비난하지 않았을 거요. 비록 그녀와 내가 전혀 맞지 않더라도 말이오. 그녀의 취향은 역겹고, 그녀의 정신은 진부하고 저질이고 편협했소. 특히 고상한 것을 추구하거나 넓은 관점을 갖게 할 수 없었소. 그녀하고는 하룻저녁, 아니 단 한 시간도 편안하게 지낼 수가 없었소. 내가 무슨 말을 꺼내든 곧 천박하고 진부하고 괴상하고 어리석은 쪽으로 화제를 트는 바람에 우리 사이에는 다정한 대화가 불가능했소. 그녀는 말도 안되는 일로 하인에게 벌컥 화를 내며 난폭하게 굴거나 곤혹스럽게 앞뒤가 안 맞는 멍청한 일을 강력하게 요구했소. 어떤 하인도 배겨 나지 못해 조용하고 안정된 가정을 가질 수 없다는 걸 알았소. 그때조차 난 자제했소. 잔소리를 피하고 비난을 자제했소. 혼자서 후회하며 역겨움을 삼키려 애썼소. 깊은 혐오감도 억눌렀소.

제인, 이런 혐오스러운 일을 자세히 이야기해 당신을 괴롭히지 않겠소. 강력한 몇 마디로 다 표현하겠소. 위층의 여자와 4년을 살았소. 그리고 과거에도 나를 몹시 힘들게 했소. 그녀의 성격이 무서울 정도로 급속하게 점점 더 포악해졌소. 그녀의 사악함은 급속하게 싹이 터 무성해졌소. 너무나 사악해져 내 쪽에서 잔인하게 대해야만 그녀를 제어할 수 있었소. 하지만 난 잔인하게 대하지는 않았소. 피그미 같은 지성에 거인같이 난폭했소! 그 성질 때문에 내가 받은 저주는 얼마나 끔찍한지 모르오. 버사 메이슨은 미친 엄마의 딸다웠소. 나는 음탕한 술주정뱅이 아내를 둔 남자가 겪어야 하는 온갖 끔찍하고 수치스러운 고통을 다 겪었소.

그사이 형은 죽었고 4년 뒤 아버지도 돌아가셨소. 지금 나는 충분히 부자요. 하지만 끔찍할 정도로 가난하기도 하오. 내가 지금까지 본 사람 중 가장 저속하고 불결하고 타락한 사람이 나와 맺어져 법적·사회적으로 일심동체이기 때문이오. 그리고 어떤 법적인 수속을 통해서도 그녀를 내게서 떼어 내 버릴 수가 없소. 왜냐하면 의사들이 이제 **내 아내가** 미쳤다는 것을 알아냈소. 지나치게 난폭한 성격 탓에 더 빨리 광기가 발현되었소. 제인, 내 이야기가 듣기 싫구려. 아픈 것처럼 보이오. 나머지는 내일로 미루는 게 낫겠소."

"아니에요, 지금 끝내세요. 전 당신을 동정해요. 정말로 당신을 동정해요."

"제인, 어떤 사람들의 동정은 사악하고 모욕적이어서 주먹을 한 대 날려 마땅하기도 하오. 하지만 그런 동정은 냉정하고 이기적인 사람들이 그런 유의 동정을 보이오. 슬픔을 알지도 못하면서 그런 슬픔을 겪은 사람을 경멸하고 슬픔 이야기를 들으면 이기적인 고통을 느끼오. 그 동정은 자신의 고통과 남에 대한 경멸을 섞어 놓은 거요. 하지만 그대의 동정은 그런 것이 아니오, 제인. 지금 이 순간 당신의 얼굴에 가득 찬 동정과 다르오. 눈물이 눈에서 거의 흘러넘치려 하고, 가슴은 울먹거리고, 내가 잡고 있는 당신 손이 떨리고 있소. 사랑하는 사람이여, 그대의 동정은 고통받는 어머니요. 그 고통은 신성한 열정을 낳으려 할 때 겪는 진통이오. 제인, 내가 그것을 받겠소. 마음 놓고 그 딸을 낳으시오. 그녀를 받으려고 팔을 벌리고 기다리고 있소."

"자, 계속하세요. 그 여자가 미친 걸 알았을 때 뭘 하셨어요?"

"제인, 나는 거의 절망의 언저리에 이르렀소. 그나마 자존심이 조금 남아 있어서, 완전히 절망하지는 않았소. 세상의 눈으로 보면, 물론 나는 불결한 불명예투성이요. 하지만 내 눈에는 청결해지기로 결심했소. 그리고 마지막까지 그녀의 죄에 오염되지 않고 그녀의 정신적 결함과 연관되지 않으려고 애썼소. 그래도 여전히 사회는 나라는 사람이나 내 이름을 그녀와 연관 지었소. 매일 그녀를 보고 매일 그녀의 목소리를 들었소. 공기 중에 섞여 있는 그녀의 숨결을 들이마셨소. 그리고 더욱이 한때는 그녀 남편이었다는 사실을 기억했소. 그 기억은 그때나 지금이나 이루 말할 수 없이 가증스럽소. 더욱이 그녀가 살아 있는 동안 내가 더 나은 다른 여성의 남편이 될 수 없다는 것을 알았소. 그녀가 나보다 다섯 살 많기는 하지만(그녀 가족과 그녀의 아버지는 나에게 나이까지 속였소), 나만큼 살 것 같소. 비록 정신은 아니지만 몸은 건장하오. 그래서 스물여섯 살에 나는 절망했소.

어느 날 밤 그녀의 고함 소리에 잠이 깼소(의사가 그녀를 미쳤다고 진단해서 그녀는 물론 갇혀 있었소). 펄펄 끓는 서인도 제도의 밤이었소. 그런 기후 특유의 폭풍우가 오기 전의 그런 날씨였소. 나는 잠이 안 와서 일어나 창문을 열었소. 대기는 유황 가스가 뿜어져 나오는 것 같았고, 어디서도 신선한 공기를 찾을 수 없었소. 모기들이 윙윙대며 들어와 음울하게 방 안을 날아다녔소. 거기서 들리는 바닷소리는 지진처럼 둔탁하게 우르릉댔소. 검은 구름이 바다 위를 덮고 있었소. 달구어진 대포알처럼 큰 붉은 달이 파도 속으로 가라앉고 있었소. 끓어오르는 태풍에 떨고 있는 이 세상에 달이 마지막 핏빛 시선을 보냈소. 그 광경과 분위기에 내 몸이 영향을 받았소. 귀에는 아직도 비명을 지르고 욕설을 퍼붓는 여자의 목소리가 떠나지 않았소. 그녀는 내 이름과 악마에 대한 저주를 섞어서 욕설을 해 댔소! 공공연한 창녀도 그녀처럼 더러운 말을 쓰지는 않을 거요. 내 방에서 두 방 건너 그녀의 방이 있었지만, 서인도 제도 집의 벽은 얇아서 늑대 같은 그녀의 비명이 거의 옆에서 들리다시피 했소.

내가 마침내 말했소. '이런 삶은 지옥이다. 이것은 지옥의 공기이고 저 소리는 끝없는 지옥의 구덩이에서 나는 소리다. 내게는 가능하다면 이곳에서 빠져나갈 권리가 있어. 이 죽을 것 같은 고통을 겪고 나면 영혼을 차단한 무거운 육신만 남을 거야. 미친 여자야 영원히 불타든 말든 상관없어. 현재 상태보다 더 나쁜 미래는 없어. 여기서 나가 신에게로 돌아가야 해!'

나는 무릎을 꿇고 앉아서 이 말을 한 다음 총알이 장전된 총이 있는 트렁크를 열었소. 자살할 생각이었소. 그 생각은 잠깐이었소. 격렬한 절망에 완전히 빠져 자살하려고 마음먹었지만 미치지 않았기 때문에 그 위기의 순간이 지나갔소.

유럽에서 바다를 건너온 신선한 바람이 대양으로 불었고 열린 창문을 통해 들어왔소. 폭풍우가 몰아치고 비가 쏟아지고 천둥이 치고 번개가 치더니 공기가 깨끗해졌소. 그러고 나서 나는 결심하고 그 결심을 굳혔소. 축축한 정원에 물기가 떨어지는 오렌지나무 아래와 비에 젖어 늘어진 석류와 파인애플 사이를 걸으면서, 열대 지방의 찬란한 새벽이 내 주위에서 불타오르는 사이 이런 생각이 들었소, 제인. 이제 들어 보시오. 그때 나를 위로해 주고 내가 가야 할 옳은 길을 보여 준 진정한 지혜였소.

유럽에서 불어온 달콤한 바람이 아직도 다시 살아난 나뭇잎들 사이에서 속삭이고 있었소. 대서양은 찬란한 자유를 누리며 천둥소리를 내고 있었소. 오랫동안 말라 타 들어가던 그 바다 소리에 마음이 부풀어 올랐고 피가 끓었소. 나의 존재는 재생을 바라고 내 영혼은 순수한 물 한 모금을 갈구했소. 희망이 되살아나고 재생이 가능할 것 같은 느낌이 들었소. 정원 아래쪽 꽃이 핀 아치에서 바다를 내려다보았소. 그 바다는 하늘보다 더 파랗고 구세계는 저 멀리 있었소. 눈앞에 이렇게 확실한 전망이 펼쳐졌소.

'가라.' 희망이 말했소. '다시 유럽에서 살아라. 거기서는 네가 어떤 음울한 이름을 지니고 있는지, 네가 어떤 더러운 짐을 지고 있는지 모를 것이다. 그 미친 여자를 영국에 데려가 손필드에 가두어 놓고 적절하게 돌보아 주고 감시하면 될 것이다. 그러고 나서 어디든 가고 싶은 대로 여행을 가서 마음대로 새로운 인연을 맺도록 해라. 그렇게 오랫동안 너를 괴롭히고, 너의 이름을 욕되게 하고, 너의 명예를 먹칠하고, 너의 젊음을 시들게 했던 저 여자는 너의 아내가 아니며 너도 저 여자의 남편이 아니다. 그녀의 상태에 맞게 잘 돌보아 주면 된다. 그러면 하느님과 인간이 요구하는 바를 다한 것이다. 그녀가 누구인지, 그녀와의 관계가 무엇인지 숨겨라. 그 사실을 아무한테도 알려서는 안 된다. 그녀를 안전하고 편안하게 잘 보살펴라. 타락한 그녀는 잘 숨겨 놓은 다음, 너는 떠나라.'

나는 정확하게 이 충고대로 행동했소. 아버지와 형은 친지에게 내 결혼을 알리지 않았소. 왜냐하면 첫 편지에서 그들에게 이런 사실을 알리고 다급하게 비밀을 지켜 달라고 덧붙였기 때문이오. 이미 결혼 초기에 극도의 혐오감을 느낀 데다 그녀 가족의 성격이

나 기질로 봐서 내게 끔찍한 미래가 펼쳐지리라는 것을 알고 있었소. 그리고 아내의 수치스러운 행동을 보자 그녀를 선택한 아버지조차 며느리라고 인정하기에 부끄러울 정도였소. 그는 이런 관계가 알려지기를 원치 않았고 나만큼이나 그 사실을 숨기기에 급급했소.

그 뒤 그녀를 영국으로 옮겼소. 그런 괴물을 배에 태우고 끔찍한 여행을 했소. 마침내 그녀를 손필드에 데려와 그 3층 방에 안전하게 자리 잡은 모습을 보았을 때 기뻤소. 3층의 방 안에 있는 비밀의 내실을 10년째 야생 동물 우리로 만들어 놓았소. 유령의 방이 되었소. 그녀를 돌봐 줄 사람을 찾는 데 어려움을 겪었소. 충직한 하인을 골라야 했기 때문이오. 그녀가 소리를 지르면 내 비밀이 탄로 날 수밖에 없는 데다 가끔 정신이 들면 며칠 또는 몇 주씩 나를 마구 비난해 댔기 때문이오. 마침내 그림스비 정신 병원에서 그레이스 풀을 고용했소. 그녀와 외과 의사인 카터 선생(메이슨이 칼에 찔려서 걱정하던 날 밤에 상처를 치료해 준 의사)에게만 비밀을 알려 주었소. 페어팩스는 의심은 했겠지만 사실을 정확하게 알지는 못했을 거요. 그레이스는 대체로 훌륭한 감시인이었소. 때로는 한두 번 감시가 소홀해 곤란한 일이 생기긴 했지만 말이오. 도저히 고칠 수 없는 결함이며 그 힘든 직업에서는 흔히 있는 결함 때문에 그런 일이 벌어졌소. 그 미친 여자는 교활한 데다 사악하기까지 했소. 감시인이 잠깐만 잠들어도 어느새 그것을 알아챘소. 한 번은 몰래 칼을 숨겨서 그 칼로 자신의 오빠를 찔렀소. 그리고 또 한 번은 방 열쇠를 습득해 밤중에 그 방에서 나왔소. 처음 나왔을 때는 자고 있는 나를 불태워 죽이려고 시도했고, 두 번째는 유령처럼 당신을 찾아갔던 거요. 그녀가 웨딩드레스에만 분풀이하고 그대를 내려다보기만 해서 얼마나 다행인지 모르오. 아마 웨딩드레스를 보고 자신이 신부였던 시절이 어렴풋이 기억난 것 같소. 하지만 무슨 일이 벌어졌을지도 모른다는 상상만 해도 견딜 수가 없소. 오늘 아침 내 목덜미를 붙잡고 물어뜯으려 했던 그 얼굴이, 그 검붉은 얼굴이 내 비둘기의 둥지를 내려다본 걸 생각하면 간담이 서늘하오……."

"그리고 주인님." 그가 말을 멈춘 동안 내가 물었다. "그녀를 여기에 정착시킨 뒤 어떻게 하셨어요? 어디로 가셨어요?"

"어떻게 했냐고 했소, 제인? 나는 망나니로 변했소. 어디로 갔냐고 했소? 3월의 정령처럼 여기저기 마구 헤매 다녔소. 대륙으로 건너가서 대륙 곳곳을 방랑하며 멋대로 살았소. 선량하고 지적인 연인을 꼭 찾고 싶은 마음은 변함이 없었소. 내가 손필드에 남겨둔 분노의 여신과는 정반대의 여인을 찾고 싶었소……."

"하지만 당신은 결혼할 수 없으신데요, 주인님."

"나는 할 수 있고, 해야만 한다고 결심했고, 그게 옳다고 확신했소. 원래 당신을 속일 작정은 아니었소. 솔직하게 내 이야기를 하고 공개적으로 구혼할 생각이었소. 내게는 자유롭게 사랑하고 사랑받는 것이 아주 합리적으로 보였소. 내가 저주받기는 했지만 기꺼이 나를 이해하고 받아들이고 또 받아들일 수 있는 여인이 있으리라는 걸 의심치 않았소."

"그래서요, 주인님?"

"제인, 그렇게 캐물으면 늘 미소를 짓게 되오. 안달 난 새처럼 눈을 동그랗게 뜨고 종종 안절부절못하며 묻소. 마치 원하는 만큼 대답이 빨리 안 나오면 마음을 읽겠다는 듯이 말이오. 하지만 계속 말하기 전에 '그래서요, 주인님?'이라고 할 때 무슨 뜻인지 내게 말해 주시오. 당신은 자주 그 말을 하오. 그리고 여러 번 그 말에 이끌려 끝없이 이야기했소. 왜 그런지는 나도 모르겠소."

"저는 그래서 '다음에 무슨 일이 일어났어요, 어떻게 계속했어요, 그 일은 어떻게 되었어요?'라는 뜻으로 말하는 거예요."

"정확히 그렇소! 이제 무엇을 알고 싶소?"

"당신이 좋아한 누군가를 찾았는지 알고 싶어요. 즉 당신이 청혼을 하셨는지, 그녀가 어떤 답을 했는지 알고 싶어요."

"내가 좋아하는 사람을 찾았는지, 그리고 청혼을 했는지 말해 줄 수 있소. 하지만 그녀가 무슨 말을 할지는 미래의 운명의 책에 기록될 일이오. 10년이란 긴 시간 동안 나는 이런저런 나라의 수도에 살았소. 때로는 세인트피터즈버그에 살고 종종 파리에 살고 때로는 로마, 나폴리, 피렌체에 살았소. 돈이 많은 데다 오랜 명문가 출신이라 마음대로 골라서 어떤 사교계든 갈 수 있었소. 어떤 사교계도 내게 문을 열어 주었소. 나는 영국의 숙녀, 프랑스의 백작 부인, 이탈리아의 귀족 부인, 독일의 백작 부인 사이에서 내 이상형을 찾았소. 하지만 없었소. 때로는 한 순간 내 꿈을 실현시켜 주는 시선을 보고 목소리를 듣고 모습을 보았다고 생각했지만 곧 그렇지 않다는 것을 깨달았소. 내가 육체적으로나 정신적으로 완벽한 여인을 원했다고 생각하지는 마시오. 나는 내게 맞는 여인, 서인도 제도에서 태어난 저 크레올 여자와 정반대의 여인을 원했을 뿐이오. 내가 결혼을 안 했다 하더라도 청혼하고 싶은 여자는 그 많은 사람 중 한 명도 없었소. 서로 맞지 않는 결혼의 위험과 공포와 혐오스러움을 너무 잘 알아서인지도 모르겠소. 실망해서 무모해졌소. 방탕하게 살았소. 하지만 환락에 빠지지는 않았소. 그런 건 그때도 싫었고 지금도 싫소. 인도인 메살리나*는 그런 유형이었소. 그런 면이 너무 싫어서 쾌락에 빠질 때조차 나는 자제했소. 난동에 가까운 즐거움을 추구할 때마다 그녀가 그녀의 사악함에 가까워지는 것 같았소. 그래서 피했소.

하지만 혼자 살 수는 없었소. 그래서 정부를 두려고 했소. 내가 처음 택한 정부는 셀린 바랑이었소. 이런 정부들은 회상만 해도 모멸감이 드는데, 그녀는 그런 경우 중 하나였소. 당신은 이미 그녀가 누구인지 알고 어떻게 관계가 끝났는지도 알고 있소. 그녀 다음에 정부가 두 명 더 있었소. 하나는 이탈리아인 자친타였고, 하나는 독일인 클라라였소. 둘 다 뛰어난 미인에 속하는 부류요. 하지만 몇 주일 지나자 그들의 아름다움이 무의미했소. 자친타는 부도덕하고 난폭했소. 석 달쯤 지나자 그녀가 지겨워졌소. 클라라는 정직하고 조용했으나 지나치게 신중하고, 멍청하고, 무슨 말을 해도 끄떡 안 했소. 내 취향에는 전혀 맞지 않았소. 그녀에게 괜찮은 사업을 하기에 충분한 돈을 주고 점잖게 제거해 버려 홀가분했소. 하지만 제인, 당신 얼굴을 보니 이제 나를 썩 좋지 않게 생각한다는 것을 알겠소. 내가 무감각하고 제멋대로인 악한이라고 생각하지 않소?"

"사실 예전만큼 당신이 좋지는 않네요. 그런 식으로 정부를 갈아 가며 사는 게 잘못이라고는 조금도 생각해 보지 않으셨나요? 마치 그것이 당연한 일인 것처럼 말씀하시네요."

"내겐 그랬소. 그렇지만 나도 그게 싫었소. 그렇게 사는 건 스스로를 비굴하게 만드는 것이었소. 다시는 그런 생활로 돌아가고 싶지 않소. 정부를 산다는 것은 노예를 사는 것 다음으로 나쁜 일이오. 정부와 노예는 지위상 늘 열등하며 흔히 천성조차 그렇소. 열등한 인간과 친근하게 산다는 것 자체가 타락이오. 나는 셀린, 자친타, 클라라와 함께 지낸 시간들을 회상하기조차 싫소."

나는 이 말들이 진실이라고 느꼈다. 그러고는 그의 말에서 하나의 결론을 끌어냈다. 만일 내가, 어떤 구실로든 어떤 정당화로든 어떤 유혹 때문이든 지금까지 배운 가르침들과 나 자신을 잊고 이 불쌍한 여자들의 후계자가 된다면, 그가 지금 마음속으로 그 여자들과의 추억이 더럽다고 생각하는 것과 똑같은 감정으로 나를 대하게 되리라. 그러나 나는 이런 확신을 입 밖에 내지는 않았다. 이렇게 느끼는 것만으로 충분했다. 시련이 닥칠 때 이 확신이 내게 도움을 줄 수 있도록 마음속 깊이 새겨 놓았다

"자, 제인, '그래서요?'라는 말을 안 하는구려. 내 이야기는 아직 안 끝났소. 당신이 우울해 보이고 아직 나를 인정하지 않는다는 걸 알겠소. 하지만 핵심적인 이야기를 하겠소. 지난 1월 정부를 두는 생활을 청산하고 쓸데없는 외로운 방랑 생활을 마치고 쓸쓸하고 괴로운 마음을 안고 사업상 일을 처리하기 위해 영국으로 돌아왔소. 절망적인 상태에서 인간이, 특히 **여자가** 싫어졌소(사랑스럽고 지적이며 지조 있는 여자란 꿈에 지나지 않는다는 걸 깨달았소).

서리가 내리는 겨울날 오후, 나는 손필드가 보이는 곳에서 달려가고 있었소. 지긋지긋한 장소인 그곳에서 어떤 평화도 어떤 즐거움도 기대하지 않았소. 헤이 길의 층계 위에 작은 여자가 혼자 조용히 앉아 있는 모습을 보았소. 나는 맞은편 버드나무를 스쳐 가듯이 별 관심 없이 지나갔소. 그 인물이 내게 어떤 존재가 될지 전혀 예상하지 못했소. 내 인생의 중재자, 선량하든 사악하든 나의 수호신이 거기서 초라한 모습으로 날 기다리고 있으리라는 예감은 전혀 없었소. 메스루어가 미끄러지는 사고가 나서 쓰러져 있을 때 그 사람이 내게 다가와 신중하게 도와주겠다고 할 때도 몰랐소. 어린아이같이 생긴 호리호리한 여자군! 홍방울새가 내 발 있는 데로 깡충깡충 뛰어와서 그 작은 날개에 나를 태우고 가겠다고 제안하는 것처럼 보였소. 내가 뚱하게 있는데도 그 새는 가려고 하지 않았소. 이상하게 내 옆에 서서 버티며 날 바라보고 약간 권위 있게 말했소. 내가 자신의 도움을 받아야 한다고 했고, 나는

도움을 받았소.

일단 그 연약한 어깨에 기대자 뭔가 새로운 것, 신선한 수액과 감각이 온몸에 퍼졌소. 이 요정이 저 밑에 있는 내 집에 살고 있다는 것을 알게 되어 다행이었소. 안 그랬으면 내 손에서 빠져나가 잘 보이지 않는 산울타리 뒤로 사라져 가는 것을 보고 묘한 후회에 사로잡혔을 거요. 아마 그대는 내가 당신 생각을 하는지, 당신 모습을 찾는지 몰랐겠지만 나는 그날 밤 그대가 집으로 오는 소리를 들었소, 제인. 그다음 날 당신이 회랑에서 아델과 놀고 있는 동안 숨어서 30분 동안 관찰했소. 눈이 오는 날이었소. 그래서 당신은 밖에 나갈 수 없었소. 나는 방에 있었는데 마침 문이 조금 열려 있어 당신 모습을 보고 들을 수 있었소. 한동안 아델이 당신에게 칭얼댔지만 당신은 딴생각을 하는 것 같았소. 당신은 아주 참을성 있게 아델을 대했소, 내 작은 제인. 당신은 오랫동안 아델에게 이야기를 걸고 재미있게 놀아 주었소. 마침내 아델이 떠나자, 당신은 곧 깊은 사색에 잠겨 천천히 회랑을 거닐었소. 가끔씩 창가를 지나면서 창밖에서 펑펑 내리는 눈을 바라보았소. 윙윙대는 바람 소리를 들으며 다시 부드럽게 회랑을 거닐며 몽상에 잠겼소. 그날은 잘 보이지 않을 정도로 어둡지 않았소. 당신 눈은 가끔 즐겁게 반짝였고 약간 들떠 보였소. 그 모습을 보고 당신이 고통스럽거나 불쾌하거나 우울한 일을 생각하고 있지 않다고 여겼소. 오히려 기분 좋은 생각에 잠긴 젊은이 같았소. 기꺼이 정신이 희망의 날개를 타고 하늘 위로 날아가 이상적인 천국에 이르렀을 때와 같은 표정을 짓고 있었소. 홀에서 페어팩스 부인이 하인에게 말하는 소리를 듣고 당신은 깨어났소. 나 혼자 자신을 향해 얼마나 온유한 미소를 지었는지 당신은 모를 거요, 자네트! 그 미소에는 여러 가지 의미가 담겨 있었소. 멍했던 것을 자조하는 신중한 미소로 이렇게 말하는 것 같았소. '이런 멋진 비전은 모두 아주 훌륭하지만 절대로 현실이 될 수 없다는 걸 잊으면 안 돼. 머릿속에는 장밋빛 하늘과 꽃으로 가득 찬 푸른 에덴동산이 있지만 밖의 내 발 밑에는 험난한 길이 놓여 있고 주위로 폭풍이 몰려오고 있다는 것을 아주 잘 알고 있어.' 당신은 아래층으로 달려가 페어팩스 부인에게 뭔가 일이 없느냐고 했소. 일주일 치 가계부를 만들라고 하던가, 뭐 그런 유의 일이었던 것 같소. 당신이 보이지 않자 나는 어쩔 줄 몰랐소.

초조하게 저녁이 오기를 기다렸소. 저녁이 오면 당신을 내 곁으로 부를 수 있었소. 당신은 내게 아주 이상하지만, 완전히 새로운 사람이었소. 당신을 더 깊이 탐색하고 더 잘 알고 싶었소. 당신은 수줍어하면서 동시에 당당해 보이는 표정과 태도로 방으로 들어왔소. 지금도 마찬가지지만 그때도 옷차림은 이상했소. 당신에게 말을 시켰고, 곧 당신이 여러 모순된 특징을 지닌 사람임을 알았소. 규칙에 얽매인 옷차림이나 태도도 종종 겸손했소. 전반적으로는 원래 세련된 사람이었소. 하지만 전혀 사교계에 익숙하지 않아 부적절한 행동이나 실수를 할까 봐 아주 긴장하고 있었소. 내가 말을 걸자 당신은 날카롭고 빛나는 대담한 시선으로 내 얼굴을 바라보았소. 당신의 시선 속에는 힘과 통찰력이 담겨 있었소. 꼬치꼬치 캐물어도 당신은 금방 훌륭하게 대답했소. 당신은 곧 내게 익숙해지는 것처럼 보였소. 음울하고 심술궂은 주인에게 공감했던 게 분명하오. 아주 놀랍게도 당신 태도가 급속히 즐겁고 편안하고 차분해졌기 때문이오. 내가 투덜거려도 침울함에 전혀 놀라거나 두려워하거나 화내거나 불쾌해 하지 않고, 이따금 나를 바라보며 뭐라고 표현할 수 없는 단순하지만 지혜에 찬 우아한 태도로 미소를 지었소. 당신이 보여 준 모습이 마음에 들었고 동시에 자극을 받았소. 당신 모습이 보기 좋았고 더 보고 싶었소. 하지만 오랫동안 당신을 멀리하고 거의 찾지 않았소. 나는 지적인 면에서 미식가요. 이 깜찍한 새 친구를 사귀는 즐거움을 미루고 싶었던 거요. 그리고 한동안 꽃을 함부로 다루었다가는 꽃이 시들까 봐, 싱싱한 꽃의 달콤한 매력이 사라질까 봐 두려웠소. 그 당시에는 그것이 잠시 피었다 지는 꽃이 아니라 깎아 놓은 빛나는 보석 꽃이라는 것을 몰랐소. 더욱이 내가 피하면 당신 편에서 나를 찾을지 보고 싶었소. 그러나 당신은 날 찾지 않았소. 책상이나 이젤만큼이나 아주 조용히 가만히 교실에 있었소. 내가 우연히 만날 때면 내 곁을 재빨리 지나갔고 존경 이상의 어떤 표현도 하지 않았소. 그 당시 당신은 늘 생각에 잠겨 있었소, 제인. 아픈 건 아니고 약해 보이지도 않았소. 그렇다고 명랑해 보이지도 않았소. 희망도 거의 없고 실제로 재미있는 일도 없었으니까. 당신이 나를 어떻게 생각하는지, 내 생각을 하기는 하는지 궁금해져 알아내기로 결심했소.

다시 당신을 살피기 시작했소. 이야기할 때는 무언가 시선 속에 기쁜 빛이 있고 태도도 부드러웠소. 당신이 사교성은 있지만 바로 그 조용한 교실 때문에, 지루한 일상 때문에 우울해 한다는 것을 알았소. 당신에게 친절하게 대하는 기쁨을 누리기로 했소. 내가 친절하게 대하자 당신도 곧 정서적인 반응을 보였소. 얼굴 표정이 부드러워지고 어조가 유순해졌소. 당신이 감사와 행복 가득한 어조로 내 이름을 불러 주는 게 좋았소. 이때쯤에는 제인, 당신과 우연히 만나는 걸 즐겼소. 당신의 태도에는 이상하게 망설이는 빛이 있었소. 약간 괴로워하며 의심의 눈길로 나를 바라보았소. 당신은 내가 어떤 변덕을 부릴지, 즉 내가 엄격한 주인 역할을 할지 또는 자애로운 친구 역할을 할지 몰랐던 거요. 그때쯤에는 당신이 너무 좋아 엄격한 주인 역할을 할 수가 없었소. 내가 다정하게 손을 내밀면 당신의 표정이 화사하게 밝아지며 행복해 했소. 그럴 때면 종종 그 자리에서 당신을 내 품에 안고 싶었지만 참느라 몹시 힘들었소."

"그 시절에 대해서는 더 이상 이야기하지 마세요." 몰래 눈물을 훔치며 내가 그의 말을 막았다. 그의 말은 내게 고문이었다. 내가 무엇을 해야 하는지, 그리고 얼마나 빨리 해야 하는지 알고 있었다. 이처럼 추억을 되살리고 그의 감정을 알면, 내 일을 하기가 더 어려워질 뿐이었다.

"그렇지 않소, 제인." 그가 대답했다. "현재는 이렇게 확실하고 미래는 그렇게 더 밝은데 과거를 회상해 봐야 무슨 소용 있겠소?"

이 분별 잃은 말을 듣자 온몸이 떨렸다.

"이제 내 사정을 알겠소?" 그가 계속 말했다. "어른이 된 다음 반은 형언할 수 없는 불행 속에 보냈고, 반은 황량한 고독 속에서 보냈소. 처음으로 진정으로 사랑하는 사람, **당신을** 찾았소. 당신은 나와 통하는 사람이고, 더 나은 나 자신이고, 나의 수호천사요. 강렬한 사랑이 우리 두 사람을 묶고 있소. 당신은 선량하고, 재능 있고, 사랑스러운 사람이오. 내 마음속에서 신성하고 뜨거운 열정이 솟아나 당신을 향하고 있소. 당신을 내 삶의 중심과 근원으로 끌어들여 내 존재로 당신을 에워싸고 있소. 그 열정은 순수하고 강렬하게 타올라 당신과 나를 하나로 결합시켰소.

바로 이 사실을 느끼고 알아서 당신과의 결혼을 결심했소. 내게 이미 아내가 있다고 말하는 건 허무맹랑한 조롱일 뿐이오. 이제 내게 끔찍한 악마 같은 여자가 있을 뿐이라는 걸 알지 않소. 당신을 속이려고 한 것은 잘못이오. 하지만 당신의 고집스러운 성격이 두려웠소. 당신이 어린 시절부터 가지고 있던 편견이 두려웠던 거요. 당신의 사랑을 안전하게 확보한 다음, 이런 위험한 비밀을 털어놓고 싶었소. 물론 비겁한 일이오. 지금 털어놓는 것처럼, 처음부터 당신의 관대함과 고결함에 호소해야 했소. 고뇌에 찬 내 인생에 대해 털어놓고 얼마나 고상하고 가치 있는 삶에 목말라하고 갈구하는지 묘사해야 했소. 당신에게 **결심을**(그건 너무 약한 말이오) 보여 줄 게 아니라, 일편단심으로 당신을 사랑하고 사랑받고 싶은 나의 깊은 **마음을** 보여 주어야 했소. 내 사랑의 맹세를 받아 주고 당신도 맹세하시오. 제인, 지금 맹세해 주시오."

잠시 침묵이 흘렀다.

"왜 말이 없소, 제인?"

나는 엄청난 시련을 겪고 있었다. 뜨거운 철로 된 손이 나의 내장을 움켜쥐었다. 끔찍한 순간이었다. 투쟁, 암흑, 활활 타는 불길로 가득한 순간이었다! 나만큼 사랑받기를 원하는 사람도 없을 것이다. 그리고 나는 나를 사랑하는 사람을 절대적으로 숭배했다. 그런데도 사랑과 우상 모두 포기해야 했다. 황량한 한 단어가 의무를 표현해 줬다. "떠나라!"

"제인, 당신에게서 무엇을 원하는지 알겠소? 이렇게만 맹세해 주시오. '나는 당신의 사람이 되겠어요, 로체스터 씨.'"

"로체스터 씨, 저는 당신의 사람이 되지 **않겠어요.**"

또다시 긴 침묵이 흘렀다.

"제인!" 그가 다시 입을 열었다. 그 부드러운 목소리가 슬픔에 젖어 있었다. 그리고 동시에 불길한 두려움으로 돌처럼 싸늘해진 목소리였다. 이 차분한 목소리는 사자가 포효하기 전에 헐떡거리는 소리였다. "제인, 당신은 한쪽 길로 가고, 나를 다른 길로 보내 겠단 말이오?"

"그래요."

"제인. (내게 몸을 숙이고 나를 안으면서) 정말 그런 뜻이오?"

"그래요."

"지금도?" 그가 내 이마와 뺨에 부드럽게 입을 맞추며 말했다.

"그래요." 나는 잽싸게 그에게서 완전히 빠져나왔다.

"오, 제인, 너무하오! 이건, 이건 악한 일이오. 날 사랑하는 건 악한 일이 안 될 거요."

"당신 말대로 하는 게 악한 일일 거예요."

그는 눈썹을 치켜뜨고 험상궂은 표정을 지었다. 그의 이목구비가 일그러졌다. 그는 일어났다. 하지만 아직은 참고 있었다. 나는 몸을 지탱하기 위해 의자의 등판을 잡았다. 나는 흔들렸고 두려웠다. 하지만 결심했다.

"잠깐만, 제인. 그대가 떠난 뒤 내가 얼마나 끔찍한 삶을 살지 한번 상상해 보시오. 나의 모든 행복이 그대와 함께 사라질 거요. 그다음에는 뭐가 남겠소? 아내라고는 위층의 미친 여자밖에 없소. 오히려 저기 교회 묘지에 있는 시체가 아내인 게 더 낫겠소. 내가 뭘 하겠소, 제인? 어디 가서 친구를 찾고, 어디 가서 희망을 얻겠소?"

"제가 하라는 대로 하세요. 신과 당신 자신을 믿으세요. 천국을 믿으세요. 거기서 다시 만나기를 바라세요."

"그러면 당신은 내 말대로 하지 않을 작정이오?"

"네."

"그러면 내게 불행하게 살다 저주받은 채 죽어 가라는 선고를 내리는 거요?" 그의 목소리가 높아졌다.

"죄를 짓지 말고 사시길 바라요. 그리고 평온하게 돌아가시길 바라요."

"그러면 내게서 사랑과 순수함을 낚아채 가겠다는 거요? 나를 내팽개쳐서 내가 열정 대신 욕망을 추구하고 일삼아 사악한 짓을 하게 하려는 거요?"

"로체스터 씨, 제가 스스로 그런 운명을 낚아채지 않듯이, 당신도 그런 운명을 택하지 마세요. 우리는 참고 노력하도록 태어났어요. 나도 그렇고, 당신도 그래요. 그렇게 하세요. 제가 당신을 잊기 전에, 당신 쪽에서 먼저 잊을 거예요."

"그런 말로 날 거짓말쟁이로 만들고 내 명예에 먹칠을 하고 있소. 내가 분명히 변치 않을 거라고 말하는데 그대는 내 얼굴에 대고 내가 곧 변할 것이라고 하오. 당신 판단이 얼마나 왜곡되어 있는지, 당신 생각이 얼마나 괴팍한지 행동으로 증명하고 있소! 단지 인간의 법을 어기는 것보다 동료 인간을 절망에 빠뜨리는 게 더 나은 일이오? 당신이 법을 어겨도 그 누구도 해를 입지 않소. 나와 함께 살아도 화를 낼까 봐 걱정되는 친척도 없고 친구도 없지 않소?"

이 말은 사실이었다. 그가 말하는 동안, 내 양심과 이성이 나를 배반하고 그를 거역하는 것은 죄라며 나를 비난했다. 감성 못지않게 양심과 이성은 큰 소리로 말했다. 그 소리가 크게 울려 퍼졌다. '오, 그의 말대로 해. 그의 비참함을 생각해 봐. 혼자 남았을 때 그가 어떨지 생각해 봐. 그의 앞뒤 가리지 않는 성격을 잊지 마. 절망에 잠겨 무모한 행동을 할 것을 생각해 봐. 그를 위로하고, 구원하고, 사랑하고, 그의 사람이 되겠으며 그를 사랑하겠다고 말해. 도대체 누가 **너에게** 아랑곳이나 하겠어? 네가 무슨 짓을 하든 해를 입을 사람은 없잖아.'

그러나 여전히 굴하지 않고 나는 이렇게 대답했다. '**내가** 나 자신을 소중히 여기자. 고독하고 벗도 없고 의지할 데가 없을수록 더욱더 나 자신을 존중할 거야. 하느님이 내려 주시고 인간이 인정한 법을 지킬 거야. 지금처럼 미친 때가 아니고 제정신일 때 옳다고 생각했던 원칙을 지키며 살 거야. 법이나 원칙은 유혹이 없는 때를 위한 게 아니야. 지금처럼 몸과 영혼이 그 엄격함에 반란을 일으키는 그런 때를 위한 거야. 법과 원칙은 엄격해야 하고 절대로 어겨서는 안 돼. 나 편한 대로 어겨도 되는 것이라면 법과 원칙이 무슨 가치가 있겠어? 법과 원칙은 가치 있는 것이야. 항상 그렇게 믿어 왔어. 그런데 지금 그렇게 믿지 못한다면 내가 미친 거야. 아주 미친 거야. 아주 미쳐서 혈관을 따라 불길이 활활 타오르고 심장은 맥박을 셀 수 없을 정도로 빨리 뛰고 있어. 지금 내가 기댈 것은 미리 생각해 둔 의견, 예전의 결심들이야. 꿋꿋하게 거기에 발을 딛고 서야 해.'

나는 그렇게 했다. 로체스터 씨는 내 표정을 읽고 내가 그렇게 했다는 것을 알았다. 그의 분노는 절정에 달했다. 그다음은 어찌 되든 그는 마구 화를 냈다. 마루를 왔다 갔다 하고 내 팔을 잡고 내 허리를 끌어안았다. 그의 활활 타는 눈빛이 나를 삼켜 버릴 것 같았다. 그 순간 나는 육체적으로는 용광로의 바람과 불길 앞에 노출된 그루터기처럼 무력했지만, 정신적으로는 여전히 차분했고 궁극적으로 안전할 것을 확신했다. 다행히도 그 영혼은 눈이라는 통역자를 가지고 있었다. 눈은 종종 무의식적인 통역자지만, 여전히 정확한 통역자이기도 했다. 나는 눈을 들어 그를 보았다. 그의 사나운 얼굴을 보자 나도 모르게 한숨이 새어 나왔다. 그가 아프게 손목을 잡았고, 나는 버둥거리느라 기진맥진했다.

그는 이를 갈면서 말했다. "아니, 아니, 이렇게 나약하며 동시에 이렇게 불굴인 사람은 처음이오. 내 손 안의 이 여자는 갈대에 지나지 않는데! (그는 힘을 주어 나를 잡고 흔들었다) 내 손으로 이 여자를 휘게 할 수는 있지만, 이 여자를 휘게 하고, 부러뜨리고, 짓밟은들 무슨 소용 있겠어? 저 눈을 봐. 저 눈으로 보면서, 용기 이상의 것을 가지고 의기양양하게 내게 도전하는 야생적이고 단호하고 자유로운 사람이야. 새장을 가지고 무슨 짓을 해도 야성적이고 아름다운 새를 잡을 수는 없어! 야성적이고 아름다운 사람! 억지로 문을 열고 그 보잘것없는 감옥을 산산조각 내 봐야 내 분노로 포로가 해방될 뿐이지. 정복자는 되겠지만, 그 안의 새는 내가 새장 주인이라고 말하기도 전에 하늘로 날아가 버릴 거야. 그리고 내가 정말 원하는 것은 너, 힘과 의지와 미덕과 순결함을 지닌 정신이야. 그 부서지기 쉬운 육체만 가져서는 안 돼. 원하기만 하면 스스로 부드럽게 날갯짓을 하며 내 가슴에 기대어 편히 쉴 수 있지만, 억지로 붙잡으면 움켜쥔 손이 향유처럼 빠져나갈 거야. 내가 그대의 향기를 들이마시기도 전에 사라질 거야. 오! 오시오, 제인, 오시오!"

이 말을 하면서 그는 잡고 있던 손목을 놓았다. 그리고 나를 바라보기만 했다. 미친 듯이 힘을 주어 잡는 것보다 그 시선을 물리치는 게 힘들었다. '하지만 지금 굴복한다면 어리석은 짓이다. 나는 감히 그를 화나게 만들었다. 그의 슬픔을 피해야만 한다.' 그래서 나는 문 쪽으로 물러났다.

"가는 거요, 제인?"

"가는 거예요."

"날 떠나는 거요?"

"네."

"내게 오지 않겠소? 나의 위안자이자 구원자가 되지 않겠소? 내 깊은 사랑과 미칠 듯한 슬픔과 광폭한 기도, 이 모든 게 당신에게는 아무것도 아니란 말이오?"

그의 목소리는 이루 말로 다 할 수 없는 슬픔에 젖어 있었다! "가는 거예요." 꿋꿋하게 이 말을 반복하기가 얼마나 힘들었던가!

"제인!"

"로체스터 씨!"

"그러면 가시오. 그러시오. 하지만 여기 고통 속에 나를 남겨 놓고 가는 거요. 당신 방으로 가서 내가 한 말을 모두 다시 생각해 보시오. 그리고 제인, 나의 고통을 봐 주시오. 나를 생각해 주시오."

그는 돌아섰다. 그는 소파에 몸을 던져 엎드렸다. "오, 제인! 내 희망, 내 사랑, 내 인생이여!" 그의 입에서 고통에 찬 말이 띄엄띄엄 새어 나왔다. 그리고 나서 격렬하게 울기 시작했다.

나는 이미 문에 가 있었다. 하지만 독자여, 나는 다시 돌아왔다. 물러섰던 것만큼이나 단호하게 그에게 돌아왔다. 그의 옆에 무릎을 꿇고 앉아 울었다. 쿠션에 파묻혀 있던 그의 얼굴을 내 쪽으로 돌린 다음 그의 뺨에 입을 맞췄다. 손으로 그의 머리를 만졌다.

"신의 가호가 있기를 바라요, 주인님. 신의 가호로 해로운 일이나 나쁜 일이 없기를 바라요. 신께서 옳은 길로 인도하고, 위로해 주시길 바라요. 내게 베푸신 친절만큼 보상을 받으시길 바라요."

"내게는 작은 제인의 사랑이 최고의 보상이 될 거요. 그 사랑 없이는 내 가슴이 찢어지오. 하지만 제인은 날 사랑할 거요. 그렇소, 고귀하게 그리고 관대하게 날 사랑할 거요."

그의 얼굴로 피가 솟았다. 눈에서는 불길이 뿜어져 나왔다. 그는 벌떡 일어나 팔을 뻗었다. 하지만 나는 그의 포옹을 피해 얼른 그 방을 떠났다.

'안녕히 계세요!' 그를 떠날 때 나는 가슴속으로 외쳤다. 그리고 절망이 덧붙였다. '영원히 안녕히!'

그날 밤 나는 잘 생각이 없었다. 하지만 침대에 눕자마자 잠이 쏟아졌다. 생각 속에서 어린 시절의 광경으로 돌아가 있었다. 나는 게이츠헤드의 붉은 방에 누워 있었다. 밤은 어두웠고 이상한 공포에 사로잡혀 떨고 있었다. 아주 오래전 나를 기절시켰던 빛이 이 환상에 돌아와 벽 위로 미끄러지듯이 올라가 잘 보이지 않는 천장 가운데서 잠시 멈추더니 떨리는 것처럼 보였다. 그 빛을 보기 위해 머리를 들었다. 지붕이 갈라지더니 높은 하늘에 뜬 흐린 구름으로 변했다. 구름을 뚫고 나오려는 달이 내뿜는 빛이었다. 나는 달이 다가오는 것을 보았다. 정말 이상한 기대감을 가지고 보았다. 마치 둥근 달 위에 최후의 단어가 쓰여 있는 것처럼. 달이 그런 식으로 구름을 헤치고 앞으로 나오는 것은 처음 보았다. 즉 손하나가 검은 구름을 뚫고 나와 구름을 완전히 젖혔다. 그러고 나서 푸른 하늘에서 달이 아니라 하얀 인간의 형체가 빛났다. 그 형체는 지상을 향해 찬란한 이마를 기울이고 있었다. 그 형체는 나를 보고 또 보았다. 그 형체는 내 영혼에 대고 말했다. 그 목소리는 이루 말할 수 없이 멀리 있으면서도 아주 가까이 있기도 했다. 그것은 내 가슴에 대고 속삭였다.

"딸이여, 유혹에서 피해라."

"어머니, 그럴게요."

나는 몽환적인 꿈에서 깨어난 뒤 그렇게 대답했다. 아직도 밤이었지만 7월의 밤은 짧았다. 자정이 지나고 곧 새벽이 찾아왔다. '내가 해야 할 일을 하기에 너무 이르지는 않아'라고 생각했다. 나는 일어났다. 옷은 이미 입고 있었고, 잘 때 신발만 벗은 상태였다. 서랍 어디에 속옷과 목걸이와 반지가 있는지 알고 있었다. 이 물건들을 찾던 중 나는 로체스터 씨가 며칠 전에 억지로 준 진주 목걸이를 보았지만, 그것은 그대로 두었다. 그것은 나의 것이 아니고, 공기 중으로 녹아 사라진 환상의 신부의 것이었다. 다른 물건들을 하나의 꾸러미로 만들었다. 20실링(그것이 내가 가진 전부였다)이 든 지갑을 호주머니에 넣었다. 밀짚모자의 끈을 묶고 숄을 고정시킨 다음 그 꾸러미와 슬리퍼를 가지고 방을 살금살금 빠져나왔다. 이때는 슬리퍼도 신지 않았다.

"안녕히 계세요, 친절한 페어팩스 부인!" 나는 그녀 방 앞을 미끄러지듯이 지나가면서 속삭였다. "안녕, 내 사랑하는 아델!" 나는 아이 방을 쳐다보면서 말했다. 들어가서 그녀를 안을 생각은 엄두도 내지 못했다. 귀가 밝은 그 사람 몰래 가야 하는데, 그 사람이 지금 듣고 있을 수도 있기 때문이었다.

나는 멈추지 말고 로체스터 씨의 방을 지나갔어야 하는데 순간적으로 그 방문 앞에서 심장 박동이 멈추는 바람에 발길을 멈출 수밖에 없었다. 방 주인은 잠들어 있지 않았다. 그는 어쩔 줄 모르며 방 한쪽 끝에서 다른 쪽 끝까지 왔다 갔다 하고, 내가 듣는 동안에도 몇 번이나 한숨을 쉬었다. 이 방에 천국, 잠시나마 천국이 있었다. 이 방 앞에서 내가 선택하기만 한다면, 안으로 들어가 다음과 같이 말하면 되는 것이었다.

"로체스터 씨, 죽을 때까지 일생 동안 당신을 사랑하고 당신과 함께 살겠어요." 그러면 내 입가에 환희의 샘물이 솟아날 것이다. 나는 이런 생각을 했다.

다정한 주인은 잠들지 못하고 초조해 하며 날이 밝기를 기다리고 있을 것이다. 아침이면 그는 나를 보러 올 것이다. 하지만 나는 이미 사라진 뒤일 것이다. 그는 나를 찾으러 사람을 보낼 것이다. 하지만 결코 찾지 못할 것이다. 그는 버림받고, 사랑을 거부당했다고 느낄 것이다. 그는 고통스러워하고 아마 필사적이 될 것이다. 나는 이런 생각도 했다. 내 손이 자물쇠를 향해 움직였다. 나는 얼른 손을 거두고 계속 미끄러지듯이 앞으로 갔다.

쓸쓸하게 계단을 따라 아래로 내려갔다. 내가 해야 할 일을 알고 있어 기계적으로 그 일을 했다. 부엌에서 옆문 열쇠를 찾고, 기름병과 깃털을 찾았다. 나는 열쇠와 자물쇠에 기름칠을 했다. 그리고 물과 빵을 조금 먹었다. 멀리 가야 하는데 최근에 아주 기운이 빠져 주저앉아 버리면 안 되기 때문이었다. 이 모든 일을 소리 없이 해냈다. 문을 열고 밖으로 빠져나온 다음 조용히 문을 닫았다. 마당에는 새벽이 희미하게 빛나고 있었다. 대문은 닫혀 있고 열쇠는 채워져 있었다. 그러나 한쪽 문에 빗장만 채워져 있어, 나는 그 문을 통과한 다음 떠났다. 물론 그 문도 닫았다. 그리고 나는 손필드를 벗어났다.

들판을 지나 1마일을 더 가자 밀코트와 반대 방향으로 가는 길이 나타났다. 그 길은 가 본 적이 없었으나 종종 그 길을 보면서 어디까지 이어질까 궁금했다. 그 길 쪽으로 발길을 옮겼다. 이제는 생각할 것도 없고 뒤로 눈길 한 번 줄 필요가 없었다. 앞도 제대로 보지 못했다. 과거도 미래도 생각할 수 없었다. 과거는 천국처럼 달콤하지만 치명적으로 슬픈 페이지여서 그중 한 줄만 읽어도 용기가 다 사라지고 기운이 달아날 것 같았다. 미래는 끔찍한 빈칸이었다. 홍수가 지나간 뒤의 세상 같았다.

해가 떠오른 뒤에도 계속 들판과 울타리와 길을 따라서 걸었다. 아름다운 여름날 아침이었다. 그 집을 떠날 때 신고 나온 신발이 곧 이슬에 젖어 축축해졌다. 하지만 떠오르는 해도, 미소 짓는 하늘도, 깨어나는 자연도 바라보지 않았다. 교수대로 호송되는 길에 아름다운 광경을 스쳐 갈 때 사형수는 그 길의 미소 짓는 꽃이 아니라 무거운 도끼날을, 뼈와 혈관이 끊어져 나갈 것을, 그 끝에 입을 벌리고 있을 무덤을 생각할 것이다. 나도 황량하게 도피할 일과 집 없이 방랑할 일만 생각했다. 그리고 오! 너무나 고통스럽게 내가 남겨 놓은 것을 생각했다. 나는 그렇게 할 수밖에 없었다. 지금 그의 방에서 일출을 보면서 곧 내가 와서 자신과 함께 머물겠으며 아내가 되겠다고 말하기를 바라고 있을 그의 모습이 생각났다. 나는 그의 아내가 되고 싶었다. 돌아가고 싶어서 헐떡였다. 지금도 너무 늦지 않다. 아직도 그에게 이별의 고통을 면하게 해 줄 수 있다. 확신하건대 그는 아직도 내가 도망간 것을 모르고 있을 것이다. 돌아가서 그의 위안자, 그의 자랑거리가 될 수 있고, 그를 불행, 어쩌면 파멸에서 구원해 줄 수도 있다. 그의 자포자기가 두려웠다. 나보다 훨씬 더 심하게 자포자기할 것을 생각하니 정말 괴로웠다. 그 두려움이 내 가슴속에서 미늘 달린 화살촉이 되었다. 그 것을 빼내려고 하면 가슴이 찢어지고, 추억으로 그 화살촉이 더 가슴속을 파고들어 너무 고통스러웠다. 작은 관목 숲에서 새들이 노래하기 시작했다. 새들은 자기 짝에게 충실했다. 새들은 사랑의 상징이었다. 나는 무엇인가? 가슴이 아픈 가운데서 미친 듯이 원칙을 지키려고 노력하는 나 자신이 혐오스러웠다. 아무리 나 자신을 인정해도, 아무리 자존심을 내세워도 위안을 찾을 수 없었다. 나는 나의 주인에게 해를 입히고, 상처를 입히고 떠났다. 나 자신에게도 내가 가증스러웠다. 그래도 여전히 몸을 돌릴 수 없고, 한 발자국도 뒤로 돌아갈 수 없었다. 신이 나를 인도했음에 틀림없다. 나 자신의 의지나 양심에 대해 말하자면, 격렬한 슬픔으로 의지가 짓밟혔고 양심도 질식 상태였다. 홀로 걸으면서 내내 마구 울었다. 미친 사람처럼 빠르게 걸었다. 마음부터 약해지더니 사지에서 기운이 빠져 주저앉았다. 얼굴을 축축한 풀밭에 묻은 채 몇 분이고 땅바닥에 누워 있었다. 여기서 죽을 수도 있다는 두려움, 아니 희망이 생겼다. 하지만 곧 일어섰다. 두 손 두 발로 기어가다 다시 일어섰다. 단호하게 꼭 큰길로 나가겠다는 열정에 차 있었다.

큰길에 도착하자 울타리 아래서 쉴 수밖에 없었다. 앉아 있는 동안 바퀴 소리가 들리고 마차 오는 소리가 들렸다. 일어나서 손을 들었다. 마차가 멈추었다. 어디로 가는 마차인지 물었더니, 마부가 먼 곳의 이름을 댔다. 그곳은 로체스터 씨와 전혀 상관없는 곳이었다. 거기까지 가는 데 요금이 얼마인지 물었더니 30실링이라고 했고 나는 20실링밖에 없다고 했더니 그 액수만큼 태워 주겠다고 했다. 그리고 마차가 비어 있으니 안으로 들어가 앉으라고 말해 주기까지 했다. 안으로 들어가서 문을 닫자, 그 마차는 계속 앞으로 나아갔다.

착한 독자여, 내가 그 당시 느꼈던 것을 느끼는 일이 없기를! 나처럼 그렇게 뜨겁고 가슴 아픈 눈물이 폭포수처럼 흘러내리는 일이 없기를! 그 시간의 나처럼 그렇게 절망적이고 고통에 찬 기도를 올릴 일이 없기를! 나처럼 전적으로 사랑하는 사람에게 악의 도구가 될까 봐 두려워할 일이 없기를!

제28장

이틀이 지났다. 여름 저녁이었는데 마부가 휘트크로스라는 곳에 내려 주었다. 내가 준 돈으로는 거기까지밖에 태워 줄 수 없다고 했다. 이제 돈이 한 푼도 없었다. 혼자 남겨지고, 마차가 1마일쯤 더 간 다음에야, 마차의 짐칸에 깜빡 잊고 짐을 두고 내렸다는 사실을 깨달았다. 안전하게 보관한다고 짐칸에 두었는데 그걸 잊어버린 것이었다. 그 짐은 그냥 마차에 있는 것이다. 거기 있을 게 틀림없다. 이제 나는 완전히 빈털터리였다.

휘트크로스는 시가 아니고 촌락도 아니었다. 사거리의 교차로에 돌기둥이 서 있을 뿐이었다. 그 돌기둥은 회칠이 되어 있었는데, 아마 멀리서나 밤에도 잘 보이라고 그런 것 같았다. 꼭대기에 네 개의 표지판이 있었다. 표지판에 따르면, 가장 가까운 시는 10마일, 가장 멀리 있는 시는 20마일 떨어져 있었다. 잘 알려진 시들의 이름으로 미루어 어떤 주에 내렸는지 알게 되었다. 저물녘 산으로 둘러싸인 황야의 중북부 주에 왔다는 걸 알았다. 내 뒤나 양옆에는 큰 광야가 있고 내 발밑 계곡 너머에는 층층이 산이 있다. 여기에는 주민이 별로 없는 게 분명하다. 길에 아무도 다니지 않으니. 길은 동서남북 사방으로 나 있고, 하얀 대로도 쓸쓸하다. 여행자가 우연히 지나갈지도 모른다. 하지만 지금은 아무도 나를 보지 않았으면 좋겠다. 길을 잃고 어디로 갈지 모르고 여기 이정표 아래서 서성이는 모습을 낯선 사람이 보면 뭘 하고 있는지 의심할 것이다. 그가 내게 물어볼 수도 있고 그러면 내가 믿을 수 없는 대답을 해서 그의 의심은 더 커질 것이다. 이 순간 나와 인간 사회를 이어 줄 끈은 없다. 나는 사람들이 사는 곳에 가고 싶지도 않고 그곳에서는 아무런 희망도 찾지 못한다. 그 당시 나를 보았으면 아무도 날 좋게 생각하거나 내가 잘 되길 바라지 않았을 것이다. 내게는 친척 하나 없지만, 만물의 어머니인 자연이 있다. 그 어머니의 품에 안겨 휴식을 얻으리라.

나는 똑바로 황야로 들어갔다. 갈색 황야에 움푹 파인 빈터를 목적지로 삼았다. 어둠 속에서 무릎 위까지 올라오는 풀을 헤치고 갔다. 꺾어진 곳을 지나자 안 보이던 구석에서 이끼가 까맣게 덮인 화강암 바위가 있어 그 아래에 앉았다. 황야가 높은 둑처럼 내 주위를 둘러싸고 그 위에는 하늘이 있었다.

거기서도 한참 지나서야 나는 차분해졌다. 막연히 근처에 들소 떼가 나타나거나 사냥꾼이나 산지기에게 들키면 어떡하나 하고 겁이 났다. 질풍에 쓰레기가 날릴 때도 들소 떼가 몰려오나 두려워하며 위를 보았다. 물떼새가 휘파람 소리를 내면 사람이라고 생각했다. 하지만 쓸데없는 걱정인 것을 알고 저녁이 저물고 밤이 되어 주위가 깊은 침묵에 빠지자 자신감이 생겼다. 하지만 그때까지는 아무 생각도 하지 않았다. 듣고 보고 두려워하기만 했다. 이제 다시 사유의 기능이 살아났다.

무엇을 해야 하지? 어디로 가야 하지? 오, 참을 수 없는 질문들이여. 지금 아무것도 할 수 없고 아무 데도 갈 수 없는데! 떨리는 지친 다리를 이끌고 먼 길을 가야만 사람 사는 동네에 이를 수 있고, 냉담한 사람들에게 자선을 베풀어 달라고 사정해야만 잠자리를 구할 수 있을 텐데! 마지못해 동정하거나 대부분 거절할 텐데! 내 이야기를 늘어놓아야 먹을 것이라도 구걸할 수 있을 텐데!

황야의 관목을 만져 보았다. 마른 관목들은 아직도 여름날의 열기로 따뜻했다. 하늘을 바라보았다. 하늘은 맑고 갈라진 산등성이 위로 별이 다정하게 빛났다. 이슬이 내렸으나 다행히 부드러웠다. 바람도 불지 않았다. 자연은 내게 자비롭고 선량했다. 버림받은 나를 자연은 사랑하는 것 같았다. 그리고 인간한테는 불신, 거부, 모욕밖에 기대할 수 없었지만, 나는 어머니에게 매달리듯이 자연에 매달렸다. 적어도 오늘 밤은 그녀의 자식이므로 자연의 손님이 되리라. 어머니 자연은 돈이나 대가를 바라지 않고 나를 재워 줄 것이다. 아직 빵이 한 쪽 남아 있었다. 정오에 도시를 지나올 때 남은 마지막 동전으로 산 빵을 먹고 남은 부스러기였다. 여기저기 잘 익은 월귤나무 열매가 황야에서 검은 옥구슬처럼 빛났다. 월귤을 한 줌 따서 빵과 함께 먹었다. 은둔자의 식사로 고통스러운 허기가 완전히 가시지는 않았지만 약간 달랠 수는 있었다. 식사를 마치고 저녁 기도를 올린 뒤 잘 자리를 선택했다.

바위 옆에 히스가 무성했다. 눕자 발이 그 속에 파묻혔다. 양쪽에 히스가 높이 쌓여 밤공기가 지나갈 공간이 조금밖에 없었다. 숄을 두 겹으로 접어 이불 삼아 덮었다. 나지막하게 솟아난 이끼가 베개가 되었다. 이렇게 잠자리를 잡자 초저녁에는 조금도 춥지 않았다.

가슴이 아프지만 않았으면 휴식이 축복이 될 수 있었을 것이다. 벌어진 상처와 안에서 흐르는 피와 끊어진 끈 때문에 가슴이 아팠다. 로체스터 씨와 그의 운명을 생각하자 가슴이 떨렸다. 내 가슴은 그에 대한 동정으로 신음했고 끊임없이 그가 그리웠다. 날개가 부러진 새처럼 무력한데도, 내 가슴은 여전히 그를 찾으려는 헛된 시도를 하며 너덜너덜한 날개를 퍼득였다.

이런 고통스러운 생각에 지쳐, 일어나 무릎을 꿇었다. 달과 별이 떠오르고 있었다. 안전하고 고요한 밤이었다. 너무나 고요해 무섭지 않았다. 우리는 신이 어디에든 있는 것을 알고 있지만 그의 위엄이 어마어마한 규모로 우리 앞에 펼쳐질 때 신의 존재를 절감한다. 신의 세계가 고요하게 스쳐 가는 맑은 밤하늘을 보고 신의 존재, 무한, 전지전능을 읽는다. 일어나서 무릎을 꿇고 로체스터 씨를 위해 기도했다. 일어나서 눈물로 뿌옇게 된 눈으로 위대한 은하수를 보았다. 은하수가 무엇인지, 즉 수없이 많은 별무리가 부드러운 빛처럼 우주 공간을 휩쓸고 있다는 사실을 기억하자, 전능하신 하느님의 힘이 느껴졌다. 나는 신의 힘과 권능을 느꼈다. 나는 신이 자신이 만든 것을 구원할 능력이 있다고 확신했고 점점 더 세상도 멸망하지 않고, 신이 소중히 여기는 인간 중 어느 누구도 멸망하지 않으리라고 믿게 되었다. 나는 감사의 기도를 올렸다. 삶의 원천인 신은 곧 영혼의 구원자이기도 했다. 로체스터는 무사할 것이다. 그는 신의 아들이니 신이 그를 보호할 것이다. 나는 다시 언덕의 품에 안겼다. 그리고 슬픔을 잊고 잠들었다.

그러나 다음 날, 궁핍은 창백하고 벌거벗은 모습으로 내게 다가왔다. 작은 새들이 둥지를 떠나고 한참 후에, 이슬이 마르기 전 히스에서 꿀을 모으기에 가장 좋은 시간에 벌이 날아오고 한참 지난 뒤, 긴 아침 그림자가 줄어들고 해가 지구와 하늘을 채우자 일어나서 주위를 둘러보았다.

얼마나 따뜻하고 고요하고 완벽한 날이던가! 이 광대한 황야는 얼마나 황금빛으로 빛나는 사막이던가! 햇살이 온 누리를 비추고 있었다. 여기서 살고 먹을 것을 얻기를 바랐다. 바위 위로 도롱뇽이 지나가는 게 보였다. 달콤한 월귤나무 사이에서 꿀벌이 윙윙대는 것이 보였다. 그 순간에는 벌이나 도롱뇽이 되고 싶었다. 그러면 거기서 내게 맞는 먹을 것을 찾을 수 있고 영원히 머물 수 있을 것이다. 하지만 나는 인간이었고 인간의 욕구를 가지고 있었다. 내게 필요한 것을 아무것도 공급해 줄 수 없는 곳에서 더 이상 꾸물거려서는 안 되어 그만 일어났다. 방금 떠난 잠자리를 뒤돌아보았다. 미래에 대해 아무 희망도 없이 이것만을 소원했다. 조물주께서 그날 밤 내가 잠든 사이 내 영혼을 불러가 주셨기를 바랐다. 이 지친 몸이 더 이상 운명과의 투쟁 없이 죽게 해 주시고 지금쯤 조용히 몸이 썩어 평화롭게 이 광야의 흙과 섞여 있기를 바랐다. 하지만 인생은 아직도 그 많은 요구와 고통과 책임과 함께 내게 머물러 있었다. 이 짐을 지고 가야만 했다. 배고픔을 덜어 줄 음식을 찾아야 했다. 고통을 견뎌야 했고 책임을 완수해야 했다. 나는 출발했다.

다시 휘트크로스로 와서 이제는 하늘 높이 타오르는 태양이 비치지 않는 길을 따라갔다. 다른 정황을 고려해 결정할 힘이 없었다. 나는 한참을 걸었고, 충분히 걸을 만큼 걸었다는 생각이 들었다. 거의 기절할 것처럼 피곤해서 쉬어야겠다고, 억지로 하는 행동을 쉬고 근처에 보이는 돌에 앉아 마음과 다리의 마비 상태를 받아들여야겠다고 생각하고 있는데 종소리가 들렸다. 교회 종소리였다.

나는 그 소리가 들리는 방향으로 몸을 돌렸다. 그리고 거기 낭만적인 언덕 사이에서 작은 마을과 첨탑이 보였다. 한 시간 전부터 그 언덕의 모습이나 변화를 보지 않았었다. 오른쪽 골짜기는 목초지와 밭과 숲으로 이루어져 있고 빛나는 시냇물이 초록색의 다양한 그림자, 익어 가는 곡물, 어두운 숲, 맑고 빛나는 초원 사이를 구불구불 흐르고 있었다. 내 앞에 있는 길 위의 수레바퀴 소리에, 정신을 차려 보니 수레가 짐을 싣고 힘겹게 언덕을 올라가고 있었다. 그 너머 멀지 않은 곳에 암소 두 마리와 소 모는 사람이 있었다. 인간의 생활과 인간의 노동이 가까이에 있었다. 나는 계속 싸워야 했다. 살기 위해 애쓰고 다른 사람들과 마찬가지로 나 역시 열심히 고된 일을 해야만 했다.

오후 2시쯤 마을에 들어섰다. 길 한쪽 끝에 빵을 창문에 진열해 놓은 작은 가게가 있었다. 빵이 몹시 먹고 싶었다. 빵을 먹으면 기운이 약간 날 것 같았다. 빵을 못 먹으면 앞으로 계속 걷기도 힘들 것 같았다. 사람들 사이에 들어가자마자, 힘을 내고 기운을 차려야겠다는 소망이 돌아왔다. 시골 길가에서 굶어 기절하면 부끄러울 듯해서였다. '빵 하나와 바꿀 만한 게 없을까?' 생각해 보았다. 목에 감은 작은 비단 손수건과 장갑이 있었다. 극도의 가난에 몰릴 때 어떻게 해야 하는지에 대해서는 아는 것이 전혀 없었다. 이런 물건들을 받아 줄지 어떨지도 몰랐다. 안 받을 수도 있을 것이다. 하지만 나는 시도해 보아야 했다.

나는 그 가게로 들어갔다. 한 여자가 점잖게 옷을 차려입은 나를 보고 숙녀라고 생각해 공손하게 다가왔다. "무엇을 사시겠어요?" 나는 수치심에 휩싸였다. 준비한 부탁이 입 밖으로 나오지 않았다. 감히 그녀에게 반쯤 낡은 장갑과 구겨진 손수건을 내놓을 수가 없었다. 게다가 그것이 말도 안 된다는 느낌이 들었다. 나는 피곤해서 잠시만 앉아 있게 해 달라는 부탁만 했다. 손님을 기대했다가 실망한 그녀는 내 부탁을 쌀쌀맞게 들어주었다. 자리를 하나 가리켰다. 그 자리에 풀썩 주저앉았다. 울컥 눈물이 날 것 같았다. 하지만 울음을 터뜨리면 얼마나 이상해 보일까 하는 생각에 눈물을 삼켰다. 곧 나는 그녀에게 물었다. "이 마을에 재봉사나 침모도 있나요?"

"네, 두세 명 있어요. 일감도 꼭 그 정도만 있고요."

나는 생각해 보았다. 나는 이제 갈 데까지 간 상황이었다. 생필품을 구해야 하는 처지였다. 돈벌이도, 친구도, 돈 한 푼도 없는 상황이었다. 무엇이든 해야 했다. 뭘 하지? 어디엔가 가서 일거리를 구해야만 했다. 어디에서?

"이 근처에 하인을 구하는 집이 있을까요?"

"아니요, 그런 집은 없어요."

"이곳에서는 주로 무슨 일을 하나요? 대부분의 사람이 어떤 직업을 갖고 있나요?"

"몇몇 사람은 농장 노동자이고 많은 사람이 올리버 씨의 바늘 공장과 주조 공장에서 일해요."

"올리버 씨는 여자도 고용하나요?"

"아니에요, 남자들 일이에요."

"그러면 여자들은 무슨 일을 하죠?"

"글쎄요." 그녀의 대답이었다. "이런저런 일을 해요. 가난한 사람들은 무슨 일이든 하죠."

그녀는 내 질문이 지겨운 것 같았다. 사실 그녀를 귀찮게 할 권리가 내게 있는가. 이웃 사람이 한두 명 더 들어왔다. 내 의자가 필요한 게 분명했다. 나는 떠났다.

나는 오른쪽과 왼쪽에 있는 집 모두를 쳐다보며 길을 따라 올라갔다. 하지만 어떤 집도 들어갈 핑계나 동기가 없었다. 한 시간 넘게 조금 가다가 다시 돌아오는 식으로 그 마을을 정처 없이 걸었다. 너무 지치고, 배가 고프고 힘들어서 골목길로 들어가 울타리 밑에 앉았다. 몇 분 뒤 다시 일어나 무언가, 돈벌이나 적어도 정보를 줄 사람을 찾아 나섰다. 그 길 꼭대기에 자그마한 예쁜 집이 있었다. 집 앞에는 정원이 있었는데 아주 깔끔하고 꽃들이 활짝 피어 있었다. 그 집 앞에 멈추어 섰다. '내가 그 하얀 문 가까이 가거나 반짝이는 손잡이를 만져도 될까? 어떻게 한들 이 집 사람들이 내게 와서 말을 걸까?' 하지만 나는 가까이 가서 노크를 했다. 깔끔한 옷을 입은 유순해 보이는 젊은 여자가 문을 열어 주었다. 절망에 차 있는, 다 쓰러져 가는 사람한테나 나올 법한 그런 목소리로, 즉 비참하게 작고 떨리는 목소리로 하녀가 필요한지 물었다.

"아니요." 그녀가 말했다. "우리는 하녀를 쓰지 않아요."

"어떤 일이든 좋으니 어디를 가야 일자리를 얻을 수 있을까요?" 나는 계속 말했다. "저는 여기 처음 왔고 아는 사람이 아무도 없어요. 일자리를 구하고 있어요. 뭐든 좋아요."

하지만 그녀가 내 생각을 해 주거나 내 일자리를 구해 줘야 할 이유가 없었다. 게다가 그녀의 눈으로 볼 때 나란 사람의 위치나 이야기가 아주 의심스러웠을 것이다. 그녀는 고개를 흔들면서 "죄송하지만 아는 곳이 없어요"라고 말했다. 그러고는 아주 공손하게 가만히 하얀 문을 닫았다. 문이 닫히고 나는 쫓겨났다. 만약 그녀가 문을 조금만 더 열고 있었으면 나는 빵 한 조각만 달라고 구걸했을 것이다. 이제 나는 비천한 처지가 되었다.

그 야박한 마을로 돌아가는 건 참을 수 없었다. 게다가 거기를 가도 도움을 받을 가능성이 없었다. 차라리 그곳을 벗어나 그다지 멀지 않은 숲으로 가고 싶었다. 숲은 그늘도 깊고 매력적인 잠자리를 제공할 것 같았다. 하지만 너무 아프고 너무 약해지고 너무 배가 고파 본능적으로 나도 모르게 먹을거리를 얻을 수 있는 주택가 근처를 계속 헤맸다. 굶주림이라는 독수리가 옆구리를 쪼아 댈 때, 고독은 더 이상 고독이 아니고, 휴식은 더 이상 휴식이 아니었다.

나는 집 근처에 갔다가 떠나고 돌아왔다가 또다시 멀리 갔다. 그곳을 떠났다가 다시 돌아왔다. 내게는 부탁을 할 권리도, 나의 고독한 운명에 관심을 가져 달라고 기대할 권한도 없다는 생각이 들었다. 그러는 동안 오후가 되었고, 이렇게 나는 길 잃은 배고픈 개처럼 헤매었다. 밭을 건너가는데 눈앞에 교회의 첨탑이 보였다. 서둘러 그곳을 향해 갔다. 교회 묘지 근처의 정원 한가운데에 작지만 아담한 집이 한 채 있었다. 틀림없이 목사관이리라. 친구도 없는 곳에 와서 일자리를 원할 때 목사에게 가서 소개나 도움을 구한다는 게 기억났다. 스스로를 돕고자 하는 사람들을 돕는 것이, 적어도 충고라도 하는 것이 목사의 기능이다. 여기서는 조언을 구할 권리 비슷한 것이 있는 것 같았다. 그래서 다시 용기를 내어 없는 기운을 그러모아 앞으로 갔다. 그 집의 부엌문을 두들겼다. 어떤 할머니가 문을 열었다. 여기가 목사의 집이냐고 물었다.

"그래요."

"목사님 안에 계신가요?"

"안 계신데요."

"곧 돌아오시나요?"

"아니에요, 외출하셨어요."

"멀리 가셨나요?"

"그렇게 멀리 가시지는 않았어요. 3마일쯤 되는 곳에 가셨어요. 목사님 아버님께서 갑자기 돌아가셔서요. 지금은 마시 엔드에 계신데, 보름 정도 더 그곳에 계실 거예요."

"이 집에 여자분은 안 계신가요?"

"안 계세요. 저밖에 없고 저는 가정부예요." 나는 배가 고파 쓰러질 지경이었지만 차마 먹을 것을 달라고 할 수가 없었다. 아직은 구걸을 할 수 없었다. 다시 천천히 그 집에서 멀어졌다.

나는 손수건을 풀었다. 다시 한 번 그 작은 가게의 빵을 생각했다. 오, 빵 한 조각만! 허기를 달래 줄 빵을 한 입만 먹을 수 있다면! 본능적으로 다시 마을을 향해 갔다. 다시 그 가게를 찾아서 들어갔다. 그 여자 옆에 다른 사람들이 있는데도 용기를 내어 부탁했다. "이 손수건을 드릴 테니 빵 한 조각 주시겠어요?"

그녀는 의심에 찬 눈길로 보았다. "안 돼요, 그런 식으로 물건을 팔지는 않아요."

나는 거의 필사적으로 반 조각만이라도 달라고 했다. 그녀는 다시 거절했다. "그 손수건이 어디서 난 건지 어떻게 알아요?" 그녀는 말했다.

"장갑은 안 되겠어요?"

"안 돼요! 그 장갑으로 내가 뭘 하겠어요?"

독자여, 이런 일을 자세히 되씹어 보는 것 자체가 유쾌하지 않다. 어떤 사람은 고통스러운 과거의 경험을 회상하는 것이 즐겁지만 나는 지금 이야기한 그 시절을 되돌아보는 일이 참을 수 없을 정도로 싫다. 육체적 고통과 뒤섞인 도덕적 타락이 너무나 고통스러워 선뜻 다시 떠올리고 싶지 않다. 나를 거절한 사람들 누구도 비난하지 않았다. 그것은 으레 예상할 수 있는 일이고 어쩔 수 없는 일이라고 느꼈다. 보통 거지도 종종 의심을 받는데 옷을 잘 차려입은 거지는 어쩔 수 없이 그럴 수밖에 없다. 분명히, 내가 구한 것은 일자리였다. 하지만 누가 내게 일자리를 주겠는가? 그럴 사람은 아무도 없다. 그때 처음 본 사람이나 내 성격에 대해 아무것도 모르는 사람이 일자리를 주지 않은 것도 당연하다. 그리고 빵과 손수건을 바꿔 주지 않으려고 했던 그 여자의 경우도, 내가 제공한 것이 수상해 보이거나 이익이 안 남을 것처럼 보였다면 그녀의 행동이 옳다. 이제 간단히 축약해서 이야기하자. 나는 이 주제에 대해 이야기하는 게 지겹다.

어두워지기 조금 전에 농가 앞을 지났다. 농부가 문을 열어 놓고 앉아서 저녁으로 치즈 넣은 빵을 먹고 있었다. 나는 멈추어 서서 말했다.

"빵 한 조각만 주시겠어요? 너무 배가 고파요." 그는 깜짝 놀라 나를 바라보았다. 하지만 대답 대신 자기가 가진 빵을 크게 한 조각을 잘라서 내게 주었다. 나를 거지가 아니라 갈색 빵을 먹고 싶어진 별난 숙녀 정도로 생각한 것 같았다. 그 집이 안 보이는 곳에 오자마자 앉아서 빵을 먹었다.

주택가에서는 잠자리를 얻을 희망이 없어 전에 말한 숲에서 잤다. 하지만 그날 밤은 비참하고 잘 쉬지도 못했다. 땅은 축축하고 공기는 차가웠다. 게다가 옆으로 사람들이 여러 번 지나가는 바람에 몇 번이나 잠자리를 바꿔야만 했다. 안전하다거나 고요하다는 느낌이 들지 않았다. 아침이 다가오자 비가 내렸다. 그다음 날은 하루 종일 비가 내렸다. 독자여, 그날 일어난 일을 자세히 설명해 달라고 하지 마라. 그 전날과 마찬가지로 일자리를 찾았고, 그 전날과 마찬가지로 거절당했고, 그 전날과 마찬가지로 배가 고팠다. 하지만 단 한 번 음식을 먹긴 했다. 초가집 문 앞에 어린 소녀가 막 식은 죽 덩어리를 돼지 먹이통에 쏟아부으려는 것을 보았다. "나한테 주면 안 되겠니?" 내가 물었다.

그녀는 나를 빤히 바라보았다. "엄마!" 그 아이가 소리를 질렀다. "어떤 여자가 이 죽을 달래요."

"그래라, 얘야." 집 안에서 대답하는 목소리가 들렸다. "거지면 주려무나. 돼지도 그 죽을 별로 좋아하지 않아."

그 여자아이는 굳은 죽 덩어리를 내게 주었다. 나는 그것을 게걸스럽게 먹어 치웠다.

비가 내리고 황혼이 깊어지자 마찻길에서 멈추었다. 이미 한 시간 이상 그 길을 걷고 있었다. "이제 기운이 거의 없어." 나는 혼자서 말했다. "더 이상 갈 수 없을 것 같아. 오늘 밤에도 다시 노숙을 해야 하나? 이렇게 비가 오는데 축축한 차가운 땅에 누워서 자야 하나?" 하지만 다른 방안이 떠오르지 않았다. "누가 날 받아줄까? 하지만 이렇게 배고프고, 기운 빠지고, 춥고 쓸쓸하게, 이렇게 완전히 절망에 빠져 있으면 무서울 거야. 아침이 오기 전에 죽을 수도 있어. 왜 죽음을 받아들이지 못하는 거지? 왜 가치 없는 삶을 지키려고 애써야 할까? 로체스터 씨가 살아 계신 걸 알고 믿고 있기 때문이야. 춥고 배고파서 죽는 운명을 그냥 따를 수는 없어. 오, 신이시여! 나를 조금만 더 지탱해 주소서! 도와주소서, 저를 인도해 주소서."

흐릿한 눈길로 뿌옇게 안개가 낀 풍경을 둘러보았다. 길을 잃고 마을에서 멀리 떨어진 곳까지 온 것이었다. 마을이 전혀 보이지 않았다. 밭도 보이지 않았다. 갈림길과 샛길을 지나 다시 한 번 황야 근처로 온 것이었다. 나와 어두운 언덕 사이에는 밭만 몇 개 있을 뿐이었는데 이 밭들은 거의 개간되지 않아 히스나 다름없이 야생이고 곡식도 제대로 자라지 않았다.

'길에서나 사람들 다니는 거리에서 죽느니, 차라리 여기서 죽는 것이 낫겠어.' 나는 생각했다. '그리고 내 몸이 구빈원 관에 들어가서 거지들 묘지에서 썩어 가는 것보다는, 만일 이 지역에 갈까마귀가 있다면, 까마귀와 갈까마귀가 내 뼈에서 살을 발라먹는 편이 훨씬 나을 거야.'

나는 몸을 돌려 언덕을 향해 갔다. 언덕에 도착했다. 이제 안전하지는 않더라도 사람들 눈에 띄지 않을 만한, 내 몸을 뉠 움푹 파진 곳을 찾기만 하면 되었다. 하지만 그 황야는 평평해 보였다. 다 똑같고 색깔만 조금 달랐다. 이끼와 골풀이 무성하게 자란 늪지는 초록색이었고 히스만 있는 마른 땅은 검은색이었다. 날이 점점 어두워지고 있었지만 아직은 이런 변화를 볼 수 있었다. 물론 햇빛이 사라지자 색깔은 안 보여 빛과 그늘로 색을 구분하기는 했다.

나는 여전히 음울한 봉우리와 황량한 풍경 속으로 사라지는 황야의 가장자리를 훑어보았다. 그때 늪과 산속 저 멀리 희미한 지점에서 불빛이 하나 솟아났다. 처음에는 **도깨비불**이라고 생각했다. 그리고 그것이 곧 사라지리라 예상했다. 하지만 그것은 물러서지도 앞으로 다가오지도 않고 아주 꾸준히 타올랐다. "그럼 이제 막 불을 지핀 모닥불인가?" 그 불길이 더 크게 퍼지는지 지켜보았으나 그렇지 않았다. 줄어들지도 커지지도 않았다. '집에 켜 놓은 촛불일 수도 있겠구나.' 나는 추측했다. '하지만 그렇다 하더라도 저기까지는 갈 수 없어. 너무 멀어. 그리고 1야드 앞인들 무슨 소용이야? 문을 두들기면 면전에서 닫아 버릴 텐데.'

서 있던 곳에서 풀썩 주저앉아 얼굴을 땅에 묻고 잠시 동안 가만히 누워 있었다. 강바람이 언덕을 휩쓸고 와서 신음 소리를 내며 내 곁을 스쳐 멀리 사라졌다. 비가 마구 내려 다시 온몸이 흠뻑 젖었다. 친절하게 죽음이 찾아와 마비되면, 즉 내 몸이 얼음으로 굳어 버리면 비가 계속 퍼부어도 아무 느낌이 없을 것이다. 아직은 살아 있어서 차가운 비에 온몸이 부르르 떨렸다. 나는 곧 일어났다.

불빛은 아직도 거기에 있었다. 비가 오는데도 희미하기는 하지만 계속 빛났다. 나는 다시 걸으려고 했다. 지친 발을 이끌고 천천히 그것을 향해 걸었다. 그 빛을 따라 언덕을 넘고 넓은 늪을 건넜다. 겨울이었으면 그 늪을 건너가지도 못했을 것이다. 한여름인데도 온몸이 축축해지자 떨렸다. 두 번이나 넘어졌다. 하지만 다시 일어나 정신을 차렸다. 이 빛은 내게 작은 희망이었고 꼭 그 빛에 도달해야만 했다.

늦을 지나자 황야 위에 하얀 점이 나타났다. 그곳에 다가갔다. 그것은 길 또는 샛길이었다. 그 길을 똑바로 따라가자 빛이 나왔다. 그 빛은 이제 나무가 우거진 야산에서 나오고 있었다. 어둡지만 형태나 잎의 모양으로 보건대, 전나무가 분명했다. 가까이 다가가자 나의 별이 사라졌다. 나와 별 사이에 장애물이 끼어들었다. 손을 뻗어 앞에 있는 어두운 덩어리를 더듬자, 낮은 돌담에 있는 거친 돌이었다. 담 위에는 가시나무 울타리가 쳐져 있었다. 나는 계속 더듬거리며 갔다. 다시 반짝이는 하얀 물체가 보였는데 문, 쪽문이었다. 문을 만지자 밀리면서 열렸다. 문 양쪽에는 사철나무인지 주목인지 모를 검은 관목이 나타났다.

문 안으로 들어가 관목을 지나자 집이 모습을 드러냈다. 집은 검고 나지막했고 약간 긴 편이었다. 하지만 나를 인도하던 빛은 아무 데도 없었다. 사방이 어두웠다. 집안 사람들이 들을까 봐 걱정되었다. 문을 찾다가 모퉁이를 돌았다. 거기에 그 친절한 빛이 다시 빛나고 있었다. 그 빛은 땅에서 1피트 정도 높이의 아주 작은 격자 창문에서 나오는 것이었다. 그 창문은 주위 벽을 무성하게 덮고 있는 담쟁이덩굴 때문에 더 작게 보인 것이었다. 담쟁이에 가린 그 틈이 너무 좁아 창문에 커튼이나 셔터를 칠 필요가 없었다. 몸을 숙이고 창문을 덮고 있는 담쟁이덩굴을 젖히자 방 내부가 똑똑히 다 보였다. 방 안에는 깨끗하게 닦은 갈색 바닥과 호두나무 찬장이 있었다. 그 찬장에는 흰 접시가 일렬로 놓여 있고 타오르는 석탄의 붉은 불빛이 거기에 반사되어 빛났다. 시계, 흰 식탁, 의자가 보였다. 나의 길잡이가 되어 주었던 촛불은 탁자 위에서 타고 있었다. 촛불 빛을 받으며 방 안의 물건들처럼 아주 깔끔하지만 약간 촌스러운 노부인이 스타킹을 뜨고 있었다.

이런 것들을 대강 보았다. 거기에는 특별한 점이 없었다. 좀 더 흥미를 끄는 것은 난롯가에 있는 사람들이었다. 그들은 따뜻한 난롯가에서 장밋빛 평화를 누리며 조용히 앉아 있었다. 우아해 보이는, 모든 면에서 숙녀로 보이는 여성이 두 명 앉아 있었다. 한 명은 나지막한 흔들의자에, 나머지 한 명은 더 낮은 등 없는 의자에 앉아 있었다. 두 사람 모두 크레이프와 봄바진으로 된 아주 까만색 상복을 입고 있었다. 이 검은 옷 때문에 여성들의 아름다운 목과 얼굴이 특히 돋보였다. 커다란 늙은 포인터가 숙녀 중 한 사람 무릎에 무거운 머리를 기대고 있고, 다른 숙녀의 무릎에는 검은 고양이가 앉아 있었다.

'이 초라한 부엌에 이런 사람들이 있다니 너무 이상하네! 누구지? 탁자에 앉아 있는 노부인의 딸일 리는 없어. 노부인은 촌스러워 보이는데 숙녀들은 아주 우아하고 교양 있어 보여.' 그런 얼굴을 어디서도 본 적이 없었다. 그런데도 가만히 보니, 이목구비가 친밀하게 느껴졌다. 미인이라고는 할 수 없었다. 그렇게 말하기에는 너무 창백하고 엄숙해 보였다. 책 위로 몸을 숙이고 아주 깊은 생각에 잠긴 것처럼 보였다. 그들 사이에 놓인 책상 위에 초 한 자루와 큰 책 두 권이 있었는데, 그들은 종종 그 큰 책을 찾아본 뒤 손에 든 책과 대조했다. 마치 사전을 찾아가며 번역하는 사람처럼 보였다. 마치 모든 인물이 그림자고 난롯불을 지핀 방은 그림처럼 조용했다. 너무 고요해서 난로에서 재가 떨어지는 소리나 어두운 구석에서 시계가 째깍거리는 소리까지 들렸다. 그 부인의 뜨개질바늘이 부딪치는 소리까지 구분할 수 있을 것 같았다. 그러므로 마침내 이상한 침묵을 깨는 목소리가 들렸을 때 무슨 말인지 충분히 알아들을 수 있었다.

"다이애나, 들어 봐." 열중해 있던 학생 중 한 명이 말했다. "밤에 프란츠와 늙은 다니엘이 같이 있어. 그런데 프란츠가 공포에 질려 깨어나 꿈 이야기를 해, 들어 봐!" 그러고는 작은 목소리로 무언가를 읽었다. 한 마디도 알아들을 수 없었다. 내가 모르는 언어였다. 프랑스어도 라틴어도 아니었다. 그리스어인지 독일어인지 알 수가 없었다.

"아주 인상적이야." 그녀가 읽기를 끝내고 말했다. "아주 좋아." 동생 말을 들으려고 고개를 들었던 언니가 난롯불을 바라보며 이제 막 들은 구절을 반복했다. 나중에야 어떤 책이며 무슨 언어인지 알았다. 그러므로 여기서 그 구절을 인용하겠다. 그 구절을 처음 들었을 때, 그것은 내게 금속 악기 소리처럼 들렸다. 아무런 의미도 전달하지 못했다.

"'그때 거기서 한 사람이 앞으로 걸어왔다. 그의 모습은 별이 빛나는 하늘과 같았다.' 좋아! 좋아!" 그녀는 검고 깊은 눈을 빛내며 외쳤다. "강력한 대천사장이 내 눈앞에 흐릿한 모습을 드러낸 것 같아! 과장된 백 페이지의 글보다 그 한 줄이 더 좋아. '나는 나의 분노의 척도로 사고를, 나의 분노의 무게로 행동을 측정한다!' 난 이 표현이 좋아!"

다시 두 사람 다 조용해졌다.

"이런 말을 하는 나라가 있어요?" 뜨개질을 하다 말고 노부인이 그들을 쳐다보며 물어보았다.

"네, 해나. 영국보다 훨씬 더 큰 나라에서는 다 이렇게들 말해요."

"그런 경우에는 어떻게 말이 통하는지 모르겠네요. 두 분 중 한 분이 거기 가신다면 무슨 말인지 알아들을 수 있으세요?"

"아마 다는 못 알아듣고 부분적으로만 알아들을 수 있을 거예요. 우리는 해나가 생각하는 것만큼 영리하지 않아요, 해나. 우리는 독일어를 못 하고, 사전이 없으면 독일어를 못 읽어요."

"그러면 그 말이 당신들한테 무슨 소용 있나요?"

"언젠가는 독일어를 가르치려고 해요. 아니면 적어도 독일어 단어 정도를 가르치려고 해요. 그러면 지금보다 돈을 더 많이 벌 수 있을 거예요."

"그럴 것 같네요. 하지만 공부는 그만 하세요. 오늘 밤에는 충분히 하셨어요."

"우리도 충분히 했다고 생각해요. 좀 피곤하네요. 메리, 넌 괜찮니?"

"피곤해 죽을 지경이야. 결국 선생님한테 배우지 않고 사전만 가지고 한 언어를 익히는 건 너무 힘들어."

"특히 이렇게 멋지지만 힘든 독일어 같은 언어를 배울 때는 더 그렇네. 세인트 존이 언제 집에 올지 모르겠네."

"얼마 안 있으면 올 거야. (허리에서 작은 금시계를 꺼내 바라보면서) 지금 10시밖에 안 됐는걸. 해나, 비가 많이 오네요. 응접실 난롯불 좀 살펴봐 주시겠어요?"

그 부인이 일어났다. 그녀가 문을 열자, 그 사이로 희미하게 복도가 보였다. 응접실에서 난롯불을 휘젓는 소리가 들렸다. 그녀는 곧 돌아왔다.

"아, 아가씨들!" 그녀가 말했다. "이제 저 방에 들어가기가 아주 싫어요. 빈 의자가 구석에 놓여 있으니 너무 외로워 보여요."

그녀는 앞치마로 눈물을 닦았다. 좀 전에 엄숙해 보이던 두 숙녀도 이제는 슬퍼 보였다.

"하지만 아버님은 더 좋은 곳에 계세요." 해나가 계속 말했다. "다시 이 세상에 계시기를 바라면 안 돼요. 더할 나위 없이 평온한 죽음을 맞으셨으니까요."

"우리를 찾지는 않으셨나요?" 숙녀 중 한 사람이 물었다.

"시간이 없었어요. 갑자기 돌아가셨어요. 그 전날 몸이 약간 편찮으시긴 했지만 심하지는 않으셨어요. 세인트 존이 아가씨들 중한 분을 부르러 사람을 보낼까 묻자 비웃기까지 하셨는걸요. 그다음 날, 즉 2주일 전에 다시 머리가 약간 아프다고 하셨어요. 그리고 잠자리에 든 다음 깨어나지 않으신 거예요. 방에 들어간 오빠가 발견했을 때는 이미 온몸이 거의 굳어 계셨어요. 아, 아가씨들! 그것으로 오랜 혈통이 끝난 거예요. 당신이나 세인트 존은 사라진 혈통과는 다른 부류예요. 당신들은 엄마를 꼭 빼닮았고, 엄마처럼 책벌레니까요. 메리, 당신은 정말 어머니를 빼닮았어요. 다이애나는 아버지를 훨씬 많이 닮은 편이고요."

내가 보기에는 그 두 숙녀가 너무 비슷하게 생겨 그 늙은 하인(나는 이제 그녀가 하인이라고 결론 내리고 있었기 때문에)이 어떤 차이를 말하는 건지 알 수 없었다. 둘 다 피부색이 하얗고 날씬했다. 둘 다 똑똑하고 영리해 보이는 얼굴이었다. 분명히 한 쪽이 다른 쪽보다 머리카락이 더 진하고, 머리 스타일이 다르기는 했다. 메리는 연한 갈색 머리를 가르마를 타서 땋아 내리고, 다이애나는 더 검은 곱슬머리를 목 뒤로 늘어뜨리고 있었다. 시계가 10시를 쳤다.

"저녁을 드셔야죠?" 해나가 말했다. "세인트 존도 돌아오면 식사를 해야 할 거예요."

그러고 나서 그녀는 식사를 준비하기 시작했다. 숙녀들이 일어났다. 응접실로 물러나는 것처럼 보였다. 그 순간까지 그들을 보는 데 빠져 비참한 내 상황을 반쯤 잊고 있었다. 그들의 모습이나 대화가 아주 재미있었다. 이제 다시 비참한 내 처지가 떠올랐다. 더욱더 쓸쓸하고 더욱더 막막했다. 아마도 나와의 대조 때문에 그런 것 같았다. 이 집 사람들이 나를 딱하게 여기게 하여, 즉 헐벗고 슬픈 내 처지를 믿게 하여 방랑 끝에 안식처를 얻을 수 없을 것 같았다. 내가 문 쪽으로 더듬어 가서 망설이며 문을 두드렸을 때, 그 마지막 생각은 단지 환상에 지나지 않는다고 느꼈다. 해나가 문을 열었다.

"무얼 원하세요?" 그녀가 들고 있던 촛불로 나를 비춰 훑어보고 깜짝 놀란 목소리로 물었다.

"여주인을 좀 뵐 수 있을까요?"

"할 말이 있으면 제게 하세요. 어디서 오신 분이시죠?"

"저는 이방인입니다."

"이 시간에 여기서 무슨 볼일이 있으세요?"

"행랑채든 어디든 하룻밤 묵어가고 싶어요. 빵도 한 조각 얻었으면 좋겠고요."

해나의 얼굴에 내가 걱정했던 바로 그 감정, 즉 불신이 나타났다. "빵은 한 조각 드릴 수 있어요." 잠시 후에, 그녀가 말했다. "하지만 떠돌이에게 잠자리를 제공할 수는 없어요. 그건 안 될 것 같네요."

"여주인에게 직접 말씀드리게 해 주세요."

"안 돼요, 그럴 수 없어요. 여주인이라고 뭘 해 줄 수 있겠어요? 지금 이 시간에 떠돌아다니면 안 돼요. 그리고 아파 보이네요."

"그런 식으로 절 쫓아내시면 어디로 가겠어요? 제가 뭘 하겠어요?"

"오, 어디로 가고 뭘 할지는 당신 자신이 더 잘 알겠죠. 나쁜 짓은 하지 마세요. 그게 다예요. 여기 1페니가 있어요. 이제 그만 가세요……."

"1페니로는 먹을 것을 살 수도 없어요. 게다가 저는 더 이상 걸을 힘이 없어요. 제발 문을 닫지 마세요. 닫지 마세요. 제발!"

"닫아야 해요. 비가 많이 들이쳐요."

"여주인께 말씀드려 주세요. 만나게 해 주세요."

"정말 곤란해요. 아무래도 이상하네요, 이렇게 떠들어 대다니, 어서 가요."

"여기서 쫓겨나면 죽을 거예요."

"절대로 죽진 않을 거예요. 이 밤중 이 시간에 나쁜 짓을 하려고 남의 집을 기웃거린 건 아닌지 모르겠네요. 당신 동료들, 도둑이나 그런 사람들이 근처에 있으면 이 집에 우리만 있는 게 아니라고 말해 주세요. 이 집에는 신사도, 개도, 총도 모두 있다고 말하세요." 정직하지만 고집불통인 하인이 문을 쾅 닫은 뒤 안에서 문을 잠가 버렸다.

이것이 절정이었다. 폐부를 찌르는 고통, 진정한 절망으로 인한 고통으로 내 가슴이 찢어졌다. 나는 정말로 지쳐 있었다. 한 걸음도 더 나갈 수가 없었다. 나는 축축한 계단에 주저앉았다. 완전히 절망에 빠져 손을 비틀고 신음 소리를 내며 울었다. 오, 이렇게 죽음의 환영이 다가왔다. 공포스럽게 다가오는 이 마지막 시간! 아아, 종족으로부터 추방당한 고독! 희망의 닻뿐 아니라 인내라는 발판도 사라졌다. 적어도 한 순간 그랬다. 하지만 나는 곧 인내심을 찾으려 노력했다.

"난 이제 죽을 수밖에 없어. 그리고 신을 믿어. 조용히 신의 뜻을 기다리자."

나는 이 말들을 생각만 한 게 아니라 내뱉었다. 그리고 불행을 모두 가슴속에 넣고 거기에 머물러 있게 하려고, 말로 하지 않고 조용히 있으려고 무진 애를 썼다.

"사람은 모두 죽게 마련이오." 아주 가까이에서 목소리가 들렸다. "하지만 모든 사람이 헤매다 일찍 죽을 운명은 아니오. 당신이 여기서 굶어 죽는다면, 그런 운명이겠지만 말이오."

"누가 무슨 말을 하는 거예요?"

내가 예상치 못한 소리에 놀라서 물었다. 이제 도움을 받으리라는 희망이 사라져 버린 상태였는데, 근처에 사람이 나타났다. 칠흑 같은 밤인 데다 시력이 약해져 어떤 사람인지 분간할 수가 없었다. 새로 나타난 사람이 오랫동안 문을 쾅쾅 두드렸다.

"세인트 존이세요?" 해나가 외쳤다.

"그래요, 그래요, 빨리 문을 열어요."

"오늘 밤 날씨가 왜 이렇게 험한지! 비에 젖어 얼마나 추우시겠어요! 들어오세요. 여동생들이 아주 걱정하고 있어요. 주변에 나쁜 사람들이 있는 것 같아요. 여자 거지도 왔었어요. 아직도 안 갔네! 거기 누워 있네. 일어나세요! 세상에 창피한 줄도 모르고! 저리로 가요!"

"쉿, 해나! 이 여인에게 할 말이 있소. 당신이 이 여자를 쫓아내는 의무를 다했으니, 이제는 내가 이 여자를 집 안으로 받아들이는 의무를 하겠소. 근처에서 당신과 이 여자가 하는 말을 들었소. 아주 특별한 사정이 있는 것 같소. 적어도 어떤 사정인지 알아는 봐야 하겠소. 젊은 아가씨, 일어나서 내 앞을 지나 집 안으로 들어가시오."

나는 그가 말한 대로 힘겹게 집 안으로 들어갔다. 곧 그 깨끗하고 밝은 부엌 난로 앞에 섰다. 멀미가 나고 온몸이 떨렸다. 나는 나 자신이 이루 말할 수 없이 거친 비바람에 시달려 유령 같은 모습임을 의식했다. 그 숙녀들과, 그들의 오빠인 세인트 존과 늙은 하녀가 나를 바라보았다.

"세인트 존, 이 사람은 누구예요?" 한 숙녀가 묻는 소리가 들렸다.

"나도 몰라. 집 앞에 있었어." 그의 대답이었다.

"얼굴이 창백해 보여요." 해나가 말했다.

"진흙이나 시체처럼 새하얘요." 맞장구를 쳤다. "쓰러질 것 같아요. 앉혀요."

그리고 사실 나는 어지러웠다. 쓰러졌으나 다행히 의자 위에 앉았다. 말은 할 수 없었지만 아직 정신은 있었다.

"물을 조금 마시면 의식이 돌아올 거요. 해나, 물을 좀 가져와요. 하지만 너무 말랐군! 정말 너무 마르고 너무 핏기가 없어 보이는군!"

"꼭 유령 같아요!"

"아픈 거예요, 아니면 단지 배가 고파서 그런 거예요?"

"배가 고파서 그런 것 같아요. 해나, 그거 우유예요? 우유를 주고 빵도 한 조각 주세요."

다이애나(나는 긴 곱슬머리를 보고 그녀인지 알았다. 그녀가 내쪽으로 몸을 구부렸을 때 곱슬머리가 늘어져 난로를 가렸다)는 빵을 뜯어 우유에 적시더니 내 입에 넣어 주었다. 그녀의 얼굴이 내 얼굴 가까이 다가왔다. 동정의 표정을 보았다. 그녀의 가쁜 숨소리 속에서도 동정을 느꼈다. 그녀의 간단한 말에서도 똑같이 위로가 되는 감정이 깃들어 있었다. "먹어 봐요."

"그래요, 먹어 봐요." 메리가 조용히 따라 했다. 메리는 비에 젖은 보닛을 벗긴 뒤 머리를 받쳐 주었다. 나는 그들이 주는 것을 맛보았다. 처음에는 조금씩 먹었지만, 곧 마구 먹었다.

"처음부터 너무 많이 먹으면 안 돼. 좀 말려야 돼." 오빠가 말했다. "충분히 먹었어." 그리고 그는 우유잔과 빵이 담긴 접시를 치웠다.

"조금만 더요, 세인트 존 오빠. 그녀의 눈길을 보세요. 더 먹고 싶어 하잖아요"

"지금 더 이상 먹으면 안 돼. 이제 말을 할 수 있는지 보자. 이름을 물어봐."

나는 말을 할 수 있을 것 같았다. 그래서 대답했다. "제인 엘리엇이에요." 나는 정체를 숨기기 위해 이미 **가명을** 쓰기로 마음먹었다.

"어디 사세요? 친구들은 어디 있나요?"

나는 아무 말도 하지 않았다.

"아는 사람을 부르러 보낼까요?"

나는 고개를 저었다.

"무슨 일이 있었는지 설명해 주시겠어요?"

어쨌든, 일단 이 집 문지방을 넘어 들어왔고 주인과 마주보게 되자, 더 이상 쫓겨난 사람도, 부랑자도, 더 넓은 세상에서 버림받은 사람도 아닌 것 같았다. 거지 행세를 그만두고 용기를 내어 평소의 태도와 성격대로 했다. 다시 나 자신이 되기 시작했다. 세인트 존이 설명을 요청했지만 너무 기운이 없어 곧 대답할 수가 없었다. 그래서 얼마 있다가 대답했다.

"선생님, 오늘 밤에는 자세히 설명해 드릴 수가 없어요."

"그러면 무엇을 해 드릴까요?" 그가 말했다.

"아무것도 없어요." 내가 대답했다. 내게는 겨우 짧은 대답을 할 힘만 남아 있었다.

"그럼 당신은 이제 막 받을 만한 도움을 다 받았다는 뜻이에요? 그러면 우리가 당신을 비 오는 밤에 황야로 쫓아내도 되나요?" 다이애나가 물었다.

그녀를 보았다. 뛰어난 미인으로, 본능적으로 강하면서도 선량해 보였다. 갑자기 용기를 내 그녀의 동정에 찬 눈길을 미소로 답하면서 말했다. "전 당신을 믿어요. 제가 주인 없는 떠돌이 개라도 오늘 밤 저를 집 밖으로 쫓아내지 않으실 거예요. 사실, 이제 두려울 게 없어요. 당신들이 원하는 대로 해 주세요. 하지만 말을 길게 하지는 못하겠어요. 숨이 가빠요. 말을 할 때마다 경련이 나요." 세 사람 모두 나를 바라보았다. 그리고 세 사람 모두 아무 말도 하지 않았다.

"해나, 해나." 마침내 세인트 존이 말했다. "일단 거기 앉혀 둬요. 그리고 아무것도 묻지 말아요. 10분 뒤 여기 남아 있는 빵과 우유를 주세요. 메리와 다이애나는 나와 함께 응접실로 가서 이 문제를 의논하자."

그들은 갔다. 곧 숙녀 중 한 사람이 되돌아왔다. 누구인지는 알 수 없었다. 따뜻한 난롯가에 앉자, 나는 말하자면 기분 좋게 서서히 몸이 마비되었다. 그녀는 해나에게 몇 가지 지시사항을 속삭였다. 곧 나는 그 하녀의 도움을 받아 계단 위로 올라갔다. 물이 뚝뚝 떨어지는 옷을 벗고 곧 따뜻하고 보송보송한 침대 속으로 들어갔다. 신께 감사했다. 이루 말할 수 없이 지쳤지만 감사와 환희에 차 잠들었다.

제29장

그 뒤 사흘 밤낮은 아주 희미하게만 기억난다. 그동안 어떤 느낌이었는지 기억나기는 한다. 하지만 아무 생각도 할 수 없었고 전혀 움직일 수도 없었다. 작은 방 안에 있는 좁은 침대에 누워 있는 것은 알았다. 그 침대에 딱 붙어 버린 느낌이었다. 침대에서 돌처럼 꼼짝 않고 있었다. 거기서 떼어 놓으려고 했다면 거의 죽었을 것이다. 아침에서 정오로, 정오에서 저녁으로 시간이 흘러갔지만, 그 사실을 거의 알지 못했다. 누군가가 방에 들어오고 나가는 것을 보았다. 누구인지는 알 수 있었다. 내 옆에 선 사람이 말을 하면 무슨 말을 하는지 이해할 수는 있었지만 대답은 못했다. 입을 열거나 다리를 움직이는 일이 거의 불가능했다. 하인인 해나가 가장 자주 드나들었다. 그녀가 들어오면 불안해졌다. 내가 멀리 떠나길 바란다는 느낌이 들었다. 그녀는 나라는 사람이나 내 처지를 이해하지 못하고 편견을 가지고 있다는 느낌이 들었다. 다이애나와 메리는 하루에 한두 번 나타났다. 그들은 침대 곁에서 이런 말들을 속삭였다.

"집으로 데려오길 아주 잘했어."

"그래, 어젯밤에 밖에 내버려 두었으면 틀림없이 오늘 아침에 문 앞에서 시체를 발견했을 거야. 무슨 일 때문에 이렇게 되었는지 모르겠네."

"특별한 고난을 겪은 것 같아. 너무 마르고 창백해. 불쌍해!"

"말하는 태도로 보아 교육을 받은 사람 같아. 정확하게 표준어로 발음하고 그녀가 벗어 놓은 옷도 젖고 흙탕물이 튀긴 했지만 그다지 낡지 않고 아주 좋은 옷이야."

"얼굴이 특이하게 생겼어. 여위고 볼살이 없기는 하지만 난 오히려 이런 얼굴이 좋아. 건강을 회복해서 기운을 차리면, 훨씬 더 호감이 가는 얼굴일 거야."

대화 중에 내게 괜히 친절을 베풀었다던가, 나를 의심한다던가, 싫어한다는 말은 한 마디도 하지 않았다. 그것이 위안이 되었다.

세인트 존은 한 번밖에 안 들렀다. 나를 보더니 오랫동안 지나치게 피곤해서 꼼짝도 못하는 것이라고 말했다. 의사를 부르러 보낼 필요는 없다고 했다. 자기가 보기에는 저절로 낫게 그냥 두는 게 가장 좋다고 했다. 지나치게 신경 쓰고 긴장했으니, 당분간 잠자며 휴식을 취해야 한다고 했다. 병은 아닐 거라고 하면서 일단 회복되기 시작하면 금방 나을 것 같다고 했다. 그는 이런 의견들을 짤막하게 조용히 나지막이 말했다. 그리고 조금 있다가 "좀 특이하게 생겼군. 천박하거나 타락한 여자가 아닌 건 분명한데"라고 덧붙였다. 이런 불필요한 평을 하는 게 익숙지 않은 어조였다.

"전혀 그런 사람 같지는 않아요." 다이애나가 대답했다. "솔직히 말하면, 세인트 존, 불쌍해 죽겠어요. 영원히 돌봐 줄 수 있으면 좋겠어요."

"그럴 순 없을 거야. 아마도 친구들과 오해가 생겨서 화가 나 훌쩍 떠나온 젊은 숙녀일 거야. 고집만 안 부리면 친구들에게 돌려보내야 할 것 같은데. 하지만 얼굴선을 보니 그다지 말을 잘 들을 것 같지는 않네." 그는 나를 잠시 곰곰이 바라보며 서 있었다. 그러고 나서 덧붙였다. "지각 있어 보이긴 하지만 전혀 예쁘진 않네."

"아주 아픈걸요, 세인트 존."

"아프든 건강하든 못생긴 편일 거야. 이목구비가 전혀 우아하거나 조화롭지 않아. 미인일 리가 없어."

사흘이 지나자 나는 좀 나아졌다. 나흘째에는 말도 하고 침대에서 일어나 움직일 수 있게 되었다. 해나가 점심때쯤 죽과 아무것도 안 바른 토스트를 가져다주었다. 나는 맛있게 먹었다. 그동안에는 음식을 삼킬 때마다 입안이 타는 것 같았는데, 이번에는 토스트를 먹어도 괜찮았다. 그녀가 나가자, 비교적 기운도 나고 다시 생기가 돌았다. 가만히 있는 게 곧 지겨워지고 몸을 움직이고 싶었다. 일어나고 싶었으나 옷을 입지 않았다는 생각이 들었다. 땅바닥에서 자고 늪에 빠지는 바람에 옷이라고는 젖은 더러운 옷밖에 없는데, 그런 옷을 입고 은인들 앞에 나타나는 게 부끄러웠다. 다행히 그런 굴욕적인 일을 겪지 않아도 되었다.

침대 옆 의자 위에 깨끗하게 빨아서 말린 내 옷이 놓여 있었다. 검은 비단 외투는 벽에 걸려 있었다. 얼룩이 말끔히 빠져 있고 축축해서 생긴 주름은 모두 다려져 있었다. 옷이 아주 괜찮은 상태였다. 신발과 양말도 세탁해 놓아 신고 나갈 만했다. 방 안에는 세면도구들과 아울러 머리를 빗을 빗과 솔도 있었다. 피곤하고 힘들어 몇 분마다 쉬어 가며 가까스로 옷을 제대로 입었다. 너무 여위어 옷이 컸다. 숄로 약점을 덮었다. 숄 또한 깨끗하고 점잖아 보였다. 옷에 얼룩이 지고 구겨진 게 너무나 굴욕적이고 싫었는데, 얼룩이나 구김 없이 아주 말끔한 옷을 차려입었다. 나는 난간을 붙잡고 돌계단을 기다시피 하며 내려와 좁은 복도를 지나 곧장 부엌으로 갔다.

부엌에서는 갓 구운 빵 냄새가 나고 난롯불이 활활 타고 있어 따뜻했다. 해나가 빵을 굽고 있었다. 잘 알겠지만, 교육의 혜택을 전혀 받지 못했거나 교육으로 풍요한 정신을 가져 보지 않은 사람들이 가진 편견을 없애기란 정말 어려운 일이다. 편견은 잡초가 돌 사이에서 억척스럽게 자라나듯이 그런 식으로 자란다. 해나는 처음에는 냉담하게 대하고 딱딱거리기까지 했으나 최근에 약간 누그러지기 시작했다. 그리고 내가 깔끔하게 옷을 차려입고 오자 미소를 짓기까지 했다.

"어머, 일어나셨네!" 그녀가 말했다. "이제 회복되셨나 보우. 난롯가에 있는 내 의자에 좀 앉으시우."

그녀는 흔들의자를 가리켰다. 나는 그 의자에 앉았다. 그녀는 종종 곁눈질로 나를 살피며 부산스럽게 왔다 갔다 했다. 오븐에서 빵을 꺼내면서 내게 몸을 돌리고 퉁명스럽게 물었다.

"여기 오기 전에는 구걸을 했나요?"

나는 순간적으로 화가 났으나 지금은 화를 낼 일이 아니고 정말 거지 같아 보였으리라는 생각이 들어 조용히 대답했다. 하지만 약간은 단호한 어조로 대답했다.

"저를 거지로 잘못 보셨나 봐요. 당신이나 이 집 아가씨들이 거지가 아닌 것처럼, 저도 거지가 아니에요."

잠시 후에 그녀가 말했다. "그게 무슨 말인지 모르겠네요. 당신에게 집이나 쇠 같은 건 없어 보이는데."

"집이나 쇠(아마 돈을 뜻하는가 본데)가 없어도 당신이 아는 그런 거지가 되는 것은 아니에요."

"공부는 했어요?" 그녀가 바로 물었다.

"네, 아주 많이 했어요."

"하지만 기숙 학교는 가 본 적이 없겠죠?"

"기숙 학교에 8년간 있었어요."

그녀가 눈을 동그랗게 떴다. "그럼 왜 밥벌이를 못 하는 거요?"

"밥벌이는 해 왔어요. 그리고 앞으로도 그럴 거예요. 이 산딸기로 뭘 만드시는 거예요?" 그녀가 산딸기를 한 양동이 가지고 나왔을 때, 내가 물었다.

"이걸로 파이를 만들려고 해요."

"주세요, 제가 꼭지를 딸게요."

"안 돼요, 아무 일도 하면 안 돼요."

"하지만 뭔가 해야만 해요. 제게 주세요."

그녀가 동의했다. 내 옷 위에 덮으라고 깨끗한 수건을 가져다주기까지 했다. 그러면서 그녀는 "옷을 더럽히면 안 되잖우"라고 말했다.

"손을 보니 하인 일은 익숙하지 않구려." 그녀가 말했다. "혹시 재봉사였나요?"

"아니에요, 틀렸어요. 자, 이제 제가 무슨 일을 했건 신경 쓰지 마세요. 더 이상 나에 대해 생각하느라 골머리를 썩지 마세요. 대신 지금 있는 집의 이름을 말해 주세요."

"어떤 사람은 마시 엔드라고 부르고, 어떤 사람은 무어 하우스라고 해요."

"그럼 여기 사는 신사분이 세인트 존이신가요?"

"그분은 여기 살지 않고. 잠시 머무시는 거예요. 교구인 모턴이 집이고."

"몇 마일 떨어져 있는 그 마을 말인가요?"

"그렇다우."

"그분 직업은 무엇인가요?"

"목사님이에요."

내가 목사님을 보자고 했을 때 목사관에 있는 늙은 가정부가 했던 대답이 기억났다. "그러면 목사님 아버님 댁인가요?"

"그래요. 늙은 리버스 씨가 여기 사셨고, 그 전에는 그분의 아버지와 할아버지와 증조할아버지께서도 사셨어요."

"그러면 그 신사분의 성함이 세인트 존 리버스겠네요."

"그래요, 세인트 존이 세례명이에요."

"그러면 누이들은 다이애나 리버스, 메리 리버스인가요?"

"그래요."

"그분들 아버지가 돌아가신 건가요?"

"3주일 전 뇌졸중으로 돌아가셨어요."

"어머니는 안 계신가요?"

"어머니는 여러 해 전에 돌아가셨어요."

"당신은 이 집에서 오래 같이 사셨어요?"

"30년간 여기서 살았우. 세 분 다 내가 유모였어요."

"그걸 보니 당신이 정직하고 충실한 하인인 것을 분명히 알겠어요. 저를 거지라고 부르며 무례하게 굴긴 했지만 그에 대해서는 더이상 말하지 않을게요."

그녀는 다시 놀라서 나를 바라보았다. "내가 아주 잘못 보았어요. 주변에 사기꾼들이 너무 많아서 그랬으니 용서해 주세요."

나는 약간 엄숙하게 말했다. "그렇다 하더라도 절 문밖으로 쫓아내려고 했잖아요. 개라도 쫓아내면 안 될 그런 밤이었는데요."

"음, 그건 내가 너무했어요. 하지만 그렇게밖에 할 수 없지 않겠어요? 내 생각을 해서 그런 게 아니고 젊은 아가씨들을 생각해서 그랬던 거예요. 불쌍한 분들! 나 말고는 돌봐 줄 사람이 없어요. 내가 경계를 늦추지 말아야 해요. 정신을 똑바로 차리고 지켜보아야만 해요."

나는 잠시 동안 심각하게 조용히 있었다.

"내가 너무 심하다고 생각하지 말아요." 그녀가 다시 말했다.

"하지만 당신이 심하다고 생각해요. 왜 그런지 말해 드릴게요. 나를 재워 주지 않거나 사기꾼으로 봐서가 아니라, 방금 '전'이 없고 집이 없다고 비난했기 때문이에요. 아주 현명한 사람들 중에도 나만큼 가난한 사람들이 있었고, 기독교인이라면 가난을 죄로 생각해서는 안 돼요."

"앞으로는 안 그럴게요." 그녀가 말했다. "세인트 존도 내게 그렇게 말했어요. 내 잘못을 알겠어요. 하지만 확실히 당신이 전과 아주 다르게 보여요. 지금은 아주 점잖은 작은 아가씨로 보여요."

"그걸로 충분해요. 이제 당신을 용서해요. 악수해요."

그녀는 밀가루가 묻은 거친 손으로 내 손을 잡았다. 그녀의 거친 얼굴 위로 다시 진심 어린 미소가 번졌고, 그 순간부터 우리는 친구가 되었다.

해나는 분명히 수다스러웠다. 내가 산딸기 꼭지를 따고 그녀가 파이 반죽을 만드는 동안 내게 죽은 주인님, 여주인님, '아이들'이라고 부르는 젊은 사람들에 대해 자질구레한 사실까지 자세히 알려 주었다.

그녀 말에 따르면, 늙은 리버스 씨는 못생겼지만 신사로, 아주 유서 깊은 집안 사람이었다. 마시 엔드는 집을 지은 이래 쭉 리버스 집안 소유였다. 모턴 계곡 아래에 있는 올리버 씨의 거대한 저택에 비하면 아무것도 아닌 초라한 작은 집으로 보일지 모르지만 2백 년이나 된 집이라고 했다. "하지만 나는 올리버 양 아버지가 바늘 행상을 할 때를 기억한다우. 그리고 리버스 집안은 옛날 헨리 왕 때부터 양반이었다우. 모턴 교회 등록부를 보면 누구나 그 사실을 알 수 있지." 그녀는 자신 있게 말했다. 그렇긴 하지만, "늙은 주인님은 다른 사람들과 비슷했어요. 보통 사람들과 다를 게 전혀 없었어요. 사냥하고, 농사짓고, 그런 것들을 아주 좋아했어요"라고 여지를 두었다. 여주인은 달랐다고 했다. 대단한 독서가로 공부도 많이 했고, 자식들은 엄마를 닮았다고 했다. 예나 지금이나 학식 면에서 이들을 따라올 사람이 없다고 했다. 세 사람 다 말하기 시작할 때부터 배우는 걸 좋아했고, 늘 "스스로 공부거리를 찾아다녔"고 했다. 세인트 존은 자라서 대학에 가고 목사가 되었으며, 아가씨들은 학교를 떠나자마자 가정 교사 자리를 찾았다. 그들 말에 따르면, 아버지가 몇 년 전에 믿던 사람에게 거액을 사기당해 파산했고 유산이 하나도 없으니 이제 그들은 자립해야 한다고 했다. 젊은 분들은 대부분 이 집에 오래 머물지 않는데, 지금은 아버지가 돌아가셔서 몇 주 머물기 위해 온 것뿐이라고 했다. 하지만 이 젊은 분들은 마시 엔드와 모턴, 주위에 있는 이 모든 황야와 언덕을 아주 좋아한다고 했다. 이들은 런던이나 다른 대도시에 쭉 있었으나, 늘 집처럼 좋은 곳은 없다며 이곳에서는 아주 사이좋게 지낸다고 했다. 결코 싸우거나 '말다툼을 하는 적이' 없고, 이렇게 화목한 가족은 보지 못했다고 했다.

산딸기 꼭지 따는 일을 다 마쳐, 나는 그 두 아가씨와 오빠가 지금 어디 있는지 물어보았다.

"모턴으로 산책을 갔는데, 한 30분 안에 차를 마시러 돌아올 거예요."

그들은 해나가 말한 대로 30분쯤 뒤 돌아왔다. 그들은 부엌문으로 들어왔다. 나를 보자 세인트 존은 고개만 까딱하고 지나갔고, 두 숙녀는 멈추었다. 메리는 친절하고 차분한 목소리로 상냥하게 내가 충분히 회복되어 아래층까지 내려오니 얼마나 기쁜지 모르겠다고 했다. 다이애나는 내 손을 잡고 나를 바라보며 고개를 흔들었다.

"내가 허락할 때까지 내려오면 안 되는데." 그녀가 말했다. "아직도 아주 창백하고, 아주 핼쑥해 보여요! 불쌍한 사람! 불쌍한 여자!"

다이애나의 목소리는 비둘기가 구구대는 그런 어조였다. 그녀의 눈을 마주보고 있으니 즐거워졌다. 내 눈에는 얼굴 전체가 매력으로 가득 차 보였다. 메리 역시 총명했다. 그녀도 이목구비가 언니 정도로 예뻤다. 하지만 표정은 훨씬 더 내성적이고 점잖으면서도 약간 거리를 두는 태도였다. 다이애나는 약간 권위적으로 바라보며 이야기를 하는 편이고, 메리는 의지가 매우 강한 편인 것 같았다. 나는 원래 다이애나 같은 사람의 권위에 즐거운 마음으로 기꺼이 순종하고, 메리 같은 사람의 적극적이고 강한 의지에 양심과 자존심이 허용하는 한 기꺼이 따르는 편이었다.

"여기서 무슨 일을 하고 계시는 거예요?" 그녀가 계속 말했다. "여기는 당신이 있을 곳이 아니에요. 메리와 나도 이따금 부엌에 앉아 있긴 해요. 집에서는 자유롭게, 아니 멋대로라고 할 만큼 행동하고 싶으니까요. 하지만 당신은 손님이니까 응접실로 가세요."

"여기가 아주 좋아요."

"절대로 안 돼요. 해나가 부산스럽게 오가며 당신을 밀가루투성이로 만들 거예요."

"게다가 이 불은 당신에게 너무 뜨거워요." 메리가 끼어들었다.

"확실히 그래요." 그녀의 언니가 덧붙였다. "자, 우리 말을 들어요." 그리고 아직도 잡고 있던 손에 힘을 주어 나를 일으킨 다음, 안쪽에 있는 응접실로 이끌었다.

"거기 앉아요." 나를 소파에 앉히며 그녀가 말했다. "우리가 옷을 벗고 차를 준비하는 동안 기다리세요. 이게 우리가 이 황야의 작은 집에서 누리는 또 하나의 특권이에요. 마음이 내킬 때나 해 나가 빵을 굽거나 차를 끓이거나 빨래를 하거나 다른 일을 할 때 는 우리가 먹을 것을 직접 준비해요."

그녀는 세인트 존과 나만 남겨 놓고 문을 닫았다. 그는 손에 책 인지 신문인지를 들고 맞은편에 앉아 있었다. 나는 처음에는 응접 실을, 다음에는 거기 앉아 있는 사람을 살펴보았다.

응접실은 좁은 편이었다. 가구는 아주 소박하지만 깨끗하고 차 분해 보여 편안했다. 구식 의자들은 반짝거리고, 호두나무 탁자는 거울 같았다. 색칠한 벽에는 옛날 사람들을 그린 오래된 이상한 초상화가 몇 점 걸려 있었다. 유리문을 단 진열장에는 책 몇 권과 골동품 도자기 한 세트가 있었다. 방 안에는 쓸데없는 장식품이 하나도 없었다. 보조탁자 위에 있는 반짇고리와 숙녀용 장미나무 책상을 제외하고는 현대적인 가구가 하나도 없었다. 카펫과 커튼 을 포함해 모든 것이 낡았지만 동시에 잘 보존된 것처럼 보였다.

세인트 존 씨는 관찰하기가 아주 쉬웠다. 그는 벽 위에 걸려 있 는 먼지 낀 초상화들 중 하나처럼 가만히 앉아 있었다. 그는 책에 서 눈을 떼지 않은 채 입을 봉하기라도 한 듯 조용히 있었다. 사람 이 아니라 조각도 이렇게 관찰하기는 쉽지 않을 것이다. 그는 아 마도 스물여덟에서 서른 살 사이로 젊고, 키 크고, 날씬했다. 얼굴 은 윤곽이 아주 뚜렷해 그리스인 같았다. 코는 오똑하고 고전적이 고, 입과 턱은 아테네인과 흡사했다. 정말, 영국 사람 얼굴이 그처 럼 전형적인 고대인처럼 생긴 경우는 드물었다. 그가 내 얼굴의 부 조화에 놀란 것도 당연하다. 그의 얼굴은 아주 조화로웠기 때문이 다. 파란 눈은 크고, 눈썹은 갈색이었다. 그의 앞이마는 상아만큼 이나 하얗고, 금발이 아무렇게나 늘어져 있었다.

이것만 보면 유순한 모습이었다. 그렇지 않은가, 독자여? 하지만 내가 묘사한 이 사람은 유순하고 순종적이고 말 잘 듣고 평온한 사람이라는 인상을 주지 않았다. 조용히 앉아 있기는 하지만 코, 입, 이마 주위의 무언가가 마음속에 있는 불안, 냉정함, 열정 같은 요소를 드러내는 것 같았다. 누이들이 돌아올 때까지 그는 전혀 말을 걸거나 쳐다보지 않았다. 다이애나는 차를 준비하려고 방 안을 들락날락하면서 오븐에서 갓 구운 작은 케이크를 가져다주었다.

"지금 드세요." 그녀가 말했다. "틀림없이 배가 고프실 거예요. 해나 말에 따르면, 아침 식사 후 죽밖에 안 드셨다면서요."

식욕이 돌아와 배가 고팠기 때문에 케이크를 거절하지 않았다. 리버스 씨도 책을 덮고 탁자 근처로 왔다. 그리고 자리에 앉더니 그림같이 푸른 눈으로 나를 뚫어져라 바라보았다. 똑바로 보는 그의 시선이 무례했다. 지금 마음먹고 똑바로 살피는 그를 보며, 그때까지 낯선 사람인 나를 피한 이유가 겸손해서가 아니라 일부러 그랬던 것임을 알았다.

"아주 배가 고픈가 보네요." 그가 말했다.

"네." 나는 간단한 말에는 간단하게, 직접적인 말에는 명확하게 대답했다. 본능적으로 늘 그렇게 했다.

"미열이 나서 지난 사흘 동안 금식을 했던 게 다행이오. 처음부터 식욕대로 먹었으면 위험했을 것이오. 이제는 먹어도 되지만 아직 너무 많이 먹지는 마시오."

"오랫동안 얻어먹지는 않을게요." 나는 아주 퉁명스럽고 무례하게 대답했다.

"그러시오." 그가 냉담하게 말했다. "친구 주소를 알려 주면 우리가 편지를 쓸 거고, 그러면 곧 집으로 돌아갈 수 있을 거요."

"분명히 말씀드리지만, 그렇게 할 수는 없어요. 제겐 집도 친구도 없어요."

세 사람이 나를 바라보았다. 하지만 나를 못 믿는 눈치는 아니었다. 그들의 시선에 의심이 서려 있지 않았다. 오히려 더 호기심에 가득 찼다. 특히 젊은 아가씨들이 그랬다. 존의 눈은 문자 그대로 맑았지만, 비유적으로 말하면 가늠할 수 없었다. 눈을 자신의 생각을 드러내는 도구가 아니라, 다른 사람들의 생각을 조사하는 도구로 사용하는 것 같았다. 그의 눈은 날카로우며 동시에 내성적이어서 사람을 격려하기보다는 의도적으로 몹시 곤란하게 만들었다.

"아무 연고도 없다는 뜻이오?" 그가 말했다.

"그래요. 아는 사람이 없어요. 영국 땅에 나를 받아들일 집이 없어요."

"당신 나이에는 아주 이상한 처지요!"

그때 그가 내 손을 바라보고 있다는 것을 알았다. 나는 앞에 놓인 테이블 위에 손을 포개 놓고 있었다. 그가 내 손에서 무엇을 찾아냈는지 궁금했다. 곧 그의 말이 설명해 주었다.

"미혼이오? 처녀요?"

다이애나가 웃으며 말했다. "왜 그러세요? 확실히 열일곱이나 열여덟도 안 넘은 것 같은데, 세인트 존."

"열아홉이 다 되었지만, 미혼이에요."

나는 얼굴이 화끈거리며 달아오르는 것을 느꼈다. 결혼이라는 말에 고통스럽고 괴로운 추억이 밀려왔다. 그들 모두 나의 당혹감과 감정을 눈치챘다. 다이애나와 메리는 달아오른 내 얼굴을 보지 않고 시선을 피해 안심되었다. 하지만 더 냉혹하고 엄격한 오빠는 나를 계속 똑바로 바라보았다. 마침내 너무 곤란해서 얼굴만 빨개진 것이 아니라 눈물까지 났다.

"마지막으로 어디에 머물렀소?" 그가 물었다.

"너무 꼬치꼬치 캐묻고 계세요, 세인트 존 오빠." 메리가 조그맣게 중얼거렸다. 하지만 그는 테이블 위로 몸을 구부리고 다시 꿰뚫어 보는 시선으로 똑바로 바라보며 대답을 요구했다.

"제가 산 곳의 이름과 함께 산 분의 이름은 비밀이에요." 나는 정확하게 대답했다.

"세인트 존이나 다른 사람들이 묻더라도 대답하기 싫으면 안 해도 돼요." 다이애나가 말했다.

"당신이나 당신의 과거에 대해 아는 게 없으면 도울 수가 없소." 그가 말했다. "도움이 필요하지 않소?"

"도움이 필요해요. 지금까지 도움을 구했어요. 진정으로 자선을 베풀어 주시려면 일자리를 구해 주세요. 필요한 생필품 정도 살 수 있는 보수만 주면 좋아요."

"진정으로 자선을 베풀어 줄지는 모르겠소. 하지만 그렇게 정직한 목적을 가지고 계신 분이라면 기꺼이 최선을 다해 돕겠소. 우선, 쭉 해 오던 일이나 할 수 있는 일이 무엇인지 말해 보시오."

나는 차를 한 모금 마셨다. 차를 마시니 기분이 훨씬 더 좋아졌다. 마치 거인이 포도주를 마신 것 같았다. 지쳐 있던 신경이 새롭게 살아나 꼬치꼬치 따지는 이 심판관에게 침착하게 대답할 수 있었다.

나는 돌아서서 그를 바라보며 말했다. 그도 전혀 수줍어하는 빛 없이 나를 똑바로 바라보았다.

"리버스 씨, 목사님과 여동생들께서 제게 큰 은혜를 베푸셨어요. 정말 위대한 사람이나 베풀 수 있는 은혜예요. 고결한 환대로 죽음에서 구해 주셨으니 끝없는 감사를 요구하실 수 있으세요. 어느 정도는 제 비밀을 털어놓으라고 하실 수도 있고요. 제 마음의 평화, 저 자신이나 다른 사람들의 정신적·육체적 안전을 깨지 않는 한 자세하게 제 과거를 알려 드릴게요.

저는 목사 딸로, 고아예요. 부모님은 돌아가셨고 어떤 분이셨는지 기억이 없어요. 친척집에 더부살이를 했고, 자선 단체에서 운영하는 학교를 나왔어요. 학생으로 6년을 보내고 선생으로 2년을 보냈어요. 그 학교의 이름은 ○○○ 주에 있는 로우드 기숙 학교예요. 아마 들어 보신 적 있으시죠, 리버스 씨? 로버트 브로클허스트 씨가 이사장이세요."

"브로클허스트에 대해 들은 적도 있고 그 학교도 보았소."

"1년 전에 로우드를 떠나 가정 교사가 되었어요. 아주 조건이 좋은 자리였고 행복했어요. 여기 오기 나흘 전에 그곳을 떠났어요. 왜 그곳을 떠났는지는 설명할 수도 없고, 해서도 안 돼요. 말씀드려 봐야 아무 소용 없고 위험한 데다 믿지도 않으실 거예요. 비난받을 짓을 하지는 않았어요. 세 분과 마찬가지로 저도 죄를 짓지는 않았어요. 지금 저는 불쌍한 처지이고 앞으로 당분간 더 그럴 거예요. 이상하고 끔찍한 일이 생겨 천국 같은 그 집을 떠났는데, 떠날 계획을 세울 때 두 가지 점만 지키기로 했어요. 아무도 몰래 빨리 빠져나오는 거였어요. 거기에만 신경 쓰느라 제 물건을 모두 그 집에 두고 작은 보퉁이 하나만 들고 왔어요. 그 짐마저 휘트크로스에 도착했을 때 깜빡 잊고 마차에 두고 내렸어요. 그리고 빈털터리 상태로 이 근처까지 왔어요. 이틀 밤 노숙을 하고 집 안에는 들어가 보지도 못하고 이틀 정도 헤맸어요. 그동안 식사는 두 번 했어요. 이렇게 굶주림과 피로와 절망으로 다 죽어 가는데, 리버스 씨께서 당신 집 문 앞에서 굶어 죽게 버려 둘 수 없다며 집으로 데려와 주셨어요. 여동생들이 제게 어떤 친절을 베풀었는지 다 알고 있어요. 혼수상태로 보였겠지만, 의식을 다 잃은 것은 아니었어요. 당신은 기독교적 자선을 베풀어 주셨고 그 못지않게 여동생들이 진심으로 마음에서 우러난 따뜻한 동정심으로 절 돌보아 주셨어요. 제가 크게 신세를 졌어요."

"지금은 더 이상 말하지 말라고 하세요, 세인트 존." 내가 말을 멈추자 다이애나가 말했다. "아직은 절대로 흥분해서는 안 돼요. 소파로 와서 여기 앉으세요, 엘리엇 양."

그 가명을 듣고 나도 모르게 반쯤 움찔했다. 새 이름을 잊고 있었다. 아무것도 놓치지 않는 리버스 씨가 곧 눈치챘다.

"이름이 제인 엘리엇이라고 했소?" 그가 말했다.

"그랬어요. 당분간은 그 이름이 편할 것 같아서요. 하지만 본명이 아니라서 그 이름을 들으니 낯설군요."

"본명은 알려 주지 않을 거요?"

"네. 무엇보다 사람들이 날 찾아내는 게 무서워요. 이름을 대면 뭐든 발각될 텐데, 그것은 피하고 싶어요."

"정말 맞는 말이에요." 다이애나가 말했다. "자, 오빠, 그녀가 한동안 마음 편히 있게 해 주세요."

세인트 존은 잠시 생각에 잠기더니, 평소처럼 침착하고 날카롭게 다시 말하기 시작했다.

"오랫동안 우리 신세를 질 생각은 없는 거요? 가능하면 빨리 여동생의 동정이나, 무엇보다 나의 **자선** 없이 살아가고 싶다는 거요 (당신이 그 둘을 구분 지은 걸 알고 있소. 그것에 대해 화를 내는 건 아니오. 맞는 말이오)? 우리에게서 독립하고 싶은 거요?"

"그래요, 이미 그런 말씀을 드렸고요. 어떻게 일할지, 아니면 어떻게 일감을 찾을지 알려 주세요. 지금은 그게 부탁드리고 싶은 전부예요. 일을 찾으면 가장 초라한 오두막에라도 가겠어요. 하지만 **그때까지는** 여기 있게 해 주세요. 다시 한 번 춥고 배고픈 상태로 노숙할 생각만 해도 무서워요."

"정말로 여기에 **머무세요.**" 하얀 손을 내 머리에 얹으면서 다이애나가 말했다. "여기 **머무세요.**" 메리가 진지한 어조로 얌전하게 언니 말을 따라 했다. 그녀는 원래 그런 어조로 말하는 것 같았다.

"내 여동생들이 당신을 데리고 있는 게 좋은 것 같소." 세인트 존이 말했다. "겨울바람이 불 때 창문으로 들어온 반쯤 얼어 버린 새를 데리고 있으면서 보살피는 걸 좋아하는 것처럼 말이오. **나는** 당신이 자립하는 모습을 더 보고 싶은 편이고, 그러기 위해 노력하겠소. 하지만 내가 좁은 마을밖에 아는 게 없다는 걸 명심하시오. 가난한 시골 교구의 목사일 따름이오. 내가 도와줘 봐야 아주 미미한 도움밖에 못 줄 거요. 이런 작은 일의 날*이 싫으면 나보다 더 유능하게 도와줄 수 있는 사람을 찾아보시오."

"그녀는 이미 어떤 일이든 정직한 일이라면 다 **하겠다고** 했잖아요." 다이애나가 나 대신 대답했다. "그리고 세인트 존, 알다시피 그녀에게는 선택의 여지가 없어요. 당신처럼 무뚝뚝한 사람에게 의지할 수밖에 없다고요."

"재봉사 일이라도 하겠어요. 공장 일이라도 하겠어요. 다른 게 없다면 유모나 하녀 일이라도 하겠어요."

"좋소." 세인트 존이 아주 냉정하게 말했다. "그런 정신이라면 내 방식으로 시간을 들여 당신을 돕겠소."

그는 이제 차를 마시기 전에 열심히 읽던 책을 다시 읽기 시작했다. 나는 할 말을 다 했기 때문에 곧 침실로 물러났다. 기운이 허락하는 한, 오랫동안 깨어 있었다.

제30장

나는 무어 하우스 사람들을 점점 더 좋아하게 되었다. 며칠 지나지 않아 건강이 많이 회복되어 하루 종일 앉아 있기도 하고 가끔 산책을 하기도 했다. 다이애나, 메리와 함께 일을 하기도 하고 그들이 원하면 길게 대화도 하고, 그들이 허용하는 때나 장소에서 돕기도 했다. 이들과의 대화에서 생전 처음 기운이 나는 그런 즐거움, 취미와 정서와 원칙이 완벽하게 일치하는 데서 생겨나는 즐거움을 맛보았다.

그들이 즐겨 읽는 책을 나도 즐겨 읽었다. 그들이 즐거워하는 일은 나도 좋아했다. 그들이 옳다고 인정하는 것을 나는 존경했다. 그들은 외딴 자신들의 집을 좋아했는데, 나 역시 이 오래된 작은 회색 집이 좋았다. 지붕은 나지막하고 창은 격자창이었고 벽은 군데군데 허물어져 있었다. 길에는 산바람을 못 이겨 모두 비스듬히 자란 오래된 전나무가 늘어서 있고 주목과 호랑가시나무가 심어져 검은색을 띤 정원이 있었다. 아주 강인한 종자를 제외하고는 아무 꽃도 피지 않았다. 나는 이 모든 것에서 영원하고 강력한 매력을 발견했다. 그들은 이 집 뒤쪽의 자줏빛 황야, 문에서 자갈 깔린 마찻길을 따라 내려가면 나타나는 텅 빈 계곡을 몹시 좋아했다. 그 길은 고사리가 무성한 둑 사이를 꾸물꾸물 가다가 야생 히스로 둘러싸인 목초지에 이르렀다. 그 길 끝에는 회색 양 떼가 이끼처럼 북슬북슬한 얼굴을 한 새끼 양과 함께 풀을 뜯고 있었다. 그들은 이런 풍경에 열광하며 몹시 좋아했다. 그런 느낌을 이해할 수 있었고 나 역시 진정으로 열렬히 그 풍경을 사랑했다. 그 지역의 매력을 보고 그곳의 신성한 외로움을 느꼈다. 물결치는 언덕의 능선, 이끼, 히스 꽃과 야생화가 흩어져 있는 풀밭, 빛나는 고사리와 연한 화강암 바위 등 산과 계곡의 야생적인 색채를 마음껏 즐겼다. 이런 풍경 하나하나에 대해 느끼는 것이 그들과 내가 비슷했다. 우리 모두 여기서 순수하고 달콤한 즐거움을 얻었다. 이곳은 강한 태풍과 부드러운 미풍, 궂은 날이나 맑은 날, 해가 뜰 때나 질때, 달빛이 환한 밤이나 구름 낀 흐린 날 밤이 그녀들에게 매력적이듯이 내게도 똑같이 매력적이었다. 이 풍경에 매료되어 그들은 넋을 잃었고 나도 똑같이 그랬다.

우리는 집 안에서도 마찬가지로 마음이 잘 맞았다. 그들은 나보다 책도 많이 읽고 재능도 풍부했다. 나는 그들이 먼저 밟아 간 지식의 길을 열심히 따라갔다. 내게 빌려 주는 책들을 탐독했으며 저녁이면 낮에 읽은 책들에 대해 토론하며 아주 즐거운 시간을 보냈다. 서로 생각이 똑같았고 의견도 늘 완벽하게 일치했다.

우리 세 사람 중 가장 뛰어난 리더는 다이애나였다. 신체적으로도 그녀는 나보다 훨씬 뛰어났다. 그녀는 예쁘고 힘도 셌다. 그녀는 늘 활기차서 생명력이 넘쳐흘렀다. 때로는 이해가 안 되어 당혹스럽기도 했지만 늘 감탄을 금할 수 없었다. 나는 초저녁에 다소 활기차게 떠들다가 지치면, 다이애나의 발치에 있는 앉은뱅이 의자에 앉아서 그녀의 무릎에 머리를 기대고 다이애나와 메리가 돌아가며 이야기하는 것을 들었다. 그들은 내가 주제를 꺼내기만 하면 끝까지 이야기를 완결지어 주었다. 다이애나는 내게 독일어를 가르쳐 주겠다고 했다. 그녀에게서 배우는 게 좋았다. 그녀는 선생님 역할을 좋아하고 적성에도 맞았다. 그에 못지않게 나도 학생 역할을 하는 게 즐겁고 적성에 맞았다. 본성상 우리는 너무나 잘 어울렸다. 따라서 서로 아주 좋아하게 되었다. 내가 그림을 잘 그린다는 것을 알자 그들은 곧 연필과 물감 박스를 주었다. 더 잘 그린 그림을 보자, 그들은 내 그림 솜씨에 놀라고 매료되었다. 메리는 몇 시간이고 내 옆에 앉아서 지켜보았다. 그러고 나서 내게 그림을 배웠는데, 정말 말 잘 듣고 똑똑하고 열성적인 학생이었다. 이처럼 열심히 공부하고 서로 사이좋게 즐겁게 지내다 보니 며칠이 몇 시간처럼 몇 주일이 며칠처럼 흘러갔다.

세인트 존에 대해 말하자면, 여동생들과는 자연스럽게 급속히 친해진 데 반해 그와는 쉽게 친해지지 않았다. 아직도 거리감이 있는 이유 중 하나는 상대적으로 그가 집에 있는 시간이 많지 않기 때문이었다. 집들이 흩어져 있는 그의 교구에서 가난한 사람들과 병든 사람들을 방문하는 데 많은 시간을 쏟는 것 같았다.

날씨가 어떻든 개의치 않고 그는 이 시골 교구에 있는 집들을 방문했다. 날씨가 맑든 비가 오든, 오전 공부가 끝나면 모자를 쓰고 사랑 또는 의무라는 사명을 수행하러 나섰고 그의 아버지가 키우던 늙은 포인터 카를로가 그의 뒤를 따라갔다. 그 일이 사랑 때문인지 의무 때문인지 나로서는 알 수 없었다. 날씨가 몹시 좋지 않을 때는 가끔 여동생들이 말리기도 했다. 그러면 그는 유쾌하기보다는 엄숙하게 특이한 미소를 지으면서 이렇게 말하곤 했다.

"바람이 몰아치고 비가 들이친다고 이렇게 쉬운 일을 회피하고 게으름을 피워서야 내가 추구하는 미래를 준비할 수 있겠니?"

그러면 다이애나와 메리는 대개 한숨을 쉬며 얼마간 슬픈 생각에 잠기는 것 같았다.

하지만 이렇게 자주 집을 비우는 것 외에도 그와 나의 우정을 가로막는 장애물이 있었다. 그는 원래 내성적인 데다 멍하게 생각에 잠기는 사람 같았다. 목사의 본분을 열심히 수행하고 생활이나 습관이 흠잡을 데 없는데도 마음의 평정을 찾지 못하는 것 같았다. 즉 진지한 기독교인이나 실제로 자선을 행하는 사람들이 모두 정신적 만족감을 맛보는 데 비해 그는 그렇지 않은 것 같았다. 그는 저녁에 종종 창가에 앉아 책상 위에 종이를 앞에 두고 읽거나 쓰지 않고 턱을 괸 채 생각에 잠기곤 했다. 무슨 생각을 하는지는 알 길이 없었다. 눈이 자주 번쩍이고 흔들리며 커지는 것으로 보아 흥분한 데다 불안해 하고 있음을 짐작했다.

또한 여동생들과 달리 그에게는 자연이 기쁨의 보고 같지 않았다. 거친 언덕의 매력이나 자기 집 검은 지붕과 퇴색한 벽을 원래 사랑한다고 말하는 것을 단 한 번, 단 한 번밖에 듣지 못했다. 하지만 그런 감정조차 즐겁기보다는 우울한 어조나 어휘로 표현했다. 황야를 헤매도 그는 결코 그 고요함에서 위로받지 못하고, 황야에서 수많은 평화로운 기쁨을 찾지도, 그에 대해 생각하지도 못하는 것 같았다.

그와 거의 대화를 나누지 않아서 한참 지난 뒤에야, 그가 무슨 생각을 하는지 알게 되었다. 모턴 교회에서 그의 설교를 듣고서야 처음으로 그의 재능을 알게 되었다. 그 설교를 옮기고 싶지만 내게는 그럴 만한 능력이 없다. 내가 받은 감명조차 제대로 옮길 수가 없다.

설교는 조용히 시작되었다. 사실 말투나 억양은 마지막까지 조용했다. 강력하지만 엄격하게 통제되어 있는 그의 열의는 곧 또렷한 억양 속에 드러났고 강렬한 말들로 표현되었다. 그것은 점차 더 압축되고 간결해지고 절제되었다. 목사의 힘찬 설교에 놀라 정신이 번쩍 들고 가슴이 떨려 왔으나, 어느 쪽도 위안을 받지는 못했다. 설교 전반에 걸쳐 이상한 비통함이 깔려 있고 마음에 위안을 주는 부드러움은 찾아볼 수가 없었다. 그는 칼뱅교의 교리, 즉 하느님의 선택, 숙명, 정죄에 대해 자주 엄숙하게 언급했다. 그때마다 그 말들은 최후의 심판 날 선고처럼 들렸다. 그가 설교를 마치자 교훈을 얻고 마음이 편안해지고 기분이 좋아지는 게 아니라 뭐라 말할 수 없는 슬픔을 느꼈다. 다른 사람도 똑같은지 모르겠지만 내게는 내가 듣고 있는 유려한 설교가 실망이라는 혼탁한 찌꺼기로 가득 찬 심연에서 솟아 나오는 것 같았다. 그의 마음속 깊은 곳에서는 괴로운 충동, 즉 만족을 모르는 열망과 불안한 동경이 꿈틀대는 것 같았다. 세인트 존 리버스는 비록 순결하게 살고, 양심적이고, 열성적이지만, 사람으로서는 감히 생각할 수도 없는 하느님의 평화*는 아직 발견하지 못한 게 틀림없었다. 나처럼 그도 평화를 찾지 못하고 있는 것 같았다. 나는 그즈음 부서진 우상과 잃어버린 천국으로 가슴 아프고 회한에 차 있었다. 아직도 그 때문에 가혹한 괴로움에 시달렸지만 말하지 않고 숨겼다.

그러는 사이 한 달이 흘렀다. 다이애나와 메리는 곧 무어 하우스를 떠나 그들을 기다리고 있는 아주 다른 생활의 장으로 돌아가야 했다. 그들은 영국 남부의 화려한 대도시로 돌아가 각자 보잘것없는 고용인 정도로 여기는 남의 집에 가서 살아야 하는 상황이었다. 거기서는 그들의 타고난 우수성을 전혀 알지도 못하고 알려고 들지도 않고 그들의 재능을 요리사의 기술이나 시중드는 하녀의 눈치 정도로 평가했다. 세인트 존은 찾아보겠다고 약속한 일자리에 대해 일언반구도 없었다. 하지만 어떤 일이든 해야겠다는 생각이 들어 마음이 다급해졌다. 어느 날 그와 단둘이 응접실에 있게 되어 용기를 내어 창턱 쪽으로 다가갔다. 그곳은 그의 책상과 의자와 탁자가 있어 일종의 신성한 서재가 되었다. 그리고 그와 같이 입을 꼭 다물고 있는 사람에게 말을 걸기는 늘 어려운 일이었기 때문에 어떻게 물어보아야 할지 잘 몰랐지만 일단 입을 뗄 작정이었다. 그런데 그가 먼저 말을 걸어 내 고민을 덜어 주었다.

내가 다가가자 올려다보며 그가 물었다. "내게 물어볼 말이라도 있소?"

"네, 제가 할 만한 일자리에 대해 들은 게 있으신가 해서요."

"3주일 전에 당신 일자리를 찾았소. 아니, 만들었소. 하지만 여기서 행복하고 집에도 도움이 되는 것 같아 말을 안 했소. 여동생들도 당신을 너무 좋아하고 당신과 함께 있는 시간을 너무 즐겨서 서로 사이좋게 지내고 있는데 일부러 우정을 깰 필요는 없겠다고 생각했소. 그래서 그들이 마시 엔드를 떠나 일을 시작할 때까지 기다린 거요."

"여동생들은 이제 사흘 뒤면 떠나나요?" 내가 물었다.

"그렇소. 그리고 걔들이 떠나면 나도 모턴에 있는 목사관으로 갈 거요. 해나도 나와 함께 갈 거고, 그러면 이 고택을 폐쇄할 거요."

그가 먼저 꺼낸 이야기를 계속하기를 몇 분 더 기다렸다. 하지만 그는 다른 생각에 빠져든 것처럼 보였다. 그는 내 일이나 내게는 관심이 없는 표정을 지었다. 내게는 필요하고 아주 걱정되는 문제여서 할 수 없이 내가 먼저 말을 꺼낼 수밖에 없었다.

"리버스 씨, 생각하고 계신 일자리가 무엇인가요? 이렇게 미루는 바람에 그 자리를 못 얻는 것은 아니길 바라요."

"아, 그렇지는 않소. 내가 그 일자리를 제안하면 받아들이기만 하면 되오."

그는 다시 말이 없었다. 계속 말하기가 꺼려지는 것 같았다. 나는 초조해졌다. 내가 불안해 하며 한두 번 움직이고 뭔가를 바라며 계속 그를 바라보자 말보다 더 효과적으로 내 감정이 전달되었다. 그리고 그것이 힘도 덜 들었다.

"서두를 필요는 없소." 그가 말했다. "솔직히 말하리다. 돈을 많이 주거나 썩 좋은 자리는 전혀 아니오. 무슨 일자리인지 설명하기 전에 분명히 다시 경고하겠소. 내가 당신을 돕는다 해도 그것은 맹인이 절름발이를 돕는 셈일 거요. 나는 가난하오. 아버지 빚을 다 갚고 나면 유산이라고는 다 허물어져 가는 이 집과, 집 뒤에 있는 부러진 전나무들과 주목과 호랑가시나무가 우거진 집 앞의 황무지뿐이오. 리버스 집안은 유서 깊은 가문이지만, 이 가문의 마지막 세 명의 자손 중 두 명은 낯선 사람들 사이에서 고용인으로 밥벌이를 해야 하고, 나머지 한 사람은 조국을 등지려 하오. 살아서뿐 아니라 죽어서도 그럴 거요. 그렇소. 그리고 그런 운명을 영광으로 여기고 또 그렇게 여겨야만 하고 그날이 오기를 기다리오. 혈연과의 이별이라는 십자가를 어깨에 짊어지고 내가 속한 전투적인 교회의 수장인 예수님께서 '일어나 나를 따르라!'라고 할 날이 오기를 기다리오."

세인트 존은 설교를 할 때처럼 그윽한 목소리로 조용히 말했다. 얼굴을 붉히지 않고 눈을 빛내며 말했다.

"내가 가난하고 미천한 사람인지라 가난하고 미천한 일자리밖에 줄 수 없소. 어쩌면 부끄럽게 생각할 자리인지도 모르겠소. 당신은 소위 세련된 습관과 이상적인 것을 추구하는 취향을 지녔고 적어도 교육받은 사람들과 교제해 온 것 같소. 하지만 인류를 개선하는 데 이바지하는 일은 어떤 일이라도 부끄럽지 않다고 생각하오. 기독교인인 농민에게 경작하도록 맡겨진 땅은 그 땅이 메마르고 척박할수록, 즉 그의 노력에 대한 보상이 적을수록 그만큼 더 영광스럽다고 생각하오. 그런 환경에서 선구자의 일을 하는 거요. 성경에서 최초의 선구자는 12사도였고, 그들의 수장이 바로 구세주 예수님이셨소."

"그래요?" 그가 다시 말을 멈추자 내가 말했다. "계속 말씀하세요."

그는 나를 한 번 쳐다본 뒤 계속 말했다. 실제로 마치 내 이목구비나 얼굴선이 책 속의 글자라도 되는 것처럼 천천히 내 얼굴을 읽어 내려가는 것 같았다. 이렇게 자세히 살펴보고 내린 결론이 무엇인지 이어지는 말속에서 일부 알 수 있었다.

"내가 제공하는 일을 받아들이고 당분간 그 일을 하리라 믿소. 물론 영원히 하라는 말은 아니오. 그건 내가 이 답답하고 점점 더 답답해지는 일을 영원히 하지 않는 것과 같소. 나도 외딴 시골 교회 목사로 영원히 살지는 않을 거요. 물론 나나 당신이나 종류야 다르겠지만 본성상 이런 잡일이 평정을 찾는 데 치명적이라 그렇소."

"설명해 주세요." 그가 다시 한 번 말을 멈추었을 때 내가 재촉했다.

"설명하겠소. 아주 빈약하고 별 볼일 없고 시원찮은 자리요. 이제 아버지가 돌아가시고 내가 나 자신의 주인이니 나는 모턴에 오래 머물지 않을 거요. 아마 열두 달 안에 떠날 거요. 하지만 여기 머무는 동안 최선을 다해 그곳을 개선하려 하오. 2년 전 여기 왔을 때 모턴에는 학교가 없었소. 가난한 집 아이들은 더 나아질 희망조차 없었소. 내가 남자아이들을 위한 학교를 세웠소. 이제 여자아이들을 위해 두 번째 학교를 세우려 하오. 학교를 세울 건물은 임대했소. 여교사 관사로 쓸 방 두 개짜리 오두막도 같이 임대했소. 여교사 봉급은 1년에 30파운드로 생각하고 있소. 올리버 양이 친절하게 그 오두막에 아주 소박하기는 하지만 충분히 가구를 갖추어 주셨소. 올리버 양은 내 교구에서 유일한 부자인 올리버 씨의 외동딸이오. 올리버 씨는 저지대에 바늘 공장과 주물 공장을 운영하고 있소. 이 숙녀께서 관사나 학교에서 선생님의 잡일을 도와주라고 구빈원의 고아 아이 한 명을 구해 주셨소. 그 대신 이 아이의 교육비와 의류비는 올리버 양이 대기로 했소. 선생님이 가르치는 일을 하다 보면 그런 일까지 할 시간이 없으리라고 배려해서요. 이 학교 선생으로 일하겠소?"

그는 약간 황급하게 이 질문을 했다. 반쯤은 내가 화를 내거나 적어도 경멸하며 이 자리를 받아들이지 않으리라고 예상한 것 같았다. 그는 내 생각과 감정을 추측이야 했겠지만 완전히 알지는 못해서 내가 이 일을 어떻게 여길지 알 수 없었다. 사실 보잘것없는 자리이기는 하지만, 그 대신 살 수 있는 집을 주었다. 그리고 내가 원하는 건 안전한 은신처였다. 힘든 일이기는 하지만, 부잣집 가정교사 자리에 비하면 독립적인 일이었다. 낯선 사람 집에서 일하는 것에 대한 공포가 칼처럼 내 영혼을 찔렀다. 이 일은 결코 비천한 것도 아니고 가치 없는 일도 아니고 정신적으로 굴욕적인 일도 아니었다. 나는 결정을 내렸다.

"리버스 씨, 감사합니다. 진심으로, 그 자리가 정말 좋아요."

"내 말을 제대로 알아들은 거요? 이건 시골 학교요. 학생들이라 봐야 가난한 집 소녀들이오. 소작농들 자식들과 기껏해야 농부의 딸들이오. 가르쳐야 하는 것이라 봐야 뜨개질, 바느질, 읽기, 쓰기 정도요. 당신의 그 많은 지식을 쓸 수 없는데도 괜찮겠소? 당신의 정신, 감정, 취향의 대부분을 못 쓸 텐데 괜찮겠소?"

"그것들이야 필요할 때까지 그냥 가지고 있어야죠. 그대로 있을 거예요."

"무슨 일을 해야 하는지 알겠소?"

"알겠어요."

이제 그는 미소를 지었다. 씁쓸하거나 슬프게 웃는 게 아니라, 아주 기분 좋고 깊이 만족한 미소였다.

"언제부터 그 일을 시작하겠소?"

"내일 아침 내 집으로 돌아가서, 당신만 좋으면 다음 주에 학교를 열겠어요."

"좋아요, 그렇게 해요."

그는 일어나서 방을 가로질러 갔다. 그러다가 가만히 서서 다시 나를 보더니 고개를 저었다.

"뭐가 잘못되었나요, 리버스 씨?" 내가 물었다.

"당신은 모턴에 오래 머물지 않을 것 같소. 그럴 것만 같소."

"왜요? 왜 그런 말을 하세요?"

"당신 눈에서 읽었소. 차분하게 일관된 삶을 살아갈 그런 눈빛이 아니오."

"전 야심이 많지 않아요."

그는 '야심이 많은'이라는 말에 깜짝 놀랐다. 그가 그 말을 반복했다. "아니, 왜 야심을 생각하게 되었소? 누가 야심이 많다는 거요? 내가 그렇다는 건 알고 있소. 그런데 어떻게 알았소?"

"저 자신에 대해 말한 건데요."

"야심이 많지 않다면, 당신은……." 그가 말을 멈추었다.

"뭐라고요?"

"당신은 열정적이라고 말하려 했소. 하지만 당신이 오해하고 기분 나빠 할 수도 있을 것 같아서……. 당신에게는 인간의 애정이나 공감이 가장 중요하다는 뜻이오. 당신은 쉬는 시간에는 고독하고 일하는 시간에는 자극이 전혀 없는 단조로운 일만 하고 오랫동안 만족할 수 없다는 뜻이오." 그가 강조하며 덧붙였다. "마찬가지로 나도 여기 산에 둘러싸인 늪지에 처박혀서 사는 데 만족할 수가 없소. 이런 삶은 신이 주신 나의 본성과 맞지 않고 타고난 능력을 마비시키고 있소. 이제 내가 얼마나 모순된 사람인지 알 거요. 보잘것없는 운명에 만족해야 하고, 나무 패고 물 긷는 이*의 일이 하느님을 섬기는 것이라고 설교하는 내가, 정식 목사인 내가 불안해 하며 거의 고함을 지르고 있으니 말이오. 어떻게 해서든 나의 성향과 원칙이 조화로워져야 하오."

그는 방을 떠났다. 그 짧은 시간 동안 그에 대해 그 전 한 달보다 훨씬 더 잘 알게 되었다. 하지만 그는 아직도 내게 수수께끼였다.

오빠와 집을 떠날 날이 다가오자 다이애나와 메리는 더 슬퍼하고 더 말이 없어졌다. 둘 다 평소처럼 아무렇지 않은 척하려고 애썼다. 하지만 그들이 맞서 싸우는 그런 슬픔은 완전히 정복하거나 감출 수 있는 게 아니었다. 이번에는 예전에 집을 떠나는 것과 다르다고 다이애나가 암시했다. 이번에 떠나면 세인트 존은 수년간 못 볼 것이고 어쩌면 평생 이별이 될 수도 있었다.

"당신은 그가 점잖다고 생각하겠지만, 어떤 면에서는 죽음처럼 가차 없어요. 최악은, 내 양심상 그에게 그 심한 결정을 취소하라고 설득할 수 없다는 거예요. 그가 그 일을 하겠다는 걸 잠시도 비난할 수가 없어요. 그것은 올바르고, 고귀하고, 기독교인다운 일이에요. 하지만 가슴이 찢어지는 것처럼 아파요!" 그리고 그녀의 아름다운 눈에서 눈물이 흘렀다. 메리는 고개를 숙이고 바느질감을 보았다.

"우린 이제 아버지도 없는데, 곧 오빠와 고향 집도 없어질 거예요." 그녀가 중얼댔다.

그 순간 작은 사건이 발생했다. 그것은 '불행은 결코 혼자 오지 않는다'라는 속담이 사실임을 증명하라고 운명이 명한 사건 같았다. 다 된 죽에 코 빠트리는 일이 생겨 그들의 고통이 가중되었다.

세인트 존이 편지를 읽으며 창밖을 지나더니, 방으로 들어왔다.

"존 외삼촌께서 돌아가셨어." 그가 말했다.

여동생 모두 깜짝 놀라는 것 같았다. 하지만 충격을 받거나 오싹해 하지는 않았다. 그들에게 이 소식은 괴롭다기보다는 중요한 일 같았다.

"돌아가셨어요?" 다이애나가 반복했다.

"그래."

그녀는 오빠 얼굴에 시선을 고정시키고 살폈다. "그리고요?" 그녀가 조그맣게 물었다.

"그리고라고, 다이애나?" 그가 대리석처럼 전혀 표정 변화 없이 말했다.

"그리고? 왜…… 아무것도 없어. 읽어 봐."

그는 그녀 무릎에 편지를 던졌다. 그녀는 편지를 훑어보더니 메리에게 넘겼다. 메리는 말없이 편지를 읽고는 오빠에게 건네주었다. 세 사람은 서로를 바라보더니 함께 미소를 지었다. 우울하고 쓸쓸한 미소였다.

"아멘! 그래도 우린 살아갈 수 있어요." 마침내 다이애나가 말했다.

"어쨌든 전보다 더 나쁠 것은 없잖아요." 메리가 말했다.

"단지 **가능할 수도 있었던** 일이 좀 강하게 생각나고, 현재 우리 처지와 너무 생생하게 대조를 이룰 뿐이야." 리버스 씨가 말했다.

그는 편지를 접어 책상서랍에 넣고 잠근 뒤 밖으로 나갔다.

잠시 동안 아무도 말이 없었다. 그러고 나서 다이애나가 나를 보고 말했다.

"제인, 우리의 수수께끼 같은 행동이 이상하게 생각될 거예요.

그리고 외삼촌처럼 가까운 친척이 죽었는데 그다지 슬퍼하지 않는 걸 보고 우리를 참 냉정한 사람들이라고 생각할 거예요. 하지만 우리는 어머니의 남동생인 그 외삼촌을 본 적도 없고 알지도 못해요. 아버지와 외삼촌이 오래전에 다투셨어요. 아버지가 외삼촌의 충고에 따라 재산의 대부분을 투자했다가 망하셨거든요. 두 사람은 서로를 비난하다 화를 내며 헤어진 뒤 화해를 하지 않으셨어요. 그 후 외삼촌 사업이 잘되어 재산이 2만 파운드 정도 되는 것 같아요. 외삼촌은 독신이신 데다, 우리가 가장 가까운 친척이거든요. 아버지는 늘 외삼촌이 손해를 끼친 것에 대한 보상으로 우리에게 재산을 물려주길 바라셨어요. 그런데 그 편지에 따르면, 외삼촌이 30기니만 빼고 재산을 몽땅 다른 친척에게 유산으로 남겼다는 거예요. 그 30기니를 저와 메리와 세인트 존에게 남기면서 그 돈으로 추모 반지를 사라고 쓰셨어요. 물론 그에게 원하는 대로 할 권리가 있죠. 하지만 이런 소식을 들으니 순간적으로 우울하네요. 메리와 나는 1천 파운드씩만 있어도 부자라고 생각할 텐데요. 세인트 존에게도 그 정도 돈이 유용했을 거예요. 그가 하고 싶은 일을 할 수 있게 해 줄 테니까요."

이런 설명을 한 뒤 더 이상 이 문제를 화제로 삼지 않았다. 리버스 씨나 그 여동생들이나 다시는 그에 대해 언급하지 않았다. 그 다음 날 나는 마시 엔드를 떠나 모턴으로 갔다. 내가 떠난 다음 날 다이애나와 메리는 그곳을 떠나 먼 B○○○로 갔다. 일주일 뒤 리버스 씨와 해나는 목사관으로 갔다. 그 오랜 저택은 그렇게 빈집이 되었다.

제31장

비록 오두막이지만, 마침내 나의 집을 갖게 되었다. 회백칠한 벽에 모래 깔린 바닥을 한 방에 색칠한 의자 네 개, 괘종시계, 찬장이 있었다. 찬장에는 두세 개의 큰 접시와 작은 접시, 그리고 네덜란드산 찻잔이 있었다. 2층에는 부엌과 비슷한 크기의 침실이 있었다. 침실에는 침대와 몇 벌 안 되는 내 옷을 넣을 작은 서랍장이 있었다. 점잖은 친구들이 너그럽게 꼭 필요한 검소한 옷을 주어 옷이 늘어났지만 여전히 작은 서랍장도 다 채우지 못했다.

저녁이 되었다. 하녀 역할을 하는 고아 아이에게 오렌지 하나를 쥐어 주고 가 보라고 했다. 혼자서 난롯가에 앉았다. 오늘 아침에 시골 학교가 문을 열었는데 학생은 스무 명이었다. 그중 세 명은 글을 읽을 줄 알았다. 글을 쓰거나 산수를 할 줄 아는 아이는 한 명도 없었다. 몇 명은 뜨개질을, 또 몇 명은 바느질을 할 줄 알았다. 아이들은 그 지역 사투리를 심하게 써서 당분간은 서로 무슨 말인지 알아듣기 힘들 것 같았다. 몇 명은 무지할 뿐 아니라 버릇이 없고 거칠고 다루기가 힘들었다. 하지만 다른 아이들은 온순하고 학구열이 있는 데다 나를 즐겁게 해 주려 하는 모습이 엿보였다. 초라한 옷을 입은 농부의 자식들도 아주 점잖은 집안 자식들만큼 훌륭한 인간이라는 것을, 매우 좋은 집안에서 태어난 아이들 못지않게 이 아이들의 마음속에도 타고난 우수성, 세련됨, 지성, 친절한 감정이 있을 수 있다는 것을 잊어서는 안 된다. 내 의무는 이런 싹을 키우는 것이고, 분명히 그 일에서 행복을 찾게 될 것이다. 내 앞에 펼쳐진 삶에서 큰 즐거움을 기대하지는 않는다. 하지만 정신적으로 자제하고 힘껏 노력하면, 하루하루 생활해 나갈 수 있을 것이다.

오늘 오전과 오후에 저 휑하고 초라한 교실에서 시간을 보낼 때 즐겁고 만족스럽고 안정감이 있었던가? 나 자신을 속이지 않으려면 아니라고 대답해야 한다. 약간은 쓸쓸한 기분이 들었다. 내가 어리석다는 느낌, 추락했다는 느낌이 들었다. 사회생활에서 한 계단 올라간 게 아니라 한 계단 내려온 것 아닌가 싶었다. 나약하게도 내 주위에서 보고 듣는 무지, 빈곤, 상스러움이 당혹스러웠다. 하지만 이런 감정을 느낀다고 해서 자괴감이나 자기혐오에 사로잡히지 말자. 이런 감정이 나쁘다는 것을 아는 것만도 발전이다. 그런 감정을 극복하기 위해 애써야 한다. 내일이면 이런 감정이 일부 주목될 것이다. 그리고 몇 주일 지나면, 아마 이런 감정도 완전히 없어질 것이다. 몇 달 지나면 학생들의 발전과 변화에 흐뭇해져 혐오 대신 만족을 느낄 것이다.

그런데 한 가지만 나 자신에게 묻겠다. 어느 것이 나은가? 열정의 말을 듣고 유혹에 넘어가 비단 덫에 걸린 뒤 어떤 힘든 노력이나 투쟁은 전혀 하지 않고 비단 위를 덮은 꽃 위에서 잠들었다가 남쪽 지방에 있는 쾌적한 저택의 사치품 가운데서 깨는 게 더 나을까? 즉 로체스터 씨는 나를 사랑할 것이고, 한동안 나를 아주 사랑할 것이므로 그의 정부로 내 시간의 절반을 사랑에 들뜬 상태로 프랑스에서 사는 것이 나은가? 그는 나를 **사랑했다**. 앞으로 그 누구도 다시 그렇게 나를 사랑하지 않을 것이며 나의 아름다움과 젊음과 우아함에 달콤한 찬사를 바치지 않을 것이다. 누구에게도 내가 이런 매력을 지닌 사람으로 보이지 않을 것이기 때문이다. 그는 나를 좋아하고 나를 자랑스럽게 여겼다. 그 사람 외에는 누구도 그러지 않을 것이다. 하지만 나는 지금 어디를 헤매고, 무엇을 말하고, 무엇을 보고, 무엇을 느끼는가? 나는 이렇게 묻는다. '어느 것이 나은가? 마르세유의 바보의 천국에서 여자 노예가 되어 잠시 헛된 행복감에 취해 들떠 있다 다음 순간 후회와 치욕감으로 괴로워하며 숨 막히게 흐느껴 우는 것과, 영국 중부의 건실하고 신선한 산속 한구석에서 아무런 구속도 받지 않고 착실한 여교사로 살아가는 것 중에서 어느 것이 나은가?'

그렇다. 나는 이제 내가 원칙과 법을 지키고 광란의 순간에 열정을 무시하고 억누른 것이 옳았다고 느낀다. 신이 나를 옳은 선택으로 인도했고 그의 인도에 감사한다!

저녁에 여기까지 생각이 이르자 나는 일어나서 문 쪽으로 가서 학교와 마을에서 똑같이 반 마일씩 떨어진 추수 무렵 들판에서 고요하게 해가 지는 모습을 보았다. 새들은 마지막 노래를 불렀다.

대기는 부드럽고, 이슬은 향기롭네.*

들판을 바라보며 행복하다고 생각했는데, 얼마 지나지 않아서 놀랍게도 울고 있었다. 왜 이럴까? 내 주인에게서 떨어져 있어야만 하는 운명 때문이었다. 이제 더 이상 그를 보지 못해서였다. 내가 떠났기 때문에 절망적인 슬픔과 치명적인 분노에 찬 그가 다시 돌아오지 못할 만큼 정도에서 한참 벗어나 있을 것 같아서였다. 이런 생각에 잠겨 아름다운 저녁 하늘과 쓸쓸한 모턴 계곡에서 고개를 돌렸다. 내가 '쓸쓸한'이라고 말한 것은 그 계곡에는 교회와 목사관 외에는 아무 건물도 보이지 않았기 때문이다. 목사관과 교회도 나무에 반쯤 가려 있고 맨 끝에 베일 저택의 지붕만 보였다. 그곳에서는 부자인 올리버 씨와 그의 딸이 살고 있었다. 눈을 가린 다음 돌문에 머리를 기댔다. 하지만 목초지에서 정원으로 들어오는 작은 쪽문에서 부스럭 소리가 나서 올려다보니 개 한 마리가 코로 문을 밀고 있었다. 나는 순간적으로 리버스 씨의 포인터종인 늙은 카를로임을 알았다. 세인트 존이 팔짱을 끼고 그 문에 기대서 있었다. 그는 이마를 찌푸리고 엄숙하다 못해 거의 불쾌한 듯한 시선으로 나를 가만히 바라보았다. 나는 그에게 들어오라고 했다.

"됐소. 여기 오래 있을 수 없소. 여동생들이 당신에게 주라고 두고 간 작은 꾸러미를 가지고 온 것뿐이오. 꾸러미 속에 그림물감 상자, 연필, 종이가 들어 있는 것 같소."

나는 선물을 받으러 다가갔다. 내겐 아주 반가운 선물이었다. 가까이 다가가자 그는 엄숙하게 내 얼굴을 살펴보았다. 물론 내 얼굴에는 눈물 자국이 남아 있었다.

"첫날 일이 생각보다 어려웠소?" 그가 말했다.

"오, 아니에요! 반대로 시간이 지나면 학생들과 아주 잘 지낼 것 같아요."

"그럼 이 집, 이 오두막에 있는 가구가 기대에 못 미쳤나 보오? 사실 좀 변변찮기는 하지만……."

"오두막은 깨끗하고 비바람이 들이치지도 않아요. 가구도 충분히 크고 좋아요. 모든 게 고맙고 전혀 실망하지 않았어요. 저는 카펫이나 소파나 은접시가 없다고 불평할 만큼 바보이거나 쾌락주의자가 절대 아니에요. 게다가 5주일 전에는 무일푼이었는데요. 저는 추방자, 거지, 부랑자였어요. 이제는 아는 사람도 생기고 집도 생기고 살아갈 이유도 있는걸요. 신의 선의와 친구들의 관대함과 나의 행복한 운명에 경외감을 느끼고 있어요. 불만 없어요."

"하지만 쓸쓸해서 답답하지는 않소? 당신 뒤에 보이는 저 작은 집은 어둡고 휑하오."

"정적을 즐길 시간도 아직 없고, 외로워서 견딜 수 없을 틈은 더더욱 없어요."

"잘 되었소. 말한 대로 만족하길 바라오. 어쨌든 상식적으로 아직은 롯의 아내*처럼 무서워하면서도 유혹에 흔들리기에는 너무 이르오. 물론 여기 오기 전 당신이 뒤에 남겨 놓고 온 것이 무엇인지는 모르오. 하지만 뒤를 돌아보고 싶게 하는 모든 유혹을 단호하게 거부하시오. 적어도 앞으로 몇 달 동안은 꾸준히 지금 맡은 일에 전념하시오."

"저도 그러려고 생각하고 있어요." 내가 대답했다. 세인트 존이 계속 말했다.

"성향을 통제하고 본성을 바꾸는 것은 힘든 일이오. 하지만 경험을 통해 할 수 있다는 걸 알고 있소. 신은 우리에게 어느 정도는 운명을 개척할 힘을 주셨소. 기운이 없어 음식이 필요한데도 얻을 수 없는 것처럼 보이거나, 전력을 다해도 길을 뚫고 갈 수 없을 것처럼 보일 때도 굶주릴 필요 없고 절망할 필요 없소. 단지 다른 음식인 마음의 양식을 먹으면 되는 거요. 그다지도 원했지만 먹지 못한 음식 못지않게 아마 더 순수한 음식으로 기운이 날거요. 운명이 막고 있는 길보다 험할지는 몰라도 험한 만큼 넓은 길을 모험심을 발휘해 걸으면 되는 거요.

1년 전에는 나도 아주 불행했소. 목사가 된 것이 실수라고 생각했기 때문이오. 이 획일적인 책무에 지쳐서 거의 죽을 지경이었소. 나는 좀 더 세속적인 활달한 삶, 문학이라는 훨씬 더 자극적인 일이나 예술가, 작가, 웅변가의 운명을 열망했소. 목사직만 아니라면 뭐든지 괜찮을 것 같았소. 그랬소. 내 목사복 안에서 정치가, 군인, 영광을 추구하는 사람, 명예를 사랑하는 사람, 권력을 탐하는 사람의 심장이 뛰고 있었소. 내 인생이 너무 불행하니 변화시켜야겠다는 생각을 했소. 그렇지 않으면 죽을 것 같았소. 한 계절 내내 어둠과 투쟁의 시간을 보낸 뒤 갑자기 빛이 비쳤고 구원이 내려졌소. 나의 답답한 삶이 갑자기 끝없이 넓은 대평원으로 퍼져 나갔소. 일어나서 힘을 모아 날개를 펴고 보이지 않는 먼 곳까지 날아가라는 신의 부름이 들렸소. 신은 내게 줄 소명을 가지고 계셨소. 먼 곳까지 날아가 그 일을 잘하기 위해서는 힘과 기술, 용기와 언변, 군인, 정치가, 연설가의 가장 좋은 자질 등이 필요했소. 훌륭한 선교사가 되기 위해서는 이 모든 것을 갖추어야 하오.

나는 선교사가 되기로 결심했소. 그 순간부터 정신 상태가 바뀌었소. 모든 기능을 옥죄던 족쇄가 풀리고 떨어져 나가, 구속이 사라지고 쓰라린 상처만 남았소. 시간이 지나야만 상처가 치료될 거요. 아버지는 사실 그 결심을 반대하셨소. 하지만 아버지가 돌아가셨으니 더 이상 합법적으로 나를 막을 사람은 없소. 몇 가지 일을 정리하고, 모턴 교회의 후임자를 찾고, 한두 가지 복잡한 감정을 정리하거나 제거하려고 하오. 인간의 약점과의 마지막 갈등인데 반드시 극복할 것을 맹세했기 때문에 **그렇게 될 거요**. 그러고 나서 유럽을 떠나 동양으로 갈 거요."

그는 특유의 차분하지만 강력한 목소리로 이 이야기를 했소. 이야기를 끝내고 그는 내가 아니라 지는 해를 보았고, 나도 해를 바라보았다. 또 하나는 우리 두 사람 다 목초지에서 쪽문까지 이어지는 길을 등지고 있었다. 잡초가 무성한 그 길에서 발소리가 났으나 못 들었다. 그 시간 그 장면에서는 마음을 위안하는 듯한 계곡

물소리만 들렸다. 은종 소리처럼 다정하고 명랑한 목소리가 들렸을 때 우리는 당연히 깜짝 놀랐다. "리버스 씨, 안녕하세요? 카를로도 잘 있었니? 목사님보다 목사님 개가 먼저 친구를 알아보네요. 카를로는 내가 저 들판 끝에 있을 때도 귀를 쫑긋 세우고 꼬리를 흔들었어요. 목사님은 지금도 저를 등지고 계시지만요."

그 말은 사실이었다. 그 음악적인 목소리를 처음 들었을 때 리버스 씨는 머리 위에서 천둥이 쳐 구름이라도 갈라진 것처럼 깜짝 놀랐지만, 그 말이 끝날 때까지도 놀란 자세 그대로 팔을 여전히 문에 기대고 얼굴은 서쪽 하늘을 보며 서 있었다. 그는 마침내 몸을 돌렸다. 일부러 천천히 몸을 돌렸다. 마치 자기 옆에 환영이 솟아난 것처럼 행동했다. 그와 3피트도 안 되는 거리에 순수한 흰색 옷을 입은 사람, 젊고 우아하고 풍만하지만 멋진 모습의 여성이 나타났다. 그녀는 몸을 구부려 카를로를 쓰다듬은 뒤 머리를 들고 긴 베일을 뒤로 젖혔다. 그러자 그의 눈앞에 꽃이 피어난 것처럼 완벽하게 아름다운 얼굴이 나타났다. 완벽한 아름다움이라는 말은 강한 표현이지만 그 말을 철회하거나 수정하지 않겠다. 그녀는 온화한 앨비언의 풍토가 빚은 다정해 보이는 이목구비에, 축축한 바람과 구름 낀 하늘이 만들고 보호해 온 장미와 백합처럼 순수한 안색을 지니고 있어서 완벽한 아름다움이라는 말이 적절한 표현이었다. 더 이상 매력적일 수가 없고 아무런 결함이 없었다. 이 젊은 아가씨는 반듯하고 섬세한 이목구비에 사랑스러운 그림에서 볼 수 있는 동그란 검은 눈을 가지고 있었다. 너무 부드럽고 매력적인 짙은 속눈썹 아래에 예쁜 눈이 있었고 눈썹은 그린 것처럼 아주 또렷한 느낌을 주었다. 빛과 색이 어울려 생기 있어 보이는 아름다운 얼굴이 부드러운 앞이마 때문에 더 차분해 보였고 아주 생기 있고 부드러운 타원형 뺨, 역시 생기 있고 건강한 예쁜 형태의 빨간 입술, 티 하나 없이 고른 반짝이는 이, 작은 보조개가 있는 뺨, 풍성하고 윤기 있는 머리카락 등 모든 장점이 결합되어 미의 이상을 실현하고 있었다. 나는 진심으로 그녀를 우러러보았다. 자연은 편파적으로 그녀를 아름답게 만든 게 분명했다. 보통 때는 계모처럼 인색하게 선물을 주던 자연이 자기가 귀여워하는 이 아가씨에게는 할머니처럼 마구 선물을 퍼부은 것이었다.

세인트 존 리버스 씨는 이 지상의 천사를 어떻게 생각할까? 그가 그녀에게 몸을 돌려 바라보는 모습을 보자 자연스럽게 이런 질문이 떠올랐다. 그리고 마찬가지로 자연스럽게 그의 표정에서 이 질문에 대한 답을 찾았다. 그는 이미 더 이상 이 요정을 바라보지 않고 쪽문 옆의 보잘것없는 데이지꽃을 바라보고 있었다.

"아름다운 저녁이지만 혼자 산책 나오시기에는 늦은 시간이군요." 그는 발로 꽃잎을 오므린 데이지꽃의 흰 부분을 짓이기면서 말했다.

"오늘 S○○○에 갔다 오후가 되어서야 집으로 돌아왔어요."(그녀는 20마일쯤 떨어진 큰 도시의 이름을 말했다) "당신이 학교를 열었고 새로 여자 선생님이 오셨다고 말씀하셨잖아요. 그래서 선생님을 뵈려고 차를 마신 뒤 보닛을 쓰고 계곡을 달려왔어요. 이분이 그 선생님이신가요?" 그녀가 나를 가리키며 말했다.

"그래요." 세인트 존이 말했다.

"모턴이 좋으세요?" 그녀가 천진난만한 말투와 태도로 직접적으로 물었다. 어린아이 같긴 했지만 기분이 좋았다.

"그러길 바라요. 그래야 할 이유가 많거든요."

"학생들이 예상하신 대로 집중해서 수업을 잘 들었나요?"

"아주 집중했어요."

"집은 마음에 드세요?"

"아주 마음에 들어요."

"가구는 괜찮은가요?"

"정말 괜찮아요."

"앨리스 우드 고아원에서 하녀로 보낸 아이는 괜찮아요?"

"정말 괜찮은 아이예요. 말귀도 잘 알아듣고 일도 아주 잘해요."

그러고 나서 이분이 상속녀인 올리버 양이라는 생각이 들었다. '원래 미모가 출중한 데다 돈까지 많구나! 운 좋은 별자리가 얼마나 많이 겹쳤을 때 태어난 걸까?'

"가끔 와서 가르치는 것을 도와 드릴게요." 그녀가 덧붙였다. "가끔씩 당신을 방문하면 기분 전환이 될 것 같네요. 저는 그런 기분 전환이 필요해요. 리버스 씨, S○○○에 있는 동안은 **정말** 즐겁게 지냈어요. 어젯밤, 아니 오늘 새벽 2시까지 춤을 추었거든요. 폭동 이후 ○○○ 연대가 거기에 주둔하고 있어요. 장교들은 정말 멋져요. 그들에 비하면 우리 동네 칼 가는 젊은이나 가위 장수들은 너무 볼품이 없어요."

순간적으로 세인트 존의 아랫입술이 튀어 나오면서 윗입술이 오므라드는 것처럼 보였다. 아가씨가 웃으면서 이런 정보를 주자 입이 꽉 닫히고 아래턱이 더 엄격해지고 각져 보였다. 그는 이제 더 이상 데이지꽃을 보지 않고 그녀를 바라보았다. 웃음기가 없고 뭔가를 찾아 의미를 부여하려는 시선이었다. 그녀는 다시 웃으며 그 시선에 답했다. 그녀의 웃음은 젊음, 장밋빛 얼굴, 보조개, 빛나는 눈동자와 아주 잘 어울렸다.

그가 말없이 엄숙하게 서 있자 그녀는 다시 무릎을 꿇고 카를로를 쓰다듬기 시작했다. "불쌍한 카를로는 나를 좋아하네. 카를로는 친구에게 엄격하거나 거리를 두지 않네. 그리고 말을 할 수 있다면 아무 말도 안 하지는 않을 텐데."

이 엄숙한 개 주인 앞에서 그녀가 몸을 구부려 타고난 우아한 몸짓으로 개의 머리를 쓰다듬자 개 주인의 얼굴이 달아오르는 것이 보였다. 그의 엄숙한 눈이 갑작스러운 불길로 녹아 제어할 수 없는 감정으로 빛났다. 이처럼 얼굴이 달아오르고 눈이 빛나자 그녀가 여자로서 아름다운 만큼이나 그는 남자로서 거의 그만큼 아름다웠다. 그는 크게 숨을 들이쉬었는데, 마치 커다란 심장이 독선적인 억압이 싫증 나서 의지를 거스르고 팽창해 자유를 얻기 위해 튀어나올 것 같았다. 하지만 결의에 찬 기수가 일어서려는 말을 통제하듯이 그는 통제했다. 그녀의 부드러운 접근에 대해 그는 말이나 행동으로 대답하지 않았다.

"이제 당신이 우리를 방문하지 않으신다고 아빠가 말씀하세요." 그를 올려다보며 올리버 양이 계속 말했다. "베일 저택에 발길을 끊기로 하셨나요? 오늘 저녁에 아버지는 혼자 계시는 데다 건강도 좋지 않아요. 저와 함께 가서 아버지를 보시겠어요?"

"올리버 씨를 뵙기에 적절한 시간이 아니오." 세인트 존이 대답했다.

"적절한 시간이 아니라고요! 안 그래요. 아빠가 친구를 가장 만나고 싶어 하는 시간인걸요. 일을 다 끝내셨고 더 이상 신경 쓸 일이 없거든요. 리버스 씨, 오세요. 왜 그렇게 수줍어하고 진지하신 거예요?" 그녀는 그의 침묵으로 생긴 틈을 자기 스스로 대답해 메웠다.

"제가 깜빡했네요!" 그녀는 아름다운 곱슬머리를 흔들면서 자신에게 놀란 듯이 외쳤다. "제가 이렇게 정신없고 경솔하네요! 용서해 주세요. 저와 수다 떨 기분이 아니신 것을 깜빡했어요. 다이애나와 메리가 떠났고 무어 하우스가 폐쇄되어 정말 쓸쓸하시죠. 정말 안됐어요. 아빠를 보러 가요."

"오늘은 안 되겠소, 로자먼드 양."

세인트 존은 거의 자동인형처럼 말했다. 이렇게 거절하는 게 얼마나 힘든지 자신만 알리라.

"좋아요, 그렇게 고집을 피우시면 갈래요. 더 이상 여기 못 있겠네요. 이슬이 내리기 시작하네요. 안녕히 계세요!"

그녀가 손을 내밀자 그는 살짝 잡기만 했다. "안녕히 가세요!" 그가 메아리같이 공허하고 작게 반복했다. 그녀는 뒤돌아보더니 곧 돌아왔다.

"괜찮으세요?" 그녀가 물었다. 그녀가 이런 질문을 하는 것도 당연했다. 그의 얼굴이 그녀 옷만큼이나 창백했기 때문이다.

"괜찮소." 그가 말했다. 인사를 하고 그도 떠났다. 그녀는 이쪽 길로, 그는 저쪽 길로 갔다. 그녀는 요정처럼 들판을 따라 내려가면서 두 번이나 뒤돌아 그를 보았다. 그는 단호하게 성큼성큼 걸어가면서 결코 뒤돌아보지 않았다.

나는 다른 사람의 고통과 희생의 장면을 보느라고 잠시 내 고통을 잊었다. 다이애나 리버스는 자신의 오빠를 '죽음처럼 가혹하다'고 했는데 그녀의 말은 과장이 아니었다.

제32장

나는 최선을 다해 시골 학교 선생 일을 했다. 처음에는 정말 힘들었다. 온갖 노력 끝에, 어느 정도 시간이 지나자 학생들이나 그들의 성격을 이해하게 되었다. 전혀 능력을 개발하지 못하고 교육도 받지 못한 학생들이 절망적으로 아둔해 보였고, 처음에는 모두가 아둔해 보였다. 하지만 곧 내가 잘못 안 것임을 깨달았다. 교육받은 사람들 사이에서도 차이가 나듯이 그 아이들 사이에서도 차이가 있었다. 아이들이 나를 알고 내가 아이들을 알게 되자 이 차이가 점점 더 분명하게 드러났다. 멍청한 아이들이 내 규칙, 방식, 말에 놀라 입을 벌렸으나 놀라움이 가시자 깨어나 재치 넘치는 소녀가 되었다. 능력이 탁월할 뿐 아니라 예의 바르고 자존심도 있는 아이들이 꽤 많았다. 이런 학생들을 좋아하게 되었고 그들에게 감탄했다. 아이들도 곧 공부를 열심히 하고, 옷을 단정하게 입고, 과제를 규칙적으로 배우고, 조용하고 질서 정연한 태도를 갖추었다. 몇몇 경우에는 놀라울 정도로 빨리 발전했다. 이 일은 정말 행복하고 자랑스러웠다. 더욱이 나는 개인적으로 가장 뛰어난 여자아이들 중 몇 명을 좋아하기 시작했고 그들도 나를 좋아했다. 학생 중에는 농부의 딸도 몇 명 있었다. 이 아이들은 거의 다 큰 젊은 처녀였다. 이 농부의 딸들은 이미 읽고 쓰고 바느질을 할 수 있어서 그들에게 문법, 지리, 역사나 더 정교한 수예도 가르쳤다. 그 중에도 괜찮은 학생, 지식을 얻고 싶어 하고 현실을 개선하려는 의지를 지닌 학생들이 있었다. 그들의 집에 초대받아 즐거운 저녁 한때를 보낸 적도 많았다. 그때 그의 부모(농부와 그의 아내)는 내게 몹시 관심을 보였다. 이런 소박한 친절도 그런 친절에 배려로 보답하는 것도 즐거웠다. 그들은 이런 배려에 익숙지 않았지만 매료되었고, 좋은 영향을 미쳤다. 왜냐하면 자신들의 격이 높아졌다고 느끼면서 그런 배려 깊은 대접에 어울리는 사람이 되려고 애썼기 때문이다.

나는 그 마을에서 인기 있는 사람이 된 것 같았다. 외출을 하면 언제나 사방에서 친절하게 인사하고 다정한 미소로 환영했다. 그렇게 모든 사람의 주목을 받으며 사는 것은, 그것이 비록 노동자들의 관심에 지나지 않는다 할지라도, '차분하고 행복한 햇빛 속에 앉아 있는 것' 같았다. 차분하고 내면적인 감정은 이런 빛을 받아 꽃봉오리를 맺고 꽃을 피운다. 이 시기에는 실망으로 마음이 가라앉기보다는 감사로 가득 차는 때가 훨씬 많았다. 하지만 독자여, 솔직히 말하면 이렇게 차분하고 이렇게 유용하게 살아도, 낮에는 학생들을 가르치는 명예로운 일을 하고 저녁에는 혼자서 행복하게 그림을 그리거나 독서를 해도, 밤이면 이상한 꿈을 꾸곤 했다. 총천연색 꿈은 이상과 동요와 자극과 폭풍으로 가득 찼다. 모험과 극심한 위험과 낭만적인 기회로 가득 찬 특이한 장면 속에서 흥분되는 위기의 순간에 늘 반복적으로 로체스터 씨가 나타났다. 그리고 그의 팔에 안겨 그의 목소리를 듣고 그의 눈을 마주보고 그의 손과 뺨을 어루만졌다. 그를 사랑하고 그의 사랑을 받았다. 그의 옆에서 일생을 지내고 싶은 희망이 처음처럼 강하게 격정적으로 살아나곤 했다. 그러면 잠에서 깨어났다. 그러고는 내가 어디에 있고 어떤 처지인지 다시 생각하고 침대에서 부들부들 떨며 일어났다. 고요하고 평탄한 밤에 발작적으로 치미는 절망감을 맛보았고 열정이 솟구쳤다. 다음 날 9시 정각에 학교 문을 열고 고요하고 차분하게 일과를 준비했다.

로자먼드 올리버는 나를 방문하겠다는 약속을 지켰다. 그녀는 보통 아침 승마 도중에 학교를 방문했다. 망아지를 타고 문 앞까지 달려왔고 뒤에는 하인이 말을 타고 따라왔다. 보라색 옷을 입은 그녀는 상상 이상으로 예뻤다. 뺨을 스치고 어깨까지 늘어뜨린 긴 곱슬머리 위에는 우아하게 아마존처럼 보이는 검은 벨벳 모자를 쓰고 있었다. 이런 모습을 하고 시골 학교 건물에 들어와 눈부신 듯 바라보는 동네 아이들 사이를 미끄러지듯이 지나가곤 했다. 그녀는 보통 리버스 씨가 교리문답을 가르치는 시간에 왔다. 이 방문객의 시선이 날카롭게 젊은 목사의 심장을 꿰뚫는 듯했다. 그 목사는 그녀가 오는 모습을 보지 않아도 본능적으로 아는 것 같았다. 그녀가 문에 나타날 때면 문에서 아주 먼 곳을 보고 있어도 뺨이 달아오르고 조각 같은 얼굴이 굳어지면서 이상하게 변했다. 그의 굳은 표정은 몸짓이나 쏘아보는 시선 이상으로 말없이 억압된 열정을 강렬하게 드러냈다.

물론 그녀는 자신의 힘을 알고 있었다. 사실 그는 그녀에게 숨기지도 않았고 숨길 수도 없었다. 그녀가 다가가서 말을 걸고 그의 얼굴 앞에서 호감을 보이며 상냥하게 명랑한 미소를 지으면 기독교적 금욕에도 불구하고 그는 손이 떨리고 눈이 빛나곤 했다. 비록 말로 하는 것은 아니지만 슬프고 단호한 표정으로 이렇게 말하는 것 같았다. '난 당신을 사랑하고 당신이 날 좋아하는 것도 알고 있소. 내가 아무 말도 못하는 것은 거절당할까 봐서가 아니오.

내 마음을 보이면 당신이 받아들이리라고 믿소. 하지만 내 마음을 이미 신성한 제단에 바쳤소. 그 제단 주위에 불길이 타고 있소. 머지않아 제물은 불에 탈 거요.'

그리고 나면 그녀는 실망한 아이처럼 입을 삐쭉 내밀었다. 그녀의 빛나는 생기를 생각의 구름이 가리곤 했다. 그녀는 서둘러 그의 손에서 손을 빼고 마지못해 그렇게도 영웅 같고 그렇게도 순교자 같은 그의 모습으로부터 몸을 돌렸다. 그녀가 이렇게 떠날 때 그녀를 따라가서 잡을 수만 있다면 세인트 존은 이 세상을 다 버렸을 것이다. 그러나 그는 천국에 갈 기회를 버리려 하지 않았다. 그녀의 사랑이라는 천국을 택하기 위해 영생의 진짜 천국을 포기할 생각이 없었다. 더구나 그는 본성의 모든 것, 즉 방랑자, 야심가, 시인, 사제의 욕망을 이 한 가지 열정에 묶어 둘 수 없었다. 그는 거친 선교의 들판을 포기하고 베일 저택의 평화로운 은접시를 택할 수는 없었다. 그러려고 하지도 않았다. 그가 말로 표현한 적은 없지만 나는 그의 마음속 깊이 들어가 그 비밀을 들은 적이 있어 아주 잘 알고 있었다.

올리버 양은 이미 내 오두막을 자주 방문하는 영광을 베풀었다. 나는 그녀의 성격을 모두 알게 되었다. 그녀는 신비롭지도 가식적이지도 않았다. 즉 교태는 부렸으나 냉담하지 않았고 엄격했으나 무조건 이기적이지 않았다. 태어나자마자 여러 사람의 사랑을 받았으나 전혀 무례하지 않았다. 성질이 급하지만 좋은 편이었고, 허영심이 있지만(거울을 보면 그렇게 아름다운데 허영심이 없을 수 없었다) 가식적이지 않았다. 사람들에게 잘 베풀 줄 알았지만 부자의 자만심은 없었고, 영리하고 충분히 지적이며 명랑하고 활발했다. 그러나 생각이 깊지는 않았다. 간단히 말해, 나 같은 동성의 관찰자가 보기에도 매력적이긴 했지만 아주 흥미롭거나 인상적인 인물은 아니었다. 그녀의 정신세계는, 예를 들면 세인트 존의 여동생들과는 아주 달랐다. 나는 학생인 아델을 좋아한 것과 거의 같은 방식으로 그녀를 좋아했다. 단지 차이점이 있다면, 똑같이 매력적일 때는 친구인 성인보다는 가르치고 보살핀 아이를 더 사랑하게 마련이라는 정도다.

그녀는 어이없게 변덕을 부리기도 했다. 내가 리버스 씨와 닮았다고 말했다. 물론 분명히 "미모는 그 사람의 10분의 1 정도도 안 되고 천사인 그에 비해 착하고 단정한 작은 사람일 뿐이긴 하지만"이라는 말을 덧붙이기는 했다. 하지만 세인트 존처럼 나도 선량하고 영리하고 침착하고 단호하지만 시골 여선생치고는 **괴짜**라고 했다. 그리고 알아보면 여기 오기 전의 내 생활이 즐거운 로맨스 소설 같았을 것이라고 확신했다.

어느 날 저녁 보통 때처럼 어린애 같은 무해한 호기심이 발동해, 그녀는 작은 부엌의 찬장과 식탁 서랍을 뒤졌다. 처음에는 프랑스어로 된 책 두 권, 실러의 책 한 권, 독일 문법책과 사전, 그러고 나서는 나의 화구와 그림들을 찾아냈다. 그림은 내 학생 중 한 명인 작은 천사 같은 여자아이의 머리를 그린 연필화와 모턴 계곡이나 주변의 황야에서 본 여러 가지 자연을 그린 풍경화였다. 그녀는 처음에는 놀라서 멈추더니 환희에 차 어쩔 줄 몰랐다.

"당신이 이 그림들을 그렸어요? 프랑스어와 독일어를 아세요? 정말 대단하고 사랑스러운 사람이에요! 처음 내가 다니던 S○○○에 있는 학교의 선생님보다도 잘 그리네요. 아버지께 보여 드리게 내 초상화를 그려 주겠어요?"

"기꺼이 그럴게요." 내가 대답했다. 그렇게 완벽하게 빛나는 모델을 그릴 생각에 예술가다운 기쁨의 전율을 느꼈다. 그 당시 그녀는 진한 파란색 비단 드레스를 입고 있었다. 팔과 목이 다 드러나고 어깨 위에서 야성적으로 우아하게 물결치는 고동색 곱슬머리가 유일한 장식품이었다. 나는 좋은 카드보드지를 꺼내 조심스럽게 윤곽을 그렸다. 색칠하는 즐거움은 나중에 누릴 작정이었다. 그리고 그때 날이 저물어 다음 날 다시 와서 모델을 서 달라고 말했다.

그녀가 아버지에게 내 이야기를 어떻게 했는지 그다음 날 저녁에는 딸과 함께 올리버 씨가 왔다. 그는 키가 크고 덩치가 좋은 중년 남자로, 반백이었다. 아버지 옆에 있는 아리따운 딸은 낡은 탑 옆에 피어난 빛나는 꽃 한 송이처럼 보였다. 그는 말이 없고 어쩌면 자부심이 강한 사람처럼 보였으나, 나에게 아주 친절했다. 그는 로자먼드의 초상화를 보고 기뻐하며 그 초상화를 꼭 잘 완성시켜 달라고 말했다. 그는 또한 다음 날 저녁 꼭 베일 저택에서 함께 시간을 보내자고 했다.

그 집에 갔다. 어마어마하게 크고 멋진 집으로, 여기저기에 주인의 부의 증거가 많이 보였다. 내가 머무르는 내내 로자먼드는 기뻐하고 즐거워했다. 그녀의 아버지는 다정한 사람이었다. 차를 마신 뒤 대화를 할 때, 그는 모턴 학교에서 이룬 나의 업적에 대해 극찬했다. 그리고 자기가 보고 들은 것으로 미루어 내가 그 학교에는 지나치게 좋은 선생이라 곧 더 잘 맞는 학교로 떠날까 봐 걱정될 뿐이라고 했다.

"정말이에요." 로자먼드가 큰 소리로 외쳤다. "그녀는 귀족의 가정 교사가 되어도 충분할 만큼 영리해요, 아빠."

나는 영국의 어떤 귀족 집안보다 여기 있는 것이 훨씬 더 낫다고 생각했다. 올리버 씨는 리버스 씨나 리버스 가문에 대해 큰 존경심을 표하며 말했다. 리버스 가문이 인근에서는 가장 유서 깊은 집안이고, 조상들이 부자였고, 한때는 모턴 사람이면 누구나 그 집 소작인이었으며, 지금도 원하기만 한다면 그 집안 장남인 리버스 씨는 가장 좋은 집안 여성과 결혼할 수 있다고 했다. 그는 그렇게 훌륭하고 재능 있는 젊은이가 선교사로 나갈 계획인 게 안타깝다고 했다. 그가 보기에 선교는 소중한 삶을 내동댕이치는 것이었다. 그렇다면 로자먼드의 아버지는 딸과 세인트 존의 결혼을 전혀 반대하지 않는 것 같았다. 올리버 씨는 젊은 목사가 돈은 없지만 좋은 가문, 유서 깊은 가문, 신성한 직업을 가진 점으로 충분히 보상된다고 여기는 것 같았다.

11월 5일, 공휴일이었다. 내 작은 하녀가 집 청소를 도와준 것에 대한 보상으로 1페니를 받자 아주 만족해 하며 가 버린 뒤였다. 내 주변의 모든 것이 한없이 밝게 빛났다. 마룻바닥은 완벽하게 걸레질되어 있고 벽난로 주위는 광택이 나고 의자도 깨끗하게 닦여 있었다. 또한 나도 깔끔하게 단장하고 하고 싶은 일을 하며 오후를 보내고 있었다.

독일어를 몇 페이지 번역하는 데 한 시간이 걸렸다. 그러고 나서 팔레트와 연필을 들고 로자먼드 올리버의 초상화를 완성하기 시작했다. 쉬운 작업이어서 마음이 다소 진정되었다. 머리는 이미 완성되어 있었다. 배경을 칠하고 옷에 음영을 주기만 하면 되었다. 그리고 도톰한 입술에다 빨간색을 칠하고, 머리 여기저기를 부드럽게 곱슬머리를 만들고, 파란 눈 아래쪽 속눈썹에 음영을 깊게 하면 되었다. 내가 이런 세세한 부분들을 그리는 데 몰두해 있을 때, 황급하게 문을 두드린 뒤 세인트 존 리버스가 들어왔다.

"휴일을 어떻게 보내는지 보러 왔소. 우울한 생각을 하는 건 아니오? 그렇지 않군, 잘되었소. 그림을 그리는 동안은 외롭지 않겠군. 지금까지는 잘해 왔지만, 아직도 당신을 완전히 믿을 수가 없소. 저녁 시간에 위안이 될까 하고 책을 한 권 가져왔소." 그리고 탁자 위에 새로운 시집을 한 권 놓았다. 현대 문학의 황금기를 대표하는 진정한 작품 중 하나였다. 아, 슬프도다! 우리 시대 독자들은 그런 혜택을 받지 못하고 있다. 하지만 용기를 가져야 한다! 여기 멈춰 비난하거나 불평하지 않겠다. 시가 죽은 것도 아니고 천재가 사라진 것도 아니다. 맘몬이 이 둘 다를 지배해 묶어 두거나 살해하지는 않았다. 언젠가 다시 시와 천재가 자신의 존재를 드러내고 살아 있음을 보여 주고 자유롭게 힘을 펼칠 것이다. 강력한 천사들은 그냥 하늘에 계시길! 천사들은 치사한 사람들이 승리하고 나약한 사람들이 파멸을 슬퍼할 때 미소를 지으리라. 시가 파멸되었다고? 천재가 사라졌다고? 아니다! 질투심으로 그런 생각을 하지 말자. 아니다. 천재와 시는 살아 있을 뿐만 아니라, 부활하여 지배할 것이다. 천재 시인의 신성한 영향이 온 누리에 퍼지지 않으면 지옥, 비열한 지옥에 살 것이다.

내가 열심히 빛나는 『마미온』(그 책은 『마미온』이었다)을 보는 동안, 세인트 존은 허리를 굽혀 내 그림을 살펴보았다. 깜짝 놀라 허리를 폈지만 아무 말도 없었다. 내가 보자, 그는 내 눈을 피했다. 나는 그의 생각을 잘 알고, 그의 마음을 훤히 읽을 수 있었다. 그 순간 나는 그보다 더 차분하고 더 냉정해졌다. 그때 순간적으로 내가 더 우위에 있었다. 나는 그에게 도움이 될 무언가를 해 줄 수 있으면 해 주고 싶었다.

'그는 지나치게 엄격한 자제로 자신을 너무 혹사시키고 있어.' 나는 생각했다. '그는 모든 감정과 고통을 내면에 가두고 어떤 것도 표현하거나 고백하거나 전달하지 않아. 다정한 로자먼드에 대한 이야기를 약간 하면 그에게도 분명 도움이 될 거야. 그녀와 결혼하면 안 된다고 생각하고 있어. 그의 입을 열게 해야지.'

내가 먼저 말했다. "앉으세요, 리버스 씨." 하지만 그는 늘 그렇듯이 머물 시간이 없다고 대답했다. '좋아요.' 나는 마음속으로 대답했다. '서 있고 싶으면 서 있으세요. 하지만 아직은 못 가세요. 내게뿐 아니라 당신에게도 고독은 해로워요. 당신의 은밀한 확신의 샘이 어디 있는지 찾아, 그 대리석 가슴속에 틈이 있으면 그 틈에 공감이라는 향유를 한 방울 떨어뜨리겠어요.'

"초상화가 비슷하죠?" 내가 불쑥 말했다.

"비슷하다고 했소! 누구와 비슷하다는 거요? 자세히 안 보았소."

"자세히 보셨잖아요, 리버스 씨?" 내가 이상할 정도로 무뚝뚝하게 말하자 그는 흠칫 놀라서 나를 쳐다보았다. '오, 아직은 아무것도 아니에요.' 나는 마음속으로 중얼거렸다. '당신이 약간 뻣뻣하게 굴어도 당황하지 않을 거예요. 끝까지 갈 준비가 되어 있는걸요.' 내가 그에게 말했다. "분명히 자세히 보셨잖아요. 하지만 다시 보셔도 돼요." 그러고 나서 그의 손에 초상화를 쥐어 주었다.

"아주 잘 그렸소. 아주 부드럽고 깨끗하게 색칠했고, 아주 우아하게 똑같이 그렸소."

"맞아요. 그래요, 그건 저도 알아요. 하지만 누구와 닮았죠?"

조금 망설이다가 그가 말했다. "올리버 양 같소."

"물론이에요. 이제 목사님, 정확하게 맞히셨으니까 상으로 이 그림과 아주 똑같은 그림을 그려 드릴게요. 그런 선물을 받으실 생각이시면요. 가치 없다고 생각하시는 선물에 시간과 노력을 낭비하고 싶지는 않아요."

그는 그 그림을 계속 바라보았다. 보면 볼수록 더 꼭 잡으며 더 원하는 것처럼 보였다. "비슷하오!" 그가 중얼거렸다. "눈은 아주 잘 그렸소. 색채와 빛과 표정이 완벽하오. 웃고 있소!"

"비슷한 그림을 갖게 되면 위안을 얻으실 것 같아요, 아니면 상처를 입으실까요? 제게 말해 주세요. 마다가스카르, 케이프, 인도에 계실 때 이런 기념품이 위로가 되겠어요? 아니면 그림을 보면 추억이 떠올라서 더 괴롭고 나약해질까요?"

그는 고개를 들었으나 내 눈길은 피했다. 우유부단하고 곤란한 표정으로 나를 쳐다보다가, 다시 그 그림을 보았다.

"그림을 분명히 갖고 싶소. 하지만 현명한 행동인지는 다른 문제요."

로자먼드가 정말로 그에게 호감을 가지고 있고, 올리버 씨 역시 그 결혼을 반대할 것 같지 않아 보여서 마음속으로 두 사람이 꼭 결혼하길 바랐다. 나는 세인트 존만큼 고상한 견해를 가지고 있지 않았다. 만약 올리버 씨의 많은 재산이 그의 것이 되면 그 재산으로 열대의 태양 아래서 재능을 시들게 하고 힘을 낭비하는 것 못지않게 좋은 일을 할 수 있을 것 같았다. 이런 설득력 있는 이유가 있어서 나는 이렇게 말했다.

"제 생각에 이 그림의 실물을 당장 받아들이시는 것은 분별 있고 현명한 일 같은데요."

이때쯤 그는 앉았다. 그는 자기 앞에 있는 탁자 위에 그림을 내려놓고 이마를 양손으로 감싼 채 곰곰이 그림을 들여다보았다. 나의 대담함에 화가 나거나 충격을 받지 않았음을 알았다. 자신이 꺼내지도 못할 화제를 솔직하게 꺼내 이렇게 자유롭게 이야기하자 그가 새로운 기쁨 또는 생각지 못한 위안을 느낀다는 것을 알았다. 내향적인 사람은 외향적인 사람들보다 자신의 감정을 더 솔직하게 토로할 필요가 있다. 가장 엄격해 보이는 금욕주의자도 결국은 인간이다. 대담하게 선의를 가지고 그들의 영혼의 '고요한 바다'에 뛰어드는 것이 최고의 은혜를 베푸는 일이다.

"그녀가 당신을 좋아하는 게 분명해요." 그의 의자 뒤에 서서 내가 말했다. "그리고 그녀의 아버지도 당신을 존경해요. 게다가 그녀는 생각은 좀 없는 편이지만 다정한 아가씨예요. 두 사람에게 필요한 생각은 당신 하나로 충분해요. 그녀와 결혼하세요."

"그녀가 나를 **좋아하오**?" 그가 물었다.

"분명히 그래요. 당신을 누구보다 좋아해요. 끊임없이 당신 이야기를 하는걸요. 당신 이야기를 제일 자주 하고 또 즐거워하는걸요."

"그 말을 들으니 기쁘오, 기쁘오. 15분 더 이야기를 계속해 보시오." 그리고 정말로 시간을 재려고 시계를 꺼내 책상 위에 놓았다.

"하지만 계속해 봐야 무슨 소용 있어요? 반대를 위한 철퇴를 준비하고 마음을 묶을 수갑을 새로 준비하시는 것 같은데요?"

"그처럼 가혹하게 상상하지 마시오. 내가 지금 부드럽게 녹고 있다고 상상해 보시오. 내 마음속에서 인간의 사랑이 새롭게 샘솟아 흘러넘쳐서 그렇게 정성 들여 간 밭 전체가 사랑의 홍수에 잠기고 있소. 선의와 극기의 씨를 그렇게 뿌렸는데 말이오. 이제 감로주가 흘러넘치고 있소. 어린 싹이 물에 잠겨 있소. 달콤한 독* 때문에 싹이 썩고 있소. 이제 나 자신이 신부인 로자먼드를 우러러보며 베일 저택 소파에 누워 있는 모습을 상상하고 있소. 그녀는 다정한 목소리로 말을 하고 당신이 솜씨 좋게 그려 낸 눈으로 나를 내려다보고, 그림 속의 산호 빛 입술로 웃고 있소. 그녀는 나의 것이고 나는 그녀의 것이오. 지금 현세의 삶과 스쳐 가는 세상으로 충분하오. 쉿! 아무 말도 하지 마시오. 내 가슴은 기쁨으로 가득 차 있고 내 감각은 매료되어 있소. 내가 정한 시간이 평화롭게 흘러가도록 두시오."

나는 그의 말을 따랐다. 시계가 째깍째깍했다. 그는 나지막하게 가쁜 숨을 몰아쉬었다. 나는 조용히 서 있었다. 이런 침묵 속에서

15분이 휙 지나갔다. 그는 다시 시계를 집어 들고 그림을 내려놓은 다음 일어서더니 난롯가에 섰다.

"지금 잠시 열에 들떠 망상을 꿈꾸었소. 유혹의 여신의 가슴에 머리를 묻고 그녀가 꽃으로 만든 멍에를 자발적으로 목에 둘렀소. 그녀가 준 술잔을 마셨소. 베개는 타고 있고 그 꽃목걸이 안에는 독사가 있었소. 와인은 썩고 그녀의 약속은 공허하고 그녀의 제안은 거짓이었소. 이 모든 것을 알았소." 그가 말했다.

나는 놀라서 그를 바라보았다.

"이상한 일이오. 이렇게 열정적으로, 첫사랑을 바쳐 몹시 사랑하고 그녀가 아주 아름답고 우아하고 매력적이지만, 동시에 1년만 지나면 좋은 아내가 아니라는 것을, 나에게 맞는 배우자가 아니라는 것을, 1년 열두 달을 환희에 차 살고 그다음에 평생 후회하리라는 것을 냉정하게 잘 알고 있소. 이게 내가 아는 전부요."

"정말 이상하네요!" 나는 큰 소리로 외칠 수밖에 없었다.

"내 안의 무언가가 그녀의 매력을 날카롭게 감지하면서도 똑같이 그녀의 결함을 잘 알고 있소. 그녀는 내가 열망하는 것에 전혀 공감하지 않고, 내가 하는 일에 전혀 협조하지 않을 거요. 로자먼드가 수난자, 노동자, 여자 선교사가 되겠소? 로자먼드가 선교사의 아내라? 아니오!"

"하지만 당신이 꼭 선교사가 될 필요는 없잖아요. 그 계획을 포기하셔도 되잖아요."

"포기하라고 했소! 뭐라고 했소! 내 소명을 말이오? 내 위대한 일을 말이오? 하늘에 저택을 짓기 위해 지상에 까는 주춧돌을 말이오? 인류를 개선하는 영광스러운 일에 자신을 바치는 사람 중 하나가 되려는 희망, 즉 무지한 영역에 지식을, 전쟁 대신 평화를 예속 대신 자유를 미신 대신 종교를 퍼뜨리려는 희망을 포기하란 말이오? 지옥을 두려워하는 대신 천국을 바라는 그런 희망을 말이오. 내게 그 희망은 내 혈관 속의 피보다 더 소중하오. 이 희망을 실현시키고 싶고 이 희망을 위해 살고 있소."

가만히 한참 있다가, 내가 말했다. "그러면 올리버 양은요? 그녀의 실망과 슬픔은 아무렇지도 않으세요?"

"올리버 양은 늘 구혼자와 추종자에 둘러싸여 있소. 한 달만 지나면 나는 그녀의 마음속에서 지워질 거요. 나를 잊을 거요. 그리고 아마도 나보다 훨씬 더 행복하게 해 줄 사람과 결혼할 거요."

"아주 냉정하게 말씀하시네요. 하지만 고민하며 괴로워하시잖아요. 요새 점점 여위고 있어요."

"내가 조금 말랐다면 내 미래의 계획이 아직 확정되지 않아서요. 계속 출발이 지연되어 그렇소. 오늘 아침에야 그렇게 기다리던 후임자가 3개월 후에나 와서 내가 하는 일을 대신할 수 있다는 소식을 들었소. 그리고 어쩌면 3개월이 6개월로 늘어날지도 모르오."

"올리버 양이 교실에 들어올 때마다 얼굴을 붉히고 떠시잖아요."

다시 한 번 그의 얼굴에 놀란 표정이 스쳤다. 여자가 감히 남자에게 그런 식으로 말하리라고는 상상도 못 해서였다. 하지만 나는 이런 종류의 이야기가 편했다. 나는 강하고 신중하고 세련된 사람과 이야기할 때는 남녀 상관없이 관례적 거리라는 외벽을 지나 신뢰라는 문지방을 넘어 마음이라는 난롯가에 자리를 잡은 뒤, 편안하게 대화할 수 있었다.

"당신은 **독특하오**. 아둔하지가 않소. 당신 눈은 통찰력이 있소. 뿐만 아니라, 분명히 말하겠는데 당신이 오해한 것도 있소. 실제보다 더 깊고 더 강렬한 감정으로 오해하고 있소. 나를 지나치게 동정하고 있소. 올리버 양 앞에서 내가 얼굴을 붉히거나 떨 때 나는 자신을 동정하지 않소. 나의 나약함을 경멸할 뿐이오. 그것이 창피한 일이라는 걸 알고 있소. 단지 육체적인 열병일 뿐, 결코 영혼의 떨림은 아니오. **그것은** 고요한 바다 깊은 곳에 단단하게 박혀 있는 돌처럼 꼼짝도 하지 않소. 나를 있는 그대로 차갑고 냉혹한 사람으로 알아주시오."

나는 믿을 수 없다는 듯이 웃었다.

"당신은 급습해서 내 비밀을 알아냈소." 그가 계속 말했다. "이제 마음대로 생각하시오. 기독교 정신으로 인간의 약점을 덮어 주는 피로 정화된 목사복을 벗고 나면 원래 차갑고 냉혹하고 야심에 찬 남자가 나타날 뿐이오. 내게 영원히 영향을 미치는 감정은 혈연에 대한 애정뿐이오. 나의 안내자는 감정이 아니라 이성이오. 내 야심은 끝이 없고 남보다 더 뛰어나고 더 많은 일을 하려는 내 욕망은 만족을 모르오. 나는 인내심과 참을성과 근면과 재능을 높이 평가하오. 이런 것들이 인간이 위대한 목적을 달성하고 고결하게 우뚝 설 수 있게 해 주는 수단이기 때문이오. 당신이 겪은 일이나 지금도 괴로워하는 일에 공감해서가 아니라, 당신이 부지런하고 규칙적이고 강한 여성의 표본이라고 생각해 일하는 모습을 관심 있게 지켜보았소."

"자신이 이교도 철학자에 지나지 않는다고 말씀하시네요." 내가 말했다.

"범신론적 철학자들과는 다르오. 내게는 믿음이 있소. 성경을 믿소. 잘못된 형용사를 쓴 거요. 이교도 철학자가 아니라 기독교 철학자요. 예수님의 추종자요. 주님의 제자로서 주님의 순결하고 자비롭고 은총에 찬 교리를 받아들이고 있소. 그 교리를 옹호하고 널리 전도하기로 맹세했소. 어렸을 때부터 종교에 귀의해 이렇게 타고난 자질들을 종교적으로 개발했소. 종교를 갖게 되어 가족에 대한 사랑이라는 작은 싹이 철학이라는 아름드리나무가 되었소. 야생의 보잘것없는 뿌리에 지나지 않는 인간의 정직이 신의 정의라는 올바른 감각이 되었소. 불쌍한 나 자신을 위해 권력과 명성을 얻고자 하는 야심이 주님의 왕국을 전도하는 야심, 십자가에 깃발을 올릴 승리를 얻으려는 야심이 되었소. 종교를 갖게 되어 이렇게 많은 일을 하게 되었소. 타고난 자질이 최상의 것으로 변했소. 본성을 가다듬고 본성을 훈련시켰소. 하지만 종교라고 해도 본성을 완전히 없앨 수는 없었소. 죽을 몸이 불사의 옷을 입을 때까지* 본성이 완전히 없어지지는 않을 거요."

이 말을 마치고, 그는 탁자에서 팔레트 옆에 있던 모자를 집어 든 뒤 다시 한 번 그녀의 초상화를 바라보았다.

"**아름답소.**" 그가 중얼거렸다. "세상의 장미라고, 이름을 정말 잘 붙였군!"

"그러면 제가 비슷한 그림을 그려 드리지 않아도 되겠어요?"

"**무슨 소용 있겠소?** 그리지 마시오."

그는 얇은 종이로 그림을 덮었다. 그림 그릴 때 도화지를 더럽히지 않으려고 손을 올려놓곤 하던 종이였다. 갑자기 이 하얀 종이에서 그가 무엇을 보았는지는 알 수 없지만, 뭔가가 그의 눈길을 끌었다. 그림을 낚아채더니 종이 모서리를 보았다. 그러고 나서는 나를 흘깃 보더니 뭐라 표현할 수 없는 불가사의한 독특한 시선으로 나의 몸매, 얼굴, 옷 등을 하나하나 뜯어보는 것 같았다. 그는 번개처럼 빨리 날카롭게 전부 훑어보았다. 무슨 말을 하려는 듯이 입을 벌렸으나 나오려는 말을 참았다.

"뭐가 문제인가요?" 내가 물었다.

"아무것도 아니오." 그의 대답이었다. 그리고 종이를 되돌려 놓으면서 기술적으로 종이 모서리를 뜯어 장갑 속에 넣었다. 그는 황급하게 고개를 숙이고 "안녕히 계시오"라고 말하고는 가 버렸다.

"참!" 나는 그 지방의 표현을 쓰며 소리 쳤다. "호떡집에 불난 것처럼 그러네. 무슨 일인지 모르겠네!"

이번에는 내가 그 종이를 꼼꼼하게 살펴보았다. 내가 연필로 그려 놓은 곳에 색깔이 맞는지 보기 위해 칠해 놓은 거무스름한 자국 몇 개를 제외하고는 아무것도 보이지 않았다. 그 수수께끼에 대해 1~2분 생각하다 포기하고 곧 잊어버렸다. 분명히 중요한 일은 아닌 것 같았다.

제33장

    세인트 존이 돌아갈 때 눈이 내리기 시작했다. 밤새도록 소용돌이 폭풍이 몰아쳤다. 그다음 날도 심한 바람이 불고 다시 눈이 내려 눈앞이 보이지 않았다. 황혼 무렵에는 계곡이 눈에 파묻혀 거의 다닐 수 없는 지경이 되었다. 나는 셔터를 내리고 눈이 문 밑으로 들어오지 않도록 문 앞에 매트를 깔고, 난롯불을 뒤적였다. 한시간가량 난롯가에 앉아 억눌린 분노에 찬 듯한 태풍의 소리를 듣다가, 촛불을 켜고 『마미온』을 꺼내 읽기 시작했다.

    깎아지른 듯한 노햄 성의 성벽에 해가 떠 있고
    트위드의 아름다운 강은 넓고 깊고,
    채비어트 산은 외롭네.
    수많은 탑들과 아성,
    아성을 둘러싼 벽들, 황금빛으로 빛나네.

    나는 이 시의 음악에 취해 곧 눈보라를 잊었다.
    무슨 소리가 들렸지만 바람에 문이 흔들린다고 생각했다. 그런데 아니었다. 세인트 존이었다. 그가 차가운 폭풍우가 울부짖는 어둠을 뚫고 와서 빗장을 열고 내 앞에 서 있었다. 키 큰 그가 입고 있는 외투는 빙하처럼 아주 하얀 색이었다. 나는 거의 기절할 지경이었다. 그날 밤 눈으로 고립된 골짜기에 손님은 전혀 예상 밖이었다.

"안 좋은 소식이 있나요? 무슨 일이 일어났나요?"

"당신은 정말 잘 놀라는구려!" 외투를 벗어 문에 걸면서 그가 말했다. 그는 들어올 때 자신이 어지럽혀 놓은 매트를 다시 차분히 문 쪽으로 밀어 놓고 구두에 묻은 눈을 털어 냈다.

"깨끗한 당신 집 마루를 더럽히는구려. 하지만 한 번만 나를 용서해 주오." 그러고 나서 난롯가로 다가갔다. "여기까지 오느라고 정말 힘들었소." 난롯불에 손을 녹이면서 그가 말했다. "허리까지 눈보라가 몰아치기도 했는데 지금은 다행히 눈이 잦아들고 있소."

"그런데 왜 오신 거예요?" 나는 이렇게 말할 수밖에 없었다.

"손님에게 그렇게 묻다니 너무 불친절하오. 하지만 물으니 당신하고 잡담이나 하러 왔다고 간단히 대답하겠소. 말 없는 책과 텅 빈 방이 지겨워서 왔소. 게다가 어제부터 이야기를 반쯤 듣고 그 다음 이야기를 듣고 싶어 안달 난 사람처럼 흥분해 있소."

그는 앉았다. 어제 그의 이상한 행동이 떠올라 정말 그가 약간 미친 것 아닌가 싶었다. 하지만 미쳤더라도 아주 차분하고 침착하게 미친 게 분명했다. 그는 눈에 젖은 머리카락을 앞이마에서 쓸어 올렸다. 창백한 이마와 똑같이 창백한 뺨에 불빛이 비치자 잘 생긴 그의 얼굴이 그 어느 때보다 대리석 조각 같았다. 그의 이마와 뺨에 걱정과 슬픔으로 찬 공허한 흔적이 아주 또렷하게 새겨져 있어 마음이 아팠다. 뭔가 적어도 이해할 수 있는 말을 하리라 기대하며 그의 말을 기다렸다. 하지만 그는 턱을 괸 채 입에다 손가락을 갖다 대고 생각에 잠겨 있었다. 얼굴과 마찬가지로 손도 여위어 보인다는 생각이 들었다. 그가 바라지도 않을 동정심이 솟구쳐, 나는 이렇게 말했다.

"다이애나나 메리가 와서 같이 살면 좋겠어요. 그렇게 혼자 계셔서 안되었어요. 건강을 전혀 돌보지 않으시잖아요."

"전혀 그렇지 않소. 필요할 때면 알아서 스스로 잘 돌보고 있소. 지금 건강하오. 어디가 안 좋아 보이오?"

그는 무관심한 태도로 넋을 놓고 아무렇게나 말했다. 적어도 내가 염려할 필요가 없다는 것을 보여 주었다. 내게 아무 말도 못하게 했다.

그는 여전히 윗입술을 손가락으로 만지며 타오르는 난롯불을 꿈꾸듯이 바라보았다. 뭔가를 말해야겠다는 다급한 생각이 들어 등 뒤 문에서 찬바람이 들어오느냐고 물었다.

"아니오!" 그가 다소 무뚝뚝하고 짧게 대답했다.

나는 생각했다. '흠, 아무 말 없이 가만히 계세요. 혼자 버려 두고 나는 다시 책이나 읽을게요.'

그래서 나는 초의 심지를 자르고 『마미온』을 다시 정독했다. 곧 그가 움직였다. 눈으로 그의 동작을 좇았다. 그는 모로코가죽으로 된 수첩을 꺼내더니 거기서 편지를 꺼내 조용히 읽은 뒤 다시 접어서 넣고 생각에 잠겼다. 웬일인지, 그가 내 눈앞에서 꼼짝도 하지 않아서 책을 읽으려고 애써 봐야 허사였다. 또 초조해져서 아무 말도 안 하고 가만히 있을 수가 없었다. 그가 대꾸를 안 해 줄 수도 있지만 그래도 말을 하기로 했다.

"최근에 다이애나와 메리 소식을 들은 적 있으세요?"

"일주일 전 당신에게 그 편지를 보여 준 뒤에는 아무 소식도 못 들었소."

"당신 계획에 변화가 생긴 건 아니죠? 예상보다 더 빨리 영국을 떠나셔야 되는 건 아니죠?"

"사실 그렇지는 않소. 그런 행운이 올 리가 있겠소." 이야기가 잘 안 풀려 다시 화제를 바꾸었다. 학교와 신입생에 대해 이야기해야 겠다고 생각했다.

"메리 가렛의 어머니가 다 나으셔서 오늘 아침에는 메리가 학교로 돌아왔어요. 다음 주에는 파운드리 클로즈에서 여학생 네 명이 새로 올 거예요. 오늘 올 예정이었는데 눈 때문에 못 왔어요."

"정말이오?"

"올리버 씨가 두 명의 등록금을 대 주고 있어요."

"그렇소?"

"크리스마스에 학생들 모두에게 올리버 씨가 선물을 주신대요."

"알고 있소."

"당신이 제안한 거예요?"

"그렇지 않소."

"그럼 누구 생각이죠?"

"따님 생각 같소."

"그녀답군요. 정말 착해요."

"맞소."

다시 침묵의 공백이 이어졌다. 시계가 8시를 쳤다. 시계 소리에 놀라 그가 꼬고 있던 다리를 풀고 똑바로 일어서서 내 쪽을 바라 보았다.

"잠시 책을 내려놓고 난롯가로 조금 더 가까이 오시오." 그가 말 했다.

도저히 무슨 일인지 짐작이 안 갔지만 그가 하라는 대로 했다.

그가 계속 말했다. "반시간 전에, 당신이 그다음 이야기를 듣고 싶어 초조하다고 말했소. 가만히 생각해 보니 내가 이야기를 하고 당신이 듣는 편이 낫겠소. 시작하기 전에 당신에게는 뻔한 이야기일 수도 있다고 미리 알려 주는 게 옳겠소. 하지만 신물 나는 이야기도 다른 사람의 입을 통해 들으면 새롭게 들리는 경우가 종종 있소. 끝으로 다 아는 이야기든 새로운 이야기든 간단히 이야기하겠소.

20년 전에 가난한 목사보가 부잣집 딸과 사랑에 빠졌소. 지금 그 사람 이름은 신경 쓰지 마시오. 그 아가씨는 친구들이 모두 말렸는데도 결혼했고 그 뒤 모든 친척에게 배척당했소. 이 무모한 부부는 2년도 안 되어 두 사람 다 죽었고 한 무덤 속에 조용히 나란히 누워 있소(그들의 무덤을 본 적이 있소. ○○○ 주에 있는 지나치게 커진 공업 도시의 그을음으로 꺼매진 음울한 낡은 교회 주위에 있는 커다란 교회 묘지에 있었소). 그들은 딸을 하나 남겼고, 그 아이는 태어나자마자 자선 단체, 오늘 밤 내가 거의 갇힐 뻔한 눈보라처럼 차가운 자선 단체에 맡겨졌소. 그쪽에서는 연고 없는 아이를 외가 쪽 부자 친척에게 데려다 주었소. 그녀의 외숙모가 그녀를 키웠소(이제 외숙모 이름이 생각나오). 게이츠헤드의 리드 부인이오. 깜짝 놀라는구려. 무슨 소리를 들었소? 옆 교실 서까래에서 부스럭대는 쥐 소리요. 원래 헛간이었던 것을 개조해서 교실로 바꾼 거요. 헛간에는 쥐들이 드나들기 마련이오. 계속하겠소. 리드 부인은 그 고아를 키웠소. 그 아이가 거기서 행복했는지는 들은 적이 없어 모르겠소. 하지만 10년이 지나자 고아는 당신도 아는 곳으로 옮겨졌소. 당신도 오랫동안 머물렀던 바로 로우드요. 그곳에서 그녀는 공부를 아주 잘했던 것 같소. 그녀도 당신처럼 처음에는 학생이었다가 나중에 선생이 되었소. 정말 그녀의 이야기와 당신의 이야기는 너무나 비슷하오. 그녀는 가정 교사가 되기 위해 그곳을 떠났소. 다시 이 지점에서 당신의 운명과 유사하오. 그녀는 로체스터 씨라는 사람이 후견하는 아이의 교육을 맡았소."

"리버스 씨!" 내가 끼어들었다.

"당신이 어떤 느낌일지 짐작이 가오. 하지만 조금만 참으시오 아직 다 안 끝났소. 끝까지 들어 보시오. 단지 그가 이 어린 처녀에게 명예로운 결혼을 하겠다고 공언했지만 바로 결혼식 제단에서 미친 아내가 아직 살아 있다는 게 밝혀졌소. 그다음에 그가 무슨 행동을 했고 어떤 제안을 했을지는 순전히 추측일 뿐이오. 하지만 그 가정 교사의 행방을 알아야만 할 일이 생겨 알아보니 사라진 뒤였소. 언제, 어디로, 어떻게 갔는지 아는 사람이 아무도 없었소. 밤에 손필드를 떠났고 그녀를 찾으려고 온갖 방법을 썼지만 소용이 없었다오. 그녀에 관해서는 어떤 정보도 얻을 수 없었소. 하지만 다급하게 그녀를 찾아야 할 일이 생겼소. 신문마다 광고를 냈소. 나는 변호사인 브리그스 씨에게서 편지를 받았소. 지금 말한 자세한 이야기를 그에게 들었소. 이상한 이야기지 않소?"

"제게 이것만 말해 주세요. 당신은 그렇게 많이 알고 있으니 제게 분명히 **말씀해 주실 수 있을** 거예요. 로체스터 씨는 어떻게 되셨나요? 어디에 계시고, 어떠신가요? 지금 무슨 일을 하고 계시나요? 잘 계신가요?"

"로체스터 씨에 대해서는 아는 바가 없소. 편지에 그에 관해서는 내가 금방 말한 불법적인 사기 결혼 이야기밖에 없었소. 오히려 그 가정 교사의 이름이나 무슨 일로 찾는지 물어야 하지 않소?"

"그러면 아무도 손필드 저택에 가지 않았나요? 아무도 로체스터 씨를 못 보았나요?"

"그런 것 같소."

"하지만 그분께 편지는 썼겠죠?"

"물론이오."

"그러면 뭐라고 답이 왔나요? 그의 편지는 누가 가지고 있나요?"

"브리그스 씨 말로는 자신의 질문에 대한 답장을 보낸 사람은 로체스터 씨가 아니라 어떤 숙녀분이라고 하오. '앨리스 페어팩스'라고 서명이 되어 있었소."

나는 오싹해지고 정신이 없었다. 내가 가장 두려워했던 일이 어쩌면 사실이 되었는지도 몰랐다. 그는 아마 깊은 절망에 빠져 영국을 떠나 유럽의 거처로 달려갔을 것이다. 무엇으로 그가 고통을 잊었을까? 어떤 열정을 퍼부을 여인을 찾은 걸까? 거기서 무엇을 찾았을까? 나는 그 질문에 감히 대답할 수가 없었다. 아, 불쌍한 나의 주인, 거의 나의 남편이 될 뻔한 사람, 종종 '내 사랑하는 에드워드'라고 부르던 사람!

"나쁜 사람인 게 분명하오." 리버스 씨가 말했다.

"그를 모르시잖아요. 그에 대해 이러쿵저러쿵하지 마세요." 내가 흥분해서 말했다.

"그러겠소." 그가 조용히 대답했다. "그리고 다른 일로 머리가 복잡하오. 내 이야기는 여기까지요. 당신이 가정 교사 이름을 말하지 않으니 내가 말해야겠소. 가만! 여기 있소. 중요한 사항은 글씨로 쓴 걸, 깔끔하게 흰 종이에 까만 글씨로 쓴 걸 보는 게 더 낫겠소."

그는 다시 수첩을 꺼내 이리저리 뒤지더니 한쪽에서 황급하게 찢어 간 지저분한 종잇조각을 꺼냈다. 그 종이의 질감과 거기 있는 진한 파란색, 호수색, 진홍색 얼룩을 알아보았다. 초상화를 덮었던 종이에서 찢어 낸 모서리였다. 그는 일어나서 내 눈앞에 종이를 들이댔다. 내가 인디언 잉크로 직접 쓴 '제인 에어'라는 이름을 읽었다. 무의식적으로 쓴 서명이었다.

"브리그스가 내게 제인 에어라는 사람에 대해 편지를 썼소. 광고를 내어 제인 에어를 찾고 있었소. 내가 아는 제인 엘리엇이 맞을지도 모른다고 의심했던 건 사실이오. 하지만 어제야 의심이 사실인 걸 깨달았소. 이제 그 이름이 본명이라고 인정하고 **가명을** 버리겠소?"

"그래요, 그래요. 그런데 브리그스 씨는 어디 계세요? 아마 그는 로체스터 씨에 대해 당신보다 더 잘 알겠죠?"

"브리그스는 런던에 있소. 로체스터 씨에 대해 아는 게 더 있을지는 모르겠소. 그는 로체스터가 아니라 당신에게 관심이 있소. 그런데 당신은 사소한 일을 캐묻느라고 핵심적인 문제를 잊고 있소. 왜 브리그스 씨가 당신을 찾는지, 당신에게 무엇을 원하는지 묻지 않았소."

"그래요, 뭘 원하는 거죠?"

"당신의 작은아버지인 마데이라의 에어 씨가 돌아가시면서 당신에게 전 재산을 상속하셨소. 이제 당신이 부자요. 그뿐이고 그 이상은 아무것도 없소."

"제가! 부자라고요?"

"그렇소, 당신은 부자요. 부자 상속녀요."

침묵이 이어졌다.

"당신은 물론 당신의 정체를 증명해야 하오." 곧 세인트 존이 다시 말했다. "간단한 수속만 하면 곧 유산이 올 거요. 당신 재산은 지금 영국의 펀드에 있고, 브리그스 씨가 유언장이나 필요한 문서를 가지고 있소."

여기에 새로운 카드가 나타났다. 독자여, 순식간에 가난뱅이에서 부자로 상승하는 건 좋은 일이다. 멋진 일이지만, 순식간에 실감이 나고 기뻐할 일은 아니다. 인생에는 훨씬 더 짜릿하고 환희에 찬 기회가 있을 것이다. **이것은** 확고한 일이고 실제 세계에서 일어난 일이다. 전혀 관념으로 만든 게 아니다. 이와 연관된 일들도 확고한 사실이며 그렇게 보인다. 한 재산을 갖게 되었다는 소리를 들었을 때, 벌떡 일어나 펄쩍 뛰면서 만세! 하고 외칠 사람이 누가 있겠는가? 책임과 어떻게 처리할지를 생각할 것이다. 꾸준한 만족이라는 기초 위에 심각한 걱정거리가 생길 것이다. 그러면 우리는 자제한 뒤 엄숙한 표정을 짓고 행복에 대해 곰곰이 생각할 것이다.

게다가 유언, 유산이라는 단어가 죽음, 장례식이라는 말과 나란히 나왔다. 나는 내 유일한 혈육인 작은아버지가 죽었다는 소식을 들었다. 그의 존재를 안 다음부터 언젠가는 그를 보리라는 희망이 있었는데 이제는 결코 그를 볼 수 없게 되었다. 그리고 이 돈이 오직 나에게만 왔다. 가족 모두에게 와서 같이 기뻐할 수 있는 게 아니라 오직 나에게만 온 것이다. 분명히 위대한 행운이고 독립은 영광스러울 것이다. 그렇다. 나는 그것을 느꼈다. **그런** 생각을 하자 가슴이 부풀었다.

"마침내 이마를 펴는구려." 리버스 씨가 말했다. "메두사를 보고 돌이 된 줄 알았소. 이제 유산이 얼마나 되는지 물을 것 같은데."

"얼마나 되나요?"

"오, 얼마 안 되오! 물론 대단한 액수는 아니오. 2만 파운드라고 했던 것 같소. 하지만 뭐 대단하오?"

"2만 파운드라고요?"

한 번 더 놀랄 일이 생긴 것이었다. 4천 파운드나 5천 파운드쯤 되려니 했다. 이 소식을 듣자 잠시 숨이 멎었다. 한 번도 웃지 않던 사람이 이제 웃었다.

그가 말했다. "흠, 살인을 저지르고 내게 발각되어도 이 정도로 넋이 나가지는 않을 것 같소."

"아주 큰 액수네요. 잘못 아신 것 아닌가요?"

"전혀 잘못 알지 않았소."

"어쩌면 숫자를 잘못 읽으셨을 수도 있죠. 어쩌면 2천 파운드일 거예요!"

"편지에 숫자가 아니라 글씨로 써 있었소. 2만 파운드라고."

다시 1인분밖에 못 먹는데 1백 인분이 차려진 식탁 앞에 앉아 있는 사람 같은 기분이 들었다. 리버스 씨는 일어나서 외투를 입었다.

"이렇게 날씨가 험하지만 않으면 해나를 보내 함께 있게 할 텐데, 혼자 있어야 하다니 안됐소. 하지만 불쌍한 해나는 나처럼 눈보라를 뚫고 걸어올 수가 없소. 다리가 그리 길지 않아서 말이오. 그래서 애처롭지만 당신을 두고 떠나야겠소. 안녕히 계시오."

그는 빗장을 들어 올렸다. 그때 갑자기 한 가지 생각이 떠올랐다.

"잠깐만요!" 내가 외쳤다.

"음?"

"왜 브리그스 씨가 당신에게 편지를 써서 내 이야기를 했는지 모르겠네요. 어떻게 당신을 알았고, 이런 오지에 살고 있는 당신이 어떻게 나를 찾는 데 도움이 될지 알았을까요?"

"오, 난 목사요! 그리고 목사에게 종종 이상한 일들을 도와달라고들 하오." 그가 다시 빗장을 딸깍거렸다.

"아니에요, 그 정도로는 대답이 안 돼요!" 내가 외쳤다. 말도 안 되는 소리로 황급하게 대답하는 데는 뭔가가 숨겨져 있었다. 그런 태도를 보이자 호기심이 가라앉기는커녕 더 커졌다.

"정말 이상하군요." 내가 또 말했다. "좀 더 알아야 하겠어요."

"다음에 이야기하겠소."

"아니에요, 오늘 밤에 해야 돼요! 오늘 밤이어야 해요!" 그가 문에서 몸을 돌리자 나는 문과 그 사이에 섰다. 그는 약간 당황한 것처럼 보였다.

"다 말해 줄 때까지 못 가세요." 내가 말했다.

"지금은 말하지 않을 거요."

"말해 주세요! 그러셔야만 해요!"

"다이애나와 메리가 말해 줄 거요."

그가 이런 식으로 알려 주지 않으려고 하자, 알아내야만 하겠다는 마음이 더 강해졌다. 지금 당장 알아야만 했다. 그래서 그에게 그렇게 말했다.

"하지만 난 여간해서 설득당하지 않는 고집 센 사람이라고 하지 않았소." 그가 말했다.

"저도 고집이 센걸요. 나중에는 안 돼요."

"그러면 난 냉철한 사람이오. 어떤 열에도 끄떡없소."

"반대로 저는 뜨거운 사람이에요. 그리고 불은 얼음을 녹이기 마련이죠. 저 난롯불이 당신 외투에 있던 눈을 모두 녹인 것처럼요. 그래서 그 눈이 우리 집 마룻바닥에 흘러, 발자국으로 더럽혀진 길처럼 되었어요. 모래 깔린 부엌을 더럽힌 극악한 죄와 비행을 용서받고 싶으면 제가 알고 싶어 하는 걸 다 이야기해 주셔야 해요."

"아, 내가 졌소. 당신의 열의는 아니더라도 당신의 끈기에 졌소. 비가 계속 내리면 돌이 깎이듯이 말이오. 게다가 언젠가는 알게 될 일이니 말하겠소. 지금이 아니면 나중에라도 알게 될 거요. 당신 이름이 제인 에어지 않소?"

"물론이지요. 그거야 이미 다 밝혀진 사실이잖아요."

"아마 내가 당신과 같은 이름을 가진 걸 모를 거요. 내 세례명이 세인트 존 에어 리버스란 사실을 알고 있소?"

"정말 몰랐어요! 당신이 빌려 준 책에 쓰인 첫 글자들에서 E라는 글자를 여러 번 봤지만 그 글자가 무엇의 첫 글자인지는 몰랐어요. 하지만 그다음에는 뭐죠? 분명히……."

나는 멈추었다. 갑자기 어떤 생각이 떠오르더니 구체적인 형상을 띠었고, 순식간에 확실한 사실이 될 가능성이 높아졌다. 그 생각을 받아들일 수 없었고, 입 밖에 낼 수는 더더욱 없었다. 정황들을 모아 앞뒤를 맞추어 정돈하니, 지금까지 거기에 무형의 쇳덩어리로 있던 사슬이 한 줄로 똑바로 늘어섰다. 모든 고리가 완벽하게 연결되었다. 세인트 존이 더 이상 말하지 않아도 나는 본능적으로 어떻게 된 일인지 눈치챘다. 하지만 독자가 나처럼 직관적으로 이해했으리라고 기대하지 않기 때문에, 그의 설명을 옮겨야 할 것이다.

"우리 어머니의 이름이 에어이고, 어머니께는 남동생이 두 분 계셨소. 한 분은 목사로 게이츠헤드의 제인 리드 양과 결혼했고 또 한 분은 상인인 존 에어로 최근까지 마데이라의 푼샬에 사셨소. 에어 외삼촌의 변호사인 브리그스 씨가 지난 8월 외삼촌의 죽음을 알려 주셨소. 그리고 외삼촌이 우리에게는 유산을 남기지 않고 재산을 그의 형인 목사의 고아 딸에게 남겼다고 했소. 외삼촌은 우리 아버지와 싸운 뒤 화해를 하지 않아서였소. 그는 몇 주일 뒤 다시 편지를 썼소. 그 상속녀가 사라졌다며 그녀에 대해 아는 바가 있느냐고 묻는 내용이었소. 우연히 종잇조각에 쓰인 이름을 보고 내가 그녀를 찾아낸 것이오. 그다음은 당신이 아는 대로요." 그는 다시 가려고 했으나 나는 문에 기대어 가로막았다.

"저도 말씀드릴게요. 숨을 돌리고 생각할 시간을 조금만 주세요." 나는 아무 말도 하지 않았다. 그는 손에 모자를 들고 내 앞에 서 있는데 충분히 침착해 보였다. 나는 다시 말했다.

"당신 어머니가 우리 아버지의 누나라는 거죠?"

"그렇소."

"그러면 결국 고모시군요."

그는 고개를 끄덕였다.

"제 작은아버지인 존이 당신 외삼촌이신 거죠? 나는 그의 형의 자식이고 당신과 다이애나와 메리는 그의 누나의 자식인 거죠?"

"틀림없소."

"그럼 당신들 셋은 제 사촌이네요. 우리의 피의 반은 같은 데서 왔고요."

"맞소, 우린 사촌이오."

나는 그를 보았다. 오빠를, 내가 자랑스러워할 수 있고 사랑할 수 있는 오빠를 찾은 것 같았다. 그리고 모르는 사람으로 만났을 때도 정말 존경하고 사랑하던 두 사람이 언니가 된 것이다. 젖은 땅에 무릎을 꿇고 앉아 무어 하우스의 격자창을 통해 두 아가씨를 흥미롭게 관찰하면서도 쓸쓸한 절망을 맛보았는데, 그 두 아가씨가 나의 언니인 것이다. 이 집 문 앞에서 죽어 가는 나를 발견한 사람이 친척이었던 것이다. 외롭고 불쌍한 내게는 얼마나 영광스러운 일인가! 정말로 부자가 된 것이다! 정신적으로 부자가 된 것이다! 순수하고 따스한 애정이 가득 찬 광산을 찾아낸 것이다! 이것은 축복이었다. 빛나고 활기차고 흥분되는 축복이었다. 무거운 황금의 축복과는 달랐다. 황금은 나름대로 풍요롭고 환영할 만하지만 그 무게 때문에 부담이 되었다.

"오, 기뻐요! 정말 기뻐요!" 내가 소리쳤다.

세인트 존이 미소를 지었다. "당신은 사소한 일에 정신이 팔려 중요한 이야기를 놓치지 않았소? 유산에 대해 말할 때는 심각한 표정을 짓더니 지금은 별로 중요하지 않은 일로 흥분하고 있소."

"무슨 말씀을 **하시는 거예요?** 당신한테는 중요하지 않을지 모르죠. 당신은 이미 여동생이 있어서 사촌이 생기는 게 대수롭지 않겠죠. 하지만 저는 아무도 없다가 이제 친척이 세 명이나 나타났어요. 당신이 그 안에 들어가고 싶지 않다면 친척이 두 명이지만요. 다시 말하지만, 정말 행복해요!"

나는 빠른 걸음으로 방 안을 왔다 갔다 했다. 내가 받아들이고, 이해하고, 걱정할 수 있는 것보다 더 많은 생각이 떠올라 더 빨리 반쯤 숨이 막혀 멈추었다. 곧 무슨 일이 있을지, 있을 수 있을지, 있어야만 하는지 생각했다. 텅 빈 벽을 바라보았다. 그 벽이 별들이 가득 떠오른 하늘처럼 보이고, 별 하나하나가 내게 목적이나 기쁨을 비춰 주는 것 같았다. 지금 이 시간까지 사랑하면서도 아무런 보답도 못했던 내 생명의 은인들에게 이제는 뭔가 베풀어 줄 수 있게 되었다. 그들을 옭아매는 멍에를 내가 풀어 줄 수 있는 것이다. 흩어져 사는 그들을 다시 모여 살게 해 줄 수 있는 것이다. 내가 누릴 독립과 부를 그들도 누릴 수 있는 것이다. 우리는 네 사람 아닌가? 2만 파운드를 똑같이 각각 5천 파운드씩 나누어 가지면 공정할 것이다. 그 정도면 충분히 넉넉하다. 정의가 이루어지고 모두의 행복이 보장될 것이다. 이제는 그 부가 부담이 되지 않았다. 그것은 단지 돈만 물려준 유산이 아니었다. 그 정도면 생명과 희망과 즐거움으로 가득 찬 유산이었다.

내 마음속에 이런 생각의 폭풍이 몰아치는 동안, 밖에서는 어떻게 보였는지 모르겠다. 하지만 나는 곧 리버스 씨가 내 뒤에 의자를 가져다 놓고 조용히 나를 앉히려 한다는 것을 깨달았다. 그는 또한 침착하라고 충고했다. 그가 나를 무력하고 넋 나간 사람으로 보는 암시를 무시하고, 그의 손을 뿌리친 다음 다시 이리저리 걷기 시작했다.

"내일 다이애나와 메리에게 편지를 쓰세요. 그리고 그들에게 바로 집으로 오라고 하세요. 다이애나는 두 사람 모두 1천 파운드만 있어도 부자가 될 거라 생각한다고 말했어요. 그러니 5천 파운드면 아주 행복할 거예요."

"물이 어디 있소?" 세인트 존이 말했다. "제발 좀 진정하시오."

"그만두세요! 유산이 당신에게 어떤 영향을 미칠까요? 유산이 생기면 계속 영국에 있고 올리버 양과 결혼해 평범하게 안주하시겠어요?"

"당신은 지금 제정신이 아니오. 머리가 혼란스럽소. 내가 그 소식을 너무 불쑥 전해 당신이 걷잡을 수 없이 흥분한 거요."

"리버스 씨? 정말 참을 수 없네요. 저는 충분히 이성적이에요. 오히려 당신이 오해를 하거나 오해한 척하시는 거예요."

"어쩌면 그럴지도 모르겠소. 조금 더 자세히 설명해 준다면 내가 더 잘 알아들을 것 같소."

"설명해 달라고요! 설명할 게 뭐가 있어요? 작은아버지가 주신 문제의 2만 파운드를 조카 한 명과 여자 조카 세 명이 똑같이 나누면 각자 5천 파운드씩 받게 되는 걸 모르겠어요? 내가 원하는 것은 당신이 당신 여동생들에게 편지를 써서 유산이 돌아갔다는 사실을 알려 달라는 거예요."

"당신한테 유산이 돌아갔단 뜻이겠지."

"그 문제에 대해 내 의견을 밝혔잖아요. 저는 다른 생각은 할 수가 없어요. 저는 잔인하게 이기적이거나 맹목적으로 불공평하거나 악마같이 배은망덕한 사람이 아니에요. 게다가 저는 가족과 가정을 갖기로 결심했어요. 저는 무어 하우스가 좋고, 무어 하우스에 살 거예요. 다이애나와 메리가 좋고, 평생 다이애나와 메리와 함께 살 거예요. 제가 5천 파운드를 갖게 되면 즐겁고 이롭겠지만, 2만 파운드를 갖게 되면 괴롭고 답답할 거예요. 게다가 그 2만 파운드는 법적으로는 제 돈일지 몰라도 양심상 제 돈이 아니에요. 그래서 제게 필요 없는 돈을 당신들에게 주는 거예요. 그 문제에 대해서는 반대도 하지 말고 더 이상 가타부타 말하지 마세요. 우리 둘이 동의하고 이 자리에서 결정해요."

"그건 너무 기분 내키는 대로 결정한 거요. 며칠간 깊이 생각하며 따져 보시오."

"오! 저의 진실성이 의심되시면 걱정 마세요. 이것이 정의를 실현하는 방법이란 건 아시는 거죠?"

"정의라는 건 **알겠소**. 하지만 관례상 말이 안 되오. 게다가 당신은 전 재산에 대한 권한을 가지고 있소. 외삼촌은 자신의 노력으로 번 재산을 원하는 사람에게 마음대로 남겨 줄 수 있는 것이오. 그래서 그 재산을 당신에게 남긴 것이오. 결국 당신 혼자 그 재산을 받는 게 공정하오. 당신은 양심의 가책 없이 전적으로 당신 재산이라고 생각해도 되는 거요."

"저로서는 양심의 문제이며 감정의 문제이기도 해요. 제 감정도 충분히 살펴야만 해요. 이렇게 할 기회를 거의 갖지 못했어요. 당신이 1년간 논쟁하고, 반대하고, 방해해도, 큰 은혜를 갚고 평생의 친구를 얻는 즐거움을 포기할 수 없어요."

"지금 그렇게 생각하는 건 당신이 재산을 갖는다는 것의 의미를 모르고, 재산을 즐기는 것이 무엇인지 몰라서 그렇소. 2만 파운드라는 돈이 얼마나 중요한지, 그 돈이 있으면 사회에서 어떤 위치를 차지할 수 있는지, 그 돈이 있으면 어떤 기회가 주어지는지 몰라서 그렇소. 당신은……."

"하지만 당신은 제가 얼마나 형제애와 자매애를 갈구했는지 상상도 못 하세요. 저는 가정을 가진 적도, 형제나 자매를 가진 적도 없어요. 그런데 이제 형제자매를 가지게 되었고, 그래서 가져야만 해요. 저를 받아들이고 여동생으로 인정하고 싶지 않은 건 아니죠?"

"제인, 이렇게 당신의 정당한 권리를 희생하지 않아도 당신의 오빠가 될 것이고, 여동생들은 당신의 자매가 될 거요."

"오빠가 될 거라고 하셨어요? 그래요, 수천 킬로미터나 멀리 떨어져 있는 오빠인 거죠! 자매라고요? 그래요, 모르는 사람들 사이에서 노예처럼 살고 있는 자매라는 거죠! 저는 부자가 되어 제 힘으로 벌지도 않고 받을 자격도 없는 돈으로 배불리 지내고, 당신네들은 무일푼이란 말이죠! 그 유명한 평등과 우애 정신이군요! 친밀한 화합이군요! 따뜻한 애정이군요!"

"하지만 제인, 가족과 가정의 행복에 대한 열망은 당신이 생각하는 방법이 아닌 다른 방법으로도 실현될 수 있소. 결혼을 하면 되오."

"말도 안 돼요! 결혼이라고요! 결혼하고 싶지도 않고, 결코 결혼하지 않을 거예요."

"그것은 지나친 생각이오. 그렇게 위험한 말을 확실하게 하는 걸 보면 당신이 지금 얼마나 흥분했는지 알 수 있소."

"지나친 말이 아니에요. 저는 자신이 무엇을 느끼는지, 결혼 생각만 해도 얼마나 끔찍해지는지 잘 알고 있어요. 어떤 사람도 제게 사랑을 품지 않을 거예요. 그리고 나도 단지 돈만 보고 계산적으로 나를 바라보는 사람은 싫어요. 낯설고, 공감하지도 않고, 이질적이고, 나와 전혀 다른 사람을 원하지 않아요. 친척을, 나와 충분히 동료애를 나눌 수 있는 사람을 원해요. 다시 오빠가 되겠다고 말해 주세요. 당신이 그 말을 했을 때 행복하고 만족스러웠어요. 진심으로 원하건대, 그 말을 다시 해 주세요."

"그럴 수 있소. 늘 내 여동생들을 사랑해 왔고 그들에 대한 애정의 기초가 무엇인지 알고 있소. 그들의 가치에 대한 존중과 그들의 재능에 대한 숭배요. 당신 또한 올바른 원칙과 정신을 가지고 있소. 당신은 다이애나나 메리와 비슷한 취향과 습관을 가지고 있소. 당신과 있으면 늘 기분이 좋았소. 당신과 대화를 통해 이미 큰 위안을 얻어 왔소. 자연스럽고 쉽게 내 마음속에 세 번째 막내 여동생으로 당신을 받아들일 수 있소."

"고마워요. 오늘 밤에는 그것으로 충분해요. 이제 가시는 게 낫겠어요. 더 계시면 다시 저를 의심해서 저를 화나게 할 거예요."

"그럼 학교는 어떻게 할 거요, 에어 양? 이제 학교는 문을 닫아야 할 것 같소만."

"안 닫을 거예요. 제 대신 가르칠 선생을 구할 때까지는 제가 가르칠 거예요."

그는 인정한다는 미소를 짓고는 악수를 한 뒤 떠났다.

내가 원하는 대로 유산을 결정하기 위해 얼마나 더 다투고 얼마나 더 논쟁을 했는지는 더 자세히 말할 필요가 없다. 힘든 일이었다. 하지만 내 결심이 확고했고, 공평한 재산 분배에 대한 내 의지를 마침내 사촌들도 알게 되었음이 틀림없다. 자신들이 내 입장이었어도 내가 하려는 것과 똑같이 할 거라는 생각이 자연스럽게 들었기 때문이다. 그들이 그 문제를 조정하는 데 합의하기에 이르렀다. 재판관으로 택한 사람은 올리버 씨와 유능한 변호사였다. 두 사람 모두 내 의견에 동의해 내 주장대로 했다. 양도 증서를 작성하고, 세인트 존과 다이애나와 메리와 나는 각각 상당한 재산을 나누어 가졌다.

제34장

크리스마스 때쯤 모든 문제가 해결되었다. 모두에게 휴식의 계절이 다가왔다. 모턴 학교도 문을 닫았다. 헤어질 때 나는 학생들을 너그럽게 배려하려고 신경 썼다. 이상하게도 행운은 마음뿐 아니라 손도 벌리게 한다. 우리가 큰 선물을 받았을 때는 남에게도 뭔가를 주어 지나치게 끓어오르는 감정을 배출하게 된다. 오랜 시간 동안 시골 학생들 중 다수가 나를 좋아해 즐거웠는데, 나의 그런 생각이 옳았다는 게 이별 장면에서 증명되었다. 학생들은 내게 강한 애정을 표시했다. 소박한 그들의 가슴속에 내가 자리 잡고 있음을 알게 되어 행복했다. 나는 그들에게 한 주에 한 번, 한 시간씩 수업을 해 주겠다고 약속했다.

문을 잠근 뒤, 60여 명의 여학생이 내 앞에 줄지어 서 있는 것을 보았다. 손에 열쇠를 든 채 가장 뛰어난 학생 대여섯 명과 특별한 작별 인사를 나누었다. 그때 리버스 씨가 다가왔다. 이 학생들은 영국의 농부들 중 가장 점잖고, 예의 바르고, 겸손하고, 지적인 젊은 여성들이었다. 이 사실에서 많은 것을 알 수 있다. 결국 유럽 어느 나라와 비교해도 영국 농부가 가장 교육을 잘 받고, 예절 바르고, 자존심이 강한 것이다. 나중에 프랑스나 독일의 농촌 여성들을 만나 보았지만 가장 뛰어난 여성조차 모턴에서 가르친 여학생들보다 무식하고 거칠고 아둔한 것 같았다.

"한 학기 동안 열심히 노력한 보상을 얻었소?" 학생들이 가고 나자 리버스 씨가 물었다. "한창때 좋은 일을 했다고 생각하면 기쁘지 않소?"

"그럼요."

"당신은 겨우 몇 달간 일했을 뿐이오. 학생을, 나아가 인류를 개선하는 일에 자신을 바친다면 더 보람 있지 않겠소?"

"그럴 거예요. 하지만 영원히 이 일을 계속하지는 못하겠어요. 다른 사람들의 능력을 개발하는 일만 할 게 아니라 저 자신의 능력도 펼치고 싶어요. 이제는 제 능력을 발휘해야 해요. 몸과 마음을 다시 학교로 끌어들이지 마세요. 학교를 벗어나 충분히 휴가를 즐기고 싶어요."

그는 엄숙해 보였다. "지금 무슨 말을 하는 거요? 왜 갑자기 들떠서 이러는 거요? 무얼 하려는 거요?"

"활동적으로 살려고요. 할 수 있는 한 최대한 활동적으로 살려고요. 그리고 당신께 부탁을 하나 드리려고 해요. 해나를 제게 주시고 시중들 다른 사람을 구하세요."

"그녀가 필요하오?"

"그래요, 무어 하우스로 데려갈 거예요. 일주일 뒤면 다이애나와 메리가 집으로 돌아올 거예요. 그들이 도착하기 전에 집을 모조리 정돈해 놓고 싶어요."

"알겠소. 당신이 멀리 여행이라도 떠나나 했소. 그보다는 훨씬 낫소. 해나를 데려가도 괜찮소."

"그러면 해나에게 내일까지 준비하고 있으라고 하세요. 여기 교실 열쇠가 있어요. 집 열쇠는 내일 오전에 드릴게요."

그가 열쇠를 받았다. "이 일을 포기하는 게 즐겁구려." 그가 말했다. "왜 그렇게 마음이 가벼운 거요? 지금 학교 일 대신 무슨 일을 하려는지 모르겠소. 이제는 어떤 목적과 목표와 야심을 가지고 있는 거요?"

"우선 **대청소**(이 표현의 의미를 충분히 아시나요?), 무어 하우스를 방에서 창고까지 **대청소하려고** 해요. 그다음에는 밀랍과 기름과 걸레를 엄청나게 사용해 집 전체를 반짝거릴 때까지 닦으려고요. 세 번째로 의자와 식탁과 침대와 카펫을 정리해 한 치의 오차도 없이 제자리에 두려고요. 그러고 나서 방마다 따뜻하게 난롯불을 지필 거예요. 석탄과 이탄 값을 대느라고 파산하실 수도 있어요. 마지막으로 동생들이 오기 이틀 전에는 하루 종일 달걀을 휘젓고, 좋은 건포도를 고르고, 향료를 갈고, 크리스마스 케이크 재료를 준비하고, 고기파이에 들어갈 재료를 다지며, 부엌에서 여러 가지 의식을 행할 거예요. 설명해 드릴 수는 있지만, 그래 봐야 당신 같은 문외한은 잘 알아듣지 못할 거예요. 간단히 말해서, 다음 주 목요일 전에 다이애나와 메리를 맞을 준비를 아주 완벽하게 하려는 거예요. 그들이 도착했을 때 아주 환상적으로 환영하려고요."

세인트 존은 약간 웃었다. 하지만 그는 아직도 불만이었다.

"당분간은 그래도 좋소. 하지만 처음 들뜬 기분이 지나가면, 가족 사랑이나 가사의 즐거움보다 조금 더 고상한 것을 추구하게 될 거요."

"이 세상에서 그게 제일 좋은데요!" 내가 끼어들었다.

"제인, 그렇지 않소. 이 세상에서 결실을 볼 수는 없소. 그런 걸 시도하지 마시오. 그리고 이 세상에서 휴식을 취하려고도 하지 마시오. 게을러져서는 안 되오."

"반대로 전 바쁘게 움직이려고 하는데요."

"제인, 당분간은 마음대로 하시오. 두 달간은 마음껏 새로운 위치를 즐기고 이제 막 알게 된 친척과 어울리며 즐겨도 괜찮소. 하지만 그다음에는 당신이 무어 하우스나 모턴 너머에 있는 것을 추구하기 바라오. 자매의 정이나 풍요로운 문명이 주는 이기적인 안정감이나 감각적인 안위를 넘어서길 바라오. 그때쯤에는 에너지가 넘쳐 괴로울 거요."

나는 놀라서 그를 바라보았다. "세인트 존, 그렇게 말하니 정말 나쁜 사람 같으세요. 지금 여왕처럼 만족해 있는 저를 다시 불안에 휩싸이게 하셨어요! 무슨 목적으로 이러시는 거예요?"

"신께서 주신 당신의 재능을 제대로 쓰게 하려는 거요. 언젠가는 신께서 그것을 잘 썼는지 엄격하게 따지실 거요. 제인, 걱정하며 당신을 열심히 지켜보겠소. 이 점을 경고하는 거요. 지나치게 열심히 평범한 가사의 즐거움에 빠지지 않도록 하시오. 그렇게 혈연에 집착하지 마시오. 세속적이고 일시적인 일에 당신의 열정과 한결같은 마음을 낭비하지 마시오. 그것을 적절한 대의명분을 위해 아껴 두시오. 제인, 듣고 있소?"

"네, 당신이 마치 그리스어를 하시는 것 같아요. 행복할 명분이 적절하다고 생각하고, 저는 **행복해질** 거예요. 안녕히 가세요!"

나는 무어 하우스에서 행복했고 열심히 일했다. 해나도 그랬다. 내가 집을 뒤죽박죽으로 만들고 소란을 피우며 아주 즐겁게 다니는 모습을 보고, 즉 먼지를 털고 마루를 쓸고 닦고 요리하는 내 모습을 보고 해나는 나를 좋아하게 되었다. 그리고 실제로 하루 이틀 혼란에 혼란이 더해진* 다음 우리가 만든 혼란이 차츰 질서를 잡아가 기뻤다. 그 전에 S○○○ 시로 가서 새 가구를 샀다. 사촌들은 내 마음대로 바꾸라고 백지 수표를 주어, 가구 살 돈을 따로 떼어 두었었다. 평소에 사용하는 거실과 침실에 대해서는 예전

제34장　573

그대로 두었다. 다이애나와 메리는 최신 유행에 맞추어 멋지게 꾸미는 것보다 오히려 예전부터 있던 소박한 탁자, 의자, 침대가 있는 걸 더 좋아할 것 같았다. 하지만 그들의 귀향에 멋진 자극을 더하고 싶었고, 그러기 위해서는 약간 새로운 변화가 필요했다. 변화를 주기 위해 짙은 색의 멋진 새 카펫과 커튼, 정성껏 고른 골동품 도자기와 청동색 장식품, 새로운 덮개, 거울, 화장대에 놓을 화장품을 들여놓았다. 새 물건들은 지나치게 티 나지 않으면서도 참신해 보였다. 평소에 잘 사용하지 않는 거실과 손님용 침실은 오래된 마호가니 가구와 진홍색 실내 장식으로 완전히 새롭게 바꾸어놓았다. 모든 것이 끝나자 밖은 전형적인 겨울답게 황량하고 쓸쓸한 황야가 보이는데 무어 하우스 집 안은 조촐하지만 밝고 아늑해서 완벽해 보였다.

마침내 대망의 목요일이 다가왔다. 그들은 어두워질 무렵 도착할 예정이었으나 해가 떨어지기도 전에 2층과 아래층 모두 불을 켜 두었다. 부엌은 완벽하게 깨끗했고 해나와 나는 옷을 차려입었다. 만반의 준비를 마쳤다.

제일 먼저 세인트 존이 도착했다. 그동안 정리가 끝날 때까지 그는 집 근처에 얼씬도 못 하게 했다. 사실은 집 안에서 구질구질하고 사소한 일을 하느라 소동이 벌어졌는데, 그가 생각만 해도 질린다며 집에 오지 않기도 했다. 그가 부엌에 들어왔을 때, 나는 차에 곁들일 케이크를 굽고 있었다. 난롯가로 다가오면서 그가 물었다. "결국 하녀 일에 만족했소?" 나는 대답 대신 따라와서 내가 한 일을 전체적으로 살펴보라고 했다. 어렵게 설득해서 마침내 그가 집을 둘러보게 했다. 그는 내가 문을 열면 문 앞에서 보기만 했다. 아래층과 2층을 이리저리 둘러보고 그 짧은 시간에 이처럼 엄청나게 바꾸느라 피곤하고 힘들었겠다고 말했다. 하지만 집이 좋아졌다는 말은 한 마디도 하지 않았다.

이런 침묵에 나는 기분이 우울해졌다. 어쩌면 이렇게 바꾼 게 그의 소중한 옛 추억을 망쳤을지도 모른다는 생각이 들어 약간 실망한 어조로 그에게 물었다.

"전혀 그렇지 않소. 반대로 모든 추억을 꼼꼼하게 잘 보전했소. 지나칠 정도로 그 문제에 신경을 쓴 것 같소. 예를 들면, 이 방의 배치에 대해 연구하느라 얼마나 시간을 썼소? 그리고 책을 찾는데, 어디 있소?"

나는 책꽂이에서 그 책을 보여 주었다. 그것을 꺼내더니, 그는 늘 앉는 창가의 구석 자리로 가서 책을 읽기 시작했다.

독자여, 나는 그의 이런 태도가 싫었다. 세인트 존은 좋은 사람이기는 하지만 자신의 말대로 차갑고 고집이 세다는 말이 맞다는 느낌이 들기 시작했다. 그는 인간적인 면이나 생활의 쾌적함에 대해 무신경했다. 평화로운 일상의 즐거움이 그에게는 전혀 매력적이지 않았다. 그는 문자 그대로 선하고 위대한 것만 추구하며 살았다. 하지만 여전히 편안한 휴식을 취하지 못했고 주위 사람의 휴식까지 인정하지 않으려고 했다. 백석처럼 고요하고 창백한 고결한 앞이마와 공부에 몰두해 있는 멋진 이목구비를 보자, 갑자기 그가 좋은 남편감이 아니며 그의 아내는 힘들 것 같았다. 그가 어떤 식으로 올리버 양을 사랑하는지 갑자기 깨달았다. 그는 그 사랑이 관능적인 사랑이라고 생각하는데, 나도 그 점에 동의했다. 그가 그런 사랑 때문에 들떠 있는 자신을 얼마나 경멸하는지, 그 사랑을 얼마나 억누르고 제거하고 싶어 하는지, 자신이나 그녀의 행복에 영원히 기여할 리가 없다고 생각하는 이 사랑을 얼마나 불신하는지 이해되었다. 그가 원래 영웅, 기독교의 영웅이든 이교의 영웅이든, 영웅이나 입법자나 정치인이나 정복자가 되기에 적합한 인재임을 알았다. 거대한 이해관계를 해결해 줄 만한 꿋꿋한 성채이기는 하지만, 가정에는 어울리지 않는 음울하게 차갑고 거추장스러운 기둥이었다.

'이 거실은 그가 있을 곳이 아니야.' 나는 생각했다. '그에게는 히말라야 산맥이나 카프르 숲이나 역병에 시달리는 기니 해안의 늪이 더 잘 어울려. 그가 평온한 가정생활을 피하는 것도 당연해. 그의 본성과 안 맞아. 가정에서는 그의 능력이 썩어 버릴 거야. 그런 능력이 발달할 수도 없고 유익할 것 같지도 않아. 바로 위험한 투쟁의 장, 힘을 발휘하고 용기를 증명하고 강인함을 요구하는 그런 곳에서 지도자이자 상관으로서 말하고 활동하는 게 어울려. 가정에서는 명랑한 어린아이만도 못해. 선교사가 되기로 한 게 옳아. 이제야 알겠군.'

"오고 계세요! 오고 계세요!" 해나가 응접실 문을 활짝 열고 외쳤다. 동시에 늙은 카를로가 기쁨에 차 짖었다. 나는 밖으로 달려나갔다. 어두웠지만 덜거덕거리는 바퀴 소리를 들을 수 있었다. 해나는 곧 랜턴에 불을 붙였다. 마차가 쪽문 앞에 멈추고 마부가 문을 열었다. 잘 아는 사람이 한 사람 나오고 이어서 또 한 사람이 나왔다. 나는 순식간에 그들을 껴안았다. 처음 내 얼굴에 메리의 부드러운 뺨이 닿았고 이어서 흘러내린 다이애나의 곱슬머리가 닿았다. 그들은 웃으며 내게 입맞춤하고 해나에게 입맞춤한 뒤 기뻐서 반은 미쳐 날뛰는 카를로를 쓰다듬으면서 모두 잘 있었는지 열심히 안부를 물었다. 잘 있었다는 말을 듣자 서둘러 집 안으로 들어갔다.

그들은 휘트크로스에서부터 먼 길을 덜컹거리며 오느라 온몸이 뻣뻣해져 있었다. 차가운 밤공기에 덜덜 떨고 있었다. 하지만 활활 타는 난롯불을 보자 얼굴이 환해졌다. 해나가 짐 상자를 들여오자 그녀들은 세인트 존은 어디에 있느냐고 물었다. 그 순간 그가 응접실에서 나왔다. 그녀들은 곧 그의 목을 와락 끌어안았다. 그는 한 명씩 조용히 입맞춤을 하고 몇 마디 환영의 말을 한 뒤 선 채로 그들이 하는 말을 한동안 듣다가 나중에 응접실에서 보자고 말한 다음 피난처인 양 응접실로 도망갔다.

나는 2층으로 가기 위해 초를 켰다. 다이애나는 마부에게 들어와서 쉬라고 한 다음 나를 따라왔다. 그들은 개조된 방과 바꾼 장식품에 만족했다. 새 커튼이나 새 카펫이나 화려한 도자기 화병을 보고 기뻐하며, 정말 만족스러워 했다. 그들이 방 배치를 아주 마음에 들어 하고 멋진 귀향을 즐기자 나도 기뻤다.

그날 밤은 정말 달콤했다. 나의 사촌들은 환희에 차서 이런저런 말을 하고 평을 달았다. 그들의 유창한 말이 세인트 존의 침묵을 덮었다. 그는 누이들을 만나 정말 기쁘기는 했지만 여동생들의 들뜬 기분이나 지나친 기쁨에는 공감하지 않았다. 그날의 사건, 즉 다이애나와 메리의 귀향은 즐거웠지만 이 사건에 따르는 즐거운 소란이나 만나서 즐겁게 떠드는 소리는 피곤했던 것이다. 그가 더 조용한 내일이 빨리 오길 바라는 것을 알 수 있었다. 차를 마신지 한 시간가량 지난 다음 한창 재회의 즐거움을 나누고 있는데 문에서 똑똑 하는 소리가 들렸다. 해나가 "이렇게 엉뚱한 시간에 불쌍한 꼬마가 와서 어머니가 죽어 간다고 리버스 씨가 와 주셨으면 하네요"라는 말을 전했다.

"어디에 산다고 하오, 해나?"

"휘트크로스 브로 꼭대기에 산다고 하는데요. 거의 4마일이나 떨어져 있고 가는 길이 모두 황야와 이끼 낀 길이에요."

"가겠다고 하시오."

"목사님, 가시지 않는 게 나을 것 같아요. 밤에 가기에는 길이 정말 안 좋아요. 그 습지대에는 길도 없어요. 그리고 밤인 데다 정말 살을 에는 바람이 불고 아주 날씨가 험해요. 내일 아침에 가 보겠다고 하시는 게 낫겠는데요, 목사님."

하지만 그는 이미 외투를 걸치고 복도에 나와 있었다. 그는 토를 달거나 중얼거리지 않고 떠났다. 그때가 9시였는데 자정이 지나서 돌아왔다. 그는 아주 허기지고 피곤했지만 떠날 때보다는 행복해 보였다. 그는 최선을 다해 의무를 수행했고 극기하며 일할 수 있었으며 그런 자신에 대해 더욱더 만족했다.

그다음 일주일 내내 그는 인내심을 시험한 것 같았다. 크리스마스 주간으로, 우리는 정해진 일을 하지 않고 집 안에서 즐겁게, 말하자면 여흥으로 보냈다. 황야의 공기, 집 안의 자유, 최초의 부유함 등으로 다이애나와 메리는 기운을 돋우는 생명의 영약을 먹은 것 같았다. 그들은 아침부터 정오까지, 정오부터 밤까지 즐거워했다. 그들은 내내 이야기했고 나는 그들의 재치 있고 간결하고 독창적인 이야기에 매료되었다. 그 무엇보다 그들의 말을 듣고 그 이야기에 끼이는 것이 좋았다. 세인트 존은 우리가 신나서 즐거워하는 모습을 비난하지는 않았지만 그런 분위기를 피했다. 그는 좀처럼 집에 있지 않았다. 교구가 넓은 데다 교구민이 흩어져 살아 매일 다른 구역에 사는 환자와 빈민을 방문했다.

어느 날 아침 식사 자리에서 다이애나가 잠시 생각에 잠긴 표정을 짓더니 그에게 물었다. "아직도 그 계획은 그대로예요?"

"그대로지. 그대로일 수밖에 없어." 그리고 우리에게 내년에 영국을 떠나는 것으로 확정했다고 말했다.

"그러면 로자먼드 올리버는요?" 메리가 물었다. 자기도 모르게 그 말이 새어 나온 것이었다. 그 말을 하자마자 마치 철회하고 싶어 하는 몸짓을 했기 때문이다. 세인트 존은 손에 책을 들고 있었는데(그는 식사 시간에 책을 읽는 비사교적인 습관을 가지고 있었다), 책을 덮고 올려다보았다.

"로자먼드 올리버는 곧 그랜비 씨와 결혼할 거다. S○○○ 시에서 가장 인맥 좋고 존경받는 분으로, 프레더릭 그랜비 경의 손자이자 상속자다. 올리버 양 아버지께 어제 들었다."

그의 누이들은 서로 바라보다 나를 보았고, 우리 셋은 동시에 그를 보았다. 그는 유리처럼 고요했다.

"결혼을 너무 서두르네요." 다이애나가 말했다. "안 지 얼마 되지 않았잖아요."

"하지만 두 달은 됐어. 10월에 S○○○ 시에서 열린 군의 무도회에서 만났단다. 하지만 이 결혼처럼 장애물이 없고 모든 면에서 바람직할 때는 미룰 필요가 없지. 프레더릭 경이 물려주는 S○○○ 저택을 신혼 살림집으로 개축하자마자 결혼할 거야."

이런 말이 오간 뒤 세인트 존이 혼자 있는 것을 처음 보았을 때, 이 일로 괴로운지 묻고 싶어졌다. 하지만 그가 전혀 동정을 필요로 하지 않는 태도여서 감히 동정을 표시하기는커녕 일전에 내가 멋대로 한 말이 부끄러워지기까지 했다. 게다가 나는 원래 그에게 좀체 말을 걸지 않았다. 그가 다시 침묵으로 얼어붙자, 그 얼음 아래서 나의 솔직함도 굳어 버렸다. 그는 나를 자신의 누이들과 똑같이 대하겠다고 약속했지만 그 약속을 지키지 않았다. 그는 계속 나를 약간 쌀쌀맞게 대하며 거리를 두었고, 그렇게 하니 전혀 친밀해지지 않았다. 간단히 말해, 이제 친척으로 인정받고 한 지붕 아래 살기는 하지만 시골 학교 여선생으로 알 때보다 훨씬 더 멀어진 느낌이었다. 한때 그가 얼마나 터놓고 이야기했으며, 얼마나 비밀을 털어놓았는지 기억하자 지금은 왜 이렇게 냉담하게 구는지 이해할 수 없었다.

그런 상황이었는데 책상 위에 고개를 숙이고 있던 그가 갑자기 머리를 들어 이렇게 말했을 때, 깜짝 놀랐다.

"제인, 알겠소? 싸움은 끝났고 승리했소."

그가 이런 식으로 말을 거는 데 놀라, 나는 얼른 대답을 하지 못했다. 잠시 망설이다가 이렇게 대답했다.

"하지만 지나친 희생을 치르고 승리를 쟁취한 정복자들의 승리와는 다른가요? 틀림없나요? 또다시 그런 승리를 쟁취하다가는 죽지 않을까요?"

"그렇지는 않을 거요. 그렇다고 하더라도 그다지 중요하지 않소. 다시는 부름을 받아 이런 승리를 거두는 일이 없을 거요. 이런 갈등을 겪은 뒤 내 인생이 분명하게 변화했소. 이제 내 갈 길이 분명해졌소. 신에게 감사하오!" 그렇게 말한 뒤, 그는 다시 책을 보며 침묵을 지켰다.

마침내 우리끼리(즉 다이애나, 메리, 나 사이의) 누리던 행복은 차분한 것으로 바뀌고, 다시 평소의 습관과 규칙적인 공부로 돌아갔다. 그즈음 세인트 존은 좀 더 자주 집에 머물렀다. 그는 우리와 함께 같은 방에 있었는데, 때로는 몇 시간이고 함께 있었다. 메리는 그림을 그리고, 다이애나는 백과사전 읽는 일을 계속하고(놀랍고 경이로워 보였다), 나는 열심히 독일어를 공부하는 동안, 그는 신비한 학문에 집중했다. 그는 자신의 계획을 이루기 위해 동양의 언어를 공부했다.

이렇게 그가 자신만의 구석에 앉아 공부할 때면 조용히 몰두하는 것 같았다. 하지만 가끔씩 이국적인 문법책에서 파란 눈을 떼고 허공을 헤매며 둘러보다 동료 학생인 우리에게 시선을 고정하고 이상할 정도로 강렬하게 관찰했다. 그러다가 들키면 곧 시선을 거두었지만 늘 곧 우리가 앉은 탁자 쪽을 보곤 했다. 이 시선이 무엇을 의미하는지 궁금했다. 또 별로 중요해 보이지 않는 일, 즉 매주 있는 나의 모턴 학교 방문을 왜 그렇게 항상 흡족해 하는지도 궁금했다. 날씨가 좋지 않은 날, 즉 눈이 오거나 비가 오거나 바람이 심하게 부는 날 그의 여동생들이 학교에 가지 말라고 말리면, 그는 항상 그런 걱정을 무시하며 날씨 개의치 말고 다녀오라고 부추겼다. 그래서 나는 더더욱 당황스러웠다.

"제인은 그런 약골이 아닌데 너희가 그렇게 만들려고 하는구나. 제인도 산바람이나 소나기나 눈이 날리는 것 정도는 우리 못지않게 견딜 수 있어. 제인은 몸이 튼튼하고 유연해. 자기보다 훨씬 더 튼튼한 사람들 못지않게 다양한 기후 변화에 잘 견딜 수 있을 거야."

아주 피곤하고 비바람에 시달려 돌아올 때도 있었지만, 나는 감히 불평을 못 했다. 불평하면 그가 당황하리라는 걸 알기 때문이었다. 그는 어떤 경우든 꿋꿋한 것을 좋아했고 그 반대 경우에는 화를 냈다.

하지만 어느 날 오후, 내가 정말 감기에 걸렸을 때는 그가 집에 있어도 된다고 허락했다. 대신 여동생들이 모턴에 갔다. 나는 실러를 읽으며 앉아 있었고 그는 어려운 동양 언어로 쓰인 두루마리를 해독했다. 연습 문제를 그만 하고 번역하려고 하다가 우연히 그가 있는 쪽을 보았는데, 그의 파란 눈이 나를 지켜보고 있었다. 얼마나 오래인지는 몰라도 그가 계속 나를 꿰뚫어 보고 있었던 것이다. 그 눈길이 너무나 날카롭고 냉담해서 그 순간 유령을 본 것 같은 느낌이었다. 뭔가 이상한 존재와 같은 방에 앉아 있는 것 같았다.

"제인, 뭘 하고 있소?"

"독일어를 공부하고 있어요."

"독일어는 그만두고 힌두어를 배웠으면 좋겠소."

"진심은 아니시죠?"

"진심으로 그래 주시오. 왜 그런지 이야기하겠소."

그러고 나서 그는 자기가 힌두어를 공부하는 데 진도를 나가다 보니 앞부분을 자꾸 잊어버려 누군가를 가르치며 배운 어법들을 복습해 완벽하게 기억하고 싶다고 했다. 얼마 동안 나하고 여동생들 중 누구를 학생으로 고를까 망설였는데, 내가 세 명 중에서 가장 오래 한자리에 앉아 공부하기 때문에 나를 선택했다고 했다. 그가 청을 들어줄 수 있는지 물었다. 영국을 떠날 때까지 3개월도 안 남았으니 그다지 오랫동안 희생하지 않아도 된다고 했다.

세인트 존은 쉽게 거절할 수 있는 사람이 아니었다. 고통이든 기쁨이든 그에게는 모든 감정이 깊이 새겨지고 영원하다는 느낌을 주었다. 나는 동의했다. 다이애나와 메리가 돌아왔을 때 다이애나는 자신의 학생이 오빠의 학생이 된 것을 알았다. 여동생들은 웃으며 자신들이라면 세인트 존의 설득에 넘어가지 않았을 거라고 동시에 말했다. 그는 조용히 대답했다.

"나도 알아."

그는 아주 인내심 있고 끈기 있으며 동시에 엄격한 선생이었다. 그는 내게 많은 것을 기대했고, 내가 자신의 기대에 부응하면 그 나름의 방식대로 나를 인정한다는 것을 충분히 보여 주었다. 차츰 그는 내게 어느 정도 영향력을 갖게 되었고 나의 정신적인 자유를 빼앗아 갔다. 오히려 그의 무관심이 칭찬과 관심보다 나았다. 그가 옆에 있을 때는 마음껏 웃거나 이야기할 수 없었다. 왜냐하면 본능적으로 그가 활기(적어도 나의 활기)를 싫어한다는 것을 눈치챘기 때문이다. 그가 진지한 분위기와 노력만 인정하는 것을 충분히 알았다. 그의 앞에서는 다른 식으로 하려고 하거나 다른 일을 하려고 해 봐야 허사였다. 나는 온몸이 얼어붙는 마법에 걸렸다. 그가 "가라" 하면 가고, "오라" 하면 오고, "하라" 하면 했다.* 하지만 나는 이런 노예 상태가 싫었다. 그가 무관심해 주기를 여러 번 바랐다.

어느 날 저녁 잠자리에 들 시간이 되어 여동생들과 내가 그의 주위에 모여 밤 인사를 하고 있었다. 그는 여동생들에게는 늘 그러듯이 입맞춤을 하고 내게는 평소처럼 악수를 했다. 그때 장난기가 발동한 다이애나(**그녀는** 괴로워도 그의 의지에 따르지는 않았다. 그와는 다른 방식이지만 그녀도 그 못지않게 의지가 강했기 때문이다)가 외쳤다.

"세인트 존! 제인을 셋째 여동생이라고 부르면서 그렇게 대하지 않네요. 그녀에게도 입맞춤을 해야죠."

그녀는 나를 그 쪽으로 밀었다. 나는 다이애나의 행동에 화가 나고 불편할 정도로 혼란스러웠다. 내가 이렇게 느끼고 생각하는 동안, 세인트 존이 머리를 숙였다. 그리스인 같은 얼굴이 내 얼굴과 같은 높이로 내려오더니 내 눈을 뚫어지게 바라보고는 입을 맞췄다. 이 세상에 대리석 입맞춤이나 얼음 입맞춤 같은 것은 없다. 그렇지만 목사인 내 사촌 오빠의 입맞춤은 그 둘 중 하나에 속했다. 그리고 시험적인 입맞춤이 있다면 그의 입맞춤이야말로 시험적인 입맞춤이었다. 입맞춤을 하고 나서 결과가 어떤지 알기 위해 그는 나를 바라보았다. 눈에 띄는 결과는 아니었다. 내가 얼굴을 붉혔을 리는 없고 아마 약간 더 창백해졌을 것이다. 왜냐하면 입맞춤이 내게 족쇄를 채우는 봉인처럼 느껴졌기 때문이다. 그다음에는 이 의식을 빠뜨린 적이 없다. 내가 말없이 엄숙하게 이 의식을 수행하자, 그는 그런 태도에 약간 매력을 느끼는 것처럼 보였다.

나로서는 매일 그를 기쁘게 해 주고 싶었다. 그러나 그렇게 하기 위해서는 본성의 반을 부인하고 능력의 반을 억눌러야 한다는 것을 매일 절감했다. 원래 취향을 왜곡하고 전혀 소질이 없는 일을 억지로 해야 했다. 그는 내가 도달할 수 없는 수준에 도달하게 하려고 나를 훈련시켰다. 그가 높인 기준에 도달하기 위해 시시각각 고통스러웠다. 사실 그런 일은 나의 못생긴 용모를 그의 용모처럼 아주 고전적으로 바꾸거나 불안한 내 눈을 그의 눈처럼 엄숙한 느낌의 바다 빛 푸른색으로 물들이는 것만큼이나 불가능했다.

하지만 지금 내가 괴로운 것은 그의 지배만이 아니었다. 최근 들어 나는 걸핏하면 슬퍼졌다. 내 마음을 좀먹는 불안이 스며들어 내 행복이 뿌리부터 시들었다.

독자여, 아마 내가 다른 곳에서 다른 운명을 갖자 그를 잊었다고 생각할지 모르겠다. 하지만 나는 한 순간도 그를 잊은 적이 없다. 그는 항상 내 뇌리에 머물러 있었다. 그는 햇빛이 비친다고 흩어질 수 있는 수증기나 폭풍이 분다고 지워질 수 있는 모래 위의 그림이 아니었다. 그는 대리석 석판 위에 새겨진 이름이었다. 그 대리석이 있는 한 영원히 사라지지 않는 이름이었다. 어디를 가든 그가 어떻게 지내는지 알고 싶었다. 모턴에 있을 때는 매일 저녁 오두막에 들어서면 그를 생각했고, 무어 하우스에서는 밤마다 침실에 들어서면 그를 생각했다.

브리그스 씨와 유언장 처리를 위해 사무적인 편지를 주고받다가 로체스터 씨가 지금 어디에 살고 있는지, 그의 건강이 어떤지 알고 있느냐고 물어보았다. 하지만 세인트 존의 추측대로 그는 로체스터 씨에 대해 전혀 아는 바가 없었다. 그러고 나서 나는 페어팩스 부인에게 로체스터 씨에 대해 꼭 알려 달라는 편지를 썼다. 이렇게 하면 내가 원하는 바를 알 수 있을 것 같았다. 그리고 답장이 곧 올 것이라고 믿었다. 놀랍게도 2주일이 지나도 답장이 오지 않았다. 하지만 두 달이 지나고, 매일 우편물이 오는데도 그녀의 답신이 오지 않자 몹시 불안해졌다.

다시 편지를 썼다. 처음에 쓴 편지가 없어졌을 수도 있다는 생각이 들어서였다. 새로운 시도를 하자, 이어서 희망도 되살아났다. 다시 살아난 희망은 이전의 희망과 마찬가지로 몇 주일간 빛났다. 그 후 이 희망도 똑같이 흐려지더니 깜빡거렸다. 내게는 글 한 줄도, 말 한 마디도 오지 않았다. 6개월을 기다렸으나 답장이 오지 않자, 희망은 사라졌고 정말 암담했다.

봄이 다가와 화사하게 빛났지만, 봄을 즐길 수가 없었다. 여름이 다가왔다. 다이애나는 내 기분을 풀어 주려고 애썼다. 아파 보인다며 함께 해변으로 가서 휴식을 취하자고 했다. 세인트 존은 반대했다. 그는 지금 내게 필요한 것은 기분 전환이 아니라 일이라고 주장했다. 지금 내 생활에 목적이 없는 게 문제니 목표를 세워야 한다고 했다. 아마도 이런 부족함을 메우기 위해서인지 힌두어 수업 시간을 늘렸고 더 열심히 하라며 다그쳤다. 그리고 나는 바보처럼 그의 뜻을 따르지 않아도 된다는 생각을 하지 못했다. 그렇게 할 수가 없었다.

어느 날 다른 날보다 더 침울한 기분으로 서재로 갔다. 이렇게 침울해진 건 너무 실망해서였다. 아침에 해나가 편지 왔다고 해서 드디어 그렇게 기다리던 소식이 왔다고 믿으며 편지를 가지러 갔다. 하지만 브리그스 씨가 보낸 하찮은 사무적인 내용의 편지였다. 쓰라린 좌절감 때문에 눈물이 뚝뚝 떨어졌다. 그리고 서재에 앉아 인도어로 쓴 어려운 글자와 황당한 수사를 곰곰이 들여다보는데 다시 눈물이 고였다.

세인트 존은 자기 옆에 와서 힌두어를 읽어 보라고 했다. 나는 읽으려고 했지만 소리가 나오지 않았다. 북받치는 울음소리에 제대로 소리가 들리지 않았다. 그때 서재에는 그와 나밖에 없었다.

다이애나는 응접실에서 피아노 연습을 하고, 메리는 정원을 가꾸고 있었다. 아주 화창한 5월이었다. 날씨는 맑고 햇빛은 빛나고 미풍이 불어왔다. 내 옆에 앉아 있던 그는 이런 감정에 놀라지도 않고 왜 그러느냐고 묻지도 않았다. 그는 이렇게만 말했다.

"제인, 진정될 때까지 잠시 기다리겠소." 내가 황급히 북받치는 울음을 억누르는 동안, 그는 책상에 몸을 기대고 조용히 참을성 있게 앉아서 기다렸다. 의사가 잘 아는 환자의 예상된 증상을 과학적으로 바라보는 것처럼 날 바라보았다. 울음을 참고, 눈물을 닦은 뒤, 오전에 몸이 좋지 않았다는 등의 말을 중얼거렸다. 그다음 과제를 다시 시작해 제대로 끝냈다. 세인트 존은 내 책과 자신의 책을 치우고, 책상을 잠그더니 말했다.

"제인, 이제 산책을 하시오. 나와 함께 갑시다."

"다이애나와 메리를 부를게요."

"그러지 마시오. 오늘 오전에는 단둘이 가고 싶고, 꼭 당신이어야 하오. 옷을 입으시오. 부엌에 있는 쪽문으로 나가서 마시 글렌 봉우리로 가는 길로 가시오. 곧 따라가겠소."

나는 중도를 모른다. 나와 정반대되는 적극적이고 강인한 인물과 관계를 맺을 때 어떤 식으로든 중도를 따른 적이 없었다. 늘 절대적으로 순종하거나 결의에 차 반항하거나 둘 중 하나였다. 늘 한 가지를 충실하게 따르다가 마지막 순간에 때로는 화산처럼 격렬하게 폭발한 뒤 정반대 방향으로 나갔다. 하지만 지금은 저항이 허용되지 않는 상황인 데다 저항할 기분도 아니었다. 나는 세인트 존의 지시대로 따랐다. 그리고 10분 뒤 그와 나란히 황야에 난 거친 길을 걸었다.

서쪽에서 미풍이 불어오고 있었다. 언덕을 넘어온 그 바람은 히스와 골풀 향기로 달콤했다. 하늘은 구름 한 점 없이 파랬다. 협곡을 따라 내려오는 개울물은 지난번에 내린 봄비로 불어나 깨끗한 물이 콸콸 흘렀다. 물이 하늘의 사파이어 빛과 태양의 황금빛으로 빛났다. 우리는 계속 걸어가다 길을 벗어나 부드러운 풀밭 위를 걸었다. 그 풀밭은 이끼처럼 에메랄드 초록색이었고 그 사이에 하얀 꽃이 흰 에나멜을 점점이 찍어 놓은 것처럼 피어있었고 별처럼 생긴 노란 꽃이 반짝였다. 골짜기 안으로 들어가니 언덕에 둘러싸여 있었다.

"여기서 쉽시다." 늘어선 바위 가운데로 난 샛길로 들어서 그중 첫 번째 바위에 이르자 세인트 존이 말했다. 그 바위들 너머에서는 계곡물이 폭포처럼 흘렀다. 그리고 더 멀리 있는 산에는 풀과 꽃이 없었다. 히스 옷을 입고 암석 보석을 단 것 같았다. 야생적인 산이 야만적으로 보였고, 상큼해 보이던 산이 찌푸리고 있었다. 이곳에는 혼자 있을 수 있는 쓸쓸한 희망이 있는 곳이고 침묵할 수 있는 마지막 피난처였다.

나는 앉았고, 세인트 존은 내 옆에 섰다. 그는 샛길을 바라보다 계곡을 내려다보다 했다. 그의 시선은 계곡물을 따라 헤매다 다시 돌아와 그 계곡을 파랗게 물들인 구름 한 점 없는 하늘을 둘러보았다. 모자를 벗은 그의 머리카락을 미풍이 흐트러뜨리고 이마에 입맞춤을 하는데도 그는 가만히 서 있었다. 그곳의 수호신과 교감하는 것처럼 보였다. 그는 눈으로 무엇에겐가 작별을 고했다.

"그리고 갠지스 강가에서 잠잘 때 꿈에서 다시 이 광경을 볼 거요. 그리고 다시 아주 오랜 뒤에, 더 검은 강가에서 다른 잠을 잘 때 다시 이 광경을 볼 거요!"

이상한 사랑을 노래한 이상한 말이었다! 애국자가 보이는 진지한 조국애였다! 그가 앉았다. 반시간 동안 우리는 아무 말도 하지 않았다. 그는 내게, 나는 그에게 아무 말도 하지 않았다. 그렇게 침묵을 지키다 그가 다시 말을 꺼냈다.

"제인, 나는 6주일 후면 떠나오. 6월 20일 출발하는 동인도 회사 배를 예약했소."

"하느님의 가호가 있을 거예요. 하느님 일을 맡으셨으니까요." 내가 대답했다.

"그렇소, 내 영광이고 기쁨이오. 나는 항상 올바르신 주인의 종이오. 인간의 보호를 받으며 나아가는 게 아니오. 동료인 나약한 인간이 만든 결함투성이인 법이나 실수투성이인 인간의 지배에 따르는 게 아니오. 나의 왕, 나의 입법자, 나의 선장은 완벽하오. 내 주변의 모든 사람이 열렬히 이 깃발 아래 모여들지 않는 게, 즉 이 일에 참여하지 않는 게 이상하오."

"모든 사람이 당신처럼 강한 것은 아니에요. 그리고 나약한 사람이 강한 사람들과 함께 행진하려 든다면, 어리석은 짓이죠."

"나약한 사람에게 말하거나 그런 사람을 생각하는 게 아니오. 그런 일을 할 만하고, 할 수 있는 사람에게 말하는 거요."

"그런 사람은 극소수인 데다 찾기 어려우실 거예요."

"그 말은 사실이오. 하지만 그런 사람을 찾으면, 흔들어 깨우는 게 옳은 일일 거요. 그들에게 노력을 권유하고 격려하는 게, 자신의 재능이 무엇인지, 그리고 하느님이 왜 그런 재능을 주셨는지 알려 주어야 할 거요. 그들의 귀에 하느님의 메시지를 말해 주고 하느님의 명을 직접 받들어 선민의 반열에 오르게 해야 하오."

"정말 그 일을 할 만한 사람이면, 본인이 알지 않을까요?"

끔찍한 마술이 나를 둘러싸고 다가오는 것 같은 느낌이 들었다. 주문을 외우며 마술을 거는 치명적인 말이 들리자 떨렸다.

"그러면 **당신의** 마음은 무엇이라고 하오?" 세인트 존이 물었다.

"내 마음은 아무 말도 하지 않아요. 내 마음은 아무 말도 하지 않아요." 나는 충격을 받아 떨면서 대답했다.

"그러면 내가 대신 말해야겠소." 그윽한 목소리로 그가 가차 없이 말했다. "제인, 나와 함께 인도로 갑시다. 나의 동료이자 조수로 갑시다."

땅과 하늘이 빙빙 돌았다. 산이 불쑥 솟아났다! 마치 하늘로부터 부름을 받은 것 같았다. 마치 마케도니아의 천사 같은 천사가 나타나 "와서 우리를 도와주십시오"*라고 말한 것 같았다. 하지만 나는 사도가 아니었고, 그 천사를 볼 수도 없었고, 천사의 소명을 받아들일 수도 없었다.

"오, 세인트 존! 자비를 베풀어 주세요!" 내가 외쳤다.

의무라고 믿는 것을 행하며 자비나 후회라고는 모르는 사람에게 나는 호소했다. 그는 계속 말했다.

"신의 뜻으로 보나 당신의 본성으로 보나 당신은 선교사의 아내로 태어난 사람이오. 신께서 당신에게는 육체적 자산이 아니라 정신적 자산을 주셨소. 당신은 사랑이 아니라 노동을 하도록 태어난 사람이오. 당신은 선교사의 아내가 되어야 하고, 될 거요. 당신은 내 아내가 될 거요. 나 자신의 즐거움을 위해서가 아니라 신에게 봉사하기 위해 내 아내가 되어 달라고 요구하는 거요."

"저는 그 일에 적합하지 않아요. 저는 소명 의식이 전혀 없어요." 내가 말했다.

그는 이 첫 번째 반대 이유들에 대해 따졌다. 전혀 짜증을 내지 않고, 뒤에 있는 바위에 기댄 자세로 팔짱을 끼고 굳은 표정을 지었다. 그는 내가 길게 여러 가지로 반대를 늘어놓을 것을 예상하고 이미 준비가 되어 있었고 끝까지 참을성 있게 설득했다. 하지만 결국 자신이 승리해야 한다는 결의에 차 있었다.

"제인, 겸손은 기독교적 미덕의 토대요. 당신이 그 일에 적합하지 않다고 말한 것은 옳소. 하지만 그 일에 적합한 사람이 누가 있겠소? 또는 소명을 받은 사람 중 자신이 그런 부름을 받을 만한 가치가 있다고 믿는 사람이 누가 있겠소? 나도 먼지이고 재일 뿐이오. 바울로와 더불어 나는 죄인들 중에서 가장 큰 죄인*임을 인정하오. 하지만 이렇게 개인적인 사악함을 안다고 해서 이 일을 그만두지는 않소. 나는 나의 지도자를 아오. 주님은 강할 뿐 아니라 공정하시오. 주님은 위대한 일을 위해 보잘것없는 도구를 선택하시오. 그렇지만 부적절한 도구로 목적을 이루려는 것이 불가사의한 신의 위대한 뜻에 따르는 것이오. 나처럼 생각하시오, 제인. 나처럼 믿으시오. 영원한 바위*에 기대라고 부탁하는 거요. 그것이 당신의 인간적 약점이라는 짐을 받쳐 주리라는 것을 전혀 의심하지 마시오."

"저는 선교사 생활을 몰라요. 선교사 일을 공부해 본 적도 없고요."

"그 점에 대해서는 나도 보잘것없기는 하지만, 당신을 도와줄 수 있소. 당신에게 매시간 할 일을 정해 주겠소. 늘 당신 옆에 있겠소. 시시각각 당신을 돕겠소. 처음에는 이렇게 해 줄 수 있소. 곧(당신의 능력을 알고 있소) 당신이 나만큼 강하고 유능해져 내 도움이 필요 없을 거요."

"하지만 내 능력이라니요? 이런 일을 할 내 능력이 어디 있다는 말씀이세요? 전 느낄 수가 없어요. 당신이 말씀하시는 동안 내 마음속에서 어떤 움직임도, 어떤 말씀도 없었어요. 마음속에서 번쩍이는 빛도, 솟아나는 활기도, 충고하거나 격려하는 목소리도 전혀 느낄 수 없었어요. 오, 내 마음이 지금 이 순간 얼마나 깜깜한 동굴 같은지 알려 드릴 수 있으면 좋겠어요. 동굴 깊은 곳에 손발이 묶인 두려움으로 위축된 채로 있을 뿐이에요. 당신의 설득에 넘어

가서 할 수 없는 일을 시도하면 어쩌지 하는 두려움요."

"당신 대신 내가 대답해 주겠소. 들어 보시오. 우리가 처음 만났을 때부터 나는 당신을 지켜보았소. 열 달 동안 당신에 대해 연구했소. 그동안 다양한 방법으로 당신을 검증해 보았소. 내가 무엇을 보고 어떤 결과를 이끌어 냈는지 아시오? 시골 학교에서 당신이 습관이나 성향에 잘 맞지 않는 일인데도 그 일을 정확하게, 제대로 잘 완수하는 것을 보았소. 재능을 발휘해 아주 유능하게 해냈소. 당신은 스스로를 통제하며 늘 잘 해냈소. 갑자기 부자가 됐는데도 아주 침착했소. 당신에게서 데마의 죄*가 없는 정신을 읽었소. 당신은 물질적인 부에 전혀 흔들리지 않았소. 기꺼이 단호하게 재산을 4등분해서 당신이 하나를 갖고 나머지 셋은 포기했소. 추상적인 정의에 따라서 말이오. 그런 당신의 모습에서 강렬한 희생의 불꽃에 싸여 기뻐하는 영혼을 보았소. 내가 원하자 유연하게 당신이 좋아하는 공부를 포기하고 내가 좋아하는 공부를 받아들였소. 그다음에는 지치지 않고 열심히 끈기 있게 공부했소. 어려움이 있어도 지치지 않고 침착하게 극복해 나갔소. 그런 모습을 보고 당신이야말로 나를 보완해 줄 자질을 갖춘 사람임을 인정했소. 제인, 그대는 얌전하고 부지런하고 충실하고 일관성 있고 용기 있소. 매우 유순하면서도 아주 영웅적이오. 그러니 자신에 대한 불신을 버리시오. 나는 당신을 완전히 믿소. 인도 학교 교장으로서, 인도 여성 사이에서 조력자로서 당신은 내게 이루 말할 수 없는 도움이 될 거요."

쇠로 된 수의가 나를 죄어 왔다. 설득이 서서히 그러나 확고한 발걸음으로 다가왔다. 나는 눈을 감고 있었지만 그가 한 마지막 말이 지금까지 막혀 있던 길을 비교적 깨끗하게 치워 주었다. 그가 계속 말하자, 그렇게 애매하고 절망적으로 산만해 보이던 내 일이 하나로 모아지고, 그의 손을 거치자 명확한 형태를 띠었다. 나는 15분만 시간을 주면 생각해 보고 대답하겠다고 했다.

"기꺼이 시간을 주겠소." 그가 대답했다. 그리고 일어나서 오솔길로 걸어가 히스 더미에 몸을 던지고 조용히 누웠다.

'그가 원하는 것을 **할 수는 있어**. 말하자면, 확실히 그 사실을 알고 있으며 인정해야 해.' 나는 생각했다. '내가 살 수만 있다면. 하지만 인도의 태양 아래서 내가 오랫동안 살 수 있을 것 같지가 않아. 그다음에는 무슨 일이 벌어질까? 그는 그래도 개의치 않을 거야. 내가 죽을 때가 오면, 나를 아무 말 없이 포기하고 경건하게 생명을 주신 신께 넘길 거야. 이제 어떤 상황인지 분명히 알겠어. 영국을 떠나는 것은 사랑하기는 하지만 내게 공허한 땅을 떠나는 걸 거야. 로체스터 씨는 여기에 없어. 여기 있다고 해도 내게 무슨 의미가 있겠어? 이제 나는 그 사람 없이 살아야 해. 그와 재결합하는 불가능한 상황이 생기기라도 할 것처럼 하루하루를 억지로 살아가는 것은 그 무엇보다 어리석고 나약한 일이야. (세인트 존이 말한 것처럼) 이제 사라진 관심사는 잊고 대신 다른 관심사를 찾아야 해. 그가 내게 제의하는 일이야말로 진정으로 신이 정해주고 가장 영광스러운 사람만이 할 수 있는 일이 아닐까? 고귀한 배려로 숭고한 결과를 낳는데, 그 일이야말로 좌절된 사랑과 부서진 희망으로 생긴 공허를 가장 잘 채워 줄 수 있는 일 아닐까? 그러겠다고 말해야 한다고 믿어. 하지만 아직도 나는 떨려. 아! 세인트 존과 함께하려면, 나 자신의 절반을 포기해야 해. 인도에 가면 일찍 죽을 거야. 영국에서 인도로 갈 때부터, 그리고 인도에서 무덤으로 갈 때까지의 시간을 어떻게 채울까? 오, 나는 잘 알고 있어! 그것 또한 명확해 보여. 온몸이 쑤실 때까지 세인트 존을 만족시키려고 노력하면, 그를 **만족시킬 수 있을 거야**. 그가 기대하는 가장 핵심적인 부분부터 가장 주변적인 일까지 만족시킬 수 있을 거야. 내가…… 그와 함께…… **간다면**, 그가 강요하는 희생을 한다면, 극단적인 희생을 **하게 될 거야**. 모든 것을 제단에 바치겠지. 심장, 내장까지 다 바치는 완벽한 희생자가 될 거야. 그가 날 사랑하지 않아도 인정하기는 하겠지. 나는 그가 본 적 없는 에너지를, 생각지도 못한 재능을 보여 주겠지. 그래, 나는 세인트 존 못지않게 열심히 그리고 불평 없이 일할 수 있어.

그러면 그의 요구에 동의할 수 있어. 한 가지, 한 가지 끔찍한 조항만 제외해 주면, 동의할 수 있어. 내게 아내가 되어 달라고 하지만 그에게는 남편의 마음이 없어. 그는 저기 계곡에서 거품을 내며 흐르는 계곡물을 내려다보는 험상궂은 거대한 바위 정도의 마음밖에 없는걸. 군인이 무기를 소중히 여기듯이 나를 소중히 여기긴 해. 나는 그와 결혼하지 않아도 아무렇지 않아. 하지만 그가 자기 마음대로 냉정하게 계획을 실천에 옮기고 결혼식을 하게 내버려 두어야 할까? 그가 주는 결혼반지를 받고 그가 주는 모든 형태의 사랑(그는 틀림없이 꼼꼼하게 다 해 줄 것이다)에 영혼이 깃들어 있지 않은 것을 알면서 참을 수 있을까? 그가 보이는 사랑이 원칙을 지키기 위한 희생이라는 것을 알면서 참을 수 있을까? 아니야. 그런 순교는 흉측할 거야. 그런 일을 겪을 수는 없어. 그의 여동생으로서 그와 함께 갈 수는 있지만 그의 아내로 갈 수는 없어. 그렇게 말해야지.'

나는 언덕 쪽을 보았다. 그는 거기에 쓰러진 기둥처럼 누워 있었다. 그는 내게로 얼굴을 돌렸다. 나를 바라보는 그의 눈이 날카롭게 빛났다. 그는 일어서서 내게 다가왔다.

"자유롭게 갈 수 있다면, 기꺼이 인도에 가겠어요."

"당신 대답을 설명해 주시오. 무슨 말인지 정확하게 모르겠소."

"지금까지 사촌 오빠셨고 저는 사촌 여동생이었어요. 그런 관계를 지속하도록 해요. 당신과 나는 결혼하지 않는 게 낫겠어요."

그는 고개를 저었다. "이런 경우에 사촌 남매는 말도 안 되오. 내 여동생이라면 경우가 다를 거요. 나는 당신을 아내로 데려가야 하오. 사실 결혼으로 하나의 신성한 결합을 이루지 못하면, 함께 일할 수 없소. 현실적인 장애물이 생겨 어떤 계획도 실행할 수 없소. 모르겠소, 제인? 잠시 생각해 보시오. 당신은 아주 영리하니 잘 알 거요."

나는 생각해 보았다. 말하자면 내 지성이 알려 준 사실은 우리가 부부로서 서로 사랑하지 않는다는 것이었다. 그러므로 우리가 결혼해서는 안 된다고 했다. 나는 그렇게 말했다. "세인트 존, 전 당신을 오빠로 여기고 당신도 나를 여동생으로 여겨요. 그러니 계속 그렇게 지내요."

"그럴 수는 없소, 그럴 수 없소." 그가 결의에 차서 날카롭게 대답했다. "그걸로는 충분치 않소. 나와 함께 인도로 가겠다고 했소. 기억하시오. 당신이 그렇게 말했소."

"조건부로 그러겠다고 했어요."

"알겠소, 알겠소. 핵심적인 내용은 반대를 안 하는 거요. 나와 함께 영국을 떠나 그 후 같이 일하기로 한 거요. 당신은 이미 쟁기*를 잡은 거나 다름없소. 당신은 변덕을 부릴 사람이 아니니 그만두지 않을 거요. 당신은 한 가지 목적만 염두에 둘 거요. 어떻게 하면 당신이 맡은 일을 가장 잘할 수 있나만 생각할 거요. 당신의 관심, 감정, 생각, 소망, 목적에 대해 복잡하게 생각하지 마시오. 떠오르는 모든 사항을 합해 단순하게 하나의 목적으로 만드시오. 즉 위대한 주님의 사명을 강력하게 효과적으로 수행하려는 것 말이오. 그러기 위해 당신은 함께 일할 사람이 필요하오. 오빠는 너무 약한 관계요. 남편이어야만 하오. 나도 여동생은 원하지 않소. 여동생은 언제든 뺏길 수 있소. 난 아내를 원하오. 내가 효과적으로 움직일 수 있고 죽을 때까지 나만의 것이 될 조력자 말이오."

그의 말을 듣고 나는 몸서리쳤다. 그가 나의 골수에까지 영향을 미치고 나의 손발을 꽁꽁 묶은 느낌이었다.

"저 말고 다른 분을 구하세요. 세인트 존, 당신에게 어울리는 분을 구하세요."

"내 목적에 어울리는, 내 소명을 돕는 조력자가 필요하오. 다시 말하지만, 나는 단지 사적인 개인과 결혼하려는 게 아니오. 나의 짝이 될 사람은 이기적인 오감을 지닌 사람이 아니고 선교사요."

"그러면 저는 저 자신을 다 바치는 게 아니고 선교사 일만 할 거예요. 그것이 당신이 원하는 모든 것이니까요. 저 자신을 다 바쳐야 알맹이에 껍데기를 더하는 일일 뿐일 거예요. 당신에게는 아무 소용도 없는 것이지만 저 자신은 제가 갖고 있겠어요."

"그럴 수는 없소. 그래서는 안 되오. 신께서 반쪽 충성에 만족하실 것 같소? 신께서 훼손된 공물을 받아들일 것 같소? 나는 신의 대의를 옹호하는 거요. 당신에게 신의 깃발 아래 함께 서자고 하는 거요. 신을 대신해서 말하건대, 반쪽 충성은 안 되오. 신께 모든 것을 바쳐야 하오."

"오! 제 마음을 신께 바치겠어요. **당신이** 그걸 바라지 않으시는 거예요." 내가 말했다.

이 말을 할 때 내 어투나 감정에 억눌린 냉소 비슷한 게 없었다고는 말하지 못하겠다. 그때까지는 그를 이해하지 못했기 때문에 그가 무서웠다. 그를 의심했기 때문에 그에게 경외감을 느꼈다. 그가 어느 정도 성자이고 어느 정도 인간인지 구분할 수 없었다. 하지만 이번 만남을 통해 그에 대해 알아 가고 있었다. 내 눈앞에서 그의 본성에 대한 분석이 진행되고 있었다. 그의 약점을 보았고 이해했다. 히스 언덕에 앉아 내 앞에 있는 그 잘생긴 사람을 보면서 나만큼이나 근심에 찬 사람의 발치에 있음을 알았다.

내가 말을 마쳤는데도 그는 아무 말도 하지 않았다. 나는 곧 감히 그의 얼굴을 올려다보았다. 그는 나를 굽어보며 대경실색한 동시에 알 수 없다는 듯이 나를 보았다. '냉소적이야, 감히 **나한테** 냉소적이야!' 그 시선은 '이게 무슨 뜻이지?' 하고 묻는 것 같았다.

"엄숙한 문제라는 것을 잊지 마시오. 경박하게 말하거나 생각하면 죄가 될 수 있소. 제인, 신께 당신 마음을 바치겠다는 말이 진심인 걸 믿소. 그게 내가 바라는 전부요. 일단 마음을 떼어내어 신께 바치면, 신의 왕국을 이 지상에 세우는 게 가장 큰 관심사이자 가장 큰 기쁨이 될 거요. 그런 목적을 위해서는 무슨 일이든 기꺼이 하게 될 거요. 결혼으로 우리의 몸과 마음이 하나가 되면, 우리의 일이 얼마나 더 잘 추진될 수 있을지 알게 될 거요. 결혼만이 인간의 운명과 신의 의도를 따르는 유일한 결합이오. 그러니 당신은 그러한 결합을 서두르게 될 거요. 섬세한 감정이나 정서적 어려움 같은 사소한 변덕이나, 개인적 취향의 정도나 종류나 장단점에 대한 망설임은 가뿐히 극복할 거요."

"제가 그럴까요?" 나는 짤막하게 물었다. 그리고 이목구비가 잘 어우러져 아름답지만, 이상하게 조용하면서도 엄격해 보이는 그의 얼굴을 바라보았다. 그리고 당당하기는 하지만 훤하지는 않은 이마, 그윽하게 빛나고 탐구심이 있어 보이지만 결코 부드럽지 않은 눈, 위압적인 큰 몸을 바라본 다음 **그의 아내가** 되는 것을 상상해 보았다. '오! 그건 절대 안 돼. 그의 부목사나 그의 동료로 간다면 그건 좋아. 그런 능력을 발휘하기 위해서라면 그와 함께 바다를 건너도 좋아. 그런 일을 하기 위해서라면 그와 함께 동양의 태양 아래서 그리고 아시아의 사막에서 애쓰고, 그의 용기와 헌신과 힘을 우러러보며 본받을 거야. 그리고 조용히 그의 지배를 받아들일 거야. 그의 끝없는 야심에 대해서도 침착하게 미소를 짓고 인간으로서의 그와 기독교인으로서의 그를 구분할 거야. 물론 그와 함께 이런 일만 한다고 해도 틀림없이 고통스럽기는 할 거야. 하지만 몸은 옥죄는 멍에에 매여 있어도 마음과 정신은 자유로울 거야.

여전히 나 자신의 건강한 자아에 의지할 수 있을 거야. 외로운 순간에는 타고난 나 자신의 자유로운 감정과 이야기를 나눌 수도 있을 거야. 내 마음속에는 그가 전혀 다가올 수 없는 온전히 숨어버릴 수 있는 나만의 구석이 있을 거야. 그 구석에 내 감정이 자리 잡고 신선하게 자랄 거야. 그가 아무리 엄격하게 굴어도 그 감정은 시들지 않을 것이고 그가 규칙적인 걸음으로 씩씩하게 행진해 와도 그 감정은 짓밟히지 않을 거야. 하지만 그의 아내로 있으면 늘 그의 옆에 있어야 하고 늘 억눌리고 늘 저지당할 거야. 늘 내 본성의 불길이 활활 타지 못하도록 조심해야 할 거야. 그 불길이 내 마음속에 갇혀 타면서 내장이란 내장을 다 태워 버려도, 밖으로는 소리 한 번 못 지를 거야. **그런 일은** 참을 수가 없을 거야.'

"세인트 존!" 생각이 여기에 이르렀을 때 내가 외쳤다.

"불렀소?" 그가 차갑게 대답했다.

"다시 말씀드리지만, 동료로 함께 선교하러 갈 수는 있어도 아내로는 안 되겠어요. 저는 당신과 결혼해서 당신의 일부가 될 수 없어요."

"나의 일부는 당신과 어울릴 거요." 그가 차분히 대답했다. "그렇지 않으면 그 계약 자체가 공허하오. 어떻게 서른도 안 된 남자인 내가 결혼도 안 하고 열아홉 살 난 처녀를 인도로 데려갈 수 있겠소? 어떻게 우리가 결혼도 안 한 상태에서 때로는 고독 속에 때로는 야만 부족 속에 함께 있을 수 있겠소?"

"좋아요." 내가 짤막하게 대답했다. "당신 여동생의 자격으로나 당신 같은 목사 또는 남자와 같은 조건으로 간다면 가겠어요."

"당신이 내 여동생이 아닌 것을 모두 알고 있어서 여동생으로 소개할 수가 없소. 그런 시도를 하다가는 두 사람 모두에게 해로운 의심을 살 거요. 그 밖에도 당신이 남자처럼 뛰어난 두뇌를 가지고 있지만 마음은 여자와 같소. 그래서는 안 되오."

"그래도 아주 완벽하게 할 수 있어요." 내가 약간 건방지게 말했다. "내가 여자의 마음을 가지고 있지만, 당신에 관한 한 그렇지 않아요. 당신에게는 동료로서 헌신할 뿐이고, 이런 말을 해도 된다면, 동료 전사로서 솔직함, 우애, 충성심만 있을 뿐이에요. 다시 말해 수련 수사로서 사제를 존경하고 그에게 순종하는 것뿐이에요. 그 이상은 아니니까 걱정 마세요."

"그것이야말로 내가 원하는 바요." 그가 혼잣말을 했다. "그것이야말로 정확하게 내가 원하는 거요. 그런데 장애물이 있소. 그것을 없애 버려야 하오. 제인, 나와 결혼하면 후회하지 않을 거요. 내가 장담하오. 우리는…… 결혼……해야 하오. 내가 다시 말하겠소. 다른 방법이 없소. 그리고 결혼하면 틀림없이 사랑이 생겨 당신이 보기에도 정당한 결합이 될 거요."

"사랑에 대해 당신 식으로 생각하는 것을 경멸해요." 나는 그의 앞에 서서 바위에 등을 기대고 이렇게 말할 수밖에 없었다. "당신이 보여 주는 가짜 감정을 경멸해요. 그래요, 세인트 존, 그리고 제게 그런 감정을 보여 주는 것 자체를 경멸해요."

그는 나를 가만히 바라보았다. 그러는 동안 그는 잘 깎아 놓은 입술을 꼭 다물고 있었다. 화를 내는 건지, 아니면 놀란 건지 가늠이 되지 않았다. 그는 자신의 표정을 완벽하게 관리할 수 있었다.

"당신에게 그런 표현을 들으리라고는 예상하지 못했소. 내가 경멸받을 만한 일을 하거나 말을 한 적이 없는 것 같소."

나는 그의 점잖은 말투에 감동받았고 그의 고상하고 차분한 표정에 압도당했다.

"그런 말을 쓴 걸 용서해 주세요, 세인트 존. 하지만 그렇게 함부로 말하도록 날 자극한 것은 당신이에요. 우리가 서로 맞지 않는다는 주제는 당신이 먼저 꺼냈어요. 그런 주제는 왈가왈부하면 안 되는 거였어요. 사랑이라는 이름 자체가 우리 사이 불화의 근원이에요. 현실적으로 필요하다고 해서, 우리가 무슨 짓을 하겠어요? 어떻게 느끼겠어요? 존경하는 오빠, 결혼 계획은 포기하세요. 그건 잊어버리세요."

"안 되오, 그건 내가 오랫동안 간직해 온 계획이오. 그래야만 나의 큰 목적을 달성할 수 있소. 하지만 당장은 더 이상 다그치지 않겠소. 내일이면, 나는 케임브리지로 떠나오. 거기 가서 친구들과 작별을 고할 거요. 2주일간 집을 비울 테니 그동안 나의 제안을 숙고해 보시오. 당신이 거절하면, 나를 거절하는 게 아니라 신을 거절한다는 사실을 잊지 마시오. 신께서는 나라는 수단을 통해 당신에게 고귀한 이력을 보여 주는 거요. 그 일을 하려면, 나의 아내가 되어야만 하오. 내 아내가 되지 않으면, 당신은 평생 이기적으로 살 거요. 안락하지만 성과도 없는 무명의 삶에 갇혀 살게 될 거요. 그럴 경우 신앙을 부인하는 사람들과 어울려 배교자보다 더 나쁜 사람이 되지 않도록 조심하시오!"

그가 말을 마쳤다. 내게서 몸을 돌리더니 그는 다시 한 번 '강을 보았고, 언덕을 보았다.'*

하지만 이번에는 자신의 감정을 가슴속에 묻어 두었다. 나는 그 감정을 토로할 만한 대상이 아니었다. 그의 옆에 서서 집으로 돌아가면서 쇠 같은 침묵을 보고 나에 대해 어떤 감정을 느끼는지 아주 잘 읽어 냈다. 그는 엄격하고 독선적인 사람이 순종을 기대한 곳에서 뜻밖에 거절당할 때처럼 실망했고, 냉담하고 완고한 판단력을 지닌 사람이 도저히 동감할 할 수 없는 다른 사람의 의견이나 감정을 볼 때처럼 거부감을 느꼈다.

그날 밤 그는 여동생들에게 입맞춤을 한 다음, 내게는 악수조차 안 하는 게 응당한 대접이라는 듯이 악수도 안 하고 조용히 방을 떠났다. 비록 그를 사랑하지는 않지만 우정을 가지고 있었기 때문에 이런 명확한 생략에 나는 상처받았다. 너무나 상처가 심해 눈에서 눈물이 나려고 했다.

"황야에 산책 가서 세인트 존과 싸웠나 봐, 제인." 다이애나가 말했다. "하지만 따라가 봐. 지금 복도에서 당신을 기다리며 머무적대고 있어. 그가 빠뜨린 것을 할 거야."

그런 상황에서 나는 자존심을 세우지 않았다. 항상 품위를 지키는 것보다는 행복한 게 낫다고 생각한다. 그래서 그를 쫓아 달려가자 그가 층계 아래에 서 있었다.

"잘 자요, 세인트 존." 내가 말했다.

"잘 자요, 제인." 그가 차분하게 대답했다.

"그럼 악수를 해요." 내가 덧붙였다.

얼마나 차갑게 그리고 힘없이 그가 내 손을 잡았던가! 그날 일로 그가 아주 불쾌했던 것이다. 내가 아무리 상냥하게 굴어도 그의 마음을 풀 수 없었고, 아무리 눈물을 흘려도 그를 감동시킬 수 없었다. 그와는 행복한 화해가 불가능했다. 그는 관대한 말 한마디 하지 않았고 기분 좋게 미소 한번 짓지 않았다. 하지만 그 기독교인은 여전히 차분하게 참았다. 나를 용서해 주겠냐고 묻자,

자신은 기분 나쁜 일을 담아 두는 사람이 아니라고 했다. 그리고 자신은 화난 적이 없으니 용서할 것도 없다고 했다.

그런 대답을 하고 그는 떠났다. 오히려 그가 나를 때려 눕히는 편이 나았을 것이다.

제35장

그는 그다음 날 케임브리지로 떠나겠다고 했으나 가지 않았다. 일주일이나 출발을 미루었는데, 그 시간 동안 선량하지만 엄격하고, 양심적이지만 완고한 사람이 자신의 말을 듣지 않는 사람을 얼마나 심하게 벌을 줄 수 있는지 느꼈다. 겉으로 적대감을 드러내거나 비난하는 말 한마디 하지 않고도, 그는 즉시 더 이상 내게 호감을 갖고 있지 않다는 것을 분명하게 각인시켰다.

세인트 존이 이교도처럼 앙심에 차 있다는 말은 아니다. 그는 충분히 그럴 힘이 있더라도 내 머리카락 한 오라기 건드리려고 하지 않았을 것이다. 그의 본성이나 원칙이 치사하게 복수심이나 만족시키는 그런 수준은 아니었다. 그는 자신과 그의 사랑을 경멸한다고 말한 데 대해 이미 나를 용서했지만 그 말을 잊은 것은 아니었다. 우리가 살아 있는 한 그는 결코 그 말을 잊지 않을 것이다. 내게 몸을 돌릴 때 그의 표정에서 그 말을 보았다. 그와 나 사이의 대기 중에 늘 그 말이 떠돌았다. 내가 말할 때마다 내 목소리에서 그 말이 퍼졌고 그가 대답하는 말마다 그 말이 메아리쳤다.

그는 나와의 대화를 피하지 않았다. 평소와 다름없이 매일 아침 나를 불러 그의 책상에서 같이 공부했다. 예전의 그는 내게 관심과 인정을 보여 주어 그의 언어와 태도가 아주 매력적이었다. 그러나 이제 그의 마음속의 부패한 인간이 겉으로는 평소처럼 말하고 행동하지만 말과 행동에서 얼마나 솜씨 좋게 관심과 인정을 제거할 수 있는지 보여 주었다. 순수한 기독교인이면 즐기거나 그에 공감할 수 없는 그런 종류의 즐거움을 누리는 게 아닌지 걱정되었다. 내가 보기에, 그는 더 이상 육체를 지닌 인간이 아니라 대리석이었다. 그의 눈은 차갑게 빛나는 파란 보석이었고 그의 혀는 말하는 도구일 뿐 그 이상은 아니었다.

이 모든 것이 내게는 고문이었다. 질질 끄는 세련된 고문이었다. 천천히 분노가 타올랐고 슬픔에 찬 고뇌로 떨렸다. 그런 감정이 나를 괴롭혔고 완전히 압도했다. 내가 이 사람의 아내라면, 해가 들지 않는 깊은 샘처럼 순수한 이 착한 남자가 나를 어떻게 죽일지 알 수 있었다. 그는 내 혈관에서 피 한 방울 뽑아내지 않고도 수정처럼 맑은 자신의 양심에 전혀 범죄의 흔적을 남기지 않고 죽일 것이다. 특히 그와 관계를 개선해 보려고 할 때마다 이런 느낌이 들었다. 내가 공감해도 그는 아무 반응이 없었다. 나와 소원해져도 **그는** 전혀 고통스러워하지 않았고, 나와 화해하려고 하지도 않았다. 우리가 함께 고개를 숙이고 보던 책에 눈물이 떨어져 눈물 자국이 난 게 한두 번이 아니었다. 하지만 그의 심장이 정말 돌이나 쇠로 만들어진 것처럼 그에게는 전혀 영향을 미치지 않았다. 그러면서 한편으로 그의 누이들에게는 더 친절하게 대했다. 마치 내게 냉담하게 대하는 것만으로는 내가 얼마나 자신의 관심 밖으로 추방되었는지 확실히 알려 줄 수 없을까 봐 대조를 통해 자신의 뜻을 더 강력하게 전달하려는 것 같았다. 그리고 그는 이런 일을 폭력적으로 한 게 아니라 자신의 원칙에 따라 했다.

그가 집을 떠나기 전날 해 질 무렵, 우연히 정원을 산책하는 그를 보았다. 그를 보자 지금은 멀어졌지만 한때 그가 내 목숨을 구해 주었고 우리가 가까운 친척이라는 사실이 떠올라 나는 마지막으로 우정을 회복하려고 시도했다.

"세인트 존, 당신이 아직 화를 안 푸니까 제가 불행해요. 다시 친구로 지내요."

"지금도 친구요." 내가 다가가도 그는 여전히 달을 바라보며 태연히 대답했다.

"이제는 친구가 아니잖아요. 당신도 아시잖아요."

"친구가 아니라고 했소? 잘못 안 거요. 당신에게 전혀 악의가 없소. 잘되기만 바라오."

"당신 말을 믿어요, 세인트 존. 당신은 누구에게도 악의를 품을 사람이 아니니까요. 하지만 우리는 친척이니까 이방인에게 베푸시는 일반적인 자선보다 조금 더 따뜻한 애정을 바라는 게 당연해요."

"물론이오. 그건 합리적인 소망이오. 그리고 나는 당신을 한 번도 이방인으로 대한 적이 없소."

그가 조용한 어조로 차분히 말하자 당황스럽고도 슬펐다. 자존심이 상하고 화가 난 걸 생각하면 당장 그를 떠났을 것이다. 하지만 그런 감정보다 좀 더 강한 무엇인가가 내 마음속에서 움직였다. 나는 마음속 깊이 내 사촌의 재능과 원칙을 존경했다. 내게는 그의 우정이 소중했다. 그의 우정을 잃는 것이 견딜 수 없었다. 우정을 되찾으려는 노력을 그렇게 쉽사리 포기할 수 없었다.

"우리가 이런 식으로 헤어져야 하나요, 세인트 존? 제게 지금보다 더 다정하게 말 한마디 없이 인도로 가실 건가요?"

그는 이제 달에서 몸을 완전히 돌려 정면으로 나를 바라보았다.

"인도로 갈 때 내가 당신을 떠난다고 했소, 제인? 무슨 말이오!

604

당신은 인도로 가지 않겠다는 거요?"

"결혼을 안 하면 같이 갈 수 없다고 하셨잖아요."

"그러면 나와 결혼하지 않을 거라는 거요? 아직도 그 결심에 변함이 없는 거요?"

독자여, 냉담한 사람의 얼음같이 차가운 질문에 어떤 공포를 느낄 수 있는지 아는가? 나는 알게 되었다. 그들의 분노 속에 얼마나 엄청난 눈사태가 밀려오는지 아는가? 그들의 불쾌감으로 얼어붙은 바다가 얼마나 엄청난 소리를 내며 깨지는지 아는가?

"그래요, 세인트 존. 당신과 결혼하지 않을 거예요. 내 결심을 지킬 거예요."

눈사태가 흔들리더니 앞으로 조금 밀려 왔으나 아직 완전히 무너져 내리지는 않았다.

"다시 한 번 묻겠소. 왜 거절하는 거요?"

"전에는 당신을 사랑하지 않기 때문이었어요. 지금 당신이 나를 거의 증오하기 때문이에요. 당신과 결혼하면 죽을 거예요. 당신은 지금 절 죽이고 있어요."

그의 입술과 뺨이 하얗게 되었다, 새하얗게 되었다.

"내가 당신을 죽일 거라고, 내가 당신을 죽이고 있다는 거요? 그런 말은 써서는 안 되오. 난폭하고 여자답지 못한 말인 데다 사실도 아니오. 그런 말을 하다니 미친 거요. 심하게 비난받아 마땅하오. 용서받을 수 없는 것처럼 보이오. 하지만 타인을 일흔일곱 번까지 용서해야 하는 게 인간의 의무요."

이제 나는 내 일을 마쳤다. 그의 마음속에서 예전의 내 잘못을 지워 버리기를 정말 원했다. 그러나 끄떡없는 그의 마음 표면에 훨씬 깊이 잘못을 새겨 버렸다. 영원한 낙인을 찍었다.

"이제 당신은 정말 날 증오할 거예요. 당신과 화해하려고 해도 소용이 없네요. 당신을 영원한 적으로 만든 걸 알겠어요."

이 말은 또 잘못 말한 것이었다. 설상가상으로 이 말은 사실이었다. 핏기 없는 그의 입술이 순간적으로 격렬하게 떨렸다. 내 말에 강철 같은 분노가 인 것을 알았다. 나도 가슴이 아팠다.

"제 말씀을 완전히 오해하신 거예요." 그의 손을 잡으며 내가 말했다. "당신을 슬프게 하거나 고통을 줄 의도는 없어요. 정말로, 그럴 의도는 없어요."

그는 아주 씁쓸하게 미소를 지었고, 내 손을 단호하게 뿌리쳤다. "그러면 이제 약속을 저버리고 인도로 가지 않겠다는 거요?" 한참 만에 그가 말했다.

"당신의 조수로 간다면 가겠어요." 내가 대답했다.

오랜 침묵이 이어졌다. 그 긴 침묵의 시간 동안 그의 마음속에서 본성과 은총의 투쟁이 어떻게 벌어졌는지는 모르겠다. 그의 눈이 아주 이상하게 빛났을 뿐이다. 그의 얼굴 위로 이상한 그림자가 스쳤다. 그가 마침내 말했다.

"전에 당신에게 당신 나이의 독신 여성이 내 나이의 독신 남성과 함께 외국에 나가는 게 얼마나 이상한 일인지 증명했소. 그 당시 잘 입증했기 때문에 다시는 그런 말을 입에 올리지 않을 줄 알았소. 다시 그런 말을 하다니, 유감이오. 당신을 위해서 하는 말이오."

나는 그의 말에 끼어들었다. 그가 확실히 비난하니 용기가 솟았다. "상식적으로 생각해 보세요, 세인트 존. 지금 말도 안 되는 소리를 하고 계시잖아요. 제 말에 충격을 받은 척하시지만, 사실은 그렇지 않으시잖아요. 당신처럼 뛰어나신 분이 제 말을 오해할 만큼 아둔하거나 자만심에 차 있지 않다는 걸 알아요. 다시 말씀드리지만, 저는 원하시면 당신의 부목사가 될 거예요. 하지만 결코 당신의 아내는 되지 않겠어요."

다시 한 번 그의 얼굴이 납빛처럼 창백해졌다. 하지만 전처럼 곧 분노를 완벽하게 조절했다. 그는 조용하지만 강한 어조로 대답했다.

　"아내가 아닌 부목사는 어울리지 않소. 그러면 나와 함께 갈 수 없다는 말로 들리오. 하지만 당신이 정말로 그렇게 하고 싶다면 시내에 갔을 때 기혼자인 선교사에게 말해 보겠소. 그의 아내가 조수를 필요로 한다고 했소. 당신은 재산이 있으니 전도협회의 도움을 받지 않아도 될 거요. 그리고 그렇게 하면 약속을 깨는 불명예나 함께하기로 한 대열에서 이탈하는 일이 없을 거요."

　독자가 알다시피 나는 공식적으로 약속을 하거나 어떤 계약을 맺은 적이 없다. 그런데 그가 하는 이 말은 경우에 맞지 않게 너무 가혹하고 독선적이었다. 나는 대답했다.

　"지금의 경우에 불명예나 위약이나 이탈은 없어요. 제가 인도에 갈 의무도 없고, 특히 모르는 사람과 가야 할 의무는 더더욱 없어요. 당신하고라면 용기를 내어 가겠어요. 당신을 존경하고, 믿고, 여동생으로서 사랑하니까요. 하지만 내가 언제 누구와 가든 그런 기후에서는 오래 살지 못할 게 분명해요."

　"아! 몸이 걱정되어 그러는구려." 그가 입술을 삐쭉이며 말했다.

　"그래요. 신이 아무렇게나 내버리라고 생명을 주신 건 아니에요. 그리고 당신이 원하시는 대로 하다 보면 자살을 하는 거나 다름없다는 생각이 들기 시작해요. 게다가 제가 영국을 떠나기로 확실히 결정하기 전까지는 영국을 떠나는 것이 나은지 남아 있는 것이 나은지 분명히 알아볼 거예요."

　"무슨 뜻이오?"

　"설명해 봐야 소용없는 일일 거예요. 제가 오랫동안 고통스럽게 의심해 온 점이 하나 있어요. 그리고 그 의심이 사라질 때까지는 무슨 일이 있어도 아무 데도 갈 수 없어요."

"당신의 마음이 어디를 향하고 무엇에 집착하는지 알고 있소. 당신이 품고 있는 그런 관심은 불법적이고 종교적으로도 옳지 않소. 그런 관심은 이미 오래전에 버렸어야 했소. 이제 그 말을 하는 것을 부끄러워해야 하오. 당신은 로체스터 씨를 생각하고 있지 않소?"

그것은 사실이었다. 나는 침묵으로 자백했다.

"로체스터 씨를 찾아낼 거요?"

"그가 어떻게 되었는지 알아야만 되겠어요."

"그러면 기도할 때마다 당신을 기억하겠소. 하느님께 열심히 당신이 버림받지 않도록 기도하겠소. 전에는 당신을 선민 중 하나라고 생각했소. 하지만 신이 보는 것은 인간과 같지 않소.* 신의 의지가 이루어지길."

그는 문을 열고 나가 골짜기 쪽으로 천천히 걸어 내려갔다. 곧 그가 보이지 않았다.

응접실로 들어가자 다이애나가 아주 깊은 생각에 잠겨 창가에 서 있었다. 다이애나는 나보다 키가 훨씬 더 컸다. 그녀는 내 어깨에 손을 얹고 고개를 숙여 내 얼굴을 살펴보았다.

"제인, 늘 불안해 보이더니 이제는 창백하네요. 분명히 무슨 문제가 있죠? 방금 세인트 존과 무슨 이야기를 했는지 말해 봐요. 나는 30분 동안이나 창문에서 두 사람을 지켜봤어요. 내가 그렇게 훔쳐본 것을 용서하세요. 하지만 나도 오랫동안 상상한 게 있어요. 세인트 존은 이상한 사람이에요."

그녀는 멈추었다. 나는 아무 말도 하지 않았다. 그녀가 다시 말을 하기 시작했다.

"오빠가 당신에게 이상한 생각을 갖고 있죠? 분명해요. 오빠가 오랫동안 다른 사람에게는 보인 적 없는 관심을 특별히 당신에게만 쏟아 왔어요. 그리고 그는 당신을 계속 주목했어요. 무슨 목적으로 그런 거죠? 그가 당신을 사랑하기를 바라요. 그렇죠, 제인?"

나는 그녀의 차가운 손을 내 뜨거운 이마에 올려놓았다. "아니에요, 다이애나. 나를 전혀 사랑하지 않아요."

"그러면 왜 그렇게 끊임없이 당신을 지켜보고, 왜 그렇게 자주 단둘이 있고, 왜 그렇게 끊임없이 당신을 곁에 두는 거죠? 메리와 나는 둘 다 오빠가 당신과 결혼하려 한다는 결론에 이르렀어요."

"그래요, 오빠는 내게 아내가 되어 달라고 했어요."

다이애나는 손뼉을 쳤다. "그게 바로 우리가 생각하는 바예요! 오빠와 결혼할 거죠, 그렇죠? 그러면 오빠는 영국에 머물 거예요."

"전혀 그렇지 않아요, 다이애나. 오빠가 나에게 청혼할 때 생각한 것은 오로지 인도에서 노역을 함께하기 적합한 동료 일꾼을 얻겠다는 거였어요."

"뭐라고요! 당신이 인도로 가기를 원한다고요?"

"그래요."

"미쳤군요!" 그녀가 외쳤다. "거기 가면 분명히 석 달도 못 살 걸요. 당신이 가게 내버려 두지 않을 거예요. 아직 동의하지 않았죠, 그렇죠, 제인?"

"결혼하지 않겠다고 했어요……."

"그래서 화가 난 거예요?"

"오빠는 몹시 화났어요. 결코 나를 용서하지 않을 것 같아요. 하지만 여동생으로라면 함께 인도에 가겠다고 했어요."

"그건 미친 짓이에요, 제인. 당신이 맡을 일을 생각해 봐요. 끊임없이 지치는 일이에요. 너무 피로해서 아주 강한 사람들도 죽는데, 게다가 당신은 몸이 약하잖아요. 당신이 알다시피, 세인트 존은 당신을 다그쳐서 불가능한 일도 시킬 거예요. 아주 뜨거운 시간에도 휴식을 허락하지 않을 거예요. 그리고 불행히도 내가 관찰한 바에 따르면, 그가 무엇을 강요하든 아무리 힘든 일을 시켜도 당신은 억지로 할 거예요. 용감하게 그의 청혼을 거절한 데 놀랐어요. 그러면 그를 사랑하지 않는 건가요, 제인?"

"남편으로서 사랑하지는 않아요."

"하지만 그는 아주 잘생겼잖아요."

"그리고 나는 아주 못생겼다는 거죠, 다이애나?"

"못생겼다고요? 당신이? 전혀 그렇지 않아요. 당신은 아주 착할 뿐만 아니라 예쁘기도 해요. 캘커타에서 산 채 구어지게 내버려둘 순 없어요." 그러고 나서 열심히 내게 오빠와 함께 영국을 떠날 생각을 버리라고 애절하게 부탁했다.

"나는 정말 그래야만 돼요. 내가 부목사로 그를 돕겠다는 제안을 반복하자 나더러 점잖지 못하다며 충격받은 표정을 지었어요. 내가 결혼을 안 한 상태에서 그와 함께 가겠다고 제안한 것을 몹시 무례한 행동이라고 생각하는 것 같아요. 마치 내가 처음부터 그를 오빠로 생각하지 않고 늘 그렇게 생각했던 것처럼 말이에요."

"왜 그가 당신을 사랑하지 않는다고 말하세요, 제인?"

"그 문제에 대해 그가 어떻게 말하는지 직접 들었어야 해요. 그는 자꾸 나와 결혼하려고 하는 이유가 자신이 원해서가 아니고 그의 일 때문이라고 반복해서 설명했어요. 내가 노동을 위해 태어난 사람이라고 했어요. 사랑을 위해 태어난 사람이 아니라고요. 물론 그 말은 사실이에요. 하지만 내 생각으로는 내가 사랑을 위해 태어난 사람이 아니라면, 내가 결혼을 위해 태어난 사람이 아닌 게 당연한 결론이잖아요? 다이애나, 일생 동안 자신을 유용한 도구로 보는 사람에게 매여 있어야 한다는 게 이상하지 않나요?"

"말도 안 돼요. 말도 안 되는 일이고 논의할 가치도 없어요!"

"그러면 내가 지금은 여동생으로서만 그를 사랑하는데, 억지로 그의 아내가 된다면 어쩔 수 없이 이상한 고통스러운 사랑을 할 거라는 게 상상이 가요. 왜냐하면 그는 아주 재능이 뛰어난 사람이니까요. 그리고 때때로 표정과 태도와 대화 속에 영웅적인 위엄 같은 것이 분명히 드러나요. 그런 경우에, 내 운명은 이루 말할 수 없이 불행해질 거예요. 그는 내가 사랑하기를 원치 않을 거예요. 그리고 내 쪽에서 그런 감정을 보이면 자신이 원하지도 않는데 지나친 감정을 표현하는 것이고 내게 어울리지 않는다고 알려 줄 거예요. 그는 그럴 거예요."

"하지만 세인트 존은 착한 사람이에요." 다이애나가 말했다.

"그는 착하고 위대한 사람이에요. 하지만 자신의 큰 목적을 추구하느라 하찮은 사람들의 감정이나 주장은 가차 없이 무시해요. 그러니 하찮은 사람들은 그가 지나가는 길에 짓밟히지 않도록 피하는 게 더 나아요. 그가 오는군요. 그만 가 볼게요, 다이애나." 정원으로 들어오는 그의 모습을 보고 나는 서둘러 2층으로 갔다.

저녁 식사 때 그를 다시 만나야 했다. 저녁 식사 동안 그는 평소와 똑같이 침착해 보였다. 그가 나에게 말을 거의 하지 않으리라 생각했고, 결혼 계획을 포기했으리라 확신했다. 그러나 그다음에 벌어진 일로 내가 둘 다 잘못 추측했음을 알았다. 그는 내게 정확하게 평소에 하던 대로, 아니 최근 평소에 하던 대로 말을 걸었다. 빈틈없이 친절했다. 물론 나 때문에 화났지만 화를 가라앉히느라 성령의 도움을 받았을 것이다. 그리고 이제는 나를 한 번 더 용서했다고 믿고 있을 것이다.

식사 전 기도를 위해 그는 요한의 묵시록 21장을 택했다. 그의 입에서 나오는 성경 구절을 듣고 있으면 늘 즐거웠다. 신의 말씀을 전할 때 그의 목소리는 그 어느 때보다 달콤하고 낭랑하고, 그의 태도는 그 어느 때보다 소박하고 고결했다. 신탁을 전달하는 것 같았다. 그리고 오늘 저녁에는 식구들에게 둘러싸여 그의 목소리가 더 엄숙한 어조를 띠었다. 그런 태도에 몸이 훨씬 더 떨렸다(커튼을 치지 않은 창을 통해 5월의 달빛이 들어오고 있어, 탁자 위의 촛불이 거의 필요 없을 정도였다). 그가 거기 앉아 커다란 낡은 성경에 몸을 구부리고 성경에 나타난 새로운 천국과 새로운 지상의 비전을 묘사했다. 그는 어떻게 신이 인간에게 임하며, 어떻게 신이 인간의 눈물을 닦아 줄 것이며, 슬픔도 울음도 고통도 모두 사라져 더 이상 죽음 없는 세계를 약속했는지 말했다.

그가 다음 말을 하자 이상하게 온몸이 떨렸다. 그가 말을 하며 내게 시선을 돌릴 때 그의 목소리가 변했는데, 그때 특히 더 그랬다.

"승리하는 자는 이것들을 차지하게 될 것이며 나는 그의 하느님이 되고 그는 내 아들이 될 것이다. 그러나 비겁한 자와 믿음이 없는 자와 흉측스러운 자와 살인자와 간음한 자와 마술쟁이와 우상 숭배자와 모든 거짓말쟁이들이 차지할 곳은 불과 유황이 타오르는 바다뿐이다. 이것이 둘째 죽음이다."*

그래서 그가 내게 닥칠 운명을 걱정한다는 것을 알았다.

웅장한 그 장의 마지막 시를 읽을 때, 그에게서 열렬한 진심과 아울러 차분하고 절제된 승리가 느껴졌다. 독자는 어린 양의 생명의 책*에 그의 이름이 쓰여 있다고 믿을 것이다. 그는 지상의 왕들이 영광과 명예를 가져가는 도시에 받아들여지길 열망했다. 그 도시에는 해도 달도 필요하지 않았다. 신의 빛이 비치고 양이 바로 그 빛이기 때문이다.

그 장이 끝나고 이어진 기도에 그는 온 힘을 쏟았다. 그의 엄숙한 열의가 깨어났다. 그는 진심으로 하느님께 매달렸고 정복을 결심했다. 그는 마음 약한 자들에게 힘을, 우리를 떠나 헤매는 자들에게 인도를, 세속적인 유혹과 육체적인 유혹으로 좁은 길에서 벗어나려는 자들에게 최후의 순간에라도 돌아올 수 있게 해 주십사 탄원했다. 그는 불 속에서 <u>끄</u>집어낸 부지깽이*의 은혜를 주십사 졸라 대며 자신에게 그런 권리가 있다고 말했다. '진심은 항상 깊게 경건하라.' 처음, 그 기도를 들었을 때는 그의 진심을 의심했다. 그러고 나서 그것이 계속되며 열기를 더하자 감동받았고 마침내 경외감을 느꼈다. 그는 하느님의 목적의 위대함과 선량함을 진정으로 느꼈다. 그가 갈구하는 모습을 본 사람들은 그에 공감하지 않을 수 없었다.

기도는 끝났고 무리는 그를 떠났다. 그는 내일 아침 일찍 떠날 예정이었다. 다이애나와 메리는 그에게 입을 맞춘 뒤 방을 떠났다. 그가 속삭이며 한 말에 따르는 것 같았다. 나는 손을 내밀고 여행 잘 다녀오라고 말했다.

"고맙소, 제인. 내가 말한 대로 케임브리지에서 2주일 후면 돌아올 거요. 그러니 그동안 생각해 볼 시간이 있소. 내가 인간의 자존심에 귀를 기울인다면 다시 결혼 이야기를 꺼내지 않을 거요. 하지만 내 의무에 귀를 기울이고 나의 첫 번째 목적, 신의 영광을 위해 하는 일을 염두에 두고 있소. 나의 주인은 오랫동안 고통을 견뎠고 나도 그럴 것이오. 당신이 '진노의 그릇*'으로 파멸로 치닫는 걸 내버려 둘 수 없소. 아직 시간이 있을 때 회개하고 결심하시오. 아직 낮 동안 일하도록 명령 받았음을 기억하시오. '밤이 올 터인데 그때는 아무도 일을 할 수가 없다*'라는 경고를 기억하시오. 현세에서 좋은 것을 가졌던 부자의 운명을 기억하시오. 하느님께서 영원히 빼앗기지 않을 참 좋은 몫*을 선택할 힘을 주실 거요!"

이 마지막 말을 할 때 그는 손으로 이마를 짚었다. 그는 온유하게 진심을 담아 말했다. 그의 표정은 애인을 바라보는 남자의 표정이 아니라 길 잃은 양을 부르는 목자의 표정이었다. 아니, 오히려 책임져야 하는 인간을 지켜보는 수호천사의 표정이었다. 재능 있는 사람들은 광신자든 열성분자든 독재자든, 감정이 풍부하든 메마르든, 진지하기만 하면 다른 사람을 휘어잡고 지배하게 되는 숭고한 순간이 있다. 나는 세인트 존에 대해 존경심을 느꼈다. 그 존경심이 너무나 커져 지금까지 피하던 지점으로 내팽개쳐졌다. 나는 그와의 투쟁을 멈추고 싶었다. 그의 의지의 격류에 휩쓸려 그의 존재의 심연 속으로 들어가 내 존재를 잃고 싶었다. 나는 이제 그에게 심하게 휩쓸렸다. 예전에도 다른 방식이기는 했지만 다른 사람에게 똑같이 휩쓸렸다. 두 번 다 나는 어리석었다. 그 당시 항복한 것은 원칙의 실수였지만 지금 항복한다면 판단의 실수일 것이다. 시간이라는 조용한 매개를 통해 그 위기의 순간을 회상하니 이제서야 그런 생각이 든다. 그 순간에는 잘못을 알지 못했다.

사제의 손길이 닿자 나는 꼼짝도 못 하고 서 있었다. 거절했던 사실을 망각했다. 두려움은 사라지고 더 이상 애쓰지도 않았다. 세인트 존과의 결혼이라는 불가능이 갑자기 가능한 일이 되어 버렸다. 순식간에 모든 것이 완전히 변해 버렸다. 종교가 부르고, 천사가 손짓하고, 신이 명령하고, 삶이 두루마리처럼 말리고,* 죽음의 문이 열리고 저 멀리 영원도 보였다. 그곳에서의 안전과 축복을 위해서라면, 지상의 모든 것은 한순간에 버려도 될 것 같았다. 침침한 방이 환영으로 가득 찼다.

"이제 결정할 수 있겠소?" 선교사가 물었다. 그는 부드러운 어조로 물으면서 부드럽게 나를 끌어당겼다. 오, 그 부드러움이란! 그것은 힘보다 훨씬 더 강력했다! 세인트 존의 분노에는 저항할 수 있었다. 하지만 그의 친절 앞에서 나는 갈대처럼 유순해졌다. 나는 지금 항복하면 언젠가는 예전의 반항 못지않게 후회하리라는 것을 알고 있었다. 한 시간의 기도로 그의 본성이 변하지 않고, 오히려 고양되었을 뿐이다.

"확신만 서면 결정할 수 있을 거예요." 내가 대답했다. "당신과 결혼해야 하는 게 선의 의지임을 확신할 수만 있으면, 지금 이 자리에서도 결혼하겠다고 맹세할 수 있어요. 미래에 어떤 일이 닥친다고 해도!"

"나의 기도가 통했도다!" 세인트 존이 외쳤다. 그는 내가 자기 것임을 확신하는 것처럼 내 머리를 세게 눌렀다. 마치 **거의** 나를 사랑하는 것처럼 나를 안았다(**거의**라는 말을 쓴 것은 내가 그 차이를 알기 때문이다. 나는 사랑받는 게 어떤 것인지 느꼈기 때문이다. 하지만 그와 마찬가지로 나 역시 사랑은 문제가 되지 않고 오로지 의무만 생각했다). 나는 아직 구름이 끼어 있기는 하지만 희미한 마음속의 비전에 만족하고 있었다. 나는 진지하게, 깊이, 열정적으로 옳은 일을 하고 싶었다. 오직 그뿐이었다. "내게 길을 보여 주소서, 내게 길을 보여 주소서!" 나는 하늘에 애원했다. 나는 그 어느 때보다 흥분했다. 그다음에 일어난 일도 흥분 때문이었는지에 대해서는 독자의 판단에 맡기겠다.

온 집 안이 조용했다. 나와 세인트 존을 제외하고 모두 잠자리에 들기 때문이다. 하나 있는 촛불이 수그러들고 달빛이 방 안에 가득 찼다. 심장이 숨 가쁘게 빨리 뛰었다. 두근대는 소리가 들렸다. 갑자기 심장이 멈추더니 뭐라 표현할 수 없는 느낌이 들었다. 그 느낌은 전율을 일으키며 심장을 꿰뚫고 가더니 동시에 머리끝에서 발끝까지 퍼져 나갔다. 전기 충격 같지는 않았고 아주 날카롭고, 이상하고, 놀라운 느낌이었다. 그것이 오감에 작용하자, 지금까지 오감의 작용은 마비 상태에 지나지 않았던 것처럼, 갑자기 마비 상태에서 호출되어 깨어났다. 오감이 기대에 차서 일어났다. 즉 살은 뼈 위에서 떨고, 눈과 귀는 기다리고 있었다.

"무슨 소리를 들었소? 뭐가 보이오?" 세인트 존이 물었다. 나는 아무것도 보지 않았지만 어디선가 외치는 소리를 들었다.

"제인! 제인! 제인!" 그뿐이었다.

"오 하느님! 이게 무슨 소리예요?" 나는 헐떡였다.

"어디서 나는 소리예요?"라고 물었어야 했는지 모르겠다. 그 소리는 방 안에서 나는 것도, 집 안에서 나는 것도, 정원에서 나는 것도 아니었다. 그것은 공중에서 들리는 것도, 땅 아래서 들리는 것도, 머리 위에서 들리는 것도 아니었다. 하지만 나는 그 소리를 들었다. 어디서, 어디서 부르는 소리인지 알 수가 없었다! 그리고 그 소리는 인간의 목소리, 잘 아는, 사랑하는, 잘 기억하는 목소리, 에드워드 페어팩스 로체스터 씨의 목소리였다. 그리고 그 목소리는 고통과 슬픔에 차 거칠게, 다급하게, 무시무시하게 나를 불렀다.

"갈게요!" 내가 외쳤다. "기다려요! 오, 제가 갈게요!" 나는 문으로 날아가서 복도를 들여다보았다. 복도는 어두웠다. 나는 정원으로 달려갔다. 아무도 없었다.

"어디 계세요?" 내가 외쳤다.

마시 글렌 너머 언덕에서 대답이 희미하게 메아리쳤다. "어디 계세요?" 나는 귀를 기울였다. 전나무 사이에서 조그맣게 바람이 스치는 소리가 났다. 황야와 외로움과 한밤의 정적밖에 없었다.

"유령아, 사라져라!" 나는 대문 옆 검은 주목나무 옆에 유령이 서 있기나 한 것처럼 말했다. "이것은 너의 속임수나 너의 마법이 아니야. 자연의 작용이야. 미신이 아니라 깨어난 자연이 최선을 다했을 뿐이야."

나는 세인트 존에게서 빠져나왔고, 그는 나를 뒤따라왔다. 그가 나를 잡을 수도 있었지만 이제는 내가 지배하는 시간이 되었다. 내 힘이 강력하게 발휘되었다. 나는 그에게 아무 질문도, 아무 말도 하지 말라고 했다. 나를 떠나 주길 바란다고 했다. 나는 혼자 있고 싶고, 그래야만 한다고 했다. 그는 곧 순순히 내 말을 따랐다. 충분히 명령할 힘이 생기면 다른 사람들이 순순히 따르기 마련이다. 내 방으로 올라가서 방문을 잠갔다. 무릎을 꿇고 내 방식으로, 세인트 존과는 다르지만 나름대로 효과적인 방식으로 기도했다. 나는 성령의 가까이까지 다가간 것 같았다. 내 영혼에 감사의 마음이 흘러넘쳤고 성령의 발밑으로 달려가 엎드렸다. 나는 감사 기도를 마치고 일어나 결심했다. 마침내 깨달음이 왔고 겁먹지 않고 자리에 누웠다. 새벽이 되기만 간절히 바라면서.

제36장

날이 밝았다. 나는 새벽에 일어났다. 한두 시간 동안 방, 서랍, 옷장을 정리하느라 바빴다. 잠시 떠나 있는 거지만 물건들을 말끔히 정돈해 두고 싶었다. 그러다가 세인트 존이 떠나는 소리를 들었다. 그는 내 방문 앞에 멈추었다. 그가 노크를 할까 봐 걱정되었다. 하지만 문 아래로 종이 한 장만 들어왔다. 그 종이를 집어 들었다. 이런 말이 쓰여 있었다.

어젯밤에는 너무 갑작스럽게 갔소. 조금만 더 있었으면 그리스도의 십자가와 천사의 왕관에 손을 얹을 수 있었소. 내가 2주일 뒤 돌아올 때는 확실히 결정을 내릴 것을 기대하오. 그동안 유혹에 빠지지 않도록 깨어 기도하시오.* 정신은 기꺼이 그럴 마음이 있다고 믿지만 육체가 나약함을 알고 있소. 항상 당신을 위해 기도하겠소.

　　　　　　　　　　　　　－당신의 세인트 존.

나는 마음속으로 대답했다. '나의 정신은 옳은 일만 하고자 하며, 나의 육체에는 하늘의 뜻이 무엇인지 분명히 알기만 하면 하늘의 뜻을 성취할 힘이 있길 바란다. 어쨌든 내 육체는 의심의 구름을 빠져나오는 길을 찾아내고 더듬어 확실한 밝은 날을 찾을 만큼 강하다.'

6월 1일이었다. 하지만 오전에는 흐리고 쌀쌀했다. 빗줄기가 창에 들이쳤다. 현관문이 열리고 세인트 존이 나가는 소리가 들렸다. 창문으로 보니, 그가 정원을 가로질러 가고 있었다. 그는 안개 긴 평야를 지나 휘트크로스 쪽으로 갔다. 거기서 마차를 탈 것이다.

'몇 시간 후면 저도 당신을 따라 그 길로 갈 거예요, 사촌 오빠. 저도 휘트크로스에서 마차를 탈 거예요. 나도 영국을 영원히 떠나기 전에 영국에서 만나고 안부를 물을 사람이 있어요.'

아침 식사까지는 아직도 두 시간이 남아 있었다. 남은 시간 동안 나는 조용히 방을 왔다 갔다 하며 지금 이런 계획을 세우게 만든 환청에 대해 곰곰이 생각했다. 그때 경험했던 내면적인 감각을 되살려 보았다. 이루 말할 수 없이 이상한 것이기는 하지만 아직도 그 감각을 되살릴 수 있다. 내가 들었던 목소리를 기억해 냈다. 그리고 그 목소리가 어디에서 왔는지 물어봤지만 그 전날 밤이나 마찬가지로 알 수 없었다. 그 목소리는 내 마음속에 있는 것처럼 보였다. 외부 세계에 있는 게 아니라, 단지 신경이 쇠약해서 느낀 망상이 아니었나 하고 자문했다. 그렇다고 생각할 수도 믿을 수도 없었다. 그것은 영감과 같았다. 그 충격적인 이상한 느낌은 바울로와 실라가 갇혀 있던 감옥을 뒤흔든 지진처럼 다가와 영혼의 감방 문을 열고 그 속에 있는 사람들을 풀어 주었다.* 영혼은 잠에서 깨어나 그 소리에 놀라 떨며 벌떡 일어났다. 그러고 나서 나의 놀란 귀에, 나의 떨리는 가슴에, 나의 정신에 세 번 그 소리가 울렸다. 내 정신은 두려워하지도 떨지도 않았다. 하지만 거추장스러운 육체를 무시하고 애써 얻은 성공에 기뻐하는 것처럼 환희에 찼다.

나는 생각을 멈추고 말했다. "이제 곧 어젯밤에 나를 부르던 목소리 주인공에 대해 무언가 알게 될 거야. 편지는 아무 소용 없음이 증명되었어. 내가 직접 물어볼 거야."

아침 식사 자리에서 다이애나와 메리에게 여행을 가느라 적어도 나흘 정도는 집을 비울 것이라고 말했다.

"혼자 가나요, 제인?" 그들이 물었다.

"그래요. 내가 얼마 동안 궁금해 하던 친구의 소식을 듣거나 만나려고요."

그들은 틀림없이 자기네들 말고는 친구가 없다고 생각했을 것이고, 그렇게 말할 수도 있었다. 사실 나 스스로 종종 그런 말을 했기 때문이다. 하지만 원래 정말 섬세하게 다른 사람을 배려하는지라 그런 말을 하지는 않았다. 다만 다이애나가 내게 여행을 할 정도로 건강이 회복되었냐고만 물었다. 내가 아주 창백해 보인다고 했다. 나는 정신적으로 걱정되는 것 말고는 아무 문제 없고, 그 걱정거리도 곧 사라질 거라고 대답했다.

여행 준비는 쉽게 이루어졌다. 어떤 질문도 어떤 억측도 나를 괴롭히지 않았기 때문이다. 일단 지금은 내 계획에 대해 분명히 알려 줄 수 없다고 설명하자 친절하고 현명하게 그들은 내 계획을 묵인해 주었다. 내가 비슷한 상황에 놓이더라도 그들에게 자유롭게 행동할 특권을 주었을 것이다.

나는 오후 3시에 무어 하우스를 떠나 4시 조금 지났을 때 휘트크로스의 이정표에 도착해 나를 먼 손필드까지 태우고 갈 마차가 오기를 기다렸다. 이정표는 인적이 드문 길과 아무도 없는 언덕 사이에 있어서 마차가 다가오는 소리가 아주 멀리서도 들렸다. 1년 전 어느 여름날 저녁 나를 이 자리에 내려 주었던 바로 그 마차였다. 얼마나 쓸쓸하고 절망적이고 막막했던가. 내가 손짓을 하자 마차가 멈추었다. 나는 마차 안으로 들어갔다. 이제는 마차를 탄 대가로 내 전 재산을 주지 않아도 되었다. 다시 한 번 손필드로 가는 길에 나서자 집으로 날아가는 통신용 비둘기 같은 느낌이 들었다.

그 여행은 서른여섯 시간이 걸렸다. 휘트크로스를 화요일 오후에 떠났는데 그 주 목요일 오전 일찍 말에게 물을 먹이기 위해 길가의 여관에 멈추었다. 그 여관은 푸른 산울타리와 드넓은 평야와 나지막한 전원적인 구릉(모턴의 황량한 중부 황야에 비교하면 얼마나 부드러운 풍경이고 얼마나 푸르른 색깔인가!)으로 둘러싸여 있었는데, 이런 풍경을 보자 낯익은 사람의 얼굴을 보는 것 같았다. 그래, 이런 풍경의 특징을 잘 알고 있지. 분명히 목적지에 가까이 왔구나.

"여기서 손필드 저택이 얼마나 되나요?" 나는 여관의 마부에게 물었다.

"2마일밖에 안 되고, 들판만 지나면 됩니다."

'여행이 끝났구나.' 나는 혼자서 생각했다. 나는 마차에서 내려 내가 가지고 있던 상자 안의 짐을 여관의 마부에게 맡겼다. 나중에 찾아갈 때까지 보관해 달라고 하고 마차삯을 지불했다. 마부는 만족해서 떠나갔다. 점점 밝아지는 햇살이 여관의 간판 위에서 빛났다. 나는 금색으로 '로체스터 암스'라고 쓰인 황금색 글씨를 읽었다. 가슴이 뛰었다. 이미 주인님의 땅에 와 있는 것이었다. 가슴이 다시 철렁했다. 이런 생각이 스쳐서였다.

'너의 주인님은 어쩌면 영국 해협을 건너 멀리 가 있을 수도 있잖아? 그리고 네가 서둘러 가고 있는 손필드 저택에 있다 하더라도, 주인과 함께 누가 있는가? 그의 미친 아내가 있다. 그리고 너는 그와 아무 관계 없다. 감히 그에게 말을 붙일 수도, 어디 있는지 찾을 수도 없다. 헛수고하고 있는 거다. 더 이상 가지 않는 게 더 나을 거야.' 그러자 마음속의 감시자가 다그쳤다. '여관에 있는 사람들에게 정보를 알아봐. 네가 알고자 하는 것을 모두 알려 줄 거야. 너의 의심을 즉시 풀어 줄 거야. 저 남자에게 가서 로체스터 씨가 집에 있는지 물어봐.'

그 제안은 현명한 것이었다. 하지만 억지로 실행할 수는 없었다. 나를 절망에 빠뜨릴 대답이 돌아올까 봐 두려웠다. 의심을 연장시키는 것이 곧 희망을 연장시키는 것이었다. 다시 한 번 희망의 별빛 아래서 손필드 저택을 볼 수 있을지 모른다. 눈앞에 그 계단이 있고 바로 그 들판이 있었다. 손필드에서 도망치던 날 아침 서둘러 빠져나왔던 그 들판이었다. 그때는 복수심에 찬 분노의 여신이 쫓아오며 채찍질해, 보지도 듣지도 않았고 넋이 나가 있었다. 어떤 길로 갈지 정하기도 전에 들판 한가운데 서 있었다. 얼마나 빨리 걸었던가! 때로는 얼마나 빨리 뛰었던가! 낯익은 숲을 얼른 보고 싶어서 얼마나 앞을 내다봤던가! 어떤 기분으로 내가 아는 나무 하나하나를 환영했고, 나무들 사이에 있는 익숙한 언덕과 초원을 환영했던가!

마침내 숲이 솟아났다. 땅까마귀가 까맣게 모여 있었다. 까마귀가 크게 우는 바람에 아침의 정적이 깨졌다. 이상한 기쁨이 솟구쳐 나는 서둘렀다. 들판을 하나 더 지난 뒤 골목길로 걸어가자 마당을 가린 담이 나타났고, 이어서 뒤채가 나타났다. 저택은 아직도 까마귀에 가려 있었다.

'우선 저택 정면을 보자.' 나는 결심했다. '두드러진 흉벽이 곧 위풍당당하게 눈앞에 나타날 거야. 그리고 주인님의 창문을 구분해 낼 수 있을 거야. 아마 그는 창가에 서 있을 거야. 아침 일찍 일어나시니까. 어쩌면 과수원을 산책하거나 정문 앞 포장된 길에 계실 수도 있어. 그를 볼 수만 있다면! 한 순간이라도 볼 수 있다면! 그런 일이 생기면, 미친 듯이 그에게 달려가지 않을까? 말할 수가 없어. 확신이 서지 않아. 그리고 내가 그렇게 하면, 그다음에는 어쩌지? 신이여 그를 축복하소서! 그다음에는 어쩌지? 그를 보고 다시 한 번 삶의 기쁨을 맛보아도 누가 피해를 보겠어? 내가 횡설수설하는구나. 아마도 지금 이 순간 그는 피레네 산맥 위로 떠오르는 해를 보고 있을 수도 있고, 남쪽 나라의 잔잔한 호수를 보고 있을 수도 있어.'

나는 나지막한 과수원 담장을 따라 걸었다. 그 모퉁이를 돌았다. 바로 거기에 목초지로 통하는 대문이 있고 대문 양쪽에 둥근 돌로 장식된 돌기둥이 있었다. 돌기둥 뒤에 숨으면 저택의 정면 전체를 볼 수 있었다. 나는 창문 블라인드가 걷힌 침실을 확인하려고 조심스럽게 머리를 내밀었다. 여기 숨어서 보면 흉벽, 창문, 기다란 정면 전체가 보였다.

내 머리 위를 날던 까마귀들이 이렇게 숨어서 보는 내 모습을 보고 어떻게 생각할지 궁금했다. 아마도 내가 처음에는 아주 조심스럽다가 차츰 대담해지고 마침내 무모해졌다고 생각할 게 틀림없었다. 살짝 엿보다가 그다음에는 아주 오랫동안 지켜보고, 그다음에는 구석에서 나와 목초지를 지나 저택의 정면 앞에 멈추어 오랫동안 뚫어져라 바라보았다. 까마귀들은 아마도 "처음에는 왜 이렇게 빼는 척한 거야?" 하고 물을 것이다. "그런데 왜 지금은 저렇게 바보처럼 아무렇게나 행동하지?"

독자여, 일화를 들어 설명하겠다.

사랑하는 여인이 이끼 낀 둑에 잠들어 있는 모습을 본다고 하자. 연인은 그녀를 깨우지 않고 예쁜 얼굴만 살짝 보고 싶다. 그는 소리를 내지 않으려고 풀밭을 살금살금 걷는다. 그녀가 뒤척였다고 생각하고 멈춘다. 그는 물러난다. 절대로 자신의 모습이 눈에 띄지 않기를 바란다. 사방이 조용하다. 그는 다시 앞으로 나간다. 그녀 위로 몸을 숙인다. 얇은 베일이 그녀의 이목구비를 가리고 있다. 베일을 들고 더 깊이 몸을 구부린다. 그는 아름다운 모습, 활짝 피어난 사랑스러운 여인이 따스하게 잠자는 모습을 기대한다. 처음에 얼마나 황급히 그녀 모습을 보았던가! 하지만 그 시선은 어떻게 굳어 버리겠는가! 어떻게 경악하는가! 조금 전만 해도 감히 손가락 하나 대지 못하던 그 여인을 갑자기 얼마나 격렬하게 끌어안는가! 큰 소리로 이름을 외치고, 안고 있던 여인을 내려놓고 얼마나 사납게 바라보는가! 그는 이렇게 헐떡이고, 소리치고 바라본다. 더 이상 그가 어떤 소리를 내도, 그가 어떤 동작을 해도 그녀가 깨어날 리 없기 때문이다. 그는 자신의 연인이 달콤하게 잠들어 있다고 생각했는데 그녀는 완전히 죽어 있었다.

나는 기쁨으로 떨며 웅장한 저택을 바라보았지만, 내가 본 것은 시커먼 폐허였다.

대문 기둥에 숨어 있을 필요도 없었다! 침실 창틀을 엿보며 올려다볼 필요도, 그 뒤에서 사람 기척이 날까 봐 두려워할 필요도 없었다! 문이 열리는지 들을 필요도, 포장된 길이나 자갈길에서 발소리가 나리라고 상상할 필요도 없었다! 그 잔디밭과 대지는 짓밟히고 황량했다. 현관문은 사라져 버렸다. 저택의 정면에는 꿈에서처럼 높이 솟은 벽에 구멍이 뚫려 있고, 군데군데 유리창 없는 창문이 있고, 벽이 곧 허물어져 내릴 것 같았다. 지붕도, 흙벽도, 굴뚝도 모두 무너져 있었다.

그리고 그 주위에는 죽음의 침묵, 즉 외로운 황야의 고독이 있었다. 여기 있는 사람에게 편지를 보내도 답장이 없던 것은 당연했다. 교회 측당의 납골당에 편지를 보낸 것이나 마찬가지였다. 그

을려서 까맣게 된 돌을 보니 이 저택에 무슨 일이 일어났는지 알 수 있었다. 불이 난 것이었다. 하지만 어떻게 불이 난 거지? 무슨 사연으로 이런 재난이 닥친 거지? 대리석, 목조, 석조 건물 말고도 무슨 일이 일어난 거지? 집이 다 타 버린 것 외에도 사상자가 있었을까? 그렇다면 누가? 두려운 의문이 들었다. 대답해 줄 사람이 아무도 없었다. 말 없는 표시나 침묵의 증거물도 없었다.

허물어진 벽 사이와 황폐해진 내부를 이리저리 둘러보면서 최근에 일어난 화재가 아니라는 증거를 모았다. 겨울눈이 문짝 없는 아치 사이로 휘몰아쳤고 겨울비가 유리창 없는 창틀에 내리친 것 같았다. 젖은 쓰레기 더미 사이에서 봄의 식물이 싹트고 있었다. 돌과 무너진 서까래 사이 여기저기에 풀과 잡초가 자라고 있었다. 그리고 오! 이런 다 허물어진 집의 불운한 주인은 어디에 있는 거지? 어떤 운명에 처해 있지? 나도 모르게 대문 근처에 있는 회색 교회탑에 눈길이 갔다. '조상인 데이머 드 로체스터와 함께 있는 걸까? 좁은 대리석 집에 함께 있는 걸까?'

누군가가 이런 질문에 대답을 해 주어야 했다. 대답을 듣기 위해 여관으로 가야 했다. 곧 여관으로 돌아갔다. 응접실로 여관 주인이 아침을 들고 왔다. 그에게 물어볼 말이 있으니, 문을 닫고 앉아 달라고 했다. 하지만 막상 그가 와서 앉자 무슨 말부터 시작해야 할지 몰랐다. 어떤 대답이 나올지 두려웠다. 하지만 이제 막 떠나온 황량한 광경 덕에 불행한 이야기를 들을 준비가 되어 있었다. 여관 주인은 점잖아 보이는 중년 남자였다.

"손필드 저택을 물론 아시겠죠?" 마침내 가까스로 말을 꺼냈다.

"네, 한때는 거기 살았는걸요."

"그랬어요?" 내가 있을 때는 아니었는데라고 생각했다. 전혀 모르는 얼굴이었다.

"돌아가신 로체스터 씨의 집사였어요." 그가 덧붙였다.

고 로체스터 씨라고! 나는 내내 피하던 일격을 강타당한 것 같았다.

"고 로체스터 씨라고요!" 나는 숨이 가빠졌다. "그가 죽었나요?"

"지금 계신 신사분의 아버지 말씀입니다." 그가 설명했다. 다시 숨을 쉬고 다시 피가 돌기 시작했다. 에드워드 씨, 나의 로체스터 씨(어디에 계시든 신의 가호가 있기를!)는 적어도 살아 있구나! 간단히 말해 '지금 계신 신사분'인 것이다. 얼마나 기쁜지! 이제 무슨 이야기를 해도 다 들을 수 있을 것 같았다. 어떤 사실이 밝혀지든 비교적 평온하게 들을 수 있을 것 같았다. 그가 무덤 속에 있는 게 아니니까, 설령 그가 지구 반대편에 있다고 해도 참을 수 있을 것 같았다.

"로체스터 씨는 지금 손필드 저택에 계시나요?" 물론 어떤 대답이 나올지 뻔히 알면서 물었다. 하지만 그가 정말 어디 있는지 직접 묻는 걸 미루고 싶었다.

"아닙니다. 오, 절대로 아닙니다! 그곳에는 아무도 안 살아요. 이곳에 처음 오셨나 봐요. 안 그러면 지난 가을에 일어난 일에 대해 들었을 텐데요. 손필드 저택은 아주 폐허가 되었어요. 바로 추수 무렵 불이 나서 다 타 버렸어요. 끔찍한 사고였어요! 그 많은 재산이 다 타 버렸어요. 가구 하나 건지지 못했죠. 한밤중에 불이 나 밀코트에서 소방 기구들이 도착하기도 전에 건물 전체에 불길이 번졌어요. 끔찍한 광경이었어요. 제가 그 광경을 목격했죠."

"한밤중이라고요!" 내가 중얼거렸다. 그래, 손필드에서는 항상 그 시간에 사고가 났지. "어떻게 불이 붙기 시작했는지 알려졌나요?" 내가 물었다.

"추측뿐이에요. 사실, 의심할 것도 없이 분명한 일이라고 봐요.

626

아마 당신은 모르시겠지만." 그는 식탁 가까이로 의자를 끌고 오면서 계속 말했다. 그리고 낮은 목소리로 덧붙였다. "음, 집 안에 한 숙녀, 미친 여자를 가두어 놓았답니다."

"그런 말을 들은 적은 있어요."

"아주 가까이에 가두어 놓았대요. 수년 동안 사람들은 그녀가 있는지도 몰랐대요. 본 사람은 아무도 없고요. 다만 그 저택에 그런 사람이 있다는 소문만 떠돌았죠. 그녀가 누구이고, 뭐 하는 사람인지는 추측도 힘들었어요. 어떤 사람은 외국에서 데려왔다고 하고, 어떤 사람들은 그녀가 그의 정부라고 믿었어요. 한 1년 전부터 아주 이상한 일이 생겼어요, 아주 이상한 일이."

나는 나에 대한 이야기를 들을까 봐 두려웠다. 그에게 원래 하던 이야기로 돌아가게 하려고 애썼다.

"그러면 그 숙녀분은 어떻게 되었죠?"

"그 숙녀분은 로체스터 씨의 아내로 밝혀졌어요! 아주 이상하게, 그 사실이 발견되었어요. 그 저택에 젊은 아가씨, 가정 교사가 있었는데 로체스터 씨가 그녀에게 푹 빠졌어요."

"그런데 그 불은?"

"그 말을 하려고 해요. 에드워드 씨가 그 가정 교사와 사랑에 빠졌어요. 하인들 말에 따르면, 그렇게 사랑에 푹 빠진 사람은 처음 보았대요. 그가 늘 그녀 뒤를 쫓아다녔대요. 아시겠지만 하인들이란 늘 그렇듯이, 그를 지켜보았는데 그가 정말 사랑에 빠져 있었대요. 왜냐하면 에드워드 씨 말고는 아무도 그녀를 미인이라고 생각하지 않았거든요. 체구가 작고, 말하자면 어린애 같았대요. 직접 그 여자를 본 적은 없어요. 하지만 하녀인 레아의 말을 들었어요. 레아는 그녀를 아주 좋아했어요. 로체스터 씨는 마흔 살쯤 되었고, 이 가정 교사는 스무 살도 안 되었는데, 아시잖아요, 그 나이 또래의 신사분이 소녀와 사랑에 빠지면 마치 마법에 걸린 것처럼 굴잖아요. 음, 그는 그녀와 결혼하려고 했어요."

"그 부분은 다음에 들을게요. 지금은 화재 이야기를 꼭 좀 들어야 할 이유가 있어요. 이 미친 여자가, 즉 로체스터 씨 부인이 불을 냈다고 의심받았나요?"

"정곡을 찌르셨네요. 바로 그녀, 다른 사람이 아니고 바로 그녀가 불을 지른 게 아주 확실해요. 풀 부인이라는 여자가 그녀를 간호했대요. 그쪽 계통에서는 유능한 데다 한 가지 결함만 제외하고는 아주 믿을 만한 여자였는데, 간호사나 간병인들에게서 흔히 찾을 수 있는 결함이죠. 늘 술병을 가지고 있다가 가끔 지나치게 마셨죠. 그건 이해할 수 있죠. 그녀의 일이 너무 힘들었을 테니까요. 하지만 그래도 위험한 일이긴 했죠. 왜냐하면 풀 부인이 술을 마시고 깊이 잠들었을 때 그 미친 여자가 마녀처럼 교활하게 부인의 주머니에서 열쇠를 빼내 방에서 나온 뒤 온 집을 헤매고 다니다가 생각나는 대로 미친 짓을 하곤 했죠. 한번은 남편이 침대에 누워 있을 때 침대에 불을 질러 다 타 버릴 뻔했대요. 하지만 그 일은 잘 몰라요. 그러나 그날 밤, 그녀는 옆방 벽에 걸린 커튼에 불을 질렀고, 아래층 가정 교사의 방이었던 곳으로 내려가 그 방 침대에다도 불을 질렀죠. 무슨 일이 진행되는지 알고 그녀가 가정 교사에게 앙심을 품었던 것 같아요. 하지만 다행히도 가정 교사는 그 침대에 자고 있지 않았어요. 두 달 전에 도망쳐 버렸거든요. 그리고 로체스터 씨는 그녀가 이 세상에서 가장 소중한 사람인 것처럼 사방으로 찾아다녔지만 그녀에 대해 한마디도 들을 수 없었죠. 그래서 로체스터 씨는 사나워졌어요. 실망 때문에 아주 사나워졌죠. 그는 사나운 사람이 아니었는데 그녀를 잃은 뒤에는 위험할 정도로 되었죠. 그는 또한 혼자 있고 싶어 했어요. 가정부였던 페어팩스 부인을 멀리 있는 그녀의 친구에게 보내 버렸죠. 하지만 아주 너그럽게 평생 연금을 주었어요. 페어팩스 부인은 그런 대접을 받을 만했죠. 아주 착한 여자였어요. 그가 후견하던 아델 양은 학교로 보내 버렸고요. 그는 신사분들과 교제를 끊고 은둔자처럼 손필드에 처박혀서 지냈죠.”

“뭐라고요! 그가 영국을 떠나지 않았다고요?”

“영국을 떠났냐고요? 천만에, 전혀 아니에요! 밤에만 집 밖으로 나오고 평소에는 집 문턱도 넘지 않는걸요. 밤에는 유령처럼 마당과 과수원만 헤매고 다녀요. 마치 정신 나간 사람처럼 보여요. 내 생각으로는 미친 것 같아요. 그 작은 가정 교사와 만나기 전에는 로체스터 씨만큼 활기차고 씩씩하고 영리한 신사분도 없었는데 말이에요. 다른 신사들과 달리 그는 술도, 도박도, 경마도 하지 않았어요. 그리고 그다지 잘생기지는 않았지만 용기 있고 남자답게 씩씩했죠. 소년이었을 때부터 그를 알았으니까요. 나는 에어 양이 손필드에 오기 전 바다에 빠져 죽었더라면 얼마나 좋았을까, 그런 생각을 종종 해요.”

“불이 났을 때 로체스터 씨는 집에 있었나요?”

“네, 그랬죠. 그는 집에 있었어요. 아래층과 위층이 모두 불타고 있을 때 그는 다락방 쪽으로 올라가 하인들을 깨워 아래층으로 내려오게 도와주었어요. 그러고는 미친 아내를 꺼내려고 다시 다락방으로 올라갔죠. 그런데 그때 사람들이 그에게 미친 아내가 지붕 위에 올라가 있다고 외쳤어요. 그녀는 지붕 위에 서서 흉벽 위로 팔을 흔들며 1마일 떨어진 곳에서도 들릴 만큼 고함을 질렀어요. 내 눈으로 그녀의 모습을 보고 내 귀로 그 소리를 들었죠. 덩치가 큰 여자로, 검은 머리카락을 길게 늘어뜨리고 있었어요. 그녀는 서 있었고 그녀의 검은 머리카락이 불길을 배경으로 흩날렸어요. 나하고 몇몇 사람이 로체스터 씨가 천창을 통해 지붕으로 올라가는 것을 목격했죠. 그가 '버사!' 하고 외치는 소리를 들었어요. 그가 그녀에게 다가가는 모습을 보았죠. 그런데 그때 미친 여자가 고함을 지르며 펄쩍 뛰어올랐고, 다음 순간 그녀는 길바닥에 떨어져 온몸이 으깨졌죠."

"죽었나요?"

"죽었죠. 머리가 다 깨지고 피가 사방으로 튀었어요. 완전히 죽었죠."

"세상에!"

"그렇게 말씀하시는 것도 당연하죠, 끔찍했어요!"

그가 몸서리를 쳤다.

"그러고 나서는요?" 내가 재촉했다.

"네, 그다음에 집이 몽땅 타 버렸죠. 지금은 벽만 조금 남아 있어요."

"또 죽은 사람은 없나요?"

"없어요. 하지만 죽는 게 나았을 거예요."

"무슨 뜻인가요?"

"불쌍한 에드워드 씨! 그런 모습을 보리라고는 생각도 못 했어요! 어떤 사람들은 그가 처음 결혼을 비밀로 하고 살아 있는 아내를 두고 또 아내를 얻으려고 해서 벌을 받았다고 해요. 하지만 정말 그가 가여워요."

"그가 살아 있다고 말씀하시는 건가요?" 내가 외쳤다.

"네, 살아 있죠. 하지만 죽는 게 더 나았다고들 생각해요."

"왜요? 어째서요?" 내 피가 싸늘하게 식었다. "어디에 있나요? 영국에 있나요?" 내가 물었다.

"네, 영국에 있어요. 영국 밖으로 나갈 수도 없을 거예요. 그는 지금 움직이지 못해요."

이건 너무 고통스러운 소식이었다. 그런데 그 주인은 그 고통을 연장시키려고 결심한 것처럼 보였다.

"그는 눈이 멀었어요. 그래요, 눈이 아주 멀었어요. 에드워드 씨는 장님이 되었어요." 마침내 그가 말했다.

나는 그보다 더한 일, 그가 미쳤다는 소리를 들을까 봐 걱정하고 있었다. 용기를 내서 무엇 때문에 이런 사고가 났는지 물어보았다.

"그가 용기 있는 사람이라고도 하고, 어떤 의미에서 그가 친절해서 그랬다는 사람도 있어요. 그는 다른 사람이 나갈 때까지 집을 떠나려고 하지 않았어요. 로체스터 부인이 흉벽 위로 몸을 던진 뒤에야 마침내 중앙 계단으로 내려왔는데, 그때 쾅음이 들리고 모든 게 무너졌어요. 무너진 더미 아래서 그를 끄집어냈는데 슬프게도 많이 다치셨어요. 서까래에 깔려 완전히 뭉개지지는 않았지만 한쪽 눈을 다쳤어요. 그리고 한쪽 손이 으깨져서 외과 의사이신 카터 씨가 손을 바로 절단해야만 했죠. 다른 쪽 눈에도 염증이 나서 그 눈까지 시력을 잃었어요. 그는 이제 정말로 무력해졌죠. 장님에다 불구가 되었으니까요."

"어디 계신가요? 지금 어디 살고 계신가요?"

"약 30마일 떨어진 펀딘 장원 안에 있는 집에 사세요. 아주 황량한 곳이죠."

"누가 함께 있나요?"

"존 영감과 그의 아내가 같이 있어요. 다른 사람은 옆에 얼씬도 못하게 해요. 사람들 말로는 아주 쇠약해졌다고 하더군요."

"마차가 있나요?"

"마차가 있기는 한데 아주 고급 마차라서요."

"곧 준비해 주세요. 오늘 밤이 저물기 전에 나를 펀딘까지 데려가 주실 수 있다면 당신과 마부 두 사람 모두에게 요금을 두 배로 드리겠어요."

제37장

펀딘의 저택은 숲 속 깊이 파묻혀 있는 아주 오래된 건물이었다. 그다지 크지도 않고 화려한 건축 장식도 없었다. 전에 언젠가 그 집에 대해 들은 적이 있었다. 로체스터 씨는 종종 그 집 이야기를 했고 때로는 그곳에 가기도 했다. 그의 아버지가 사냥지로 쓰려고 그 영지를 샀고, 임대를 주고 싶었으나 사람이 살기에 적절하지 않은 데다 비위생적인 곳이어서 임대인을 찾을 수 없다고 했다. 그래서 펀딘은 아무도 살지 않았고, 사냥철에 그가 방문할 경우 머무는 방 두세 개에만 가구를 갖추어 놓고 있었다.

나는 어두워지기 직전, 펀딘의 집에 도착했다. 하늘은 음울하고, 차가운 돌풍이 살을 에고, 비가 차갑게 내리는 저녁이었다. 마지막 1마일은 걸어서 갔다. 마부에게는 약속한 대로 보수를 두 배로 주어 보내 버렸다. 그 저택에 아주 가까이 가도 아무것도 보이지 않았다. 집 주위의 숲에 나무가 너무 빽빽해 어두웠다. 양쪽에 화강암 기둥이 있는 철문이 나타나 어디로 들어가야 할지 알려 주었다. 그 문을 지나가자 곧 빽빽한 나무들이 나타났고 해가 저물고 있었다. 회색 마디의 나무들 사이로 잡초가 무성한 오솔길이 있었다. 가지가 만든 아치 아래에서 숲으로 내려갔다. 나는 곧 그 집에 도착하리라 예상하고 그 길을 계속 따라갔다. 하지만 그 길에는 사람이 사는 흔적이나 집터 흔적이 없었다.

나는 방향을 잘못 잡아 길을 잃었다고 생각했다. 숲이 어두울 뿐 아니라 날이 저물어 주위가 더 어두워졌다. 다른 길이 있는지 주위를 둘러보았다. 아무것도 없었다. 나뭇가지가 서로 얽혀 있고, 원통 모양의 나무줄기가 늘어서 있고, 여름 나뭇잎이 무성하게 우거져 있었다. 아무리 보아도 빠져나갈 길이 없었다.

나는 계속 앞으로 나아갔다. 길이 보이고 약간 듬성듬성 나무가 나 있었다. 곧 철책이 나타나더니 마침내 집이 나타났다. 빛이 너무 희미해 나무와 집이 구분되지 않았다. 허물어져 가는 벽에 습기가 많이 차 있고 초록색이었다. 빗장만으로 잠근 대문에 들어서자 안마당이 나타나고 나무는 반원형으로 뒤쪽에 있었다. 꽃도 화단도 없고 풀밭 주위에 넓은 자갈길밖에 없었다. 그 뒤에 나무가 무성한 숲이 집을 둘러싸고 있었다. 집의 정면에는 박공 두 개가 튀어나와 있었다. 창은 좁은 격자창이었다. 한 걸음만 더 가면 좁은 현관문에 닿을 것 같았다. 로체스터 암스 여관 주인의 말대로 전반적으로 '아주 황량한 곳'처럼 보였다. 마치 평일 교회처럼 조용했다. 근처에서 들리는 소리라고는 나뭇잎에 떨어지는 빗소리밖에 없었다.

"여기에 사람이 살 수 있을까?" 내가 물었다.

그렇다. 무언가가 살고 있었다. 움직이는 소리가 들렸기 때문이다. 좁은 앞문이 열리더니 어떤 사람이 그 집에서 나왔다.

문은 천천히 열렸다. 어떤 사람이 황혼 속으로 나오더니 계단 위에 섰다. 모자도 안 쓴 남자였다. 비가 오는지 느끼기라도 하려는 듯 손을 앞으로 뻗었다. 해가 지고 있기는 했지만, 그를 알아보았다. 나의 주인인 에드워드 페어팩스 로체스터 씨, 바로 그 사람이었다.

나는 걸음을 멈추고 거의 숨이 멎은 상태로 가만히 서서 그를 바라보았다. 내 모습을 감춘 채 그를 찬찬히 살펴보았다. 그런데 아! 그는 나를 볼 수 없었다. 갑작스럽고 기쁜 만큼이나 고통스러운 한 만남이었다. 별 어려움 없이 탄성을 억누르고 황급히 앞으로 나가려는 발걸음을 자제할 수 있었다.

예전과 마찬가지로 그의 외모는 강하고 튼튼했다. 여전히 자세도 바르고 머리카락도 새까맸다. 이목구비도 변하거나 망가지지 않았다. 1년이 지났고 슬픈 일이 있었지만 근육의 힘은 줄어들지 않았고 전성기의 기운도 꺾이지 않았다. 하지만 표정이 변해 있었다. 심각하고 필사적인 표정이었다. 음울한 슬픔에 잠겨 있어 다가가기 위험한, 우리에 갇혀서 학대받는 짐승이나 새와 비슷한 표정이었다. 눈먼 삼손은 우리 속에 갇힌 잔인함이 사라진 황금 테두리 눈을 한 독수리처럼 보였다.

그리고 독자여, 눈멀고 사나운 그 사람을 내가 무서워했다고 생각하는가? 그렇다면 그대는 나를 잘 모르는 것이다. 곧 저 바위 같은 이마와 꽉 다문 입술에 키스할 것을 생각하니 슬픔과 함께 부드러운 희망이 솟아났다. 아직은 그에게 다가가 말을 걸지 않을 작정이었다.

그는 계단을 하나 내려오더니 천천히 더듬어 풀밭 쪽으로 갔다. 그 씩씩하던 발걸음은 어디로 갔는가? 그러고 나서 어느 쪽으로 돌아설지 모르는 것처럼 멈추었다. 그는 손을 들어 올리고 눈을 부릅떴다. 멍하니 앞을 보다, 몹시 애쓰며 하늘을 바라보다, 반원형으로 늘어선 나무들을 보았다. 그에게는 모든 것이 어둠일 뿐임을 알 수 있었다. 그는 오른손을 뻗었다(손이 잘려 나간 왼팔은 가슴속에 숨겨 두었다). 주위에 무엇이 있는지 알고 싶어서 만지는 것 같았다. 여전히 허공만 그의 손에 닿았다. 나무는 그가 서 있는 데서 몇 야드나 떨어진 곳에 있었다. 그는 노력을 포기하고 팔을 접더니, 아무 말 없이 조용히 빗속에 서 있었다. 모자를 쓰지 않은 그의 머리 위로 마구 비가 내렸다. 그 순간 어디에선가 존이 나와 그에게 다가갔다.

"제 팔을 잡으시겠어요, 주인님? 비가 많이 와요. 안으로 들어가시는 게 낫겠지요?" 그가 말했다.

"내버려 둬." 대답이었다.

존은 나를 보지 못하고 물러섰다. 로체스터 씨는 이리저리 걸어 보려고 했다. 모든 것이 확실치 않았다. 그는 더듬거리며 집으로 돌아가는 길을 찾았고 다시 들어가더니 문을 닫았다.

나는 그 집에 다가가 문을 두드렸다. 존의 아내가 문을 열었다. "메리, 잘 있었어요?" 내가 말했다.

그녀는 유령이라도 본 것처럼 깜짝 놀랐다. 나는 그녀를 진정시켰다. 그녀가 황급히 "이 늦은 시간에 이런 외로운 곳에 오신 분이 정말 당신이에요?" 나는 대답 대신 그녀의 손을 잡았다. 그러고 나서 그녀를 따라 부엌으로 갔다. 존은 활활 타는 난로 옆에 앉아 있었다. 나는 그들에게 손필드를 떠난 뒤 내게 일어난 일을 몇 마디로 설명하고 곧 로체스터 씨를 보겠다고 했다. 존에게 짐을 맡겨 놓은 여관에 가서 트렁크를 가져다 달라고 부탁했다. 그리고 보닛과 숄을 벗으면서 메리에게 하룻밤 이 집에서 머물 수 있느냐고 물었다. 어렵기는 하지만 잠자리를 마련할 수 있다고 해서, 여기 머물겠다고 했다. 바로 그 순간 응접실에서 벨이 울렸다.

"들어가서 어떤 사람이 찾아와 그에게 할 말이 있다고 해 줘. 나라고 알려 주지는 말고." 내가 말했다.

"당신을 보려고 하지 않을 거예요. 아무도 안 만나려고 하세요."

그녀가 돌아오자 그가 무슨 말을 했느냐고 물었다.

"당신인 것을 알리고 무슨 일로 왔는지 말해야 할 것 같아요." 그녀가 말했다. 그러고 나서 그녀는 컵에 물을 채우더니 촛불과 함께 컵을 쟁반 위에 올렸다.

"이것 때문에 벨을 누르신 거야?" 내가 물었다.

"네, 눈이 멀었는데도 어두워지면 항상 촛불을 가져오라고 하세요."

"내게 쟁반을 줘. 내가 들고 갈게."

나는 그녀의 손에서 쟁반을 받았다. 그녀는 내게 응접실 문을 가리켰다. 내가 쟁반을 들 때 흔들려 물이 쏟아졌다. 내 심장은 큰 소리를 내며 빠르게 갈비뼈를 쳤다. 메리는 문을 열어 주고 내가 안으로 들어서자 뒤에서 문을 닫아 주었다.

응접실은 음울해 보였다. 난로에서는 불이 조금 남아 희미하게 타고 있고 이 방의 주인인 눈먼 사람은 구석에 있는 높은 난로 선반에 머리를 기댄 채 불빛을 내려다보고 있었다. 늙은 개 파일럿은 한쪽 구석에 엎드려 있었다. 그 개는 혹시나 밟힐까 봐 몸을 웅크리고 있었다. 내가 들어가자 파일럿은 귀를 쫑긋 세웠다. 그러고 나서 신음 소리를 내고 짖으면서 벌떡 일어나더니 나를 향해 달려왔다. 파일럿 때문에 쟁반을 거의 놓칠 뻔했다. 나는 탁자 위에 쟁반을 놓고 파일럿을 토닥인 다음 조용히 말했다. "앉아!" 로체스터 씨가 기계적으로 소동이 벌어진 곳을 **돌아보았다**. 하지만 그는 아무것도 **보지 못했고** 얼굴을 돌리더니 한숨을 쉬었다.

"물을 줘, 메리." 그가 말했다.

나는 반쯤 채워진 컵을 들고 그에게 다가갔다. 파일럿은 흥분한 채 나를 따라다녔다.

"무슨 일이야?" 그가 물었다.

"앉아, 파일럿!" 내가 다시 말했다. 물을 입으로 가져가려다 말고 그가 멈칫하고 귀를 기울이는 것 같았다. 그는 물을 마시고 컵을 내려놓았다. "메리, 너지, 그렇지?"

"메리는 부엌에 있는데요." 내가 대답했다.

그가 재빨리 손짓했으나 내가 어디 서 있는지 볼 수 없어 만지지 못했다. "이게 누구지? 이게 누구지?" 그는 보이지 않는 눈으로 보려고 애쓰며 물었다. 하지만 그 시도는 고통스러울 뿐 볼 수 없었다! "대답하시오. 다시 말하시오!" 그는 큰 소리로 당당하게 명령했다.

"물을 조금 더 드시겠어요, 주인님? 제가 컵의 물을 반이나 쏟았어요."

"누구요? 무엇이오? 누가 말하는 거요?"

"파일럿은 절 알아보고 존과 메리도 제가 여기 있는 걸 알아요. 저는 오늘 저녁에야 도착했어요."

"하느님 맙소사! 내가 무슨 망상에 시달리는 거지? 달콤한 광기에 사로잡힌 건가?"

"망상도 광기도 아니에요. 망상에 시달리기에는 당신 정신이 너무 강하고, 미치기에는 당신 건강이 너무 좋은걸요."

"그러면 어디서 말하는 거요? 목소리뿐인 거요? 오! **볼 수는 없지만** 만져 보아야겠소. 그렇지 않으면 심장이 멎고 머리가 터질 것 같소. 무엇이든, 누구든 만지게 해 주시오. 그렇게 해 주지 않으면 살 수가 없소!"

그는 나를 만졌다. 더듬어 대는 그의 손을 내 손으로 잡고 꼭 쥐었다.

"바로 그녀의 손가락이야! 작고 가느다란 그녀의 손가락이야! 그렇다면 손 말고도 그녀의 몸이 더 있을 거야."

그는 내 손에서 갑자기 근육질 손을 빼더니 내 팔을, 내 어깨를, 내 목을, 내 허리를 만졌다. 그는 나를 안더니 자기 쪽으로 끌어당겼다.

"제인이오? 이건 **무엇이오?** 그녀의 모습이고 그녀의 크기인데."

"그리고 그녀의 목소리예요. 그녀의 전부가 여기 있어요. 그녀의 마음도 여기 있고요. 신의 가호를! 다시 당신 가까이에 있어 기뻐요." 내가 덧붙였다.

"제인 에어! 제인 에어." 그는 그 말만 했다.

"내 사랑하는 주인님, 제인 에어예요. 제가 당신을 찾아냈어요. 당신께 돌아왔어요."

"정말이오? 정말 당신이 왔단 말이오? 살아 있는 나의 제인이오?"

"절 만져 보고 꼭 안아 보셨잖아요. 저는 시체처럼 차갑지도, 공기처럼 공허하지도 않아요. 그렇잖아요?"

"오, 살아 있는 내 사랑이라고! 이건 분명 그녀의 손발이고 그녀의 이목구비야. 하지만 불행 다음에 이런 행복이 올리가 없어. 이건 꿈이야. 밤마다 지금처럼 그녀를 다시 한 번 가슴속에 꼭 안고 있는 꿈을 꾸곤 했지. 그리고 지금처럼 그녀에게 키스를 했지. 그녀가 날 사랑한다고 느끼고 그녀가 날 떠나지 않으리라고 믿었지."

"오늘부터 결코 당신 곁을 떠나지 않을 거예요, 주인님."

"이 환영이 떠나지 않을 거라고 말하는 건가? 하지만 늘 깨어나면 헛된 망상이었어. 난 버림받고 황폐해졌어. 내 삶은 어둡고 외롭고 절망적이야. 내 영혼은 금지된 것을 마시고 싶어 해. 나의 마음은 굶주렸고 아무리 먹어도 허기가 가라앉지 않아. 부드럽고 온유한 꿈이여, 이제 내 팔 안으로 들어오렴. 너도 이전에 너의 자매들처럼 날아가 버리겠지. 하지만 가기 전에 내게 키스를 해 다오. 날 안아 다오, 제인."

"여기예요, 주인님. 여기예요!"

나는 한때는 빛났으나 지금은 빛을 잃은 눈에 키스를 했다. 그의 이마에서 머리카락을 넘긴 뒤 이마에도 키스를 했다. 그는 갑자기 깨어나는 것 같았다. 이 모든 것이 현실적이라는 생각이 그를 엄습했다.

"당신이오? 정말 당신이오, 제인? 그럼 내게 돌아온 거요?"

"제가 돌아왔어요."

"당신이 강에 빠져 죽어 누워 있는 게 아니란 말이오? 이방인들 사이에서 날 그리워하며 추방자로 사는 게 아니란 말이오?"

"아니에요, 주인님! 이제 독립적인 여성이 되었어요."

"독립적이라고! 무슨 뜻이오, 제인?"

"마데이라에 있는 작은아버지가 돌아가시면서 제게 5천 파운드의 유산을 남겼어요!"

"아! 이건 실용적인 말인데. 이건 사실이야! 꿈일 리가 없어. 게다가 그녀의 독특한 목소리, 부드러우면서도 활기차고 짜릿한 그 목소리야. 그 목소리를 들으니 시들어 가던 내 심장이 다시 뛰기 시작하는군. 내 심장이 다시 살아나는군. 뭐라고 했소, 제인! 당신이 독립적인 여성이 되었다고 했소? 부자라고 했소?"

"당신이 저와 함께 살지 않겠다고 하면, 당신의 문 앞에 집을 지을 수 있어요. 저녁에 친구가 필요하면, 제 응접실에 와서 계실 수 있어요."

"하지만 이제 당신은 부자니까 분명 당신을 돌봐 줄 친구가 있을 거고, 나 같은 장님을 돌보느라 고생할 필요가 없지 않소?"

"주인님, 저는 부자일 뿐 아니라 독립적이라고 했어요. 이제는 제 마음대로 할 수 있어요."

"그럼 나와 함께 이곳에서 살겠다는 거요?"

"물론이죠. 당신이 반대하지만 않으면요. 저는 당신 이웃이자, 간호사이자, 가정부가 될 거예요. 당신이 외로운 것을 알았으니 친구가 되겠어요. 당신에게 책을 읽어 드리고, 함께 산책을 하고, 당신 곁에 앉아 당신의 시중을 들며 당신의 눈과 손이 되겠어요. 사랑하는 이여, 이제 그런 우울한 표정은 짓지 마세요. 제가 살아 있는 한 더 이상 쓸쓸하지 않을 거예요."

그는 대답을 하지 않았다. 그는 심각해졌고 멍하게 생각에 잠긴 것처럼 보였다. 그는 한숨을 쉬더니 뭔가 말하려는 듯이 입을 반쯤 열었다. 그러고는 다시 입을 다물었다. 나는 약간 당황했다. 아마도 내가 너무 성급하게 관습을 뛰어넘는 말을 한 것일 수도 있었다. 그도 세인트 존처럼 나의 경솔한 말을 부적절한 처사라고 생각할 수 있었다. 내게 자신의 아내가 되어 달라고 할 것을 예상하고 그런 제안을 한 거였다. 그가 곧 나를 아내로 삼으리라 기대하고 들떠 있었다. 말은 안 하지만, 그래도 분명히 그가 그럴 것이라고 생각했다. 하지만 그가 구혼하리라는 암시가 사라지고 그의 표정은 더 침울해졌다. 그러자 무심코 내가 내내 잘못 생각했고, 바보짓을 했다는 생각이 들었다. 나는 조용히 그의 팔에서 빠져나오려 했다. 그러나 그가 나를 더 가까이 끌어안았다.

"안 되오, 안 되오, 제인. 가면 안 되오, 안 되오. 이미 당신을 만지고, 당신 이야기를 듣고, 당신이 곁에 있어 위안을 받았는데, 당신의 위안이 얼마나 달콤한지 알았는데, 지금 가면 안 되오. 이런 기쁨을 포기할 수 없소. 당신을 가져야만 하겠소. 세상 사람들이 비웃고, 세상 사람들이 날 어리석고 이기적이라고 하더라도 그건 중요하지 않소. 내 영혼이 당신을 요구하고 있소. 내 영혼은 만족할 수도 있고, 아니면 치명적인 복수를 할 수도 있소."

"좋아요, 주인님. 당신 곁에 있겠어요. 이미 그렇게 말씀드렸잖아요."

"그러시오. 하지만 내 곁에 있다고 할 때 당신 생각과 내 생각이 다를 수 있소. 당신은 아마도 나의 손이 되고 의자가 되어 주겠다고, 작은 간호사로 날 돌보아 주겠다고(워낙 다정한 마음과 관용적인 정신을 가지고 있는 당신이 동정심을 느낀 사람에게 희생하겠다는 것일 거요) 하는 걸 거요. 나는 그걸로 만족해야 하오. 이제 나는 당신에게 아버지 같은 감정만 가져야 할 것 같소. 당신도 그렇게 생각하오? 이리 와서, 말해 주시오."

"좋아하시는 쪽으로 생각해 볼게요. 그게 더 낫다고 생각하시면 간호사 쪽으로 더 생각해 볼게요."

"하지만 늘 나의 간호사가 될 수는 없소, 자네트. 그대는 젊고 언젠가 결혼해야 할 거요."

"결혼에는 관심 없어요."

"생각해 봐야 하오, 자네트. 옛날 같다면 내가 그대에게 청혼할 텐데. 지금은 눈먼 바보니!"

그는 다시 우울해졌다. 반대로 나는 더 명랑해졌고 새로 용기가 났다. 이 마지막 말을 듣고 난관이 무엇인지 깨달았다. 그런데 그것이 내게는 전혀 난관이 아니어서 좀 전의 당혹스러움이 완전히 사라졌다. 나는 더 활기차게 대화를 다시 시작했다.

"누군가가 당신을 돌보아서 인간성을 회복시켜야 해요." 나는 그의 자르지 않은 숱 많은 머리카락에 가르마를 타면서 말했다. "당신이 사자나 그 비슷한 것으로 변했으니 말이에요. 당신은 들판에 쫓겨난 느부갓네살왕* 같은 모습을 하고 계세요. 확실히 그래요. 당신 머리카락은 독수리 털 같고 아직 보지 않았지만 당신 손톱은 새 발톱처럼 자랐을지 모르겠어요."

"이쪽 팔에는 손도 손톱도 없소. 이것은 나무토막이오. 끔찍하오! 그렇지 않소, 제인?" 그가 가슴에서 손이 잘려 나간 팔을 빼더니 나에게 보이면서 말했다.

"당신 팔을 보니 정말 안됐네요. 당신 눈을 보니 안됐네요. 앞이마에 화상 상처도 그렇고요. 그런데 최악은 그럼에도 불구하고 내가 당신을 너무 깊이 사랑하고 너무 소중히 여길 위험이 있다는 거예요."

"당신이 내 팔과 흉터 진 얼굴을 보면 역겨워할 거라고 생각했소."

"그랬어요? 제게 그렇게 말씀하지 마세요. 그러시면 당신을 판단력이 없는 사람이라고 할지도 몰라요. 이제 잠깐 당신 곁을 떠나서 불꽃을 살리고 난로를 청소할게요. 불이 활활 타면 알 수 있으세요?"

"그렇소. 오른쪽 눈으로는 빛을 볼 수 있소. 불그스레한 안개처럼 보이오."

"그럼 촛불도 보이세요?"

"아주 흐릿하게 보이오. 촛불 하나하나가 빛나는 구름처럼 보이오."

"저를 보실 수 있으세요?"

"내 요정 아가씨는 보이지 않소. 하지만 당신 목소리를 듣고, 당신을 만질 수 있는 것만으로도 너무 감사할 뿐이오."

"저녁은 언제 드세요?"

"저녁은 안 먹소."

"하지만 오늘은 좀 드셔야 해요. 저는 배가 고파요. 당신도 배가 고픈데 잊은 것일 뿐이에요."

나는 메리를 불러 방을 더 쾌적하게 정리하라고 시켰다. 그리고 마찬가지로 그가 편안하게 식사할 수 있도록 챙겨 줬다. 기분이

들며 저녁 식사 내내 편안한 마음으로 즐겁게 이야기했고 저녁 식사 후에도 한참 동안 이야기했다. 그와 함께 있을 때는 괴로운데 억지로 자제하지 않아도 되고 생기와 즐거움을 억누를 필요가 없었다. 나와 그가 아주 잘 맞는다는 걸 알기 때문에 그와 함께 있으면 마음이 푹 놓였다. 내가 무슨 말을 하든, 무슨 행동을 하든, 그에게는 위안이 되거나 기운을 돋게 하는 것 같았다. 그 사실에 너무 기뻤다! 나의 본성 전체가 생기를 띠며 빛났다. 그와 함께 있으면 나는 완벽하게 살고 나와 함께 있으면 그도 완벽하게 살았다. 눈이 멀기는 했지만, 그의 얼굴에는 미소가 퍼지고 이마에는 기쁨이 빛나고 안색은 부드럽고 따스해졌다.

저녁 식사 후 그는 내게 여러 가지를 물었다. 그동안 어디에 있었으며, 무엇을 했으며, 어떻게 자신을 찾아냈는지 물었다. 하지만 나는 부분적으로만 대답했다. 그날 밤에는 너무 늦어서 자세한 이야기를 할 수 없었다. 게다가 마음속 깊은 곳을 울리는 줄을 건드려, 그의 가슴속에 새로운 감정을 솟게 하고 싶지 않았다. 현재로서는 단지 기분을 좋게 해 주고만 싶었다. 그리고 내가 말했듯이 그는 기분이 좋은 상태였다. 하지만 아직도 간헐적으로만 기분이 좋았다. 대화 도중 잠시라도 침묵이 흐르면, 그는 안절부절못하면서 나를 만지며 내 이름을 불렀다.

"당신, 사람이지, 제인? 분명 사람인 거지?"

"틀림없이 그렇다고 생각해요, 로체스터 씨."

"그렇지만 어떻게 우울하고 어두운 저녁에 외로운 난롯가에 이처럼 갑자기 나타날 수 있는 거요? 물을 받으려고 하인에게 손을 뻗었는데 당신이 물을 준 거요. 그리고 존의 아내가 대답하리라 생각하고 물었는데 당신의 목소리가 들렸소."

"제가 메리 대신 쟁반을 들고 들어왔기 때문이에요."

"당신과 함께 있는 시간이 모두 마술 같소. 지난 몇 달 동안 내가 얼마나 어둡고 쓸쓸하고 절망적인 생활을 했는지 누가 알겠소? 나는 아무 일도 안 했고 아무것도 기대하지 않았소. 밤이 낮이 되고 낮이 다시 밤으로 이어졌소. 난롯불이 꺼지면 추위를 느꼈고 먹는 것을 잊으면 배고픔을 느꼈을 뿐이오. 그리고 끊임없이 슬픔에 잠겨 있었고 때로는 제인을 다시 보고 싶은 열렬한 욕망에 사로잡혔소. 그렇소. 당신을 다시 보고 싶었소. 잃어버린 시력을 찾는 것보다 당신을 보고 싶은 마음이 더 컸소. 그런데 제인이 나와 함께 있으면서 나를 사랑한다고 말하니 어떻게 이럴 수 있는 거요? 제인이 갑자기 나타난 것처럼 갑자기 사라지지 않을까, 내일이면 다시 제인을 못 보게 되지 않을까 걱정되오."

그의 혼란된 이런 생각들과 전혀 다른 평범하고 실용적인 답이 현재 그의 정신 상태로는 가장 좋은 대답이고 그를 가장 안심시키리라고 믿었다. 나는 손가락으로 그의 눈썹을 쓰다듬고 눈썹이 탔다고 말했다. 그리고 눈썹에 뭔가를 발라 눈썹이 전처럼 다시 두껍고 까맣게 자라도록 해 주고 싶다고 말했다.

"착한 요정이여, 결정적인 순간에 또 나를 버리고 그림자처럼 알 수 없는 곳으로 사라져 버려 다시 찾을 수 없다면, 지금 이렇게 잘해 주는 게 무슨 소용 있겠소?"

"작은 빗을 가지고 계세요, 주인님."

"왜 그러오, 제인?"

"이 헝클어진 갈기 같은 검은 머리를 빗겨 드리려고요. 당신을 가까이에서 보니 아주 무서워요. 저더러 요정이라고 말씀하시는데 당신은 브라우니*하고 아주 닮았어요."

"내가 끔찍하게 생겼소, 제인?"

"아주 그래요. 아시다시피 늘 그랬고요."

"흠! 어디 가서 살았든, 여전히 사악하군."

"하지만 착한 사람들과 함께 있었는걸요. 당신보다 훨씬 낫고, 백배는 더 나은 사람들이었어요. 당신은 생각해 본 적도 없는 그런 사상과 관점을 지닌 사람들과 지냈어요. 당신보다 훨씬 세련되고 고상한 사람들과 살았어요."

"도대체 누구와 함께 살았던 거요?"

"그런 식으로 머리를 돌리면 머리카락이 뽑혀요. 그러면 내가 정말로 사람인가에 대한 의심이 사라질 것 같네요."

"제인, 누구와 함께 살았소?"

"오늘 밤에는 이야기 안 해 줄 거예요. 내일까지 기다리셔야 해요. 이야기를 반쯤만 해야 내일 아침 식탁에 내가 나타나 이야기를 끝내리라는 담보가 될 거예요. 그런데 그때는 물 한 컵만 갖고 난롯가에 나타나지 않도록 신경을 써야만 되겠네요. 구운 햄은 말할 것도 없고 적어도 계란은 갖고 와야겠어요."

"요정으로 태어나 사람으로 바뀐 아이, 장난꾸러기 같으니! 당신과 함께 있으니 지난 열두 달 동안 맛보지 못한 느낌이 드는군. 사울이 다윗 대신 당신을 데리고 있을 수 있었으면 하프 없이도 악령을 쫓아낼 수 있었겠는데."

"자, 주인님, 이제 깔끔해졌고 깨끗해졌어요. 이제 저는 가 볼게요. 지난 사흘 동안 여행을 해서 피곤해요. 안녕히 주무세요."

"한 마디만 더 해 주시오, 제인. 당신이 머물던 집에는 여자들만 있었소?"

나는 웃으면서 빠져나왔고 계단을 뛰어 올라가면서 여전히 웃었다. '좋은 생각이야!' 나는 기뻐하며 생각했다. '앞으로 당분간 그의 우울을 쫓아낼 방법이 있었네.'

그다음 날 그가 아침 일찍 일어나 움직이는 소리가 들렸다. 그는 이 방 저 방 헤매고 다녔다. 메리가 가자마자 묻는 소리가 들렸다. "에어 양이 여기 있어?" 그러고 나서 "에어 양에게 어떤 방을 주었어? 방이 제대로 말라 있었나? 그녀는 일어났어? 가서 필요한 게 있는지 물어보고 언제 내려올지 알아봐."

나는 아침 식사가 준비되었다는 생각이 들자마자 아래로 내려갔다. 조용히 방으로 들어가서 내가 온 것을 그가 알기 전에 그를 보았다. 육체적인 불구 앞에 활기찬 정신이 무릎을 꿇은 모습을 보니 정말 슬펐다. 그는 의자에 앉아 있었다. 가만히 앉아 있었지만 쉬고 있는 것은 아니었다. 분명히 무언가를 기다리고 있었다. 이제는 습관이 된 슬픈 표정 때문에 강인한 이목구비가 더욱 두드러져 보였다. 그의 얼굴을 보니 불 꺼진 램프가 떠올랐다. 그 램프는 다시 불이 켜지기를 기다리고 있었다. 그리고 아아! 이제 스스로 빛나는 활기찬 표정을 되살릴 수 없었다. 그러기 위해 다른 사람에게 의지해야만 했다! 나는 명랑하고 아무렇지 않은 척하려고 했으나 강인한 사람이 무력해진 모습에 마음이 아팠다. 그렇지만 나는 최대한 활기차게 그에게 말을 걸었다.

"맑고 화창한 아침이네요. 비가 그쳐 햇살이 부드럽게 빛나고 있어요. 곧 산책을 하셔야겠어요."

내가 불꽃을 일깨웠던 것이다. 그의 표정이 환하게 빛났다.

"오, 정말 당신이 거기에 있소, 나의 종달새여! 내게 오시오. 가지 않았군. 사라지지 않은 거요? 한 시간 전에 종달새가 숲 위 높은 곳에서 노래하는 소리를 들었소. 하지만 떠오르는 태양이 빛을 보여 주지 않는 것처럼 종달새 소리가 전혀 음악 같지 않았소. 제인이 내 귀에 들려주는 말속에 지상의 모든 음악이 있소(원래 제인이 조용한 편이 아니라 기쁘오). 당신이 있어야만 햇살을 느낄 수 있소."

그가 이렇게 내게 의지한다는 말을 하자 눈에 눈물이 고였다. 마치 왕인 독수리가 사슬로 회대에 묶인 채 참새에게 먹이를 달라고 부탁해야 하는 처지와 똑같았다. 하지만 나는 눈물을 보이지 않으려고 했다. 짠 눈물을 얼른 닦아 내고 부지런히 아침 식사를 준비했다.

오전에는 대부분 야외에 있었다. 습하고 거친 숲을 나와 다소 쾌적한 들판으로 그를 인도해 갔다. 그에게 그곳의 풀들이 얼마나 빛나는 초록색인지, 꽃과 산울타리가 얼마나 싱싱해졌는지, 하늘이 얼마나 푸른색으로 빛나고 있는지 묘사했다. 으슥하고 사랑스러운 장소에서 그가 앉기에 알맞은 마른 나무 밑동을 찾아냈다. 그가 앉아서 나를 그의 무릎에 앉혀도 가만히 내버려 두었다. 왜 내가 저항해야 하는가? 우리 두 사람은 떨어져 있을 때보다 가까이 있을 때가 더 행복한 데다 우리 옆에는 파일럿이 엎드려 있었다. 사방이 조용했다. 그가 갑자기 나를 껴안으면서 불쑥 말했다.

"잔인하고 잔인한 도망자 같으니! 오, 제인, 당신이 손필드에서 도망쳐 아무 데서도 찾을 수 없는 것을 알았을 때 내 마음이 어땠는지 아시오! 당신 방을 살펴보니 돈이나 돈 될 만한 것은 아무것도 안 가지고 떠났다는 것을 알았을 때, 내 마음이 어땠는지 아시오! 내가 당신에게 준 진주 목걸이도 작은 상자에 그대로 있었소. 당신의 트렁크는 신혼여행을 준비한 그대로 끈을 묶고 자물쇠를 잠근 상태로 있었소. 돈 한 푼 없이 헐벗은 상태에서 내 사랑이 무엇을 할 수 있었을까? 어떻게 지냈소? 이제 내게 말해 주시오."

이렇게 그가 다그쳐서 지난해 있었던 경험을 이야기했다. 사흘 동안 헤매며 굶주린 일에 대해서는 아주 짧게 말했다. 사실을 모두 이야기해 봐야 쓸데없이 그에게 고통을 줄 뿐이었다. 나는 아주 조금밖에 이야기해 주지 않았다. 하지만 나를 사랑하는 그는 아주 괴로워했다.

그는 그렇게 아무 대책 없이 떠날 일이 아니라 자신에게 내 의도를 이야기했어야 한다고 말했다. 내가 다 털어놓고 이야기했다면 절대로 나를 정부로 삼지 않았을 것이라고 했다. 그가 정말이지 절망에 차 난폭해 보였지만 나를 너무나 깊이 너무나 애틋하게 사랑했기 때문에 독단적으로 행동하지는 않았을 것이라고 했다. 친구 하나 없이 넓은 세상에 내보내기보다는 자기 재산의 반을 떼어 주었을 것이고, 그 보상으로 키스마저 바라지 않았을 것이라고 했다. 내가 지금 털어놓은 것보다 더 심한 고생을 했을 게 틀림없다고 했다.

"음, 고생이 아무리 심했어도 아주 잠깐이었어요." 내가 대답했다. 그리고 어떻게 무어 하우스에 들어가게 되었고, 어떻게 여선생이 되었고, 어떻게 유산을 받았고 친척을 찾게 되었는지 차근차근 이야기했다. 물론 이야기 도중 세인트 존 리버스의 이름이 자주 등장했다. 내가 이야기를 끝내자, 그는 곧 그 이름을 화제 삼았다.

"이 세인트 존이, 그러면 당신 사촌이오?"

"네."

"그 사람 이야기를 자주 하는데, 그를 좋아하오?"

"그는 아주 착한 사람이에요. 싫어할 수가 없어요."

"착한 사람이라. 쉰 살쯤 된 점잖고 예의 바른 사람이라는 뜻이오? 아니면 무슨 뜻이오?"

"세인트 존은 스물아홉밖에 안 되었는데요."

"프랑스식으로 말하면, **아직 젊은 편이군**. 키가 작고 음울하고 못생겼겠지. 미덕이 많기보다는 악행을 저지르지 않을 정도로 착하다는 거겠지."

"그는 지치지 않고 열심히 일해요. 위대하고 고결한 행동을 하는 것이 인생의 목적이고요."

"하지만 머리는 어떻소? 아마 좀 멍청한 편이겠지? 착하기야 하겠지만 그의 말을 듣고 어깨를 으쓱했겠지."

"말수가 적지만, 말을 할 때는 늘 정확하고 적절한 말만 했어요. 아주 머리가 좋은 편이에요. 감정이 풍부하지는 않지만 아주 지적이죠."

"그럼 유능한 사람이오?"

"정말 유능하죠."

"교육을 아주 잘 받은 사람이오?"

"세인트 존은 뛰어나고 심오한 학자예요."

"당신 말을 들으면 그의 태도가 당신 취향은 아니지 않소? 까다롭게 목사 티를 내지 않소?"

"그의 태도에 대해선 말한 적이 없는데요. 하지만 제 취향이 아주 저질이 아니라면, 제 취향에 맞는 분이에요. 세련되고 차분하고 신사적이세요."

"외모는 어떻소? 외모에 대해 어떻게 묘사했는지 잊었소. 흰 넥타이로 목을 반쯤 졸라매고 두꺼운 깔창을 댄 단화를 신고 키가 커 보이려는 애송이 목사겠지, 그렇지?"

"세인트 존은 옷을 잘 차려입어요. 잘생긴 미남이죠. 키도 크고 파란 눈에 흰 피부에 그리스인 윤곽의 얼굴이죠."

옆쪽에 대고 "빌어먹을!"이라고 내뱉고는 **내게** 물었다. "그를 좋아하오, 제인?"

"네, 그를 좋아해요, 로체스터 씨. 아까도 그 질문을 하셨어요."

물론 나는 그의 동요를 눈치챘다. 그는 질투에 사로잡혔다. 그는 질투로 괴로웠지만 그것이 유익했다. 그 자극으로 그는 정신을 갉아먹는 우울함에서 빠져나왔다. 그러므로 나는 이 뱀의 마법을 곧 풀어 주지 않기로 했다.

"아마 더 이상은 내 무릎에 앉아 있지 않으려고 하겠지, 제인?"

약간 예상치 못한 말이었다.

"왜 그러면 안 되죠, 로체스터 씨?"

"이제 막 내게 그려 준 그림이 나와는 너무 대조되오. 당신 말대로라면 아주 우아한 아폴로 같은 인물이 떠오르오. 상상 속에서는 진짜 대장장이처럼 키가 크고 흰 피부에 파란 눈에 그리스인 윤곽을 한 어깨가 넓은 사람이 있는데, 당신 눈앞에는 그을린 저녁의 불카누스*가 있지 않소. 게다가 장님이고 불구니 말이오."

"그런 생각은 해 본 적이 없어요. 하지만 정말 불카누스를 닮으셨네요."

"그럼 날 떠나도 되오. 하지만 가기 전에 (그는 나를 그 전보다 더 꼭 붙들었다) 내가 묻는 말에 한두 가지만 대답해 주시오." 그는 멈추었다.

"뭐가 궁금하신데요, 로체스터 씨?"

다음과 같은 심문이 이어졌다.

"세인트 존은 당신이 사촌인 걸 알기 전에, 당신을 모턴 학교 선생으로 임명했소?"

"네."

"그는 자주 왔소? 가끔씩 학교를 방문하곤 했소?"

"매일요."

"그가 당신의 계획을 인정했소, 제인? 당신은 재능이 많으니 분명 영리한 계획을 세웠을 것이오!"

"제 계획을 인정했어요. 그래요!"

"당신에게서 기대하지 않았던 자질을 많이 발견했을 것 같은데? 당신은 뛰어난 재능을 가지고 있소."

"모르겠는데요."

"학교 근처에 작은 오두막 관사가 있다고 했소. 그가 당신을 보러 거기 온 적이 있소?"

"이따금요."

"저녁에 왔소?"

"한두 번은요."

침묵.

"사촌인지 알게 된 뒤 얼마나 오랫동안 사촌인 그와 자매들과 같은 집에 살았소?"

"다섯 달요."

"리버스는 집 안의 숙녀들과 함께 지내는 시간이 많았소?"

"네, 응접실은 우리의 공동 서재였어요. 그는 창가에, 우리는 탁자에 앉았어요."

"그는 공부를 많이 했소?"

"네, 아주 많이 했어요."

"무슨 공부를 했소?"

"힌두어요."

"그 사이에는 당신은 무얼 공부했소?"

"처음에는 독일어를 배웠어요."

"그가 당신을 가르쳤소?"

"그는 독일어를 몰라요."

"그러면 당신에게 아무것도 안 가르쳤소?"

"힌두어를 조금 가르쳤어요."

"리버스가 당신에게 힌두어를 가르쳤단 말이오?"

"네, 그래요."

"그의 여동생들도 가르쳤소?"

"아니요."

"당신에게만 가르쳤단 말이오?"

"제게만 가르쳤어요."

"당신이 가르쳐 달라고 부탁했소?"

"아니요."

"그가 가르쳐 주고 싶다고 했소?"

"그래요."

두 번째로 침묵이 흘렀다.

"왜 그가 가르쳐 주고 싶어 했소? 당신한테 힌두어가 무슨 소용 있소?"

"제가 함께 인도로 갔으면 했어요."

"아! 이제 문제의 핵심에 도달했군. 그가 당신과 결혼하고 싶어 했소?"

"제게 청혼했어요."

"지어낸 이야기군. 날 괴롭히기 위해 말도 안 되는 이야기를 지어냈군."

"뭐라고요? 문자 그대로 사실이에요. 여러 번 청혼했고, 아주 강경하게 요구했어요."

"에어 양, 다시 말하건대, 날 떠나도 좋소. 같은 말을 얼마나 여러 번 해야만 하오. 내가 떠나라고 경고했는데, 왜 계속 내 무릎에 앉아 있는 거요?"

"여기가 편해서요."

"제인, 마음이 나와 함께 있지 않은데 편할 리가 없소. 당신 마음은 그 사촌에게 가 있소. 그 사촌 세인트 존 말이오. 오, 지금 이 순간까지 나의 작은 제인이 내 것이라고 생각했소! 제인이 떠났을 때조차 날 사랑한다고 믿었소. 힘들고 고통스러울 때도 그 믿음이 아주 작은 달콤한 위안이 되었소. 우리가 멀리 떨어져 있기는 하지만, 내가 이별을 슬퍼하며 눈물을 흘릴 때, 내가 이렇게 울며 그리워할 때 제인이 다른 사람을 사랑하리라고는 생각도 못했소! 하지만 슬퍼해야 무슨 소용 있겠소. 제인, 날 떠나시오. 가서 리버스와 결혼하시오."

"그러면 힘들어서 내가 무릎에서 떨어지게 하세요. 날 멀리 밀어 내세요. 나 스스로 당신을 떠나지는 않을 테니까요."

"제인, 난 아직도 당신의 억양이 좋소. 그 목소리를 들으면 여전히 희망이 되살아나고, 아주 진실로 들리오. 그 목소리를 들으면 1년 전으로 되돌아가오. 당신이 그사이 새로운 인연을 맺은 사실을 잊게 되오. 하지만 나는 바보가 아니오, 가시오······."

"제가 어디로 가야 하나요, 주인님?"

"당신의 길로 가시오. 당신이 선택한 남편과 함께 가시오."

"그게 누군데요?"

"알지 않소? 그 세인트 존 리버스잖소."

"그는 남편도 아니고 영원히 그런 일은 안 생겨요. 그는 나를 사랑하지 않아요. 나도 그를 사랑하지 않아요. 그는 로자먼드라는 아름다운 숙녀를 사랑해요(그도 **사랑은 할 수 있기** 때문이에요. 당신의 사랑과는 다르지만). 나와 결혼하기를 원한 것은 단지 제가 선교사의 아내로 알맞고 로자먼드는 그 일을 할 수 없을 것 같아서였어요. 그는 착하고 위대하지만 가혹해요. 그리고 내게는 빙하처럼 차가워요. 당신과는 달라요. 그의 곁에 있거나, 그와 가까이 있거나 그와 함께 있을 때 행복하지 않아요. 그는 전혀 제게 반하지 않았어요. 절 좋아하는 것도 아니고요. 그는 내게서 매력적인 면을 보지 못해요. 저의 젊음조차 매력적이라고 느끼지 않아요. 제게서 유용한 정신적인 자질 몇 가지만 주목할 뿐이에요. 그런데 당신을 떠나 그에게로 가야 할까요?"

나는 나도 모르게 몸을 떨며 눈은 멀었지만 내가 사랑하는 주인님께 본능적으로 더 달라붙었다. 그는 미소를 지었다.

"제인, 뭐라고! 그게 사실이오? 정말로 당신과 리버스 사이는 그런 거요?"

"틀림없는 사실이에요! 오, 질투하실 필요 없어요! 당신의 슬픔을 덜어 드리려고 약간 놀렸던 것뿐이에요. 분노가 슬픔보다 나을 것 같아서요. 하지만 제가 당신을 사랑하기를 원하시면 제가 당신을 얼마나 **사랑하는지만** 보세요. 그러실 수만 있으면 아주 만족하고 자부심에 찰 거예요. 제 마음은 모두 당신 것이에요. 저는 당신의 것이에요. 그리고 운명으로 인해 당신에게서 제가 영원히 떨어져야 한다 하더라도, 제 마음만은 당신 곁에 머물 거예요."

그가 나에게 키스를 했다. 그때 다시 고통스러운 생각에 싸여 그의 모습이 어두워졌다.

"눈이 보이지 않소! 불구가 되어 기운도 예전 같지 않소!" 그는 회한에 차 중얼거렸다.

나는 그를 위로하기 위해 쓰다듬었다. 나는 그가 무슨 생각을 하는지 알고 있었고 그를 위로하고 싶었지만 감히 그러지 못했다. 그가 잠시 얼굴을 돌렸을 때, 붙어 버린 눈꺼풀 아래로 눈물이 나와 씩씩한 볼 위로 흐르는 것을 보았다. 마음이 아팠다.

"나는 손필드 과수원에 있는 벼락 맞은 마로니에 고목과 다를 바가 없소. 무슨 권리로 허물어진 폐허인 내가 갓 피어나는 덩굴더러 다 썩은 고목을 신선하게 휘감으라고 명령하겠소?"

"당신은 허물어진 폐허도, 번개 맞은 나무도 아니에요. 당신은 초록색으로 싱싱해요. 당신 뿌리 주변에 당신이 원하든 원하지 않든 식물들이 자랄 거예요. 그 식물들은 당신의 풍성한 그늘 아래 있는 게 좋으니까요. 그리고 그 식물들이 자라면 당신께 기대고 당신을 휘감을 거예요. 당신의 힘이 식물들에게는 아주 안전한 버팀목이니까요."

그가 다시 미소를 지었다. 내 말이 그를 위로한 것이었다.

"친구가 되겠다는 말이오, 제인?" 그가 물었다.

"그래요, 친구가 되겠어요." 나는 다소 망설이며 대답했다. 나는 친구 이상이 되기를 원했지만 달리 어떤 말을 써야 할지 알 수 없었다. 그가 나를 도와주었다.

"아! 제인, 하지만 나는 아내가 필요하오."

"그러세요?"

"그렇소. 당신에게 새로운 사실이오?"

"물론이죠. 전에 말씀이 없으셨잖아요."

"반갑지 않은 소식이오?"

"상황에 따라 다르죠. 당신의 선택에 달렸어요."

"제인, 어떤 선택을 할 거요? 나는 당신의 결정을 따르겠소."

"그러면 **당신을 가장 사랑하는 사람을** 선택하세요."

"적어도 **내가 가장 사랑하는 사람을** 선택하겠소. 제인, 나와 결혼해 주겠소?"

"네."

"가난한 장님에다 손을 잡고 다녀야 할 텐데, 그래도 괜찮소?"

"네."

"당신보다 스무 살이나 많은 불구인 데다 시중을 들어야 되는데도 그러겠소?"

"네."

"정말로 그러겠소, 제인?"

"정말로 그럴게요."

"오! 내 사랑이여! 신의 축복이 있기를! 신의 보상이 있기를!"

"로체스터 씨, 제가 태어나 살아가면서 좋은 일을 하나 했다면, 제가 태어나서 좋은 생각을 하나 했다면, 제가 태어나서 진지하게 완벽한 기도를 했다면, 제가 태어나서 올바른 소망을 가졌다면, 지금 보상을 받았어요. 당신의 아내가 되는 게 이 지상에서 가장 행복한 일이에요."

"당신이 희생을 좋아하기 때문이오."

"희생이라고요? 제가 무엇을 희생하는데요? 기아를 희생해 음식을 얻고 만족을 희생해 기대를 얻는다는 말씀이세요? 제가 가장 사랑하는 사람을 안고 그 사람의 입에 키스를 하고 가장 믿는 사람에게 의지할 특권을 갖는 것, 그게 희생인가요? 그렇다면 희생이 즐거운 게 분명해요."

"그리고 나의 불구를 견뎌야 하오, 제인. 나의 결함을 간과하고 있소."

"제게는 아무것도 아니에요. 전에는 아주 자부심에 차 독립적이고 보호자나 베푸는 사람 역할 말고는 다 마다하셨잖아요. 그때보다 제가 당신에게 유용할 수 있는 지금, 당신을 더 사랑해요."

"지금까지 나는 도움을 받거나 인도받는 걸 싫어했소. 지금부터는 더 이상 그러지 않겠소. 하인에게 내 손을 맡기는 건 싫지만 제인의 작은 손가락이 내 손을 꼭 잡아 주면 즐겁소. 끊임없이 하인의 시중을 받는 것보다는 완벽하게 외로운 것이 더 나았소. 하지만 제인의 부드러운 보살핌은 영원히 기쁠 거요. 제인은 나에게 꼭 맞는 사람이오. 나도 제인에게 꼭 맞는 사람이오?"

"제 본성의 가장 섬세한 부분까지 당신과 잘 맞아요."

"상황이 그렇다면 전혀 기다릴 필요 없소. 당장 결혼해야겠소."

그는 열심히 나를 바라보며 말했다. 예전처럼 성급하게 굴기 시작했다.

"제인, 지체하지 말고 한 몸이 됩시다. 결혼 증명서만 얻으면 되오. 그러고 나서 결혼합시다……."

"로체스터 씨, 이제 보니 해가 중천에서 많이 기울었어요. 그리고 파일럿은 식사를 하러 집으로 갔어요. 당신 시계를 볼게요."

"그 시계는 당신 허리에 차시오, 자네트. 앞으로는 당신이 가지고 있으시오. 내게는 필요 없소."

"오후 4시가 다 되었어요. 배고프지 않으세요?"

"사흘 뒤에 결혼식을 합시다, 제인. 좋은 옷이나 보석은 무시합시다. 그런 것은 아무런 가치가 없으니 말이오."

"해가 나서 빗방울이 모두 말랐어요. 미풍도 잦아들었네요. 날씨가 아주 더운데요."

"자네트, 내가 지금도 당신의 작은 진주 목걸이를 가지고 있는 걸 알고 있소? 넥타이 아래 내 구릿빛 목에 걸고 있소. 내 보물인 당신을 잊은 뒤 그리움의 징표로 내내 걸고 있었소."

"숲을 지나 집으로 가요. 그렇게 가야 그늘이 제일 많을 거예요."

그는 내 말을 듣지 않고 계속 말했다.

"제인! 그대는 나를 경건치 못한 놈이라고 생각할 거요. 하지만 지금 이 순간 자비로우신 신에 대한 감사로 가슴이 충만하오. 신은 인간처럼 웃으시는 게 아니라, 훨씬 더 명확하게 보시오. 신은 인간처럼 판단하시는 게 아니라, 훨씬 더 현명하게 판단하시오. 나는 잘못을 저질렀소. 순수한 꽃을 썩게 하고 그 순결함을 더럽힐 뻔했소. 전지전능한 신께서 내 손에서 그 꽃을 빼앗아 가셨소. 나는 신의 섭리를 저주하다시피 하며 완강하게 반항했소. 신의 뜻에 따르는 대신, 반항했소. 이어서 신은 정의의 심판을 내리셨소. 내게 끊임없이 재난이 닥쳤소. 나는 죽음의 골짜기를 지나야 했소. **신의** 징벌은 강력했고, 신의 강한 압박 앞에 나는 영원히 겸손해졌소. 당신도 알겠지만 나는 힘을 자랑했소. 하지만 이제는 어떻소? 나약하게 의지하는 어린아이처럼 나도 다른 사람의 인도에 의지해야 하오. 최근에, 최근에야, 제인, 나는 신의 손이 내 운명에 작용한다는 것을 알게 되었고 인정하기 시작했소. 후회와 참회를 경험했소. 신과 화해하기를 원하기 시작했소. 나는 가끔씩 기도도 했소. 아주 간단한 기도지만, 아주 진지하게 기도를 올리오!

며칠 전이었소. 아니, 셀 수 있소. 정확하게 나흘 전이었소. 지난 월요일 밤이었는데, 이상한 기분에 휩싸였소. 광기 대신 슬픔, 우울함 대신 슬픔이 몰려왔소. 어디서도 당신을 찾을 수 없어 죽은 게 틀림없다고 생각하고 있었소. 그날 밤 늦게, 아마 11시와 12시 사이쯤이었소. 쓸쓸한 잠자리에 들기 전에, 신께 간구했소. 신께서 나를 데려가 내세로 받아들여 주십사 했소. 그곳에서는 제인을 만날 희망이 있다고 생각했소.

내 방, 창가에 있었소. 창문은 열려 있었소. 향긋한 밤 향기를 맡으니 위안이 되었소. 별은 볼 수 없고 희미하고 약한 빛밖에 볼 수 없지만, 달이 떠 있는 걸 알았소. 당신이 그리웠소, 제인! 오, 당신의 영혼과 육체가 모두 그리웠소! 괴로워하며 동시에 겸손하게 신에게 이제 충분히 고통받고 고문당하고 황폐해지지 않았는지 물었소. 곧 다시 한 번 평화와 축복을 내려 주시지 않을지 물었소. 나는 내가 겪은 고통 모두 그럴 만해서 주신 것을 인정했소. 더 이상은 참을 수 없다고 애원했소. 내 마음을 온통 채우고 있던 가장 중요한 말이 나도 모르게 입에서 새어 나왔소. '제인! 제인! 제인!' 제인, 나는 그랬소. 누가 들었으면 미쳤다고 생각했을 거요. 나는 그렇게 미친 사람처럼 큰 소리로 외쳤소."

"지난 월요일 밤이고 자정 무렵이었나요?"

"그렇소. 하지만 시간은 중요하지 않소. 그다음에 이상한 일이 일어났소. 내가 미신을 믿는다고 생각할 거요. 내 피 속에 미신을 믿는 기운이 흐르고 늘 그랬소. 하지만 이건 사실이오. 적어도 내가 들은 건 사실이오. 이제 이야기해 주겠소.

내가 '제인! 제인! 제인!' 하고 외쳤을 때, 어떤 목소리가 대답했소. 그 목소리가 어디서 나는 것인지는 몰라도 누구 목소리인지는 알았소. '갈게요, 기다려요!' 잠시 후 바람결에 속삭이는 목소리가 들려왔소. '어디 계세요?'

이 말을 듣고 내 마음에 떠오른 풍경을 내 능력껏 묘사해 보겠소. 하지만 표현하기가 쉽지는 않소. 알다시피 펀딘은 깊은 숲 속에 있는 외진 곳이라서 소리가 둔탁하게 들리고 메아리가 생기지 않소. '어디 계세요?' 하는 말은 산속에서 하는 말처럼 들렸소. 그 말이 산에 부딪혀 몇 번이고 메아리치는 걸 들었소. 그 순간 더 시원하고 더 신선한 센 바람이 내 이마를 스치는 것 같았소. 제인, 당신과 내가 외딴 황야에서 만나는 느낌이 들었소. 정신적으로는 우리가 만났다고 믿소. 물론 그 시간에 당신은 정신없이 자고 있었을 거요. 어쩌면 나를 위로해 주기 위해 당신의 영혼이 그 방을 떠나온 건지도 모르겠소. 그건 분명 당신의 악센트, 분명히 당신의 억양이었소!"

독자여, 내가 그 신비스러운 부름을 받은 것도 그 월요일 밤, 자정이 거의 다 된 시간이었다. 나는 그 부름에 정확하게 그가 한 말로 대답했다. 로체스터 씨의 이야기를 들었으나 그에게 나는 아무것도 밝히지 않았다. 우연의 일치가 너무나 무섭고 불가사의해서 그 사실을 알려 주거나 그에 대해 함께 이야기할 수 없었다. 뭔가 이야기해 주었다면, 그 사람은 분명히 충격을 받았을 것이다. 하지만 심한 고통으로 아직도 쉽게 우울해지는 사람의 정신에 초자연적인 그림자까지 더해 더 어둡게 할 필요는 없었다. 그래서 그 일을 비밀로 하고 마음속으로만 생각했다.

"어젯밤 그처럼 예기치 않게 나타나자, 당신을 목소리나 환영으로만 믿었소. 이제는 놀라지 않을 거요. 며칠 전 한밤중에 속삭임과 산속 메아리가 사라지듯이 당신도 침묵과 무로 녹아 사라지리라 믿었소. 이제, 하느님께 감사드리오! 그렇지 않으니 말이오. 그렇소, 하느님께 감사드리오!"

그는 나를 무릎에서 내려놓고 일어나더니, 공손하게 모자를 벗고 안 보이는 눈을 땅으로 향한 뒤 서서 묵언 기도를 했다. 내게는 기도의 마지막 단어만 들렸다.

"심판 중에도 자비를 베푸신 조물주께 감사드립니다. 앞으로 예전보다 더 순결한 삶을 영위해 갈 수 있도록 힘을 주시옵소서!"

그리고 자기를 인도해 달라고 내게 손을 내밀었다. 나는 그 손을 잡고 잠시 입맞춤을 한 다음, 내 어깨에 그의 팔을 걸쳤다. 그보다 키가 작은 나는 그의 안내자이자 지팡이가 되었다. 우리는 숲으로 들어가 집을 향해 걸어갔다.

제38장

독자여, 나는 그와 결혼했다. 우리는 조용히 결혼식을 올렸다. 참석자는 그와 나, 목사와 서기가 전부였다. 교회에서 돌아왔을 때, 나는 저택의 부엌으로 갔다. 부엌에서는 메리가 저녁을 짓고 있었고, 존은 칼을 갈고 있었다. 나는 말했다.

"메리, 오늘 아침에 로체스터 씨와 결혼했어." 가정부와 그녀의 남편은 둘 다 점잖고 차분한 사람이었다. 언제 아무리 놀라운 소식을 전해도 귀가 아플 정도로 날카롭게 소리를 지르거나 놀라움을 수다스럽게 표시할 사람들이 아니었다. 메리는 고개를 쳐들고 나를 빤히 바라보았다. 화덕에서 굽고 있던 닭에 기름을 바르던 국자가 3분 정도 공중에 그대로 있었다. 그리고 거의 같은 시간 동안 존도 칼 가는 것을 멈추었다. 하지만 메리는 다시 고개를 숙이고 닭을 구우며 이렇게만 말했다.

"그러셨어요, 아가씨? 아, 정말 잘됐네요!"

잠시 후 그녀는 계속 말했다. "주인님과 함께 외출하신 것은 봤지만 결혼하러 교회에 가신 줄은 몰랐어요." 그러고는 계속 닭에 기름을 발랐다. 내가 돌아왔을 때 존은 입이 찢어져라 미소를 짓고 있었다.

"메리에게 어떻게 될지 말했죠." 그가 말했다. "에드워드 씨가 어떤 일을 하실지 알고 있었어요(존은 오래된 하인이라 로체스터 씨가 도련님일 때부터 알고 있어서 종종 그를 세례명으로 불렀다). 그리고 오래 기다리지 않으시리라는 것도 분명히 알았어요. 어쨌든 잘하셨어요. 행복하시기를 바라요, 아가씨!" 그리고 그는 공손하게 고개 숙이며 인사했다.

"존, 고마워. 로체스터 씨가 당신과 메리에게 이걸 주라고 했어." 나는 그의 손에 5파운드 지폐를 쥐여 주었다. 더 이상 이야기를 듣지 않고 나는 부엌을 나섰다. 얼마 후 다시 문 앞을 지나면서 이런 말을 들었다.

"어떤 귀족 아가씨보다 그에게 잘해 주실 거예요." 그리고 다시 이런 말도 들었다. "아주 예쁘지는 않지만 그렇다고 밉지도 않아요. 또한 성격이 아주 좋으니까요. 그리고 누구든 보면 알 수 있지만 그에게는 그녀가 아주 예쁘게 보이니까."

나는 무어 하우스와 케임브리지에 즉시 편지를 보내 내가 한 일을 알렸다. 그리고 왜 그렇게 행동했는지도 충분히 설명했다. 다이애나와 메리는 모두 인정했다. 다이애나는 밀월 기간이 끝날 때까지만 기다렸다 보러 오겠다고 했다.

"그때까지 기다리지 않는 게 나을 텐데, 제인." 내가 그녀의 편지를 읽어 주자 로체스터 씨가 말했다. "그러면 너무 한참 기다려야 할 텐데. 우리의 밀월 기간은 일생이 될 테니까 말이오. 밀월의 빛은 당신이나 내 무덤 위에서만 흐려질 거요."

세인트 존이 그 뉴스를 어떤 식으로 받아들였는지는 모르겠다. 내가 그 소식을 알린 편지에 대해 세인트 존은 답장하지 않았다. 하지만 6개월 뒤 편지가 왔는데, 로체스터 씨의 이름이나 내 결혼을 언급하지 않았다. 그의 편지는 차분하고 아주 심각하긴 했지만 다정했다. 그 이후 그는 자주는 아니지만 계속 규칙적으로 편지를 보냈다. 그는 내가 행복하기를 바란다고 했고, 내가 세속에 묻혀 힘없이 살며 세속적인 것들에만 신경 쓰는 그런 사람은 아니라고 믿는다고 했다.

독자여, 그대는 어린 아델을 완전히 잊지 않았을 것이다. 나는 아델을 잊지 않았다. 로체스터 씨에게 부탁해 그녀를 보러 가도 된다는 허락을 얻었다. 그가 입학시켜 놓은 학교에 있던 그녀는 다시 나를 보자 미칠 듯이 기뻐했다. 그런 그녀 모습에 아주 감동을 받았다. 그녀는 창백하고 말라 보였으며, 행복하지 않다고 했다. 알아보니 그 학교 규칙은 너무 엄하고 수업 과정이 그 또래의 아이가 배우기에는 너무 힘든 것이었다. 그녀를 바로 집으로 데려왔다. 다시 한 번 그녀의 가정 교사가 되어 가르치려고 했으나, 곧 실현 불가능한 일이라는 걸 알았다. 이제는 다른 사람이 내 시간과 보살핌을 필요로 하고 있었다. 나는 모든 시간을 남편을 보살피는 데 써야 했다. 그래서 가까워서 자주 방문할 수 있고 좀 더 너그러운 체계로 운영되는 학교를 찾아냈고, 때때로 그녀를 집으로 데려왔다. 그녀가 편안하게 지내는 데 부족함이 없도록 보살폈다. 그녀는 곧 새로운 환경에 적응했고, 거기서 행복했으며, 공부에도 많은 진전이 있었다. 그녀가 자라남에 따라, 건전한 영국 교육 덕분에 프랑스 인의 약점이 아주 많이 교정되었다. 그리고 학교를 졸업할 때는 아주 온순하고 마음에 맞는 친구가 되었다. 즉 고분고분하고 성격 좋고 규율을 잘 지키는 사람이 되었다. 그 후 그녀는 나와 나의 아이들에게 충분히 감사를 표시했다. 그렇게 내가 그녀에게 최선을 다해 베푼 친절에 보상했다.

내 이야기는 거의 끝나간다. 나의 결혼 생활의 경험에 대해 한마디만 하고 이 이야기에서 자주 등장했던 사람들의 운명에 대해 간략하게 살펴본 뒤 이야기를 마치겠다.

이제 결혼한 지 10년이 되었다. 지상에서 가장 사랑하는 사람과 그 사람만을 위해 사는 게 어떤 것인지 잘 알고 있다. 나 자신이 최고로 축복받았다고, 말로는 다 표현할 수 없을 정도로 축복받았다고 생각한다. 남편이 나의 전부인 것처럼 나도 남편의 전부이기 때문이다. 이 세상의 어떤 여자보다 남편과 친밀하게 지내고 있다. 그 누구보다 절대적으로 그의 '뼈에서 나온 뼈요, 살에서 나온 살'*이다. 나의 에드워드와 아무리 함께 있어도 싫증이 나지 않는다. 아무리 나와 함께 있어도 그도 싫증을 내지 않는 것과 같다. 그것은 우리 각자의 가슴속에서 뛰는 심장 박동 소리를 싫증 내지 않는 것이나 마찬가지다. 따라서 우리는 늘 함께 있다. 함께 있는 것이 우리에게는 고독 속에 있는 것만큼이나 자유로운 동시에 친구들과 어울리는 것만큼이나 즐겁다. 우리는 하루 종일 말하는 것 같다. 서로에게 말하는 것은 우리의 생각을 좀 더 활기차고 귀에 들리는 형태로 표현하는 것일 뿐이다. 나는 그에게, 그는 나에게 모든 것을 털어놓는다. 우리는 성격상 완전히 서로 들어맞는다. 그 결과, 완벽한 조화를 이루고 있다.

우리가 결혼한 첫 2년 동안 로체스터 씨는 눈먼 상태였다. 아마도 그런 상황 때문에 우리 둘이 그렇게 아주 친밀해졌을 것이다. 그 당시에는 내가 그의 눈이었기 때문에 그토록 가깝게 하나가 될 수 있었다. 물론 나는 아직도 그의 오른손이기는 하다. 문자 그대로, 나는 그에게 자신의 눈동자*(그가 종종 나를 이렇게 부른다)였다. 그는 나를 통해 자연을 보았고, 책을 읽었다. 그 대신 보는 것에 전혀 싫증 나지 않았다. 들판, 나무, 도시, 방, 구름, 햇빛, 즉 우리 앞에 펼쳐지는 풍경과 우리 주변의 날씨를 말로 표현하는 것도 결코 싫증 나지 않았다. 그리고 더 이상 빛이 그의 눈에 보여 줄 수 없는 것을 소리로 그의 귀에 들려주었다. 그에게 책 읽어 주는 일도, 그가 원하는 곳으로 인도하는 것도 결코 싫증 나지 않았다. 그가 해 주기를 바라는 것을 해 주는 것도 마찬가지였다. 그를 위해 일할 때는 슬프기는 하지만 아주 충만하고 아주 섬세한 즐거움이 있었다. 그는 이런 일들을 해 달라고 요구할 때 결코 수치스러워하거나 고통받거나 풀죽거나 굴욕감을 느끼지 않았다. 그는 나를 진정으로 사랑하므로 나의 보살핌을 전혀 꺼리지 않았다. 내가 그를 너무나 깊이 사랑한다고 느껴 그러한 보살핌을 받는 게 가장 큰 소망을 들어주는 것임을 알고 있었다.

2년이 다 되어 갈 무렵 어느 날 아침, 그가 부르는 대로 편지를 쓰고 있는데 그가 다가와서 내 위로 몸을 숙이더니 말했다.

"제인, 목에 빛나는 목걸이를 했소?"

나는 금시곗줄을 걸고 있어서, "그래요"라고 대답했다

"그러면 연한 파란색 옷을 입고 있소?"

나는 연한 파란색 옷을 입고 있었다. 그때야 그는 한동안 눈앞이 뿌옇던 것이 점점 옅어진다는 생각이 들었고 이제는 확실하다고 했다.

그는 나와 함께 런던으로 가서 유명한 안과 의사의 치료를 받았다. 그리고 마침내 한쪽 눈의 시력을 회복했다. 지금도 완전히 똑똑하게 보거나 많이 읽고 쓸 수는 없지만, 내 손을 잡지 않고도 길을 찾아갈 수 있다. 하늘은 더 이상 그에게 허공이 아니고, 땅도 더 이상 텅 빈 공간이 아니다. 첫 아이를 안았을 때 그는 아들이 예전 자신의 눈, 커다랗고 빛나는 검은 눈을 그대로 물려받았음을 알 수 있었다. 그럴 때면, 그는 다시 진심으로 하느님이 자비를 베풀어 심판하셨음을 인정했다.

그래서 나의 에드워드와 나는 행복하다. 그리고 더욱더 행복한 것은 우리가 가장 사랑하는 사람들도 우리처럼 행복하기 때문이다. 다이애나 리버스와 메리 리버스는 둘 다 결혼했다. 번갈아 가며 1년에 한 번씩 그들이 우리를 보러 오고, 우리가 그들을 보러 간다. 다이애나의 남편은 해군 대령으로, 씩씩한 장교이자 선량한 사람이다. 메리의 남편은 목사로, 그녀 오빠의 대학 친구이며 능력으로나 도덕적으로나 남편이 될 만한 자격이 있는 사람이다. 피츠제임스 대령과 워튼 씨는 모두 아내를 사랑했고 아내도 그들을 사랑했다.

세인트 존은 이 세상의 어떤 개척자보다 더 단호하고 지칠 줄 모르며 역경과 위험을 헤쳐 나갔다. 그는 확고하고 신앙심 깊고 헌신적이고 힘과 열의와 진심을 바쳐 인류를 위해 일한다. 그는 인류의 고통스러운 길을 개선시키고 거인처럼 인류의 개선을 방해하는 신조와 계급이라는 편견을 베어 낸다. 그가 가혹할 수도 있고, 강요할 수도 있고, 야심에 찬 것일 수도 있지만 그의 가혹함은 순례자들을 사탄의 공격으로부터 지켜 주는 전사 그레이트 하트*의 가혹함과 같다. 그의 강요는 신만을 위해 이야기하는 사도의 강요다. 그는 "나를 따르려는 사람은 누구든지 자기를 버리고 제 십자가를 지고 따라야 한다"*. 그의 야심은 위대한 정신을 지닌 사람의 야심이다. 지상에서 구원받은 사람 중 하느님과 제일 가까운 줄에 서 있고자 하는 야심이다. 하느님 앞에 흠이 없는 자가 되고,* 양의 강력한 마지막 승리를 공유하고, 부름을 받고 선택을 받고자 하는 신실한 사람들이 품는 야심이다.

세인트 존은 결혼하지 않았다. 앞으로도 결코 결혼하지 않을 것이다. 지금까지 혼자서도 충분히 그 일을 해냈고 그 일은 이제 거의 끝나 가고 있다. 그의 영광스러운 해는 서둘러 지고 있다. 그에게서 받은 마지막 편지를 보고 인간적으로 눈물을 흘렸지만 마음은 신성한 기쁨으로 가득 찼다. 그는 확실한 보상, 불멸의 월계관*을 기다리고 있다. 다음번에는 하느님의 착하고 충성스러운 종*이 마침내 주님의 기쁨 속으로 불려 갔다는 낯선 사람의 편지를 받을 것이다. 그런데 왜 울겠는가? 세인트 존의 마지막 시간은 죽음에 대한 두려움으로 어두워지지 않을 것이다. 그의 정신은 밝을 것이고, 그의 용기는 꺾이지 않을 것이고, 그의 희망은 확실할 것이고, 그의 믿음은 한결같을 것이다. 그 자신의 말이 보장해 준다.

"나의 주인이 내게 미리 경고했소. 매일매일 좀 더 뚜렷하게 말씀하시오. '그렇다. 내가 곧 가겠다!'* 그러면 나는 매시간 더 열심히 대답하오. '아멘, 오소서, 주 예수여!'"

26   **모르니까요** 누가복음 23장 34절.

28   **오래전에** 1837년 에드윈 란스포드가 쓴 노래.

34   **가이 포크스** 1605년 국회를 태우려고 음모를 꾸민 사람.

65   **존경을 담당하는 큰 기관** 19세기 관상학에서는 이런 기관이 있다고
      생각함.

78   **펠릭스** 사도행전 24장 25절. 펠릭스는 바울로의 가르침을 따르지
      못함.

81   **원수를 사랑하라** 마태복음 5장 44절.

86   **유디코** 사도행전 20장 9절. 창턱에 걸터앉아 졸다가 3층에서 떨어
      져 죽었지만 바울로가 다시 살려 줌.

89   **말씀으로 산다** 마태복음 4장 4절.

      행복하다 마태복음 5장 6절.

94   **베데스다** 요한복음 5장 2~9절.

106   **"채소를 먹고~서로 미워하는 것보다 낫다."** 잠언 5장 7절.

138   **니거스주** 포도주에 레몬과 설탕과 끓인 물을 넣은 음료.

141   **가시밭** 손필드는 가시밭이라는 뜻임.

152   **수놓은 성막천으로 만든 듯한** 출애굽기 36장 35절.

167   **히스처럼** 토머스 무어의 성가의 일부.

었음.

425 **죽지 않는 벌레들** 이사야 66장 24절.

429 **남을 판단하는 대로 너희도 하느님의 심판을 받을 것이다** 마태복음 7장 2절.

432 **옛날 이집트 땅에 있는 모든 맏이들에게 닥친** 출애굽기 12장 29절.

433 **"멀리하지 마옵소서. 어려움이 닥쳤는데 도와줄 자 없사옵니다."** 시편 22편 11절.

"목에까지 물이 올라왔사옵니다~물결에 휩쓸렸습니다" 시편 69편 1~2절.

435 **오른쪽 눈을 뽑아 버리고** 마태복음 5장 27~32절.

436 **작은 새끼 양** 사무엘 하 12장 3절.

438 **눈물의 수문이 열릴 거요** 창세기 7장 11절.

439 **야간의 천막** 여호수아 7장 24절.

454 **메살리나** 로마 황제인 클로디오스의 아내로, 방탕한 것으로 유명하다.

511 **작은 일의 날** 스가랴서 4장 9~10절.

516 **사람으로서는 감히 생각할 수도 없는 하느님의 평화** 빌립보서 4장 7절.

522 **물 긷는 이** 여호수아 9장 21~27절.

527 **대기는 부드럽고, 이슬은 향기롭네.** 월터 스콧『마지막 음유 시인의 노래』3막 14장 3~4.

529 **롯의 아내** 창세기 19장 26절. 소돔과 고모라를 뒤돌아봐 소금기둥이 됨.

546 **달콤한 독**『안토니와 클레오파트라』1장 5막.

550 **죽을 몸이 불사의 옷을 입을 때까지** 고린토인들에게 보낸 첫째 편지 15장 53절.

573 **혼란에 혼란이 더해진**『실낙원』2부.

583 **~"하라" 하면 했다** 마태복음 8장 9절.

668 **불멸의 월계관** 고린도전서 9장 25절.

착하고 충성스러운 종 마태복음 25장 21절.

그렇다. 내가 곧 가겠다! 요한계시록 22장 20절.

제인 에어: 새로운 주체성을 향하여

조애리(카이스트 인문사회학부 교수)

1. 작가 소개

샬럿 브론테는 1816년 4월 21일, 성공회 목사인 패트릭 브론테와 마리아 브란웰 브론테의 셋째 아이로 태어났다. 언니로 두 살 많은 마리아와 한 살 많은 엘리자베스가 있었다. 샬럿에 이어 한 살 어린 남동생 패트릭 브란웰, 두 살 어린 에밀리, 그리고 네 살 어린 앤이 태어났다. 샬럿은 그녀의 삶의 대부분을 북잉글랜드 요크셔의 하워스에 있는 아버지의 목사관에서 보냈다. 샬럿이 다섯 살 때, 어머니가 위암으로 돌아가신 이후 이모 엘리자베스 브란웰이 함께 살며 아이들을 보살폈다.

1824년 아버지는 샬럿을 언니인 마리아, 엘리자베스와 동생인 에밀리와 함께 코언 브리지에 있는 기숙 학교에 보냈다. 목사의 딸들을 위한 기숙 학교인 코언 브리지는 위생 시설이 형편없을 뿐만 아니라 동상이 걸릴 만큼 추웠고 식사는 겨우 허기를 메우는 정도였다. 『제인 에어』에 나오는 끔찍한 로우드 학교의 모델이 바로 이 코언 브리지다. 1831년 아버지는 샬럿을 하워스에서 20마일가량 떨어진 머필드에 있는 로 헤드 기숙 학교로 보냈다. 코언 브리지에 비해, 로 헤드는 유쾌하고 편안한 곳이며 로우드의 긍정적인 측면은 이 학교에서의 경험을 기반으로 하고 있다. 1835년 7월, 샬럿은 가족의 재정적 부담을 덜기 위해, 로 헤드 학교의 선생직을 받아들였으나 가르치는 일은 지나치게 제한된 것이었고 과중한 업무에 시달렸다. 그러나 샬럿은 거의 3년 동안 이 학교생활을 버텨 냈다.

샬럿의 삶에 전환을 가져온 것은 벨기에 유학이었다. 고모가 재정 지원을 약속하자, 샬럿은 고모를 설득해 에밀리와 함께 외국 유학을 갔다. 1842년 2월, 두 자매는 브뤼셀의 에게 기숙 학교로 향했다. 브뤼셀에서 샬럿과 에밀리는 새롭고 흥미로운 문화적 경험을 하게 된다. 샬럿에게 더 중요한 일은 이 학교 교장의 남편이자 문학 교사인 에게를 만난 것이다. 에게는 개인적으로 샬럿을 사사했으며 샬럿은 에게를 사모하게 된다. 이 경험은 마지막 작품인 『빌레트』에 잘 나와 있다. 유학 후 하워스의 목사관으로 돌아온 샬럿은 에게에게 열렬한 연애편지를 썼지만 답장은 여전히 냉담했다.

유학 후 하워스에서 샬럿은 첫 번째 소설 『교수』에 착수하나 출판사에서 계속 거절당했다(이 소설은 샬럿 브론테 사후인 1857년에 출판되었다). 그러나 스미스＆엘더사에서 『교수』의 출판을 거절하면서 편집자인 윌리엄스가 다른 작품을 보고 싶다는 의사를 표시해 1847년 8월 24일, 샬럿은 스미스＆엘더사에 완성된 원고를 보냈다. 이 출판사 사장 중 한 명인 조지 스미스는 집으로 원고를 가져갔는데, 이 책에 완전히 사로잡혀 앉은 자리에서 다 읽어 버렸다. 『제인 에어』는 곧 출판되었다. 『제인 에어』의 대단한 성공에도 불구하고, 샬럿은 1848년 남동생 브란웰과 여동생 에밀리의 죽음을 보았고, 곧이어 1849년 5월에 앤 또한 결핵으로 사망했다.

말년의 샬럿은 여러 가지 병에 시달렸다. 『빌레트』를 마칠 무렵에는 심한 간염에 시달리고 있었다. 1854년 그녀는 아버지의 목사보인 아서 벨 니콜스(Arthur Bell Nicholls)와 결혼했지만 1년도 안 된 1855년 3월 31일 세상을 떠났다. 그녀 나이 서른아홉이었다.

2. 작품의 배경

『제인 에어』의 수용

샬럿 브론테의 작품들은 출판된 이후 계속 대중적인 인기를 누려 왔다. 첫 출판 당시 영국에서는 '제인 에어 같은'이라는 새로운 단어가 생길 정도였으며,[1] 미국에서조차 "제인 에어 열병이 뉴잉글랜드를 휩쓸고 있다"[2]라는 평이 잡지에 실릴 정도였다. 그러나 당대 대부분의 비평가들은 브론테 작품이 지닌 대중적인 인기의 원천인 제인의 매력을 인정하면서도 그녀의 여성답지 못한 면을 비난했다. 그들은 브론테의 여주인공들이 보이는 독립적인 정신, 열정, 자아 성취 욕구 등을 모두 여성답지 못한 특징, 즉 아내이며 어머니로서의 역할에 어울리지 않는 특징으로 파악했다. 가정의 천사라는 여성 본연의 역할을 해내고 남성의 사랑을 받기에는 브론테의 여주인공들이 너무 독립심 강하고 예절을 지키지 않는다고 비난한 앤

---

1 James Lorier, "Noteworthy Novels", North British Regview 11(1849), p. 488, rpt. in Elizabeth K. Helsinger et al., eds., *The Women Question: Society and Literature in British and America 1837–1883*(Chicago: The University of Chicago Press, 1983), p. 97.
2 E. P. Whipple, "Novels of the Season", *North American Review* 67(1848), p. 355 rpt. in *ibid.*, p. 97.

모즐리의 견해는 이런 반응의 한 전형이다.[3] 엘리자베스 리그비 같은 여성 평자는 제인 에어의 힘을 인정하면서도, "끔찍한 취향"과 반기독교적인 반항심을 비판했다. 리그비는 또한 제인의 불평과 권리 주장은 프랑스 혁명 및 국내의 차티즘 정신과 일맥상통하는 것이라고 보았다.[4] 마거릿 올리펀트는 한 걸음 더 나아가 브론테를 프랑스 급진주의자들의 영향을 받은 여성론자로 평가했다. 그녀가 보기에 제인은 "질서 정연한 세계에 뛰어들어 와…… 그 세계의 원칙을 무시하면서" 프랑스 혁명의 정신으로 "여성은 세계의 절반"이니 그만큼의 권리를 달라고 요구하며 평등을 주장한다.[5] 새커리 역시 브론테 작품의 문체와 인물 창조에 대해서는 칭찬하면서도, 여성의 '열정과 분노'를 불쾌하게 생각했으며, 특히 한 여성이 두 남자와 사랑에 빠지는 것을 용납할 수 없었다.[6]

브론테의 여주인공들이 여성답지 못하다고 비난하는 이런 일군의 비평가들과는 대조적으로 당대의 페미니스트들은 오히려 브론테의 보수성과 타협을 공격했다.[7] 당대 유명한 여권론자이며 브론테의 친구이기도 한 마티노는 여성 문제에 대한 브론테의 사고의 혼란을 비판했다. 그녀는 특히 '열정이라는 단 하나의 매개'를 통해서만 세계를 파악하는 브론테의 관점이야말로 바로 당대의 성 이데올로기가 요구하는 상투형의 여성다움을 드러내는 것이라

3　Anne Mozley, "New Novels by Lady G. Fullerton and Currer Bell", *Christian Rememberancer*(1853), pp. 442-443 rpt. in Miriam Allott ed., *Charlotte Bronte: Jane Eyre and Villette*. pp. 101-105.

4　Elizabeth Rigby. *Quarterly Review*(Dec., 1848) rpt. in *ibid.*, pp. 71-72.

5　Margaret Oliphant, "Modern Novelists‐Great and Small", *Blackwood's Magazine*(May, 1855), rpt. in *ibid.*, pp. 118-120.

6　Gordon N. Ray, ed., *The Letters and Private Papers of William Makepeace Thackeray III*, p. 67, quoted in Harriet Bjork, *The language of Truth*(Lund: Gleerup, 1974), p. 12

7　Ellen Mores, *Literary Women: The Great Writers*(Garden City: Doubleday & Co., 1976), p. 19.

며, 리그비나 올리펀트와 정반대 입장에서 브론테를 비판했다.[8] 또 브론테의 절친한 친구이며 역시 여권론자였던 메리 테일러는 브론테의 『셜리』를 읽은 뒤 '비겁자', '반역자'라는 극단적인 비난을 퍼부었다.[9]

　20세기 들어 브론테의 작품의 페미니스트적인 측면이 부각되기 시작한 것은 1970년대 초에 케이트 밀렛의 『성의 정치학』이 출간된 이후다. 밀렛의 이 책이 준 충격과 영향으로 그동안 사장되었던 브론테 작품의 여성론적인 함의가 전면에 부각되기 시작한다. 밀렛에 따르면, 성차별 사회에서는 고정화된 성별 범주에 따라 인격이 형성되고 지배 집단의 필요와 가치관에 따라 남녀의 기질, 역할, 지위가 구분된다는 것이다.[10] 이런 고정화된 구분은 남녀의 차이를 차별로 만들며, 이런 차별을 해결하는 방법으로서의 혁명이 필요하다는 것이다. 그녀가 말하는 성의 혁명은 전통적인 성 역할의 사회화 과정을 철폐하고, 이전에는 분리되었던 남녀의 경험을 동화시키며, 양성에게 바람직한 인간형은 무엇인지 재평가하는 것을 뜻한다. 높이 평가하는 이유는 이 작품이 가부장적인 남성 지배 체제 아래서 고통을 겪는 과민하기는 하나 혁명적인 여성 심리를 묘사하고 있기 때문이다. 대담한 관점과 독특한 업적으로 이제는 여성론적 문학 비평의 고전이 된 『다락방의 미친 여자』에서 길버트와 구바는 가부장제의 억압에 대한 여성의 저항에 초점을 맞춘다.[11] 이들은 19세기의 여성 작가들이 문자 그대로 아버지의 집에 갇혀 있을 뿐 아니라 비유적으로 말하면 남성의 문학적 구성

8　Harriet Martineau, *Daily News*(3 Rdb., 1853), rpt. in Allot, ed. *op.cit.*, p.76.

9　Ellen Mores, *op.cit.*, p.19.

10　Kate Millette, *Sexual Politics*(New York: Eqinox-Avon, 1969).

11　Sandra Gilbert and Susan Gubar, *The Madwoman in the Attic: The Woman Writer and the Nineteenth Century Literary Imagination* (New Haven: Yale University, 1979).

물에 갇혀 있다고 본다.[12] 표면적으로 여성 작가들은 문학적·사회적인 면에서 가부장적 구조에 순응하는 것처럼 보이지만, 숨겨진 구성 속에서 독립적인 자아를 추구하려는 강렬한 충동을 표현하고 있다는 것이 이들 주장의 핵심이다. 즉 제인은 가부장적인 억압을 받아들이는 것처럼 보이지만 버사와 같은 분신을 통해 반항적인 충동을 표현한다는 것이다. 따라서 길버트와 구바의 제인 에어 분석은 버사와 제인의 대면에 집중되어 있으며, 이것을 제인 자신의 감금되고 굶주린 반항과 분노와의 대면으로 파악하고 있다. 이들은 브론테 작품의 숨겨진 구성을 기존 사회를 거역하고 자유를 추구하는 열정적 충동으로 파악하며 궁극적으로 브론테가 가부장적 구조를 거부하는 것으로 이해한다.

밀렛이나 길버트와 구바의 여성론적 해석에서 아쉬운 점은 사회적 맥락이 간과된 채 남녀의 이원적 대립만 크게 부각되고 있다는 것이다. 밀렛은 성차별적인 경향을 폭로하는 데 성공하지만, 그것을 역사적인 맥락 속에 자리매김하는 데까지는 나아가지 못하고, 길버트와 구바 역시 초역사적인 가부장적 억압에 대한 여성 작가의 분노와 반항에 관심을 두고 있다.[13] 이들보다 일보 진전된 역사의식을 보이는 일레인 쇼월터조차 작가와 사회 사이의 발전 관계를 밝혀내는 것을 목표로 삼는다고 말하지만 실제로는 여성 문학 전통의 발전 단계를 설정하는 것으로 끝날 뿐, 구체적인 역사 및 사회 현실과의 연관을 밝혀내지는 못한다.[14] 이와 같이 사회적 맥락을 사장하고 남녀의 이원적인 대립에만 초점을 맞추어 브론테 작품을 분석할 때, 브론테는 가부장적 억압에 분노하는 혁명

---

12 *ibid.*, pp. 53-59.
13 Sandra Gilbert and Gubar, *op.cit.*, p. 101.
14 Elaine Showalter, *A Literature of Their Own*(Princeton: Princeton University Press, 1977).

적인 여성 심리를 묘사한 여권론자로 평가될 수 있다. 그러나 이러한 평가는 브론테의 숨겨진 일면을 새롭게 부각시킨 업적에도 불구하고 브론테의 다른 일면을 무시하는 우를 범할 수 있다. 페미니스트들이 보이는 여성 억압에 대한 날카로운 통찰을 수용하되, 여성의 억압을 초시간적인 가부장적 억압이 아니라 특수한 역사적·사회적 현실에 의해 규정되는 것으로 정의할 필요가 있다.

빅토리아 시대 여성의 삶

빅토리아 시대의 사회 현실에서 성 이데올로기는 양성 간의 서로 다른 자질, 적성, 역할을 극단적으로 강조했다. 남성은 창조자, 발견자, 행동하는 사람인 데 반해 여성은 발명이나 창조의 능력이 전혀 없고, 가사 노동이나 사소한 결정에 능한 존재로 생각되었다. 또 성적인 면에서도 남성의 문란함이 공공연히 옹호되지는 않았으나 이중 기준이 은연중에 당연시되었고, 이와 대조적으로 여성에게 성은 고통일 뿐이지만 희생정신과 모성 본능 때문에 가능한 것으로 여겨졌다. 여성은 삶의 주체이기보다는 남성에 대한 헌신 속에서만 정체성을 확인할 수 있는 상대적인 존재로 정의되었다. "여성은 그 자신만으로는 무이다. 여성은…… 신체적인 면에서나 이 세계에서 그들의 위치로 미루어 볼 때…… 상대적인 존재다."[15] 빅토리아 시대의 성 이데올로기에서는 이처럼 여성의 종속이란 현재의 상태를 불변의 진리로 받아들이고 거기에서 여성의

---

15 William Acton, *The Functions and Disorders of The Reproduction Organs in Youth, in Adult Age, in Advanced Life*, quoted in Francoise Basch, *Relative Creature; Victorian Woman in Society and the Novel*(New York: Schocken, 1974), p. 9.

본질을 추출해 냈다.

성 이데올로기의 압력 아래서 빅토리아 시대 여성의 핵심적인 역할은 생산자가 아니라 어머니이자 아내였고, 이상적인 여성상은 '여성의 영역'을 지키는 '가정의 천사'였다. '가정의 천사'인 여성은 경쟁적인 거친 사회와 싸우는 남성보다 순결하고 착하기 때문에 남성에게 위안을 주고, 무엇보다 기꺼이 자신을 포기하는 삶을 살아갈 수 있는 것으로 가정되었다. 여성은 이처럼 이상화되었을 뿐 아니라, 나아가 정서적·정신적 삶의 전문가로서 전통을 보전하고 거칠고 비인간적인 공적인 영역으로부터의 안정된 피난처를 마련해 주는 존재로 생각되었다. 가정뿐만 아니라 사회적으로도 '가정의 천사'의 이상은 급격하게 변화하는 세계에 안정감을 주는 역할을 했다.[16] 이상적인 여성상으로 새롭게 부각되기 시작한 '내조자'로서의 여성 역시 어머니와 아내로서 역할의 연장선상에 있는 것이다. '내조자'에게 필요한 도덕적 영감, 순결, 관용, 이타심은 여성의 모성적인 기능과 연관되어 있으며, 여성은 가정의 영역을 넘어서까지 어머니이자 아내로서의 역할을 해 기독교적 윤리를 적극적으로 실천하는 데 일조할 수 있다고 여겨졌다.[17]

빅토리아 시대 중반에 여권론자들[18]과 언론의 관심을 가장 많이 끈 것은 이러한 이상을 실현할 수 없는 중간 계급의 독신 여성 문제였다. 하층 계급에서 태어나지 않은 여성이 생계 수단을 획득할 수 있는 유일한 직업인 가정 교사 문제는 특히 관심을 집중시켰는데,[19]

---

16 Erna Olafson Hellerstein et al., eds., *Victorian Women: A Documentary Account of Women's Lives in Nineteenth-Century England, France and the United States*(Stanford: Stanford University Press, 1981), pp. 118-119.

17 Basch, *op.cit.*, p. 7.

18 *ibid.*, pp. 11-15.

19 Mary Poovey, *Uneven Development: The Ideological Work of Gender in Mid-Victorian England*(Chicago: University of Chicago Press, 1988), p. 129.

중간 계급의 돈과 시간의 여유는 가정 교사에 대한 수요를 점증시켰으나, 여성에게 주어진 극소수의 기회와 중간 계급의 점잖음이라는 규범 때문에 공급은 항상 수요를 능가했다. 이 사이비 직업은 물질적 어려움뿐 아니라 심리적 어려움까지 동반했다. 물질적인 면에서는 평균 20~30파운드의 연봉을 받았는데, 이것은 요리사, 집사보다 적었고, 가정부, 마부, 하녀보다 그다지 높지 않았다. 심리적인 면에서는 일의 성격이 명확하게 규정되지 않은 채 유모나 하녀의 일까지 겸했으며, 또한 고용주와 다른 피고용인들 사이 어느 쪽에도 속할 수 없는 애매한 위치 때문에 고립만이 자존심을 지킬 수 있는 유일한 방법이었다.[20]

브론테는 중간 계급 출신으로서 가정 교사나 교사 외에는 다른 선택의 여지가 없는 독신 여성의 곤경을 개인적으로 잘 알고 있었다. 그녀는 낮은 사회적 지위, 빈곤, 권태, 고독이라는 '고통 및 결핍'과 싸워 나가야 했다. 당대의 노동자나 독신 여성의 상황은 하늘에 대고 '비명'을 질러야 할 정도로 절박했다.

빅토리아 시대의 성 이데올로기는 이러한 독신 여성의 비참한 현실을 설명해 줄 수 없을뿐더러, 오히려 '국외자'라는 느낌을 가중시켜 이들에게 정체성의 혼란까지 체험하게 만들었다. 이러한 '국외자' 입장에 선 브론테는 여성의 이상화와 종속적인 현실 사이의 모순을 첨예하게 느꼈으며 그것은 개인적으로 해결해야 할 절실한 문제이기도 했다.

브론테가 현실적인 삶에서 생각해 낸 해결책은 당대의 이상적인 여성상과는 정반대로 스스로 생계를 책임지면서 자제심, 인내

---

20 M. Jeanne Peterson, "The Victorian Governess: Status Incongruence in Family and Society", rpt. in Martha Vicinus, ed., *Suffer and Be Still: Women in the Victorian Age*(Bloomington: Indiana University Press, 1972), pp. 3–20.

심, 공감 등을 지니는 독신 여성을 이상화하는 것이었다.

독신 여성에 대한 이러한 찬미는 경제적 독립에 기초한 자존의 삶을 높이 샀다는 점에서는 올바른 인식이나, 이런 삶의 이면을 이루는 '고통 및 결핍'의 현실과의 긴장을 제대로 담아내지 못하고 있다.

브론테의 소설은 당대의 성 이데올로기가 강조하는 이상적인 여성상과 종속의 현실 사이의 모순에 대한 좀 더 심오한 탐색이다. 그녀의 여주인공들은 종속의 현실을 완강히 거부하고 자유에 대한 강한 열망을 지니고 있으면서도 다른 한편으로 당대의 성 이데올로기를 내면화하고 있다. 그들은 지적인 발전에 대한 강렬한 동경과 열정적인 정서를 지니고 있으며, 당대의 한계 내에서 또는 그 한계를 넘어 성적인 면을 대담하게 표현하며, 경제적 독립을 추구한다.[21] 가장 수동적인 첫 소설 『교수』의 여주인공인 프랜시스에 의해 이미 평등한 남녀 관계와 경제적 독립 문제들이 제기되고 있으며 모든 여주인공이 일하는 여성으로서의 괴로움을 알지만 노동에 대해 당당한 자부심을 지니고 있다. 그럼에도 불구하고 이러한 여주인공들이 갈구하는 남성들은 상투적인 남성성을 갖춘 남자들로, 지적·정서적인 면에서 '주인'이 될 수 있는 남성들이다. 이러한 모순된 욕망이 브론테 소설의 기본 구조를 이루고 있으며, 그것이 갈등, 타협 또는 새로운 차원의 변증법적 합일로 나타난다.

프랜시스는 앞으로 이어질 브론테 소설의 여주인공들의 원형이라고 볼 수 있다. 그녀는 고아이고 지적인 발전에 관심이 많으며 경제적 독립을 추구한다. 『제인 에어』의 제인 역시 고아이며 가정교사이고 여성의 정신적·경제적 독립 문제와 사랑의 갈등을 겪는

---

21 Basch, *op.cit.*, p. 138.

가운데 여성의 정체성에 대한 문제를 제기한다. 『셜리』에서는 문제 제기의 폭을 넓혀 고아인 캐럴라인의 곤경과 부유한 상속녀인 셜리가 받는 제약을 사회적인 갈등과 연관시켜 다루고 있다. 『빌레트』에서 브론테는 어떤 소설에서보다 여성 심리에 깊은 관심을 두면서 가난한 독신 여성인 루시가 겪는 내면적 고뇌와 갈등을 분석하고 있다.

3. 작품 해설

　브론테는 순응하고 인내하며 봉사하는 여성이 이상적으로 여겨지던 빅토리아 시대에, 현실적인 조건이나 개인적 자질에서 그와 동떨어진 여성인 제인의 성장을 통해 당대 여성의 삶 전반, 즉 여성의 교육, 고용, 사랑, 결혼에 대해 의문을 던지고 있다. 가난하고 못생긴 고아인 제인은 로우드의 선생, 손필드의 가정 교사, 모턴의 선생으로서 끊임없이 일해야만 하는 처지에 있으며 현실과의 맞부딪침 가운데 당대의 이상적 여성상에 반대되는 가치들을 구현하는 여성, 즉 독립적이고 열정적이며 억압에 대해 적극적으로 반항하는 여성의 모습을 보여 준다. 그러나 다른 한편 제인은 지배적인 남성으로부터 또 기존 현실로부터 인정받고 싶은 강렬한 욕구를 가지고 있다. "나는 중도를 모른다. 늘 절대적으로 순종하거나 결의에 차 반항하거나 둘 중 하나였다"라는 자신의 말대로 제인에게는 모순된 두 충동이 똑같이 강렬하게 존재하며, 이것이 그녀의 성격을 규정짓는 핵심이라고 할 수 있다.
　게이츠헤드, 로우드에서의 여성으로서의 사회화 과정, 손필드에서의 사랑과 정체성의 갈등, 무어 하우스에서의 협력자라는 이상의 극복, 편딘에서의 화해 등으로 이어지는 제인의 성장을 추적하면서 각 단계마다 자유를 향한 열망과 순응하고자 하는 욕구 사이의 모순이 어떠한 양상으로 나타나며 발전되고 해결되는지 살펴보겠다.

게이츠헤드

게이츠헤드의 제인은 여자아이이자 고아로 상처받기 쉬운 입장에 있다. 그녀는 게이츠헤드에서 더부살이하면서 온갖 굴욕을 감수해야 하는 처지다. 제인의 최초 기억은 자신이 그곳의 '누구와도 같지 않다'는 점이다.

게이츠헤드에서 제인은 자신이 '불협화음'이자 '이질적인 아이'라고 느끼지만 그렇다고 그곳에서 뛰쳐나갈 수도 없다. 이러한 현실의 딜레마를 푸는 방법으로 어린 제인이 생각한 것은 상상의 세계로의 도피라는 소극적인 저항이다. 제인은 커튼에 가려진 채 창틀에 앉아서, 즉 실내에서 분리되었으나 쫓겨난 것은 아닌 상태에서 『영국 조류사』를 읽으며 위안은 얻는다. 이것은 어린 제인이 소외된 현실을 책 속에 나오는 상상의 세계로 대치시켜 마찰 없이 현실에서 도피하는 방법이다.

그러나 그녀는 이런 상상의 세계를 갖는 자유조차 제한당한다. 존은 책을 보고 있는 그녀에게 다가와 "넌…… 돈도 없어…… 여기서 우리 같은 신사의 자식들과 함께 살고, 우리 엄마 돈으로 우리와 같은 음식을 먹고, 우리와 같은 옷을 입으면 안 돼"라며 시비를 건다. 이때 존은 '신사의 자식'의 특권과 함께 가장이 없는 집안의 미래 가장으로서의 권위를 갖고 제인에게 이야기한다. 왜냐하면 제인이 읽고 있는 책을 포함해 게이츠헤드 전체가 궁극적으로 그의 소유가 될 것이기 때문이다. 물론 여자 사촌인 조지애나와 일라이저도 제인에 비하면 더 큰 특권을 누리고 있지만, '신사의 자식들' 중에서도 존은 이들보다 더 특별한 위치, 즉 가부장적 질서의 정점을 차지하고 있는 것이다.

존은 육체적인 면에서도 제인을 압도한다. 제인보다 네 살 위인 그는 나이에 비해 "덩치도 컸지만 피부는 거무스름하고 그다지 건강해 보이지 않았다. 넓적한 얼굴에 뒤룩뒤룩 살이 찌고 팔다리는 굵고 손발도 컸다. 그는 식사 때마다 허겁지겁 많이 먹고 성질을 자주 부리고 눈은 충혈되고 흐릿하고 볼살은 처져 있었다." 이러한 존의 방해에 대한 제인의 최초 반응은 두려움이다. "나의 온 신경이 그를 두려워해, 그가 다가오면 겁나서 온몸이 부들부들 떨리고 어쩔 줄 모르곤 했다." 그럼에도 불구하고 제인이 그에게 대들 수 있는 것은 자신이 차지할 수 있는 최소한의 자유로운 공간마저 빼앗겼다는 완전한 절망감 때문이다. 이때 제인이 쓸 수 있는 유일한 무기는 존이 알지 못하는 문학의 세계에 의존해 그를 로마의 폭군에 비유하는 것이다. "넌 살인자 같아, 넌 노예 감독 같아, 넌 로마 황제 같아." 이런 경험을 통해 제인은 고아이며 여자아이라고 해도 반드시 수동적일 필요는 없다는 사실, 즉 현실에 대처하는 새로운 방식이 있을 수 있다는 가능성을 깨닫는다.

그러나 이 둘의 싸움은 아이와 아이의 싸움이 아니라, 미래의 주인이 될 남자아이와 고아인 여자아이의 싸움으로 처리되고, 그런 의미에서 앞으로 제인이 부딪힐 현실과의 갈등의 원형이 된다. 즉 제인이 받는 억압의 상당 부분이 여성이라는 것과 고아 출신이라는 것이 복합적으로 작용해 생겨난 결과이며, 존의 행동은 미래의 '주인'으로서의 특권, 즉 성적·계급적 특권에 부합되는 것으로 정당화된다. 이에 반해 제인의 행위는 존에 대한 정당방위로 시작되었음에도 불구하고 비난의 대상이 된다.

하녀들조차 없혀사는 못생긴 제인이 존과 싸운 것 자체를 주인의 은혜를 배신한 일이라고 하는데, 그들이 보기에 이런 행동이 더욱 '부끄러운 일'이고 '아주 충격적인 일'인 이유는 제인이 여자아이인 탓이다. 그들은 제인이 여자아이인데도 '상냥하고 예쁘게' 굴지 않기 때문에 동정의 여지조차 없다고 생각한다. 제인은 주위의 비난을 들을 뿐 아니라 리드 부인에 의해 붉은 방에 감금당하는 벌을 받는다. 죽은 지 얼마 안 되는 리드 외삼촌의 추억으로 가득 차 있는 이 방은 아주 상세하게 묘사되어 있다.

이 붉은 방에서는 잠자는 일이 거의 없었다. 아니, 게이츠헤드 저택에 한꺼번에 많은 손님이 몰려와 이 집의 모든 방을 사용해야 할 때를 제외하고는 절대로 이 방을 사용하는 법이 없다고 해야 옳을 것이다. 그러나 이 방은 이 집에서 제일 크고 웅장했다. 방 한가운데에 침대가 신전처럼 있었는데, 장엄한 마호가니 다리 위에 짙은 붉은 능직 커튼이 늘어져 있었다. 언제나 덧문이 내려져 있는 커다란 두 개의 창문은 비슷한 천의 커튼 주름과 꽃장식으로 반쯤 가려져 있었다. 카펫도 붉은색이었다. 침대 끝에 있는 테이블은 선홍색 테이블보로 덮여 있었다. 엷은 황갈색 벽에는 사이사이 분홍색이 섞여 있었다. 옷장, 화장대, 의자 등은 검은 광택을 내는 오래된 마호가니였다. 이런 주변의 짙은 색을 배경으로 층층이 쌓아 올린 매트리스와 베개는 눈처럼 하얀 마르세유 침대 덮개로 덮인 채 높이 솟아올라 하얗게 빛났다. 침대 머리맡에는 발판이 앞에 달린, 침대 못지않게 엄청나게 큰 안락의자가 있었다. 그 의자에도 쿠션이 여러 개 쌓여 있었다. 제인은 그 의자가 창백한 왕좌 같다고 생각했다.

최면 효과를 불러일으킴 직한 이 붉은 방[22]에 대해 많은 평자들이 언급하고 있다. 슈월터는 여성의 성의 문제에 집중해 이 방이 여성의 육체 내부를 상징하며 이곳에의 감금은 청년기의 통과의식에 해당하는 것으로 파악한다.[23] 길버트와 구바는 붉은 방 자체가 제인이 갇혀 있는 사회의 상징으로서, 그녀는 여기서 자신이 받는 부당함에 분노하고 결국 광란을 통해 도피하는 것으로 분석한다.[24] 성(sexuality)에 제한해 생각하면 붉은 방이 여성의 육체를 상징한다고 보는 슈월터의 견해보다 남성의 성적 위협을 상징한다고 본 메이너드의 견해가 타당한 듯하다. 그러나 붉은 방이 게이츠헤드라는 억압적인 사회의 축도라는 데 동의하더라도, 이때의 억압은 성적인 억압만은 아니고 성적·계급적 억압이 복합적으로 작용하는 것이며, 어린 제인의 공포로 인해 그 억압이 지나치게 확대된 점을 간과해서는 안 된다. 화자인 제인은 어린 시절 자신의 공포를 생생하게 드러내면서도, 이제는 더 넓어진 현실 인식을 갖춘 입장에서 제시해 어린 시절 자신이 느꼈던 공포와 억압감의 비합리성까지 보여 준다.

제인은 자신이 받는 대우가 부당하다고 느끼고 분노하며 자신의 힘 안에서 이 억압을 피할 수 있는 여러 대안, 즉 도망가는 것, 굶어 죽는 것 등을 생각해 본다. 그러나 화자인 제인은 그 당시의 상황을 '놀란 영혼', '어둠', '극심한 무지'라고 표현하고 더욱이 '나

22 John Maynard, *Charlotte Bronte and Sexuality*(London: Cambridge University Press, 1984), p. 101.
23 Showalter, *op.cit.*, p. 114-115.
24 Gilbert and Gubar, *op.cit.*, 34.

는 대답할 수 없었다'라는 과거와 '이제는 그 일이 분명히 보인다'라는 현재를 병렬시켜 어린 제인의 분노에 공감하는 동시에 거리를 두고 있다. 어린 제인의 상상력은 붉은 방을 악몽의 한 장면으로 변화시키고, 제인은 마침내 공포에 휩싸인다. 그녀는 "빨리 움직이는 빛이 저승사자의 등장을 예고하는 것이라고 생각했다…… 귀가 먹먹할 정도로 큰 소리가 났는데, 날개가 스치는 소리"까지나, 마침내 '발작'으로 기절한 뒤에야 붉은 방에서 풀려난다.

제인이 받는 억압이 부당한 것으로 독자에게 설득력 있게 다가오는 것은 화자인 제인이 자신의 과거를 객관적으로 볼 수 있기 때문이다. 그녀는 이제 과거 억압의 원인과 결과를 꿰뚫어 볼 수 있는 성인으로서 이야기한다. 이때 냉정한 회상 형식과 생생한 묘사의 결합으로, 독자는 무력한 아이인 제인에 대해 감상적인 연대감을 느끼는 데 그치지 않고 공정하고 현명한 화자에 대해 신뢰감을 갖는다. 그녀가 "게이츠헤드 저택에서 나는 불협화음이었다"라고 거리를 두고 이야기할 때, 화자인 제인은 어린 시절을 변명이나 자기 연민 없이 받아들이는 것이다.

'참을 수 없는 억압으로부터 벗어나려는' 제인의 강렬한 충동은 창 쪽으로 자주 다가가는 것으로 나타나는데, 결국 제인은 창 너머의 게이츠헤드 바깥 세계로 내몰리며, 게이츠헤드 밖의 현실은 본질적으로 게이츠헤드와 다를 바가 없다. 게이츠헤드 밖의 현실적인 브로클허스트는 "제인 에어, 그런데 너는 착한 아이냐?"라고 묻고, 이에 대해 제인을 대신해 리드 부인이 그렇지 않다고 대답한다. 자신은 '착하지 않다'라고 단정 짓는 현실을 헤쳐 나갈 수 있는 제인의 힘은 지옥에 가는 것을 피하려면 어떻게 해야 되느냐고 묻는 브로클허스트에게 "늘 건강해 죽지 않아야 해요"라고 대답할 수 있는 건강함과 생명력에서 나온다.

로우드

　로우드에서는 여성에 대한 억압이 교육이라는 매개를 통해 좀 더 체계적이고 교묘한 방식으로 내면화된다. 이곳을 지배하는 원칙은 기본적으로 브로클허스트의 원칙이다. 브로클허스트는 '검은 기둥' 같다는 제인의 첫인상처럼 비인간적인 억압의 상징이다. 슈월터는 로우드를 여성의 성에 대한 억압을 대표하는 곳으로 파악한다. 여기서 여학생들은 체계적으로 '굶주림을 당하고' 칙칙한 갈색 옷과 짧은 머리에서 알 수 있듯이 '감각적인 기쁨'을 박탈당한다. 브로클허스트는 극단적으로 정신적인 존재, 즉 빅토리아 시대의 이상적인 여성상인 '가정의 천사'를 만들어 내기 위해 '사악한 육체'를 굶주리게 한다고 한다. 그러나 브로클허스트의 원칙은 단순히 성의 억압뿐 아니라 여성의 삶 전반을 억압하는 성 이데올로기로 볼 수 있다. 그리고 이 이데올로기는 가난한 집안의 딸들이고 앞으로도 그렇게 살아갈 로우드의 학생들이기에 더욱 가혹하게 적용된다. 따라서 로우드는 일반적인 성적 억압보다는 특히 중간 계급 출신이기는 하나 가난한 여성들에게 알맞은 역할과 성품을 주입시키는 억압적 질서로 구체화되어 있다.

　그러나 제인은 로우드에서 거친 현실과 물질적 박탈감에도 불구하고 게이츠헤드의 물질적 안위 이상의 것을 얻는다. 즉 제인은 앞으로의 독립적인 삶을 살아갈 수 있게 해 주는 교육을 얻으며, 템플 선생과 헬렌의 사랑 속에서 여성 간의 유대감을 깨닫고, 지적인 성장을 통해 자신의 가치를 확인한다. 게이츠헤드에서 제인은 하인만도 못한 얹혀사는 존재에 불과했으나, 그녀는 "열심히 공부했고 노력한 만큼 결과도 좋았다…… 몇 주일 되지 않아 상급반으로 진급했고, 두 달도 안 돼 프랑스어와 그림을 배우게 되었다"

라고 말하는 데서 엿보이듯이 곧 지적인 성취감을 맛본다. 그리고 로우드에서 8년을 보낸 뒤 그녀는 "프랑스어, 그림, 음악도 가르칠 수 있는", 즉 최소한의 경제적 독립을 할 수 있는 기술을 획득한다. 또한 유사한 경제적·사회적 배경을 지닌 소녀들이 모인 이곳에서 제인은 더 이상 열등한 이방인이 아니다. 제인이 브로클허스트로부터 벌을 받을 때 처음에는 수치감을 느끼고 고통스러워하지만, 로우드의 다른 학생들이 보이는 유대감에서 힘을 얻는다.

제인은 로우드 학생들에게서 순간적으로 느꼈던 유대감을 헬렌과 함께 템플 선생의 방으로 초대받은 날 밤에 다시 확인한다. 템플 선생의 방은 로우드의 다른 방들과 달리 따뜻하고, 제인과 헬렌은 평소의 음식과 다른 따뜻한 차와 맛있는 케이크를 마음껏 먹는다. 또 헬렌과 템플 선생의 대화는 지적으로 자신보다 우월한 사람들에게 둘러싸여 있다는 즐거움을 준다.

그러나 이 행복한 밤 다음 날 아침 스캐처드 선생은 하루 종일 헬렌의 이마에 '칠칠맞은 여자'라는 딱지를 붙이게 하는 모욕을 준다. 작가는 헬렌이 모욕을 받은 일을 템플 선생과 지냈던 행복한 저녁 바로 다음에 묘사해, 로우드의 양면을 제시하는 데 성공한다. 이때 스캐처드 선생이 준 모욕에 대한 반응은 헬렌과 제인의 차이를 드러내 준다. 헬렌은 인내심 있게 화내지 않으면서 당연한 벌을 받는 것처럼 행동한다. 헬렌이 이렇게 할 수 있는 것은 천상의 세계에 대한 희망 때문이다. 그녀는 육체와 정신을 분리해 생각하면서 때가 오면 굴욕과 죄가 거추장스러운 육체에서 떨어져 나가고 영혼의 불꽃만 남을 것임을 믿기 때문에, 자신의 굴욕을 참고 스캐처드 선생의 죄를 용서할 수 있다. 천상의 세계에 대한 지향으로 물질적인 현실의 존재 자체를 부인하는 것은 결국 브로클허스트가 대표하는 억압적 질서에 대처할 수 있는 한 방법은

되지만 그에 대한 전면적인 반대라기보다는 오히려 그 질서의 용인에 가깝다.

헬렌에 비해 템플 선생은 제인이 더욱 모방하고 싶은 모범으로 등장한다. 그녀는 브로클허스트가 말로만 외치는 기독교적 헌신을 몸소 실천하며 조각과 같이 냉정한 태도로 그에게 맞선다.

똑바로 앞을 보고 있었다. 원래 대리석처럼 창백하던 그녀의 얼굴이 대리석처럼 차갑고 딱딱해지는 것 같았다. 특히 입을 꼭 다물고 있어서 입을 열게 하려면 조각가의 끌이 필요할 것 같았다. 그리고 그녀의 이마는 차츰 화석처럼 굳어 갔다.

이때 조각의 은유 속에는 템플 선생의 긍정적인 면과 부정적인 면이 모두 포함된다. 템플 선생의 '하얀' 조각 같은 얼굴은 브로클허스트의 '검은 기둥'에 대한 저항이며 어느 정도 효과적이기도 하지만, 궁극적으로 로우드를 지배하는 브로클허스트의 원칙을 뒤집을 수 있는 적극적인 저항으로 나아가지는 못한다. 그녀의 저항은 감정적인 면에서 가혹할 정도로 굳어 버려야만 가능한 것으로, 이것은 자신을 감추는 빅토리아 시대의 숙녀라는 큰 틀을 벗어나지 못한 것이다. 그녀의 차분한 분위기와 위엄 있는 용모와 세련된 언어를 보면 열정적이고 반항하는 그녀를 상상할 수가 없다. 템플 선생의 자기 부정 역시 궁극적으로 계급적·성적 편견에 의해 여성을 사물화시키는 사회적 질서를 암묵적으로 승인한다.

그러나 템플 선생이 결혼해 로우드를 떠나자 제인은 자신의 동경과 갈망이 로우드의 삶 속에서 억압되고 있었음을 비로소 의식한다. "내 눈에조차 품행방정하고 차분한 사람으로 보였다"라고 하는 데서 알 수 있듯이 제인은 겉으로 로우드에 동화된 것처럼 보였을 뿐, 내면 깊숙한 곳에서는 로우드의 삶에 만족하지 못하고 있었던 것이다. 지옥에 가지 않으려면 어떻게 해야 하느냐는 브로클허스트의 질문에 건강해야 한다고 대답했던 생명력으로 제인은 로우드의 삶을 넘어선 좀 더 자유롭고 풍요로운 세계를 갈망한다.

이제 나는 진짜 세상은 넓다는 것을 기억해 냈다. 희망과 공포에 찬, 감정과 흥분으로 들끓는 다채로운 삶의 현장이 그 넓은 세상으로 나아가 위험 속에서 진정한 삶의 지식을 찾아낼 사람을 기다리고 있다는 걸 기억해 냈다…… 나는 자유를 원했다. 나는 자유를 갈망했다. 자유를 달라고 기도했다. 그 기도는 그때 불어온 미풍에 날아가는 것처럼 보였다. 나는 자유를 포기하고 더 겸손하게 탄원했다. 변화와 자극을 주소서. 그러나 그러한 탄원 역시 허공에 휩쓸려 가 버렸다. 나는 반쯤 필사적으로 외쳤다. "그렇다면 적어도 제게 새로운 노역이라도 주소서!"

제인의 추구 대상은 막연한 '자유'에서 '변화'로, 다시 '새로운 노역'으로 변하는데, 이것은 리드 부인에 대해 반항할 때에 비해, 제인이 이제는 현실적인 제약을 어느 정도 받아들일 정도로 성숙했음을 보여 준다. 제인은 현실적인 제약을 받아들이면서도 마음속에는 '삶에 대한 진정한 지식'의 열망을 품고 손필드로 향한다.

손필드

로우드를 떠나올 때 제인은 '새로운 노역'이라는 각오로 가정 교사직을 받아들였지만 손필드에서 아델을 가르치는 일은 제인이 추구하던 넓고 변화로 가득 찬 삶과는 거리가 멀다. 제인은 손필드의 답답한 일상에 숨 막혀 하며 들판을 헤매고 3층 다락으로 올라가 멀리 지평선 너머의 세계를 동경한다. "나는 지평선 너머를 내다볼 수 있는 시력을 가졌으면 하고 바랐다. 듣기는 했지만 지금까지 본 적 없는 큰 세계, 도시, 활기로 가득한 지역까지 볼 수 있다면, 그리고 지금 생활보다 더 풍부한 실제 경험을, 나와 같은 사람과의 사귐을, 내 주위 사람들보다 더 다양한 사람들과의 만남을 갈망했다." 제인은 나아가 자신이 느끼는 개인적인 불만과 답답함을 여성 전체의 삶이라는 확대된 맥락 속에서 이해한다.[25]

제인은 여성은 '여성의 영역'에 제한되어 있어야 한다는 당대의 성 이데올로기에 반발하며, 여성이 침묵하고 있기는 하지만 마음속에는 반항이 들끓고 있다고 주장한다. 이런 사고로 브론테는 당대에 보통선거권 운동 및 프랑스 혁명과 연관 있다고 비판받았던 것이다. 그러나 제인의 여성의 반항에 대한 사색은 버사의 웃음소리에 의해 깨지고 만다. 이때 버사의 웃음은 '정치적' 또는 '그 외의 반항'이 낳은 혼란과 비합리성을 상징한다고 볼 수 있다.

제인이 들판을 거닐고 다락에 올라가 좀 더 넓고 풍요로운 삶을 동경할 때 남자를 갈구한 것은 아니었다. 제인은 '자유', '새로운 노역', '활동', '반항' 등의 말을 썼으나 구체적으로 자신이 무엇을 원하는지 알지 못한다. 이때 로체스터가 나타나고, 그는 점차 제인이 동경하던 새로운 더 넓은 세계를 의미한다. 제인과 로체스터의 관계에 대해 바시는 자유와 활동에 대한 갈망을 결혼이라는 전통적인 틀 안에서 해결하고, 여성이 자신의 운명을 더 강한 남성에게 맡기고자 한다는 점에서 도식적인 관계라고 비판한

---

25 Terry Eagleton, *Myths of Power: A Marxist Interpretation of the Brontes*(London and Bassingstoke: Macmillan, 1975), p. 25.

다.[26] 이와 반대로 길버트와 구바는 제인이 로체스터에 대해 분노하고 있으며, 이 분노를 버사라는 분신을 통해 표현하는 것으로 본다.[27] 바시는 제인과 로체스터의 관계를 지나치게 단순화해 제인의 의식이 성장해 도식적인 관계를 넘어서는 점을 간과한 반면, 길버트와 구바는 시종일관 제인의 반항적인 측면만 강조해 제인의 로체스터에 대한 애정을 무시한다. 이에 비해 제인이 싫어하는 것은 로체스터의 관능이 아니라 자신을 성적 대상으로 만들고 자신과는 다른 모습으로 재구성하려는 로체스터의 의지라는 리치의 견해가 보다 타당하다.[28] 손필드에서 제인의 경험은 관능 및 의식의 발전과 더불어 남녀 관계에서 여성에게 가해지는 억압의 의미를 깨닫는 과정이다.

로체스터는 기대대로 손필드의 침체를 깨뜨리고 제인에게 생기를 불어넣어 준다. 고용주로서의 로체스터와 가정 교사로서의 제인이 처음 만났을 때 하는 이야기는 고용주와 가정 교사라는 외면적인 틀을 넘어선 평등한 관계에 관한 것이다.

사실 당신을 아랫사람으로 대하고 싶지 않소. 말하자면, (자신의 말을 고치면서) 당신보다 스무 살이나 더 많고 한 세기 앞선 경험을 갖고 있다는 점에서만 우월하다고 주장하고 싶소.

그는 제인을 열등한 사람으로 대하지 않겠다고 약속하는데, 이것은 후에 그가 자신이 거느렸던 정부들에 대해 '본성상 그리고 지위상 열등한 사람'이라고 한 것과 연관된다. 그는 은연중에 제인

---

26 Basch, *op.cit.*, pp 164-166.
27 Gilbert and Gubar, *op.cit.*, 30.
28 Adrienne Rich, *On Lies, Secrets, and Silence: Selected Prose 1966-1978.* (New York: W. W. Norton and Co., 1979), p. 100.

을 정부들과 연관시키면서도 그들과 구분 짓고자 한다. 그는 이미 다양한 체험을 했고 더 이상 젊지도 않아, 여성에게서 돈, 지위, 매력을 무시할 수 있다. 그가 바라는 것은 본성상 열등하지 않은 사람, 자신의 인생에 대해 같이 이야기하고 그것을 받아 줄 수 있는 사람, 그가 의지할 수 있으며 자신 자체를 사랑할 수 있는 사람이다.[29] 제인은 "정말 우월한지는 시간과 경험을 어떻게 활용했느냐에 달려 있죠"라고 대답해 처음부터 그런 사람이 될 가능성을 보이며, 실제로 로체스터는 그녀가 의지와 활력, 미덕과 순결함을 지닌 단호하고 자유로운 인물임을 인정한다.

이처럼 당당한 대답에도 불구하고 로체스터의 시간과 경험은 제인에게 커다란 매력으로 다가온다. 그는 제인이 원했으나 현실에서 갖지 못한 사건, 삶, 불꽃, 느낌을 체험한 사람으로 그녀에게 '새로운 생각'과 '새로운 모습'에 대해 이야기해 줄 수 있다. 그뿐만 아니라 관계를 무시한 그의 행동과 관심은 그녀를 억압적인 성 역할이나 사회적 규범에서 해방시켜 준다.

더 넓고 더 자유로운 삶을 갈망하지만 손필드의 가정 교사직에 제한되어 살아야 하는 열여덟 살의 처녀인 제인이, 더 넓은 세계를 뜻하는 로체스터에게 이끌리고 그의 관심과 사랑을 받자 '아주 행복하고 아주 만족스러운' 느낌을 갖는 것은 설득력 있다. 사실 로체스터에 의해 제인의 여성적인 본능이 일깨워지고 그녀가 강렬한 사랑의 환희를 느끼는 것은 로우드의 일면인 성의 억압에서 해방되는 것이기도 하다. 정서적인 면에서뿐만 아니라 지적인 면에서도 제인은 손필드에서 짓밟히지도, 감정적으로 메마르지도, 열등한 사람들 사이에 파묻히지도 않고 로체스터와의 대화를 통해

---

29 Carol Ohmann, "Historical Reality and 'Divine Appointment' in Charlotte Bronte's Fiction", *Signs*, Vol. 2, No. 4(Summer, 1977), p. 761.

새로운 수준의 의식에 도달하는 기쁨을 맛본다. 그러나 화자인 제인은 10년 전 자신의 즐거움을 전할 때 "가끔은 여전히 지배적인 태도를 보였다"라는 말을 해 이 둘의 관계가 항상 평등하지만은 않았음을 암시한다. 어린 제인은 개의치 않았다고 하지만, 이 둘의 관계에서 지배적인 태도가 갖는 의미는 앞으로 계속 탐구된다.

제인과 로체스터의 상호 이해와 열정에도 불구하고 주인과 가정 교사의 관계라는 종적인 관계가 두 사람의 사랑에 옮겨져, 성적 차별에 의한 불평등 관계가 더 심화된 상태로 나타난다. 로체스터는 집시로 변장해 속일 뿐 아니라 잉그램 양과 결혼할 것이라는 소문을 내 잉그램과 제인 두 사람 모두를 성적 대상으로 물화한다. 특히 고용주인 것을 앞세워 그동안 제인과의 관계의 발전을 부인하는 로체스터에게 제인은 마침내 화를 내고 만다.

저를 자동인형이라고 생각하세요? 감정도 없는 기계인 줄 아세요? 제가 가난하고, 신분이 낮고, 작고, 못생겼지만 그렇다고 영혼도 감정도 없는 줄 아세요? 잘못 생각하신 거예요! 저도 당신처럼 영혼이 있고, 당신처럼 감정이 풍부해요! 만약 하느님께서 제게 약간의 아름다움과 상당한 재산을 주시면, 지금 제가 헤어지는 게 괴로운 만큼이나 당신도 저와 헤어지는 게 괴롭게 만들 거예요. 저는 지금 관습이나 인습 또는 육체를 통해 말씀드리는 게 아니에요. 내 영혼이 당신 영혼에 말하는 거예요. 마치 우리 두 사람이 무덤을 지나 하느님 발치에 서서 평등하게 이야기하는 것처럼요.

젠트리인 아버지의 재산에 식민지의 부유한 상인의 딸인 버사의 재산까지 소유하게 된 로체스터는 높은 사회적 신분과 아울러 막대한 부를 갖추고 있지만, 제인은 가난하고 못생기고 작고 보잘 것없는 존재다. 그러나 제인은 로체스터와 자신이 신 앞에서 평등한 존재, 즉 정신적으로 평등한 존재라고 주장한다. 제인은 또한 자신의 열정을 솔직하게 인정해 성적 욕망이 없는 이상화된 여성상을 넘어 사랑에서 적극적인 공헌자로서 여성의 모습을 보여 준다. 이에 대해 로체스터는 "내 신부는 여기에 있소…… 나와 등등한 사람이오"라고 말해 구혼이 이루어진다.

로체스터는 제인과 '나와 동등한 사람'이라고 인정했음에도 불구하고, 구혼 이후 둘의 관계에서 평등의 의미가 재검토된다. 이 둘 사이의 육체적인 열정의 표현은 좀 더 솔직해지고 그에 따라 사랑이 깊어지는데도 제인은 로체스터에게서 차츰 더 강한 압박감을 느낀다. 로체스터는 물론 제인을 진심으로 사랑하며 "그녀에게 감화되었고 정복되었다"라고 말하지만 있는 그대로의 제인을 받아들이지 않고 자신의 필요에 따라 그녀를 재구성한다. 즉 그는 그녀를 '천사', '요정'과 같은 비현실적인 존재로 규정짓고 소유해 자신의 내면적 갈등과 죄책감을 치유할 수 있다고 생각한다. 그러나 제인은 천사로 이상화되는 가운데 점차 자신의 자아가 부인당하는 느낌을 갖는다. 제인은 그에게 거리를 두고 그를 놀리고 말싸움을 하는 등 최선을 다해 자아를 지키려고 하지만 이제 더 이상 그녀는 제인 에어가 아니고, 미래의 로체스터 부인이다. "로체스터 부인. 어린 로체스터 부인, 페어팩스 로체스터의 소녀 신부"라는 로체스터가 주는 이름의 변화에서 제인이 독립적인 의지를 지닌 자유인에서 점차 그의 소유물로 변해 가는 것을 알 수 있다. 그는 자신이 그녀의 존재를 모두 소유하려 한다는 것을 직접 이야기하기도 한다.

지금은 당신의 전성기야, 작은 독재자야. 하지만 곧 나의 전성시대가 올 거야. 일단 당신을 꼭 붙잡으면, 당신을 소유하고 계속 갖기 위해서 이렇게 사슬에 매달아 둘 거야. (회중시계를 만지면서) 그래, 귀여운 작은 아가씨, 내 보석을 잃지 않기 위해 늘 가슴속에 지니고 다닐 거야.

제인은 그가 자신을 이상화하는 것을 자신의 진정한 가치를 교묘하게 부인하는 것으로 느껴 왔으며, 밀코트로의 여행 후 제인의 분노와 자기비하감은 더욱 심해진다. 밀코트에서 로체스터는 셀린 바랑에게 그랬던 것처럼, 제인에게 선물을 사주고 화려한 색의 비단옷과 새틴 옷을 사서 입히고 보석으로 그녀를 치장한다. "그의 미소가 이슬람교 군주가 행복하고 기분 좋은 순간에 자신이 하사한 금과 보석으로 치장한 노예에게 보내는 미소 같다는 생각이 들었다." 로체스터를 '이슬람교 군주'에, 자신을 '노예'에 비유하는 가운데 제인은 자신의 비하감을 표현한다. 제인은 자신을 인형과 같다고 느끼며, 그가 사주는 화려한 비단옷이 그녀의 자아를 침범한다고 생각한다. 마침내 그녀는 신 앞의 평등이라는 주장에도 불구하고 성적·경제적·사회적 차이로 인한 현실적인 불평등이 둘의 관계를 규정짓고 있음을 깨닫는다. 즉 경제적인 의존 속에서 제인은 항상 로체스터의 타자로 남을 수밖에 없는 것이다.

그러나 제인의 이러한 억압에 대한 인식과 불평등에 대한 반발에도 불구하고 사랑이 깊어 감에 따라 로체스터를 우상화하는 그녀의 낭만적인 환상 역시 강해진다.

미래의 남편은 내게 이 세상 전부, 아니 그 이상이 되어 가고 있었다. 그는 거의 내가 바라는 천국이기도 했다. 사람들과 밝은 해 사이에 일식이 끼어들듯이, 그가 내 앞에 서 있으면서 모든 종교적인 생각을 가로막았다. 그 당시 나는 인간을 보느라고 신을 볼 수 없었다. 그는 나의 우상이 되었다.

제인은 로체스터에게 매료되어 이제는 그가 그녀의 삶 전체가 되어 버린다. 제인은 로체스터의 소유 의지를 완강하게 부인하면서도 그의 자아 속에 함몰되고 싶어 하는 모순을 보인다. 이런 관점에서 보면 손필드는 해방의 공간이 아니라 낭만적인 성취로 가장되었기 때문에 더욱 교묘한 감옥이 된다.

제인은 스스로 그 까닭을 모르면서 자신의 현재 행복을 '백일몽'으로 표현하고 다가오는 결혼에 점차 불안을 느낀다. "구혼의 한 달이 다 지나가고 있었다. 이제 몇 시간 남았는지 꼽아 볼 정도밖에 시간이 남지 않았다. 다가오는 그날, 결혼식 날을 더 이상 미룰 길이 없었다"라는 데서 알 수 있듯이, 그녀는 결혼을 설레면서 기다리는 것이 아니라 피하고 싶은 일로 생각한다. 무의식적인 수준에서는 이러한 불안감이 꿈으로 표현된다. 제인은 어린아이를 떨어뜨리는 꿈을 반복해서 꾸는데, 이것은 자신의 주관적인 희망이 산산조각 나는 것에 대한 비유로 볼 수 있다.

버사의 등장은 제인의 불안이 사실임을 입증한다. 작품의 화자로서의 제인은 로체스터가 돌아오기 전날 밤에 일어난 버사와의 만남을 먼저 수술해야 함에도 불구하고, 그가 돌아올 때까지 이야기를 미루어 독자에게 궁금증을 불러일으켜 자신의 당혹감을 더 효과적으로 전달한다. 길버트와 구바는 버사를 로체스터의 조종과 속임수에 대한 제인의 분노를 대신 표현해 주는 인물로 본다.[30]

---

30 Gilbert and Gubar, *op.cit.*, p. 360.

로체스터가 집시로 분장하는 술수를 사용한 것에 대한 제인의 분노를 버사의 끔찍한 비명 소리와 그보다 더 끔찍한 메이슨에 대한 공격으로 표현되었고, 결혼에 대한 불안, 특히 신부로서 자신의 모습에서 느끼는 소외감은 '잠옷'인지 '수의'인지 구분할 수 없는 웨딩드레스를 입은 버사의 모습으로 객관화되었고, 버사는 제인의 종속과 로체스터의 지배의 상징인 손필드를 대신 태워 줄 뿐만 아니라 그를 불구로 만들어 제인의 숨겨진 적대감을 표현해 준다는 것이다. 이에 비해 슈월터는 버사가 제인의 일면인 육체적인 욕망에 대한 부정적인 태도, 즉 여성의 성은 감금되고 처벌받아야 하는 위험한 힘이라는 빅토리아 시대의 문화적인 태도를 나타내는 것으로 파악한다.[31] 버사는 여성의 성의 억압뿐 아니라 길버트와 구바의 지적대로 여성 억압 전반에 대한 브론테의 태도와 연관 있다. 그러나 우리가 슈월터에게서 받아들일 점은 버사에 대한 브론테의 부정적인 태도를 포착한 점이다. 버사는 길버트와 구바가 파악하듯이 여성 억압 전반에 대한 분노와 동시에 제인이 반항에 대해 가지고 있는 내면화된 두려움을 표현해 준다. 이때 제인의 두려움은 로체스터가 비난하는 대로 버사의 도덕적인 결점을 받아들이고 그녀를 '짐승'으로 물화시키는 데서 드러난다. 더욱이 버사가 서인도 제도 출신인 것은 그녀가 제인의 문화 밖에 존재함을 뜻하고 이런 문화적 차이는 그녀를 더욱 쉽게 물화한다. 이처럼 버사의 고립과 광란이 사회 규범에 대한 반항을 보여 주는 동시에 그 결과에 대한 경고로 작용해, 브론테는 성차별 사회에 대해 비판하는 동시에 침묵한다. 버사는 브론테의 양면성을 담지해 내는 데 성공했을 뿐 아니라, 소설의 구성면에서도 성공적인 창조다. 그

---

31 Showalter, *op.cit.*, p. 121.

녀의 존재와 출현은 계속 제인의 낭만적인 환상을 제어해 주었으며 불길한 일이 일어날 것이라는 예감을 조성해 극적인 긴장감을 고조시켜 왔다.

그러나 버사가 아무리 성공적인 창조라고 하더라도 로체스터와 제인의 사랑과 갈등을 해석하는 짐을 모두 버사에게 떠넘기는 것은 주체로서의 제인을 사장시킬 위험을 안고 있다. 주체로서의 제인에게 접근하려 할 때, 버사의 상징적 의미보다는 제인이 로체스터와의 관계에서 보이는 갈등과 성취가 더 큰 중요성을 띤다. 따라서 제인이 갈등의 정점인 손필드를 떠나기로 한 결정을 기존의 여성론적 분석들보다 좀 더 상세하게 검토할 필요가 있다. 제인이 손필드를 떠나는 것에 대한 당대의 전형적인 비판으로는 조지 엘리엇의 견해를 꼽을 수 있다. 그녀는 제인이 손필드를 떠나는 것에 대해 "모든 희생이 좋은 것이지만, 인간의 육체와 정신을 썩은 시체에 묶어 두는 악법을 위한다는 명분보다는 좀 더 숭고한 명분을 위해서 희생하는 것이 좋았을 것이다"[32]라고 한다. 엘리엇은 제인의 자기희생 자체는 좋은 것이지만 이혼을 허용치 않는 결혼법 때문에 희생하는 것은 유감이라는 입장이다. 리비스는 자기희생 자체를 인위적인 양심이라고 비판하는 점에서는 차이가 있으나, 제인이 손필드를 떠나는 것을 관습에 매어 자기를 희생하는 것으로 본 점에서는 엘리엇과 같은 입장이다. 그녀는 "로우드에서 인위적으로 훈련된 양심, 즉 자기희생과 순종이라는 이상"[33]의 강요로 제인이 손필드를 떠났다고 평가한다. 그러나 브론테는 엘리엇처럼 '희생'을 좋은 것이라고 생각하지 않았을뿐더러 손필드를 떠나는 것은

---

32 Allott, *op.cit.,* p. 92.

33 Q. D. Leavis, "Introduction to *Jane Eyre*", in Charlotte Bronte, *Jane Eyre* (Hamondsworth: Penguin, 1966), p. 21.

자기희생이라기보다는 자아를 보전하기 위한 행위로 볼 수 있다.

제인이 자신의 열정 자체에 대해 죄책감을 느꼈거나, 인간의 법이나 다른 사람을 위해 자신의 열정을 희생시켜야 한다고 생각해서 손필드를 떠난 것은 아니다. 무어 하우스에서 제인은 밤마다 로체스터의 꿈을 꾸며, "그의 팔에 안겨 그의 목소리를 듣고 그의 눈을 마주 보고 그의 손과 뺨을 어루만졌다. 그를 사랑하고 그의 사랑을" 받는 감각을 여전히 강렬하게 느끼며 '몸을 떨면서' 잠을 깨곤 한다. 제인은 열정 자체보다 자신의 열정이 사회적인 관계 속에서 왜곡되는 것을 거부한다.

이때 제인의 열정을 왜곡시키는 것은 제인의 사회적·경제적 무력함과 로체스터의 태도다. 로체스터는 이상적인 여성을 찾기 위한 자신의 순례를 이혼을 허락하지 않는 관습에 대한 반항으로 정당화하지만, 현실적으로 그의 행동은 남성에게 다처제를 허용하는 사회의 이중 기준에 순응하는 것이다. 로체스터와 비교해 사회적인 지위도 없고 경제적으로도 무력한 제인이 로체스터의 정부가 될 경우, 이미 불편을 느끼고 있던 종속적인 위치, 즉 노예가 됨을 받아들이는 것이 된다. 그런데도 로체스터는 제인이 여느 정부와 다름을 강조하면서 그녀를 설득하려 든다. "정부를 산다는 것은 노예를 사는 것 다음으로 나쁜 일이오. 정부와 노예는 지위상 늘 열등하며 흔히 천성조차 그렇소. 열등한 인간과 친근하게 산다는 것 자체가 타락이오." 제인은 '정부로 고용되는' 상태에서는 그녀 자신이 어떠하든 다른 정부들과 같은 느낌을 주게 될 것이며, 정부의 열등함이 문제가 아니라 '고용'하는 것이 문제임을 감지한다. 그는 다른 정부들과 다른 제인을 발견하고 대화하고 그녀의 평등 주장을 듣고 그에 동의했으나 아직 변화하지 않았다. 그는 불법적인 결혼이 그녀에게 무엇을 의미하든 관계없이 그녀를 소유하고자 하는 것이다.

그는 제인을 설득하기 위해 처음에는 비난하고 다음에는 회유한다. 그는 제인이 자신의 포옹을 거부하는 것에 대해 "그대가 소중하게 생각했던 것은 내 지위와 내 아내라는 신분뿐이었소? 이제 내가 당신 남편이 될 자격이 없으니까, 마치 내가 두꺼비나 원숭이라도 되는 양 접촉을 피하는 거요?"라고 하고 그것으로도 안되자 지중해 연안의 별장에서의 삶을 이야기하면서 목가적인 비전을 펼친다. 자신의 비난과 설득이 통하지 않자 로체스터는 자신이 죄를 지었다고 하더라도 버사와의 끔찍한 결혼의 정황을 생각해 동정하여 이해해 달라고 호소한다. 로체스터의 이러한 감상적인 태도의 이면에는 유아론적인 이기심이 작용하고 있다. 그는 자신과 산다고 해서 누구에게도 해가 되지는 않는다는 이유로 자신의 논리를 정당화하고, 오히려 인간의 법률에 얽매인 제인의 행동은 왜곡된 판단과 고집 때문이라며 가치를 전도시킨다. 그러나 부지중에 그는 그의 관심사는 자신이지 제인이 아님을 드러낸다. "내게는 작은 제인의 사랑이 최고의 보상이 될 거요. 그 사랑 없이는 내 가슴이 찢어지오. 하지만 제인은 날 사랑할 거요. 그렇소, 고귀하게 그리고 관대하게 날 사랑할 거요." 이때 로체스터가 호소하는 사랑은 빅토리아 시대 여성에게 요구되던 사랑, 즉 자아를 버린 채 남성의 필요에 맞추어 헌신하는 사랑이다.

이러한 로체스터의 감상적인 태도와 유아적인 이기심에 비하면 제인의 고뇌와 절망은 절실하다. 그녀는 자신이 홍수가 밀려오기를 바라면서 마른 강바닥에 누워 있는 것처럼 느낀다.

그러나 제인은 마침내 강한 내면적 유혹을 물리치고, 무엇이 옳은가에 대한 건강한 인식을 바탕으로 도덕적 원칙과 심리적 통찰의 합일에 이른다. "그러나 여전히 굴하지 않고 나는 이렇게 대답했다. '내가 나 자신을 소중히 여기지. 고독하고 벗도 없고 의지할데가 없을수록 더욱더 나 자신을 존중할 거야." 이때 제인이 말하는 자존심은 로체스터가 비난하듯 이기적인 것도 아니고, 엘리엇이 파악하듯 자기희생적인 것도 아니다. 그것은 희생이나 이기심을넘어선 진정한 주체성의 주장이다. 즉 제인은 로체스터라는 엄청난힘 —사회적·경제적 위치가 부여한 힘과 아울러 낭만적인 사랑이라는 신화가 로체스터에게 부여하는 힘 — 앞에서, 자신의 주체성을 지키기 위해 손필드를 떠난다. 브론테는 제인이 최초에 기대했던 로체스터를 통한 풍요로운 삶과 제인의 현실인 정부로서의 삶사이의 간극을 보여 주어 자아의 포기에 의한 자아 성취라는 당대의 지배적 가치의 허구를 밝혀 주며, 제인의 치열한 갈등과 결단을통해 성적·계급적 억압에 맞서는 새로운 주체성을 보여 준다.

무어 하우스

제인에게 주어진 선택은 로체스터의 정부로서 손필드에 머물면서 보호를 받으며 편안하게 사느냐 또는 가난한 여자로라도 자존심을 지키며 사느냐였다. 로우드나 손필드가 억압적이며 동시에 사랑이 있었던 데 반해 손필드 밖의 현실은 적대적이기만 하다. 배가 고파진 제인이 농부에게 빵 한 조각을 달라고 했을 때 그녀는 '괴팍한 숙녀'로 여겨진다. 그러나 그 후 남이 버린 죽을 먹을때는 '어떤 여자'로, 리버스 집안에 가서 제인이 잠자리를 구할 때는 마침내 '거지 여자'로 취급된다. 제인이 거지 대우를 받는 비참한 상황에는 비극적인 암시까지 담겨 있으나 리버스가에 받아들여져 제인의 딜레마는 해결된다. 이때 제인은 단순히 잠자리를 얻는 것이 아니라 로우드에서 헬렌이나 템플 선생에게서 느꼈던 여성 간의 유대감을 다시 체험한다. 리버스 집안의 남매들이 자신의 사촌인 것을 알기 전에도 제인은 다이애나와 메리에 대해 완전히 같은 취미, 감정, 원칙에서 오는 특별한 유대감을 느낀다. 또한 세인트 존이 마련해 준 모턴 학교의 선생 역할은 초라하기는 하지만 안전한 휴식처에 대한 제인의 욕망을 만족시켜 준다. 제인은 정부로서의 삶, 즉 바보의 천국에서 사는 노예의 삶과 자유롭고 정직한 시골 여선생의 삶을 비교한 뒤, 독립과 자존을 택한 자신에 대해 긍지를 느낀다.

그러나 무어 하우스에서의 삶을 제인 자신이 만족스럽게 생각함에도 불구하고, 이 부분은 앞부분들과 비교할 때 구체성이 떨어진다. 제인이 느끼는 매력에도 불구하고 다이애나와 메리는 조지애나와 일라이저만큼 생생하게 형상화되지 못한다. 따라서 제인이 느끼는 유대감과 만족감 역시 추상적인 서술로 끝날 뿐 게이츠헤드에서 느꼈던 소외감이나 로우드에서의 유대감만큼 생생하지 않다. 모턴 학교에서의 경험 역시 배경의 역할에 그치고 만다. 그곳의 학생들은 항상 '그들'이라는 객체로 남고, 독자는 그들 중 누구 하나도 로우드의 헬렌이나 스캐처드 선생과 같이 공감하거나 분노하면서 기억해 낼 수 없다.

리버스가 사촌으로 밝혀지는 계속된 우연과 구체성의 결여에도 불구하고 이 부분의 핵심을 이룬다고 할 수 있는 제인과 세인트 존의 갈등은 생생하게 형상화되어 있다. 이 둘 사이에는 사랑이 없기 때문에 성의 정치의 지배와 종속 문제가 더욱 뚜렷이 부각되고 손필드에서 제인이 획득한 심리적 통찰과 주체성이 다시 한 번 시험된다. 세인트 존은 잘생기고 좋은 교육을 받았고 친절하며 종교적 원칙에 헌신하는 것처럼 보이지만 심리적으로 왜곡되어 있고 강박적이다. 그는 대리석, 얼음, 강철 등과 같이 계속 차갑고 꿰뚫을 수 없는 이미지로 제시되는데, 이는 굳어 버린 감성을 상징한다고 볼 수 있다. 그의 설교는 공감과 연민보다는 정서적인 공허감과 강박적인 충동을 보여 준다. 그의 언어는 통제되었으나 열정적이고 그의 설교 내용은 청중을 놀라게 하나 위안을 주지는 않는다. 그는 또한 '예수의 추종자로서' 이상화된 자아상에 어울리지 않는 모든 것을 억제하며, 이것이 여성과의 관계에서는 관능을 부인하는 것으로 나타난다. 그에게는 기계적으로 성적인 면이 없다기보다는 성적인 에너지가 강박적인 설교 열의로 변화되었다고 볼 수 있다. 그러한 그도 로자먼드를 보았을 때는 갑자기 얼굴이 환해지고 '물리칠 수 없는 정감'으로 눈이 빛난다. 그의 '갑작스러운 불길'은 의지에 의해 제어되고, 그는 곧 자동인형과 같은 태도로 로자먼드의 초대를 거절한 뒤 다시 '죽음과 같이 차가운 상태'가 된다. 세인트 존의 이러한 시시각각의 변화 과정에 대한 관찰은 그 자체로 브론테의 뛰어난 심리적 통찰력을 보여 줄 뿐 아니라 낭만파 시인에 맞먹을 만한 감성과 언어로 섬세하게 포착되어 표현된다.

이러한 세인트 존이 제인에게 청혼한 이유는 그녀가 그의 관능을 자극하지 않으며, 따라서 통제하기 쉬우리라고 생각했기 때문이다. 그는 종교적인 가부장으로서 제인의 열정적인 면을 부인하고 가차 없이 이성의 지시를 따르게 만든다. 제인은 이러한 세인트 존을 만족시키려고 애쓰지만 그럴수록 자아를 포기하는 일이 갖는 파괴성을 더욱 절실히 인식한다. 그를 만족시키는 일은 곧 그녀의 '본성 중 절반'을 부인하는 것이 된다. 그러나 이러한 억압감에도 불구하고 제인의 일면은 그에게 강력하게 이끌린다.

로체스터는 제인을 낭만적으로 이상화하는 데 반해, 세인트 존은 제인의 지적·정신적 동경을 자극해 유혹한다. 세인트 존은 제인의 힘을 인정할 뿐 아니라 그 힘이 가정이라는 영역에 갇히는 데 대해 의문을 제기한다.

가족 사랑이나 가사의 즐거움보다 조금 더 고상한 것을 추구하게 될 거요…… 지나치게 열심히 평범한 가사의 즐거움에 빠지지 않도록 하시오…… 세속적이고 일시적인 일에 당신의 열정과 한결같은 마음을 낭비하지 마시오. 그것을 적절한 대의명분을 위해 아껴 두시오.

한편으로, 그는 가정이라는 여성의 영역을 넘어선 세계를 제시하는 것처럼 보인다. 그러나 세인트 존이 제인에게 바라는 것은 점차 여성의 새로운 이상으로 부각되던 협력자로서 여성의 모습이며, 그의 협력자가 되기에 알맞은 자질로서 지적하는 것은 오히려 빅토리아 시대의 상투적인 여성다움, 즉 "얌전하고, 부지런하고 충실하고…… 매우 유순한"이다. 그 역시 로체스터와 마찬가지로 "죽을 때까지 나만의 것이 될 조력자"로서의 제인을 바란다. 세인트 존이 여성을 소유하는 것에 대해 이처럼 아주 솔직하게 이야기할 수 있는 것은 "선교사의 아내로 태어난…… 사랑이 아니라 노동을 하도록 태어난" 제인과 결혼하는 것이 신을 위한 사심 없는 일이라고 믿기 때문이다. 신을 위해서라는 명분 아래서이기는 하지만 세인트 존 역시 로체스터처럼 제인을 온전한 인격체로 받아들이지 않고 자신에게 필요한 자질들만 선택해 그것들로 제인을 재구성하고 소유하고자 하는 것이다.[34] 결혼을 하면 자신들의 '결

---

34 Sondra Gayle Stein, *Woman and Her Master: The Feminine ideal as Social Myth in the Novels of Charles Dickens, William Thackeray and Charlotte Bronte*, Ph. D.

합에 알맞은 충분한 사랑'이 생길 것이라는 세인트 존의 설득에도 불구하고, 제인은 그의 청혼을 거절한다. 제인은 그를 받아들이는 것은 곧 '철갑 옷'라는 정서적 감옥에 자신을 가두는 것이고 사랑 없는 결혼은 죽임이라고 생각했기 때문이다.

이때 세인트 존이 제인의 생각을 난폭하고, 진실이 아닐 뿐 아니라 여자답지 못하다고 지적한 점이 흥미롭다. 그의 고정 관념에 따르면, 여성이 사랑을 언급하는 것조차 '여자답지 못한' 일이다. 로체스터는 사랑을 통해 일면 제인을 해방시킨 점도 있으나, 전혀 사랑 없이 그녀를 재구성해 '신의 도구'로 사용하려는 세인트 존이 주는 억압감은 제인에게 '살인적'으로 느껴진다. 하지만 제인은 세인트 존의 한계를 꿰뚫어 볼 수 있는 통찰력과 자신의 의견을 주장할 수 있는 용기를 지니고 있음에도 불구하고, 세인트 존과의 긴장이 격화되면서 투쟁을 멈추고 그의 의지에 함몰되어 자아를 포기하고 싶은 유혹을 강하게 느낀다.

제인은 한편으로 자유와 독립을 강렬하게 원하지만, 그것의 부정도 이처럼 그녀에게 엄청난 매력으로 다가온다. 그녀는 종교적 비전에 압도되어 종교적인 황홀경과 사랑을 동일시하면서 사제의 손길 아래서, 거부했던 것을 잊은 채, 두려움을 극복하고 투쟁을 멈춘 채 순간적으로 그를 받아들이기로 결심한다. 바로 이때 들린 로체스터의 목소리가 저항의 동인이 되어 제인은 억압에 대한 자발적인 순응을 물리치고, 자신의 힘을 회복한다. 그녀는 "세인트 존에게서 빠져나왔고…… 내 힘이 강력하게 발휘되었다"라고 말한다. 이때 '내 힘'은 손필드에서 도달한 주체성에 바탕을 둔 것으로, 그녀는 다시 한 번 희생과 자아 포기를 강요하는 당대의 성 이

Dissertation, (Seattle:Washington University, 1976), p. 156.

데올로기를 벗어난 자유로운 자아를 확인한다.

펀딘

가정 교사였던 제인과 로체스터가 평등하게 만나도록 브론테는, 첫째로 제인이 유산을 상속받게 하여 사회적·경제적으로 평등하게 만들고, 둘째로 버사를 죽게 만들었으며, 셋째로 버사를 구하려다 로체스터가 불구가 되게 만들었다. 이로써 브론테는 평등한 남녀 관계를 이루고자 하는 욕망과 외부적인 제약 사이의 갈등을 해결한다. 펀딘에 돌아온 제인은 더 이상 경제적·사회적 불평등으로 고통받지 않는다.

유산 상속은 평등한 남녀 관계를 위해서는 심리적 독립과 아울러 경제적 독립이 필요하다는 브론테의 여성론적 인식을 반영하나 유산을 제인의 우연한 행운으로 처리해 애초의 여성론적 인식이 약화된다. 제인의 부와 지위의 상승과 반대로 손필드는 불타버렸을 뿐 아니라, 버사를 구하는 과정에서 로체스터는 불구가 된다. 로체스터에게는 제인의 고통과 성장에 비견할 만한 변화가 필요했고, 그것이 이런 폭력적인 방법으로 표현된 것으로 볼 수 있다. 로체스터가 한쪽 팔을 잃은 것은 상징적인 거세이며 남성으로서 로체스터가 갖는 힘과 자만심, 즉 사회가 법, 구조, 신화를 통해 남성에게 부여한 힘의 박탈을 상징하는 것이라는 모글렌의 지적은 타당하다.[35]

제인은 자신의 경제적 독립과 로체스터의 불구로 인해 이제 이

---

35 Helene Moglen, *Charlotte Bronte: The Self Conceived*(New York: W. W. Norton and Co., 1976), p. 143.

전의 불평등한 관계가 '완전한 화합'으로 바뀌었다고 이야기한다.

이제 결혼한 지 10년이 되었다. 지상에서 가장 사랑하는 사람과 그 사람만을 위해 사는 게 어떤 것인지 잘 알고 있다. 나 자신이 최고로 축복받았다고, 말로는 다 표현할 수 없을 정도로 축복받았다고 생각한다. 남편이 나의 전부인 것처럼 나도 남편의 전부이기 때문이다…… 우리는 하루 종일 말하는 것 같다. 서로에게 말하는 것은 우리의 생각을 좀 더 활기차고 귀에 들리는 형태로 표현하는 것일 뿐이다. 나는 그에게, 그는 나에게 모든 것을 털어놓는다. 우리는 성격상 완전히 서로 들어맞는다. 그 결과, 완벽한 조화를 이루고 있다.

지금까지 제인에게 공감을 갖고 이야기를 들어 온 독자로서는 제인의 행복을 믿어 주고 싶다. 그러나 제인의 '완전한 화합'은 여러 가지 문제점을 안고 있다. 제인이 '자유와 변화'에 대한 열망을 지녔고 여성 전체가 '엄격한 속박과 너무 심한 정체'에 시달리는 것을 개탄했던 것을 생각하면, 펀딘이라는 — 로체스터가 버사를 가두기조차 꺼려했던 — 폐쇄적인 세계가 그녀가 바라던 더 넓은 세계의 대안이 될 수 있을지 극히 의심스럽다.

더욱이 제인과 로체스터의 관계는 로체스터가 제인에게 의존하는 존재처럼 보이지만 현실적으로 그녀가 펀딘에게 얻은 권위는 이상화된 아내이자 어머니의 권위와 통하는 것이며, 그녀는 남성의 정신적 '지주이자 지도자'라는 당대 여성에게 부과된 이데올로기를 재생산한다. 이 부분의 현실성이 떨어지는 또 하나의 이유는 펀딘의 묘사가 성적인 함축을 지나치게 많이 담고 있기 때문이다. 제인이 펀딘에 가기 위해 스치는 숲들은 남성의 성적인 힘과 풍요성을 상징하고, 펀딘에서도 제인과 로체스터 사이의 육체적 열정에 관한 언급이 곳곳에 있다. 그러나 상징적인 거세에서 보이듯 힘을 박탈당한 로체스터를 가정한다면 이 둘의 열정은 설득력을 잃는다. 브론테는 남성적인 힘을 박탈당한 뒤의 남성다움을 상상할 수 없으면서도 그것이 가능하다고 말한다.[36]

펀딘에서 이 둘이 이루는 관계는 브론테의 소원 성취적인 환상이라고 볼 수 있다. 즉 브론테는 제인과 로체스터의 관계 속에 폐쇄적 공간과 자유를 향한 열망, 평등과 결합의 성적 지배, 이타적 사랑과 열정 등 상호 모순된 것들을 결합시키고 싶어 한다. 펀딘에서 보이는 소원 성취적인 면은 결함이지만『제인 에어』는 브론테의 첫 작품『교수』에 비하면 구성, 인물 창조, 문체에서 놀라운 발전을 보인다. 산만하던 구성이 압축된 극적인 장면들로 변하고, 기능적인 인물 대신 거의 모든 인물이 자체로 생생하면서도 주인공들과 유기적인 연관을 맺고 있다. 브론테는 또한 자신의 강렬한 정서를 담으면서도 자아도취에 빠지지 않는 독특한 문체를 개발해 내고 있다. 그러나 무엇보다도『제인 에어』의 성과는 주인공이며 화자인 제인의 창조에 있다. 게이츠헤드에서의 반항적인 고아인 제인, 로우드에서 성숙해 가는 제인, 손필드에서 사랑과 좌절, 무어하우스에서의 갈등과 극복 등이 생생하게 독자의 뇌리에 남는다.

『제인 에어』가 출판 당시부터 반감을 사면서도 거부할 수 없는 매력으로 독자에게 다가온 큰 이유 중 하나는 제인의 고뇌를 생생하게 묘사하면서도 냉정하게 거리를 두는 화자를 창조하는 데 성공했기 때문이다. 제인은 화자에 의해 늘 자리매김되어 있으며, 그로 인해 그녀의 반항과 선택은 설득력 있게 형상화된다. 브론테는

---

36 Ohman, *op.cit.*, p. 762.

이러한 제인의 반항과 선택들을 통해 빅토리아 사회가 강요하는 여성다움이 자연스럽고 보편적인 것이 아니라 사회에 의해 조건 지어진 것임을 시사하며, 제인의 열망과 성취 가운데 빅토리아 시대 성 이데올로기를 뛰어넘는 새로운 주체성을 보여 준다.

판본 소개

『제인 에어』는 1847년 영국 런던의 스미스＆엘더에서 '제인 에어: 자서전'이라는 제목으로 출판되었다. 이때는 저자가 샬럿 브론테가 아니고 남성적인 이름인 커러 벨(Currer Bell)로 되어 있어서, 저자가 남성인지 여성인지에 대한 논란이 있었다. 미국에서는 『제인 에어』가 이듬해인 1848년 하퍼＆브라더스(Harper＆Brothers)에서 출판되었다.

  이번 번역에는 주로 옥스퍼드 클래식에서 나온 샐리 셔틀워스(Sally Shuttleworth)가 편집한 2008년 『제인 에어』를 사용했고, Q. D. 리비스(Leavis)가 편집한 1979년 펭귄 『제인 에어』를 참조했다. 옥스퍼드 판 『제인 에어』의 가장 큰 장점은 상세하고 정확한 주석에 있다. 이 주석의 도움으로 이 작품의 애매한 여러 부분을 해결할 수 있었다. 펭귄 판 『제인 에어』는 리비스의 해설을 눈여겨볼 만하다. 이 해설에서는 『제인 에어』의 여러 측면을 균형감 있게 다루어 독자에게 좋은 길잡이가 될 것이다. 펭귄 클래식에서는 『제인 에어』를 계속 개정하고 있으며 가장 최근에 나온 것은 스티비 데이비스(Stevi Davis)가 편집한 『제인 에어』(2006)이다. 저명한 브론테 연구자인 데이비스의 해설에서는 당대 여성의 삶, 정치적 견해, 이 작품의 문학적 영향 등을 다루고 있다.

영문학 연구에 좀 더 깊은 관심을 지닌 연구자들에게 추천하고 싶은 것은 리처드 던(Richard J. Dunn)이 편집한 노턴(Norton&Co.) 판『제인 에어』(2000)와 베스 뉴먼(Beth Newman)이 편집한 세인트 마틴스(St. Martin's Press) 판『제인 에어』(1996)이다. 노턴 판의 강점은 당대의 역사적 배경과 사회적 맥락을 알 수 있는 글이 책 뒤에 실려 있는 것이다. 또한『제인 에어』를 다룬 대표적인 논문들도 함께 수록되어 있다. 세인트 마틴스의『제인 에어』는 현대 연구 동향을 설명한 뒤 이 동향의 대표적인 논문을 싣고 있다. 즉『제인 에어』에 대한 현대의 심리적, 페미니스트적, 마르크시스트적 비평들을 평이하게 정리해서 설명한 뒤, 이어서 각 연구 흐름의 대표적인 비평가의 논문을 싣고 있다.

샬럿 브론테 연보

1816 4월 21일 요크셔의 브래드퍼드에서 목사인 패트릭 브론테와 마리아 브론테 사이에서 3녀로 태어남.

1818 에밀리 브론테 태어남.

1820 요크셔에 있는 손턴의 하워스 목사관으로 이사함.

1821 어머니 마리아 브론테 사망.

1822 이모 엘리자베스 브란웰이 집안일을 돌봐 주기 위해 하워스로 옴.

1824 네 자매가 랭커셔의 코언 브리지에 있는 학교에 입학.

1825 언니인 마리아와 엘리자베스가 학교에서 얻은 병으로 사망한 뒤 샬럿과 에밀리는 하워스로 돌아감.

1831 로 헤드에 있는 울러 선생의 학교에 입학함.

1832 로 헤드를 떠나 집으로 감.

1835 로 헤드에 다시 선생으로 감.

1838 로 헤드의 학교를 떠남.

1840 하워스로 돌아감.

1841 브래드퍼드 근처 로든에 있는 화이트 부인 집에 가정 교사로 감.

1842 2월 12일 에밀리와 함께 브뤼셀에 있는 에게 부인의 기숙 학교로 감. 11월 8일 에밀리와 함께 하워스로 감.

1843 에게 교수의 초청으로 혼자 다시 브뤼셀로 감.

1844 1월 브뤼셀을 떠나 하워스로 돌아감. 하워스 목사관에 학교를 설립하

려고 함.

1846 샬럿, 에밀리, 앤 브론테의 시집 『커러, 엘리스, 액턴 벨의 시(*Poems by Curr, Ellis and Acton Bell*)』 출판. 『교수(*The Professor*)』를 여러 출판사에 보냈으나 거절당함. 『제인 에어(*Jane Eyre*)』 집필 시작.

1847 『제인 에어』 출판. 에밀리 브론테의 『폭풍의 언덕(*Wuthering Heights*)』, 앤 브론테의 『아그네스 그레이(*Agnes Grey*)』 출판.

1849 『셜리(*Shirley*)』 출판.

1850 후에 샬럿 브론테의 전기를 쓴 소설가 엘리자베스 개스켈을 만남.

1851 『빌레트(*Villette*)』 집필 시작.

1852 『빌레트』 완성.

1853 1월 28일 『빌레트』 출판.

1854 아버지의 목사보인 A. B. 니콜스와 결혼.

1855 3월 31일 하워스의 목사관에서 사망.

1856 첫 작품 『교수』 출판. 개스켈 부인의 『샬럿 브론테 전기(*The Life of Charlotte Brontë*)』 출판.

새롭게 을유세계문학전집을 펴내며

을유문화사는 이미 지난 1959년부터 국내 최초로 세계문학전집을 출간한 바 있습니다. 이번에 을유세계문학전집을 완전히 새롭게 마련하게 된 것은 우리가 직면한 문화적 상황에 적극적으로 대응하기 위해서입니다. 새로운 을유세계문학전집은 세계문학의 역할이 그 어느 때보다 중요해졌다는 인식에서 출발했습니다. 오늘날 세계에서 타자에 대한 이해는 우리의 안전과 행복에 직결되고 있습니다. 세계문학은 지구상의 다양한 문화들이 평등하게 소통하고, 이질적인 구성원들이 평화롭게 공존할 수 있는 문화적인 힘을 길러 줍니다.

을유세계문학전집은 세계문학을 통해 우리가 이런 힘을 길러 나가야 한다는 믿음으로 만들어졌습니다. 지난 5년간 이를 준비하기 위해 많은 노력을 기울였습니다. 세계 각국의 다양한 삶의 방식과 문화적 성취가 살아 있는 작품들, 새로운 번역이 필요한 고전들과 새롭게 소개해야 할 우리 시대의 작품들을 선정했습니다. 우리나라 최고의 역자들이 이들 작품 속 한 문장 한 문장의 숨결을 생생히 전하기 위해 심혈을 기울였습니다. 또한 역자들은 단순히 번역만 한 것이 아니라 다른 작품의 번역을 꼼꼼히 검토해 주었습니다. 을유세계문학전집은 번역된 작품 하나하나가 정본(定本)으로 인정받고 대우받을 수 있도록 최선을 다했습니다. 세계문학이 여러 경계를 넘어 우리 사회 안에서 주어진 소임을 하게 되기를 바라며 을유세계문학전집을 내놓습니다.

을유세계문학전집 편집위원단(가나다 순)
김월회(서울대 중문과 교수)
김헌(서울대 인문학연구원 교수)
박종소(서울대 노문과 교수)
손영주(서울대 영문과 교수)
신정환(한국외대 스페인어통번역학과 교수)
정지용(성균관대 프랑스어문학과 교수)
최윤영(서울대 독문과 교수)

을유세계문학전집

을유세계문학전집은 계속 출간됩니다.

을유세계문학전집 연표